GÜNTHER LIETZ

Museum Rescue oder „Der goldene Elefant"

novum pro

Dieses Buch ist auch als
e-book
erhältlich.

Bibliografische Information
der Deutschen Nationalbibliothek:

Die Deutsche Nationalbibliothek
verzeichnet diese Publikation in
der Deutschen Nationalbibliografie.
Detaillierte bibliografische Daten
sind im Internet über
http://www.d-nb.de abrufbar.

Gedruckt in der Europäischen Union
auf umweltfreundlichem, chlor- und
säurefrei gebleichtem Papier.

© 2024 novum Verlag

ISBN: 978-3-99146-937-7
Lektorat: Sandra Fantner
Umschlagfotos:
Ivansmuk, Rtguest | Dreamstime.com,
Günther Lietz
Umschlaggestaltung, Layout & Satz:
novum Verlag
Innenabbildung: Günther Lietz

Die vom Autor zur Verfügung gestellte
Abbildung wurden in der bestmög-
lichen Qualität gedruckt.

www.novumverlag.com

Druckprodukt mit finanziellem
Klimabeitrag
ClimatePartner.com/16547-2311-1001

Für „Carry"
(Der Autor)

Inhaltsverzeichnis

Vorwort

In den 60er und Anfang der 70er Jahre stieg die Anzahl der Grabräubereien in Ägypten sehr stark an. Wurden 1961 noch 54 Räubereien registriert, waren es 1972 schon knapp 4000. Dieser immense Anstieg veranlasste die ägyptische Regierung in Zusammenarbeit mit dem deutschen Außenministerium 1975 eine Spezialeinheit ins Leben zu rufen. Die Abteilung „Museum Rescue", kurz MR.

Bestand diese nach ihrer Gründung vorwiegend aus Archäologen, so wurden im Laufe der Jahre immer mehr Personen mit kriminalistischem Hintergrund oder besonderen Talenten rekrutiert. Unterstellt ist diese Abteilung dem deutschen Innenministerium. Organisatorisch untersteht sie offiziell der „Senckenberg Gesellschaft für Naturforschung".

Dies ist die Geschichte von drei Freunden, die mehr oder minder zufällig zu dieser Abteilung stießen.

1. Teil
Der Anfang

Kapitel 1.1

Im Café

„Boho, was für ein Scheißwetter", dachte sich Stefan Bach, genannt „Charly", als er aus dem U-Bahnschacht „Bornheim Mitte" kam. Charly war Mitte 30, aber dank seines kurzen Haarschnitts und seiner jugendlichen Art und Weise ging er bei jeder Schätzung mit Mitte 20 durch. Beliebt war er vor allem wegen seiner besonnenen und ruhigen Art. Er konnte aber auch mal einen Spruch raushauen und hatte dann die Lacher auf seiner Seite. Sein Spitzname rührte noch aus alten Fußballtagen, als er in einer Mannschaft spielte, in der es drei Stefans gab. Und da er als letzter hinzukam, blieb nur eine Verballhornung seines Zweitnamens. Er konnte damit leben und so nannten ihn alle, die ihn gut kannten, seit über zwanzig Jahren „Charly".

Er hatte sich am Abend vorher schon auf einen gemütlichen Abend auf der Couch eingerichtet, als ihn Karen Lund, eine alte Freundin, anrief.

„Du musst unbedingt kommen, es ist wichtig!", sagte sie in einem energischen Ton.

„Sag mal, was kann denn so wichtig sein, dass du mich so spontan heranzitierst?", fragte er ziemlich überrascht.

„Kann und will ich dir am Telefon nicht sagen", entgegnete sie, „bitte komm. Benny habe ich schon angerufen. Er hat auch zugesagt!"

„Schatzi, du weißt doch, dass ich dir keinen Wunsch abschlagen kann. Also gut, ich bin morgen um 17:30 Uhr im Picknick Café".

„Merkwürdig", dachte er, als er aufgelegt hatte. Er kannte Karen als einen Menschen, der gerne Termine in ein oder zwei Wochen machte. Sie plante gerne im Voraus, was sicherlich mit ihrer Vergangenheit zu tun hatte, doch dazu später mehr.

Karen, Benjamin und er kannten sich aus einer gemeinsamen orthopädischen Reha, die sie in Oberursel verbrachten. Charly hatte sich bei einem Fußballspiel einen Kreuzbandriss zugezogen, an dem er lange laborierte. Karen war bei schlechtem Wetter die Gangway eines Flugzeuges hinuntergestürzt und hatte sich dabei einen komplizierten Oberschenkelbruch eingehandelt. Und Benjamin war beim Fahrradfahren so unglücklich gestürzt, dass sein rechter Oberarm gebrochen und Sehnen seiner rechten Hand gekappt waren. In der Reha wurden alle drei nach überstandener Operation wieder fit gemacht. Da sie zwischen den Anwendungen viel Zeit hatten, gab es viel Raum für Gespräche und es entstand eine innige Freundschaft zwischen den dreien, die die Jahre überdauerte.

Charly kam pünktlich (eine Eigenschaft, die alle an ihm sehr schätzten) im „Picknick Café" an. Karen Lund und Benjamin Sauer waren schon da.

„Moin zusammen", sagte er in die Runde.

„Moin", kam es wie aus einem Mund von den anderen beiden zurück.

„Was verschafft mir die Ehre dieses spontanen Treffens?", fragte Charly ohne Umschweife in die Runde.

„Das wüsste ich auch gerne", entgegnete Benjamin Sauer, von allen nur Benny genannt. „Du klangst sehr geheimnisvoll am Telefon, Carry!" Benny hatte rote Haare und sein Gesicht zierten tausende von Sommersprossen. Er war bekannt für seine direkte Art, die manchmal etwas frech rüberkam. Aber er trug sein Herz am rechten Fleck und war bei den anderen sehr beliebt.

„Nun, dann will ich gleich zur Sache kommen", erwiderte Karen Lund, von allen nur Carry genannt. Sie war froh, diesen Spitznamen zu haben, da sie ihr eigentlicher Name zu sehr an Ingrid Bergmann erinnerte. Carry war eine sportliche Mittdreißigerin mit braunen kurzen Haaren, die sie auch gerne mal färbte. Sie hatte dunkelbraune, fast schwarze, Augen und einen ausdrucksvollen Mund. Auf ihrer Nase trug sie einen kleinen Höcker. Dieser rührte von dem Unfall auf der Gangway her, bei dem sie sich zusätzlich zum Oberschenkelbruch einen Nasenbeinanbruch zugezogen hatte. Dieser kleine Makel tat allerdings dem hübschen Gesamteindruck ihres Gesichtes keinerlei Abbruch.

„Kennt ihr die Abteilung „Museum Rescue", kurz MR?", fragte sie.

„Nie gehört", erwiderte Benny.

„Moment mal, ist das nicht eine Organisation, die sich mit Grabräuberei beschäftigt?", fragte Charly. Durch Zufall hatte er vor einigen Wochen einen Artikel darüber gelesen.

„Genau", antwortete sie, „ich arbeite für sie, ich und Dimitrie!"

„Das ist aber eine Überraschung", platzte es aus Benny heraus. „Ich dachte immer, du seist Stewardess. Und warum haben wir Dimitrie die ganze Zeit nicht gesehen?"

„Ja, warum nicht? Meines Wissens sitzt der Laden hier in Frankfurt", hakte Charly nach.

„Nun haltet mal die Luft an und lasst mich antworten. Ja, ich war Stewardess, bis MR mich abgeworben hat. Die Fliegerei war mir auf Dauer zu öde und als MR mir ein gutes Angebot gemacht hat, habe ich zugegriffen", gestand sie. „Und Dimitrie ist fast die ganze Zeit in Ägypten. Da bleibt nicht viel Zeit für Gastbesuche!"

„So, nun erzähl aber mal weiter. Du hast uns doch nicht zusammengerufen, um uns über eure Berufsstände aufzuklären", bohrte Benny.

„Nein, es hat einen anderen Grund", gestand sie. „Dimitrie ist seit 2 Wochen verschwunden. Er war in der Nähe von Kairo unterwegs, um einen sakralen Schatz aufzuspüren, den Schatz der Chi. Die Chi ist eine uralte Religionsgemeinschaft der Ägypter. Sie beten Ihren eigenen Gott an und sollen sogar Menschenopfer bringen. Damit wollen sie ihren Gott gütlich stimmen. Sie haben in hunderten von Jahren unzählige Gräber geplündert, da sie glauben, nur ihrem Gott stehen diese Schätze zu. Dimitrie hat eine heiße Spur verfolgt. Die letzte Nachricht beinhaltete Koordinaten, die mitten in der Wüste liegen. Seitdem gibt es keine Spur mehr von ihm. Er ist wie vom Erdboden verschwunden!"

„Das ist ja ein Ding", sagte Charly, „und die Polizei in Ägypten hat keine Spur?"

„Nichts außer den Koordinaten", entgegnete Carry. „Man muss aber auch sagen, die ägyptische Polizei ist chronisch unterbesetzt und kann nicht so viele Leute einsetzen, wie sie gerne möchte. Erschwerend kommt hinzu, dass auch unser Büro in Kairo im Dunklen tappt und aufgrund von Personalmangel niemanden für die Suche abstellen kann!"

„Moment, Moment, was hat das alles mit uns zu tun?", unterbrach Benny.

„Ihr seid meine einzige Hoffnung", antwortete Carry ganz leise. "Ich bin für seine Suche abgestellt, aber ich schaffe das nicht allein. Ich habe deshalb meine Idee Herrn Professor Neumann, das ist mein Chef, dargelegt und er hat nach einigem Zögern zugestimmt. Ihr müsst mir helfen, bitte!"

„Soll das etwa heißen, wir sollen ihn suchen? Das ist doch absurd", polterte es aus Benny heraus. „Wir sind weder Archäologen noch Polizisten. Wir haben weder eine adäquate Ausbildung, noch kennen wir uns in Ägypten aus. Wir würden keine zwei Tage überleben. Nenne uns bitte einen Grund, weshalb wir an diesem Himmelfahrts-Kommando teilnehmen sollten."

Benny hatte sich jetzt richtig in Rage geredet. Dann trat eine kurze Stille ein.

„Nun mein Lieber, ich kann dir sagen, weshalb ihr mir helfen sollt. Weil Dimitrie euer Freund ist und dir und Charly vor fast drei Jahren den Arsch gerettet hat. Wenn dies keine Gründe sind, dann weiß ich nicht", unterbrach Carry die Stille. Sie schaute, während sie dies sagte, Benny böse an. Und Carry konnte sehr böse schauen. „Erinnert ihr euch noch, was damals geschah ...?"

Kapitel 1.2
Die Höhle

„Guten Morgen zusammen", Dimitrie Maier begrüßte seine drei Freunde gut gelaunt am Eingang einer Höhle in der Eifel. Er war Deutsch-Russe. Seine Eltern waren in den 50er Jahren aus dem Kaukasus ausgewandert und hatten in Deutschland Fuß gefasst. Obwohl Dimitrie in Deutschland geboren war, hatte er den unverwechselbaren Akzent und die Redeweise eines jeden Russen, der aus der damaligen UdSSR ausgewandert oder geflohen war. Es gehörte zu Dimitries Wesen und machte ihn so einzigartig und liebenswert. Auch er hatte mehrere Wochen in der Reha-Klinik verbracht, da nach einem Autounfall sein Schlüsselbein gebrochen war. Er nutzte die gemeinsamen Gespräche vor allem, um seine Deutschkenntnisse zu verbessern.

„Das nennst du einen guten Morgen? Es Ist kalt und schifft in einer Tour", Benny hatte augenscheinlich schlechte Laune.

„Mir ist kalt", ergänzte Carry, die in ihrer dicken Jacke und Kapuze fror. Ihre rote Nase und die bleiche Gesichtsfarbe vervollständigten ihren jämmerlichen Gesamteindruck.

„Na komm, Eiskönigin, ein paar Minuten in warme Hütte, ein Tee und gescheite Thermoanzug, dann sieht die Welt ganz anders aus", erwiderte Dimitrie in seinem leicht gebrochenen Deutsch unbeeindruckt. „Eiskönigin" hatte Charly sie in der Reha getauft, als sie einige Tage erkältet und sämtliche Farbe in ihrem Gesicht verschwunden war.

„Dein Wort in Gottes Gehörgang", warf Charly ein. Dieser hatte sich bisher noch ganz zurückgehalten.

„Das, was ich euch zeigen werde, wird euch entschädigen. Davon bin ich überzeugt", sagte Dimitrie, dem die Kälte als gebürtiger Russe kaum etwas anzuhaben schien.

Und wirklich, eine halbe Stunde später und nach einem heißen Tee konnten die vier Freunde die Höhle erkunden. Sie alle waren ausgerüstet mit einem dicken Thermoanzug, einer Stirnlampe und wasserfesten Stiefeln.

„So, wir gehen jetzt in Höhle!" Dimitrie ging mit festem Schritt voran.

„Dürfen wir denn da einfach reingehen?", fragte Carry gewohnt vorsichtig. Ihr vorsichtiges Wesen sollte sie erst später ablegen.

„Ist kein Problem, ich bin Mitglied von Team. Ich habe Erlaubnis von Teamleiter", entgegnete er. „Außerdem kommt Rest von Truppe auch gleich!"

„Na, dann kann ja nix mehr passieren", ätzte Benny von hinten.

So stiegen die vier Freunde in die Höhle. Dass der Regen weiter zunahm, bemerkten sie nicht …

„Ich hoffe, der Kutscher kennt den Weg", meinte Charly ganz trocken. Er hatte längst jegliche Orientierung verloren und verließ sich völlig auf Dimitrie. Der Zugang wurde immer enger und die Gesteinsmassen wirkten immer bedrohlicher. Jetzt konnte man sich nur noch hintereinander fortbewegen.

Wenigstens habe ich eine schöne Aussicht, dachte Charly, der genau hinter Carry lief, besser stolperte. *Ruhig Brauner, ganz ruhig, denke nicht mal dran. Sie hat schließlich einen Freund.* Und so konzentrierte er sich wieder auf den Weg.

„Keine Angst, Dimitrie kennt Weg. Gleich wird besser", beschwichtigte Dimitrie die restliche Truppe.

Und wirklich, nach weiteren 50 Metern, Carry dachte schon, der Weg würde niemals enden, wurde der Gang wieder breiter und in der Ferne war ein Wasserfall zu hören.

„Gleich kommt große Überraschung!" Dimitrie versuchte alles, um seine Freunde bei Laune zu halten. Und dann sahen sie es: Die dunkle Höhle verwandelte sich in ein Lichtermeer. Sie alle schauten staunend nach oben und sahen ein Farbenspiel in Blau, Grün, Gelb und Rot.

„Wir haben sie Kapelle getauft. Warum, brauche ich euch wohl kaum zu erklären." Dimitries Stimme klang ehrfürchtig.

„Wir haben sie vor vier Wochen entdeckt. Ist noch nicht freigegeben, aber darf schauen!"

Alle schauten nach oben und ergötzten sich an dem Farbenmeer.

In der Zwischenzeit war der Rest des Erkundungsteams am Eingang der Höhle angekommen. Der Regen hatte weiter zugenommen und man konnte ohne Übertreibung von einem Starkregen sprechen.

„Chef, ich glaube, mit der weiteren Erkundung wird das heute nichts. Ich habe kein gutes Gefühl. Ich denke, es ist zu gefährlich. Da kann noch böse was runterkommen. Und wer weiß, wie es in der Höhle aussieht!"

Der Regen und der Wind hatten mittlerweile dermaßen zugenommen, dass Martin Schmidt seinen Chef Edwin Gruber förmlich anschreien musste, damit der ihn verstand.

Dieser brüllte zurück: „Denke, Sie haben Recht, Schmidt. Ich hoffe nur, dass Dimitrie nicht in die Höhle gegangen ist oder gleich wieder auftaucht, das Auto steht jedenfalls hier."

„Doch, in die Höhle müssen sie gegangen sein. Es fehlen vier Anzüge, vier Lampen und vier Paar Stiefel", rief ein Mitglied des Forscherteams Gruber zu.

„Schmidt, fordern Sie zwei RTW (Rettungswagen) und ein Rettungsteam an. Ich will kein Risiko eingehen. Ich hoffe, sie sind noch nicht in der Kapelle oder schon auf dem Rückweg. Ansonsten Gnade ihnen Gott."

„So Leute, Zeit zum Aufbruch. Team müsste auch da sein und gleich kommen. Dann zu eng für uns alle!" Dimitrie mahnte zum Aufbruch.

„Hört ihr das, es wird immer lauter", Bennies Stimme wurde immer leiser.

„Ich höre es auch, als würde ein Wasserhahn voll aufgedreht", entgegnete Carry mit zittriger Stimme.

Kaum hatte sie es gesagt, wuchs das Rauschen zu einem Grollen an. Im nächsten Moment hörten sie Steine fallen. Benny wurde schwer getroffen.

„Los, raus hier!" Dimitries Stimme überschlug sich bald. Er schnappte Carry am Arm und rannte Richtung Ausgang, dicht gefolgt von Charly.

„Hilfe!", hörten die drei plötzlich Benny schreien.

„Ihm muss etwas passiert sein", rief Charly Dimitrie zu. „Bring Carry hier raus, ich kümmere mich um Benny!"

„Du bist wahnsinnig, komm raus hier!", schrie Dimitrie. Aber Charly war schon auf dem Weg zurück, um Benny beizustehen.

Dann merkte Charly, wie sich immer schneller die Decke des Eingangs der Kapelle löste. Mit einem Hechtsprung landete er genau in der Mitte der Kapelle und nur mit Mühe konnte er verhindern, von Steinen erschlagen zu werden. Da, wo sie vor wenigen Minuten noch gestanden hatten, war nun Wasser und Benny mittendrin.

„Das Wasser steigt unaufhörlich, wir müssen versuchen, hier rauszukommen!", rief Charly Benny zu.

„Ich kann nicht, mein Bein. Ich habe einen Stein abbekommen!"

In diesem Moment hörte das Grollen auf. Der Zugang war bis auf einen kleinen Spalt komplett verschüttet. Nur das Wasser stieg weiter.

„Da oben kommen wir nicht rauf. Die Steine sind zu instabil, wir würden nur abrutschen. Und du mit deinem Bein schaffst das schon gar nicht!", stellte Charly fest.

„Dann versuch wenigstens du es", sagte Benny mit zittriger Stimme.

„Unsinn, ich lasse dich nicht allein. Außerdem könnten sich Steine lösen und dich erschlagen. Nein, die einzige Möglichkeit ist Hilfe von außen. Hoffentlich schaffen Carry und Dimitrie es!"

In der Zwischenzeit hatten Carry und Dimitrie den Ausgang der Höhle erreicht. Carry war mittlerweile so erschöpft, dass sie sich an Dimitrie anlehnen musste.

Gott sei Dank, die zwei sind raus. Aber wo ist der Rest?, fragte sich Gruber.

„Ich muss rein, zwei noch drin. Gib mir Leiter", rief Dimitrie Gruber zu, nachdem er Carry am ersten RTW abgesetzt hatte.

„Wie ist die Lage?", fragte dieser.

„Geröll, überall Geröll und das Wasser steigt in Kapelle!" Dimitrie gab sich keine Mühe mehr, akzentfrei zu sprechen. „Ich muss wieder rein!"

„Das ist Wahnsinn, lassen Sie den Schwachsinn. Es ist zu gefährlich. Mensch, nehmen Sie doch Vernunft an!" Grubers Stimme überschlug sich fast.

Doch Dimitrie hatte sich schon eine Leiter und ein Seil geschnappt und rannte Richtung Eingang der Höhle.

„Verrückter Hund", rief Gruber an Carry gerichtet.

„Das stimmt, aber wenn es einer schafft, dann er", entgegnete sie mit schwacher Stimme.

„Also, ich kann das nicht gutheißen", rief der Einsatzleiter des Rettungsteams zu Gruber hinüber. Warum haben Sie ihn nicht aufgehalten?"

„Warum? Versuchen Sie mal, den Regen aufzuhalten, dürfte den gleichen Erfolg haben!", antwortete Gruber und sagte leise: „Gott stehe ihm bei!"

„Ich habe es gehört. Ich kann Ihnen nur beipflichten", sagte Carry.

Dimitrie hatte zwischenzeitlich die Stelle des Eingangs erreicht, der durch Schutt und Geröll verschüttet war. Er sah oben einen kleinen Spalt, der noch offen war. Wenn er diesen mit der Leiter erreichen würde und die Steinmassen nicht nachgeben, hätte er eine Chance, seine Freunde zu retten. Aber er wusste auch, über kurz oder lang würde der Druck des Wassers, das im Inneren der Kapelle stetig stieg, die Wand zum Einstürzen bringen.

Also los, alter Junge. Dir läuft die Zeit davon, dachte er.

Mit diesem Gedanken setzte er vorsichtig die Leiter an und kletterte hinauf.

Im Inneren der Kapelle wurde die Situation immer kritischer. Benny und Charly hatten keinen festen Boden mehr unter den Füßen. Zusätzlich krümmte sich Benny vor Schmerzen. Sein Bein war augenscheinlich gebrochen und zusätzlich schien sich eine Entzündung darin breit zu machen.

„Benny, halt dich weiter an mir fest. Wir schaffen es." Charly versuchte, Benny weiter Mut zu machen, obwohl er selbst kaum noch an Rettung glaubte. Er wusste, wenn die Geröllwand dem Druck des steigenden Wassers nicht mehr standhalten könne, würden sie weggeschwemmt und unter den Geröllmassen begraben werden. Zusätzlich kam hinzu, dass das kalte Wasser seine Kräfte aufsaugte wie ein Schwamm. Auch er war am Ende seiner Kräfte.

„Hallo, da unten jemand?" Charly glaubte zu träumen. War das Dimitrie?

„Ja hier, direkt unter dir", schrie Charly mit letzter Kraft.

„Gut, hier Seil", antwortete Dimitrie und warf das Ende des Seils in die Richtung von Benny und Charly.

Wenn ich das hier überlebe, bringe ich dem Kerl richtig Deutsch bei, dachte sich Charly. Und trotz der prekären Lage, in der er sich befand, musste er grinsen.

Er band das Ende des Seils um Bennies Brust und rief: „Zieh ihn rauf!"

Im nächsten Moment hob sich Benny wie durch Zauberhand in die Höhe.

„OK, ich habe ihn!", kam die Antwort von Dimitrie.

„Wenn du ihn sicher hast, bring ihn erst raus. Kümmere Dich dann erst um mich, verstehst du", Charly konnte vor Kälte kaum noch sprechen.

„Nein, wenn beide", war Dimitries Antwort.

„Hör mit dem Scheiß auf. Du weißt genau, dass die Wand uns nicht alle drei hält. Jetzt mach schon!"

Charly kam sich plötzlich vor, als hätte er einen über den Durst getrunken.

Das muss die Kälte sein, dachte er. *„Nur nichts anmerken lassen, sonst kommt Dimitrie noch auf dumme Gedanken*

Dimitrie hatte Benny mittlerweile gepackt und zog ihn über das Geröll. Es grenzte an ein Wunder, dass die Steine nicht nachgaben.

„Dimitrie, komm jetzt da runter, den Rest mache ich!"

War das Grubers Stimme? Dimitrie schaute nach unten und erkannte seinen Teamleiter.

„Chef, was machst du hier?"

„Mach hin, wir haben keine Zeit", antwortete Gruber barsch. Und in der Tat, das Wasser drückte gegen die Geröllwand und kleine Rinnsale von Wasser ergossen sich an der Wand herunter.

„Los raus, den Rest mache ich", herrschte Gruber Dimitrie nochmal an.

Im nächsten Moment war er schon auf der Leiter und kletterte selbst zu dem Spalt rauf. Die Rinnsale wurden immer größer und es war nur noch eine Frage der Zeit, bis die Geröllwand einstürzen würde.

Währenddessen nahm Dimitrie Benny in den Rautek-Griff, um ihn durch die engen Stellen des Zugangs ziehen zu können.

Gruber war auf der letzten Stufe der Leiter angekommen. Jetzt konnte er Charly das Seil, das er mitgenommen hatte, zuwerfen.

„Los, greifen Sie zu, viel Zeit bleibt uns nicht mehr!"

Mit letzter Kraft griff Charly zu und ließ sich rüber ziehen. Wie in Trance stieg er die Stufen hinunter. Dort wurde er von Martin Schmidt aufgefangen.

„Wo kommen Sie denn her?", fragte Gruber Martin Schmidt.

„Ja glauben Sie, ich lasse Sie hier allein?", antwortete dieser.

„Danke Schmidt, jetzt aber raus hier. Ich möchte nicht erleben, wenn das Kartenhaus zusammenbricht!"

Die drei erreichten die engste Stelle des Zugangs, als die Geröllwand nachgab und sich das Wasser Richtung Ausgang ergoss. Dass alle den Eingang erreichten, hatten sie nur dem Umstand zu verdanken, dass sich Steine an der engsten Stelle verkeilten und so das Wasser ca. eine halbe Minute aufgehalten wurde.

„Weg vom Zugang, da kommt gleich Wasser raus!", schrie Gruber und machte einen Hechtsprung weg vom Eingang, nicht ohne Charly vorher einen kräftigen Tritt zu geben, sodass auch der außerhalb der Gefahrenzone landete. Danach konnte Charly sich an nichts mehr erinnern. Er verlor kurz das Bewusstsein. Schmidt tat es seinem Chef gleich und landete genau vor den Füßen von Carry.

„Ich habe mich selten so gefreut, einer Frau so zu Füßen zu liegen", war sein Kommentar.

„Gibt Schlimmeres", konterte Carry grinsend.

„Für diese Handlungsweise werden Sie sich verantworten müssen", schrie der Einsatzleiter Gruber aufgebracht an.

„Liebend gerne, ich habe ein reines Gewissen", antwortete Gruber im ruhigen Ton. Er und Schmidt sollten später eine Abmahnung und den Rheinland-Pfälzer Tapferkeitsorden für ihre Tat erhalten.

Als Charly wieder zu sich kam, schaute er in die Augen von Carry, die sich besorgt über ihn beugte.

„Bin ich jetzt im Himmel?", fragte er sie.

„Hä, wie kommst Du denn da drauf?" entgegnete Carry.

„Ja, bist du denn kein hübscher Engel?"

„Sag mal, hast du auch was am Kopf abbekommen? Ich sehe gar keine Wunde", fragte Carry überrascht.

„Nö, mir ist nur saukalt. Wie geht es Benny?"

„Das mit der Kälte gibt sich. Sie kommen jetzt ins Krankenhaus und dann werden Sie einer Wärmebehandlung unterzogen. Ihr Freund ist schon auf dem Weg ins Krankenhaus. Das war Rettung im letzten Moment. Ich bin übrigens Edwin Gruber."

„Wie kamen Sie in die Höhle?"

„Das haben Sie Frau Lund zu verdanken. Sie hat mich so lange bekniet, bis ich Dimitrie gefolgt bin. Hätte sie das nicht getan, wären Sie jetzt nicht hier!"

„Danke Ihnen!", sagte Charly und an Carry gewandt: „Doch ein Engel!"

Carry quittierte seine Aussage nur mit einem bezaubernden Lächeln.

Kapitel 1.3

In Kairo

„Nun, könnt ihr euch jetzt daran erinnern, was Dimitrie für euch getan hat?" Carry hatte ihre Erzählung beendet und schaute die anderen beiden aus ihren großen braunen Augen durchdringend an.

„Sicher können wir uns noch gut an die Sache in der Höhle erinnern", entgegnete Benny kurz angebunden. „Es ändert aber nichts an meiner Entscheidung. Für mich ist das mindestens eine Nummer zu groß. Was sagst du, Charly?"

„Ich muss nochmal drüber nachdenken, lass mir noch etwas Zeit", antwortete Charly an Carry gewandt.

„OK Jungs, ihr habt Zeit bis morgen Mittag 12:00 Uhr. Dann brauche ich eine Entscheidung von euch. Bis dahin gilt auch die Reservierung der Flugtickets nach Kairo. Höre ich nichts von euch, seid ihr raus. Der Flug geht morgen um 17:35 Uhr ab Frankfurt. Ihr habt also vom Zeitpunkt eurer Entscheidung bis zum Abflug nicht viel Zeit zum Packen!"

„Du machst aber keine halben Sachen, das muss man dir lassen!", bemerkte Charly.

„Für halbe Sachen haben wir keine Zeit, mein Lieber", und mit diesen Worten verließ Carry das Café. Nicht, ohne vorher noch die Rechnung für alle drei zu bezahlen.

„Ich gehe dann auch", sagte Benny, „meine Meinung ist klar. Mach es gut und ich kann dir nur raten: Lass es bleiben, egal was du für sie heimlich empfindest. Es ist für uns beide eine Nummer zu groß. Also mach es gut. Hat mich trotzdem gefreut, euch mal wieder gesehen zu haben. Tschau!"

„Mmh", antwortete Charly auf Bennies Abschlusswort und so verließen beide das Café.

Es war 02:30 Uhr, als bei Carry das Telefon klingelte.

„Ja", sagte sie mit für diese Uhrzeit erstaunlich klarer Stimme.

„Ja, hier ist Charly, also ich habe es mir überlegt: Ich mache mit. Ich fliege mit nach Kairo, das bin ich Dimitrie schuldig. Ich dachte, ich rufe gleich an, bevor ich es mir anders überlege!"

„Ich habe mir schon gedacht, dass du es bist. Und ich habe mir auch gedacht, dass du „ja" sagst. Es freut mich, dass ich Recht behalten habe", sagte Carry erleichtert.

„Hat sich Benny nochmal gemeldet? Könnte ja sein, dass er es sich nochmal anders überlegt hat!"

„Nein, er hat sich nicht mehr gemeldet, er hat ja noch ein bisschen Zeit!"

„Gut, dann schlaf schön ... Wir sehen uns morgen am Flughafen", grade konnte Charly sich noch bremsen. Sie hatte immer noch einen Freund!

„Ja, sei schön pünktlich. Am besten zwei Stunden vorher da sein!"

„Ja Mama, mach ich. Bis denne, gute Nacht, schlaf schön!"

„Das habe ich lange nicht mehr gehört!"

„Was?"

„Bis denne!"

„Gab ja auch keine Gelegenheit!" entgegnete er.

„Stimmt, schlaf auch schön!"

„Dann bis morgen und träume schön", sagte Charly, dem noch gar nicht nach schlafen war.

Es machte „klick", das Gespräch war vorbei.

Nachmittags war Charly pünktlich am Flughafen. Carry wartete schon auf ihn.

„Moin, geht es hier nach Kairo?", fragte er unschuldig blickend.

„Komm, lass dich erst mal drücken", antwortete Carry, ohne auf seine flapsige Begrüßung einzugehen.

Sie riecht so gut, dachte Charly. Carry und ihn verbanden eine jahrelange Freundschaft und er gedachte nicht, diese Freundschaft durch eine unbedachte Bemerkung zu gefährden.

„Hast du was von Benny gehört?", fragte er, nachdem sie sich wieder voneinander gelöst hatten.

„Nein, aber es überrascht mich nicht nach seinem Auftritt gestern", antwortete Carry. „Es ist seine Entscheidung, da kann man nichts machen. Wichtig ist, dass du da bist. Na komm, lass uns unser Gepäck abgeben", fuhr sie fort.

Sie reihten sich in die lange Schlange ein und gaben ihr Gepäck auf. Danach gingen sie in den Duty-Free-Shop und vertrieben sich die Zeit bis zum Abflug.

„*Letzter Aufruf für Flug LH 787 nach Kairo*", schallte es durch die Abflughalle. Carry und Charly hatten grade ihren Check-In erledigt und warteten auf das Shuttle, das sie zu ihrem Flieger bringen sollte. Da hörten sie eine ihnen bekannte Stimme:

„Moment mal, bitte lassen Sie mich durch. Danke, danke, entschuldigen Sie, entschuldigen Sie!"

Benny drängelte sich durch die Schlange, als gäbe es kein Morgen.

Carry und Charly grinsten sich an.

„Ah, der verlorene Sohn", bemerkte Charly staubtrocken, als Benny sie erreichte.

„Ja glaubt ihr, ich lasse euch allein auf diese Mission gehen? Nachher macht ihr mir noch Dummheiten. Das kann ich doch nicht zulassen!"

„So, so, hat der gnädige Herr es sich nochmal anders überlegt", konterte Carry.

„Das bin ich Dimitrie schuldig, nach dem, was er alles für mich getan hat", murmelte Benny. „Nur eins wundert mich", fuhr er fort, „ich konnte ungehindert einchecken. Die Reservierung war nicht storniert, warum?"

„Das kann ich dir sagen", antwortete Carry, „ich habe geahnt, dass du kommst und habe die Reservierung laufen lassen." Und dabei grinste sie Benny an.

Hat sich doch ganz schön verändert, unsere kleine Eiskönigin, dachte Charly bei sich und erinnerte sich an das schüchterne Mädchen, das er einstmals kennengelernt hatte. Er schaute heimlich zu ihr rüber und kämpfte wieder gegen ein Gefühl an, das seit ihrem Treffen im Café immer wieder in ihm aufstieg. Er hatte es früher schon gehabt und dachte bisher, es endlich überwunden zu haben.

„So, ab in den Flieger, am Flughafen in Kairo werden wir von einem Mitarbeiter von MR abgeholt", Carry rief zur Eile, da nun schon alle Passagiere im Flugzeug verschwunden waren.

So kam es, dass unsere Freunde knapp vier Stunden später in Kairo landeten. Hier wurden sie von Abdul Karim empfangen, der schon ungeduldig nach ihnen Ausschau hielt.

„Willkommen in Kairo", begrüßte er sie mit einem strahlenden Lächeln. „Carry, es ist schön, dich wiederzusehen. Wie geht es dir? Du siehst blendend aus!"

„Danke gut, Abdul. Wie geht es Amal und den zwei Kindern?"

„Drei Kinder, drei. Jetzt ist noch der kleine Omar hinzugekommen. Und Amal wird von Kind zu Kind schöner. Ich zeige euch Bilder, wenn wir im Büro sind!"

Nach einer kurzen Vorstellung begaben sich alle zum Auto und Abdul stürzte sich in den Kairoer Abendverkehr. Dieser war für einen Auswärtigen eine gefährliche Angelegenheit. Es schien keine Regeln zu geben und Charly erlebte vor seinem geistigen Auge mindestens vier Situationen, die nach seinem Gefühl unweigerlich zu einem Unfall führen mussten. Doch Abdul fuhr mit der Souveränität eines Einheimischen um jede dieser prekären Situationen herum.

„Woher können Sie eigentlich so gut Deutsch?", fragte Benny, nachdem mal wieder so eine gefühlte Unfallsituation überstanden war.

„Ach bitte, Abdul und „du". Wir werden sicherlich eng zusammenarbeiten und da spricht es sich leichter. Ich habe drei Jahre in Ost-Berlin, damals noch DDR, Geschichte studiert. Eines Tages hat mich Professor Neumann nach der Wende angesprochen und gefragt, ob ich nicht für „MR" in Kairo arbeiten wolle. Nun, nachdem ich mein Studium beendet hatte, bin ich wieder nach Kairo gegangen und habe dort mit Doktor Dubois das Büro übernommen!"

„Und Abdul und ich haben uns auf einer Mission vor einem Jahr kennengelernt", ergänzte Carry.

„Ja, du warst noch ganz neu bei MR und hast dir bei uns die ersten Sporen verdient. Jungs, ich kann euch sagen, sie ist richtig gut", erzählte Abdul mit einem strahlenden Lächeln weiter. Während er Carry durch den Rückspiegel anschaute, ohne den Verkehr aus den Augen zu lassen.

So erreichten die vier unbeschadet das Büro von „MR" am Rand der Kairoer Innenstadt. Das Büro befand sich in einer kleinen Villa und von außen sah man ihr nicht an, dass sie mit hochmoderner Elektronik ausgestattet war.

„So, dann rein mit euch, Herr Dubois wartet sicher schon!" Abdul trieb etwas zur Eile.

Frank Dubois war ein kleiner, drahtiger Mittvierziger mit einem buschigen Schnurrbart, der ohne weiteres als Franzose durchging. Stattdessen war er ein waschechter Frankfurter, der seinen Namen hugenottischen Vorfahren verdankte, die vor hunderten von Jahren in Neu-Isenburg eine neue Heimat fanden. Auf seinem Schreibtisch stand ein riesiger Aschenbecher, der meist gut gefüllt war und in langen Nächten, in denen fast durchgearbeitet wurde, auch schon mal überquoll. Sein Büro war nämlich der einzige Raum in der Villa, in dem geraucht werden durfte.

„Hallo Herr Dubois, hier ist unser Besuch aus Deutschland!" Mit diesen Worten betrat Abdul mit den drei Freunden das Büro von Dubois. Dieser blickte auf und fixierte eine Person nach der anderen. Als er Carry erblickte, begann er, breit zu grinsen und stand hinter seinem Schreibtisch langsam auf.

„Frau Lund, besser Carry, es freut mich, Sie nach so langer Zeit mal wieder zu sehen. Auch herzlich willkommen an Sie alle!"

„Ja, auch wenn die Begleitumstände nicht grade erfreulich sind, ich freue mich auch, Herr Dubois. Dies sind Herr Bach und Herr Sauer. Lassen Sie uns gleich in medias res gehen", drängelte Carry etwas ungeduldig. Charly war von ihrer Zielstrebigkeit immer wieder überrascht. Welche Veränderung!

„Gut, dann lasst uns mal loslegen, nehmen Sie Platz", erwiderte Dubois. „Ich möchte betonen, dass ich von der Idee von Herrn Neumann nicht grade begeistert bin. Zwei Personen ohne Ausbildung und Erfahrung auf diese Mission zu schicken, ist mehr als leichtsinnig. Gleichwohl haben wir keine andere Wahl. Der größte Teil unserer Leute steckt in Missionen in Süd-Ägypten und die ägyptische Polizei ist notorisch unterbesetzt. Tja, meine Herren, so sind wir auf Sie gekommen. Lassen Sie mich ehrlich sein, Sie sind nicht meine erste Wahl, aber wir haben keine andere."

„Herr Dubois, wir sind uns der Problematik voll bewusst. Aber geben Sie uns die Chance. Wir werden versuchen, das Beste daraus zu machen", antwortete Charly.

„Nun ja", erwiderte Dubois, „die ersten Mitarbeiter von „MR" waren auch nur Archäologen und mussten sich mit Kriminellen herumschlagen."

Dann fuhr er fort: „Was haben wir an Informationen? Maier war auf der Spur der Chi. Information über diese Gruppierung hat ihnen sicherlich schon Frau Lund gegeben." Die anderen nickten. „Er ist schon eine ganze Weile hinter ihnen her. Und er weigerte sich beharrlich, noch eine Person hinzuzuziehen. Aber so ist er, wie ein einsamer Wolf. Als wir das letzte Mal Kontakt zu ihm hatten, sprach er von einer heißen Spur und Navigationskoordinaten, denen er jetzt folgen wollte. Alles, was wir dann noch erfahren haben, war, dass er einen Guide angemietet hat, um an der Stelle, die die Koordinaten auswiesen, weitere Nachforschungen anzustellen. Dies war die letzte Meldung und letzte Spur von Maier. Der Guide und er sind seitdem verschwunden. Dies ist jetzt fast zwei Wochen her, genauer gesagt seit Freitag vorletzter Woche."

„Gibt es denn gar keine Spur? Ich meine, ein Mensch kann sich doch nicht von selbst in Luft auflösen", fragte Benny.

„Nun, junger Mann. Die Wüste ist tückisch. Wenn jemand von ihr verschluckt wurde, kann es sein, dass er erst Jahre später wieder als Leiche ausgespuckt wird."

„Wir sind nicht hier, um Dimitries Leiche zu finden. Ich habe immer noch die Hoffnung, dass wir ihn lebend finden", unterbrach ihn Carry.

Dubois sah sie milde lächelnd an und sagte: „Immer noch die alte Lund. Wie ein Terrier in eine Spur verbeißen und erst wieder loslassen, wenn der Fall gelöst ist. Vorsicht meine Herren, die junge Dame wird Sie schon an Ihre Grenzen bringen."

„Davon gehe ich aus", sagte Charly, der bis jetzt sehr ruhig den anderen gelauscht hatte.

„So, genug für heute, es ist fast ein Uhr. Abdul wird Sie jetzt ins Hotel fahren. Ich habe mir erlaubt, noch einen kleinen Imbiss für Sie zu bestellen. Abdul wird Sie auch morgen früh abholen. Ich denke, das ist in Ihrem Sinne, der Verkehr von Kairo ist nichts für schwache Nerven. Ich hoffe, Sie kommen gut miteinander aus. Abdul wird eng mit Ihnen zusammenarbeiten."

„Ich denke, das passt schon", sagte Benny mit einem Lächeln und die anderen nickten beifällig.

„Gut, dann sagen wir, wir treffen uns um 10:00 Uhr wieder hier. Abdul wird Sie gegen 09:30 Uhr im Hotel abholen. Aber vorsichtig meine Herrschaften, wenn ich eine Uhrzeit sage, dann meine ich auch diese Uhrzeit. Da bin ich trotz 15 Jahren Ägypten doch Deutsch geblieben."

„Alles klar, dann 10 Uhr wieder hier", sagte Carry stellvertretend für alle.

„Abdul, bleiben Sie noch einen Moment", sagte Dubois an ihn gewandt. „Was halten Sie von den dreien, Abdul?", fragte er Abdul, als die anderen den Raum verlassen hatten.

„Nun, bei Carry wissen wir, woran wir sind. Die anderen beiden kann ich noch schwer einschätzen. Aber was haben wir für eine Wahl. Sie sind unsere einzige Hoffnung, Maier und den Guide wiederzufinden!"

„Das sind sie, Abdul, das sind sie. Ich hoffe, die machen das Beste draus!"

Mit diesen Worten fuhr Dubois seinen Rechner herunter und Abdul ging zu den drei Freunden, um sie in das Hotel zu fahren.

Im Hotel angekommen gingen alle drei gleich in ihre Zimmer. Charly beschloss, auf dem Balkon noch eine Zigarette zu rauchen und dann schlafenzugehen.

Kaum stand er an der Brüstung, hörte er von nebenan jemanden eine Zigarette inhalieren. Es war Carry, die das Zimmer nebenan hatte.

„Na, kannst du auch noch nicht schlafen?", flüsterte Charly eng an die Trennung der beiden Balkone gelehnt.

„Nein, mir schwirrt noch ein Haufen Zeug durch den Kopf", entgegnete sie. „Vor allem die Angst, wir könnten es nicht schaffen."

„Komm, mach dir keinen Kopf, es hat doch noch nicht mal richtig angefangen. Lass es erst mal auf uns zukommen, dann sehen wir weiter."

„Immer noch der alte Charly. Nicht zu früh in Panik geraten, erstmal besonnen die Situation analysieren."

„Genau, solange kein Grund zur Panik besteht, ruhig Blut. Jetzt schauen wir mal, was der nächste Tag bringt."

„Die gleiche Denke, wie damals in der Hohen Mark", bemerkte sie. „Wusste schon, warum ich dich dabeihaben wollte."

„Na und, da sind wir doch damals ganz gut mit gefahren. Und mich jetzt dabei zuhaben wolltest du doch nicht nur wegen meiner analytischen Denke, oder?", er lächelte keck.

„Na junger Mann, nun bilden Sie sich mal keine Falschheiten ein", gab sie gespielt streng zurück. „So, ich gehe jetzt schlafen. War ein langer Tag. Schlaf schön, Charly", murmelte sie gähnend und verschwand in ihrem Zimmer.

„Jo, schlaf schön, bis denne", entgegnete Charlie und drückte seine Zigarette aus. Wie gerne hätte er sie jetzt in seinen Arm genommen. *Aber was nicht ist, ist nicht*, dachte er. Dann ging auch er schlafen.

Kapitel 1.4

In Frankfurt

„Haben Sie etwas für mich?", fragte Torsten Neumann den Chefchemiker der Universität Frankfurt, Thomas Berger.

„Nun, Herr Neumann, wir haben unser Bestes getan", antwortete dieser.

„Dann zeigen Sie mal", entgegnete Neumann. Torsten Neumann war der Chef von MR-Weltweit. Ein zwei Meter Hüne mit einem runden Kopf und Halbglatze. Er fiel durch seine absolute Ruhe und seine Loyalität zu seinen Mitarbeitern auf. Ein Umstand, der bei seinen Vorgesetzten in Berlin nicht immer gut ankam. Außerdem war er durch seine unkonventionelle Arbeit nicht nur beliebt. Aber seine Mitarbeiter gingen für ihn durchs Feuer. Neumann und Berger hatten in der Vergangenheit schon des Öfteren zusammengearbeitet und dabei den Dienstweg manchmal etwas frei interpretiert.

„Wir haben jetzt alle Aufzeichnungen über die Chi, denen wir habhaft werden konnten, studiert, ausgewertet und daraus ein Gegengift gegen ihren „Todestrunk" entwickelt. Viel Material hatten wir nicht. Wir haben uns vor allem auf die Aufzeichnungen von Professor von Sundheim gestützt", dozierte der Chemiker.

„Ich weiß, der Informationsstand ist äußerst dünn. Das meiste wissen wir nur vom Hörensagen und das ist noch sehr diffus."

„Alles, was wir wissen, ist, dass sie wahrscheinlich ein Halluzinogen einsetzen. Dies kann auch bei ihren Messen genutzt werden. Es war äußerst schwierig, aufgrund der gesamten Informationslage irgendetwas zu produzieren. Doch nun haben wir ein Gegengift entwickelt. Wir hoffen, dass es hilft!"

„Gute Arbeit, Berger. Wir wissen noch nicht einmal, ob wir es brauchen. Aber wenn, dann kann es äußerst wertvoll sein."

„Ich möchte noch darauf aufmerksam machen, dass es noch nicht mal an Tieren ausprobiert wurde. Streng genommen dürfte ich es Ihnen gar nicht aushändigen."

„Ich weiß Berger, ich weiß. Wenn ich gefragt werden sollte, habe ich es aus dem Internet und kann mich nicht mehr an die Seite erinnern. Aber die Chi haben schließlich auch keine Freigabe für ihren Trunk und setzen ihn vielleicht auch ein. Dann ist es doch legitim, was ich hier mache, oder?"

„Das ist natürlich auch eine Sicht der Dinge", schmunzelte Berger. „Ich kann Ihnen versichern, dass nur mein Assistent und ich von der Entwicklung wissen. Wir haben die ganze Entwicklung unter Grundlagenforschung abgebucht, da kann uns keiner was."

„Gut, und unsere Unterhaltung hat nie stattgefunden", ergänzte Neumann. „Herr Berger, ich danke ihnen!"

„Ach so, hier sind die Tabletten. Wir haben zehn Stück herstellen können. Wir haben noch einen Behälter konzipiert, den man ohne Probleme um den Hals tragen kann. Er ist hitze- und säurebeständig und wird wie ein Blister geöffnet", erklärte Berger.

„Großartig, ist ja fast wie in einem Spionagefilm", schmunzelte Neumann.

„Gut, das war es, ich wünsche Ihnen bei Ihrer wie auch immer gearteten Mission alles Gute und hoffe, dass Sie die Tabletten nicht brauchen", verabschiedete sich Berger.

„Ich werde sie bestimmt nicht brauchen, aber vielleicht jemand anderes", entgegnete Neumann.

Kaum hatte Berger das Büro verlassen, griff Neumann zum Telefon.

„Hallo Frank, hier spricht Torsten. Frank, ich schicke dir gleich ein Päckchen per Blitzkurier. Es sollte spätestens Übermorgen bei dir sein. Es handelt sich dabei um ein Gegengift gegen den Trunk der Chi. Ich kann aber meine Hand nicht dafür ins Feuer legen, dass es funktioniert!"

„Na großartig Torsten, ist ja wie eine Operation am offenen Herzen. Aber immer noch besser als nichts. Aber du weißt, was ich von der Gesamtsituation halte. Ich habe ihnen Abdul zugeteilt und was wir von Carry zu halten haben, wissen wir!"

„Ich hoffe jedenfalls, dass es funktioniert. Wir hören uns!"
Dann legte Neumann auf und schaute aus dem Fenster auf die
Senckenberg-Anlage. *Hoffen wir mal das Beste*, dachte er, während er aus dem Fenster schaute.

Den Kurier bestellte er persönlich.

Kapitel 1.5

In der Wüste

Am nächsten Morgen war Abdul auf dem Weg zum Hotel, als sein Handy klingelte.

Oh, Chef, dachte er sich.

„Morgen, Abdul", hörte er die Stimme von Dubois. „Hören Sie, warnen Sie die drei schon mal vor, dass es heute heiß wird. Sie werden von Sundheim einen Besuch abstatten. Um die passende Kleidung brauchen sie sich keine Gedanken machen. Ich denke, wir haben das Richtige hier!"

„Ist gut Chef, dann werden wir sie erst mal einkleiden und dann zu ihnen kommen!"

„So machen wir es, bis später!" Dubois war nicht der Freund vieler Worte. Auch Abdul musste sich als geborener Ägypter erst an die knappe Wortwahl seines Chefs gewöhnen. Mittlerweile wusste er, dass dies keine Unhöflichkeit war, sondern seine Art.

Nachdem Abdul sie abgeholt und alle in der Villa angekommen waren, ging es gleich in die Kleiderkammer des Instituts.

„Steht dir nicht schlecht, die Tropenuniform", bemerkte Charly, nachdem sie sich umgezogen hatten.

„Pffff", kommentierte Carry das Kompliment. Sie sah in Ihrer dunkelgrünen Kaki Bluse und der dazu passenden kurzen Hose aber auch wirklich gut aus. Der Umstand, dass sie ansonsten nur lange Hosen trug, verlieh ihrem Outfit noch den nötigen Reiz, da ihre langen Beine voll zur Geltung kamen.

„Wir sehen aus wie richtige Entdecker", ergänzte Benny frech.

„Los jetzt, genug gealbert, Dubois wartet sicher schon auf uns", mahnte Carry zur Eile.

Und richtig, in einer dichten Rauchwolke aus ägyptischem Tabakrauch saß Dubois hinter seinem Schreibtisch und erwartete alle vier:

„Guten Morgen allerseits, ich komme gleich zum Thema. Sie werden heute zuallererst Professor von Sundheim einen Besuch abstatten. Sundheim ist ein ausgewiesener Spezialist der Chi und kann Ihnen sicherlich den ein oder anderen Tipp geben. Er erforscht sie schon seit 20 Jahren. Ich kenne keinen, der mehr über die Chi weiß. Haben Sie zu gestern noch Fragen?"

„Momentan nicht", antwortete Carry.

„Gut, ich habe Ihnen noch ein Dossier zu den gestrigen Themen zusammenstellen lassen. Sie können es während der Fahrt lesen. Abdul wird Sie jetzt fahren. Richten Sie sich darauf ein, dass Sie bei Einbruch der Dämmerung bei von Sundheim ankommen. Nehmen Sie also auch Übernachtungssachen mit."

„Habe ich alles schon im Auto verstaut", bemerkte Abdul.

„Denken Sie daran, so heiß wie die Tage in der Wüste sind, so kalt wird es nachts. Also nutzen Sie den mitgenommenen Schlafsack!"

„Herr Dubois, ich bin kein Neuling. Ich war schon öfter in der Wüste", erinnerte Carry Dubois.

„Das stimmt, aber für Ihre Kollegen ist es das erste Mal." Dubois machte wieder keinen Hehl daraus, dass er die Situation mit zwei unerfahrenen Neulingen für extrem riskant hielt.

Eine halbe Stunde später war der Jeep komplett beladen und sie fuhren aus der Hofeinfahrt hinaus.

„Wie lange werden wir unterwegs sein?", fragte Benny.

„Ihr Deutschen, immer fragt ihr nach Uhrzeiten. Ein arabisches Sprichwort sagt: Ihr habt die Uhr, doch wir haben die Zeit. Ihr habt doch gehört, bei Einbruch der Dämmerung sind wir da. Sein Camp ist ca. 150 Kilometer von Kairo entfernt."

„Was, für 150 Kilometer brauchen wir fast einen ganzen Tag?" Benny konnte es nicht verstehen.

„Junge, wir sind hier nicht in Deutschland. Noch sind wir auf einer guten Straße, aber in 15 Kilometern geht es landeinwärts. Da ist keine Straße mehr. Ab in die Wüste!" Carry rollte mit den Augen.

„Die schicken uns tatsächlich in die Wüste!" Bennys Begeisterung hielt sich in Grenzen.

Nach einer Stunde Fahrt hob Charly den Kopf und schaute in die Runde: „Ich habe mir das Dossier mal durchgelesen, Dimitrie scheint wirklich eine heiße Spur verfolgt zu haben. Er war zwei Mal recht nahe an den Chi dran!"

„Streber", gab Benny zurück, dessen Kommentar Charly überhörte.

„Das stimmt", entgegnete Abdul, „aber sie entkamen ihm wie ein labbriger Fisch in der Hand eines Fischers!"

„Aber, wenn die Chi so gefährlich sind, warum unternimmt die Regierung nichts gegen sie?", fragte Carry.

„Das kann euch von Sundheim nachher erklären", tat Abdul geheimnisvoll.

Nach insgesamt sieben Stunden Fahrt kamen sie an der Ausgrabungsstätte von Professor von Sundheim an. Es dämmerte bereits. Wie Carry sagte, war der größte Teil der Strecke unbefestigt und Abdul musste seine ganzen Fahrkünste aufbringen, um mit heiler Haut im Camp anzukommen. Professor von Sundheim erwartete sie bereits.

„Sie sind also die Frischlinge aus Deutschland und wollen etwas über die Chi wissen", begrüßte er sie.

„Guten Abend erstmal", Carry konnte die Kommentare über ihre Unerfahrenheit nicht mehr hören.

„Na, dann kommen Sie erstmal rein und stärken sich. Ich kann Ihnen während des Essens schon etwas erzählen!"

„Hat Dubois Sie etwa schon vorgewarnt?", fragte Charly neugierig.

„Er hat mich über Funk gebrieft", antwortete von Sundheim wortkarg.

„Kennen Sie ihn denn näher?", kam es von Benny.

„Wir haben mal zusammen bei „MR" gearbeitet. Ich war auch bei dem Laden. Aber dann bin ich gegangen, war nicht das Richtige für mich. Zu viel Polizeiarbeit und zu wenig wissenschaftliche Forschung. Aber das ist eine andere Geschichte. Sie haben den langen Weg nicht unternommen, um meine Lebensgeschichte zu hören, sondern etwas über die Chi zu erfahren!"

Sie betraten ein geräumiges Zelt, in dem es köstlich nach einem Fleischeintopf roch. Erst jetzt merkten sie, dass sie den ganzen Tag nichts gegessen hatten und nahmen dankbar eine Schale mit dem Essen an.

„Sind Sie denn ganz allein?", fragte Carry neugierig.

„Nein", entgegnete von Sundheim, „der größte Teil meiner Leute liegt schon in den Zelten und schläft. Wir fangen immer sehr früh an, damit wir nicht der Mittagshitze ausgesetzt sind!"

„Professor, bitte warten Sie noch kurz, bis Sie anfangen. Ich muss mir jetzt was Warmes anziehen, mir wird kalt", Carry war schon ganz blass geworden und hatte eine rote Nase vor Kälte.

Eiskönigin halt, dachte Charly. Insgeheim bedauerte er, dass sie nun wieder lange Hosen anzog und somit ihre langen Beine bedeckte. *„Idiot"*, dachte er und vermied einen Kommentar abzugeben.

„Ja, ja, gehen Sie in das Zelt nebenan. Ihre Sachen wurden von Josy schon dorthin gebracht. Keine Angst, die drei Herren haben das Zelt daneben. Sie haben eins für sich allein", klärte von Sundheim sie auf.

„Oh, das ist aber aufmerksam. Ich dachte schon, ich müsste die Nacht mit diesen beiden Wüstlingen verbringen", entgegnete Carry lachend.

„Josy ist übrigens meine Assistentin, Sie werden sie morgen früh kennenlernen", klärte er die Freunde augenzwinkernd auf.

Nachdem Carry sich umgezogen hatte, stopfte sich von Sundheim eine Pfeife und begann zu erzählen. Man hatte das Gefühl, er genoss es, über sein Lieblingsthema zu sprechen:

„Nun meine Herrschaften, Sie wollen etwas über die Chi erfahren. Dann werde ich mal starten. Also die Chi sind eine radikale Religionsgemeinschaft, die es meines Wissens schon einige tausend Jahre gibt. Sie verfolgen die Idee, nur einem Gott zu gehorchen. Alle anderen Götter, an die die Ägypter jemals geglaubt haben, sind demnach für sie nur Botschafter des Teufels. Deshalb ist es für sie auch legitim, alle Grabstätten, die sie kennen und entdecken, zu plündern. Die Sammelstätte ihrer Beute ist gleichzeitig ihr Tempel, in dem sie ihrem Gott huldigen. Bisher hat niemand diesen Tempel entdeckt. Alle Menschen, die den Versuch unternommen haben, sind niemals zurückgekommen. Der Kopf eines Falken soll ihr Zugehörigkeitssymbol sein. Sie glauben, mit diesen geraubten Grabbeilagen auch ihren Gott besänftigen zu können. Ferner munkelt man, dass sie auch vor Menschenopfern nicht zurückschrecken. Besonders angetan sollen sie von weißen Blondinen sein, dafür gibt es aber keine stichhaltigen Beweise. Sie lehnen auch jegliche weltliche Regierungsform ab und man munkelt, dass auch hochrangige Politiker zumindest mit den Chi sympathisieren, wenn nicht gar Mitglieder sind."

„Dies würde Carrys Frage von heute Mittag beantworten, warum die ägyptische Regierung nicht mehr gegen die Chi unternimmt", warf Charly ein.

„Selbst als ich noch bei „MR" war, haben wir schon Nachforschungen angestellt. Kamen aber zu keinem Ergebnis. Irgendwo musste ein Maulwurf stecken, der die Chi mit Informationen versorgte", ergänzte von Sundheim finster.

„Vielleicht ist dies auch der Grund, weshalb man uns auf Dimitries Fährte geschickt hat. Wir sind nun völlig unverdächtig", kombinierte Benny laut.

„Mag sein, Neumann tendiert manchmal zu unorthodoxen Methoden. Deshalb ist er auch so beliebt bei seinen Mitarbeitern und so verpönt bei den Politikern. Aber darüber soll Dubois Ihnen was erzählen. Da bin ich zu lange raus."

Abdul lächelte nur wissend.

Von Sundheim nahm einen tiefen Zug von seiner Pfeife und zeigte den vieren eine Karte. „Sehen Sie hier. Dies sind alles Grabstätten, die wahrscheinlich von den Chi geplündert wurden."

„Aber das sind ja hunderte", bemerkte Carry.

„Stimmt, und ich glaube, dass es nicht alle sind."

„Dann müssen es Werte in Millionenhöhe sein und ihr Versteck ist riesig", kombinierte Benny.

„Ja", sagte von Sundheim, „verstehen Sie jetzt, warum die Chi so mächtig sind? Wenn sie wollten, könnten sie jede Regierung dieses Planeten kaufen und beherrschen. Unser Glück ist nur, dass sie nicht nach weltlicher Macht streben. Noch nicht, aber lassen Sie einen aus ihren Reihen kommen, der clever genug ist, die Chi für seine Zwecke zu nutzen. Einer, der die Weltherrschaft will. Wenn das passiert, dann Gnade uns allen Gott. Sagen Sie, Dubois sprach von irgendwelchen Koordinaten, die Dimitrie durchgegeben hat. Haben Sie die hier?"

„Ja natürlich", entgegnete Carry, ganz froh etwas zu der Sache beisteuern zu können.

„Dann zeigen Sie mal her", murmelte von Sundheim und verglich die Koordinaten mit den Angaben auf seiner Karte.

„Da, hier ist der Ort, der sich mit den Koordinaten deckt. Dieser liegt genau im Zentrum der ausgeraubten Gräber. Ist schon jemand dort gewesen?"

„Bisher nicht", sagte Charlie. „Aber ich denke es wird unser nächstes Ziel sein!"

„Dann passen Sie gut auf sich auf. Das sind ganz böse Menschen. Die schrecken in ihrem Wahn vor nichts zurück. Und passen Sie vor allem auf die Lady auf", er schaute Carry lange an.

„Die Lady, wie Sie sagen, kann schon selbst auf sich aufpassen", entgegnete Carry. „Ich bin schließlich alt genug!"

„Na denn, ich hoffe das Beste für Sie!"

Charly hatte das Gefühl, von Sundheim hatte ihnen in Zusammenhang mit den Chi nicht alles erzählt. Irgendetwas verschwieg er ihnen.

„Nun, ich bin dafür, jetzt mal das Bett aufzusuchen. Es wird morgen wieder ein schwerer Tag. Wenn ich allein an die Rückfahrt denke", Benny klang alles andere als begeistert.

Auch Abdul war dem Schlaf schon näher als dem Wachsein und schloss sich an.

„Aber vorher noch eine Gute-Nacht-Zigarette", sagte Carry, die noch nicht so müde wie die anderen wirkte.

„Schließe mich an", sagte Charly. „Herr von Sundheim, danke für das genaue Briefing. Und Sie können sicher sein, dass wir auf die kleine Lady aufpassen werden."

„Na, da geht es mir doch gleich viel besser", konterte Carry.

Dass sie aber auch immer das letzte Wort haben muss, dachte Charly, *Eiskönigin!*

Nach der letzten Zigarette, die jeder schweigend genoss, gingen unsere Freunde in die für sie vorgesehenen Zelte. Carry in das eine und Abdul, Benny und Charly in das andere.

„Carry, lass dich nicht stehlen", rief Benny Carry hinterher.

„Charly, pass auf den Frechdachs auf, sonst macht der heute Nacht noch Dummheiten", konterte Carry.

„I will do my best", rief Charly hinüber.

„Also, dass Carry nichts merkt", flüsterte Benny zu Charly hinüber, als sie sich in ihre Schlafsäcke eingemummelt hatten.

„Was soll sie gemerkt haben?", fragte Charly ihn.

„Na, wie du sie laufend anschaust. Das sieht doch ein Blinder mit Krückstock, dass du mehr als freundschaftliche Gefühle für sie hegst. Und das geht nicht erst seit gestern so. Das weiß ich doch. Komm, mir kannst du doch nichts vormachen."

„Ach Benny, lass mich jetzt schlafen. Ich bin müde", Charly drehte sich auf die rechte Seite.

„Ist schon interessant, dass du es aber nicht abstreitest."

„Nein, bist du jetzt zufrieden", zischte Charly, „aber kein Wort zu Carry."

„Ich werde mich der Sünden fürchten. Ne, ne, da soll die mal selbst draufkommen. Gute Nacht."

„Nacht Benny, versprochen?"

„Gute Nacht Charly, versprochen!"

„Gut!"

„Sagt mal Jungs, was tuschelt ihr denn immer noch? Ist ja wie in einem Mädchenpensionat."

„Schlimmer, viel schlimmer", rief Benny zu Carry hinüber. Danach schliefen alle ein.

Am nächsten Morgen wurde Charly durch ein Duschgeräusch geweckt.

Dusche mitten in der Wüste?, dachte er und ging aus dem Zelt. *Tatsächlich, da hinten ist eine Dusche, nichts wie hin.* Dann entkleidete er sich bis auf die Shorts, schnappte sich sein Handtuch aus dem Zelt und ging in Richtung Dusche.

Als er um die Ecke zur Dusche ging, kam ihm Carry, nur mit einem Handtuch bekleidet, entgegen. Beide schauten sich etwas verlegen an.

„Guten Morgen Charly."

„Guten Morgen Carry." Ihm war die Situation peinlich. Gleichzeitig genoss er den Anblick, der sich ihm bot. Ihr sportlicher Körper wurde von der Morgensonne voll angeleuchtet und vereinzelte Wassertropfen auf ihrer Haut glitzerten in unterschiedlichen Farben.

„Äh, ich wollte nur duschen", stotterte Charly.

„Ich habe grade geduscht", stotterte Carry.

Was für ein hirnrissiger Dialog, dachte Charly. *Ist fast so blöd wie: ‚Ich habe eine Melone getragen'. Gott, bin ich verwirrt. Ist doch nicht der erste Frauenkörper, den ich sehe.* Er konnte nur über sich selbst den Kopf schütteln.

„Wir sehen uns gleich beim Frühstück", hörte er Carry sagen.

„Ja, bis gleich", hörte er sich selbst sagen und ging unter die Dusche. Den verstohlenen Blick, den Carry ihm zuwarf, bemerkte er nicht …

Eine halbe Stunde später trafen sich alle vier zum Frühstück. Von Sundheim saß auch mit an der Tafel. Hierbei lernten sie auch Josy, von Sundheims Assistentin, kennen. Josy war eine Enddreißigerin mit brünetten Haaren, die sie zu einem Pferdeschwanz zusammengebunden hatte. Sie und von Sundheim machten keinen Hehl daraus, dass sich ihr Verhältnis nicht nur auf die wissenschaftliche Arbeit erstreckte.

„So, meine Herrschaften, ich möchte nicht ungemütlich sein, aber Sie sollten langsam aufbrechen. So kommen Sie noch vor Einbruch der Dämmerung in Kairo an. Sie können sich glücklich schätzen, dass sie eine Klimaanlage im Auto haben, sonst könnten Sie nur nachts fahren."

„Ich glaube auch, dass wir uns beeilen sollten, mir ist jetzt schon warm", ergänzte Benny, der gerade sein drittes Spiegelei verdrückt hatte. Obwohl er von schlaksiger Statur war, konnte er für drei ausgewachsene Männer essen. Charly fragte sich manchmal, wo er das alles hinsteckte.

„Schade!", meinte Josy. „Ich hätte Ihnen gerne noch unsere Ausgrabungsstätte gezeigt. Na denn, ein anderes Mal!"

„Das machen wir", antwortete Carry, die schon ihren Rucksack gepackt und im Jeep verstaut hatte.

Hoffentlich kommen sie wieder, dachte von Sundheim mit sorgenvoller Miene.

Als von Sundheim dann etwas abseits stand, ergriff Charly die Gelegenheit und stellte sich neben ihn.

„Herr Professor, Sie haben doch einen Grund für Ihre Warnungen und verschweigen uns etwas. Darf ich den Grund erfahren?"

Von Sundheim schaute ihn lange an.

„Junger Mann, Sie haben völlig recht. Wissen Sie, ich war bereits einmal verheiratet. Meine Frau und ich haben damals für MR gearbeitet. Sie sah fast so aus wie Frau Lund. War auch im gleichen Alter. Wir waren auf der Spur der Chi. Ich war damals stellvertretender Leiter in Kairo und sie leitete die Mission. Eines Tages hatten sie eine heiße Spur und fuhren in die Wüste, um den vermeintlichen Tempel auszuheben. Ich sah sie nie wieder. Danach habe ich bei MR gekündigt und widmete mich wieder den Ausgrabungen. Wissen Sie jetzt, warum ich gestern Abend gesagt habe, dass Sie auf die kleine Lady aufpassen sollen?"

„Jetzt wird mir einiges klar. So wie Sie Carry angeschaut haben, musste mehr hinter der Warnung stecken. Professor, ich werde alles tun, damit Carry nichts passiert. Das verspreche ich Ihnen!"

„Das Versprechen nehme ich Ihnen voll ab, junger Mann. Mir sind Ihre Blicke, die Sie ihr gestern Abend zugeworfen haben, auch nicht entgangen. Da ist doch mehr als Freundschaft, habe ich recht?"

„Könnte sein, ich bin mir selbst nicht im Klaren."

„Wenn Sie es sind, dann sagen Sie es ihr."

„Mal schauen, wie sich alles entwickelt. Aber jetzt haben wir eine heikle Mission vor uns. Und darauf müssen wir uns konzentrieren."

„Charly", von Sundheim sprach Charly ernst an, „behalten Sie sie gut im Auge und machen Sie nicht den gleichen Fehler wie ich. Ich habe meine Frau damals allein gelassen!"

„Versprochen", sagte Charly und reichte von Sundheim die Hand. „Wir sehen uns wieder, wenn alles vorbei ist und wir Dimitrie wiedergefunden haben. Eine Frage noch: Darf ich den anderen Ihre Geschichte verraten?"

„Meinetwegen", antwortete von Sundheim kurz.

„So, meine Herrschaften, dann mal Abmarsch", wechselte von Sundheim ganz schnell das Thema, da er die drei anderen um die Ecke kommen sah.

„Wir wollten uns nur verabschieden und Charly einsammeln", meinte Benny und zupfte Charly am Arm. „Los, du Trödeltante, wir warten nicht ewig!"

Nachdem sich alle herzlich verabschiedet hatten, fuhr Abdul los. Charly warf von Sundheim einen letzten Blick zu und nickte leicht mit dem Kopf. Von Sundheim nickte zurück.

„Meinst du, sie werden es schaffen?", fragte Josy von Sundheim.

„Ich weiß es nicht", antwortete er, „ich kann es nur hoffen."

Mit diesen Worten ging er in das Zelt. Er wollte allein sein. „Mein Gott, Margot, sie ist dir so ähnlich."

Als Abdul eine Strecke gefahren war, fragte er: „Na Charly, was hast du mit dem Prof. besprochen?"

Charly wartete einen Moment und sagte dann: „Ich kenne jetzt den Grund, warum er uns nicht alles erzählt hat." Er schaute in die Runde. „Der Professor war schon einmal verheiratet. Bei einem Einsatz gegen die Chi hat er seine Frau verloren. Er selbst war bei dem Einsatz nicht dabei. Sie hat die Mission geleitet und ist nicht wiedergekommen. Deshalb hat er uns auch so eindringlich gewarnt!"

„Aber das hätte er uns auch gleich sagen können", meinte Benny.

„Sicher, aber vielleicht war es für ihn noch nicht der richtige Zeitpunkt, wer weiß."

Charly vermied es, in diesem Moment Carry anzuschauen.

Nach einer nicht minder anstrengenden Rückfahrt klingelte das Handy von Abdul, als sie die Außenbezirke von Kairo erreichten. Dubois war dran, er erkundigte sich nach dem Gespräch mit von Sundheim und sagte: „Kommen Sie bitte morgen um neun Uhr zu mir ins Büro. Ich habe etwas mit Ihnen zu besprechen. Es geht um die nächsten Schritte!"

„Gut Chef, ich hole die anderen dann morgen Früh ab und wir sind dann pünktlich bei Ihnen", antwortete Abdul. „Da ist dann aber normale Straßenkleidung angesagt. Wir gehen nicht auf Safari, oder?", fuhr er augenzwinkernd fort.

„Das hängt von dem Ausgang des Gespräches ab, das Sie morgen führen werden. Seien Sie auf alles vorbereitet", gab Dubois als Antwort. „Bis dann!"

Klick, das Gespräch war damit beendet.

„Typisch Chef, immer spannt er einen auf die Folter. Wir sollten unsere Safari-Kleidung anziehen, um auf alles vorbereitet zu sein. Carry, dir würde ich allerdings raten, morgen erst einmal eine lange Hose anzuziehen. Wer weiß, was Dubois mit uns vorhat."

„Mach ich", kam als kurze Antwort zurück. Alle drei waren von der langen Rückfahrt gerädert und sehnten sich nach einer heißen Dusche und einem warmen Bett.

Als Charly später auf dem Balkon stand und seine letzte Zigarette für diesen Tag rauchte, hörte er von der Seite wieder Carry rauchen.

„Was glaubst du, was morgen auf uns zukommt?", fragte er sie über die Brüstung.

„Kann ich dir nicht sagen", kam als Antwort. „Ich würde jetzt gerne mal mit dem Chef der Guide-Agentur sprechen. Vielleicht weiß der noch irgendetwas. Dann möchte ich gerne zu der Stelle fahren, die die Koordinaten ausgewiesen haben. Ich habe das Gefühl, wir finden dort etwas. Ich werde Dubois jedenfalls morgen den Vorschlag machen!"

„Ja, jetzt ist aber genug für heute, ich gehe ins Bett. Gute Nacht", sagte Charly mehr zu sich selbst. Er war geschafft.

„Schlaf gut", entgegnete Carry. Sie stand noch eine Weile auf dem Balkon und dachte über den vergangenen Tag nach. Vor allem die Tatsache, dass von Sundheim seine Frau verloren hatte, beschäftigte sie doch sehr. Es war für sie kaum auszudenken, wenn Charly oder Benny etwas passieren würde. Schließlich hatte sie die beiden ja überredet.

Mit diesen Gedanken ging auch sie ins Bett und fiel in einen traumlosen Schlaf.

Am nächsten Morgen standen alle drei pünktlich in der Hotellounge. Da kam Abdul etwas gehetzt um die Ecke.

„Sorry, aber der kleine Omar hat die ganze Nacht durchgeschrien. Er hat das Temperament seiner Mutter."

„Na, wenn du dem Temperament gewachsen bist, dann ist doch alles gut", reagierte Carry grinsend. „Komm, lass uns fahren, wir sind spät dran!"

In der Villa angekommen wartete Dubois schon im Besprechungsraum auf die vier. „Ich habe mir gedacht, hier ist es etwas bequemer und nicht so eng. Aber ich möchte Sie bitten, die Sitzung nicht so lange auszudehnen. Hier darf ich nicht rauchen", war sein Kommentar.

Die anderen grinsten nur.

Zuerst berichtete Carry über ihr Gespräch mit von Sundheim.

„Hat er Ihnen alles erzählt?", war Dubois erste Frage.

„Ja, ich denke schon", meldete sich Charly zu Wort. „Besser gesagt, er hat es mir erzählt und ich durfte es den anderen weitererzählen!"

„Mmh, Sie müssen schon einen gewissen Eindruck auf von Sundheim gemacht haben. Er geht mit seiner Vergangenheit nicht grade hausieren."

Charly dachte sich seinen Teil. Dass diese Warnung, die von Sundheim ausgesprochen hatte, vor allem Carry betraf, behielt er für sich.

Dubois fuhr fort: „Der Verlust seiner Frau hat uns alle zutiefst getroffen. Die beiden waren das Traumpaar von MR. Sie hatten sich in der Firma kennen und lieben gelernt. Sie passten menschlich und fachlich sehr gut zusammen und waren in allen Bereichen ein super Team. So ein Duo haben wir seitdem nicht mehr gehabt."

Täuschte sich Charly oder schaute Dubois vor allem Carry und ihn gerade besonders deutlich an? Und wenn, warum tat er das? Schließlich kannten er und Dubois sich erst seit drei Tagen.

„Gut, nachdem ich auf dem Laufenden bin, würde ich gerne die nächsten Schritte mit Ihnen besprechen: Zuallererst statten Sie bitte Mohamed Mahmoud einen Besuch ab. Mahmoud ist der Chef der Guides, von denen Dimitrie einen angeheuert hat. Die Guides sind ein Völkchen für sich und vielleicht kriegen Sie noch etwas Neues raus. Wenn Sie dort gewesen sind, fahren Sie zu der Stelle, wo Dimitries Spur endet. Vielleicht haben wir irgendetwas übersehen. Der kleinste Hinweis kann hilfreich sein!"

Abdul schaute skeptisch. „Chef, was sollen wir dort finden? Da gibt es doch nur Sand und Felsen!"

„Stimmt vordergründig", entgegnete Dubois, „aber wir haben das Gebiet mit den Augen von Archäologen abgesucht. Sie schauen mit den Augen von neugierigen Touristen!"

„Wenn es hilft", entgegnete Abdul.

Carry schaute Charly mit einem vielsagenden Blick an. „Habe ich nicht den richtigen Plan gehabt?", sagten ihre Augen. Charly nickte nur.

„Abdul, nehmen Sie auf die Fahrt die große Ausrüstung mit. Es kann sein, dass Sie in der Wüste übernachten müssen. Ich will kein Risiko eingehen. Und Sie alle, auch Carry, halten Sie sich an Abdul und machen keine Alleingänge. Er hat die nötige Erfahrung!"

„Ja Chef", gab Carry augenrollend als Antwort.

Eine halbe Stunde später war der Jeep mit allen notwendigen Sachen bepackt. Die vier verließen die Villa und fuhren zu Mohamed Mahmoud. Sein Büro befand sich in der Altstadt von Kairo. Abdul fuhr den Jeep durch das Labyrinth der Altstadt mit einer Souveränität, die nur ein Einheimischer haben konnte. Ein Fremder wäre hoffnungslos verloren gewesen. Vor dem Büro saßen einige Einheimische im Schatten und warteten auf Kundschaft. Sie musterten die vier neugierig in der Erwartung eines neuen Auftrags. Mohamed Mahmoud war ein kleiner untersetzter Mann mit dunklen struppigen Haaren, der den Eindruck machte, er habe schon bessere Tage erlebt. Er saß in seinem Büro, das, obwohl es noch nicht mal Mittag war, stickig war und nach abgestandener Luft roch.

„Nun, wie kann ich Ihnen helfen?", fragte er in einem vermeintlich unverbindlichen Ton.

„Wir kommen wegen Herrn Maier und seinem Guide, die vor einigen Tagen von hier in die Wüste aufgebrochen sind. Sie wissen, dass sie nicht zurückgekommen sind?", kam Abdul gleich zur Sache.

„Ja sicher", Mahmouds Ton änderte sich augenblicklich. „Die Polizei war auch schon hier und hat mich befragt. Kerim war mein bester Mann. Er kannte die Wüste wie seine Westentasche. Es ist schlecht, dass er weg ist. Und die Polizei tappt im Dunkeln und findet nichts."

„Können Sie sich an irgendetwas erinnern? Vielleicht auch etwas, was die Polizei noch nicht weiß? Etwas, was Sie bei dem Verhör vergessen haben und Ihnen erst später eingefallen ist?", fragte Carry, der man anmerkte, dass sie diese Art von Unterhaltung nicht das erste Mal führte.

Oder verschwiegen haben, dachte Charly, ohne sich an der Unterhaltung zu beteiligen.

„Nein", sagte Mahmoud. „Ich weiß nur das, was ich der Polizei schon gesagt habe. Vor zehn Tagen kam Maier hier herein, wir kennen uns schon lange und er fragte mich, ob er Kerim für eine Mission haben könnte. Die beiden waren schon öfter zusammen unterwegs und Maier wusste, dass er sich auf Kerim verlassen konnte. Dann sind sie am nächsten Morgen aufgebrochen. Seitdem haben wir nichts mehr von ihnen gehört."

„Wussten Sie, wo die beiden hinwollten?", fragte Abdul weiter.

„Maier erzählte was vom Telion-Gebirge. Ein Reiseziel musste er ja angeben, allein aus Sicherheitsgründen. Von den Koordinaten habe ich erst später von der Polizei erfahren", während Mahmoud davon erzählte, schaute er keinen der vier an. Er wirkte während der gesamten Unterhaltung äußerst verunsichert und griff nervös nach einer ägyptischen Zigarette.

„Oh, kann ich auch eine haben, meine sind alle", fragte Charly, der sich die ganze Zeit im Hintergrund gehalten hatte.

„Aber klar", Mahmoud nestelte eine Zigarette aus der Packung und gab Charly Feuer. „Ich kann Ihnen wirklich nicht mehr sagen, es tut mir leid. Ich wünschte, ich wüsste mehr und könnte damit Kerim helfen, so wahr mir Allah helfe."

Carry und Abdul tauschten einen Blick aus und Abdul sagte: „Nun gut, es war einen Versuch wert. Herr Mahmoud, ich danke Ihnen für Ihre Zeit."

Dann verließen die vier das Büro. Im Jeep angekommen beschwerte sich Benny: „Mensch, warum bin ich eigentlich mitgekommen? Das Gespräch haben nur Carry und Abdul geführt. Ich kam mir vor, wie das fünfte Rad am Wagen!"

„Jetzt halte aber die Luft an", erwiderte Carry. „Du hättest die ganze Zeit auch was sagen können. Haste aber nicht gemacht. Also beschwere dich nicht. Sagt mal, ist euch gar nichts aufgefallen?"

„Als Mahmoud mir die Zigarette angezündet hat, zitterte seine Hand wie Espenlaub. Das wollte ich testen, deshalb habe ich um die Zigarette gebeten", warf Charly ein.

„Genau", ergänzte Carry. „Und hat er einmal gefragt, wer wir sind und warum wir uns für die Sache interessieren? Nein, ich hatte den Eindruck, er hat mit unserem Besuch gerechnet."

„Aber dann muss doch jemand wissen, warum wir in Ägypten sind", gab Benny zu bedenken.

„Das Gefühl habe ich auch", gestand Carry. „Übrigens, Charly, guter Trick mit der Zigarette. Man könnte meinen, du hättest bei Dubois gelernt!"

„Danke für das Lob, Frau Kommissarin", lächelte er Carry an. „Ich werde das Lob in mein Tagebuch eintragen." In dem Moment fiel ihm wieder die Sache mit dem Traumpaar ein, von der Dubois erzählt hatte. Und hatte er Carry und ihn dabei nicht so komisch angeschaut? Gleich darauf wischte er den Gedanken wieder weg. *Jetzt ist keine Zeit für wilde Spekulationen*, dachte er, *wir haben andere Dinge zu tun.*

Da hörte er, wie Abdul den Jeep anließ. Abdul gab die Koordinaten ein, die die letzte Spur von Dimitrie bedeuteten.

„Ankunftszeit in fünf Stunden", stöhnte Benny und fuhr fort: „Also wieder Sandhopserei, ich kann es kaum erwarten." Und mit diesen Worten fuhren sie los.

Sie kamen tatsächlich fünf Stunden später an der angegebenen Stelle an. Bennys Laune war auf dem Nullpunkt: „Oh, ich spüre mein Kreuz nicht mehr, womit habe ich das verdient?"

„Oh je, ein Quantum Trost für unseren Jammerlappen. Komm, ich nehme dich mal in den Arm, dann geht es dir besser."

Mit diesen Worten drückte Carry Benny freundschaftlich an sich.

„Man muss nur genügend jammern, dann wird man gedrückt", beschwerte sich Charly und schaute Abdul dabei an.

Carry erwiderte: „Dir würde ich die Jammerei eh nicht abnehmen, Charly."

„Ich fühle mich geehrt", erwiderte Charly sarkastisch.

„Jetzt aber genug des Hahnenkampfes, wir haben einen Job zu erledigen", griff Abdul streng ein. „Wir haben noch circa zweieinhalb Stunden Sonne, die sollten wir nutzen. Los, Zelt aufbauen und die Ausrüstungsgegenstände verstauen. Wir sind nicht zum Vergnügen hier."

Sofort machten sich alle vier ans Werk. Nachdem alles gut verstaut war, nutzte Abdul die restliche Zeit, um den anderen dreien die wichtigsten Werkzeuge zu erklären.

„Das Wichtigste ist dieser Detektor, mit dem könnt ihr metallische Gegenstände aufspüren. Das geht auch bei sandigem und felsigem Untergrund. Er hat eine Reichweite von 5 Metern nach unten. Aber nicht zu unterschätzen ist auch der gute, alte Klappspaten. So, kommen wir nun zu unserem Schmuckstück!" Er nahm aus einer Kiste einen kleinen metallischen Gegenstand heraus. „Wir haben auf unserem Laptop eine Software, die mit dieser Kugel gekoppelt ist. Wird die Kugel eingesetzt, schießt man sie hiermit in die Erde!" Abdul zeigte auf ein Gerät, das aussah wie ein Kanonenrohr. „Sie dringt zehn Meter in das Erdreich ein und ihr könnt den Boden im Umkreis von 20 Metern abscannen."

„Hat Dimitrie auch diese Geräte gehabt?", fragte Charly.

„Ja, jedenfalls fehlt eines in unserer Ausrüstungskammer", bemerkte Abdul.

„Lasst uns doch schon mal anfangen, dann kriegen wir Übung", schlug Carry vor. „Es ist jetzt auch nicht mehr ganz so heiß. Los Jungs!"

Eine weitere Stunde übten sie mit den Geräten.

„Also falsch macht ihr nichts, es ist einfach nichts zu finden", bemerkte Abdul nach einiger Zeit enttäuscht. „Wir machen morgen früh weiter, wenn die Sonne aufgeht. Dann ist es noch nicht so heiß. Vielleicht haben wir dann mehr Glück."

Das restliche Sonnenlicht nutzten sie dann, um ein Feuer anzumachen und einige Konserven für das Abendessen zu erhitzen.

„Also der Eintopf gestern Abend hat mir besser geschmeckt", sagte Benny mit zwei vollen Backen. Man muss dazu sagen, es war zu diesem Zeitpunkt schon sein zweiter Nachschlag.

„Junge, beschwere dich nicht, man erzählt, dass die ersten Mitarbeiter von MR sich in Wüstenmissionen von Dörrobst ernährt haben. Da haben wir es richtig gut", informierte Abdul Benny.

„Kinder, schaut doch mal, was für ein herrlicher Sternenhimmel da zu sehen ist", Carry schaute nach oben und konnte sich nicht sattsehen.

„Ach, wie romantisch", bemerkte Benny kauend. „Also ich würde den Sternenhimmel gerne gegen ein schönes weiches Bett und eine Badewanne im Hotel eintauschen."

„Du kannst halt nicht alles haben", erwiderte Charly, der sich eine Zigarette anzündete.

„Ach Charly, gib mir bitte auch eine. Meine sind im Auto und ich bin zu faul, aufzustehen", meinte Carry. Dann zündete sie sich eine von Charly gereichte Zigarette an.

„Ah, kein Zittern. Madame ist in keinster Weise nervös", bemerkte Benny.

„Hä, warum soll ich nervös sein?", fragte Carry.

„Weiß nicht, einfach so. Ging mir grade durch den Kopf", grinste Benny sie an.

„Benny, ich glaube, du hast heute zu viel Sonne bekommen. Du redest Blödsinn. Jungs, ich gehe jetzt schlafen, bin hundemüde", der Kiefer von Carry drohte auszukugeln, so heftig gähnte sie, „bis morgen!"

„Bis morgen", kam es wie im Chor von den anderen dreien, die sich dann auch in ihre Zelte und Schlafsäcke zurückzogen. Benny hielt sich an die Abmachung mit Charly und schwieg.

Am nächsten Morgen ging die Arbeit weiter. Akribisch untersuchten sie Zentimeter für Zentimeter den Wüstenboden. Sie fanden nichts.

Kapitel 1.6

Der Sturm

„Carry, zieh dir eine lange Hose an. Die Sonne brezelt ganz schön herunter." Charly, der zwar den Anblick ihrer langen Beine genoss, war besorgt, dass sie sich einen Sonnenbrand zuziehen würde. Er erntete nur ein Augenrollen. Aber sie tat, was er sagte.

In der Tat, obwohl es erst 10:00 Uhr morgens war, brannte die Sonne vom Himmel und es wurde drückend heiß. Selbst das aufgespannte Sonnenzelt brachte nur eine marginale Linderung.

„Also, wenn wir bis heute Abend nichts finden, brechen wir ab. Ich habe keine Lust, zu verdorren. Morgen früh ist Schluss." Abdul war genauso enttäuscht und gefrustet wie die anderen drei. Hatten sie sich doch wenigstens einen kleinen Anhaltspunkt für Dimitries Verschwinden gewünscht.

So saßen sie am Abend wieder am Feuer und jeder verspeiste schweigend und schlecht gelaunt sein Abendessen. Müde von der Arbeit und enttäuscht hing jeder seinen Gedanken nach. Selbst Benny, der bekannt dafür war, in jeder Situation noch einen flotten Spruch parat zu haben, war schweigsam.

So kam es, dass sie früh in ihre Zelte krochen und schnell einschliefen.

Mitten in der Nacht wurde Benny, der einen leichten Schlaf hatte, von einem dumpfen Grollen, gemischt mit einem hellen Pfeifen, geweckt. Er stupste Charly an.

Dieser brummte im Halbschlaf: „Mmh, was gibt es denn?"

„Hörst du das?", fragte Benny ihn.

„Ich höre nichts", erwiderte Charly.

„Sei mal still, da ist etwas", flüsterte Benny.

Abdul, der gerade wach geworden war, blieb ganz leise und horchte in die Nacht. Dann sprang er blitzschnell auf:

„Los, raus und in den Jeep, das ist ein Sandsturm, Beeilung!"
Sie schlupften alle drei in ihre Kleidung und sprangen aus dem Zelt. Dort trafen der Wind und der aufgewirbelte Sand sie wie eine Wand. Von einer Sekunde zur anderen verwandelte sich die ruhige Wüstenlandschaft in ein Inferno. Mit knapper Not erreichten sie den Jeep.

„Baah, das war knapp", schrie Benny, der wie ein paniertes Osterlamm aussah. „Wo ist Carry, hat sie uns und die Warnung nicht gehört?", fragte Abdul.

„Carry hat einen tiefen Schlaf. Neben ihr kann eine Bombe einschlagen, die hört nichts", schrie Charly gegen den immer lauter werdenden Sturm an.

„Ich kann ihr Zelt nicht mehr sehen, so stark ist der Wind." Benny schaute verzweifelt in die Richtung, wo er das Zelt vermutete. Er schaute gegen eine Sandwand.

„Ich hole sie", Charly hatte schon den Knauf der Fahrzeug-Verriegelung in der Hand.

„Bist du wahnsinnig, du kannst da nicht mehr raus, das ist Wahnsinn!" Abdul griff nach seiner Hand.

„Ich geh jetzt da raus und hole sie. Je länger ich warte, umso schlechter stehen die Chancen!". Der Wagen wurde vom immer stärker werdenden Sturm mehr und mehr durchgerüttelt.

„Lass ihn, Abdul, du kannst ihn sowieso nicht aufhalten", sprach Benny so leise, dass Abdul ihn grade noch verstand.

„Gut", sagte dieser, „dann setze wenigstens eine Schutzbrille und Maske auf. Wir werden dich zusätzlich mit einem Seil sichern, damit du die Orientierung nicht verlierst." Abdul konnte Charly nur noch anschreien, so stark war der Wind geworden.

Nachdem Charly Brille, Maske und Seil angelegt hatte, verließ er den Jeep. Ihm stockte im ersten Moment der Atem. Ohne die Schutzvorrichtungen wäre er wahrscheinlich nach wenigen Sekunden erstickt. Er bewegte sich schleppend und gegen den Wind in die Richtung, wo er das Zelt vermutete, sehen konnte er es nicht.

„Carry!", schrie er. Doch es kam keine Antwort. Um dem Sturm wenig Angriffsfläche zu bieten, bewegte er sich auf allen vieren vorwärts. Er wusste, würde er das Zelt nur um wenige Meter verfehlen, würde er daran vorbeirobben, ohne es zu merken. Da merkte er an seiner linken Hand plötzlich ein Seil, das vom Boden aus gespannt war. In Umrissen erkannte er ein völlig in sich zusammengefallenes Zelt und eine Wölbung, die nur vom Wind bewegt wurde.

Das muss sie sein, dachte er. Das Atmen fiel ihm immer schwerer. Bald würde auch die Maske verstopft sein und keinen Schutz mehr bieten. Der Wind war mittlerweile so stark geworden, dass er die Hand nicht vor Augen sah.

„Carry!!", aus seiner Stimme klang pure Verzweiflung. Mit einem Messer, das er mitgenommen hatte, schnitt er die Zeltwand vorsichtig auf, damit er Carry nicht verletzte. Carry war augenscheinlich bewusstlos. Er schleifte sie in Richtung Jeep und zog dabei dreimal an dem Seil, um den anderen zu signalisieren, dass auch sie ziehen sollten. Da merkte er, dass die Maske total verstopft war. Er riss sie herunter und atmete vorsichtig ein und aus. Sofort sammelte sich auf seiner Zunge eine Mischung von Sand und Speichel.

Nicht so tief einatmen, sonst bekommst du den ganzen Dreck in die Lunge, dachte er. Er robbte, mit Carry im Arm, weiter. Da merkte er, wie er plötzlich an der Schulter gepackt wurde. Er hielt Carry noch fester, um sie nicht zu verlieren, dann zog ihn jemand nach oben.

Gott sei Dank, der Jeep, dachte er noch und verlor kurz das Bewusstsein.

Als Charly nach wenigen Minuten wieder zu sich kam, fand er sich auf dem Rücksitz des Jeeps sitzend wieder. Benny und Abdul schauten ihn besorgt an. Carrys Kopf lag mit geschlossenen Augen auf seinem Schoß.

„Wie geht es ihr?", fragte er die anderen beiden.

„Sie war kurz wach, ist dann aber gleich wieder eingeschlafen", sagte Abdul. „Keine Sorge, es ist wirklich Schlaf. Ich habe ihr den Blutdruck und Puls gemessen, alles in Ordnung. Sie hat den Eisenstab vom Zelt auf den Kopf bekommen und ist ohnmächtig geworden. Deshalb kam sie nicht aus dem Zelt raus. Carry hat sicherlich eine leichte Gehirnerschütterung und bekommt eine dicke Beule. Ist noch mal glimpflich ausgegangen."

„Apropos glimpflich ausgegangen. Wer hat mich denn in den Jeep gezerrt?", Charly blickte die beiden fragend an.

„Das war ich", antwortete Benny. „Ich kann doch meine Lieblingsnervensäge nicht hängen lassen!" Benny zwinkerte Charly an. Dieser zwinkerte zurück.

Sie mussten sich zwischenzeitlich wieder anschreien, da der Wind nochmal zugenommen hatte. Der Jeep wurde hin- und her gerüttelt und man verstand sein eigenes Wort nicht mehr.

Von alledem bekam Carry nichts mit. Charly schaute sie an und streichelte zart ihre Wangen:

Mein Gott, wie zerbrechlich und zart sie wirkt, wenn sie so daliegt. Außerdem ist sie wieder blass, wie damals in der Reha. Damals, als ich sie Eiskönigin getauft habe, dachte er sanft lächelnd.

Da bekam er einen Knuff gegen sein Knie. Benny, der auf dem rechten Vordersitz saß, hatte ihm den verabreicht. Benny drehte nur den Kopf herum und grinste.

Dann drehte der Wind und prallte mit voller Wucht auf die Fahrerseite. Der Wagen erschütterte.

„Los, alle verbliebene Ausrüstung auf die linke Seite, wir müssen den Wagen stabilisieren", rief Abdul den anderen zu.

Charly kletterte nach hinten und verstaute die restliche Ausrüstung hinter dem linken Fenster.

„Da werde ich mich wohl auf deinen Schoß setzen müssen, Abdul!", Benny sprang mit einem Satz auf die linke Seite des Wagens. Dieser wackelte schon bedenklich.

„Schnallt euch an, ist sicherer", rief Charly nach vorne. „Ist Carry angeschnallt?"

„Alles sicher", rief Benny zurück.

Plötzlich war es verdächtig ruhig, kein Lüftchen war mehr zu hören.

„War es das, haben wir es überstanden?", fragte Benny erleichtert.

„Nein", sagte Abdul. „Der Sturm holt nur Atem."

Und da geschah es: Als würde eine riesige Faust auf den Jeep einschlagen, traf der Sturm mit voller Wucht auf die linke Wagenseite. Und obwohl auf dieser Seite das gesamte Gewicht lagerte, fiel der Wagen nach rechts um. Charly, der die Ausrüstung umgepackt hatte, wurde mit voller Wucht herumgeschleudert. Der Sicherheitsgurt auf der Fahrerseite konnte Benny und Abdul nicht halten und löste sich. Die beiden knallten auf die rechte Seite. Einzig und allein Carry blieb in ihrem Gurt hängen und bekam von alledem nichts mit.

Als der Sturm sich wieder gelegt hatte, war es hell geworden. Mit Mühe kletterten sie aus den Wagen. Der Anblick, der sich ihnen bot, war verblüffend. Wäre nicht das Gebirge im Hintergrund gewesen, hätte man meinen können, sie wären an einem anderen Ort gelandet.

„Könnt ihr mich bitte mal befreien", hörten die drei die klägliche Stimme von Carry aus dem Inneren des Wagens. Sie hing immer noch im Sicherheitsgurt.

Die drei erlösten sie mit aller Vorsicht und versuchten, den Wagen zuerst freizuschaufeln und dann aufzurichten. Was ihnen mit vereinten Kräften gelang.

„Wir sollten zuallererst schauen, dass wir einen Sonnenschutz aufgebaut kriegen. Sucht nach geeigneten Planen und wenn ihr sonst etwas von der Ausrüstung findet, alles hier sammeln!"

Abdul gab mit klaren Worten klare Anweisungen. Hielt er sich bei Verhören oder Gesprächen meist im Hintergrund, so wussten die anderen drei, dass er sich in der Wüste am besten auskannte, und befolgten seine Worte ohne Widerrede.

So sammelten sie alles, was sie finden konnten, am Jeep. Nur Carry lag noch im Schatten des Wagens. Sie war zu schwach.

„Behandelt mich nicht wie ein rohes Ei, ich bin fit", maulte sie den anderen entgegen. „Was ist eigentlich passiert? Ich kann mich an rein gar nichts erinnern", fuhr sie fort.

„Du hast eine große Zeltstange an den Kopf bekommen, als der Sturm tobte und hattest keine Chance, aus deinem Zelt zu kommen. Charly hat dich dann aus dem Zelt befreit und zum

Wagen gezogen!", erzählte Benny. „War ganz schön knapp. Kann ich dir sagen!"

„Und du hast uns dann ins Auto gezerrt. Ohne dich hätte ich es bestimmt nicht geschafft", ergänzte Charly.

„Dann habe ich euch wohl mein Leben zu verdanken, danke Jungs!" Carry schaute die beiden dankbar an.

„Ich würde mal sagen, Charly hatte den größeren Anteil. Aber ich nehme den Dank gerne an!" Benny war schon wieder obenauf und konnte Sprüche machen.

Carry schaute darauf Charly nur lange an, der mit einem Zwinkern reagierte.

„Wie oft musst du ihr eigentlich das Leben retten, bevor sie es kapiert?", fragte Benny Charly, als sie einen Moment allein waren.

„Ach komm, wäre ich nicht da gewesen, hättest du das Gleiche getan!", konterte Charly.

„Das stimmt, aber ich hätte sie danach nicht so angesehen!"

Charly ging wortlos zur Seite und Benny schüttelte nur den Kopf. *Wann hört der endlich auf, aus seinem Herz eine Mördergrube zu machen?*, fragte sich Benny. „Feigling!!"

Nachdem sie alles verfügbare Material zusammengetragen hatten, machte Abdul eine Bestandsaufnahme:

„Also, wir haben Wasser und Essen für drei Tage. Von der Ausrüstung funktionieren noch der Laptop und die zugehörige Sonde. Zwei Detektoren sind auch noch einsatzfähig ..."

„Nicht zu vergessen, die wertvollen Klappspaten", unterbrach Benny ihn. „Leute, was sollen wir noch suchen? Wir haben hier alles abgekämmt, wir werden nichts finden!"

„Benny, schau dich mal um. Die Landschaft ist völlig umgekrempelt worden. Wir kommen an Stellen, die wir vorher nicht erreicht haben. Was ist, wenn ein Zugang viel tiefer lag und wir ihn deshalb nicht erreicht haben. Ich bin dafür, es noch einmal zu versuchen." Carry hatte sich erholt und war schon wieder die Alte. Wenn nur diese Kopfschmerzen und die Schwindelgefühle nicht wären.

„Ich stimme Carry zu, wir sollten es nochmal versuchen. Lasst uns den Tag noch nutzen", stimmte Charly ihr zu.

„Ich bin auch dafür. Bis heute Abend sollten wir es versuchen", stimmte Abdul ein.

So machten sich die vier Freunde an die Arbeit. Sie hatten das Gefühl, heute in einer anderen Gegend zu sein. Wo gestern noch eine ebene Sandfläche war, erstreckte sich heute eine Kuhle, die weit reichte.

Es war schon später Nachmittag, als Abdul plötzlich hektisch winkte.

„Ich glaube, ich habe hier was", hörten die anderen ihn rufen. Sie stürzten herbei.

„Hier, sieht auf dem Ortungsgerät aus wie eine Luke", sagte er ihnen.

„Aber hier haben wir doch auch gestern gesucht", meinte Benny ungläubig.

„Ja sicher, aber gestern waren wir einige Meter weiter oben, da konnten wir die Luke mit unseren Ortungsgeräten gar nicht finden. Jetzt hat der Sturm einiges freigelegt. Wir müssen allerdings noch einige Meter graben, bis wir die Luke erreichen. Ich schlage vor, das machen wir morgen. Für heute haben wir genug getan und es geht bald die Sonne unter. Wir haben für heute Abend und Morgen noch genügend Vorräte", sagte Abdul.

„Ja, das stimmt. Aber hat sich schon mal einer von euch Gedanken gemacht, wo wir heute Nacht schlafen? Unsere Zelte und Schlafsäcke sind ja hinüber", bemerkte Benny nicht gerade begeistert.

„Nun, es wird uns nichts anderes übrigbleiben, als im Jeep zu übernachten. Wir haben zumindest noch ein paar Decken, da wird uns nicht so kalt", warf Charly ein.

Mit dieser nicht gerade positiven Aussicht machten die vier sich daran, ihr Abendessen am Jeep zuzubereiten. Sie waren alle geschafft von der letzten Nacht und dem arbeitsreichen Tag und beschlossen nach Einbruch der Dunkelheit, schlafenzugehen.

„Gleiche Sitzordnung, wie letzte Nacht?", fragte Benny missmutig.

„Gleiche Sitzordnung", antwortete Charly.

„Dachte ich mir", kam es von einem grinsenden Benny.

So lagen, besser saßen die vier kurze Zeit später halb aufrecht in ihre Decken eingemummelt im Jeep und versuchten zu schlafen.

„Carry, dass du mir nicht schnarchst. Das Schnarchen der anderen beiden bin ich schon gewohnt", kam es frech von Benny.

„Du schnarchst?", fragte sie Charly.

„Ach Blödsinn, der junge Mann erzählt wieder Unsinn", antwortete dieser missmutig.

„Na, das will ich doch hoffen", antwortete sie, „wenn doch, schlafe ich draußen"

„Das dürfte kalt werden", gab Abdul zu bedenken.

„Mir egal, ich hasse schnarchen", in Carrys Stimme klang die „Vorfreude" auf die kommende Nacht voll durch.

„So, Ruhe jetzt. Morgen wird anstrengend, schlaft", Abdul hatte genug von dem Geplänkel der drei.

In der Nacht wachte Charly plötzlich auf. Er merkte, dass Carry wach war.

„Kannst Du nicht schlafen?"; flüsterte er ihr zu.

„Mir ist kalt", sagte sie mit zittriger Stimme.

„Komm, du bekommst meine Decke", schlug er vor.

„Ne, das nicht, dann frierst du. Lass uns die Decken übereinanderlegen, dann haben wir beide was davon."

„Wenn du meinst", sagte er und wurde stocksteif. Dann legte er den Arm um sie und erschauderte kurz, da sie kalt am ganzen Körper war.

„Du bist ja total durchgefroren", stellte er fest.

„Sag ich doch", antwortete sie und kuschelte sich noch mehr an Charly.

Oh Mann, wie habe ich mir das gewünscht. Man konnte nicht sagen, dass Charly über die Situation unglücklich war.

Plötzlich hörte er ein leises Schnarren. Carry war eingeschlafen und schnarchte leise vor sich hin.

„Gute Nacht, Eiskönigin!", sagte er leise zu ihr. Dann streichelte er sanft über ihre Wange und schlief auch ein.

Na siehst du, geht doch, dachte sich Benny, der alles mitangehört hatte, aber so tat, als würde er schlafen. Auch er schlief jetzt zufrieden ein.

Am nächsten Morgen war Charly als Erster wach. Carry lag immer noch zufrieden schlafend in seinem Arm. Er bemühte sich, ganz ruhig zu bleiben, um sie nicht zu wecken.

Könnte mich an die Situation gewöhnen, dachte er. *„Denk jetzt nicht zu viel nach und genieße den Moment. Wer weiß, wann er wiederkommt.*

Dann merkte er, dass Benny auch wach war. Dieser schaute die beiden nur an und hielt den Zeigefinger an den Mund. Er verließ lautlos, was sonst gar nicht seine Art war, den Jeep. Nun wachte auch Abdul auf, blinzelte kurz und verließ den Wagen. Nicht ohne Charly kurz zuzunicken und mit der Hand zu signalisieren, Charly solle sitzen bleiben.

Draußen begegnete er Benny.

„Ein schönes Bild, gell?", sagte Benny grinsend.

„Ja", antwortete Abdul. „Glaubst du, sie kapiert es langsam? Ich glaube, außer ihr hat schon fast jeder gemerkt, was Charly für sie empfindet!"

„Ist alles nicht so einfach", meinte Benny und atmete tief durch.

„Allah wird es richten", erwiderte Abdul.

Im Jeep erwachte jetzt Carry. Im ersten Moment musste sie sich erst einmal orientieren. Dann schaute sie zu Charly auf.

„Ich hoffe, es war für dich heute Nacht nicht zu ungemütlich, aber mir war so kalt!", flüsterte sie entschuldigend.

„Nein, überhaupt nicht", flüsterte er. Dass er es genossen hatte, behielt er für sich.

Sie machte keine Anstalten, sich aus seinen Armen zu befreien. Erst nach einer Weile sagte sie: „Puh, jetzt wird es aber warm hier. Los raus, die anderen warten sicher schon."

Dann begann sie, sich der Decken zu entledigen.

„Ach übrigens", sagte Charly grinsend, „du hast heute Nacht geschnarcht"

„Was, das kann ja gar nicht sein", empörte sich Carry. „Ich habe nichts gehört!"

„Du hast ja auch geschlafen wie ein Murmeltier", sagte er lachend und verließ den Jeep.

Ich und geschnarcht, eine Unverschämtheit, dachte sie noch allein sitzend im Wagen. Doch neben der Empörtheit war da noch ein anderes Gefühl, das sie noch nicht einordnen konnte.

„Jetzt erstmal raus aus dem heißen Wagen. Die Arbeit ruft." Und schon war sie aus dem Wagen ausgestiegen.

Als Carry zu den anderen stieß, waren die schon am Frühstücken.

„Wie, nur Müsliriegel?", fragte sie wenig begeistert.

„Tut mir leid", entgegnete Benny, „aber der Weg zum nächsten Bäcker war mir doch etwas zu weit. Du kannst ja mal Charly fragen. Für den ist bestimmt kein Weg zu weit für dich!"

„Was soll denn der blöde Spruch", empörte sich Carry und warf Benny einen bösen Blick zu.

„Zumindest der Kaffee ist heiß", ergänzte Charly, „und hört auf, euch zu kippeln. Und nein, ich hole keine Brötchen!"

Nach einem kurzen Frühstück machten sich alle vier zu der Stelle auf, wo sie die geheimnisvolle Luke vermuteten. Dort angekommen, stellten sie zuerst ein Sonnenschutzzelt auf und begannen im Sand zu schaufeln. Abdul versenkte dann eine Ortungskapsel und überprüfte so den Standort.

„Da ist es, wir graben richtig. Seht, da ist die Luke und darunter befindet sich ein Hohlraum. Wir müssen noch zirka drei Meter graben, dann haben wir es geschafft!"

„Geschafft haben wir es, wenn wir Dimitrie gefunden haben", widersprach Carry.

Sie hatte von der Anstrengung ein puterrotes Gesicht bekommen und die Haare klebten an ihrem Kopf. Dann grub sie wie die anderen weiter.

„Da, hier ist etwas", Benny rief die anderen herbei.

„Stimmt, sieht wie eine Metallluke aus", antwortete Abdul.

Sie befreiten das gesamte Teil von dem Sand.

„Vorsicht", mahnte Abdul, „bevor wir die Luke öffnen, müssen wir die Filtermasken aufsetzen. Wer weiß, was für Dämpfe uns entgegenströmen." Alle taten es ihm nach. Danach öffneten sie unter großer Anstrengung den Eingang. Mit einer mitgebrachten Leiter betraten sie den Hohlraum und leuchteten ihn aus. Er war in etwa so groß wie ein geräumiger quadratischer Lagerraum und war leer!

„Nix drin", bemerkte Benny.

„Ich glaube, da ist uns einer zuvorgekommen", murmelte Abdul.

„Und hat auch gleich die Putzfrau mitgebracht", bemerkte Charly.

„Das gibt es doch gar nicht. Da gibt sich einer die Mühe, mitten in der Wüste einen Lagerraum zu errichten, und dann ist nichts drin. Jedenfalls jetzt nicht mehr. Aber schaut mal genau hin, hier stand mal etwas und wurde erst kürzlich ausgeräumt" Charly zeigte auf Schleifspuren, die sich deutlich am Boden abzeichneten.

„Und dieser Hohlraum ist jedenfalls keine Tausend Jahre alt, sondern wurde erst vor einiger Zeit gebaut", ergänzte Carry.

„Jedenfalls war unsere ganze Arbeit für die Katz", beklagte sich Benny.

„Nun ja, jedenfalls wissen wir jetzt, dass Dimitrie auf der richtigen Spur war. Vielleicht war er auch der Auslöser für das Leerräumen?", fragte sich Abdul. „Ich habe das Gefühl, weiteres Suchen bringt nichts. Wir fahren wieder zurück!"

Selbst Carry gab keine Widerworte. Alle verließen missmutig den Hohlraum und machten sich Gedanken, ob denn der Jeep anspringen würde.

„Also, ich schlage vor, Carry und ich kümmern uns um den Jeep und Benny und Charly sammeln die restlichen Ausrüstungsgegenstände zusammen."

„Carry und Jeeps reparieren? Die hat doch früher grade mal die Gangschaltung gefunden", Benny schaute fragend in die Runde.

„Du wirst dich wundern. Carry hat nebenbei noch eine Ausbildung als Mechanikerin gemacht. Die steckt alle bei MR in die Tasche", grinste Abdul.

„Pff, fünf Euro in die Macho-Kasse", reagierte Carry.

„Na, da bin ich mal gespannt", gab Benny zurück.

Innerhalb von fünf Minuten waren die verbliebenen Gegenstände zusammengesammelt. Der Jeep bereitete mehr Probleme.

„Ist alles voller Sand, ich glaube, der Wagen ist schrottreif", sagte Carry resignierend. Sie hatte jetzt mit Abdul stundenlang bei glühender Hitze über der Motorhaube gehangen, ohne positives Ergebnis.

„Dann stellt sich mir die Frage, wie kommen wir hier weg? Mein Handy ist alle und wir haben noch einen halben Kanister Wasser", Benny klang nicht grade begeistert.

„Abdul, haben wir noch Saft im Laptop?", fragte Charly. Dieser bejahte die Frage.

„Ist knapp, aber ein bisschen ist noch da!"

„Gut, Abdul. Dann schließ dein Handy mit einem USB-Kabel an und versuche, es aufzuladen. Das ist unsere einzige Chance. Geh über die Notrufnummer von MR, da müsste immer jemand sein. Die müssen uns abholen, anders geht es nicht", sprach Carry mit festem Ton. Man merkte, dass sie es gewohnt war, auch einmal Anordnungen zu geben.

„Carry hat Recht. Ohne MR kommen wir hier nicht weg", sagte Charly in die Runde.

„Wir sind MR", korrigierte sie ihn scharf.

„Ok, dann sollen unsere Leute uns holen", entgegnete er.

Abdul hatte mittlerweile das Handy mit dem Laptop verbunden. Worauf sofort eine Meldung des Laptops kam: „Nicht genug Ladekapazität!"

„Ich versuche es trotzdem. Vielleicht haben wir Glück. An geht das Handy jedenfalls noch." Und wirklich, die Verbindung funktionierte und Abdul setzte einen Notruf ab. Danach schaltete das Handy sich aus.

„Ich habe keine Antwort mehr bekommen. Wir müssen hoffen, dass der Notruf durchging und Dubois informiert wird. Er hat auch die Koordinaten. Seid sparsam mit dem Wasser, es kann Stunden dauern, bis jemand kommt!"

„Das heißt, noch eine Nacht in der Wüste", bemerkte Charly, „es wird also wieder kalt."

Da die Dämmerung schon aufzog, wurde noch ein schnelles Abendessen zubereitet. Charly stand danach unschlüssig etwas abseits.

„Na", fragte Benny, der nähergekommen war. „Schiss vor der nächsten Nacht?"

„Warum?", fragte Charly.

„Alter, nochmal die gleiche Gelegenheit. Also ich würde sie mir nicht entgehen lassen!"

„Ach lass mal. Vielleicht ist ihr diesmal gar nicht kalt!" Charly wusste genau, worauf Benny anspielte.

„Und wenn doch?"

„Dann wärme ich sie", antwortete Charly.

„Mann, ist das kompliziert mit euch, da lobe ich mir doch das Teeny-Alter."

„Du kennst doch die Umstände", entgegnete Charly.

„Ja, sie hat einen Freund, den sie nie sieht, weil sie ständig in der Weltgeschichte herumreist. Abdul hat mir gesagt, sie war im vergangenen Jahr fast nur im Ausland. Hat drei Missionen erfolgreich abgeschlossen. Wo bleibt denn da Platz für einen Freund? Du arbeitest jetzt mit ihr zusammen ..."

„Das ist nur temporär. Wenn wir Dimitrie gefunden haben, gehe ich in meinen alten Job zurück."

„Wirklich? Also da gehe ich erst rüber, wenn die Brücke gebaut ist. Du bist doch genauso angepickst wie ich."

„Du und angepickst, bist doch ständig am Meckern! Komm, lass uns drüber sprechen, wenn es so weit ist. Und das andere Thema, lass mich bitte damit in Ruhe. Ich habe keine Lust mehr, darüber zu sprechen. Und ab morgen sollten wir wieder nach Dimitrie suchen."

„Ne, erstmal die nächste Nacht überstehen", erwiderte Benny.

Dann gingen die beiden zum Wagen zurück. Benny merkte, dass er bei Charly in ein emotionales Wespennest gestochen hatte, und beschloss für sich, das Thema erst mal nicht mehr anzusprechen. Es begann zu dämmern.

Am Jeep warteten bereits Carry und Abdul auf die beiden.

„Na, Männergespräche beendet?", fragte Carry.

„Ach, nichts Besonderes", murmelte Charly, „ich geh jetzt schlafen", ging in den Jeep und deckte sich demonstrativ zu.

„Was ist dem denn für eine Laus über die Leber gelaufen?", fragte Carry Benny.

„Keine Ahnung, muss die Hitze sein", gab Benny als Antwort. *Sollen die doch selbst sehen, wie sie mit der Situation klarkommen,* dachte er sich, *ich halte mich ab jetzt jedenfalls raus.*

Carry schaute Abdul nur fragend an und zuckte mit den Schultern. „Es wird Zeit, dass wir hier wegkommen. Hoffentlich findet uns morgen jemand." Dann ging auch sie in den Wagen.

In der Nacht schliefen drei von vier Personen schlecht. Zum einen war es die Sorge vor dem nächsten Tag. Ihr Wasservorrat war fast zu Ende. Charly machte sich zusätzlich noch Gedanken um sein Verhältnis zu Carry und Carry fror. Trotzdem vermied sie es diesmal, Charly um wärmende Hilfe zu bitten. Nur Benny schlief einigermaßen gut.

Am nächsten Morgen wachten alle vier gerädert auf.

„Abdul, was meinst du, wann ein Hilfstrupp hier sein könnte?", fragte Charly ihn.

„Also wenn der Notruf durchgegangen ist, dann sollte er spätestens gegen Mittag da sein. Nachts sind die bestimmt nicht gefahren, das wäre heller Wahnsinn. Und gestern Nachmittag war es zu spät, um noch loszufahren. Wir können nur warten!"

Dann verteilte er an jeden noch einen Becher Wasser. Er schüttelte den Kanister, für jeden waren jetzt noch zwei Becher im Kanister. Sie verkrochen sich beim Jeep in den Schatten, da die Sonne schon wieder ihre volle Kraft entfaltete und erbarmungslos vom Himmel schien.

„Ich brauch noch was zu trinken", jammerte Carry nach zwei weiteren Stunden.

„Du kannst meinen Becher haben", sagte Charly. Das Sonnenzelt gab nur einen spärlichen Schutz vor der brennenden Sonne.

„Kommt nicht in Frage, du brauchst auch Wasser", reagierte Carry.

„Trink!", herrschte Charly sie in einem für ihn ungewohnt harschen Ton an. Carry war so verdutzt, dass sie kommentarlos seinen Becher Wasser trank.

Dann beobachteten sie Abdul, der horchend den Kopf hob.

„Hörst du was?", fragte Benny.

„Mir war, als hätte ich ein Motorengeräusch gehört. Aber nicht von einem Auto, sondern von einem Flugzeug!"

„Was soll denn ein Flugzeug in dieser Gegend ..."

„Sei doch mal still, ich höre auch was", unterbrach Charly Benny.

Und tatsächlich, jetzt hörten alle ein Motorengeräusch von einem Flugzeug, das immer näherkam.

„Da hinten, ich sehe was", Carry sprang auf und machte sich durch lautes Rufen und Armewinken bemerkbar. Die anderen taten es ihr nach.

Keine fünf Minuten später landete neben ihnen ein 6-sitziges Flugzeug. Die angeschraubten Kufen verhinderten ein Einsinken. Aus dem Flugzeug sprangen Dubois und der Pilot.

„Gott sei Dank, Sie sind alle wohlauf", Dubois klang erleichtert. „War gar nicht so einfach, eine Maschine zu organisieren. Aber ich wusste ja nicht, in welchem Zustand wir Sie alle finden. Hier, trinken Sie erst einmal!" Dubois holte einen großen Wasserkanister aus dem Flugzeug und die vier tranken mit tiefen Schlucken aus gefüllten Bechern.

„War kein Erfolg", erstattete Abdul sofort Bericht. „Wir haben zwar ein Versteck gefunden, aber es ist leer. Kommen Sie mal mit."

Dann gingen noch mal alle zusammen zu dem Eingang des Versteckes.

„Seltsam", kommentierte Dubois, „als hätte vor Kurzem jemand alles ausgeräumt. Aber warum?"

„Denke, kurz bevor Dimitrie hier aufschlug, hat jemand alles weggeschafft", meinte Carry. „Stellt sich die Frage, wer wusste, dass Dimitrie hierher unterwegs war und wo ist er?"

„Ich kenne nur einen: Mahmoud", antwortete Charly, „er hat doch mitbekommen, wie Dimitrie einen Guide geordert hat und die Koordinaten gesehen. Was ist, wenn er das weiter ausgeplaudert hat. An wen auch immer!"

„Ich sag ja, wir sollten ihn uns nochmal vorknöpfen", sagte Carry mit entschlossener Miene.

„Ich sehe, Sie haben sich schon Gedanken gemacht", kommentierte Dubois.

„Wer holt denn jetzt den Jeep und die Ausrüstungsgegenstände?", fragte Benny.

„Ich habe ein Team losgeschickt, die holen alles ab. Wir sollten uns langsam zurück aufmachen. Ich glaube, Sie sind reif für eine Dusche und ein bisschen Erholung. Auf dem Flug zurück gehen wir die nächsten Punkte durch", beantwortete Dubois Bennys Frage.

Alle fünf stiegen in das Flugzeug. Aus irgendeinem Grund musste Carry nochmal zum Jeep zurückschauen, dann stieg auch sie ein …

Im Hotel drang Carry darauf, gleich zu Mahmoud zu fahren.

„Jetzt gib erst mal Ruhe", kommentierte Abdul ihr Ansinnen, „du hast Dubois gehört. Morgen früh machen wir erst mal Aufgabenverteilung und dann nehmen wir uns Mahmoud vor."

„Und wenn er längst über alle Berge ist?", fragte Carry unwirsch.

„Kann ich mir nicht vorstellen", warf Charly ein. „Wenn er irgendwas damit zu tun hat, wird er sich nicht von der Stelle bewegen. Er wäre schon weg gewesen, wenn er flüchten wollte."

„Okay, Sherlock. Dann erstmal duschen und ausruhen. Warten wir ab, was Dubois morgen vorhat", erwiderte sie widerwillig. „Abdul, morgen neun Uhr hier unten?", fragte sie ihn.

„Ja, ich hole euch hier in der Halle ab."

So ging jeder auf sein Zimmer und Abdul fuhr nach Hause. Er freute sich auf einen Abend mit Frau und Kindern. Die anderen fielen nach einer ausgiebigen Dusche und einer kleinen Stärkung in ihre Betten und erwachten erst am nächsten Morgen. An diesem Abend standen Carry und Charly nicht auf dem Balkon und rauchten. Beide verkniffen sich die „Gute-Nacht-Zigarette".

Kapitel 1.7

Die Chi

Pünktlich saßen sie alle am nächsten Morgen im Besprechungs-zimmer der Villa und warteten auf Dubois. Dieser erschien in-nerhalb weniger Minuten.

„Sorry Herrschaften, ich hatte noch ein Telefonat mit Frank-furt", entschuldigte er sich für sein Zuspätkommen. „Also, machen wir es kurz: Carry und Abdul fahren noch einmal zu Mahmoud. Benny und Charly, Sie betreiben hier noch einmal Recherche über ihn. Ich möchte Sie bitten, gründlich vorzugehen. Wir müssen irgendetwas übersehen haben, als wir ihn das erste Mal durch-leuchteten. Für weitere Schritte brauche ich Beweise!"

Alle vier nickten. Carry und Abdul stiegen in einen Wagen und fuhren erneut zu Mahmoud und die anderen beiden setzten sich in der Villa an einen PC und überprüften alles über Mahmoud.

Bevor Carry und Abdul das Büro von Mahmoud betraten, sagte Abdul zu Carry: „Lass bitte mich das Verhör führen. Du weißt, Mahmoud ist Ägypter. Er hat es bestimmt nicht gerne, von einer Frau ausgehorcht zu werden. Schon gar nicht von einer Deutschen!"

„Geht in Ordnung, ich halte mich zurück. Wir machen es wie immer: Du führst das Wort und ich beobachte."

Als sie das Büro von Mahmoud betraten, schlug ihnen wie-der der Rauch einer ägyptischen Zigarette entgegen.

Starker Tobak, dachte sich Carry, selbst Raucherin, und kämpf-te mit einem Hustenanfall.

Abdul kam gleich zur Sache: „Mahmoud, wir möchten Sie noch einmal zu dem damaligen Tag befragen. Können Sie sich an irgendetwas erinnern, was Sie uns damals nicht er-zählt haben?"

„Nein, ich weiß gar nichts, das habe ich Ihnen doch schon gesagt. Nur, dass Dimitrie und Kerim am nächsten Tag aufgebrochen sind, nachdem Sie sich mit Ausrüstung und Proviant versorgt hatten!"

Mahmoud wirkte ähnlich nervös wie bei ihrem ersten Gespräch. Heftig zog er an seiner Zigarette.

„Was haben Sie?", hakte Carry nach. „Sie wirken heute etwas nervös."

„Ich habe gar nichts", erwiderte Mahmoud. „Sie nerven mich nur mit der ewigen Fragerei. Ich weiß nichts! Nicht mehr, als ich Ihnen schon gesagt habe. Lassen Sie mich endlich in Ruhe!"

„Wir glauben, dass Sie uns anlügen. Das Versteck, das wir gefunden haben, war leer. Irgendwer wurde von irgendjemandem gewarnt. Und wir glauben, dass Sie derjenige waren, der etwas ausgeplaudert hat!"

Carry beugte sich zu Mahmoud hinüber und schaute ihm fest in die Augen.

„Hören Sie", fuhr sie fort, „unser Freund ist seit Tagen verschwunden. Aber wir werden alles tun, um ihn zu finden. Da können Sie Gift drauf nehmen!"

Ihr Ton wurde immer böser.

So viel zum Thema Zurückhaltung, dachte sich Abdul.

„Ich glaube, die Unterredung bringt nichts mehr. Komm Carry, wir gehen", sagte Abdul zu Carry und beide verließen das Büro.

Am Auto angekommen stellte Abdul Carry zur Rede: „Carry, was sollte das eben? Ich sollte das Verhör leiten. Mit deinen Behauptungen hast du erreicht, dass Mahmoud dichtgemacht hat. Was hast du dir nur dabei gedacht? Nicht mal beobachten können wir ihn. Seine Leute scharwenzeln hier überall rum, wirklich großartig gemacht!" Abdul redete sich voll in Rage.

„Mann, der lügt doch, dass sich die Balken biegen. Da muss man doch etwas härter auftreten", verteidigte sich Carry.

„Komm, wir fahren zurück. Ich hoffe, die anderen hatten mehr Glück." Dann stieg er zornentbrannt in das Auto.

Während dessen griff Mahmoud zum Telefonhörer, wählte eine Nummer und sagte nur: „Ja, ich bin es. Die Sache wird mir zu heiß, die ahnen etwas. Ich bin raus!"

In der Villa angekommen, wurden sie schon erwartungsvoll und überrascht von Charly und Benny empfangen.

„Na, das ging aber schnell", bemerkte Benny.

„Madame hat sich grade einen Preis in Diplomatie verdient", eröffnete Abdul. „Sie hat ihn so verprellt, dass er gar nichts mehr gesagt hat. Das Gespräch hat nichts gebracht", Abdul schaute böse zu Carry hinüber.

„Ja, ich war vielleicht etwas zu forsch. Aber seine Art hat mich echt genervt. Tut mir leid, ich habe es versaut. Und ihr, habt ihr was rausbekommen?"

„Na ja, kommt nicht jeder mit deiner forschen Art so gut klar, wie wir", kommentierte Charly. „Nein, es war erfolglos. Er ist nach unseren Akten ein unbeschriebenes Blatt und hat sich nichts zu Schulden kommen lassen. Das Einzige ist die Verbindung zu diesem Mann, Abdul Hassan. Er hat schon mal Geschäfte mit ägyptischen Vasen gemacht. Aber nichts Illegales, soweit wir wissen."

„Also ein gebrauchter Tag", bemerkte Benny.

„Lasst uns diesen Abdul Hassan nochmal durchleuchten. Vielleicht finden wir da etwas", sagte Carry, die sich mit der gegenwärtigen Situation noch nicht abgefunden hatte. Außerdem wurmte sie ihr falsches Verhalten bei dem Verhör.

Alle vier gingen in den großen Besprechungssaal, in dem sich auch drei große Bildschirme befanden. Carry öffnete die Akte von Abdul Hassan und sie studierten diese auf den großen Bildschirmen. Dann kamen sie an eine Reihe von Bildern, die Hassan zeigten. Darunter auch einige, die bei einem Tauchurlaub gemacht wurden.

„Interessant, hier ist auch Mahmoud drauf", bemerkte Benny. „Scheint nicht nur eine geschäftliche Beziehung zu sein", ergänzte Charlie.

„Stoppt mal und vergrößert das Bild. Zoomt mal den Unterarm von diesem Hassan heran", rief Carry plötzlich. „Seht ihr das?"

„Ich sehe gar nichts", antwortete Benny.

„Ja, habt ihr denn Tomaten auf den Augen? Hier, genau am Bund von dem T-Shirt."

Dann sahen sie es alle. Auf dem linken Unterarm war ein eintätowierter Falkenkopf zu sehen.

„Ich scann mal Mahmoud ab, vielleicht werden wir dort auch fündig", murmelte Carry ganz vertieft. Das Jagdfieber hatte sie wieder gepackt.

„Hier, fast an der gleichen Stelle wie bei Hassan", erkannte Charly.

„Was hatte von Sundheim gesagt", warf Benny ein, „das Erkennungsmerkmal der Chi ist ein Falkenkopf. Und hier haben wir es in doppelter Ausführung. Wenn das keine Verbindung ist, weiß ich nicht."

„Ich glaube, wir statten Mahmoud morgen früh nochmal einen Besuch ab. Aber diesmal nehme ich Charly mit", sagte Abdul an Carry gewandt.

„Ist ja gut", entgegnete sie kleinlaut und schuldbewusst.

Sie verabredeten sich für den nächsten Morgen und wurden darauf von Abdul ins Hotel gebracht.

Spät am Abend klingelte bei Carry das Telefon.

„Ja", meldete sie sich.

„Frau Lund, hier ist ein Herr, der möchte Sie unbedingt sprechen", antwortete die Dame an der Rezeption.

„Wie heißt er?"

„Das möchte er nicht sagen. Aber Sie sollen allein kommen, es sei wichtig!"

„Ich komme", schnell zog Carry eine Jeans und ein T-Shirt an und eilte zur Rezeption.

„Der Herr steht draußen am Ausgang und raucht." Carry erkannte Mahmoud, der nervös an einer Zigarette zog. Carry ging zu ihm.

„Herr Mahmoud, was kann ich für Sie tun?"

„Kommen Sie weg hier, wir stehen auf dem Präsentierteller", flüsterte er ihr zu und verschwand in einer Nebenstraße. Carry folgte ihm nach kurzer Zeit.

„Was wollen Sie mir wichtiges sagen?", fragte sie ihn streng.

„Ich habe wichtige Informationen für Sie", Mahmoud kramte in seiner Tasche.

In diesem Moment kam ein Motorrad in die Seitenstraße eingebogen und fuhr mit Höchstgeschwindigkeit an den beiden vorbei. Als das Motorrad auf Höhe von Mahmoud war, hörte Carry ein „Plopp", dann war das Motorrad genauso schnell verschwunden, wie es aufgetaucht war. Mahmoud fiel wie ein Sandsack zu Boden.

Dann sah Carry es: Auf Mahmouds Brust breitete sich ein Blutfleck aus.

„Ganz ruhig, ich hole Hilfe!", schrie Carry über Mahmoud gebeugt.

„Nein, es ist vorbei", flüsterte Mahmoud Blut spuckend. „Ich hätte mich nie darauf einlassen sollen."

„Auf was?", fragte Carry verzweifelt.

„Hier, nehmen Sie das hier", Mahmoud griff mit letzter Kraft in seine Tasche und holte ein zerknittertes Blatt Papier heraus, das von seinem Blut schon rot verfärbt war. „Meine Wiedergutmachung für alle meine Verfehlungen. Sie haben mir imponiert", flüsterte er leise in Carrys Ohr. Dann sackte er nach hinten weg, Carry konnte keinen Atem mehr hören.

In dem Moment kam eine Gruppe von Personen um die Ecke. Carry versteckte den Zettel in ihren Jeans, nicht ohne einen Blick darauf zu werfen. Es war eine Zahlenreihe.

„Holt einen Arzt, der Mann ist schwer verletzt!", rief sie einem Mann zu. Der herbeigerufene Arzt konnte nur noch den Tod von Mahmoud feststellen ...

Nachdem Carry die restliche Nacht auf einem Polizeirevier mit Befragungen verbracht hatte, fanden sich am nächsten Morgen alle vier mit Dubois in der Villa ein. Sie saßen wieder im großen Besprechungsraum und tranken erst einmal einen starken Kaffee.

„Sie scheinen aber einen langen Arm zu haben, Herr Dubois. Ein Anruf und Carry war wieder auf freiem Fuß", bemerkte Charly neugierig.

„Der diensthabende Polizeioffizier Essam Dabir ist der Stellvertreter von Nafi Assam. Nafi Assam ist der Polizeichef von Kairo und wir haben schon ein paar Fälle zusammen bearbeitet", antwortete Dubois knapp. „Was haben wir nach dem unglücklichen Treffen mit Mahmoud neues?", fuhr er fort.

Carry nestelte an ihrer Jeans und zog einen blutverschmierten Zettel heraus.

„Hier, das hat Mahmoud mir vor seinem Tod gegeben", sprach sie in die Runde, „es sieht aus wie eine Zahlenreihe!"

„Wieso hat er ausgerechnet mit dir Verbindung aufgenommen?", fragte Charly.

„Er sagte, ich hätte ihm imponiert", gab Carry ihm als Antwort. Ihr Verhältnis zu Charly war seit der Nacht in der Wüste merklich abgekühlter und distanzierter. Charly registrierte dies auch, ließ sich aber nichts anmerken. Zudem nahm die Suche nach Dimitrie alle gedanklich so ein, dass keine Zeit blieb, sich Gedanken zu machen, geschweige denn, mit Carry darüber zu sprechen.

Dubois hatte sich in der Zwischenzeit den Zettel genauer angeschaut.

„Dies ist eine Zahlenfolge. Könnten auch Koordinaten sein", kommentierte er.

„Abdul, geben Sie diese Zahlen mal in den Computer ein. Vielleicht finden Sie was."

Er reichte Abdul den Zettel und dieser tippte die Zahlenfolge ein.

„Es sind tatsächlich Koordinaten. Die Stelle liegt fast genau zwischen Ad Dahhar und Hurghada. Also ganz wo anders als dort, wo wir schon gesucht haben. Da hat noch nie jemand gesucht." Abdul schaute überrascht in die Runde.

„Könnte es sein, dass alles aus dem Versteck, das wir entdeckt haben, dorthin gebracht worden ist und wir die Chance haben, auch Dimitrie dort zu finden?", fragte Benny in die Runde.

„Möglich ist es", gab Charly als Antwort. „Wir sollten es versuchen!"

Dubois schaute alle vier eindringlich an: „Herrschaften, ich glaube, wir haben eine heiße Spur gefunden. Wenn es das ist, was ich vermute, dann könnte sich dort der Tempel der Chi befinden. Trauen Sie sich wirklich zu, dort hinzufahren? Das wird kein Spaziergang!"

„Herr Dubois, ich denke, wir haben mittlerweile bewiesen, dass wir fähig sind, diese Aufgabe zu meistern. Ich denke, ich spreche im Namen aller", konterte Benny entschlossen.

Carry und Charly waren erstaunt, gerade von Benny diese klaren Worte zu hören, nickten aber beifällig.

„Gut", sagte Dubois. „Hurghada liegt ca. sechs Stunden von Kairo entfernt. Abdul, machen Sie den Jeep fertig und nehmen reichlich Proviant mit, könnte länger dauern. Zwei Teams sind momentan auf Missionen rund um Hurghada unterwegs. Im Notfall ziehe ich diese ab und schicke sie Ihnen zur Verstärkung. Und machen Sie sich noch mit den Waffen vertraut, die Sie mitnehmen."

„Ich hoffe, das wird nicht nötig sein", antwortete Carry.

„Sie müssen bedenken, dass Sie kein Überraschungsmoment haben. Durch die Übergabe von Mahmoud an Sie sind die Chi vorgewarnt. Es kann sein, dass Sie erwartet werden."

„Aber es ist unsere einzige Spur und Chance", warf Charly ein.

„Das stimmt", kam es von Dubois. „Warten Sie, ich habe noch etwas für Sie alle".

Er öffnete eine Schatulle, die schon die ganze Zeit auf dem Tisch stand. In ihr befanden sich vier Kettchen mit jeweils einem Anhänger.

„Dies ist gestern aus Frankfurt gekommen. In dem Anhänger befindet sich eine kleine Tablette. Wir hoffen, dass es ein Gegenmittel gegen den Todestrunk der Chi ist. Sollten Sie in irgendeiner Form mit diesem in Berührung kommen, beißen Sie in den Anhänger. Hoffentlich hilft es!"

„Darf ich Ihren Worten entnehmen, dass Sie sich nicht sicher sind, dass das Mittel wirkt?", fragte Carry Dubois.

„Sie dürfen!. Ich weiß es nicht. Das Mittel wurde weder an Tieren, geschweige denn an Menschen getestet!"

„Also Operation am offenen Herzen", gab Benny zu bedenken. „Nun gut, sei es drum. Hoffen wir einfach, dass wir es nicht brauchen." Benny klang alles andere als optimistisch.

„Die Tablette ist mit einer Spezialmasse umhüllt. Sie können sie unbedenklich um den Hals tragen", instruierte Dubois sie weiter.

„Schmeckt dieser Wirkstoff wenigstens nach Haribo?" Benny konnte es nicht lassen, zu sticheln.

„Benny, es reicht. Lass uns jetzt unsere Ausrüstung zusammenstellen", herrschte Carry ihn genervt an, nachdem sie das Kettchen um ihren Hals gelegt hatte.

„Frag ja nur", antworte der.

Zwei Stunden später war der Jeep beladen und die Truppe wieder abreisefertig.

„Gutes Gelingen und gute Fahrt. Bitte seien Sie vorsichtig. Wir sehen uns wieder", rief Dubois ihnen zu und ging in die Villa.

„Er ist kein Freund großer Worte", sagte Abdul zu den anderen, als sie losfuhren. „Dann auf!!"

Währenddessen war Dubois in sein Büro zurückgekehrt. Er wählte eine Frankfurter Nummer.

„Hallo Frank", hörte er Torsten Neumann am anderen Ende der Leitung.

„Hallo Torsten, ich wollte dich auf den neuesten Stand der Dinge bringen." Dubois berichtete Neumann in knappen Worten die neuesten Entwicklungen. Dieser hörte sich alles schweigend an und sagte dann:

„Meinst du, sie schaffen es?"

„Torsten, wir wussten beide um das Risiko. Jetzt gibt es kein Zurück mehr. Hoffen wir das Beste und dass im Notfall dein Gegengift wirkt."

„Drücken wir den vieren die Daumen."

„Sechs, Dimitrie und der Guide sind auch noch nicht gefunden."

„Gut, allen sechs", sagte Neumann lakonisch, „Mach es gut, Frank. Und wenn es nicht funktionieren sollte, können wir beide unseren Hut nehmen!"

„Großartige Aussichten", entgegnete Dubois und legte auf. So pessimistisch hatte er Neumann noch nie erlebt.

Am späten Abend erreichten die vier Hurghada. Wie immer war der Touristenort am Pulsieren. Sie waren froh, dass es Frau Jung, Dubois' Sekretärin, gelungen war, noch vier Zimmer zu ergattern.

„Also ich würde jetzt lieber tauchen gehen, statt morgen in die Wüste zu fahren", meinte Charly, als sie ihre Sachen auspackten.

„Du kannst tauchen? Das hast du mir nie erzählt", fragte Carry überrascht nach.

„Du weißt so einiges nicht von mir, Carry", antwortete Charly ernst. „Aber jetzt lass uns reingehen. Wird morgen ein anstrengender Tag."

„Du hast recht, ich sehne mich nach einer heißen Dusche", pflichtete sie ihm bei und dachte bei sich: *Stefan Bach, du überraschst mich doch immer wieder.*

Am nächsten Morgen brachen die vier früh auf. Jeder hatte eine unruhige Nacht verbracht. Der Gedanke an das, was vor ihnen lag, ließ sie schlecht schlafen. Abdul gab die Koordinaten in das Navigationsgerät ein.

„Wieder in ‚the middle of nowhere'", kommentierte Benny lakonisch. „Na, hoffentlich brauchen wir nicht wieder einen Sandsturm, um den Eingang zu finden", ergänzte er noch.

Da es nun wieder keine Straße gab, dauerten die restlichen Kilometer fast genauso lange, wie die Strecke am Tag zuvor.

„Und wieder nichts zu sehen. Also brauchen wir doch wieder einen Sandsturm." Benny konnte einen mit seinen Kommentaren aber wirklich nerven.

„Genau hier ist der Standort, den Mahmoud dir zugesteckt hat, Carry", sagte Abdul.

„Lass uns mal die Ortungsgeräte installieren", antwortete sie ihm.

Sie installierten das Ortungsgerät und begannen mit der Suche.

„Da, sieht aus wie ein Eingang", rief Charly, der den beiden über die Schulter schaute. Er atmete dabei den Duft von Carrys Haaren ein. *Riecht wie damals im Jeep*, schoss es ihm durch den Kopf. *So ein bisschen wie Kokos.* Dann verdrängte er den Gedanken und konzentrierte sich wieder auf das, was sie im Laptop sahen.

„Lasst uns genau hier graben. Wenn es sich um einen Tempel handelt, kann dies hier aber nur ein Nebeneingang sein", stellte Abdul fest.

So legten sie das Gefundene frei.

„Das geht mir jetzt alles ein bisschen zu einfach", stellte Benny fest.

„Da muss ich dir zustimmen, mal schauen, was uns erwartet", pflichtete Charly ihm bei.

Als sie die letzten Reste Sand von dem Eingang entfernt hatten, erblickten sie eine prächtige Eingangstür, die sich mit einer Brechstange leicht öffnen ließ. Wieder hatten sie als Schutz vor giftigen Dämpfen eine Maske aufgesetzt. Des Weiteren hatte jeder von ihnen eine Maschinenpistole im Anschlag, um auf alles vorbereitet zu sein.

Benny kommentierte dies mit den Worten: „Jetzt spielen wir auch noch Rambo", als er die Waffe von Abdul in Empfang nahm.

Im Inneren der Höhle war es entgegen ihrer Vorahnung keineswegs dunkel. Alle zwanzig Meter hing eine Fackel, die den Gang erleuchtete.

„Hier muss doch vor Kurzem jemand gewesen sein, sonst wären die Fackeln längst erloschen", stellte Carry fest. „Seid vorsichtig, wenn wir weitergehen!"

„Ja, Herr Feldwebel", kam es von Benny.

Sie kamen an eine Stelle, an der sich der Weg gabelte.

„Und jetzt, links oder rechts?", fragte Benny.

„Wie wäre es mal mit einem konstruktiven Vorschlag und nicht nur blöden Kommentaren", reagierte Carry genervt.

„Keinen Streit, egal wo wir langgehen, wir werden uns nicht trennen", beschloss Abdul.

„Gut, dann links lang", entschied Carry.

Sie waren immer tiefer in die Höhle vorgedrungen, als sich der Gang plötzlich erweiterte und höher wurde.

„Das ist jetzt wie eine Grotte", bemerkte Charly. Nach weiteren 500 Metern hob er plötzlich die Hand.

„Sagt mal, habt ihr nicht auch das Gefühl, beobachtet zu werden", flüsterte er zu den anderen.

„Ja, schon eine ganze Weile", antwortete Carry. „Seid mal still, ich höre was!"

Kaum hatte sie den Satz ausgesprochen, wurden sie von zwanzig vermummten Männern angegriffen. Diese schwangen sich mit Seilen von der Decke herunter und schlugen ihnen mit den Füßen die Maschinenpistolen aus der Hand. Beim Zurückschwingen trafen sie alle vier an den Köpfen, sodass diese ihr Gleichgewicht verloren. Charly versuchte noch, seine Maschinenpistole zu erreichen. Doch dann traf ihn ein weiterer Schlag am Kopf und er verlor das Bewusstsein. Sein letzter Gedanke galt Carry, die neben ihm zu Boden ging und ebenfalls von einem Gegenstand getroffen wurde. Dann wurde ihm schwarz vor Augen.

Als Charly wieder erwachte, fand er sich auf dem Boden einer Zelle wieder. Von den anderen war keine Spur.

„Carry, Benny, Abdul, wo seid ihr", hörte er sich rufen. Sein Kopf dröhnte immer noch von dem Schlag, den er abbekommen hatte.

„Hier, gleich nebenan", hörte er Carrys Stimme.

Gott sei Dank, sie lebt, dachte er.

„Carry, geht es dir gut?", fragte er besorgt.

„So lala. Ich habe einen schönen Brummschädel. War wohl doch eine Falle. Scheiße!"

Trotz der prekären Lage musste Charly grinsen. *Na ganz so schlecht kann es ihr nicht gehen, wenn sie solche Kraftausdrücke benutzt*, dachte er.

„Ja, mir geht es auch gut, danke der Nachfrage", Charly hörte Benny von der anderen Seite der Zelle. Genauso wie Abdul.

„Wir sind auch hier", hörte Charly eine ihm sehr bekannte Stimme.

„Dimitrie, ich werde verrückt. Wir haben dich gefunden!" Charlys Stimme überschlug sich fast.

„Na dann können wir ja alle nach Hause gehen!" Auch Benny schien es gut zu gehen.

Plötzlich kamen wieder mehrere vermummte Gestalten in das Verlies und öffneten die Zellentüren.

„Los, mitkommen", befahl einer von denen, die Charlys Zelle betraten, in gebrochenem Deutsch. Widerwillig folgte Charly dem Befehl.

Sie wurden alle sechs, Kerim war auch in einer Zelle eingesperrt gewesen, in einen großen Saal geführt. Dieser Saal war so hell erleuchtet, dass Charly einen Moment brauchte, um sich an das Licht zu gewöhnen. In diesem Raum standen weit über 500 Personen in weißen Gewändern. In der Mitte des Saales erkannte Charly eine männliche und eine weibliche Person. Sie trugen beide einen Falkenkopf. Im Hintergrund hörte man dumpfe Trommeln schlagen. Die sechs wurden ebenfalls in die Mitte des Raumes geführt.

„Schätze, wir sind an unserem Ziel angekommen", sagte Charly leise zu Abdul, der neben ihm stand.

„Ja, oder in der Hölle", entgegnete der ihm.

Die beiden Personen, die augenscheinlichen Priester, traten nun nahe an Charly heran.

„Ich bin Kirk Kal, der höchste Priester und das ist Chal Al, die höchste Priesterin."

„Heil euch", rief die Menge.

„Euch wird heute eine große Ehre zuteil. Ihr werdet an unserem heiligen Ritual teilnehmen. Ihr werdet sehen und erleben, wie wir unserem, dem einzigen Gott Chi, ein Menschenopfer darbringen werden!", rief der Priester.

„Heil dir, Chi", rief die Menschenmenge diesmal. Das Trommelgeräusch schwoll zu einem Stakkato an.

Oh mein Gott, es ist wahr. Wir werden Zeuge eines Menschenopfers, dachte Charly.

„Danke, darauf können wir verzichten, Kirk. Wo hast du denn dein Raumschiff gelassen?", konterte Charly frech.

Unter der Maske grinste Kirk. „Du wirst eine besondere Ehre genießen, das verspreche ich dir." Dann schwollen die Trommeln wieder an. Dies war das letzte, was Charly registrierte. Er spürte wieder einen Schlag auf seinem Hinterkopf und verlor abermals die Besinnung.

Er erwachte in seiner Zelle und stellte fest, dass er fast nackt war. Er trug lediglich eine Art Lendenschurz. Seine Kleidung lag fein säuberlich in der Ecke der Zelle.

Was geht hier vor?, dachte er. Da ging bereits die Zellentür auf und er wurde wieder in den großen Saal geführt. Als er sich umsah, erkannte er seine Freunde, die ihren Platz nicht verlassen hatten. Sie standen immer noch umringt von Kriegern der Chi. Bis auf Carry!

„Wo ist Carry?", rief er den anderen zu.

Bevor sie ihm antworten konnten, teilte sich die Menschenmasse und gab den Blick auf eine Art Altar frei. Da sah Charly Carry, gefesselt auf diesem Altar. Sie war ebenfalls anders gekleidet, trug ein weißes Top und eine weiße Pluderhose. Sie versuchte mit aller Kraft, von dem Altar aufzustehen, aber dicke Seile, mit denen sie gefesselt war, verhinderten dieses Unterfangen. Sie schaute mit weit aufgerissenen Augen zu Charly hinüber und bekam vor lauter Panik keinen Ton heraus.

Sie ist das Opfer, schoss es ihm durch den Kopf.

Nun führten sie Charly zu einem Sitz, der nicht weit von dem Altar aufgestellt war und zwangen ihn, sich zu setzen. Er wurde von beiden Seiten festgehalten. Das Trommeln wurde immer lauter. Da erkannte er, dass vor ihm ein Messer lag.

Nun trat Kirk Kal mit einem Becher in der Hand zu ihm.

„Du wirst jetzt zur rechten Hand von Chi. Du wirst das Ausführen, was er dir in seiner unendlichen Güte aufträgt. Sei dir der Ehre bewusst!"

„Fahr zur Hölle, Kirk!", schrie Charly ihn an. Kirk lachte nur hämisch.

Da merkte Charly, wie jemand seine Stirn umfasste und seinen Kopf nach hinten drückte. Gleichzeitig hielt jemand seine Nase zu, sodass er gezwungen war, nach kurzer Zeit seinen Mund zu öffnen. Er spürte, wie eine lauwarme, süßliche Flüssigkeit in seinen Mund gegossen wurde. Und so sehr er sich bemühte, er erlag dem Drang zu schlucken.

Ein eigenartiges Gefühl durchfloss seinen Körper. Er sah nur noch das Messer und Carry, die immer wilder versuchte, sich zu befreien.

„Jetzt bring Chi das Opfer, auf das er wartet. Töte sie und bereite ihr ein besseres Leben an der Seite von Chi!", hörte er Kirk Kal rufen. Diese Stimme vermischte sich mit den Trommeln und dem Schreien von Carry.

„Charly, tu es nicht, ich bitte dich. Charly nein!!", schrie sie, so laut sie konnte.

Charly konnte nicht anders. Er musste das Messer nehmen und Carry töten. „Nein!", Carrys Stimme dröhnte in seinem Kopf und übertönte auch das Stakkato der Trommeln.

Das Gegenmittel, schoss es ihm durch den Kopf. Mit aller Kraft versuchte er, einen klaren Gedanken zu fassen. Er fühlte an seinen Hals, die Kette war noch da. Dann riss er sich die Kette vom Hals und wollte sie wegwerfen.

„Nein Charly, nicht wegwerfen. Beiß drauf!!", hörte er Carry schreien.

Dann steckte er die Tablette in den Mund und biss zu. Ein sonderbares Gefühl durchfloss ihn. Er ging weiter auf Carry zu. Doch nun nicht mehr, um sie zu töten, sondern um ihre Fesseln durchzuschneiden.

Es wirkt, dem Himmel sei Dank. Aber es schmeckt widerlich, nix Haribo, er merkte, wie er immer mehr einen klaren Gedanken fassen konnte.

Von außen sah es aus, als würde Charly gleich zustechen, Carry war zwischenzeitlich ohnmächtig geworden. Nun ging alles ganz schnell. Er schnitt die Fesseln durch und rief gleichzeitig seinen Freunden zu: „Los, ab geht es!" Dann hob er Carry hoch und rannte los. Die Chi waren so verblüfft, dass sie einen Moment nicht reagieren konnten. Diesen Moment nutzten die anderen und überwältigten einige der Wachen. Schnell hatte jeder eine Waffe in der Hand und nutzte sie. Sie sammelten so viele Waffen, wie sie habhaft werden konnten. Alle vier rannten Charly hinterher.

„Weiß einer, wo Charly hinrennt?", fragte Benny Abdul.

„Keine Ahnung, erst mal raus hier", antwortete dieser.

Aus allen Ecken kamen jetzt die Chi und versuchten, den Freunden den Weg abzuschneiden. Mittlerweile war Carry aus ihrer Ohnmacht erwacht und konnte wieder laufen.

„Also hast du mich nicht getötet?", fragte Carry, als sie einen kurzen Moment verschnauften.

„Nein, das Gegenmittel hat gewirkt", antwortete Charly mehr keuchend als redend. „Komm weiter, da geht es lang", hetzte Charly.

Mittlerweile hatten die anderen zu ihnen aufgeschlossen.

„Da vorne gabelt sich der Weg, los linksrum!", rief Charly. Wo sind denn die Chi abgeblieben? Ich sehe keinen mehr", fragte Benny nach kurzer Zeit.

Und dann sahen sie den Grund, warum ihnen keiner mehr folgte. Der Weg führte sie gradewegs wieder in das Verlies, in dem sie gefangen gesetzt waren. Sie hatten die falsche Abzweigung gewählt.

„Macht die Eisentür zu, dann kommen die Chi nicht rein!", rief Abdul den anderen zu. Die Tür wurde verschlossen und so konnten alle wenigstens durchschnaufen.

„Wie geht es dir?", fragte Charly Carry.

„Jetzt etwas besser", antwortete sie ihm. „Danke, dass du mich nicht getötet hast", ergänzte sie noch.

„Danke, dass du mich überredet hast, das Gegenmittel zu nehmen", entgegnete er ihr.

Sie schauten sich tief in die Augen.

Charly nahm seinen ganzen Mut zusammen und flüsterte: „Weißt du, Carry, ich verspüre einen unheimlichen Drang, dich zu küssen!" Sein Herz schlug bis in den Kopf hinein.

„Dann tu es doch", antwortete sie verschämt, „werde dich jetzt bestimmt nicht überreden, ein Gegenmittel gegen diesen Drang zu nehmen!"

„Oh Carry!" Und dann nahm er sie zärtlich in die Arme und küsste sie. Carry erwiderte den Kuss.

„Und für diese Augen brauchst du eigentlich einen Waffenschein", sagte er verliebt.

Benny, der alles verfolgt hatte, verdrehte nur die Augen und sagte zu Abdul: „Na endlich, aber hätten die beiden nicht einen geeigneten Moment wählen können?!"

„Es gibt keinen geeigneten Moment, seine Liebe zu gestehen, mein Freund. Allah hat uns alle in der Hand!"

Auch Dimitrie hatte die Szene beobachtet. Er grinste und meinte: „So schlimm wie Lage auch ist, das ist ausgestanden!"

„Du hättest die letzten 2 Wochen miterleben sollen, es war ein Affentheater mit Charly. Aber jetzt lasst uns beraten, wie wir hier rauskommen!"

„Genau", rief Carry hinüber, „und Vorsicht Männer, ich habe alles gehört!"

Dann fanden sich alle in einer Zelle ein und beratschlagten, was sie tun konnten. Carry und Charly hatten sich inzwischen wieder umgezogen. Was Benny an Carry gewandt mit einem „Schade, das Outfit stand dir gut" quittierte.

„Untersucht alle Zellen, ob ihr ...", Dimitrie wurde plötzlich unterbrochen. Ein dumpfes Dröhnen drang von der Eingangstür zu ihnen herüber. Die Chi versuchten, die Tür einzuschlagen.

„Hoffentlich hält sie", sagte Carry sorgenvoll.

„Los, zur Tür, wir müssen gegenhalten", befahl Dimitrie.

Alle rannten zur Eingangstür und stemmten sich dagegen. Sie merkten, wie die Wucht eines jeden Aufpralls die Tür immer mehr vibrieren ließ. Aber die Tür hielt. Dann war plötzlich Stille.

„Sie haben aufgehört. Die wissen, dass wir in der Falle sitzen, die haben Zeit", bemerkte Charly.

„Sagt mal, wie lange sind wir denn schon hier gefangen?", fragte Abdul.

„Na, ich denke, es sind um die 48 Stunden", antwortete Dimitrie. „Warum fragst du?"

„Dann hat Dubois bestimmt noch keine Hilfe geschickt", meinte Abdul resigniert.

„Ne", sagte Carry, „da brauchst du gar nicht drauf zu hoffen. Wir sind völlig auf uns allein gestellt, leider!"

„Hört mal", Benny schaute horchend nach oben. „Was ist das für ein brummendes Geräusch?"

„Hört sich an wie ein Ventilator", antwortete Abdul, „ich glaube, damit wird hier die Sauerstoffversorgung gewährleistet. Ist mir bisher nicht aufgefallen!"

Die anderen bestätigten seine Aussage.

„Kommt von dort", Dimitrie schaute an die Decke, wo er eine kreisrunde Öffnung entdeckt hatte. Plötzlich hörte auch dieses brummende Geräusch auf.

„Ich glaube, die haben uns die Sauerstoffversorgung abgestellt", stellte Carry fest.

„Könnte sein", pflichtete Charly ihr bei. „Wenn das stimmt, haben wir nicht mehr viel Zeit, etwas zu unternehmen."

„Moment mal", sagte Benny, „wenn das wirklich die Sauerstoffversorgung ist, dann muss es ja einen Schacht nach außen geben. Vielleicht haben wir ja so eine Chance, der Falle zu entkommen."

„Einen Versuch wäre es wert, das herauszufinden", ergänzte Abdul.

„Los, helft mir mal hoch", meinte Benny.

Zu dritt hievten sie ihn nach oben. Vorher gab Abdul ihm noch eine erbeutete Pistole und eine Taschenlampe.

„Ich denke, die kannst du gebrauchen", sagte er zu Benny.

„Ich habe es", keuchte dieser, nachdem er sich mit letzter Kraft nach oben in den Schacht gezogen hatte. Er konnte auf einem kleinen Sims sitzen. Dann versuchte er, den Ventilator zu bewegen.

„Ich krieg den Rotor nicht allein bewegt, der ist zu schwer!", rief er nach kurzer Zeit nach unten.

„Warte, ich helfe dir", rief Charly nach oben, „auf, stemmt mich nach oben", rief er den anderen zu.

„Schatz, pass auf dich auf", sagte Carry und gab ihm einen Kuss.

„Aber hallo, so schnell wirst du mich jetzt nicht mehr los. Weißt du was, für diesen Satz hat sich die ganze Warterei gelohnt."

Sie lächelte ihn nur an und sagte: „Ich glaube, ich liebe dich!"

„Ich weiß", antwortete Charly, „ich dich auch."

Charly wurde von den anderen ebenfalls nach oben gehievt und fand sich neben Benny auf dem Sims wieder. Auch er hatte eine Pistole am Halfter. Gemeinsam konnten sie den Rotor so weit bewegen, dass ein Spalt frei wurde, durch den sie in den dahintergelegenen Schacht rutschen konnten. Dieser war hoch genug, dass sie bequem aufrecht stehen und laufen konnten.

„Der Schacht endet links. Also bleibt uns nur die andere Richtung. Mal schauen, wo es da langgeht", bemerkte Benny. Sie liefen ca. 500 Meter und kamen dann an eine weitere Tür.

„Der Komplex muss riesig sein", bemerkte Charly.

Die Tür ließ sich einfach öffnen und sie betraten eine Halle, die ebenerdig zu erreichen war. Was sie erblickten, verschlug ihnen im ersten Moment die Sprache. Sie befanden sich augenscheinlich in der Schatzkammer der Chi. Sie wurden von dem Prunk, der ihnen entgegenstrahlte, fast geblendet.

„Das müssen Werte in Millionenhöhe sein", stellte Benny fest.

„Beuteschätze aus mehreren Jahrhunderten", entgegnete Charly. „Komm, hier muss es auch einen offiziellen Eingang geben", trieb er zur Eile. „Und den anderen dürfte langsam die Luft ausgehen."

Sie fanden tatsächlich eine weitere Tür und öffneten sie vorsichtig. Durch einen Spalt sahen sie zwei Wachmänner gelangweilt vor der Tür auf- und abgehen.

„Die müssen wir ausschalten", sagte Benny zu Charly, nachdem er die Tür wieder leise geschlossen hatte.

„Ja, aber möglichst leise, die restlichen Chi dürfen nichts merken", flüsterte Charly.

„Also der Knauf und nicht der Schuss", konterte Benny.

Charly nickte. Sie öffneten die Tür wieder einen Spalt weit und sahen eine der beiden Wachen auf die Tür zukommen. Sie nickten sich an. Fast gleichzeitig sprangen sie auf ihn und schlugen ihn ohnmächtig. Doch wo war der zweite Wachmann abgeblieben?

Sie nahmen sein Gewehr an sich und lauschten in den Gang. Da, er kam! Charly und Benny versteckten sich hinter zwei Säulen. Als der zweite Wachmann auf ihrer Höhe war, wurde auch er von den beiden ohnmächtig geschlagen.

„So, das war es. Legen wir die beiden in die Schatzkammer. Hoffentlich lässt sich diese verschließen. Und dann zurück zum Verlies", flüsterte Benny.

„Moment, das kommt mir bekannt vor. Ich glaube, hier sind wir langgelaufen, als wir vor den Chi geflohen sind", bemerkte Charly. Dann zeigte er nach hinten und sagte: „Und wenn wir dann da vorne in die andere Richtung laufen, müssten wir hier rauskommen!"

„Stimmt, wenn ich mich nicht ganz täusche, geht es da vorne rechts eine Treppe zu dem Verlies runter. Also los, holen wir die anderen!", entgegnete Benny.

Als sie sich vorsichtig der Treppe näherten, schauten sie hinunter und sahen dort sechs schwer bewaffnete Chi stehen.

„Da hilft kein Knauf mehr, wir müssen schießen", flüsterte Benny Charly zu. Dieser nickte nur.

„Dann los", flüsterte er zurück und legte an. Kaum waren die Schüsse verklungen, öffnete sich die Tür zum Verlies und Abdul und Dimitrie eröffneten das Feuer. Die sechs Wachmänner lagen am Boden. Im gleichen Moment hörte Charly von hinten ein Getrampel von zig Chi. Diese näherten sich wie eine schießende Wand.

„Sie sind alarmiert und haben nur auf uns gewartet", brüllte Benny.

„Los runter, da kommen wir nicht durch", brüllte Charly zurück.

Sie rannten die Treppe hinunter, sprangen in das Verlies und konnten sich dadurch grade noch vor dem Kugelhagel in Sicherheit bringen. Die Tür wurde wieder geschlossen.

„Geht von dem Schacht weg", rief Dimitrie, „die können auch von dort oben schießen!"

Und wirklich, es dauerte nicht lange, dann ertönten auch aus dem Schacht Schüsse. Alle sechs brachten sich in einer anderen Zelle in Sicherheit.

„Na, diese Aktion war jetzt aber kein Erfolg", sagte Carry lakonisch.

„Ne", antwortete Benny, „jetzt bin ich mit meinem Latein auch am Ende!"

„Psst", zischte Dimitrie, „hört ihr das? Hört sich an wie Schüsse!"

Und in der Tat, als sie genau hinhorchten, hörten sie hinter der Tür ganze Gewehrsalven aus automatischen Gewehren.

„Gott, was passiert jetzt?", fragte Carry.

In dem Moment klopfte jemand gegen die Eisentür.

„Lund, Karim, sind Sie da drinnen?", rief eine männliche Stimme.

„Ja", riefen beide wie aus einem Mund. Es war Essam Dabir, der stellvertretende Polizeichef von Kairo.

„Dabir, was machen Sie denn hier?", fragte Abdul.

„Dubois hatte von Anfang an ein schlechtes Gefühl bei dieser Aktion. Deshalb bat er uns um Amtshilfe. Ich habe dann gleich einen Trupp von 20 Leuten zusammengestellt und bin mit ihnen nach Hurghada geflogen. Dort haben wir noch 15 Leute von MR aufgenommen und sind zu dem Punkt gefahren, den die Koordinaten angaben. Dort haben wir die Tür gefunden und sind in das Versteck hineingestiegen. Die Chi hatten sich nicht einmal die Mühe gemacht, Ihren Jeep zu entsorgen, so sicher waren sie sich. Es dauerte nicht lange, da haben wir Gefechtslärm gehört und sind hierhergekommen. Den Rest kennen Sie", berichtete Dabir.

„Danke für die Rettung, wir werden Ihnen ewig dankbar sein", sagte Charly völlig geschafft.

„Bedanken Sie sich bei Dubois und seiner Beharrlichkeit. Sie haben lange durchgehalten. Ich hätte ihnen keine 24 Stunden gegeben", antwortete Dabir kalt.

„Ein kleiner Sonnenschein", kommentierte Benny den Kommentar von Dabir leise, damit dieser ihn nicht hörte.

„Ohne ihn würden wir nicht mehr leben", gab Carry zurück und ging zu Dimitrie.

Nachdem alle sechs sich ein wenig gestärkt hatten, schließlich hatten sie eine Ewigkeit nichts gegessen und getrunken, inspizierten sie den Tempel. Die restlichen Chi waren wie vom Erdboden verschwunden. Jetzt wurde ihnen die Größe der Anlage erst richtig bewusst. Neben der Schatzkammer, die Charly und

Benny bereits entdeckt hatten, war der große Versammlungsraum der Tempelanlage am beeindruckendsten. Jetzt, wo sich keine Menschen in dem Raum befanden, erschloss sich ihnen erst die wahre Größe. Der Raum war vollgestellt mit wertvollen Reliquien aus 4000 Jahren ägyptischer Geschichte.

„Möchte wissen, wie viele Gräber, die schon geplündert haben?", fragte Benny.

„Mehr als wir wissen", antwortete Carry.

„Denke, der Polizeieinsatz hat sich mehr als bezahlt gemacht", sagte nun Charly an Dabir gewandt. Die Spitze von vorhin konnte er nicht auf sich sitzen lassen.

Dann betraten sie einen kleinen Raum neben dem Opfersaal. Dort fanden sie zwei leblose Körper. Es waren Kirk Kal und Chal Al, die beide in einer riesigen Blutlache lagen. Kirk Kal hatte noch das Messer in der Hand, mit dem Charly Carry ermorden sollte.

„Selbstmord", sagte Dabir lakonisch. Er entfernte die Falkenmaske von Kirk Kals Gesicht und trat überrascht zurück.

„Das ist Abdul Hassan", sagte er überrascht. Dann entfernte er die Maske von Chal Al.

„Und das ist Yanara Abir, eine hochgestellte Persönlichkeit der ägyptischen Regierung. Mann, da haben wir ein ganz schönes Wespennest ausgehoben", bemerkte er und schaute alle eindringlich an. „Was Sie hier sehen, unterliegt strengster Geheimhaltung. Ohne meine Erlaubnis dringt nichts nach außen, ist das klar?", fragte er streng.

„Ist klar", antwortete Dimitrie, der als erster die Stimme wiederfand.

Sie durchstöberten auch noch die anderen Räume und waren von der Größe der Anlage immer beeindruckter.

Nach einer Stunde hatten sie alle Räume inspiziert und gingen nun eine große Treppe hinauf, die direkt zum Haupteingang des Tempels führte.

„Ich frag mich, wie so eine große Tempelanlage so lange unentdeckt bleiben konnte?", fragte Carry Dabir.

„Nun, vielleicht wurde sie schon entdeckt, aber von höherer Stelle vertuscht. Das werden unsere Nachforschungen ergeben!"

„Schade, ich hätte gerne eine Spur von von Sundheims Frau gefunden. Dann hätte er Gewissheit über alles gehabt. Ich werde ihn jedenfalls, nach Rücksprache mit Dubois, über unseren Fund informieren. Ihre Erlaubnis vorausgesetzt", sagte Charly an Dabir gewandt.

„Stimmen Sie den Text mit mir ab", antwortete dieser knapp.

„Da steht ja unser Wagen", rief Carry erfreut.

„Nun, die Fahrt nach Hurghada kann ich Ihnen nicht ersparen. Aber von dort können Sie ein Flugzeug nach Kairo nehmen. Dann geht es schneller", antwortete Dabir deutlich freundlicher zu Carry.

„Abdul, traust du dir die Fahrt nach Hurghada zu? Ich will so schnell wie möglich hier weg. Auch wenn unsere Turteltäubchen gegen eine weitere Nacht in der Wüste bestimmt nichts einzuwenden hätten", Benny war schon wieder der Alte.

„Ich würde jetzt sogar durch die Hölle fahren, um hier wegzukommen", antwortete Abdul. „Dann los, die anderen warten schon, wir fahren im Konvoi!"

Tatsächlich, Dabir ließ fünf Polizisten und fünf Männer von MR zur Sicherheit zurück. Der Rest machte sich auf den Weg nach Hurghada. Die Freunde nahmen Dimitrie mit in den Jeep, damit dieser seinen Teil der Geschichte beitragen konnte. Kerim fuhr mit Dabir. Sie hätten auch ihn gerne mitgenommen, aber es wurde eng im Wagen.

„Wie seid ihr denn dazu gekommen, mich zu suchen?", fragte Dimitrie, als sie im Jeep saßen. Dann begann Carry zu erzählen. Zuerst vom Treffen in dem Bornheimer Café, über das Treffen mit von Sundheim und über ihr Abenteuer in der Wüste mit Sandsturm und dem leeren Verlies. Dann berichtete sie über Mahmouds Verrat an den Chi und wie er mit seinem Leben bezahlen musste.

„Carry, willst du nicht noch über die wilde Nacht mit Charly in der Wüste erzählen? Als ihr unter einer Decke geschlafen habt", ergänzte Benny frech.

„Ach Quatsch, mir war damals nur erbärmlich kalt und Charly hat mich gewärmt", entgegnete Carry barsch. Blinzelte aber gleich darauf zu Charly hinüber.

Charly grinste nur. Dass er Carry schnarchen gehört hatte, verschwieg er. Das war jetzt alles Vergangenheit, wichtig war das „Jetzt".

Dann erzählte Dimitrie. Zuerst bedankte er sich allerdings bei allen für seine Rettung.

„War doch selbstverständlich, nachdem was du damals für uns in der Höhle getan hast", antwortete Benny. Carry räusperte sich nur und schaute Benny im Rückspiegel eindringlich an.

Dann berichtete Dimitrie, wie ihm eines Tages ein Brief ohne Absender zugestellt wurde. In dem Umschlag befand sich ein Zettel mit besagten Koordinaten. Wie er Kerim anheuerte und zu der Stelle fuhr, die die Koordinaten auswiesen. Hier trafen er und Kerim auf die Chi, die grade dabei waren, das Versteck zu leeren. Sie wurden gefangen genommen und in den unterirdischen Palast gebracht.

„Das war bestimmt Mahmouds Werk, der war auch Mitglied der Chi", ergänzte Carry.

So verging die Fahrt nach Hurghada wie im Flug. Dort angekommen fuhren sie direkt wieder zu dem Hotel, wo sie schon vor einigen Tagen untergebracht waren. Hier waren für sie wieder Zimmer gebucht. Frau Jung hatte mal wieder ganze Arbeit geleistet.

„Nein, ich glaube, wir brauchen ein Zimmer weniger", sagte Charly und schaute Carry fragend an.

„Das stimmt, der Herr und ich übernachten zusammen", reagierte sie sofort und schaute nur in grinsende Gesichter.

„Ja, ja, die Nächte in Hurghada können auch tierisch kalt sein", entgegnete Benny und erntete von Carry einen Knuff in die Seite.

„Au, das hat weh getan", sagte er mit gespielt schmerzverzerrtem Gesicht.

„Carry, ich habe noch was zu erledigen. Ich komme gleich nach, es dauert auch nicht lange", sagte Charly leise.

„Du willst noch eine Mail an von Sundheim schreiben, stimmt's?"

„Ja, das bin ich ihm schuldig. Ich werde auch keine Geheimnisse ausplaudern", sagte er an Dabir gewandt.

„Tun Sie, was Sie nicht lassen können", entgegnete der mit einer wegwerfenden Handbewegung.

Dabir und ich werden in diesem Leben keine Freunde mehr, dachte Charly. Dann fragte er an der Rezeption, ob er einen Computer benutzen könne.

Nach einer halben Stunde betrat Charly das Hotelzimmer und hörte Carry im Bad unter der Dusche.

Er klopfte an und hörte ein fragendes „Ja?".

Er machte zwei Schritte in das Badezimmer und fragte schüchtern: „Darf ich eintreten?"

„Junger Mann, Sie sind schon drinnen", bekam er als kecke Antwort. „Ich glaube, Sie hätten auch eine Dusche nötig!"

„Das stimmt", antwortete er grinsend.

„Dann kommen Sie doch einfach dazu", sagte sie unschuldig.

„Das lasse ich mir nicht zweimal sagen", Charly grinste wie ein Honigkuchenpferd. Das Abendessen ließen die beiden ausfallen.

„Magst du mir erzählen, was du von Sundheim geschrieben hast?", fragte Carry zwei Stunden später.

„Dass wir leider keine Spur von seiner Frau gefunden haben und ich gut auf dich aufgepasst habe", antwortete Charly.

„Ja, das hast du, mein Held", entgegnete sie ihm.

„Sag lieber ‚mein Schatz', das gefällt mir besser!" Die Nacht war für Carry und Charly noch nicht vorbei …

Am nächsten Morgen nahmen sie das erste Flugzeug nach Kairo und fuhren sofort in die Villa, wo sie von Dubois schon erwartet wurden.

„Ich bin froh, Sie wieder gesund hier begrüßen zu dürfen." Dubois war für seine Verhältnisse geradezu überschwänglich.

„Was glauben Sie, wie froh wir sind", antwortete Benny.

Dann berichteten sie ausführlich über ihr Abenteuer bei den Chi.

Dubois hörte aufmerksam zu und antwortete: „Ich bekomme dies natürlich alles noch schriftlich. Aber lassen Sie sich Zeit, Hauptsache Sie sind wieder da!"

In dem Moment klopfte es an der Tür.

„Herr Bach, ich habe hier eine E-Mail von Herrn von Sundheim", sagte Frau Jung zu Charly. „Ich habe sie auch nicht gelesen", ergänzte sie.

„Aber Frau Jung, davon gehe ich aus. Und nochmals danke, dass das mit den Zimmern so gut funktioniert hat" Dann nahm er das Blatt Papier und steckte es gefaltet in seine Brusttasche.

„Keine Ursache", sagte Frau Jung, „aber eins hat mich gewundert. Eines der Zimmer muss storniert worden sein. Können Sie mir das erklären?"

„Ach, die kalten Nächte in Hurghada!", antwortete Benny grinsend.

„Ich erkläre es Ihnen gleich, Frau Jung", sagte Charly darauf. Er warf Benny einen strengen Blick zu und schüttelte mit dem Kopf.

„Nun, wenn der Schlussbericht fertig ist, ist Ihre Aufgabe hier in Kairo erfüllt. Schade, ich lasse Sie höchst ungern wieder nach Deutschland. Sie sind mir richtig ans Herz gewachsen", sagte Dubois mit Bedauern in der Stimme. „Na, vielleicht sieht man sich irgendwo mal wieder. Und jetzt erst mal raus, ich habe zu arbeiten." Er mochte es nicht, wenn man ihn gerührt sah.

Als sie das Büro verlassen hatten, entfaltete Charly das Blatt Papier, das Frau Jung ihm zugesteckt hatte und las:

Lieber Herr Bach, es freut mich zu hören, dass Sie alles gut und erfolgreich überstanden haben. Es war bestimmt eine harte Zeit für Sie alle. Ganz besonders freut es mich aber, dass Sie gut auf Frau Lund aufgepasst haben. Sie haben Ihr Versprechen, das Sie mir in der Wüste gegeben haben, gehalten. Ich rate Ihnen, passen Sie weiter gut auf die kleine Lady auf!!

Dass Sie keine Spur von meiner Frau gefunden haben, ist zwar bedauerlich, aber nicht zu ändern. Auch ohne Spuren wird sie immer in meinem Herzen bleiben und ich hoffe, dass Sie und Frau Lund ein ähnliches Dreamteam werden, wie wir es waren. Ich würde mich sehr freuen. Herzlichst, Ihr von Sundheim

„Mmh", dachte Charly. Darüber hatte er überhaupt noch nicht nachgedacht. Für ihn war es zur Normalität geworden, mit Carry und Benny zusammenzuarbeiten. Dass er nun wieder ein normales Leben in seiner alten Firma führen würde, hatte er verdrängt.

Nach zwei Tagen war der Abschlussbericht fertig und der Zeitpunkt des Abschieds war da. Dubois, Dimitrie und Abdul ließen es sich nicht nehmen, die drei Freunde zum Kairoer Flughafen zu bringen.

„Machen Sie es gut", sagte Dubois und ging gleich darauf wieder raus. Er hasste Abschiede.

Abdul drückte alle drei herzlich: „Ich werde die Zeit mit euch nicht vergessen, bleibt gesund. Carry, bis zur nächsten Mission mit dir. Und wer weiß, vielleicht sehen wir uns alle wieder. Allahs Wege sind unergründlich." Er hatte Tränen in den Augen und ging nach der Verabschiedung ebenfalls nach draußen.

Da blieb nur noch Dimitrie: „Macht es gut, ihr Lieben. Meldet euch."

„Dimitrie, das machen wir. Und tu uns einen Gefallen, lass dich nicht wieder kidnappen. Ich habe genug von Rettungseinsätzen", auch wenn Benny wieder einen frechen Spruch losließ, konnte man nicht überhören, dass er mit den Tränen kämpfte.

Dann waren Carry und Charly dran: „Dimitrie, wir werden oft an dich denken. Und besuche uns, wenn du wieder in Deutschland bist, versprochen?" Auch Carry kämpfte mit den Tränen.

„Mach ich", sagte Dimitrie und fuhr fort: „Und ihr beide werdet glücklich miteinander. Hat lange genug gedauert!"

„Machen wir!", antwortete Charly.

Dann drückten sie sich herzlich und die drei gingen in die Abflughalle.

„Carry, was denkst du?", fragte Charly zärtlich.

„Dass mir noch ein schwerer Gang in Deutschland bevorsteht", sie hatte den Gedanken an das Trennungsgespräch mit

Stefan bisher verdrängt. Aber nun traf sie die Erkenntnis mit voller Wucht.

„Ich bin in Gedanken bei dir, mein Schatz", flüsterte Charly ihr ins Ohr.

„Ich weiß und das gibt mir auch Kraft", sie schaute ihm tief in die Augen. Und Charly dachte wieder: *Für diese Augen braucht diese Frau einen Waffenschein.*

Dann gingen sie zur Passkontrolle.

Kapitel 1.8

Wieder in Frankfurt

Das Telefon von Charly klingelte unaufhörlich.

„Ja, ist ja gut, ich komme ja schon", Charly war gerade aus dem Kino gekommen. Er hatte sich mit Carry den neuesten James Bond angeschaut.

„Hast du deine Post schon gelesen, Charly?", hörte er Benny ohne Gruß fragen.

„Dir auch einen schönen Abend, Benny. Nein, ich komme grade zur Tür rein und habe meine Post noch nicht gelesen!" Er „liebte" es, so überfallen zu werden.

„Dann schau mal, ob du einen Brief von der ‚Senckenberg Gesellschaft für Naturforschung' bekommen hast!" Benny klang ganz aufgeregt.

„Ja, da ist was!", sagte Charly. „Wow, eine Einladung zur außerordentlichen Ratsversammlung der ‚Senckenberg-Gesellschaft für Naturforschung'. Einziger Tagesordnungspunkt: Verleihung der Verdienstmedaille für Frau Karen Lund, Herrn Stefan Bach, Herrn Abdul Karim und Herrn Benjamin Sauer", las er vor.

„Dass Carry mir davon nichts gesagt hat, komisch!", wunderte er sich.

„Du hast die Dame halt noch nicht im Griff", entgegnete Benny.

„Na, du kannst dich auskennen. Du weißt ganz genau, dass man Carry nicht im Griff haben kann. Dafür ist sie viel zu unabhängig. Deshalb liebe ich sie auch so!", konterte Charly. „Ich werde mal gleich bei ihr nachfragen. Bis denne"

Dann legte er auf, um kurze Zeit später mit Carry zu telefonieren.

„Ja, das habe ich heute früh erfahren. Große Ehre, die Medaille wird normalerweise nur an Mitarbeiter von MR verliehen. Schatz, es sollte eine Überraschung sein!", gestand Carry.

„Na, das ist es", antwortete Charly immer noch unter dem Eindruck der Einladung.

„Na dann, mach dich mal schick an dem großen Abend", sagte sie lachend.

„Ich dich auch, Schatzi", kam seine Antwort. Nach noch einem verliebten Geplänkel legte Charly auf.

Da fiel ihm auf, dass Carry ihn noch nie in einem dunklen Anzug gesehen hatte. Und er sie noch nie in einem festlichen Kleid.

Na, da bin ich ja mal gespannt, dachte er voller Vorfreude.

„Meine sehr geehrten Damen und Herren", begann Torsten Neumann seine Rede, *„es ist mir eine besondere Ehre und Freude, Sie alle zu dieser außerordentlichen Ratssitzung begrüßen zu dürfen. Diese Sitzung hat nur einen Tagesordnungspunkt: Die Ehrung von vier Personen, die sich außerordentliche Verdienste für MR erworben haben. Sie haben nicht nur ihren Job gemacht und ihre Pflicht getan, sondern zwei von ihnen haben fernab von ihrem tatsächlichen Beruf diese Aufgabe freiwillig übernommen. Und dies nur, um einem Freund zu helfen. Dies verdient unsere Anerkennung und unser Lob!"*

Während Neumann seine Rede hielt, schaute sich Charly im Raum um. Dieser war bis auf den letzten Platz gefüllt mit vielen Honoratioren aus Bund, Land und Stadt. Aber ganz genau musterte er Carry, die neben ihm saß. Sie trug ein halblanges dunkelblaues Kleid mit passenden halbhohen Pumps. Dazu hatte sie dezenten Schmuck angelegt.

Wenn ich nicht schon in sie verliebt wäre, würde es heute Abend passieren, dachte Charly und drückte ihre Hand. Er zwinkerte ihr zu und sie zwinkerte zurück.

„Und somit bitte ich Frau Lund und die Herren Bach und Sauer nach vorne, um ihre Auszeichnung entgegenzunehmen. Herr Karim ist aus dienstlichen Gründen leider verhindert. Aber die Verleihung wird in unserem Kairoer Büro nachgeholt werden", beendete Neumann seine Laudatio.

Die drei gingen zusammen nach vorne und nahmen unter Beifall des Publikums den Preis entgegen.

Danach gab es reichlich Glückwünsche des geladenen Publikums. Als dies überstanden war, folgte im Nebensaal noch ein Empfang.

„Hast du gedacht, dass das so pompös wird?", fragte Benny Charly. Carry stand gerade bei Neumann und unterhielt sich angeregt mit ihm. „Dachte, es gibt einen feuchtwarmen Händedruck und ein paar warme Dankesworte und das war es!" Er balancierte währenddessen mit drei Kanapees, die er auf seinen Teller geladen hatte.

„Na ja, Carry hat mich ein wenig vorgewarnt. So war ich etwas vorbereitet", antwortete Charly.

„Apropos Carry", unterbrach Benny ihn, „herzlichen Glückwunsch zu dieser Bombe. Sie sieht heute granatenmäßig aus. Ich kenne sie auch schon eine Weile, aber so großartig habe ich sie noch nie gesehen!"

„Mach ihr das Kompliment doch selbst. Aber bitte eine andere Wortwahl, etwas dezenter", konterte Charly.

Aber Benny hat Recht, dachte er, *sie sieht wirklich granatenmäßig aus.*

„Charly, Benny, kommt ihr bitte mal, Herr Neumann möchte etwas mit euch besprechen!", rief Carry zu ihnen hinüber.

„Was gibt es denn?", fragte Charly ganz überrascht.

„Du, ich habe keine Ahnung. Ihr sollt mal kurz in sein Büro kommen!", antwortete Carry schulterzuckend.

Als Charly und Benny das Büro betraten, war neben Neumann auch Karsten Keller, sein Stellvertreter, anwesend. Karsten Keller war ein sportlicher Typ mit einem schmalen Gesicht. Er wirkte auf den ersten Blick sehr sympathisch.

„Schön, dass Sie gleich gekommen sind. Ich möchte nicht lange um den heißen Brei herumreden!", begann Neumann. „Hat Ihnen die Mission Spaß gemacht?"

„Ja", antworteten die beiden wie aus einem Mund.

„Könnten Sie sich vorstellen, für MR zu arbeiten? Ich möchte Sie warnen, das ist kein Zuckerschlecken!"

„Oh, das haben wir schon gemerkt!", antwortete Benny. Charly konnte sich ein Grinsen nicht verkneifen.

„Nun ja, könnten wir etwas Bedenkzeit haben?", fragte Charly.

„Wenn Sie mir im Laufe der Woche Bescheid sagen könnten, wäre ich Ihnen sehr dankbar."

„Aber selbstverständlich", antworteten beide.

„Gut, ich danke Ihnen, meine Herren", sagte Neumann freundlich.

Charly und Benny gingen aus dem Büro und schauten sich an. Charly nickte leicht mit dem Kopf, Benny nickte zurück.

„Ja?", fragte Charly.

„Ja?", fragte Benny.

„Ja!", sagte Charly.

„Ja!", sagte Benny.

Dann drehten sich beide herum und gingen wieder in das Büro von Neumann. Carry, die das alles beobachtet hatte, schüttelte nur mit dem Kopf. *Was haben die beiden denn jetzt wieder ausgeheckt?*, dachte sie insgeheim.

„Herr Neumann, Herr Keller, wir haben uns entschieden: Wir machen es!", sagte Charly bestimmt.

„Na das ging ja jetzt schnell, kurze Bedenkzeit!" Neumann war überrascht.

„Na ja, eigentlich hatten wir ja schon seit Beginn der Mission Bedenkzeit!", konterte Benny.

„Ja das stimmt. Kommen Sie dann doch übermorgen in mein Büro. Dann wickeln wir die Formalitäten ab!", antwortete Neumann lachend.

„Machen wir", antwortete Benny. „Gibt es eigentlich eine Gefahrenzulage?", fragte er frech hinterher.

„Nicht direkt, aber ich glaube, Sie werden keinen Grund zur Beschwerde haben", antwortete Neumann lachend.

Dann verließen die beiden endgültig das Büro.

„Was gab es denn?", Carry platzte fast vor Neugierde.

„Och nix", antwortete Charly, „du hast nur bald zwei neue Kollegen!"

„Was, das ist ja wunderbar", mit diesen Worten fiel sie Charly um den Hals.

Er drückte sie fest an sich und flüsterte ihr ins Ohr: „Von nun an sind wir auch beruflich unzertrennlich, mein Schatz!"

Wenn Charly gewusst hätte, was die Zukunft bringen würde, wäre er bestimmt nicht so euphorisch gewesen. Aber dies ist eine andere (die nächste) Geschichte, die im zweiten und dritten Teil erzählt wird ...

Ende des ersten Teils

2. Teil
Dunkle Wolken

Kapitel 2.1

Beame mich zurück

Sie lagen schon zwei Stunden in einer ungemütlichen Kule am Stadtrand von Alexandria und warteten auf Verstärkung. Gegenüber war eine Lagerhalle, die sie observierten.

„Die müssen doch langsam kommen", beschwerte sich Benny.

„Ruhig Brauner, die werden schon kommen", beruhigte Charly ihn.

„Wisst ihr, wie schwer es heutzutage ist, zehn Leute von uns zusammenzubekommen? Geschweige denn, zehn Leute von der ägyptischen Polizei", ergänzte Abdul. „Dubois musste Kopfstände machen, um die Aktion durchführen zu können!"

Charly und Benny waren jetzt ein Jahr bei MR. Ihre erste Mission erfüllten sie noch als Externe und auf freiwilliger Basis. Carry, eine gute Freundin von ihnen, hatte sie überredet, einen weiteren Freund von ihnen, Dimitrie, in Ägypten zu suchen. Sie erlebten gefährliche Abenteuer, die sie allerdings immer mehr zusammenschweißten. Bei Carry und Charly ging es sogar so weit, dass sie sich ineinander verliebten. Wobei Charly schon davor Gefühle für Carry empfand.

Jetzt waren sie mit Abdul, einem mittlerweile sehr guten Freund, auf einer neuen Mission. Abdul war ein langjähriger Mitarbeiter von MR, der im ägyptischen Büro von MR arbeitete und stellvertretender Leiter war. Er hatte die drei bei der Suche nach Dimitrie hilfreich unterstützt. Nun arbeiteten die drei wieder zusammen und fühlten sich wie in alten Zeiten. Sie waren seit zwei Wochen einer Bande von Grabräubern auf der Spur, die im Raum Alexandria einige Gräber geplündert hatte. Dieser Verfolgung ging eine zweijährige Fahndung voraus, die lange vor Charlys und Bennys Zeit bei MR begann.

Da knackte ihr Headset:

„Bei euch alles in Ordnung?", hörten die drei eine ihnen sehr bekannte Stimme fragen.

Am anderen Ende der Leitung war Carry, die die Aktion aus dem Kairoer Büro begleitete.

„Wir warten immer noch auf Verstärkung", meldete sich Charly.

„Müsste jeden Moment kommen", ergänzte Dubois, der neben Carry saß, „Dabir hat sich vor fünf Minuten gemeldet, er ist auf dem Weg."

„Gut", antwortete Charly, „wir warten auch schon lange genug!"

„Bitte seid vorsichtig, versprecht mir das", Carry klang besorgt.

„Sind wir doch immer", antwortete Benny.

Carry und Dubois grinsten sich nur nervös an. Es war die erste Aktion, die Charly ohne Carry machte. Dies war für beide ungewohnt und Carry war dementsprechend nervös.

„Seht ihr, in dem Lagerhaus tut sich was", sagte Benny zu den anderen.

Und tatsächlich, sie hörten aus der Lagerhalle lautes Rufen und es hörte sich an, als würden schwere Kisten verladen. Der Lärm dauerte 10 Minuten, dann wurden die Rolltore der Lagerhalle geöffnet.

„Ich glaube, die wollen rausfahren", gab Charly über Funk bekannt, „wo bleibt unsere Verstärkung?", fragte er.

„Bleiben Sie, wo Sie sind und kommen Sie nicht auf dumme Gedanken. Dabir muss jeden Moment da sein. Charly, es sind zu viele, gegen die Übermacht kommen Sie nicht an!", rief Dubois in das Mikro.

In diesem Moment setzten sich die LKWs einer nach dem anderen in Bewegung.

„Charly, dein Blick gefällt mir nicht", sagte Benny.

„So guck ich nun mal", antwortete der und rief ins Mikro: „Wir gehen jetzt da rein, wenn die uns entkommen, war monatelange Arbeit für die Katz!"

„Gut, dann folgen Sie ihnen im Jeep, damit wir sie nicht verlieren", ordnete Dubois an.

„Na gut, machen wir, ab in den Jeep", bestätigte Charly widerwillig.

Die LKWs waren mittlerweile aus der Lagerhalle herausgefahren und bogen in die Straße ein. Die drei Freunde erreichten den in der Nähe abgestellten Jeep und warteten, bis der letzte LKW den Hof verlassen hatte.

„Los, hinterher", rief Benny und stellte gleichzeitig die Peilung des Handys an, damit Kairo sie orten konnte.

„Gebt Dabir Bescheid, dass wir die Verfolgung aufgenommen haben", rief Charly in das Mikro.

„Die wollen zum Hafen", sagte Abdul zu den anderen beiden. „Wenn sie erst auf dem Schiff sind, haben wir keine Chance mehr. Wir haben dafür keine staatliche Autorität!"

„Dann müssen wir sie vorher abfangen", antwortete Charly entschlossen. „Wo bleibt nur Dabir?"

Sie hatten mittlerweile die langgezogene Straße zum Hafen erreicht.

„Abdul, überhole sie alle und setze dich vor den ersten LKW", sagte Charly nervös.Wir versuchen sie auszubremsen. Das ist unsere einzige Chance."

Abdul schaute Charly überrascht an.

„Okay, ich mache es", dann gab er Gas und überholte in einem halsbrecherischen Tempo den Konvoi.

Vorne angekommen, bremste er den Jeep langsam ab.

„Wir spielen jetzt LKW-Kontrolle", sagte Charly zu den anderen beiden spitzbübisch grinsend.

Da hörte er Dubois über das Headset: „Charly, lassen Sie den Quatsch. Sie warten, bis Dabir da ist!"

„Dafür haben wir keine Zeit", antwortete Charly und sprang aus dem Jeep.

Er winkte mit den Armen und deutete dem ersten LKW an, zu halten. Der Konvoi wurde gestoppt und alle Wagen stellten den Motor ab. Der Mann auf der Beifahrerseite stieg aus und hob die Hände.

„Das stinkt", meinte Benny zu Abdul und verließ, mit der Waffe im Anschlag, ebenfalls den Wagen. Er blieb aber im Schatten des Wagens stehen, damit man seine Waffe nicht sehen konnte.

Abdul stellte sich neben Charly und beobachtete die LKWs genau.

„Sag ihnen, sie sollen die Papiere zeigen, wir müssen Zeit gewinnen", flüsterte Charly Abdul zu.

„Papiere!", forderte Abdul den Mann auf ägyptisch auf.

„Seid ihr überhaupt autorisiert, uns zu kontrollieren?", fragte der Beifahrer.

„Was habt ihr geladen?", wich Abdul aus.

Von Dabir und seinen Leuten sowie den Leuten von MR war weit und breit nichts zu sehen.

„Zeigt erst eure Autorisierung", entgegnete der Beifahrer nervös. Dann plötzlich hörten die drei, wie die Motoren wieder angelassen wurden. Der Beifahrer drehte sich um und rannte wieder in den LKW.

„Halt, stehen bleiben!", schrie Abdul ihm nach.

Gleichzeitig eröffneten die Leute in den LKWs das Feuer und Charly und Abdul konnten sich nur durch einen Hechtsprung in den Graben in Sicherheit bringen.

„Scheiße, das war wohl nichts", sagte Charly zu Abdul.

Dann hörten sie Gewehrsalven aus den LKWs und erwiderten das Feuer. Der Konvoi fuhr an dem Jeep vorbei. Die Insassen nahmen diesen, hinter dem Benny saß, voll unter Beschuss. Benny hatte keine Chance zu feuern, so stark war das Feuer. Als der vorletzte LKW an dem Jeep vorbeifuhr, gab es plötzlich eine ohrenbetäubende Explosion. Der Jeep machte einen Sprung in die Luft und ging sofort in Flammen auf. Aus dem LKW war eine Handgranate geschmissen worden und unter dem Wagen explodiert.

„Benny, bist du in Ordnung?", schrie Charly in Richtung des völlig zerstörten Jeeps. Die Stelle, wo Benny zuletzt gekauert hatte, war leer. Von Benny war nichts zu sehen.

„Wo ist er?", fragte Abdul.

„Er war hinter dem Jeep, als ich ihn das letzte Mal gesehen habe", murmelte Charly.

Dann sahen sie ihn. Benny lag ca. 20 Meter von der Stelle entfernt, wo er gekauert hatte. In seiner Brust steckte eine halbe Fensterscheibe aus dem Jeep. Er röchelte erbärmlich.

„Nicht rausziehen, dann verblutet er!", herrschte Abdul Charly an.

In dem Moment hörten sie aus der Ferne Polizeiautos. Dabir und seine Leute kamen mit Höchstgeschwindigkeit zu dem Ort des Geschehens herangefahren.

„Krankenwagen, wir brauchen einen Krankenwagen", schrie Charly völlig aufgelöst.

„Habe ich über Funk schon angefordert", entgegnete Abdul.

Charly kniete neben Benny und versuchte, die Blutung mit seinem Hemd zu stoppen. Vergebens, in Windeseile war auch das Hemd blutdurchtränkt. Das Blut pulsierte parallel zum Herzschlag aus der Wunde und ergoss sich auf Bennys Brust.

„Charly", Benny schüttelte ganz schwach seinen Kopf, „das hat keinen Sinn mehr, es ist vorbei. Charly, kannst du mich nochmal ein Jahr zurückbeamen, ich ziehe meine Bewerbung zurück!"

„Still, du darfst nicht reden", redete Charly auf ihn ein.

Inzwischen war auch Dabir mit seinen Leuten eingetroffen.

„Verdammt, was ist denn hier passiert?", fragte er entgeistert.

Abdul brachte ihn auf den neuesten Stand der Dinge.

Darauf sagte Dabir: „Herr Bach, das wird ein Nachspiel haben, das verspreche ich Ihnen!"

Charly nahm das alles gar nicht richtig wahr, er hatte nur Augen für Benny.

„Charly", Bennys Stimme wurde immer dünner, „Charly, versprich mir eines." Jetzt spuckte er auch Blut. „Versprich mir, dass du Carry heiratest. Ich will nicht umsonst genervt haben. Bitte versprich mir das!" Dabei drückte er Charlys Arm so fest, dass sich Abdrücke an Charlys Arm abzeichneten.

„Benny, ich kann dir nur versprechen, dass ich alles tun werde, um sie glücklich zu machen", sagte er mit Schluchzen in der Stimme.

Doch das hörte Benny nicht mehr. Mit starren Augen lag er in Charlys Schoß und seine Hand, die sich in Charlys Arm gekrallt hatte, erschlaffte.

Charly brach in Tränen aus und ließ diesen freien Lauf. Alle standen wie versteinert um Benny herum.

In diesem Moment knackte das Headset:

„Was ist bei euch los, warum meldet sich niemand?", hörte man die Stimme von Dubois aus dem Gerät.

Abdul war als Erster fähig, zu antworten. Charly konnte sich nicht bewegen.

„Benny ist tot", sagte er mit Schluchzen in der Stimme. Jetzt ließ auch er seinen Tränen freien Lauf.

„Oh Gott", antwortete Carry, „wie ist das passiert?" Sie war wie vom Donner gerührt.

Abdul schilderte in kurzen Worten, was passiert war und endete mit den Worten: „Möge Allah seiner Seele gnädig sein!"

Die nächsten Tage verbrachte Charly wie in der Trance. Bennys Leiche wurde obduziert und nach der Freigabe nach Deutschland überführt. Dort fand auf dem Friedhof in Bad Homburg die Beisetzung im kleinsten Familienkreis statt. Nur Carry, Charly und Dimitrie waren als Nicht-Familienangehörige eingeladen. Auch Neumann hatte im Namen von MR einen Kranz geschickt.

Einen Tag nach der Beerdigung klingelte Charlys Telefon. Carry, die seit dem Unglück nicht von seiner Seite wich, ging ran.

„Apparat Bach", sagte sie.

„Neumann hier, Frau Lund, kann ich Charly sprechen?"

„Moment, ich hole ihn. Ich kann mir denken, um was es geht!"

„Ja, ich kann es ihm nicht ersparen", antwortete Neumann.

So kam es, dass Charly erfuhr, dass ein Untersuchungsverfahren der Senckenberg-Gesellschaft für Naturforschung angestrebt wurde.

„Wir alle wollen, dass die Sache schnell vom Tisch ist, Charly", unterrichtete Neumann ihn. „Aber wir müssen mit aller Gründlichkeit die Sache untersuchen. Bis zum Tag, an dem das Ergebnis mitgeteilt wird, bleiben Sie natürlich freigestellt. Aber Sie können sicher sein, dass Ihre Verdienste auch Berücksichtigung finden werden."

„Danke, alles klar", antwortete Charly, „wie lange wird das dauern?"

„Ich möchte die Sache in den nächsten 14 Tagen vom Tisch haben. Je eher, desto besser. Ein strafrechtliches Verfahren wird es jedenfalls nicht geben. Da können Sie sicher sein."

„Gut, danke", antwortete Charly und beendete das Gespräch.

„Es geht um das Untersuchungsverfahren? Bei MR gibt es kaum ein anderes Thema mehr", sagte Carry.

„Ja, aber das Ergebnis ist mir egal. Egal, wie es ausgeht, ich werde den Dienst quittieren", sagte er.

Er hob abwehrend die Hand, als Carry etwas sagen wollte.

„Ich bin schuld am Tod von Benny, ob verurteilt oder nicht. Und ich muss damit leben. Nach der Verhandlung werde ich meine Kündigung einreichen."

Carry nahm ihn in den Arm und sagte leise: „Schatz, wie auch immer du dich entscheidest, ich werde zu dir stehen. Überlege es dir mit der Kündigung aber gut. Wenn du freigesprochen wirst, zeigt es dir, dass alle Indizien für dich sprechen. Und du hast nach bestem Wissen und Gewissen gehandelt. Benny würde eine Kündigung nicht wollen. Er und alle Mitarbeiter von MR nicht. Das habe ich dazu zu sagen."

Carry wusste, dass es keinen Zweck hatte, weiter auf Charly einzureden. Jedes weitere Wort würde seinen Widerstand und seinen Willen zu gehen nur vergrößern.

Neumann sollte Recht behalten. In der darauffolgenden Woche fand die Sitzung des Untersuchungsausschusses statt. Es war der gleiche Raum, in dem Carry, Charly und Benny vor einem Jahr ihre Auszeichnung erhalten hatten. Nur dass diesmal weniger Leute anwesend waren.

Da Carry nicht zu dieser Sitzung zugelassen war, musste sie draußen warten.

„Hier, ich habe noch etwas für dich, es soll dir Glück bringen." Sie drückte Charly ein kleines Papierknäuel in die Hand. In dem Papier befand sich eine kleine Elefantenstatue. „Elefant steht für Weisheit, Klugheit, Geduld, Stärke, Güte und Hingabe. Ich glaube, vor allem Glück kannst du jetzt grade gut gebrauchen!"

Charly sagte nichts und drückte Carry nur an sich.

Ein Vorstand der Senckenberg-Gesellschaft für Naturforschung, führte den Vorsitz, nebst vier Beisitzern.

Zuerst befragte er Charly zum Tathergang. Charly berichtete noch einmal von den Ereignissen in dieser Nacht, genau wie er es auch in seinem schriftlichen Bericht getan hatte. Dann wurden noch einige Zeugen per Video-Schaltung hinzugezogen. Darunter auch Abdul und Dabir.

Dann, nach einer viertelstündigen Beratung, kam die Gruppe von fünf Personen wieder aus dem Beratungsraum heraus:

Sehr geehrter Herr Bach, wir kommen zu folgendem Ergebnis: Sie haben in dieser Situation höchst riskant und leichtsinnig gehandelt. Da die Gruppe, die Sie verfolgt haben, aber mit äußerster Brutalität vorgegangen ist, die Sie im Vorfeld nicht abschätzen konnten, trifft Sie keine direkte Schuld am Tod von Benjamin Sauer. Wir belassen es bei einer Abmahnung und sehen von einer Kündigung ab.

Neumann, der als einziger Mitarbeiter von MR im Raum sein durfte, drehte sich zu Charly um und zeigte mit dem Daumen nach oben. Charly selbst nahm das Urteil teilnahmslos zur Kenntnis.

Dann verließen alle den Raum. Draußen standen Carry und Dimitrie und fragten wie aus einem Munde: „Und?"

„Alles gut gegangen", antwortete Neumann, bevor Charly etwas sagen konnte.

„Herr Neumann, kann ich Sie morgen früh mal sprechen?", fragte Charly.

„Ja natürlich, sagen wir um 10 Uhr", antwortete Neumann.

Charly quittierte die Antwort mit einem knappen Nicken.

Carry schaute Charly nur kurz an und sagte: „Ist es das, was ich befürchte?"

„Komm, lass uns essen gehen", war Charlys einzige Antwort.

Am nächsten Tag war Charly um 10 Uhr in Neumanns Büro. Frau Alt fragte gleich nach, ob Charly einen Kaffee haben wolle. Er lehnte dankend ab.

„Na Charly, wo drückt noch der Schuh? Das ging doch gestern glimpflich aus? Hätte auch anders kommen können!"

„Herr Neumann, ich will es kurz machen", sagte Charly und zog einen Umschlag aus der Tasche. „Das ist meine Kündigung. Ich kann unter diesen Umständen nicht mehr für MR weiterarbeiten."

Neumann schaute Charly lange an. Dann schaute er auf den Umschlag und sagte: „Ich will jetzt keinen Versuch machen, Sie umzustimmen. Jeder von uns hätte an so einem Vorfall zu knappsten. Manch einer würde vor die Hunde gehen. Aber ich mache einen Vorschlag: Ich nehme diesen Umschlag und lege ihn ungeöffnet in diese Schublade. In einem Monat kommen Sie in mein Büro und wir reden nochmal darüber. Bis dahin nehmen Sie Urlaub. Ist das ein Deal?"

„Herr Neumann, das ist äußerst fair, aber ich glaube, es wird sich an meiner Entscheidung nichts ändern."

„Lassen wir es darauf ankommen. Und jetzt raus, ich habe zu arbeiten. In einem Monat in meinem Büro."

„Gut, bis dann." Charly verließ das Büro und Neumann ging in das Besprechungszimmer, in dem Carry, Dimitrie und Keller, sein Stellvertreter, auf ihn warteten.

„Und, hat er es getan?", fragte Carry, die seit dem Abend vorher kein Wort mehr mit Charly gesprochen hatte.

„Er wollte kündigen, aber wir haben uns auf einen Deal geeinigt: Ein Monat Bedenkzeit, dann setzen wir uns wieder zusammen!"

„Danke, dass Sie die Kündigung nicht gleich angenommen haben", sagte Carry voller Dankbarkeit.

Kapitel 2.2
Die Falle

Kapitel 2.2.1
Am Flughafen

„Ja, aber jetzt lassen Sie uns über den unerfreulichen Fall in Alexandria sprechen. Gibt es da neue Erkenntnisse?", Neumann versuchte, zur Tagesordnung überzugehen.

„Wir haben einiges", antwortete Carry. „Nachdem die Grabräuber ihre wertvolle Fracht auf ein Schiff verladen haben, hat dieses mit unbekanntem Ziel abgelegt. Interessant ist, dass das Schiff nicht hochseetauglich war. Sie müssen eine nahegelegene Insel angesteuert haben. Aber es fehlt noch jede Spur."

„Und die ägyptische Polizei ist nicht eingeschritten, als die Fracht verladen wurde?", fragte Neumann nach.

„Als die Polizei am Hafen ankam, war das Schiff schon weg. Die Truppe von Dabir sicherte erst den Tatort von Bennys Tod. Da gingen wertvolle Minuten verloren."

„Das war ja auch wichtiger", kommentierte Neumann sarkastisch.

Alle quittierten seine Aussage mit einem Schnaufen durch die Nase.

„Wir haben aber noch mehr. Unser Informant hat gut gearbeitet", fuhr Carry fort. „Es ist möglich, dass in den nächsten Wochen eine noch größere Lieferung geplant ist. Die gesamte Lieferung ist so groß, dass irgendwo eine Sammelstelle eingerichtet werden muss, um das alles zu transportieren. Unser Informant versprach uns, genauere Daten über Zeit und Ort noch durchzugeben."

„Dass die Informationen nur tropfenweise kommen, ist mir klar", fuhr Neumann fort. „Unser Informant ist in unglaublicher Gefahr und muss vorsichtig sein."

„Wissen wir denn, wer es ist?", fragte Keller dazwischen.

„Sie kennen doch Dubois", entgegnete Neumann, „bei seinen Informanten lässt er sich nicht in die Karten schauen. Apropos Dubois: Er hat ausdrücklich Sie beide, Frau Lund und Herrn Maier für diese Aktion angefordert. Zuerst war Herr Bach vorgesehen, aber der fällt ja nun aus!"

„Okay, wann geht es los?", fragte Carry.

„Heute Abend, Flug geht um 18:30 Uhr", antwortete Neumann.

„Na dann gehe ich mal packen!", Carry schwang sich auf und wollte schon den Raum verlassen. Da sagte Neumann:

„Passen Sie beide gut auf sich auf. Ich möchte nicht noch mehr gute Leute verlieren!"

„Keine Angst Chef, wir beide sind vorsichtig", antwortete Dimitrie entschlossen.

Als Carry gerade den Besprechungsraum verließ, klingelte ihr Handy.

„Schatz, ich bin es", hörte sie Charly, „was gibt es Neues?"

„Ich fliege heute Abend mit Dimitrie nach Kairo. Wir sind für die Grabräuber von Alexandria eingeteilt und unterstützen Dubois", kam ihre Antwort. „Eigentlich warst Du für diese Aktion vorgesehen, aber du bist ja momentan nicht im Dienst."

„Dann treffe ich dich am Flughafen. Du hast jetzt sicherlich genügend mit Packen zu tun!"

„Ja, bitte sei da. Unser Flug geht um 18:30 Uhr. Ich will dich so gerne vor dem Abflug noch sehen!"

„Ja, ich dich auch", antwortete er und legte auf.

Carry und Dimitrie waren pünktlich um 16:00 Uhr an der Gepäckannahme am Frankfurter Flughafen. Carry schaute sich suchend um.

„Wo bleibt er denn?", fragte sie Dimitrie.

„Der wird schon kommen, glaub mir", antwortete er.

Währenddessen saß Charly in seinem Auto auf der A3 im Stau vor dem Frankfurter Kreuz und schaute nervös auf die Uhr.

„Kommt schon, bewegt euch", schrie er seinen Vordermann an. Im Schritttempo ging es vorwärts. So verging die Zeit. Plötzlich klingelte sein Handy.

„Wo bleibst du denn?", hörte er Carry über die Freisprech-anlage. Er schilderte die Situation und versprach, es noch zu schaffen. Gegen 17:30 Uhr fuhr er mit quietschenden Reifen auf die Parkebene, die nur zum Ein- und Ausladen bestimmt war. Charly war es egal. Er hetzte zur Ebene B, hier war die Zone für Auslandsflüge.

Carry hatte zwischenzeitlich schon die Passkontrolle durch-schritten. Immer wieder schaute sie sich nach hinten um; kein Charly zu sehen.

„Carry, komm, wir haben jetzt nicht mehr viel Zeit", drän-gelte Dimitrie.

„Ich weiß", antwortete Carry mit Tränen in den Augen, „aber ich muss mich doch noch von ihm verabschieden!"

Da hörte sie hinter sich ein Klopfen an der Scheibe, die den internationalen Bereich vom restlichen Flughafen trennte. Es war Charly. Er war durch die gläserne Abtrennung nur sehr schwer zu verstehen.

„Charly, du hast es geschafft", jubelte Carry. Charly nickte nur. Dann griff er in die Jackentasche und holte die kleine Ele-fantenfigur heraus, die Carry ihm am Tag vorher geschenkt hat-te. Er küsste die Figur.

Er schrie: „Der Geist des Elefanten soll auch dir Glück brin-gen! Ich bin in Gedanken immer bei dir, mein Schatz!"

Dann hielt er die Hand an die Glasscheibe und Carry tat es ihm nach, sodass die Hände nur durch die Glasscheibe ge-trennt waren.

„Passt auf dich auf, Carry", rief er ihr mit Tränen in den Au-gen durch die Glaswand zu. „Und du Dimitrie, pass auf euch bei-de auf, versprich mir das!"

Dimitrie nickte nur und hielt den Daumen nach oben.

„*Letzter Aufruf für Flug LH 417 nach Kairo. Wir bitten die Pas-sagiere Lund und Maier unverzüglich zum Check-In zu kommen.*" Die metallene Stimme drängelte Carry und Dimitrie unbarmherzig.

Da kam Carry ganz nahe an die Glasscheibe heran und form-te ihren Mund zu einem Kuss. Charly tat das Gleiche.

„Ich liebe dich", sagte Carry.

„Ich liebe dich auch", sagte Charly.

Bis Carry sich dann abrupt umdrehte und mit Dimitrie schnell zum Check-In ging. Charly schaute ihr noch so lange nach, bis sie nicht mehr zu sehen war. Dann ging er langsam zu seinem Auto zurück. Dass er sich einen Strafzettel über 50 Euro eingehandelt hatte, war ihm völlig egal.

Kapitel 2.2.2
Das Desaster

Vier Stunden später landeten Carry und Dimitrie in Kairo. Hier wurden sie von Abdul abgeholt.

„Willkommen in Kairo", begrüßte Abdul sie. „Es tut mir so leid, dass ich nicht zur Beerdigung von Benny kommen konnte. Ich war in Gedanken bei euch. Aber Amal hat sich eine tückische Erkrankung zugezogen. Da musste ich bei den Kindern bleiben."

„Ach Abdul, das ist nicht schlimm. Wir wussten, dass du an uns denkst", antwortete Carry. Sie gingen schweigend zum Auto.

„Stimmt das mit Charly, hat er gekündigt?", fragte Abdul, nachdem sie im Auto saßen.

„Ja", antwortete Dimitrie.

„Aber Neumann hat die Kündigung noch nicht offiziell gemacht und Charly vier Wochen Bedenkzeit gegeben", ergänzte Carry.

„Dann wollen wir mal hoffen, dass er sich besinnt und wieder zu uns kommt. Allah wird es richten."

In Kairo setzte er sie am Hotel ab. Es war das gleiche, das sie bezogen hatten, als sie zu dritt das erste Mal in Kairo waren.

„Ich bin gut angekommen und ich vermisse dich", sagte Carry, als sie sofort Charly anrief. „Ich weiß nicht, wann ich wieder Gelegenheit habe, mit dir zu sprechen. Deshalb will ich dir noch sagen, dass alle hoffen, du kommst wieder."

„Das wird die Zeit bringen. Momentan gehe ich nicht davon aus", entgegnete Charly, „aber danke für euer Vertrauen. Warte mal, ich schicke dir eine Mail!"

Gleich darauf „bingte" es bei Carry, eine Mail war angekommen. Sie öffnete sie sofort. Es war das Foto eines Elefantenanhängers aus Gold zu sehen.

„Wunderschön", sagte sie.

„Du solltest den Anhänger am Flughafen bekommen. Aber ich kam ja nicht mehr an dich heran", sagte er verliebt.

„Gib ihn mir, wenn ich wiederkomme", entgegnete sie ihm.

„Mach ich, da kannst du Gift drauf nehmen und jetzt schlaf gut, mein Schatz. Ich liebe dich!"

„Schlaf auch gut, mein Schatz und ich liebe dich auch!", dann legte sie auf.

Am nächsten Tag saßen Carry, Dimitrie und Abdul im großen Besprechungssaal der Villa, wie das ägyptische Büro von MR genannt wurde. Dann erschien Dubois.

„Guten Morgen, ich freue mich, Sie wieder mal in Kairo begrüßen zu dürfen", eröffnete er die Runde. „Zuerst mal mein Beileid zum Tod von Herrn Sauer. Er ist mir, wie Sie alle, sehr ans Herz gewachsen. Er war ein guter Mann. Und die Sache mit Herrn Bach bedauere ich außerordentlich. Aber Herr Neumann signalisierte mir, das letzte Wort sei noch nicht gesprochen!"

Carry nickte nur. Die Aussage Charlys von gestern Abend verschwieg sie.

„Nun, kommen wir zum eigentlichen Thema, weshalb Sie hier sind. Es sind einige neue Informationen bei uns eingegangen, als Sie unterwegs waren. Übermorgen wird ein großer Konvoi, zusammengestellt aus LKWs von Kairo und Alexandria, an die Mittelmeerküste fahren. Nach unseren Informationen soll dies in der Nähe von Sidi Barrani sein. Hier muss sich irgendwo eine kleine Insel nicht weit von der Küste befinden. Dort soll sich bereits die Beute der Grabjäger befinden, denen Sie schon einmal auf der Spur waren!"

„Das klingt ja nach einer ziemlich großen Angelegenheit", kommentierte Carry.

„Es wäre unser größter Fang seit dem Ausheben der Chi vor einem Jahr. Und der zweitgrößte seit Bestehen von MR", antwortete Dubois.

Dubois drückte eine Taste auf der Tastatur und plötzlich tauchte auf den großen Bildschirmen an der Wand eine Landkarte vom Norden Ägyptens auf. Er zoomte die Stelle um Sidi Barrani heran.

„Das war die beste Karte, die wir kriegen konnten. Gestern von einem Satelliten aufgenommen", sagte Dubois.

Alle vier schauten angestrengt auf die Karte.

„Ist ja wirklich nichts zu sehen, als gäbe es keine Insel", kommentierte Abdul. „Geht es noch ein wenig größer?"

Dubois zoomte noch etwas näher heran. Das Computerbild hatte jetzt die größte Auflösung erreicht. Entsprechend grobkörnig war jetzt auch das Bild. Konzentriert schauten alle vier auf die Bildschirme.

„Nichts zu erkennen", murmelte Dimitrie

„Halt", rief Carry plötzlich, „da ist etwas!"

Und tatsächlich, es war eine Insel erkennbar. Sie war langgestreckt und glich von der Form her einem Fisch ohne Flossen. Die vier schätzten sie auf einen Kilometer lang und 500 Meter breit. Nach Überzeugung der vier war dies der ideale Ort, die Beute zusammenzuführen.

„Aber warum sollten die Grabräuber so eine umständliche Aktion durchführen? Es wäre doch einfacher, alles auf kleine Schiffe zu laden und auf hoher See umzuladen", fragte Abdul.

„Ich kann mir auch noch keinen Reim daraus machen", sagte Dubois, „aber unser Informant sprach auch von logistischen Problemen, die unsere Gegner hätten!"

„Und wir können uns zu 100 % auf dem Informanten verlassen?", fragte Carry skeptisch.

„Bestimmt", antwortete Dubois, „er versorgt uns seit Jahren mit guten Informationen. Wir müssen es hier mit einer großen

Organisation zu tun haben. Anderenfalls wäre eine solche logistische Großaktion kaum zu bewältigen."

„Es riecht nach organisiertem Verbrechen", bemerkte Abdul.

„Ja, hier handelt es sich nicht mehr um ein paar Wüstenvölker, die mal eben schnell ein Grab plündern und auf irgendeinem Basar ihre Beute an Touristen und Strohmänner von reichen Sammlern verschachern. Solche Organisationen treten sogar an Museen heran und verkaufen die Beute wieder zurück", dozierte Dubois.

„Und darauf lassen sich die Museen ein?", fragte Carry interessiert.

„Ja natürlich, was glauben Sie, wie manche Museen an ihre Exponate kommen? Es gibt ganze Netzwerke, die sich darauf spezialisiert haben. Geht dann immer alles ganz offiziell, mit Lieferschein und so."

„Ich glaube, wir werden immer mehr zu einer Polizeitruppe", sagte Dimitrie.

„Benny würde sagen: Wir spielen immer mehr James Bond", murmelte Carry.

Alle schwiegen kurz. Der Gedanke an Benny löste in allen vieren große Betrübnis aus.

„Doch nun zurück zu unserer Aktion", unterbrach Dubois das Schweigen. „Grade, weil dies ein großangelegter Schlag gegen das organisierte Verbrechen sein könnte, haben wir auch von der ägyptischen Regierung volle Unterstützung zugesagt bekommen. Ab Kairo wird der Konvoi überwacht werden. Das gleiche von Alexandria aus. Wenn wir uns sicher sind, werden eine Hundertschaft der Polizei und sämtliche Außendienstmitarbeiter unserer Organisation die Grabräuber auf der Insel in Empfang nehmen."

„Ich bin mir sicher", sagte Carry entschieden.

„Gut, ich mir auch", antwortete Dubois, „diese Aufnahmen sind von einem Wettersatelliten aus großer Höhe gemacht worden. Für unsere Aktion übermorgen habe ich bei der NSA einen Spionagesatelliten gemietet. Da gibt es dann bessere Aufnahmen. Sie alle werden mit vor Ort sein und die Bande empfangen. Ich werde von hier aus die Operation leiten. Wir bleiben in permanentem Funkkontakt. Die Polizeieinheit wird von Polizeisuperinspektor Nafi Assam vor Ort persönlich geleitet."

„Dem Polizeichef von Kairo? Gewaltiges Aufgebot." Dimitrie pfiff durch die Zähne.

„Sie sehen, welche Bedeutung diese Aktion auch für die ägyptische Regierung hat", sprach Dubois.

„Dann an die Arbeit, wir haben noch viel vorzubereiten", Carry mahnte zum Aufbruch.

Die drei waren schon durch die Tür, da rief Dubois: „Carry, kommen Sie bitte nochmal rein."

Sie schaute ihn fragend an.

„Carry, für Charly gelten die gleichen Regeln wie für andere Externe, absolute Kontaktsperre während der Aktion."

„Keine Sorge, Herr Dubois, wir haben uns gestern Abend schon verabschiedet."

„Gut, ich wollte es Ihnen bloß noch einmal gesagt haben. Und wenn Sie wieder da sind, sorgen Sie dafür, dass er wieder zurückkommt", sagte er lächelnd.

„Ach Herr Dubois, Sie kennen doch Charly. Wenn der sich was in den Kopf setzt..."

„Ja, aber wenn es einen Menschen gibt, der ihn umstimmen kann, dann sind Sie das!"

„Schauen wir mal", mit diesen Worten verließ Carry den Raum.

Zwei Tage später lagen Carry, Abdul und Dimitrie mit 20 Mitarbeitern von MR und ca. 50 Polizisten auf einer kleinen Insel nahe Sidi Barrani auf der Lauer und erwarteten die Grabräuber nebst ihrer Beute. Die drei lagen mit den Mitarbeitern von MR auf einer kleinen Anhöhe. Assam und seine Leute lagen ein bisschen weiter entfernt. Da dies der einzige Strand der Insel war, konnten die Grabräuber nur hier landen.

Es war ein wolkenloser Himmel und der Mond schien in seiner vollen Größe.

„Und wenn wir uns doch getäuscht haben?", fragte Abdul. „Wir warten schon zwei Stunden!"

„Wir haben uns nicht geirrt. Du hast doch vorhin gehört, dass der Konvoi Alexandria längst passiert oder verlassen hat und in unsere Richtung unterwegs ist", flüsterte Dimitrie zu ihnen rüber.

Plötzlich knackte es in ihren Headsets. Sie hörten Dubois Stimme: „Der Konvoi ist an der Küste angekommen und die LKWs fahren auf Fähren auf. Es dürfte sich um 7 bis 8 Fähren handeln. Kann nicht mehr lange dauern, dann sind sie bei Ihnen."

Da hörten sie in der Ferne schon Motorengeräusche, die rasch näherkamen.

„Sie kommen", sagte Carry.

Sie gab Assam ein Zeichen und er signalisierte, dass er verstanden hatte, sie kamen!

Dann ging alles ganz schnell. Acht Fähren landeten an und aus diesen kamen ca. zweihundert schwer bewaffnete Männer herausgestürmt und eröffneten sofort das Feuer.

„Da ist keine Beute in den LKWs, das sind bewaffnete Männer!", rief Abdul den anderen zu.

„Das ist eine Finte!", rief Carry zurück und begann zu feuern.

In diesem Moment hörten sie drei Hubschrauber über sich. Sie sahen, wie auch aus diesen Maschinengewehrsalven auf sie abgefeuert wurden. Das Feuer war so stark, dass sie sich kaum wehren konnten. Die Polizeieinheit, die ziemlich schutzlos in der Nähe des Strandes gelegen hatte, wurde fast völlig niedergemäht.

„Wir müssen da hinten Schutz suchen", rief Dimitrie und zeigte auf einen Palmenhain in ihrem Rücken.

„Dann los, ich gebe euch Feuerschutz", antwortete Carry. Dann sah sie Assam vor sich liegen. Dieser war am Bein getroffen und krümmte sich vor Schmerzen.

„Dimitrie, Abdul, helft mir, die anderen in den Wald", schrie Carry.

Sie robbten zu Assam und zogen ihn mit sich mit. Hinter einem kleinen Hügel sammelten sie sich. Von den Polizeileuten hatten es drei Polizisten geschafft.

„Herr Assam, geht es?", fragte Carry.

„Ja, geht schon", antwortete der.

Als auch sie den Wald erreicht hatten, hörte das Feuer auf.

„Ich glaube, sie sammeln sich", sagte Abdul.

„Carry, was ist bei Ihnen los?", fragte Dubois über das Headset.

„Ein Desaster", antwortete Carry, „wir sind in eine Falle geraten. Dimitrie, Abdul und ich sind ok. Assam und zwei weitere Polizisten sind verletzt. Von unseren Leuten hat es sonst keiner überstanden!"

Dann hörten sie wieder Maschinengewehre. Die Banditen richteten die restlichen Überlebenden am Strand hin.

„Diese Schweine, sie töten sie. Dubois, wir versuchen, uns auf die andere Seite der Insel durchzuschlagen, schicken Sie uns Boote", rief Carry in das Mikro.

„Sind schon unterwegs", reagierte Dubois, „habe über Satelliten das ganze Elend mitbekommen. Haltet durch, Rettung naht." Dann brach die Verbindung ab.

Carry und die Männer wollten sich gerade wieder in Bewegung setzen, als sie einen lauten Ruf hörten:

„Halt, die Hände hoch und Waffen fallen lassen!", hörten sie eine befehlende Stimme in akzentfreiem Deutsch. Plötzlich sahen sie sich von 30 schwer bewaffneten Leuten umringt, die ihre Waffe auf sie gerichtet hatten.

Carry und Dimitrie schauten sich an und Carry schüttelte den Kopf: „Keine Gegenwehr, schmeißt die Waffen weg." Auch Assam, der sich den verletzten rechten Oberschenkel hielt, sagte zu Carry: „Es ist vorbei, tapfere Frau, es ist vorbei." Dann wurde es dunkel vor Carrys Augen. Das Einzige, was sie noch spürte, war ein dumpfer Schmerz an ihrem Hinterkopf. Dass sie wie ein Stein zu Boden fiel, merkte sie nicht mehr.

Kapitel 2.2.3
Ein Anruf in Frankfurt

Das Polizeiboot kreuzte 15 Minuten später an der Westseite der Insel.

„Es ist keiner zu sehen!", meldete der Kapitän.

„Suchen Sie weiter, ob sie irgendjemanden finden", entgegnete Dubois, wohl wissend, dass eine Suche nutzlos war. Auf dem Satellitenbild war klar und deutlich zu sehen, wie eine unzählige Horde von Menschen sechs Personen vor sich hertrieb. Eine Person wurde getragen. Ob es sich um Carry handelte, war nicht zu erkennen ...

„Mein Gott, was für ein Desaster", seufzte Dubois, „das habe ich in meiner ganzen Zeit hier noch nicht erlebt."

Frau Jung kam ganz bestürzt in den Raum. „Herr Dubois, in Gottes Namen, was ist denn?"

„Gleich, Frau Jung, gleich. Bringen Sie mir bitte einen Cognac!"

Dubois war am Boden zerstört und fing doch gleich wieder an, in seinem Kopf an einer Lösung zu arbeiten. Dann griff er zum Telefon und rief Neumann an.

„Ja Frank", meldete sich Neumann am Telefon. Er war in einer wichtigen Ratssitzung in Bad Homburg gewesen und hatte zeitfressende Diskussionen über den nächsten Jahresetat über sich ergehen lassen. Danach war er schlechtgelaunt in sein Bett gegangen und war vor einer halben Stunde eingeschlafen.

„Torsten, ich habe keine guten Nachrichten", begann Dubois. „Unsere Aktion am Mittelmeer ist gescheitert!"

Dann erzählte er die ihm bekannten Fakten der Aktion. Nach 20 Minuten endete er.

„Danke für die Informationen, Frank. Jetzt lass uns noch zwei Stunden schlafen und morgen um 08:30 Uhr eine Videokonferenz machen. Dann beratschlagen wir die nächsten Schritte!"

„Gut Torsten, ob ich allerdings schlafen kann, weiß ich nicht!", antwortete Dubois.

„Versuch es, ich brauche dich ausgeschlafen, gute Nacht!"

„Gute Nacht, Torsten", dann legte Dubois auf.

Neumann legte auf, nahm den Hörer gleich wieder ab und wählte neu.

„Keller", hörte er die verschlafene Stimme seines Stellvertreters.

„Keller, morgen um 08:30 Uhr Telefonkonferenz mit Dubois und mir. Die Aktion am Mittelmeer war ein Desaster. Kommen Sie schon um 08:00 Uhr, dann informiere ich Sie über die Einzelheiten. Kommen Sie bitte pünktlich!"

„Alles klar", war die knappe Antwort von Keller.

An diesem Abend wurde am Nil auf der Höhe von Kairo eine Leiche angeschwemmt. Die herbeigerufene Polizei stellte fest, dass sie Spuren von schlimmen Verbrennungen am ganzen Körper hatte. Des Weiteren waren sämtliche Finger gebrochen und einzelne Gliedmaßen hingen unnatürlich vom Körper ab.

„Der arme Kerl muss fürchterlich gefoltert worden sein", sagte ein Polizist zum anderen.

„Ich glaube, er hat ein wichtiges Geheimnis bei sich getragen und jemand hat lange gebraucht, es aus ihm herauszukriegen."

„Oder es gar nicht geschafft", sagte der andere.

Es würde lange dauern, die Gründe seines Todes und die Täter aufzudecken.

Kapitel 2.3
Die Rückkehr

Kapitel 2.3.1
Entscheidung

Als Carry aufwachte, lag sie auf einer Pritsche gefesselt in einer kleinen Zelle. Durch ein kleines vergittertes Fenster schien die Sonne herein. Ihr Kopf dröhnte.

Kommt mir bekannt vor, war ihr erster Gedanke. Sie erinnerte sich an den Tempel der Chi, in dem sie tagelang gefangen waren und sie als Menschenopfer vorgesehen war. Bis Charly sie rettete.

Das wird wohl jetzt kaum passieren, dachte sie weiter. Sie hätte sonst was gegeben, jetzt Charly bei sich zu haben. Doch der war tausend Kilometer weit weg und unerreichbar.

Dann ging die Zellentür auf und ein Hüne von Mann stand in der Eingangstür. Er trat an ihre Pritsche und löste ihre Fesseln.

„Mitkommen!" war das Einzige, was er sagte. Sie wurde in einen halbdunklen Raum geführt, in dem ein arabisch aussehender Mann an einem Tisch saß. Die angemachte Schreibtischlampe leuchtete direkt in ihr Gesicht, sodass sie komplett geblendet war. Sie wollte ihre rechte Hand schützend vor das Gesicht halten, aber in dem Moment wurden ihre Hände brutal am Rücken zusammengehalten. Das Licht der Lampe tat richtig weh.

„Wie heißen Sie?", fragte der Mann mit monotonem Tonfall. Carry erkannte die gleiche Stimme wieder, die sie schon auf der Insel gehört hatte.

„Karen Lund", gab sie als Antwort, „ich gebe keine weiteren Antworten!"

„Frau Lund, Sie werden schon noch reden, das verspreche ich Ihnen", sagte die Stimme hinter der Lampe.

Dann wurde sie wieder in ihre Zelle zurückgeführt. Sie hörte, wie die Tür nebenan geöffnet wurde und ein weiterer Gefangener herausgeführt wurde. Wer es war, erkannte sie nicht.

Neumann saß schon an seinem Schreibtisch, als das Telefon klingelte. Da Frau Alt noch nicht da war, ging er direkt dran.

„Neumann!"

„Spreche ich mit Torsten Neumann vom Museum Rescue?", sprach eine verzerrte Stimme.

„Ja, wer sind Sie?"

„Das tut hier nichts zur Sache. Hören Sie mir jetzt gut zu, Herr Neumann. Ich habe hier etwas, das sie sicherlich sehr interessieren dürfte und Sie gerne wiederhaben möchten. Ich spreche von einigen Ihrer Mitarbeiter. Wenn Sie sie vor allem heile wiederhaben möchten, dann überweisen Sie 20 Millionen Dollar. Einzelheiten bekommen Sie noch mitgeteilt!"

„Woher weiß ich, dass Sie nicht bluffen?", Neumann war mittlerweile aufgestanden und tigerte in seinem Büro herum.

„Merken Sie sich eins, ich bluffe nie", hörte er die Stimme. „Sie werden einen Beweis erhalten, dass ich die Wahrheit sage."

Dann war die Leitung tot. Keller, der gerade hereinkam, sah einen konsternierten Neumann hinter seinem Schreibtisch sitzen.

„Sie haben Carry und die anderen", sagte er ihm ohne Begrüßung. Dann erzählte er ihm alle Fakten, die ihm Dubois schon in der Nacht berichtet hatte.

„Das ist ein Ding, und jetzt?", fragte Keller geschockt.

„Jetzt machen wir eine Schalte mit Dubois und beratschlagen, was wir tun können!"

Vorher ging er in sein Vorzimmer und sagte zu Frau Alt, die mittlerweile eingetroffen war: „Frau Alt, sagen Sie bis auf Weiteres alle Termine für heute ab. Ich bin für niemanden zu sprechen!"

„Und was soll ich als Grund nennen?", fragte sie noch in Hut und Mantel.

„Denken Sie sich was aus und wenn Sie so weit sind, kommen Sie ins Büro, dann sage ich Ihnen warum. Das braucht aber zum jetzigen Zeitpunkt noch keiner wissen!"

Neumann ging zurück in sein Büro und schaute Keller lange an. In dem Moment gab sein Computer ein Zeichen.

„Dubois ist da", sagte er leise, „dann wollen wir mal!"

Nachdem Dubois noch einmal kurz berichtete, was sich alles zugetragen hatte und was es an neuen Erkenntnissen gab, fasste Neumann für alle noch einmal zusammen und sagte zum Schluss:

„Des Weiteren muss ich Ihnen noch eine Neuigkeit berichten: Ich wurde heute früh angerufen. Eine verzerrte Stimme hat eine Lösegeldforderung von 20 Millionen Dollar gestellt. Es geht um unsere Kollegen. Wenn wir sie wiedersehen wollen, müssen wir bezahlen!"

„Das wird ja immer besser", stellte Keller fest, „und wir haben keine Chance, in irgendeiner Form zu reagieren!"

„Wie sieht es mit Mitarbeitern in Deutschland aus?", fragte Dubois.

„Duster", antwortete Neumann, „unsere Leute sind alle auf unbestimmte Zeit in Einsätzen unterwegs. Ich wüsste niemanden, den wir runterschicken können, um den Einsatz zu übernehmen!"

„Nun, was ist mit Tamara Müller? Sie war doch schon mal bei MR und hat aus persönlichen Gründen den Dienst quittiert. Sie fängt meines Wissens Anfang nächster Woche wieder bei uns an?", fragte Keller nach.

„Aber allein kann sie das nicht stemmen", entgegnete Neumann. „Sie bräuchte noch eine erfahre Person an ihrer Seite."

Alle drei schauten sich eine Weile schweigend an. Dann brach Dubois das Schweigen: „Also ich wäre dafür!"

Keller sagte: „Ich auch!"

Dann sagte Neumann: „Also meine Herren, ich sehe, wir verstehen uns auch ohne Worte. Gut, ich versuche, Ihn zu überzeugen!"

„Ich denke, wenn er erfährt, was mit Carry passiert ist, wird das Überreden nicht schwerfallen", stellte Dubois fest. „Ich bin davon überzeugt!"

„Meine Herren, das war es erst einmal. Machen wir einen Schritt nach dem anderen. Ich habe zu telefonieren und halte Sie auf dem Laufenden." Dann löste Neumann die Runde auf.

„Frau Alt, bitte machen Sie mir eine Verbindung mit Herrn Bach. Dann kommen Sie rein, ich will Sie auf den neuesten Stand bringen!"

Kapitel 2.3.2
Zurück

Kurze Zeit später klingelte bei Charly das Handy Er sah auf sein Handy und erkannte Neumanns Nummer.

„Ist was mit Carry?", fragte er grußlos.

„Herr Bach, ist es Ihnen möglich, gleich in mein Büro zu kommen?", auch Neumann fing ebenfalls gleich grußlos an.

„Ist was mit Carry?", fragte Charly nochmal.

„Erkläre ich Ihnen alles im Büro", Neumann ließ sich auf kein weiteres Gespräch ein.

„Ich bin unterwegs, in einer dreiviertel Stunde bin ich da", antwortete Charly.

Eine knappe Stunde später fuhr Charly in die Tiefgarage der Senckenberg-Gesellschaft für Naturforschung.

Na, mein Transponder funktioniert ja noch, dachte er.

Im Stockwerk von MR angekommen, ging er mit eiligem Schritt in das Büro von Neumann. Frau Alt kam ihm gerade entgegen.

„Charly, mir ...", setzte Sie an. Doch da war Charly schon an ihr vorbeigeeilt und betrat das Büro von Neumann.

„...gehen Sie rein. Professor Neumann ist da", sagte sie leise. *Armer Kerl, jetzt bekommt er die ganze Wahrheit gesagt*, dachte sie. Neumann hatte sie mittlerweile eingeweiht.

Neumann saß wie immer hinter seinem Schreibtisch und studierte die letzten Berichte aus Kairo. Als Charly eintrat, bat er ihn, sich zu setzen.

„Was ist mit Carry?", fragte Charly abermals.

Neumann begann, ihm die gesamte bekannte Geschichte zu erzählen. Danach spielte er ein Video ab, das der Satellit von der

Aktion aufgenommen hatte. Charly erkannte kleine Punkte, die sich beim näheren Hinsehen als Menschen entpuppten. Viele dieser Menschen lagen reglos am Boden.

„Da, das muss die Gruppe um Carry gewesen sein. Man sieht deutlich, wie sich eine Gruppe von Menschen Richtung Palmen bewegt. Hier werden sie eingekreist und entwaffnet. Dann werden sie in Richtung Strand abgeführt", erklärte Neumann.

„Eine Person scheint getragen zu werden", stellte Charly fest, „hoffentlich ist Carry nichts passiert"

Charly hatte sich das Video mit steinerner Miene angeschaut.

„Warum wurde die gesamte Gruppe nicht weiter beobachtet?", fragte Charly nach.

„Wir haben nicht mit dieser Entwicklung der Aktion gerechnet. Deshalb wurde ein sogenannter stationärer Satellit eingesetzt. Er bewegt sich zwar, hat aber nur einen vorher definierten Raum im Visier. Deshalb haben wir nur diesen Ausschnitt und die Personen verschwinden aus dem Bild", klärte Neumann ihn auf.

„Es gibt noch etwas, das Sie wissen sollten, Charly", fuhr Neumann fort, „ich habe heute Morgen einen Anruf erhalten: Eine Person verlangte 20 Millionen Dollar Lösegeld für die Freilassung dieser Gruppe. Näheres ist mir noch nicht bekannt. Aber ich habe vorhin noch eine anonyme Mail erhalten. Dieses Foto war darin."

Neumann zeigte Charly das Bild, das einen Ohranhänger in Glockenform zeigte.

Charly war kalkweiß geworden und stammelte: „Der gehört Carry. Sie hat ihn nie abgenommen, selbst bei Einsätzen nicht. Und was passiert jetzt?"

„Wir müssen jetzt Nachforschungen anstellen und versuchen herauszubekommen, wer hinter der Sache steckt. Und dafür brauchen wir fähige Leute ..."

„... die Sie momentan nicht haben", ergänzte Charly.

„Wir bekommen nächste Woche Verstärkung", sagte Neumann, „Tamara Müller, sie ist eine gute Kraft, aber allein kann ich sie nicht auf diese Aktion ansetzen. Sie braucht dringend

Unterstützung. Charly, wir haben da unten keine Leute mehr, die der Aufgabe gewachsen wären!" Neumanns Stimme bekam einen beschwörenden Unterton.

„Und da haben Sie an mich gedacht!"

Keller hatte mittlerweile das Büro betreten.

„Ja", sagte er, „außer Ihnen ist dieser Aufgabe keiner gewachsen!"

Charly dachte kurz nach und sagte dann: „Erst Benny tot und Carry jetzt in Gefangenschaft. Da muten Sie mir eine Menge bei dieser Entscheidung zu!"

„Ich weiß", antwortete Neumann, „aber ich kann Ihnen nicht ersparen, sich sofort zu entscheiden. Wir haben keine andere Wahl!"

Charly schaute zu Neumann, dann zu Keller und wieder zu Neumann zurück.

„OK, wann geht der nächste Flug nach Kairo?"

„Wie immer, 18:30 Uhr. Ich werde Dubois informieren. Tickets liegen dann am Schalter für Sie bereit", seufzte Neumann erleichtert.

„Alles klar, ich muss bis dahin noch ein paar Vorkehrungen treffen. Ich bin aber dann pünktlich am Flughafen. Aber eins will ich noch sagen", fuhr Charly fort, „wenn die Sache ausgestanden ist, überlege ich neu, ob ich weitermache. Das kann ich Ihnen sagen!"

„Akzeptiert, damit kann ich leben", Neumann nickte, „und Charly, danke, dass Sie sich so entschieden haben!"

„Nicht wegen Ihnen, ich tue es für Carry, Dimitrie und Abdul. Ich möchte sie wieder frei haben. Und für Benny, ich glaube er hätte es so gewollt."

„Damit könnten Sie Recht haben!"

Neumann drückte Charly die Hand und meinte: „Viel Glück!"

„Kann ich gebrauchen", entgegnete er und verließ das Büro.

„Meinen Sie, er macht hinterher weiter?", fragte Keller.

„Das weiß ich nicht", antwortete Neumann, „ist mir jetzt auch sch...egal!"

Dann informierte er Dubois.

Kapitel 2.4
Wieder in Kairo

Kapitel 2.4.1
Mara

Als Charly am Frankfurter Flughafen den internationalen Bereich betrat, übermannte ihn die Erinnerung:

Hier habe ich Carry zum letzten Mal gesehen, dachte er.

Er griff in seine Hosentasche und fühlte den Elefanten, den Carry ihm vor dem Untersuchungsverfahren geschenkt hatte. Dann fühlte er an seinem Hals. Dort hing der Miniaturelefant aus Gold, den er Carry schenken wollte, bevor sie abflog.

Bei so vielen Talismanen kann ja nichts schief gehen, dachte er weiter. Gedankenversunken ging er zur Passkontrolle.

„Au, können Sie nicht aufpassen!", schrie er plötzlich auf.

Eine Stewardess der Lufthansa hatte ihn geschnitten und war mit ihrem Rolli genau über seine Füße gefahren.

„Entschuldigen Sie, aber ich habe es eilig. Mein Flugzeug startet bald und ich muss mich beeilen."

Charly schaute in große braune Augen. Die Stewardess war mittelgroß, hatte halblange blonde Haare, die zu einem Zopf zusammengebunden waren. Gekleidet war sie in der typischen Uniform der Lufthansa mit mittellangem Rock, der ihre sportlichen langen Beine gut zur Geltung brachte.

„Na dann, hoffentlich verpassen Sie ihren Flieger nicht", antwortete Charly.

„Ich werde mich bemühen", antwortete sie und war in dem Gewühl verschwunden.

Könnte eine Schwester von Carry sein, dachte Charly und ging weiter zum Check-In.

Im Flugzeug fand er seinen reservierten Platz und stellte sich auf den vierstündigen Flug ein. Eine halbe Stunde nach Abflug kam eine der Stewardessen und fragte nach seinem Essenswunsch.

„Bitte das Gulasch, wenn Sie mir beim Servieren nicht wieder über die Füße fahren", beantwortete er grinsend ihre Frage.

„Ach, Sie schon wieder", konterte sie grinsend.

„Ja, ich", lächelte Charly, „da wir ja den gleichen Weg hatten, hätten Sie mich gar nicht schneiden müssen."

„Das stimmt, also Gulasch. Sehr wohl der Herr!"

Sie wandte sich den nächsten Passagieren zu und ging dann eine Reihe weiter.

Erfreulicher Anblick, denke Carry hat früher in Uniform genauso gut ausgesehen, dachte Charly bei sich.

Einige Minuten später bekam er sein Essen serviert.

„Danke, selbst gekocht?", fragte er frech.

„Natürlich, nur für Sie", bekam er als Antwort.

Nachdem er gegessen hatte und das Geschirr abgeräumt war, dachte er: *Sie ist auch schlagfertig wie Carry.*

Den Rest des Fluges verbrachte er damit, an Carry zu denken.

Am Flughafen wurde er von Dubois persönlich abgeholt.

„Es freut mich, dass Neumann Sie überreden konnte", wurde er von Dubois empfangen.

„Das hat nicht lange gedauert", antwortete Charly. „Nach allem, was passiert ist, konnte ich doch nicht anders!"

„So, heute genießen Sie noch mal Fahrservice, ab morgen machen Sie das selbst. Sie werden morgen auch Tamara Müller kennenlernen. Sie hätte eigentlich in der gleichen Maschine sein müssen wie Sie. Hat mir aber heute Mittag gemailt, sie hätte eine andere Möglichkeit gefunden. Mal sehen, ob sie pünktlich da ist!"

„Dann ist sie früher da als gedacht. Neumann sprach von Anfang nächster Woche", sagte Charly überrascht.

„Ja, aber in der Situation, in der wir sind, ist jeder Tag kostbar", entgegnete Dubois.

Charly nickte nur.

Am nächsten Morgen traf Charly pünktlich in der Villa ein. Diese war fast leer. Man merkte, dass viele Personen fehlten. Er wurde von Frau Jung herzlich begrüßt.

„Charly, es tut mir um Carry so leid. Und dann die Sache mit Benny, wir waren alle so bestürzt", begrüßte sie ihn mit ehrlicher Anteilnahme.

„Danke Ihnen", begrüßte er sie, „ist Herr Dubois schon da?"

„Ja, gehen Sie ruhig rein. Er wartet schon auf Sie. Frau Müller ist auch bereits da. Möchten Sie einen Kaffee?", fragte sie höflich.

„Von Ihnen immer", gab er als Antwort.

Als er das Büro von Dubois betrat, saß dieser wie immer hinter seinem Schreibtisch. Nur das Rauchen hatte er sich mittlerweile abgewöhnt. Mit dem Rücken zu Charly saß eine blonde Frau mit mittellangen Haaren, die diese streng nach hinten zusammen gebunden hatte. Sie trug einen dunkelblauen Hosenanzug und schwarze Pumps. Sie drehte sich zu Charly.

„Sie", entfuhr es ihm überrascht.

Die Frau im dunkelblauen Hosenanzug grinste ihn an und sagte: „Jetzt habe ich Sie aber überrascht, oder?"

„Das können Sie wohl sagen", antwortete Charly.

Es war die Stewardess, die Charly tags zuvor im Flugzeug kennengelernt hatte.

„Sie sind Tamara Müller?"

„Und Sie sind Stefan Bach, den alle nur Charly nennen", erwiderte Sie. „Habe ich gestern schon herausgekriegt. War anhand der Passagierliste nicht so schwer."

„Wie kommt es, dass ich Sie gestern noch als Stewardess gesehen habe?", fragte Charly neugierig.

„Es war mein Abschiedsflug. Nachdem Neumann meine Einstellung unheimlich eilig gemacht hatte, stellte ich fest, dass ich auf meinem Dienstplan noch Frankfurt – Kairo stehen hatte. Dann habe ich mit meinem Arbeitgeber gesprochen, dass ich einen sogenannten ‚One-Way-Flight' machen darf. Und jetzt bin ich hier!"

Dubois grinste. Er war vorher von Tamara Müller schon aufgeklärt worden. Auf das Gesicht von Charly war er deshalb sehr gespannt.

Dann stellten sich die beiden einander vor. Tamara Müller berichtete, dass sie bis vor zwei Jahren bei MR gearbeitet hatte. Sie hatte sogar kurzfristig mit Carry zusammengearbeitet: „Wir hatten zwar keine Mission zusammen, aber sie hat mir als ‚Research Officer' zugearbeitet. Sie war damals schon sehr zielstrebig und ehrgeizig!"

„Ja, das ist sie", reagierte Charly.

Tamara Müller schaute ihn kurz an und fuhr fort: „Dann habe ich gekündigt. Ich dachte, ein Leben als Stewardess sei stressfreier und nicht so gefährlich. Es war auch nicht so gefährlich, aber mit der Zeit wurde es langweilig. Ich war richtig froh, als Neumann mich anrief und fragte, ob ich wieder anfangen wolle!"

Danach erzählte Charly in kurzen Worten über seinen Werdegang bei MR. Nach dieser Vorstellungsrunde übernahm Dubois das Wort:

„Über das Desaster an der Bucht von Sidi Barrani brauche ich Ihnen ja nichts mehr erzählen, da sind Sie beide hinlänglich informiert. Ich beschränke mich auf die neuesten Informationen, die wir im Laufe des gestrigen Tages erhalten haben. Außer Neumann, Keller und mir weiß noch niemand über die neuesten Entwicklungen Bescheid. Wir haben Stillschweigen vereinbart, weil nicht auszuschließen ist, dass sich ein Maulwurf in unseren Reihen befindet. Also, einer unserer Informanten wurde tot am Nil aus dem Wasser gezogen. Es ist ein herber Verlust für uns. Aus einer anderen Quelle haben wir erfahren, dass die LKWs auf dem Basar von Kairo angemietet wurden. Ohne Papiere und sonstige Beweismittel."

„Wo stammten dann unsere Hinweise her?", fragte Charly.

Dubois schaute ihn kurz an und antwortete: „Charly, Sie haben schon lange genug in Ägypten gearbeitet, um zu wissen, dass viel über Mund-zu-Mund-Informationen läuft. Wir müssen diesen Dingen nachgehen, sonst haben wir gar keine Chance. Wir sind halt in Ägypten und nicht in Deutschland!"

„Eingefädelt wurde das alles über Rab Kadir, ein Mitglied des Chalim Clans", Dubois zeigte einige Bilder von Rab Kadir. „Ihr Anführer ist Ben Hasim, ein vermögender Mann in Kairo. Offiziell handelt er mit Teppichen und Schmuck. Man sagt ihm allerdings nach, dass er auch beim Handel von Grabbeuten seine Hände im Spiel hat!"

Auch von Ben Hasim zeigte Dubois einige Bilder.

„Sieht ganz schön verschlagen aus", stellte Tamara Müller fest, „von dem würde ich keinen Gebrauchtwagen kaufen."

„Ne, nicht wirklich", murmelte Charly.

„Wir denken, dass Hasim mit der Sache zu tun hat. Es wäre nicht das erste Mal, dass wir ihn verdächtigen. Wir konnten ihm bisher aber nichts nachweisen.

So, meine Herrschaften, das wäre erst einmal alles. Jetzt zu Ihrer nächsten Aufgabe: Heute Abend gibt Hasim einen Empfang zu Ehren eines Geschäftsfreundes. Mit ihm macht Hasim offiziell Geschäfte mit Teppichen. Ich glaube aber, dass dieser Geschäftspartner auch mit der Beute zu tun hat. Mischen Sie sich unter die Gäste und machen Sie möglichst viele Fotos. Wir brauchen einen Überblick über alle Personen, die mit Hasim zu tun haben. Und vor allem von diesem Geschäftspartner!"

„Wie sollen wir dort reinkommen? Wir können doch nicht einfach in Hasims Villa reinspazieren?", fragte Tamara Müller.

„MR hat auch eine Einladung bekommen. Es ist Hasims Taktik, auch uns teilhabenzulassen. So gibt er sich den Anschein eines redlichen Geschäftsmannes."

„Haben Sie auch ihren Smoking eingepackt?", frage Tamara Müller an Charly gewandt.

„Ne, nicht mal einen dunklen Anzug", antwortete Charly.

„Kein Problem", sagte Dubois, „Frau Jung hat Ihnen zwischenzeitlich einen Smoking organisiert. Wir kennen Ihre Konfektionsgröße noch von der Mission gegen die Chi!"

„Sie denken aber auch an alles", entgegnete Charly an Dubois Adresse.

„Und für Sie haben wir ein Abendkleid organisiert, Frau Müller. Ich hoffe, Sie haben seit Ihrer Zeit bei uns nicht zugelegt", sagte Dubois etwas uncharmant zu Tamara Müller. „Und ich hoffe, wir haben Ihren Geschmack getroffen. Müsste alles, nebst Schuhen, Hemd und allen Utensilien, heute Nachmittag ins Hotel geliefert werden."

„Nein, ich habe nicht zugelegt", meinte diese entschieden und beleidigt.

Dieser Ton kommt mir sehr bekannt vor, dachte Charly.

Dann griff Dubois in die oberste Schublade seines Schreibtisches und holte zwei flache Etuis heraus.

„Sie werden als Brillenträger auf den Empfang gehen. Hier in diesen Brillen ist eine Kamera eingebaut. Über einen Griff an den Bügel löst diese aus. Sie können bis 200 Bilder machen und es ist unauffällig. Es ist auch ein Richtmikrofon eingebaut. Auf eine Entfernung von 50 Metern können Sie nach Peilung genau mithören, was gesprochen wird. Läuft alles über die Brille. Schaffen Sie uns Material heran, wir sind dringendst darauf angewiesen. Und jetzt, viel Spaß und viel Glück!"

„Benny würde sagen, jetzt spielen wir auch noch James Bond", sagte Charly.

Dann war die Besprechung beendet. Charly wirkte bedrückt.

Als die beiden das Büro verlassen hatten, fragte Charly Tamara Müller: „Eigentlich ist es ja die Sache der Frau, aber ich frage trotzdem: Wollen wir nicht ‚Du' sagen?"

„Hätte ich jetzt auch gefragt. Tamara Müller klingt so förmlich. Ich glaube, meine Eltern haben sich gedacht, neben dem Allerweltsnamen ‚Müller' muss noch etwas Extravagantes dazu. Deshalb haben sie mich Tamara genannt. Nenn mich einfach Mara, das machen alle guten Freunde", antwortete sie schelmisch grinsend. „Aber Du hast doch noch etwas auf dem Herzen, stimmt es?"

„Also Mara, ich bin Charly. Und ja, mir brennt noch etwas auf der Seele. Wir sollen auf einem Empfang herumscharwenzeln, anstatt nach Carry zu suchen. Ich werde noch verrückt!"

„Du liebst sie sehr, stimmt es? Dubois hat mir vor deinem Eintreffen schon ein bisschen was erzählt. Er sprach sogar vom neuen Traumpaar von MR, in Anspielung auf von Sundheim und seiner Frau. Die Geschichte kenne ich übrigens auch. Mach dir keinen Kopf, Dubois weiß, was er tut. Ich habe damals schon viel mit ihm zusammengearbeitet. Er ist ein schlauer Fuchs und hat sich bestimmt vorher mit Neumann abgestimmt!"

„Dann weißt du auch, dass ich schon von MR weg war und weshalb ich wiedergekommen bin."

„Ja, auch das ist mir bekannt. Charly, ich verspreche dir, auch ich werde alles dafür tun, dass du deine Carry wiederbekommst!" Sie schaute ihm tief in die Augen und drückte seinen Arm. Dann fuhren die beiden ins Hotel.

Kapitel 2.4.2
Weiße Folter

Carry wurde nun zum vierten Mal aus ihrer Zelle geholt.

„Los, raus!", kommandierte der Wärter sie herum.

Waren die ersten beiden Verhöre nur verbal, wurden ihr beim dritten Mal Handschellen angelegt und bei jeder Frage, die sie nicht beantwortete, ein Zigarettenstummel auf ihrer Haut ausgedrückt.

„Nun Frau Lund, wollen Sie uns nicht etwas mehr erzählen als Ihren Namen?" Wieder war der Mann mit akzentfreiem Deutsch ihr Gegenüber.

„Ich habe nichts zu sagen", antwortete sie.

„Frau Lund, nun wird es langsam langweilig. Ich sage Ihnen noch einmal, wir bringen Sie zum Reden. Ali, rauch nochmal eine!"

Wieder wurden Zigaretten auf ihrem Oberarm ausgedrückt. Carry blieb kurzzeitig die Atmung weg, so schmerzhaft war die Prozedur.

„Sie Schwein, ich sage nichts", sagte sie mit Tränen in den Augen. Grund waren nicht nur die Schmerzen, sondern auch die Wut.

„Ach Frau Lund, genießen Sie Ihren Schmerz. Wir werden später auf Sie zurückkommen", sagte der Araber süffisant lächelnd.

Als Carry in ihrer Zelle zurück war, ging plötzlich das Licht aus und die Zelle hüllte sich in schwarzer Farbe. Sie sah absolut nichts mehr.

Jetzt ziehen die die psychologische Karte, dachte Carry. Die Schmerzen an ihren Armen wurden unerträglich und sie fiel in einen gnädigen Schlaf.

Geweckt wurde sie durch ein gleißendes Licht, das genau in ihre Augen schien. Man hatte sie zwischenzeitlich wieder gefesselt.

Im gleichen Moment ertönte eine schreiende Stimme in markerschütternder Lautstärke, die durch einen angebrachten Lautsprecher tönte:

„Wie heißen Sie?", hörte Carry, die sich am liebsten die Ohren zugehalten hätte.

„Ich sage nichts mehr!", schrie sie.

Dieses Spiel ging 10-mal hin und her. Plötzlich verstummte die Stimme und es wurde wieder dunkel. Carrys Ohren summten von der unmenschlichen Lautstärke noch nach. In ihr machte sich ein undefiniertes Gefühl breit, das sie bisher noch nicht gekannt hatte.

Kapitel 2.4.3
Erste Spuren

Als Charly am Abend in den Aufzug stieg, musterte er sich kritisch im Spiegel. Frau Jung hatte ganze Arbeit geleistet. Der Anzug saß perfekt und die dazu gehörende Fliege gab dem Outfit einen festlichen und gediegenen Anstrich.

Kurze Zeit später kam Mara an die Rezeption und gesellte sich zu Charly.

Sie trug ein rotes Abendkleid mit schwarzen Pumps. Dazu einen passenden Seidenschal. Abgerundet wurde es durch eine dezente Halskette. Ihre Haare trug sie jetzt offen, hatte sie aber an einer Seite hochgesteckt.

„Kompliment Madame, du siehst hinreißend aus, Mara", sagte Charly, der gleich wieder an Carry denken musste. Die Ähnlichkeit war frappierend.

„Danke der Herr, du siehst aber auch nicht schlecht aus." Sie schaute verstohlen zu ihm hinüber.

Mit diesen Worten machten sie sich auf den Weg zu Hasims Anwesen.

Hasims Villa war ein Flachdach mit insgesamt 12 Zimmern und einer großen Veranda. Diese war mit zig Lampen beleuchtet und verlieh, auf einem Hügel gelegen, dem gesamten Ambiente einen majestätischen Anblick.

„Nicht schlecht, Herr Specht", pfiff Charly durch die Zähne.

„Na, dann wollen wir mal", sagte Mara.

In der prunkvollen Vorhalle wurden die beiden von zwei dienstbeflissenen Obern begrüßt, die ihnen sofort Champagner anboten. Charly griff allerdings zu einem Glas Orangensaft. Das Erste, was er registrierte, war ein kleines blinkendes Kästchen hinter einem Vorhang. *Das muss die Alarmanlage sein*, dachte er sich.

„Da rechts ist die Alarmanlage", flüsterte er zu Mara.

Sie nickte nur.

„Oh, trinkst du nichts?", fragte Mara, die sich an einem Champagner gütlich tat.

„Seit sechs Jahren nicht mehr", antwortete Charly, „war einfach mal zu viel gewesen."

„Ich verstehe", entgegnete Mara. „Da ist der Gastgeber", ergänzte sie.

Hasim kam auf die beiden Gäste zugelaufen. Er war ein halbgroßer, etwas korpulenter Mann mit dunklen Augen und einem buschigen Schnauzer. Die immer größer werdende Glatze verdeckte er mit zur Seite gekämmten dünnen und öligen Haaren. Wenn man ihn länger kannte, hatte man den Eindruck, dass der Scheitel seiner Frisur immer weiter nach unten wanderte.

„Ah, Sie müssen die Herrschaften von MR sein", begrüßte er Mara und Charly.

„Ja, Mister Dubois lässt sich entschuldigen. Er hat dringende Verpflichtungen", log Charly.

„Das macht nichts, das macht nichts. Wenn er so reizende Vertretung schickt, ist er entschuldigt", entgegnete Hasim und musterte Mara lüstern. Nicht nur seine Haare waren ölig. „Fühlen Sie sich wie zu Hause. Es ist reichlich Essen und Trinken vorhanden", sagte er jovial, „wir haben sicherlich später noch Zeit, miteinander zu plaudern." Schon war er wieder weg, um neue Gäste zu begrüßen. Zwischenzeitlich hatte Charly schon die ersten Bilder geschossen.

„Ekelhafter Typ", meinte Mara. „Hast du gesehen, wie er mich fixiert hat?"

„Er hat dich förmlich mit seinen Blicken ausgezogen", erwiderte Charly grinsend. „Komm, wir mischen uns unters Volk!"

Beide nutzten den Empfang, um reichlich Bilder zu machen. Als die Begrüßungsrede für den Ehrengast beendet war, merkte Charly, wie sich Hasim mit einem arabisch aussehenden Mann angeregt unterhielt. Dieser war in einer typisch arabischen Kleidung gekleidet. Er hatte ein markantes Gesicht mit einer Narbe an der linken Wange. Seine Adlernase komplettierte seinen markanten Gesichtsausdruck.

„Herr Bach, kommen Sie doch zu uns. Ich möchte Ihnen Malik Elkadir vorstellen. Er ist ein guter Bekannter von mir und der Ehrengast der heutigen Veranstaltung"

Hasim stellte die beiden einander vor. Mara nutzte in der Zwischenzeit die Gelegenheit, von Elkadir unauffällig einige Bilder zu machen.

„Herr Bach, was führt Sie in das schöne Kairo? Sie sind doch nicht nur hier, um an Empfängen teilzunehmen?", fragte Elkadir Charly.

„Nein, keineswegs", entgegnete Charly. „Frau Müller und ich sind, sagen wir, auf Inspektionsreise und eruieren, ob wir das Büro in Kairo erweitern. Sie sprechen sehr gut Deutsch, Herr Elkadir, wie kommt es?"

„Ich habe fünf Jahre in Deutschland alte Geschichte studiert, da kann man schon ein bisschen aufschnappen", antwortete dieser grinsend.

„Den Ausbau Ihres Büros kann ich nur begrüßen", warf Hasim ein, „es ist eine Schande, wie unser Land von Grabräubern ausgeplündert wird. Malik, kannst du eben kurz in mein Büro kommen? Herr Bach, entschuldigen Sie, aber wir haben noch etwas Geschäftliches zu besprechen"

„Aber natürlich, ich werde mal eine Zigarette rauchen gehen", gab Charly zurück. Dann sah er die beiden in Hasims Büro verschwinden.

Charly signalisierte Mara, dass sie weiter Bilder machen sollte und dass er ins Freie gehen wolle, um eine Zigarette zu rauchen. Sie nickte nur.

Im Freien stelle er sich unter ein Fenster, hinter dem er das Büro von Hasim vermutete. Dann stellte er das Richtmikrofon und die Peilung ein und lauschte. Nach wenigen Sekunden hörte er die Stimme Hasims:

„… und es scheint ja alles nach Plan zu laufen?"

„Nur die kleine Straßenkatze macht ein bisschen Ärger. Sie will nicht mit der Sprache heraus. Aber ich kriege sie schon gefügig", hörte er die Stimme von Elkadir.

„Probiere es doch mit den anderen Gefangenen", warf Hasim ein.

„Nun ich glaube, sie weiß am meisten über MR. Sie wird außerdem am empfänglichsten für meine Verhörmethoden sein. Außerdem macht es bei ihr am meisten Spaß. Und wie heißt es, die Kette reißt immer am schwächsten Glied", lachte Elkadir.

„Du kleiner Sadist, na gut, ich lasse Dir noch ein bisschen Spaß. Aber bedenke, unsere Organisation will Ergebnisse sehen. Also übertreibe es nicht mit dem Vergnügen", entgegnete Hasim.

„Ich bin überzeugt, dass ich Erfolg haben werde. Wann soll die Ladung jetzt versendet werden?", fragte Elkadir.

„Du bekommst Nachricht", antwortete Hasim knapp, „und jetzt lass uns wieder zu den anderen gehen. Ich will keinen Verdacht aufkommen lassen."

„Du meinst die beiden Schnuckelchen von MR. Ich denke, die sind nur zum Spaß hier. Von denen geht keine Gefahr aus."

„Unterschätze nicht die Leute von MR. Dubois hat immer gute Leute um sich geschart."

„Aber wir sind besser", entgegnete Elkadir. Und mit diesen Worten gingen die beiden wieder zu den anderen Gästen.

Charly war beim Zuhören dieses Dialogs abwechselnd heiß und kalt geworden.

Sie haben Carry, dachte er. Er musste sich gegen die Wand lehnen. *Jetzt brauche ich noch eine Zigarette.* Er inhalierte den Rauch tief ein.

„Charly, um Gottes Willen, du bist ja leichenblass", hörte er Mara sprechen.

„Die Schweine haben Carry", flüsterte er, „ich habe alles gehört!"

„Komm, lass uns wieder reingehen, damit wir nicht verdächtigt werden." Mara hakte sich bei Charly ein. Sie wirkten wie ein Liebespaar, das die laue Sommernacht genoss. „Jetzt müssen wir auch noch ein wenig bleiben, damit keiner da drinnen einen Verdacht schöpft!"

Sie blieben noch eine halbe Stunde und nutzten die Zeit, um weitere Aufnahmen zu machen. Dann suchten sie nach Hasim, um sich zu verabschieden.

„Frau Müller, Herr Bach, wollen Sie uns wirklich schon verlassen?" Hasim klang ehrlich enttäuscht und schaute Mara wieder lüstern an.

„Ja leider, wir bedauern es sehr. Es war ein schönes Fest", flötete Mara.

„Ja, wir haben morgen wieder einen schweren Tag. Es ist schon recht spät geworden", ergänzte Charly.

„Ich würde mich freuen, wenn wir uns mal wiedersehen", sagte Hasim an Mara gerichtet.

„Das Vergnügen wäre ganz auf meiner Seite", log Mara.

Als Charly im Auto saß, ließ er seiner Wut vollen Lauf: „Diese Schweine, diese verdammten Schweine, was machen die mit Carry?"

Dann spielte er Mara den gesamten Dialog vor. Als sie ihn bis zum Ende angehört hatte, sagte sie: „Wir müssen sofort Dubois informieren."

Sofort stellte Charly eine Verbindung zu Dubois her. Dieser war sofort am Telefon. Charly berichtete, was sie aufgenommen hatten.

„Schicken Sie es mir gleich per Mail rüber. Jetzt in die Villa zu kommen, wäre zu gefährlich. Sie werden vielleicht ab jetzt beobachtet. Wir treffen uns morgen um acht wieder in meinem Büro, bis dann. Und übrigens, das war gute Arbeit. Dann bis morgen!"

Dann fuhren Mara und Charly wieder ins Hotel.

Kapitel 2.5
Der Plan

Kapitel 2.5.1
Der Plan entsteht

Am nächsten Morgen saßen wieder alle drei im Büro von Dubois und besprachen die Lage:

„Was wir wissen, ist, dass Carry und unsere Leute von Hasims Leuten gefangen gehalten werden. Wir wissen aber noch nicht, wo. Und wir wissen nicht, wann und wo die Lieferung abgehen soll. Wie kommen wir an die Information? Ich bitte um Vorschläge!"

„Ich will vor allem, dass Carry befreit wird", entgegnete Charly.

„Charly, bei allem Verständnis für Ihre Situation, ich wünsche mir von Ihnen ein bisschen mehr Professionalität. Sie helfen unseren Freunden nicht, wenn Sie sich nicht Ihrer Stärken besinnen und unsauber arbeiten!"

Charly schaute zerknirscht auf den Boden. „Sie haben ja recht. Ich sollte mich nicht von Emotionen leiten lassen und besser mein Hirn einschalten, auch wenn es schwerfällt."

„Guter Ansatz", pflichtete Mara ihm bei.

„Wir müssen also möglichst schnell wissen, wo sich die Ladung befindet und wo sie auf Schiffe verladen wird", sagte Dubois. „Und unsere Schlüssel sind Hasim oder auch Elkadir!"

„Das Problem ist allerdings, dass Hasim auch noch nicht weiß, wann die Ladung rausgeht und Elkadir eher die Infos für das Versteck unserer Leute hat", konstatierte Charly.

„Glückwunsch Charly, Denkapparat wieder angeschmissen", entgegnete Mara. Charly schnaubte nur durch die Nase.

„Am besten wäre es, wir würden es zeitgleich mit ihm erfahren", fuhr Dubois fort. „Es gäbe eine Möglichkeit, aber die ist nicht ungefährlich."

Dubois schaute beide scharf an: „Wir müssten eine Möglichkeit haben, Hasims Festnetz und sein Handy abzuhören. Zum gegenwärtigen Zeitpunkt geht das nicht, da er über abhörsichere Leitungen verfügt. Wir haben aber eine Software, mit der wir diese Sicherung umgehen können. Es ist die Entwicklung von einem unserer Leute, der in Sidi Barrani ums Leben gekommen ist!", sagte Dubois bedrückt.

Er holte zwei knopfgroße Zellen aus seiner Schublade:

„Diese kleinen Teilchen müssen circa fünf Sekunden an ein Telefon oder Handy gehalten werden. Dann lösen wir zentral einen Befehl aus, der es uns ermöglicht, die Fernsprechteile anzuzapfen. Für den Nutzer oder einen Techniker ist es nicht nachvollziehbar, dass wir Verbindung mit der Anlage haben. Voraussetzung ist, dass wir diese fünf Sekunden haben!"

„Sie meinen, jemand muss direkt an das Endgerät herankommen?", fragte Charly.

„Ja, einmal an seinen Festnetzanschluss und an sein Handy", antwortete Dubois.

„Kann uns die ägyptische Polizei nicht weiterhelfen?", fragte Mara.

„Da die ganze Sache nicht ganz legal ist, sträubt sich Dabir, seine Leute einzusetzen. Das ist auch nicht von der Hand zu weisen", argumentierte Dubois.

„Dann bleibt die Drecksarbeit an uns hängen. Gut, wie gehen wir vor?", fragte Charly.

„Also, wir brauchen jemanden, der in das Haus von Hasim einsteigt und dieses kleine Teil an das Telefon hält. Dann werden unsere Techniker informiert, die Software zu starten. In fünf Sekunden ist alles vorbei. Unser Mann muss dann nur wieder mit heiler Haut aus dem Haus gelangen!"

„Das ist alles, ein Kinderspiel", entgegnete Mara sarkastisch.

„Nun, die Sache mit dem Handy ist schwieriger. Für gewöhnlich trägt man dieses immer am Körper, meist im Sakko", fuhr Dubois fort. „Jemand müsste nahe genug an Hasim herankommen, um die Software zu installieren."

146

„Stimmt, Hasim hat auf dem Empfang ein paarmal telefoniert. Immer hat er sein Handy aus dem Sakko gezogen", erinnerte sich Charly.

„Gut, dann kommen wir zur Einteilung", Dubois schaute beide eindringlich an.

„Nun, so wie Hasim mich angeschaut hat, hätte er sicherlich gegen ein Treffen mit mir nichts einzuwenden", stellte Mara fest.

„Mara, das musst du nicht machen. Wir finden bestimmt eine Gelegenheit, dass ich ihn treffe", entgegnete Charly.

„Aber ich finde bestimmt Mittel und Wege, ihm näherzukommen", sagte Mara augenzwinkernd.

„Gut, dann ist dies entschieden. Mara übernimmt das Handy und Charly übernimmt das Festnetz", kürzte Dubois die Diskussion ab. „Was halten Sie von folgender Idee: Mara, Sie bringen Hasim dazu, sein Sakko auszuziehen. Dann locken wir ihn aus dem Raum, sagen wir mit einem Scheinanruf. Wenn Sie allein sind, initialisieren Sie die Software an seinem Handy und sehen zu, dass Sie die Veranstaltung verlassen, ohne Verdacht zu erregen!"

„Rufen Sie mich dann einfach an und sagen Sie, Sie müssten mich dringend sprechen", reagierte Mara, „nur, wie kriegen Sie die ganzen Signale?"

„Das ist eine der leichtesten Übungen", antwortete Dubois. „Sehen Sie hier die Rückseite von dem Transponder? Wenn Sie hier einmal drücken, bekommen wir ein Signal. Das heißt: Hasim rauslocken. Drücken Sie zweimal, bedeutet dies: Software initialisieren. Drücken Sie dreimal, bekommen Sie einen Anruf von mir!"

„Hört sich nach einem Plan an. Und wie geht es bei mir?", fragte Charly.

„Wesentlich einfacher: Wenn Sie am Telefon sind, drücken Sie den Knopf und halten ihn an das Endgerät. Fünf Sekunden später machen sie sich vom Acker. Ach so, wenn der Transponder seine Arbeit erledigt hat, gibt er einen kurzen Signalton. Das ist Ihr Zeichen, dass die Abhörung möglich ist!"

„Oh Mann, bei unserer ersten Mission haben wir noch mit Spaten gearbeitet. Gut, dann gehen wir so vor. Aber eine Bedingung habe ich noch", warf Charly ein. „Bei Maras Aktion bleibe ich in der Nähe. Ich lasse sie das nicht allein durchziehen."

„Zu gefährlich, es könnte sein, dass Mara beschattet wird. Ich will kein Risiko eingehen", konterte Dubois. „Ich möchte, dass die Aktionen fast parallel ablaufen. Außerdem können wir dann sicher sein, dass Hasim nicht in dem Haus ist. Mara, schlagen Sie als Treffpunkt das Café Royal in der Altstadt vor. Dort gibt es genügend Separees, wo Sie unbeobachtet die Aktion durchziehen können!"

„Das schaff ich schon", meinte Mara. „Ich bin schließlich keine Anfängerin. Ich habe früher schon ähnliche Aktionen durchgeführt."

„Also Charly, Sie sind überstimmt", sagte Dubois, „Mara macht das allein!"

Mara zückte ihr Handy und wählte sofort Hasims Handynummer. Hasim war sofort Feuer und Flamme für ein gemeinsames Treffen.

„Ja Herr Hasim, ich freue mich sehr. Wie wäre es mit dem Café Royal, ich denke, da können wir ungestört plauschen", säuselte sie ins Handy. Sie hörte seine Antwort und hob den Daumen.

„Er hat angebissen", sagte sie, nachdem der Anruf beendet war, „morgen Abend 21:00 Uhr im Café Royal."

„Gut, dann läuft Ihre Aktion in dem Haus um 21:30 Uhr, Charly", hielt Dubois fest. „Ich werde unsere restlichen Leute zusammentrommeln und briefen. Und hier habe ich noch was für Sie, Charly. Mit diesem kleinen Kästchen sollten Sie jede Alarmanlage ausschalten können. Auf der einen Seite ist der Sensor für die Alarmanlage und an der anderen Seite ein sogenannter geklonter Schlüssel. Damit kriegen Sie jede Tür auf, ob mechanisch oder elektronisch. Hoffentlich kommen wir nicht zu spät!"

„Mara, das hättest du nicht machen müssen", sagte Charly, als sie das Büro verlassen hatten.

„Ich habe dir doch gesagt, dass ich alles tun werde, damit du deine Carry wiederbekommst", antwortete sie.

„Danke dir!", waren seine einzigen Worte.

Kapitel 2.5.2
Maras Auftritt

Der restliche und der darauffolgende Tag waren mit Vorbereitungen ausgefüllt. Gegen Abend hatte Mara ein schwarzes Cocktailkleid mit einem tiefen Ausschnitt angezogen, während Charly in der Villa einen grünen Kampfanzug anlegte. Ihn überkam ein mulmiges Gefühl, wenn er an die Aktion von Mara dachte. Auch Carry hatte er damals allein gelassen. Sollten sich die Geschehnisse wiederholen?

„Los Charly, machen Sie sich fertig. Mara ist schon auf dem Weg", hörte er Dubois durch den Lautsprecher.

„Ich bin so weit", rief er zurück.

Pünktlich um 21:00 Uhr betrat Mara das Café Royal. Sie überprüfte ein letztes Mal, dass der Transponder griffbereit in ihrer Handtasche lag. Eine stickige Luft trat ihr entgegen.

„Oh Madame, ich bin untröstlich. Aber die Klimaanlage ist ausgefallen. Wir sind aber schon am Reparieren!", hörte sie den Ober lamentieren.

„Ach, das macht mir nichts aus", sagte sie gleichzeitig zu dem Ober und Hasim, der sofort zu ihr eilte, als er sie eintreten sah.

„Wir können auch das Lokal wechseln", sagte Hasim dienstbeflissen.

„Ach ne, hat doch was typisch Orientalisches", entgegnete Mara.

Dann nahmen sie in einer Ecke Platz und Hasim bestellte eine Flasche Champagner.

Habe ich mir gedacht, dass der Lustmolch einen abgelegenen und separierten Platz reserviert. Läuft alles nach Plan, dachte Mara.

„Sie machen mir eine große Freude, sich mit mir zu treffen, Frau Müller!"

„Ach, nennen Sie mich doch Mara. Das machen alle guten Freunde. Außerdem haben Sie auf mich einen großen Eindruck gemacht. Ich war auf dieses Treffen sehr gespannt!"

„Nun, dann lassen Sie uns gleich Bruderschaft trinken. Das macht man doch so in Ihrem Land. Ich heiße Ben!"

Als der Champagner kam, tranken sie Bruderschaft. Mara musste ihre ganze Energie aufwenden, um Hasim einen Kuss auf die Wange zu geben.

„Aber nicht doch", sagte Hasim, „ich weiß, dass bei Bruderschaft auf den Mund geküsst wird!"

„Na gut, wenn du es möchtest, dann tun wir es auch", antwortete Mara keck. Dabei merkte sie, dass Hasim zu schwitzen begann.

Sie begannen, sich über Belanglosigkeiten zu unterhalten. Hasim schwitzte immer mehr und es standen ihm schon Schweißperlen auf der Stirn.

„Ach Ben, das ist doch nicht anzusehen. Ziehe doch dein Jackett aus. Du musst dich doch nicht so quälen. Ist doch auch viel bequemer", forderte Mara ihn auf.

„Ja, du hast recht. Aber wenn man neben einer so heißen Frau sitzt, kann einem schon warm werden!", antwortete Hasim zweideutig grinsend. Er zog sein Jackett aus. Deutlich zeichneten sich die Schweißränder auf seinem Hemd ab.

„Na, der Abend kann ja noch interessant werden", gurrte Mara. Dabei tastete sie unauffällig in ihrer Handtasche und nachdem sie den Transponder spürte, betätigte sie den Signalknopf einmal.

Keine vier Minuten später kam der Ober wieder um die Ecke scharwenzelt.

„Herr Hasim, ich bin untröstlich, Sie zu stören, aber draußen wartet ein Anrufer auf Sie."

„Wer ist es denn?", fragte dieser unwirsch, sichtlich verärgert, gestört zu werden.

„Das hat er nicht gesagt, aber es sei sehr dringend", antwortete der Ober schüchtern.

„Nun gut, ich komme. Mara, entschuldige mich einen Moment, es wird nicht lange dauern!"

„Schon gut, ich laufe dir nicht weg", sagte sie lächelnd.

Kaum waren Hasim und der Ober aus dem Separee verschwunden, tastete Mara in den Seitentaschen des Jacketts. Und nach einer kurzen Suche fand sie das Handy.

Gott sei Dank, da ist es, dachte sie.

Sie nahm das Handy und hielt den Transponder daran. Dann drückte sie zweimal. Und Dubois sollte Recht behalten. Nach fünf Sekunden ertönte ein leises Signal.

Im gleichen Moment sagte ein Innendienstmitarbeiter von MR zu Dubois: „Wir haben einen Impuls." Fast gleichzeitig hörten sie zeitversetzt zweimal das Signal von Mara.

„Hat augenscheinlich funktioniert, dann warten wir mal auf das dritte Zeichen, um Mara zu erlösen!" Dubois war einen Deut erleichterter.

Zwischenzeitlich hatte Mara das Handy wieder in der Innentasche des Jacketts verstaut. Keinen Moment zu früh. Hasim kam schon wieder um die Ecke gebogen.

„Na, was gab es denn Dringendes?", fragte Mara gespielt interessiert.

„Keine Ahnung, als ich an das Telefon kam, brach die Leitung zusammen. Ich habe dem Ober gesagt, er soll uns nicht nochmal stören. Sollte der Anrufer sich noch einmal melden, solle er morgen in meinem Büro anrufen. Noch eine gute Nachricht: Die Klimaanlage wird gleich wieder funktionieren."

„Na, das ist doch schön. Dann musst du nicht mehr so leiden!", gurrte Mara und strich dabei über sein öliges Haar. Während sie das tat, tastete sie wieder nach dem Transponder und drückte dreimal unauffällig den Alarmknopf.

Es dauerte keine fünf Minuten, da klingelte ihr Handy.

„Ja Chef, was gibt es?", fragte sie in das Handy.

Dubois sprach absichtlich lauter, damit Hasim zumindest Sprachfetzen verstand.

„Mara, wo sind Sie? Sie werden dringend hier im Büro gebraucht. Wir haben Probleme mit der Erweiterung unseres Personals. Frankfurt hat uns ein paar Fragen geschickt und will bis morgen früh eine Antwort haben. Charly ist schon da!"

„Gut, ich komme sofort", antwortete sie und legte auf.

Ich muss ins Büro, dringende Angelegenheit", sagte sie zu Hasim.

„Das ist aber wirklich schade!", antwortete er sichtlich enttäuscht. „Darf ich dich wenigstens zu deinem Büro begleiten? Mein Fahrer wartet draußen!"

Nach kurzem Nachdenken willigte Mara ein und fünf Minuten später saßen sie im Auto.

„So haben wir wenigstens noch ein Weilchen für uns!", säuselte er und machte Anstalten, Mara zu küssen.

„Ben, nicht so schnell, wir kennen uns doch kaum!", reagierte Mara und wendete ihren Kopf ab. „Lass uns das auf ein andermal verschieben. Ich melde mich wieder bei dir!"

„Na gut, dann freue ich mich auf deinen Anruf", erwiderte er sichtlich enttäuscht.

Mara war froh, als sie endlich die Villa erreicht hatten und sie nach einer kurzen Verabschiedung im Haus verschwinden konnte.

„Alles gut gelaufen?", wurde sie von Dubois empfangen.

„Ich habe den Lustmolch grade noch von mir abweisen können. Brrr, mir wir jetzt noch ganz übel, wenn ich daran denke. Aber ich hielt es für glaubwürdiger, wenn er mich hierherfährt und direkt vor der Villa rauslässt. Zum Glück ist die Klimaanlage in dem Café ausgefallen, da hat Hasim recht schnell seine Jacke ausgezogen!"

„Na ja, ich sage mal so: Da könnte jemand ein bisschen nachgeholfen haben", sagte Dubois grinsend.

„Chef, Sie sind aber auch mit allen Wassern gewaschen!", entgegnete Mara.

„Das Anzapfen scheint auch zu funktionieren. Jedenfalls haben wir Ihr Signal erhalten", stellte Dubois zufrieden fest. In dem Moment signalisierte ein Mann am Headset, dass ein Anruf mitgehört wurde.

„Jetzt muss es nur noch bei Charly funktionieren!", sagte Dubois ganz leise.

Kapitel 2.5.3
Charly in der Höhle des Löwen

Charly hatte zwischenzeitlich das Haus von Hasim erreicht. Durch ein Nachtfernglas sah er, dass im Eingangsbereich und an der Mauer lauter Kameras postiert waren.

Die nehmen bestimmt auch im Dunkeln auf, dachte er.

Er ging ein Stück weiter an der Mauer entlang, die das ganze Grundstück umschloss und suchte eine geeignete Stelle, um diese zu überwinden. Da fiel ihm ein kleines Eckstück auf, an dem die Kameras in entgegengesetzter Richtung standen.

„Da hat der Ingenieur der Anlage wohl ein Loch gelassen", murmelte er vor sich hin und kletterte zwischen den beiden Kameras mit Hilfe eines Seils, an dem Haken befestigt waren, die Mauer hinauf. Als er über die Mauer lugte, konnte er keine Wachmänner entdecken. Er sprang schnell darüber. Gott sei Dank war sie nicht zu hoch und er nahm hinter einem Busch Deckung. Er konnte von hier aus gut die Eingangstür sehen und stellte fest, dass immer noch niemand zu sehen war. Schnell hatte er die Tür erreicht und mit dem geklonten Schlüssel geöffnet. Nachdem er die Halle betreten hatte, wandte er sich dem kleinen blinkenden Kästchen zu, dass er schon beim letzten Besuch entdeckt hatte. Jetzt machte es sich bezahlt, dass er sich auf dem Empfang mit den Örtlichkeiten vertraut gemacht hatte. Mit Hilfe des geklonten Schlüssels konnte er die Alarmanlage deaktivieren. Von Wachleuten war immer noch nichts zu sehen.

Dubois hatte Recht. Jetzt wo Hasim nicht im Haus ist, gehen die ihren Job recht lax an, dachte er.

Charly ging jetzt mit schnellen Schritten Richtung Büro. Hier hatten Hasim und Elkadir ihre Unterhaltung geführt, die Charly bis ins Mark erschüttert hatte. Die Tür war ebenfalls verschlossen. Er nutzte wieder seinen geklonten Schlüssel und betrat das Büro. Durch das hohe Fenster schien das Mondlicht herein, sodass er kein Nachtsichtgerät brauchte.

Dann sah er das Telefon auf dem Schreibtisch stehen und war mit drei schnellen Schritten am Schreibtisch. Er holte den Transponder aus der Seitentasche seiner Hose, drückte kurz den Knopf für das Signal an Dubois, legte den Transponder an das Telefon und wartete auf den Ton. Auch hier dauerte es exakt fünf Sekunden, dann ertönte ein kurzes Signal.

„Charly hat es geschafft, wir haben Verbindung", rief einer der Innendienstleute zu Dubois und Mara.

„So Junge, jetzt nichts wie raus da!", sagte Dubois, als ob Charly ihn hören könnte.

Charly hatte alle Sachen wieder verstaut und wollte gerade den Ort des Geschehens verlassen. Da hörte er, wie ein Auto die Einfahrt herauffuhr.

Shit, hätte er nicht zehn Minuten später kommen können, dachte er.

In der Tat, es war ein übelgelaunter Hasim, der von seinem missglückten Rendezvous mit Mara zurückkehrte. Sofort setzte auf dem Gelände eine rege Betriebsamkeit ein. Aus allen Ecken kamen plötzlich Wachmänner und Bedienstete und fragten nach Hasims Wünschen.

„Nichts, ich möchte nichts. Ich gehe kurz in mein Büro, trinke noch was und gehe dann zu Bett!", blaffte er sie an.

Alle Wachmänner bezogen wieder ihre Posten und die eilfertigen Bediensteten verschwanden wieder im Haus. Hasim ging schnellen Schrittes in sein Büro, in dem sich Charly gerade noch in einer Nische verstecken konnte.

Hasim griff zum Telefon: „Wissen wir schon was von der Lieferung?"

Charly hörte eine Stimme am anderen Ende der Leitung, die er aber nicht verstand. Hasim tat ihm den Gefallen, alles noch einmal zu wiederholen.

„Genauer Zeitpunkt und Ort wird uns also morgen mitgeteilt!", sprach er ins Telefon. „Gut, ich werde den Chef informieren." Dann legte er wieder auf, um gleich darauf wieder zum Telefonhörer zu greifen.

„Mister DaSilva, ich möchte Sie darüber informieren, dass wir von unserem Mittelsmann morgen den genauen Zeitpunkt und Ort der Versendung unserer Lieferung erfahren. Route und Anzahl der LKWs bekommen wir dann auch", hörte Charly ihn sagen.

„Sie setzen sich also morgen mit MR in Verbindung wegen dem Lösegeld für die Gefangenen."

„Nein, ich glaube die zwei Mitarbeiter aus Deutschland stellen in meinen Augen keine Gefahr für unsere Unternehmungen dar. Mir scheinen sie etwas naiv zu sein!"

„Ja gut, ich werde sie schnellstmöglich überwachen lassen. Ja, volles Programm: Leute, Abhörgeräte und weiteres. Sie werden über jeden Schritt informiert werden!"

„Gut Mister DaSilva, dann eine angenehme Nacht!"

Charly hatte alles mit angehört. *Da habe ich das Ding keine Sekunde zu früh installiert. Ich hoffe, es hat auch funktioniert.* Charly spekulierte darauf, dass sich auch die Wachmänner wieder zurückziehen würden, wenn ihr Chef schlafen gegangen war. Hasim verließ jedenfalls sein Büro und ging in sein Schlafzimmer.

Die Überwachung des Telefons funktionierte reibungslos. Mara und Dubois hatten sowohl das erste wie auch das zweite Gespräch mitangehört. Als Mara den Namen DaSilva hörte, wurde sie plötzlich leichenblass und erstarrte wie eine Salzsäule. Dubois registrierte dies aus den Augenwinkeln und fragte:

„Mara, alles in Ordnung? Brauchen Sie ein Wasser?"

„Nein, nein, es ist nur der Stress des heutigen Abends und die Sorge um Charly!"

„Der schafft das schon, davon bin ich fest überzeugt!", beschwichtigte er Mara.

Charly hatte mittlerweile eine halbe Stunde in dem Büro ausgeharrt. *Wie komme ich hier nur am besten wieder raus?*, fragte er sich. Der Garten war jetzt, da Hasim wieder anwesend war, von Wachleuten bevölkert.

Da fühlte er den Transponder in seiner Tasche.

Sprechverbot habe ich, aber wie wäre es mit morsen?

Er erinnerte sich, wie er im Rahmen seiner Ausbildung nur mit Widerwillen an dem Kurs teilnahm. *Vielleicht ist das Wissen noch einmal für Sie nützlich*, erinnerte er sich an die Worte des Trainers. Jetzt war es so weit.

Er nahm den Transponder in die Hand und morste: *„Bin in Schwierigkeiten, komme nicht aus dem Haus raus!"* Dies morste er immer und immer wieder.

„Chef, kommen Sie mal. Wir erhalten Signale von Charly", rief ein Innendienstler. Dubois und Mara kamen sofort herbeigestürzt.

„Er kommt nicht aus dem Haus raus. Ich vermute, er kommt nicht an den Wachleuten vorbei!", mutmaßte Dubois.

„Wenn das so ist, sitzt er in der Falle!", stellte Mara fest.

„Mara, Wegner und Schröder sofort in mein Büro." Matthias Wegner und Jürgen Schröder, zwei Innendienstler, die schon lange bei MR tätig waren, sowie Mara eilten in Dubois Büro.

„Wenn das so ist, dass Charly in der Falle sitzt, müssen wir überlegen, wie wir ihn da rausholen!", kam Dubois gleich auf den Punkt.

„Eine Möglichkeit wäre es, die Wachleute abzulenken. So-dass Charly an ihnen vorbeikommt!", sagte Schröder.

„Dafür müssen wir die Funkstille einmal brechen, damit Charly Bescheid weiß. Ich tue es nicht gerne, aber wir brauchen mehr Informationen, wie es da drinnen aussieht. Los, ans Funk-gerät", befahl Dubois.

Dubois stellte eine Verbindung zu Charly her. Dieser schil-derte die Situation und Dubois antwortete: „Wir haben vor, die Wachleute von Ihnen abzulenken, damit Sie raus können!"

„Das passt gut, in einer Ecke des Grundstückes ist ein toter Winkel der Überwachungskameras, da kann ich raus."

„Gut, dann locken wir sie zum Eingangstor, hoffe das funk-tioniert. Wenn Sie von dort Lärm hören, warten Sie noch eini-ge Minuten und laufen dann los. Viel Glück!"

Dubois schaute seine drei Mitarbeiter an und sagte: „Fol-gender Plan: Mara und Schröder spielen ein betrunkenes Paar, das sich streitet. Mara, sie mit Ihrem Outfit geben einen gu-ten Blickfang ab. Wegner, Sie stellen sich mit dazu und pö-beln mit. Sie nehmen einen eigenen Wagen, machen ordent-lich Rabatz. Verkleiden Sie sich, die Überwachungskameras dürfen Sie nicht erkennen. Ich nehme einen zweiten Wagen und werde Charly aufsammeln. Los geht es!", befahl Dubois entschlossen.

„Chef, mal wieder einen Außeneinsatz?", fragte Mara Dubois.

„Ach, ein bisschen Frischluft wird mir guttun!", antworte-te er grinsend.

Dann legten die drei Verkleidungen an, damit sie nicht zu er-kennen waren. Mara setzte eine schwarze Perücke auf, schminkte sich grell und alle drei setzten eine Sonnenbrille auf, obwohl es dunkle Nacht war. Machte nichts, sie waren ja betrunken.

Dann stiegen sie in die Wagen und fuhren getrennt, wie es Dubois gesagt hatte, zu dem Haus von Hasim.

Dubois hielt an der von Charly beschriebenen Ecke und der Wagen von den anderen dreien fuhr ein kleines Stückchen weiter. Dann stiegen sie aus.

„It's showtime!", sagte Mara zu den anderen beiden und schon begannen Schröder und Wegner zu grölen. Das Theaterstück der drei war filmreif. Sie beschimpften sich vor dem Eingangstor auf das Übelste. Die Show erfüllte ihren Zweck. Immer mehr Wachleute versammelten sich vor dem Eingangstor und kommentierten das Gesehene. Charly verfolgte das Geschehen vom Fenster des Büros aus. Nachdem er einige Minuten gewartet hatte, verließ er das Büro, entschärfte vorsichtig die Alarmanlage und öffnete die Eingangstür mit dem Klonschlüssel. Dann nahm er den gleichen Weg zurück. Immer darauf achtend, den toten Winkel der Überwachungskameras zu nutzen. Mit einem zweiten Seil, das er dabei hatte, zog er sich über die Mauer. Da sah er den PKW stehen, der auf ihn wartete. Am Steuer erkannte er Dubois.

„Dubois, schön Sie zu sehen", begrüßte er ihn erleichtert, „doch noch einmal Taxidienst für mich?"

„Geht mir genauso", antwortete dieser, „jetzt aber weg, bevor die hinter das Schauspiel kommen oder die drei wegen Erregung öffentlichen Ärgernisses verhaftet werden!"

Dubois gab Vollgas und fuhr hupend an einer Gruppe von drei Personen vorbei, in der eine Frau im schwarzen Cocktailkleid alle Blicke auf sich zog und zwei betrunkene Männer rumpöbelten. Circa zwanzig Wachmänner standen johlend hinter dem Eingangstor und feuerten die drei an.

„Los Jungs, jetzt weg. Wir haben unseren Part erfüllt", rief Mara den anderen beiden zu und rannte bereits zum Auto. Zurück blieben zwanzig Wachmänner, die nicht wussten, was sie von dieser Showeinlage halten sollten.

Wieder in der Villa, versammelten sich alle vier in Dubois Büro.

„Voller Erfolg, würde ich mal sagen. Alle wieder wohlauf zurück, die Telefone sind angezapft und wir haben endlich die Chance, mehr Informationen zu bekommen!", resümierte Dubois.

„Erfolg haben wir erst, wenn Carry und unsere Leute befreit sind und wir die Ladung sichergestellt haben", entgegnete Charly.

„Es war gute Arbeit", sagte Wegner zu beiden. „Lasst uns ein paar Stunden schlafen. Morgen sehen wir weiter!"

„Genau", sagte Dubois, „vor allem diesen DaSilva werden wir mal genau unter die Lupe nehmen, aber erst Morgen!"

Bei dem Namen DaSilva presste Mara für einen Moment die Lippen zusammen. Dann löste sich die Gruppe auf.

Carry hatte in ihrer Zelle jegliches Gefühl für Zeit und Raum verloren. Ständig wechselte ihre Zelle von totaler Dunkelheit zu gleißendem Licht. Dazwischen gab es immer wieder über den Lautsprecher Verhöreinlagen und infernalischen Lärm. Sie lag in ihrer eigenen Notdurft, da sie seit Tagen die Zelle nicht verlassen durfte und bekam als Nahrung täglich lediglich ein paar Kanten Brot und etwas Wasser.

„Sie wird das nicht mehr lange durchstehen", sagte ein Wächter zu Elkadir.

„Macht nichts, die Informationen, die wir erhalten können, sind nur ein Zubrot. Wichtig sind das Lösegeld und der Ertrag der Ladung, die verschifft wird. Wenn wir hier fertig sind, könnt ihr euch mit ihr vergnügen. Besser mit dem, was dann noch von ihr übrig ist!"

„Aber vorher wird sie noch kalt abgeduscht, die sieht ja eklig aus!", stellte der Wächter verächtlich fest.

„Ja, einmal Straßenkatze, immer Straßenkatze, aber macht mit ihr weiter!", lachte Elkadir.

„Na, dann werden wir die Straßenkatze zum Schluss ersäufen!", entgegnete der Wächter.

„Aber erst auf meinen Befehl", antwortete Elkadir kalt. Dann verließ er das Gefängnis. Die Zelle wurde wieder in gleißendes Licht getaucht.

Kapitel 2.6
Die Lieferung

Kapitel 2.6.1
Anrufe

Am nächsten Morgen klingelte bei Neumann in Frankfurt das Telefon:

„Neumann!"

„Herr Neumann, ich schulde Ihnen noch eine Information, wo sie das Geld hinüberweisen sollen. Sie haben eine E-Mail erhalten, da steht alles drinnen. Aber sparen Sie sich jegliche Mühe, sowohl die E-Mail als auch die Kontonummer zurückzuverfolgen. Sie werden nicht erfolgreich sein!", sagte die wieder verzerrte Stimme.

„Und wann bekommen wir die Geiseln wieder?", fragte Neumann.

„Das erfahren Sie zu gegebener Zeit. Haben Sie nur Geduld!"

Dann war Schweigen in der Leitung.

„Oh mein Gott, hoffentlich hat Dubois gestern mit seiner Aktion Erfolg gehabt!"

Er hatte sich schon lange nicht so hilflos gefühlt.

Als Dubois nach einer kurzen Nacht am nächsten Morgen in sein Büro kam, waren schon alle Mitarbeiter im Besprechungsraum versammelt.

„Chef, wir haben alle schon von Ihren Taten in der letzten Nacht gehört. Also ich muss sagen: Hut ab. Aber trotzdem muss ich Sie rügen: Wie konnten Sie nur so leichtsinnig sein und selbst an der Aktion teilnehmen?", begrüßte Frau Jung ihren Chef aufgebracht.

159

„Nun machen Sie mal halblang. Früher habe ich gefährlichere Aktionen überlebt!", konterte er.

„Früher waren Sie aber auch noch jünger!" Frau Jung rollte mit den Augen.

„Ich wollte den Jungdachsen halt zeigen, dass ich es auch noch kann", zwinkerte Dubois und ging in den Besprechungsraum. Alle verbliebenen MR-Mitarbeiter waren versammelt, es waren neben Mara und Charly noch sieben Personen.

„Guten Morgen allerseits", eröffnete Dubois die Runde. „Gestern Nacht ist uns endlich mal wieder ein Erfolg gelungen. Wir haben Hasims Telefon und sein Handy anzapfen können. Des Weiteren konnten wir einen seiner Hintermänner identifizieren, einen gewissen DaSilva. Er scheint der Chef von Hasim zu sein. So, nun zu den nächsten Aufgaben: Ich will, dass die Telefone von Hasim rund um die Uhr abgehört werden. Jeder wird für vier Stunden eingeteilt. Herr Konrad, Sie übernehmen die erste Schicht." Konrad, ein junger Mann Ende zwanzig und mit einem braunen Wuschelkopf nickte. „Der Rest durchforscht unsere elektronischen Akten, die analogen Akten und das Internet nach DaSilva. Ich werde Frankfurt anrufen, damit die auch ihre analogen Akten durchforsten. Gesammelt werden die Informationen bei Mara und Charly. Erstes Treffen: Heute um 13:00 Uhr in meinem Büro mit Mara und Charly und um 16:30 Uhr mit der gesamten Mannschaft!"

In diesem Moment kam Frau Jung in den Besprechungsraum: „Chef, Herr Neumann ist am Telefon, er möchte Sie dringend sprechen!"

„Fragen Sie ihn, ob es von allgemeinem Interesse ist. Wenn ja, stellen Sie hierher durch, damit es gleich alle erfahren. Wir haben keine Zeit mehr für doppelte Konversation", antwortete Dubois entschlossen. Nach der letzten Nacht, die so erfolgreich geendet hatte, strotzte Dubois wieder vor Energie und Selbstbewusstsein. Er hatte seit langer Zeit endlich wieder das Gefühl, die Fäden in der Hand zu haben.

Kurze Zeit später wurde Neumann durchgestellt.

„Morgen allerseits, ich wollte mich nur nach dem Stand der Dinge erkundigen und eine Info loswerden", meldete sich Neumann.

Dubois unterrichtete Neumann in kurzen Worten darüber, was sich in der letzten Nacht zugetragen hatte und welche Schritte eingeleitet wurden. Er versprach, nach der Besprechung einen ausführlichen Bericht abzugeben.

„Gut", sagte Neumann, „vorhin hat sich wieder diese Stimme gemeldet. Könnte sein, dass es dieser DaSilva war. Ich habe jetzt eine Kontonummer, auf die die 20 Millionen Dollar überwiesen werden sollen. Es befindet sich auf den Cayman Islands und kann nicht nachverfolgt werden. Vom Innenministerium habe ich grade die Erlaubnis erhalten, das Geld zu überweisen. Ich habe dem Innenminister persönlich zugesichert, dass wir die ganze Sache sehr vertraulich behandeln werden. Er wird sich mit seinem ägyptischen Kollegen in Verbindung setzen, damit wir Unterstützung erhalten. Um unsere analogen Informationen zu DaSilva werde ich mich natürlich sofort kümmern!"

„Wann werden die Geiseln freigelassen?", unterbrach Charly Neumann.

„Noch keine Info", antwortete Neumann knapp.

Charly stöhnte leise auf und Mara strich ihm tröstend über den Rücken. Dann wurde die Schalte beendet.

„So, jeder weiß jetzt, was er zu tun hat, an die Arbeit. Frau Jung, teilen Sie bitte die Überwachungsschichten für die nächsten zwei Tage ein. Bitte achten Sie darauf, dass Schröder, Wegner, Mara und Charly heute Abend noch nicht eingeteilt werden. Die hatten schon eine lange Nacht. Und mich teilen Sie bitte auch ein. Wir sind zu wenig Leute und können auf Ränge keine Rücksicht nehmen!"

„Dann möchte ich mich auch selbst einteilen", erwiderte Frau Jung, „ein Telefon abhören werde ich grade noch schaffen."

„Tun Sie, was Sie nicht lassen können", erwiderte Dubois, „und dann schicken Sie die Leute für die Nachtschicht nach Hause, die sollen sich ausruhen" Dann war die Sitzung beendet.

Kapitel 2.6.2
Maras Geheimnis

Gegen 13:00 Uhr saßen Mara, Dubois und Charly in Dubois Büro und sichteten die ersten Ergebnisse ihrer Recherche.

„Dieser DaSilva fischt aber auch in jedem Teich", referierte Charly. „Er hat vor 20 Jahren ein Vermögen an der Börse gemacht. Danach ist er in verschiedene Firmen eingestiegen. Er stand sogar damals zur Auswahl zum erfolgreichsten Manager. Aber man sagt ihm auch nach, dass er Kontakte zum organisierten Verbrechen hat. Vor neun Jahren liefen deshalb Nachforschungen gegen ihn. Dabei kamen zwei Polizeibeamte ums Leben. Ihm konnte aber nichts nachgewiesen werden. Mehr war in der Kürze der Zeit noch nicht rauszukriegen, aber wir forschen weiter!"

„Gut, bleiben Sie dran. Was wissen wir schon von der Abhöraktion?", fragte Dubois Mara, die die ganze Zeit regungslos in der Runde saß.

„Bisher nichts Besonderes, Hasim hat ein paar geschäftliche Gespräche geführt. Es ging um Teppiche und einige Kunstgegenstände ägyptischer Künstler, mehr nicht!"

„Ja, das wird ein Geduldsspiel, also weiter. Charly bleiben Sie noch kurz hier. Mara, Sie können gehen und schließen Sie bitte die Tür!"

Mara und Charly tauschten einen kurzen Blick aus und Charly zuckte mit den Schultern.

Als Mara gegangen war, schaute Dubois Charly lange an: „Ist Ihnen an Mara etwas aufgefallen?", fragte er dann.

„Was meinen Sie konkret?"

„Nun, immer wenn die Rede auf DaSilva kommt, verhält sie sich merkwürdig: Sie wird stocksteif und wirkt in Summe verkrampft. Da stimmt doch was nicht!"

„Stimmt, jetzt wo Sie es sagen. Ich werde sie bei passender Gelegenheit einmal danach fragen. War das alles?" Charly verließ ebenfalls den Raum, nachdem Dubois genickt hatte.

Um 16:30 Uhr war die erste Besprechung mit dem gesamten Team. Hier waren auch die Mitarbeiter für die Nachtschicht wieder anwesend. Wesentlich neue Erkenntnisse gab es zu dem Zeitpunkt nicht, bis auf die Tatsache, dass DaSilva ein Firmennetzwerk über alle Kontinente aufgebaut hatte. Die Verschachtelung der Firmen war so komplex, dass eine grafische Abbildung noch in Arbeit war.

Dubois hörte sich die einzelnen Vorträge an und führte dann aus: „Gut, dann sollten die Leute von der Nachtschicht daran weiterarbeiten. Aber das Abhören und Protokollieren der Anrufe hat oberste Priorität. Für morgen möchte ich die erste Zusammenkunft für 08:30 Uhr ansetzen. Die beiden anderen Besprechungen und deren Besetzung bleiben bestehen. Wegner, Schröder, Mara und Charly möchte ich bitten, jetzt Feierabend zu machen. Sie haben die letzte Nacht schon lange genug gearbeitet. So, das war es von meiner Seite für heute, noch Fragen?" Die gesamte Mannschaft verneinte.

Als alle an ihre Plätze gingen, kam Charly noch einmal in das Büro von Dubois.

„War das Ihr Ernst mit dem Feierabend?", fragte Charly.

„Das habe ich nicht umsonst gesagt. Sie stehen seit Tagen unter einem emotionalen Stress. Sie müssen mal runterkommen. Die Aktion von gestern ist auch bei Ihnen nicht in den Klamotten hängen geblieben. Ich kann es mir nicht leisten, einen guten Mann zu verlieren, wenn dieser zusammenklappt oder Fehler macht. Machen Sie sich einen schönen Abend, gehen Sie und Mara gut Essen und kommen morgen ausgeruht wieder. Das sage ich Ihnen nicht nur als Chef, sondern als Freund!"

„Sie haben ja Recht. Ich werde mich dran halten Dann wissen Sie bestimmt auch ein gutes Lokal", sagte Charly zerknirscht.

Wie von Dubois vorgeschlagen, gingen die beiden tatsächlich am Abend in ein von Dubois empfohlenes Lokal. Sie fanden auch einen Tisch für zwei Personen, der ein bisschen abseits stand.

„Sag mal, Charly", fragte Mara, nachdem sie sich eine Weile über Nebensächlichkeiten unterhalten hatten, „wann bist du denn das letzte Mal privat essen gegangen?"

„Oh, das ist schon eine Weile her. Das letzte Mal war es mit Carry in einem Bornheimer Lokal. Es war so selten, dass ich mich sogar noch an den Namen des Lokals erinnern kann. Ich glaube, es hieß „Malepartus". Das ist nicht weit von Carrys Wohnung. Meistens haben wir aber daheim gekocht. Wenn du so viel unterwegs bist, hast du keine große Lust, auch noch zu Hause abends essen zu gehen. Und gemeinsam kochen macht halt auch Spaß. Und du, wann ist es bei dir gewesen?"

„Ist auch schon ewig her. War bei mir ähnlich. Ständig unterwegs, da ist man froh, mal die Füße auszustrecken und zu Hause bleiben zu können."

„Darf ich mal ganz indiskret fragen, ob es da jemanden gibt, mit dem man zu Hause bleiben kann?"

„Darfst du, Charly. Nein, momentan nicht. Die letzte Beziehung ist vor einem halben Jahr in die Brüche gegangen. Der Beruf Stewardess ist nicht grade beziehungsfördernd. Er ist Leiter einer Vertriebsgesellschaft und somit auch ständig unterwegs. Und wenn man sich nur ein paarmal im Monat unregelmäßig sieht, hat man keine Zeit, sich so richtig gut kennenzulernen. Du und Carry habt ja das große Glück, dass ihr gemeinsam im gleichen Laden arbeitet. Das ist etwas anderes. Nun erzähl mal, wie habt ihr euch eigentlich kennengelernt? Dubois hat ja nur dienstliche Sachen ausgeplaudert."

Dann erzählte Charly aus der Zeit, als Carry und er noch nicht zusammen waren. Das Kennenlernen in der Reha, die ständigen Sticheleien von Benny, ihre Anfangszeit bei MR, als sie Dimitrie suchten und sich schließlich bei den Chi fanden. Während des Redens wurde ihm bewusst, dass er noch mit niemandem so ausführlich über seine Gefühle zu Carry gesprochen hatte und dass er mit Mara noch nie private Gespräche geführt hatte.

„Bei mir war es fast von Anfang an Liebe, bei ihr nur Sympathie. Dann kam noch hinzu, dass sie ja einen Freund hatte und ich mich da nicht reinhängen wollte. Der Anfang war gar nicht so einfach!"

„Ist aber eine schöne Geschichte und sogar mit Happy End", sagte Mara nachdenklich.

„Und nun dieses Drama. Kannst du verstehen, warum ich sie unbedingt befreit haben möchte?"

„Ja, das kann ich", antwortete sie.

„Jetzt will ich dich aber mal was anderes fragen!", insistierte Charly. „Jedes Mal, wenn die Rede auf DaSilva kommt, reagierst du komisch. Entweder erstarrst du zur Salzsäule oder du wirkst abwesend. Darf ich den Grund erfahren?"

„Ach, da ist nichts", erwiderte sie.

„Mara, wenn du nicht drüber reden möchtest, kannst du es mir ruhig sagen. Das kann ich akzeptieren. Aber dass da nichts ist, nehme ich dir nicht ab!", sagte er eindringlich.

„Na gut", erwiderte sie seufzend, „du kannst dich an die Ermittlungen gegen DaSilva erinnern, die vor einigen Jahren durchgeführt wurden? Bei der zwei Beamte zu Tode kamen? Diese beiden Beamten waren meine Eltern. Sie wurden in eine Falle gelockt, von wem ist bis heute ungeklärt. Aber ich glaube, DaSilva steckt da voll mit drin!"

„Das musst du Dubois erzählen, damit er Bescheid weiß!", sagte Charly.

„Nein, dann zieht er mich womöglich ab wegen Befangenheit, das möchte ich nicht!"

„Das glaube ich nicht. Schließlich bin ich auch hier, obwohl es um Carry geht!"

Mara überlegte lange, dann sagte sie: „Na gut, ich werde es ihm morgen erzählen. Aber nur, wenn ich danach nicht abgezogen werde."

„Das ist gut", sagte Charly, „und jetzt sollten wir den Abend wirklich beenden. Wir haben uns verquatscht. Es ist schon halb zwölf. Wenn wir das morgen früh gestehen, kriegen wir von Dubois wieder einen auf den Deckel. Wegen der Erholung!"

Dann zahlten sie ihr Essen und fuhren wieder in das Hotel.

Beim Abschied im Hotel sagte Mara: „Carry kann sich glücklich schätzen, dich als Partner zu haben. Männer mit so viel Einfühlungsvermögen gibt es selten. Danke auch für den schönen Abend!!" Dann gab sie ihm einen Kuss auf die Wange.

„Ich kann mich glücklich schätzen, sie zu haben. Hoffentlich habe ich sie bald wieder", sagte er und verschwand in seinem Zimmer.

Kapitel 2.6.3
Abgehört

Am nächsten Morgen saßen die drei wieder pünktlich in Dubois Büro und tauschten die neuesten Erkenntnisse aus. Frau Jung war auch mit dabei. Sie, die eine Nachtschicht übernommen hatte, hatte sich die Mühe gemacht, die Firmenverstrickungen grafisch aufzubereiten.

„Diese Beteiligungen von DaSilva sind wirklich gigantisch. Der steckt in über 20 Großkonzernen drin. Die Minderheitsbeteiligungen gar nicht mitgerechnet!", bemerkte Dubois.

„Sollten wir nicht einen Experten für Wirtschaftskriminalität mit hinzuziehen?", fragte Frau Jung.

„Mit welchem Argument? Wir haben noch gar nichts in der Hand. Nein, wir werden uns jetzt zuerst auf die Lieferung und die Geiseln konzentrieren. Dann sehen ..." Weiter kam Dubois nicht. In dem Moment, in dem er den Satz vollenden wollte, kam Wegner, der Frühschicht an der Abhöranlage hatte, in das Büro gestürmt.

„Chef, wir haben was aufgenommen, kommen Sie schnell!", sagte Wegner gehetzt.

Alle zusammen stürmten in den Überwachungsraum.

„Wir haben es vor 10 Minuten aufgezeichnet. Es ist ein Dialog zwischen Hasim und seinem Vasallen Rab Kadir", sagte Wegner.

„Die Transporte starten übermorgen von Kairo und Alexandria. Vereinen werden sich die beiden Konvois bei Marina El Alamain, wo die 40 und die EL Alamain Road sich treffen. Zeitpunkt der Zusammenkunft ist circa Mitternacht. Von dort geht es gemeinsam weiter

zum Elhana Beach. Dort werden die LKWs auf Fähren aufgeladen. Vor der Küste wartet ein Containerschiff, das die Lieferung verladen wird", hörten sie Rab Kadir sagen. *„Fragt sich, was wir mit den Geiseln in Alexandria machen?"*

„Die nehmt ihr als Faustpfand mit. Wenn das freie Meer erreicht ist, übergebt ihr sie den Fischen", antwortete Hasim kalt. *„Wie ist die Route der Konvois? Ich möchte sichergehen, dass diesmal nichts schiefläuft"*, hörten sie Hasim weiter.

Charly horchte auf und schaute Dubois an. Dieser legte seine Hand beruhigend auf Charlys Schulter.

„Der Konvoi aus Alexandria fährt aus dem Lagerhaus an der Al Naqib fast direkt auf die 40. Sie werden circa 1 Stunde 15 brauchen. Geplanter Starttermin ist also gegen 22:45 Uhr. Der Konvoi aus Kairo startet früher: von der Noubar Street, Startzeit circa 20:45 Uhr, Richtung Norden bis zum Treffpunkt. Hier sind zwar einige Mautstellen, aber die sollten kein Hindernis sein", antwortete Rab Kadir.

„Der Bus mit den Geiseln sollte früher am Elhana Beach sein, der fährt schneller. Aber das ist kein Problem, der soll so schnell wie möglich dort sein und warten", ordnete Hasim an.

Dann wurde das Gespräch beendet.

Sofort wurde eine Landkarte auf dem großen Bildschirm im Besprechungsraum eingeblendet.

„Der Konvoi aus Alexandria hat also die Geiseln am Anfang dabei. Dies würde bedeuten, dass die Geiseln in unmittelbarer Nähe der Lagerhallen, die sich dort befinden, sind", dachte Dubois laut.

„Wir müssen sofort die Lagerhallen dort auskundschaften. Vielleicht finden wir einen Anhaltspunkt. Wir haben keine Zeit zu verlieren", schlug Charly vor. Er konnte eine gewisse Hektik nicht verbergen.

„Sie haben Recht!", stimmte Dubois ihm zu. „Sie und Mara fahren sofort nach Alexandria und kundschaften die Gegend aus. Vielleicht finden Sie einige Anhaltspunkte. Aber Charly, keine Alleingänge. Ich will über jeden Ihrer Schritte informiert werden. Die Sache ist zu wichtig, als dass wir uns Fehler erlauben dürften!" Dubois schaute Charly streng an.

„Keine Sorge, ich habe ja eine Aufpasserin bei mir. Die heißt zwar mit Nachnamen Müller und nicht Jagelowsk, dafür aber auch Tamara und ist genauso streng."

„Und Sie heißen nicht McLane und kommandieren nicht die Orion", erwiderte Dubois.

Beide spielten auf eine deutsche Science-Fiction Serie aus den 60er-Jahren an. Auch Dubois schien sie zu kennen.

„Los Mara, wir fahren!", trieb Charly zur Eile.

„Aye aye, Captain", auch Mara schien die Serie zu kennen.

Sie fuhren genau fünf Minuten vor dem Zeitpunkt ab, an dem ein Überwachungsteam von Hasim an der Villa eintraf.

Kapitel 2.6.4
In Alexandria

Auf der Fahrt fiel Charly in sich zusammen. Die Neuigkeit, dass die Geiseln auf offener See getötet werden sollten, hatten ihm sämtlicher Kräfte beraubt.

„Was ist, wenn es uns nicht gelingt, die Geiseln zu befreien?", fragte er Mara unter Tränen.

„Charly, ich habe Dir schon öfter gesagt, ich werde alles tun, um Deine Carry zu befreien. Ich bleibe dabei!" Während sie das sagte, schaute sie ihn mit entschlossenem Blick an.

Charly erkannte eine Entschlossenheit in ihren Augen, die er vorher nur bei Carry gesehen hatte.

Nach knapp 3 Stunden hatten sie die Lagerhallen von Al Naqib erreicht. Diese lagen hinter dicken Mauern. Beide nahmen hinter einer Reihe von Büschen Deckung. Dann legten sie sich auf die Lauer und beobachteten durch das Eingangstor die Hallen. Lange tat sich nichts. Plötzlich fuhr ein LKW vor, es war circa 17:00 Uhr.

„Ich versuche mal, rauszubekommen, was der geladen hat", schlug Charly vor.

„Charly, keine Alleingänge", sagte Mara, aber da war Charly schon losgestürmt. „*Oh, dieser Mann*", dachte sie.

Eine viertel Stunde später kam Charly zurück.

„Der LKW hat Lebensmittel geliefert. Diese wurden grade ausgeladen. Ich könnte mir vorstellen, dass die Geiseln da drin sind", japste Charly und zeigte auf die Hallen. „Ich habe eine Idee", fuhr er fort, „ich bleibe gleich hier und werde die Lagerhalle weiter permanent überwachen. Du fährst zurück. Bei unserem Personalstand ist es Unsinn, wenn zwei Leute hier herumhängen. Übermorgen holst du mich rechtzeitig ab, bevor sich der Konvoi in Bewegung setzt!"

„Charly, stimme das mit Dubois ab. Mache hier keine Alleingänge", mahnte Mara.

Als hätte Dubois es geahnt, knackten die Headsets der beiden und Dubois war zu hören:

„Wie ist die Lage?", fragte er.

„Wir denken, die Geiseln sind hier", antwortete Mara. Dann schaute sie Charly herausfordernd an und sagte weiter: „Charly hat da einen Plan, den er gerne mit Ihnen besprechen möchte!"

Charly schilderte sein Vorhaben und wartete auf Dubois Antwort. Dieser schwieg einen Moment.

„Na gut, machen wir so. Aber nur, wenn Sie mir versprechen, keine Alleingänge zu starten. Charly, ich warne Sie!"

„Ist gut Chef, versprochen!" Er konnte das Wort Alleingang nicht mehr hören.

Danach gingen Mara und Charly wieder zu ihrem Auto und Charly tauschte seine Straßenkleidung gegen einen Einsatzanzug. Er bewaffnete sich mit einer Pistole und einer Maschinenpistole. Dann packte er noch Ersatzmunition und Proviant für zwei Tage ein.

„Nur zur Sicherheit, ich mache keinen Blödsinn", sagte er an Mara gewandt.

„Ich bin übermorgen Abend wieder hier", rief Mara Charly zu, als sie losfuhr.

Gleich nachdem Mara und Charly am Morgen losgefahren waren, telefonierte Dubois mit Neumann und brachte ihn auf den neuesten Stand der Dinge.

„Der Austausch ist also eine einzige Finte. Nun das Geld ist schon überwiesen, also futsch. Aber das ist nicht das Hauptproblem. Mir macht der Verbleib der Geiseln mehr Sorgen. Nach deinem Bericht bleibt uns nur der Strand von Elhana Beach. Dort wird der Bus mit den Geiseln früher eintreffen als der restliche Konvoi", stellte Neumann fest.

„Das stimmt, aber die Stelle ist völlig ungeeignet für eine Befreiungsaktion. Keine Deckung und kein Schutz im Umkreis von einem Kilometer. Denk an das Desaster von vor zwei Wochen. Nochmal geht das nicht", gab Dubois zu bedenken.

„Ich schicke euch jedenfalls sofort noch drei Leute zur Verstärkung runter. Mehr geht leider nicht, auch ich bin hier fast nackt. Der Aderlass hat auch hier Spuren hinterlassen!"

„Ich bin für jede Hilfe dankbar. Wann können die Leute hier sein?"

„Sie nehmen die Nachmittagsmaschine, denke heute Abend."

„Gut, wen kannst du schicken?"

„Maik Gründau, Matthias Klein und Uwe Beyer, alle gute Leute. Haben für uns schon in Südostasien gearbeitet und sich bewährt!"

„Ah, die Chi-Wang-Geschichte. Da wart ihr erfolgreicher als wir hier!"

„Frank, mach dir keine Vorwürfe. Du kannst nichts dafür. Wer konnte wissen, dass dein Informant dermaßen in die Zange genommen wird und deine Leute in eine Falle tappen. Wenn die Aktion jetzt klappt, haben wir einen Riesenerfolg zu verzeichnen und sieben Menschen das Leben gerettet!"

„Die ohne meine Order erst gar nicht in diese Situation gekommen wären!", erwiderte Dubois.

„Hör jetzt auf, wir können jetzt keine Selbstzweifel gebrauchen!"

„Stimmt Torsten, ich muss jetzt auflegen. Ich habe noch einige Telefonate zu führen." Dann beendeten sie das Gespräch.

Dubois führte danach noch einige Gespräche. Am frühen Abend wählte er die Nummer von Charly.

„Ja, Chef?", meldete der sich sofort.

„Charly, ich habe ein wenig telefoniert. Ich lasse Sie nicht zwei Tage allein dasitzen. Heute Abend wird Sie ein Informant von mir aufsammeln und bei seiner Familie übernachten lassen. Ein Zweiter übernimmt für Sie die Nachtwache. So haben Sie ein paar Stunden Ruhe!"

„Das ist nett. Ich habe mich heute Nacht schon im Straßengraben übernachten sehen. Was sind das für Leute?"

„Na sagen wir so: Sie haben noch eine Rechnung mit Hasim und seinem Clan offen!"

Trotz der ernsten Situation musste Charly grinsen. *Dubois, der zieht doch immer noch ein Ass aus dem Ärmel, der und seine Beziehungen*, dachte er.

Der Nachmittag verlief ereignislos, bis Mara aus Alexandria zurückkam. Dann hörten sie ein weiteres Gespräch von Hasim ab, aus dem eindeutig hervorging, dass DaSilva sein Chef sein musste.

„Chef, darf ich Sie kurz sprechen?", fragte Mara.

„Na klar, kommen Sie in mein Büro", sagte Dubois.

„Ich muss Ihnen was zu DaSilva erzählen", begann Mara.

Und dann erzählte Sie Dubois die ganze Geschichte.

„Sie wissen, dass ich Sie unter normalen Umständen von der Mission abziehen müsste. Das wäre bei Charly genauso. Aber wir haben nun mal einen Personalengpass und auf so gute Leute wie Sie kann ich zum gegenwärtigen Zeitpunkt nicht verzichten. Sie müssen mir allerdings gestatten, dass ich vom BKA die vollständige Akte über DaSilva und Ihren Eltern anfordern werde. Wir unterhalten uns weiter, wenn die Sache hier ausgestanden ist. Noch etwas: In circa 2 Stunden kommen drei Kollegen aus Deutschland zur Verstärkung. Bitte briefen Sie sie und bringen sie auf den neuesten Stand."

„Mache ich und danke für Ihr Vertrauen, Chef, ich werde Sie nicht enttäuschen!"

„Das weiß ich", antwortete Dubois.

Am Abend, die Sonne war schon unter gegangen, hielt tatsächlich ein Auto an der Stelle, an der Charly sich versteckte.

„Mister Bach?", fragte einer der Insassen in gutem Deutsch, „Mister Dubois schickt uns."

„Ja, aber nennen Sie mich ruhig Charly. Das macht die Sache einfacher."

„Ich bin Ali und das ist Aaron. Aaron wird Sie jetzt ablösen. Wenn was passiert, werden Sie über Handy benachrichtigt. Und jetzt steigen Sie ein. Sie sehen aus, als könnten Sie eine Dusche und was zu essen vertragen."

Charly stieg ein und war froh, mal wieder auf einem bequemen Sitz zu sitzen. Er wurde von einer gastfreundlichen ägyptischen Familie aufgenommen und verbrachte die Nacht in einem bequemen Bett. Zu seinem Glück kam kein Anruf.

Am nächsten Tag lag er wieder in seinem Versteck und beobachtete die Lagerhalle. Den ganzen Tag tat sich nichts außer den routinemäßigen Anrufen von Dubois. Aber zur gleichen Zeit wie am Tag zuvor kam ein LKW und brachte Lebensmittel. Charly erkannte, dass es sich um den gleichen Wagen wie am Tag zuvor handelte. Es war ein LKW mit Plane, die nur notdürftig geschlossen war. Der Wagen hielt und der Fahrer stieg kurz aus, um die Lieferpapiere durch das Eingangstor zu zeigen. Die Ladung wurde nicht kontrolliert. Die Prozedur dauerte circa drei Minuten, dann öffnete sich das Eingangstor. Charly fiel auf, dass der LKW die ganze Zeit unbeobachtet war.

Wenn der morgen wieder kommt, hätte ich eine Möglichkeit, da reinzukommen, schoss es Charly kurz durch den Kopf. Er beschloss, diese Beobachtung nicht an Dubois weiterzugeben.

In der Villa war der Tag angefüllt mit Vorbereitungen für den nächsten Tag. Dubois hatte entschieden, alle Personen bis auf Frau Jung einzusetzen. Von der ägyptischen Polizei waren 20 Personen in Aussicht gestellt.

Um 14:00 Uhr war Lagebesprechung in der Villa. Von der ägyptischen Polizei war Dabir, der in der Abwesenheit von Nafi Assam die Leitung der Kairoer Polizei übernommen hatte, genauso anwesend wie der Leiter der Polizei von Alexandria und Mara, die Abdul vertrat.

„Ich brauche nicht betonen, dass wir hier ohne Straftatbestand arbeiten. Wenn wir keine Beweise finden, sind wir wieder blamiert bis auf die Knochen", sagte Dabir.

„Lieber Dabir, wir versuchen, sieben Personen zu retten, die dem sicheren Tode geweiht sind, darunter auch Ihr Chef. Wir haben unter Lebensgefahr Möglichkeiten geschaffen, an Informationen heranzukommen. Kommen Sie mir jetzt nicht mit Beweisen und Blamage!" Dubois hatte sich in Rage geredet. „Lassen Sie uns lieber überlegen, wie wir morgen vorgehen. Das ist sinnvoller!"

Dann wendeten sie sich der Planung zu. Nach zwei Stunden heftiger Diskussion, bei der Dubois mehrmals drohte, Neumann einzuschalten und Dabir mit dem obersten Polizeichef von Ägypten drohte, stand die Planung: Ein größerer Teil der Polizeieinheiten von Alexandria und Kairo und die Leute von MR sollten direkt nach Elhana Beach fahren und den dann vereinigten Konvoi in Empfang nehmen. Ein kleinerer Teil sollte die einzelnen Konvois vom Start an ab den Stadträndern observieren und ständig über deren Standort berichten. Man entschied sich dazu, die Geiseln erst in Elhana Beach zu befreien. Hierzu sollten sich die abkommandierten Leute am Strand von Elhana Beach eingraben und auf den Bus warten. Die Befehlsgewalt lag bei Mara, was bei den beiden Polizeichefs auf den größten Widerstand stieß. Charly sollte entgegen der ursprünglichen Planung von Ali und Aaron aufgesammelt und nach Elhana Beach gefahren werden. Der Leiter der Polizei von Alexandria, Dabir und Dubois sowie Frau Jung sollten als Kommandozentrale zurückbleiben.

Danach ging Dubois zu seinen Leuten und erklärte ihnen den Plan.

„Erzählt Charly bloß nichts von dem ungünstigen Gelände um Elhana Beach, dann macht er uns die Hölle heiß", kommentierte Frau Jung den Plan. Es war erstaunlich, wie sie während ihrer neuen Tätigkeit aus der Rolle der Sekretärin herausgewachsen war.

„Ich werde es ihm nicht auf die Nase binden", konterte Dubois.

Nachdem noch einige Fragen geklärt waren, ging Dubois in sein Büro und unterrichtete zuerst Neumann und dann Charly. Dieser nahm den Plan entgegen seiner Art kommentarlos zur Kenntnis.

„Gut dann sollen mich Ali oder Aaron morgen abholen, wenn der Konvoi gestartet ist. Ich werde bis zum Schluss hierbleiben und Sie informieren, falls noch irgendwas passiert."

„So machen wir es", antwortete Dubois.

Kapitel 2.6.5
Alleingang

Den Rest des Tages beobachtete Charly weiter die Lagerhalle und wurde am Abend wieder von Ali abgeholt. Aaron übernahm wieder die Nachtwache.

„Ich habe schon gehört, ich soll Sie dann morgen nach Elhana Beach bringen. Schade, dass es dann dunkel ist. Schöner Strand und alles ganz eben. Es ist tagsüber himmlisch da, man kann so weit schauen, wie das Auge reicht", schwärmte Ali.

„So, so und keine Felsen, die etwas Schatten spenden?", fragte Charly unschuldig.

„Ne, einen Sonnenschirm müssen Sie schon mitbringen", sagte Ali lachend.

Später, nachdem Charly wieder ein köstliches ägyptisches Abendessen genossen hatte, setzte er sich nochmals an sein Tablett und forschte nach Elhana Beach.

Mensch, alles nur Strand. Nirgends auch nur eine Deckung, die man nutzen könnte. Er musste an das Drama auf der Insel denken, auf der Carry und die anderen gefangen genommen wurden.

Das gleiche kann jetzt auch passieren, dachte er und verbrachte die halbe Nacht damit, sich einen Alternativplan auszudenken.

Am nächsten Morgen wurde er von Ali wieder an bekannter Stelle abgesetzt.

„Wir holen dich heute Abend pünktlich ab", verabschiedete sich Ali.

„Alles klar, bis dann", erwiderte Charly. Sein Plan stand.

Es passierte tagsüber außer den schon erwähnten Routineanrufen nichts Besonderes. In der Villa liefen die letzten Vorbereitungen auf Hochtouren. Man wollte rechtzeitig am Strand sein, um sich auf die Ankunft der Geiseln und der Konvois vorzubereiten. Mara beaufsichtigte die Vorbereitungen akribisch.

Ach, hätte ich doch Charly an meiner Seite, dachte sie einige Male.

Sie hatte sich an seine Art gewöhnt: Die Nachdenklichkeit, sein analytisches Denken und sein ab und an schelmisches Lächeln. Am meisten vermisste sie allerdings seine Sprüche, die trotz seiner manchmal auftretenden Schwermütigkeit immer wieder zu hören waren.

„Mara, denk nicht so viel an ihn, das lenkt dich nur ab", murmelte sie zu sich selbst. „Er hat eine Freundin, vergiss das nicht!"

So verging der halbe Tag und beide Wagentrupps waren pünktlich fertig.

Dubois stand im Hof und beobachtete die Fertigstellung der Vorbereitungen. Frau Jung stand neben ihm.

„Alles fertig, Chef, wir können losfahren", erstattete Mara Bericht.

„Gut Mara, ich wünsche Ihnen alles Gute. Ich weiß, Sie schaffen das!"

„Ich werde mein Bestes tun, nochmal danke für das Vertrauen!"

Dubois nickte nur.

„Mara, ich wünsche Ihnen auch alles Gute", Frau Jung hatte ein paar Tränen in den Augen.

„Ach Frau Jung, wir schaffen das schon", sagte Mara betont forsch, „und Sie passen derweil auf den Chef auf, ok?"

„Mach ich!", sagte Frau Jung lächelnd.

Dann drehte Mara sich herum und stieg in den Wagen.

„Mein Gott, eine zweite Carry!", bemerkte Frau Jung zu Dubois.

„Oh ja, hoffen wir, dass wir beide wiedersehen!", entgegnete Dubois.

Während der Tross von MR und der Polizei bereits nach Elhana Beach unterwegs waren, stand Charly in der Nähe des Eingangstores der Lagerhalle und wartete auf den LKW. In der Nische, in der er stand, konnte er die Straße sehr gut einsehen. Dann kam der LKW! Charly beobachtete, wie der Fahrer gemächlich ausstieg und die Lieferpapiere in der Hand hielt. Dann stürmte er los. Die Plane war wieder nur, wie an den Tagen zuvor, behelfsmäßig befestigt. Es gelang ihm, in den LKW einzusteigen und sich hinter Kisten von Gemüse zu verstecken. Kurze Zeit später fuhr der Wagen wieder an und erreichte eine der Hallen, in die er einfuhr.

Der Fahrer entnahm zwei Kisten und verschwand. Als dieser nicht mehr zu hören war, lugte Charly hinter der Plane hervor. Er sah eine Reihe von LKWs in Reihe und Glied nebeneinander aufgestellt. Sie machten den Anschein, bald beladen zu werden. Dann entdeckte Charly am Ende der Reihe einen Bus. Die Halle war menschleer.

Wenn ich Glück habe, werden darin die Geiseln transportiert. Der LKW-Fahrer wird gleich zurückkommen. Ich muss unentdeckt da rein, dachte er.

Er sprang vom LKW herunter und rannte zu dem Bus. Jetzt konnte er sehen, dass eine Klappe der Gepäckunterbringung auf der linken Seite offenstand. Charly sprang hinein. Von hier hatte er einen guten Blick über einen Teil der Halle. Er lugte hinaus und entdeckte ein Rollgitter, das verschlossen war. Darüber war eine Tür, die über eine Treppe links des Gitters zu erreichen war. Da hörte er den LKW-Fahrer aus einer zweiten Tür unterhalb der ersten herauskommen.

Eine Stimme rief dem Fahrer hinterher: „Ab morgen brauchst du nicht mehr kommen, wir verschwinden!"

Also stimmt es, die Geiseln werden von hier weggebracht, dachte Charly, *dann bin ich ja rechtzeitig gekommen.*

Er schaute sich im Inneren der Gepäckunterbringung genauer um. Über ihm befand sich eine Luke.

Die führt bestimmt in den Fahrgastraum, dachte er. Schon überlegte er, wie er dort hinein und die Geiseln befreien könnte.

Plötzlich kam Bewegung in die Halle: Das Rollgitter öffnete sich und Gabelstapler brachten Kisten herein, die sofort in den LKWs verstaut wurden. Charly zog sich in den hinteren Teil der Gepäckunterbringung zurück. Die gesamte Aktion wurde von Elkadir genau beobachtet. Er stand auf der Balustrade oberhalb des Rollgitters und hatte alles im Blick.

„Läuft alles nach Plan, Chef", sagte einer seiner Mitarbeiter, der neben ihm stand.

„Ich sehe es", antwortete er, „was machen die Gefangenen?"

„Die holen wir in wenigen Minuten", bekam er als Antwort.

„Gut, tut mir leid, dass ihr Euch mit der kleinen Straßenkatze nicht mehr amüsieren konntet. Aber der Zeitplan ließ es nicht zu!"

„Macht nichts", antwortete der Wärter, „vielleicht ergibt sich noch eine Gelegenheit, wenn wir in Elhana Beach sind."

„Du meinst, bevor ihr sie ersäuft. Von mir aus könnt Ihr mit ihr machen, was Ihr wollt." Er lachte gehässig.

Dimitrie döste auf seiner Pritsche vor sich hin. Auch er wurde seit Tagen Verhören unterzogen und gefoltert. Er hatte keine Ahnung, wie es den anderen Gefangenen ergangen war. Er wusste nur, dass links von ihm Abdul liegen musste. Rechts von ihm war seit Tagen Stille. Er vermutete, dass hier Carry gelegen haben muss, sie aber verlegt wurde.

Wo ist das Mädchen nur hingekommen?, fragte er sich voller Sorge.

Da hörte er, wie eine Tür geöffnet wurde. Kurze Zeit später öffnete sich seine Zellentür.

„Los, raus hier", befahl ihm eine Stimme auf Deutsch mit einem arabischen Akzent. Dimitrie kniff die Augen zusammen. So sehr blendete ihn das Licht des Gefängnisganges. Mühsam erhob er sich von der Pritsche. Erst jetzt sah er, wie dreckig und zerschlissen diese war. Dann trat er nach draußen.

Auch aus den anderen Zellen traten Gefangene heraus. Dimitrie erkannte Abdul, Nafi Assam, dessen Bein notdürftig verbunden war und den Rest der Gefangenen, Carry fehlte!

„Wo ist sie?", Abdul sah ihn fragend an.

Dimitrie konnte nur mit den Schultern zucken.

Im nächsten Moment hörte er eine scharfe Stimme: „Ruhe jetzt, alle durch die Tür. Ihr da", der Wachmann zeigte auf Dimitrie und Abdul, „mitkommen!"

Sie bogen zu viert in einen Seitengang ab und gelangten an eine Tür. Die zwei Wächter waren so stark bewaffnet, dass an eine Flucht nicht zu denken war.

„So, dann wollen wir mal eure Freundin abholen", sagte einer von ihnen, dann öffnete er eine Tür.

Das erste, was Dimitrie und Abdul registrierten, war ein beißender Geruch, der ihnen entgegenschlug. Dann bot sich ihnen ein Anblick, der ihnen den Atem verschlug:

Auf der Pritsche lag Carry in einem erbärmlichen Zustand. Sie war leichenblass, ihre Haare klebten an ihrem Kopf, ihr Einsatzanzug starrte vor Dreck und von der Pritsche war vor lauter Exkrementen kaum etwas zu sehen. Sie schaute die beiden mit glasigen Augen an und sagte nur: „Geht schon!"

„Können wir sie nicht wenigstens ein wenig waschen? Ihr Zustand ist menschenunwürdig", fragte Abdul einen der Wärter.

„Meinetwegen, die versaut uns so ja den ganzen Bus. Los, nebenan ist eine Dusche und hier ist eine Jogginghose und ein T-Shirt. Beeilt euch, die stinkt!"

Dimitrie und Abdul befreiten sie von der alten Bekleidung und stellten sie unter die Dusche. Sie konnte nicht allein stehen und musste gestützt werden.

„Carry, was haben die mit dir gemacht? Du siehst erbärmlich aus!", fragte Dimitrie.

„Keine Ahnung", sagte sie tonlos, „ich kann mich an nichts erinnern!" Sie schaute Dimitrie und Abdul mit glasigen Augen an.

„Sie muss mindestens 10 Kilo abgenommen haben, die ist ja nur noch Haut und Knochen!", stellte Abdul fest, während er sie ankleidete.

„Los, fertig, jetzt mir nach!", befahl einer der beiden Wärter und fuchtelte mit seiner Pistole. Dann folgten sie den anderen.

In der Halle war die Verladung in die LKWs fast abgeschlossen. Sieben Wagen waren bis unter das Dach mit Kisten befüllt. Charly schaute vorsichtig aus der Gepäckunterbringung heraus. Die Grabräuber waren so beschäftigt, dass sie ihn nicht bemerkten.

Wenn der Konvoi aus Kairo genauso voll ist, ist das wirklich die größte Ansammlung von Kunststücken, seit wir damals die Chi ausgehoben haben, dachte Charly.

Dann sah er, wie sich die Tür über dem Rollgitter öffnete. Erst kam ein bewaffneter Wächter heraus. Danach die Gefangenen, gefolgt von drei weiteren Wächtern. Nachdem sie die Treppen heruntergelaufen waren, kamen sie auf den Bus zu.

Doch wo sind Carry, Abdul und Dimitrie?, dachte Charly nervös.

Es vergingen noch einige Minuten, dann sah er sie: Alle drei kamen von den Wärtern bewacht durch die Tür und stiegen die Treppe hinunter. Carry war so schwach, dass sie von Abdul und Dimitrie gestützt werden musste.

Charly unterdrückte den Drang, sofort loszustürmen und sie in die Arme zu nehmen. Er war am Boden zerstört, als er sie so sah. Dann verlor er sie aus den Augen, da sie sein Blickfeld verließen und der vermeintliche Busfahrer die geöffnete Klappe der Gepäckunterbringung schloss. Sofort war es absolut dunkel in der Unterbringung.

Charly hatte in der Nacht die Strecke gut studiert und eingeprägt. Er war zu dem Schluss gekommen, eine Befreiungsaktion erst hinter Marina El Alamein zu versuchen.

Dann hörte er, wie der Motor des Busses gestartet wurde. Das Fahrzeug setzte sich, eskortiert von vier Jeeps, in Bewegung. Charly schaute auf seine Uhr: Es war 22:30 Uhr.

Die Leute von MR und der Polizei hatten planmäßig den Strand von Elhana Beach erreicht. Es begann bereits zu dämmern und es war außer ihnen keine Menschenseele zu sehen. Mara inspizierte den Strand und teilte die Leute in Gruppen ein. Sie hatten Pfähle mitgebracht, um Gräben stabilisieren und die Grabräuber in Empfang nehmen zu können.

„Über diese Piste müssen sie kommen", sagte sie zu Wegner. Dann meldete sie Dubois Vollzug.

„Sehr gut, der Konvoi aus Kairo ist unterwegs und der aus Alexandria setzt sich gleich in Bewegung. Der Bus hat eben die Hallen verlassen", informierte Dubois.

„Chef, schauen Sie mal", sagte Frau Jung zu ihm, „das ist die Peilung von Charly. Sie bewegt sich unheimlich schnell."

„Aber das kann nicht sein, er wurde noch gar nicht abgeholt. Aber Sie haben Recht, es bewegt sich, als säße er in einem Auto!"

„Oder in einem Bus!", erwiderte Frau Jung.

„Mara, bleiben Sie mal dran. Ich glaube, Charly macht grade Blödsinn!"

Dann stellte er eine Verbindung zu Ali her.

„Nein, hier ist keiner mehr. Ich wollte Sie auch grade anrufen. Die gesamte Ausrüstung ist auch weg!", hörte Dubois Ali reden.

„Gut, dann folgt dem Bus. Seid Ihr bewaffnet?"

„Natürlich", sagte Ali, dann nahmen sie die Verfolgung auf. Sie kamen bis zur nächsten Kreuzung, da gab es einen lauten Knall.

„Mist, mit dem Motor stimmt was nicht", hörte Dubois Ali sagen.

Ali öffnete die Motorhaube und untersuchte den Wagen.

„Dubois, wir haben einen Kolbenfresser. Für uns ist die Verfolgung beendet. Tut mir leid!"

„Mara, haben Sie mitgehört?", fragte Dubois. „Meinen Sie, Sie könnten Charly entgegenfahren? Ich habe keine Ahnung, was er vorhat!"

„Mach ich, Chef. Moment, ich schalte gleich das Peilgerät im Wagen an!"

Mara hetzte zum Auto und schaltete das Gerät an. Sie zoomte die Peilung heran und hatte Charly auf dem Schirm.

„Ich habe ihn, er ist auf der El Alamein Road. Ich werde an Wegner übergeben und fahre dann los. Ich mache das allein, hier wird jeder Mann gebraucht. Schlage vor, an der Gabelung auf ihn zu warten."

„Dann los", kam von Dubois das Kommando. Den Hinweis, sie solle vorsichtig sein, schenkte er sich.

Kapitel 2.6.6
Befreit

Charly schaute nach einiger Zeit auf seine Uhr. *Jetzt müssten wir El Alamein passiert haben,* dachte er sich. Dann schaltete er seine Taschenlampe ein und versuchte, die Luke zu öffnen. *Hoffentlich sitzt nicht einer von den Verbrechern genau hier.* Mit einem kleinen Messer gelang es ihm, das Schloss zu öffnen und er hob die Luke etwas an. Er hatte Glück, er schaute genau auf einen der gefangenen Polizisten, der gegenüber auf einem Sitz saß. Die Sitzbank, die sich auf seiner linken Seite befand, war leer. Nach kurzer Zeit schaute der Polizist in seine Richtung. Charly hielt drei Finger hoch, um zu erfragen, wie viele Wachmänner im Bus sind. Der Polizist verstand sofort, schüttelte mit dem Kopf und hielt sechs Finger hoch. Charly nickte als Zeichen, dass er verstanden hatte.

Also sechs Leute, dachte er.

Dann hielt er eine Pistole hoch und zeigte auf den Polizisten. Dieser nickte ebenfalls. Dann holte Charly aus seinem Rucksack einen Schalldämpfer und schraubte ihn auf die Pistole. Dann signalisierte er dem Polizisten, er solle einen der Wächter zu sich locken. Dieser nickte wieder.

Kurz darauf erschien einer der Wächter und brachte dem Polizisten ein Glas Wasser. Er drehte dabei Charly den Rücken zu. Die Pistole machte nur ein „Plopp" und der Wächter sackte in sich zusammen. Sofort griff der Polizist sich die Maschinenpistole des Wächters und setzte ihn neben sich. Alle anderen sollten glauben, der Wächter schliefe. Plötzlich sah Charly einen Kopf über sich auftauchen. Es war Dimitrie. Dieser schaute erstaunt und begann dann zu grinsen. Per Handzeichen erfragte Charly, wie die Verteilung der Wächter im Bus sei. Dimitrie signalisierte: „Drei plus Fahrer im vorderen Teil des Busses, noch zwei im hinteren Teil." Charly nickte und zog seine Maschinenpistole nach oben. Diese reichte er vorsichtig Dimitrie. Dann stieg er in den oberen Teil des Busses. Er hockte jetzt zwischen den zwei Sitzreihen. Per Zeichensprache verteilte er die Ziele: Der Polizist solle sich die zwei Wächter im Fond vornehmen, Dimitrie und er die drei Wärter in der Busvorderseite. Er signalisierte Dimitrie und dem Polizisten, dass er von fünf runterzählen würde. Beide nickten.

Dann ging alles ganz schnell: „Köpfe runter!", schrie Charly und streckte mit gezielten Schüssen zwei Wächter nieder. Dimitrie tötete den dritten mit Kopfschuss. Die zwei Wärter im Fond wurden Opfer des Polizisten. Ursprünglich hatte Charly vor, den Busfahrer am Leben zu lassen. Als dieser aber Anstalten machte, den Bus zu stoppen, wurde auch dieser von Dimitrie niedergeschossen. Er kippte, am Hinterkopf getroffen, auf das Lenkrad. Abdul griff sich eine Maschinenpistole eines der getöteten Wärters.

„Dimitrie, schnell ans Lenkrad. Der Bus schlängelt!" In der Tat, durch den Tod des Busfahrers geriet der Bus außer Kontrolle. Dimitrie zog den Busfahrer vom Sitz und setzte sich hinter das Steuer. Mit äußerster Kraft gelang es ihm, den Wagen wieder in die Spur zu bekommen.

„Geschafft!", rief Dimitrie.

Charly stand mittlerweile neben ihm. Während der gesamten Aktion hatte er noch keine Gelegenheit gehabt, nach Carry zu schauen. Jetzt beugte er sich über sie und ihm stockte der Atem. Sie war wieder bewusstlos geworden und lag zusammengekrümmt auf der ersten Sitzbank hinter dem Fahrer. Dimitrie und Abdul hatten sie zwar notdürftig gewaschen, aber die Spuren ihrer Qualen standen ihr ins Gesicht geschrieben.

„Das war aber ein tollkühner Plan, den ihr da ausgeheckt habt!", sagte Abdul, der auch nach vorne geeilt war.

„Das war ein Alleingang von mir", gestand Charly, „und wir sind noch nicht durch!"

„Oh, das gibt Ärger", antwortete Abdul.

„Dimitrie, siehst du da vorne links die Straße, biege dort scharf ein, wir müssen versuchen, von der Autobahn wegzukommen", sagte Charly zu ihm. „Abdul, verteile dann die Waffen unter den Leuten. Ich denke, wir werden sie noch brauchen. Gut festhalten!", rief er nach hinten.

Im nächsten Moment riss Dimitrie das Steuer nach links, fuhr über den Mittelstreifen und bog auf die Straße, die mehr den Namen Sandpiste verdient hätte, in die Wüste ab. Die Fahrer der nachfolgenden Begleitfahrzeuge waren so überrascht, dass sie an ihnen vorbeirauschten.

„Die werden gleich wieder da sein!", rief Dimitrie den anderen zu.

Und wirklich, es dauerte keine halbe Minute, da sahen sie die Scheinwerfer von zwei Jeeps hinter sich auftauchen.

„Es gibt nur eine Möglichkeit", sagte Charly, „wir müssen die Wagen überwältigen, bevor sie Verstärkung bekommen. Ich mache das. Und ich hoffe, der Konvoi fährt weiter!"

„Aber nicht allein, das machen wir zusammen!", entgegnete Abdul. „Ich lasse dich nicht allein."

Charly schaute ihm in die Augen.

„Für Carry und Benny", ergänzte Abdul.

Charly nickte zustimmend und sagte: „Gut, komm. Ich habe noch zwei Handgranaten im Rucksack. Schauen wir, was die Wärter noch bei sich haben!"

Die Beute war enttäuschend. Bis auf die Waffen, bestehend aus Maschinenpistolen und Pistolen, war nicht mehr zu finden.

„Dann muss das reichen", sagte Charlie. „Dimitrie, fahr nahe an den Felsen und öffne dann die Bustür. Abdul und ich nehmen dort Deckung. Achte nicht auf uns, fahr immer weiter. Vielleicht können wir sie ablenken!"

Dimitrie atmete tief durch die Nase und nickte den beiden zu.

„Viel Glück meine Freunde, möge Gott mit euch sein!", sagte er mit Tränen in den Augen.

Dann beugte Charly sich über Carry, streichelte zärtlich über ihr Gesicht und flüsterte: „Bis dann, meine Eiskönigin, wir sehen uns wieder. Bis denne!"

Er folgte Abdul an die Tür. Auf Höhe des Felsens gab er Dimitrie ein Zeichen, die Tür zu öffnen. Charly und Abdul nickten sich zu und sprangen aus dem Bus. Sie landeten unsanft neben dem Felsen und nahmen gleich darauf Deckung.

Da kam schon der erste Jeep, der sich von dem anderen abgesetzt hatte. Charly schmiss die erste Handgranate. Diese landete genau vor dem Fahrzeug und explodierte, als dieses darüberfuhr. Eine ohrenbetäubende Explosion zerriss die Stille.

„Den haben wir", murmelte Abdul.

„Wie viel Munition hast du dabei?", fragte Charly.

„Drei Magazine", antwortete Abdul.

„Dann sei sparsam, ich habe auch nur noch drei. Pass auf, ich werde mich auf der anderen Seite der Straße postieren, da haben wir sie von zwei Seiten!"

Charlie hetzte auf die andere Straßenseite, der zweite Jeep war schon zu sehen. Charly warf die zweite Granate, die ihr Ziel allerdings verfehlte. Der Jeep nahm sie beide unter Beschuss. Er stoppte und vier arabisch gekleidete Leute sprangen heraus. Diese nahmen die beiden sofort unter Feuer.

Schnell war das erste Magazin bei beiden verschossen. Als Charly nachlud, dachte er: „Das wird eng." Er bereute, nicht mehr Munition mitgenommen zu haben.

Mara hatte mittlerweile eine gute Strecke zurückgelegt.

„Sie sind jetzt abgebogen und jetzt noch ca. 10 Kilometer von mir entfernt!"

„Wir sehen es", antwortete Dubois in der Zentrale, mit der Mara die ganze Zeit in Kontakt war.

„Habt ihr Kontakt mit ihm?" fragte sie.

„Negativ", das war seine knappe Antwort.

Dann sahen beide auf ihren Monitoren, dass sich der Punkt nicht mehr bewegte.

„Sie müssen stehengeblieben sein", sagte Mara.

„Oder abgesprungen", ergänzte Dubois, „Mara, sehen Sie zu, dass Sie dorthin kommen!"

„Ich gebe schon alles, die Karre gibt nicht mehr her", Mara hatte das Gaspedal schon voll durchgetreten. Mit einem mörderischen Tempo heizte sie über die Autobahn.

Währenddessen waren die beiden Konvois kurz vor der Vereinigungsstelle. Elkadir saß im Führerhaus des ersten Wagens aus Alexandria. Über Funk kam grade die Meldung, dass der Bus auf der Autobahn eine abrupte Biegung nach links gemacht hatte und die Verfolgung aufgenommen wurde.

„Schafft ihr das allein?", fragte Elkadir in das Mikro.

„Kein Problem Chef, mit denen werden wir schon fertig", bekam er als Antwort.

„Gut, dann fahren wir direkt durch", kommandierte er seinen Fahrer.

„Wir werden bestimmt vor euch da sein. Dann haben wir noch genügend Zeit, uns am Strand zu amüsieren", klang die Stimme aus dem Lautsprecher hämisch.

„Viel Vergnügen und lasst von der Straßenkatze noch was übrig!"

Sie fuhren weiter.

Zu dem Zeitpunkt befanden sich Charly und Abdul im Zweikampf mit der Besatzung des zweiten Jeeps. Die Belagerer kamen immer näher. Auch Abdul hatte zwischenzeitlich seinen Standort gewechselt. Er lag nun auf einer kleinen Höhenlage und hatte auf das ganze Geschehen eine bessere Einsicht. Von hier konnte er sehen, dass die Verfolger Charly eingekreist hatten, ihnen aber von seinem Standort jegliche Deckung fehlte. Er nahm statt der Maschinenpistole seine Pistole zur Hand und zielte genau. Zwei der Araber fielen sofort um. Die anderen wurden von Charly niedergemäht.

Da kamen schon die letzten beiden Jeeps herangefahren und eröffneten sofort das Feuer. Charly und Abdul schossen zurück.

„Charly, ich komme zu dir rüber", rief Abdul und spurtete zu ihm hinüber. Als er die Deckung fast erreicht hatte, spürte er einen dumpfen Schmerz im Oberschenkel. Er fiel zu Boden und verlor das Bewusstsein.

Jetzt steht es vier gegen einen, dachte sich Charly. Er zog das letzte Magazin aus seiner Hose und lud nach. *Jetzt komme ich nicht mal an Abduls Munition*, sagte er zu sich selbst.

Die vier Araber kamen immer näher. Zwei von ihnen konnte Charly mit einem kurzen Feuerstoß ausschalten. Von den restlichen zwei sah er noch einen auf sich zukommen. Auch dieser konnte ausgeschaltet werden. Dann machte es „Klick". Sein letztes Magazin war leer.

Oh Mann, so ein Mist. Aber wo ist der vierte?, fragte er sich.

„Hände hoch!", hörte er plötzlich hinter sich.

Es lief ihm eiskalt den Rücken herunter. Er drehte sich langsam um. Da sah er den letzten der Angreifer breitbeinig vor sich stehen.

„Jetzt habe ich dich", sagte dieser, „nun kannst du deinen Freunden nicht mehr helfen. Ich schicke dich jetzt zu Allah!"

Dann lud er seine Maschinenpistole nochmal durch und zielte auf Charlys Kopf. Da hörte Charly einen Schuss und sah, wie der Angreifer durch einen gezielten Kopfschuss nach hinten umfiel. Dabei löste sich unkontrolliert ein Schuss und traf Charly in die Schulter. Er schaute perplex in die Richtung, aus der der Schuss gefallen war und hielt sich die Schulter.

„Mara!", rief er überrascht und gequält.

Mara hatte zwischenzeitlich den Ort des Geschehens erreicht und beobachtet, wie sich der vierte Angreifer an Charly angeschlichen hatte. Mit einem gezielten Schuss hatte sie diesen gerade rechtzeitig ausgeschaltet.

„Oh Gott, du bist verletzt. Ist es schlimm? Wenn man mal fünf Minuten nicht auf dich aufpasst. Deine Aktion ist ein einziger Leichtsinn!"

„Halb so schlimm", antwortete er gepresst. „Schau zuerst nach Abdul und dann los zum Bus. Wir müssen nach den anderen schauen!"

Er hielt sich die blutende Schulter.

Mara schaute zuerst nach Abdul. Dieser war aus seiner Ohnmacht erwacht. Er hatte durch den Schuss in den Oberschenkel lediglich eine Fleischwunde davongetragen.

Nachdem Abdul und Charly provisorisch verbunden waren, fuhren sie dem Bus nach. Sie konnten ihn nach einiger Zeit erreichen.

„Ich dachte, ihr seid Verfolger und wollte euch schon beschießen. Seid ihr schwer verletzt?", wurden Sie von Dimitrie begrüßt.

„Halb so wild, ist nur eine Fleischwunde", antwortete Charly und stürmte an Dimitrie vorbei in den Bus.

„Er hat einen Steckschuss, die Fleischwunde hat Abdul", antwortete Mara. „Ich bin übrigens Tamara. Nenn mich einfach Mara!"

„Ich bin Dimitrie, schön, dass ihr da seid", lächelte Dimitrie. *Sieht aus wie ihre Schwester*, dachte er noch.

Charly war inzwischen bei Carry, die immer noch ohnmächtig war.

„Oh Schatz, jetzt habe ich dich wieder!", dann wurde ihm schwarz vor Augen. Auch Charly fiel in Ohnmacht.

Mittlerweile hatten sich die beiden Konvois vereint und fuhren an der Stelle vorbei, an der der Bus sich von der Autobahn entfernt hatte.

„Keine Meldung von unseren Leuten und sie sind nicht erreichbar", wand sich der Fahrer des ersten Wagens an Elkadir.

„Die werden sich vergnügen", zeigte sich Elkadir siegessicher. „Wir fahren weiter. Die Ladung muss verschifft werden!"

Sie fuhren weiter Richtung Elhana Beach. *Ganz schön leichtsinnig*, dachte sich der Fahrer.

„Wir fahren jetzt am besten in ein Krankenhaus", sagte einer der befreiten Polizisten.

„Nein", antwortete Mara, „ich fahre nach Elhana Beach. Ihr fahrt in das nächstgelegene Krankenhaus. Bei Elhana Beach wird jede Verstärkung gebraucht!"

„Ich komme mit", sagte Dimitrie.

„Geht das denn?", fragte Mara.

„Jede Verstärkung wird gebraucht!", antwortete Dimitrie.

„Dann fährt der Rest nach El Alamein, dort sollte es ein Krankenhaus geben!", gab Mara an den Rest weiter.

Hat nicht nur das Aussehen von Carry, dachte Dimitrie.

So trennten sie sich. Mara und Dimitrie fuhren nach Elhana Beach und der Bus mit den anderen Insassen nach El Alamein.

Als Mara im Wagen saß, nahm sie eine Verbindung mit Dubois auf:

„Chef, melde Vollzug. Die Geiseln sind befreit, Charly, Abdul und der Polizeichef sind verletzt und Carry geht es gar nicht gut. Sie sind auf dem Weg nach El Alamein in ein Krankenhaus. Ich fahre wieder nach Elhana Beach, um die anderen zu verstärken. Ich habe übrigens Verstärkung dabei: Dimitrie."

„Hallo Chef, schön Sie zu hören!", sprach Dimitrie.

„Die Freude ist ganz auf meiner Seite!", antwortete Dubois.

Einen kurzen Moment schaute Dubois erleichtert auf den Boden.

„Der Himmelhund hat es also geschafft!", sagte er erleichtert.

„Ja, aber jetzt konzentrieren wir uns auf die Ladung, der Rest später, ausführlicher Bericht kommt dann!", erwiderte Mara entschlossen.

„Der Konvoi ist jetzt fünf Kilometer vor Elhana Beach. Die Beschatter folgen in einem Kilometer Abstand. Mara, geben sie Gas!"

„Ich melde mich", damit beendete Mara das Gespräch.

Frau Jung schaute Dubois an und sagte: „Charly hat Großes geleistet!"

„Ja, aber das erspart ihm keinen Anschiss von mir und ein Verfahren in Frankfurt!"

Frau Jung lachte: „Chef, er ist in gekündigtem Zustand, wie wollen Sie ihn noch disziplinarisch bestrafen?"

„Frau Jung, Sie haben Recht", lachte Dubois zurück.

Dann fiel ein Teil seiner Anspannung ab und er konnte nicht anders. Er musste Frau Jung umarmen.

In Elhana Beach war alles in gespannter Erwartung. Wegner hatte ein letztes Mal alle Posten kontrolliert. Die einzelnen Zweiergruppen hatten sich eingegraben und lagen circa 100 Meter fächerförmig vor dem Strand. Da die Piste hier endete, war es die einzige Möglichkeit für die LKWs, ans Meer zu gelangen.

„Ich habe grade den Funk abgehört, die Geiseln sind befreit", sagte er zu Schröder, der neben ihm lag. Zwanzig Meter entfernt lag die nächste Gruppe. Hier sah Wegner, wie einer der Männer den Daumen hob. Auch er musste den Funkspruch gehört haben.

„Das macht uns die Arbeit leichter", sagte er zu Schröder.

Da hörte er vom Meer Motorengeräusche und gleich danach das Näherkommen von Pontonschiffen. Diese kreisten vor der Küste.

„Ich glaube, die warten auf die Ladung", stellte er fest.

Dann sah er von vorne Lichtkegel auf sich zukommen. Er verkroch sich noch tiefer im Sand. Dann sah er zwei Polizisten auf den Konvoi zugehen.

„Stopp, Polizeikontrolle!", hörte er sie rufen.

Die Leute in den LKWs eröffneten ohne Warnung das Feuer. Hätten die Polizisten keine kugelsicheren Westen getragen, wären sie in dem Kugelhagel sicherlich erschossen worden.

„Zugriff!", rief Wegner in sein Headset.

Jeder Zweiergruppe war im Vorfeld ein LKW zugewiesen worden. Diese wurden nun unter Beschuss genommen. Die Grabräuber waren nur einen Moment überrascht. Schnell erwiderten sie das Feuer und nahmen die Polizisten und die Leute von MR unter Beschuss. In diesem Moment erschienen die vier Polizeiwagen unter der Führung von Dabir hinter dem Konvoi. Er hatte sich im letzten Moment entschlossen, an der Aktion teilzunehmen. Die Grabräuber saßen in der Falle. Im Gegensatz zu dem Desaster von Sidi Barrani, auf der die Geiseln gefangengenommen wurden, war das Mengenverhältnis diesmal 1:1. Die Polizisten mussten nicht gegen eine zahlenmäßige Übermacht ankämpfen und waren besser vorbereitet.

Schnell wurde eine LKW-Besatzung nach der anderen überwältigt. Als Mara und Dimitrie am Ort des Geschehens eintrafen, wurden die Grabräuber bereits abgeführt. Die Pontonboote hatten mittlerweile abgedreht. Sie hatten wohl erkannt, dass sie hier nichts ausrichten konnten.

„Kommen wir zu spät?", fragte Mara Wegner, der die Verhaftungen beobachtete.

„Ich glaube, Sie hatten vorhin schon Ihren großen Auftritt. Hier kamen wir ausnahmsweise mal ohne Sie zurecht", sagte er grinsend. „Reife Leistung von Ihnen beiden, ich habe alles über Funk mitbekommen. Und es war gut, die Geiseln schon früher zu befreien. Hier wären die Chancen deutlich schlechter gewesen!"

Dabir gesellte sich zu ihnen: „Richten Sie bitte Charly einen schönen Gruß von mir aus. Ich weiß, wir sind nicht die besten Freunde. Aber was er geleistet hat, alle Achtung! Dies ist eine inoffizielle Äußerung von mir. Offiziell muss ich seine Handlung auf das Schärfste verurteilen!"

„Ich verstehe!", antwortete Mara, „los Leute, Abmarsch, fahrt Ihr nach Kairo zurück, ich schaue mal, wie es unseren Patienten geht!"

„Ich komme mit!", sagte Dimitrie.

Kapitel 2.6.7
Erste Symptome

Die beiden fuhren nach El Alamein, wo die Businsassen tatsächlich ein Krankenhaus gefunden hatten. Schnell waren die Verletzten versorgt und Charly und Abdul lagen in einem Zweierzimmer, als Mara und Dimitrie das Zimmer betraten.

„Wie geht es Carry? Die Ärzte sagen mir nichts, da ich kein Angehöriger bin!", war Charlys erste Frage.

„Ich werde gleich mit Dubois sprechen, er soll das organisieren, dass wir über ihren Gesundheitszustand aufgeklärt werden!", antwortete Mara. „Jetzt sag aber mal, wie geht es euch beiden?"

Beide behaupteten, dass sie schon wieder fit seien und das Krankenhaus verlassen könnten.

„Ne, ne, ihr bleibt noch etwas hier. Das gibt es mir gar nicht", konterte Mara.

Charly und Abdul schauten sich bedrippst an. „Also, wenn ich es nicht besser wüsste, würde ich denken, Carry steht vor mir", reagierte Abdul. Charly nickte nur.

Dann sagte Dimitrie: „Charly, ich will mich noch dafür bedanken, dass du uns rausgepaukt hast. Ich glaube, ohne dich wären wir nicht mehr am Leben!"

„Ach Dimitrie, ihr hättet für mich dasselbe getan", antwortete Charly und verzog kurz das Gesicht. Die Schmerzen waren heftiger als er zugeben wollte.

„Ja, ja, schon wieder fit", reagierte Mara auf das schmerzverzerrte Gesicht.

„Wo wir grade beim Bedanken sind", sagte Abdul, „Mara, danke für deine Rettungsaktion. Wir hatten auch keine Chance mehr. Möge Allah dich schützen!"

„Ja", sagte Charly, „dem kann ich nur beipflichten!"

„Ich habe nur meinen Job gemacht", darauf ging Mara nach draußen und telefonierte mit Dubois, um den Zustand von Carry erfragen zu können. Dieser ließ sich gleich mit dem diensthabenden Arzt verbinden und erreichte, dass Mara, Dimitrie und Charly zu ihr durften. Charly wurde, unter Protest, in einen Rollstuhl gesetzt und von Mara geschoben.

Sie gingen zu dritt zur ITS. Als sie durch ein Fenster auf Carry schauten, stellten sie fest, dass sich an ihrem Zustand nichts geändert hatte.

„Sie schläft jetzt. Allah sei Dank ist es keine Ohnmacht mehr", sagte die Krankenschwester.

Da öffnete Carry die Augen und schaute alle drei an. Plötzlich fing sie an zu schreien. Ihr Blutdruck stieg von einem Moment zum anderen und ihr Puls raste.

„Bitte gehen Sie vom Fenster weg, Sie regen sie nur auf", sagte die Krankenschwester heftig.

„Aber wieso, wir haben doch gar nichts gemacht", antwortete Charly überrascht.

„Bitte gehen Sie, der Arzt wird Sie später unterrichten!"

Die Drei verließen die ITS. Die Schreie von Carry waren noch auf dem Flur zu hören.

Eine Stunde später kam der diensthabende Arzt zu ihnen und unterrichtete sie, dass Carry einen Nervenzusammenbruch erlitten hatte. Weitere körperliche Schäden seien, außer den

Brandwunden am Arm, nicht feststellbar. Für weitere Diagnosen mussten jetzt noch Untersuchungen gemacht werden. Mara und Dimitrie fuhren daraufhin zurück nach Kairo und Charly sowie Abdul blieben im Krankenhaus. Auch der leitende Polizeichef von Kairo blieb noch zur Beobachtung.

Zwei Tage später telefonierte Dubois mit Neumann, um ihn über den neuesten Stand der Dinge zu unterrichten. Über die Vorfälle, die zur Geiselbefreiung und zur Gefangennahme der Grabräuber geführt hatten, hatte Dubois Neumann schon in der Nacht unterrichtet.

„Wir haben jetzt alle Ergebnisse der Untersuchung von Carry", eröffnete Dubois das Gespräch.

„Schieß los, Frank", antwortete Neumann.

„Carry leidet an einer schweren partiellen Amnesie. Sie kann sich an bestimmte Vorgänge nicht mehr erinnern. Viel schlimmer, sie stößt alles und alle ab, die mit einem bestimmten Zeitraum zusammenhängen, Charly, Dimitrie und Abdul. Die Ärzte in El Alamein haben mir signalisiert, dass sie sich einer Traumatherapie unterziehen sollte. Die Ärzte dort können da nicht mehr weiterhelfen. Die gute Nachricht: Charly, Abdul und Nafi Assam sind auf dem Wege der Besserung und bald transportfähig."

„Gut, wenigstens etwas. Wegen der Therapie werde ich mich schlau machen. Ich denke da an einen bestimmten Arzt, den ich mal auf einem Kongress kennengelernt habe. Ich hole mal Erkundigungen ein und spreche mit ihm", sagte Neumann konzentriert.

„Torsten, kannst du dich noch an die Zeit erinnern, als Carry zu uns kam?"

„Natürlich, ich kann mich genau erinnern. Carry war wie ein junges Fohlen, das zum ersten Mal auf eine Wiese durfte. Wir mussten ihren Übermut zügeln und ihren Ehrgeiz im Zaum halten. Und dann die Geschichte mit Charly und Benny. Mein Gott, hat sie mich bekniet, die beiden für die Mission mit Dimitrie zu engagieren!"

„Torsten, tue alles, damit wir diese Carry wiederkriegen", bat Dubois.

„Ich werde alles in meiner Macht tun, dass es so wird!", antwortete Neumann. Dann legte er auf.

Eine Woche später wurden Abdul, Assam und Charly aus dem Krankenhaus in El Alamein entlassen und flogen nach Kairo. Hier wurden sie in der Villa von den befreiten Geiseln herzlich empfangen.

Auch Dubois drückte sie, entgegen seiner Art, herzlich.

An Charly gewandt sagte er: „Ich soll Ihnen einen schönen Gruß von Professor Neumann ausrichten. Er lässt Ihnen sagen, ich solle Ihnen für diese Aktion in den Hintern treten. Ansonsten gäbe es kein Nachspiel. Und was Carry betrifft: Sie wird in eine Spezialklinik in Oberursel überführt und sich einer Traumatherapie unterziehen. Da sie keine wesentlichen körperlichen Schäden hat, kann dies schon in der nächsten Woche passieren."

„Etwa in die Klinik Hohe Mark?", fragte Charly.

„Ja, ich glaube, so heißt die Klinik. Kennen Sie die?", Dubois war erstaunt.

„Aber ja, dort haben Benny, Carry und ich unsere Reha gemacht. Dort haben wir uns kennengelernt."

„Na, wenn das kein gutes Omen ist. Kopf hoch Charly, das wird schon!"

Fast gleichzeitig erhielt Hasim einen Anruf von DaSilva:

„Hasim, Sie haben versagt, auf ganzer Linie versagt. Eine ganze Ladung im Wert von mehreren Millionen Dollar wurde durch Ihre Schuld nicht ausgeliefert. Die Geiseln konnten durch Ihre Schuld befreit werden", sagte DaSilva kalt.

„Aber Chef, ich habe alles getan, was in meiner Macht steht. Mich trifft keine Schuld. Ich werde versuchen, die Ladung zurückzuholen", verteidigte er sich, wohlwissend, dass seine Worte kein Gehör finden würden.

„Zu spät für Ausflüchte, mit Versagern wie Ihnen gebe ich mich nicht ab", entgegnete DaSilva und legte auf.

Hasim brach der kalte Schweiß aus. Er wusste, er musste weg. Überhastet ging er an seinen Safe und entnahm sämtliches Bargeld und die Wertpapiere, die darin deponiert waren, tat alles in einen Pilotenkoffer und wollte gerade den Raum verlassen. Da trat einer seiner Wachmänner ein.

„Was wollen Sie? Ich habe keine Zeit", herrschte Hasim ihn an.

„Schöne Grüße von Herrn DaSilva", sagte dieser leise und zog eine Pistole mit Schalldämpfer.

Es machte leise „Plopp" und Hasim fiel mit einem gezielten Kopfschuss zu Boden. Er war schon tot, als er auf dem Boden zum Liegen kam.

Die Klinik

Kapitel 2.7.1
Die Ankunft und im BKA

In der darauffolgenden Woche hielt eine dunkle Limousine vor dem Eingangstor der Klinik „Hohe Mark". Die Scheibe wurde heruntergelassen und eine blonde Frau mit straff nach hinten gebundenen Haaren sagte zu dem Pförtner:

„Ich bringe Frau Lund, sie tritt heute ihre Reha an."

„Gut, dann fahren Sie bitte den Weg ganz nach oben, da ist das Aufnahmebüro im Haus Saalburg", sagte der Pförtner teilnahmslos.

„Das wird nicht nötig sein, wir wollen zu Herrn Doktor Demir, persönlich", entgegnete die Frau reserviert.

„Moment, da muss ich kurz telefonieren." Der Pförtner war irritiert.

Die blonde Frau sah, wie der Pförtner nach dem Telefonhörer griff und eine Nummer wählte. Nach kurzer Zeit sagte er: „Natürlich, ich lasse die Damen durch." Und zu der blonden Frau gewandt, etwas freundlicher: „Sie können passieren. Sie müssen ins „Haus Altkönig" in den zweiten Stock. Doktor Demir erwartet Sie bereits, hier ist ein Lageplan."

Die blonde Frau gab den Plan weiter an eine ebenfalls blonde Frau und fuhr, nachdem die Barke geöffnet wurde, in das Klinikgelände ein. Sie kamen an einem Hinweisschild „Haus Taunus", das nach rechts zeigte, vorbei. Da schaute Carry nach rechts.

„Carry, was ist?", fragte Mara.

„Nichts, gar nichts", flüsterte Carry.

Dann fuhr Mara vorsichtig weiter. Sie ließen das Verwaltungsgebäude links liegen und fuhren eine ansteigende Straße bis zum Haus Altkönig. Dort gingen sie in den zweiten Stock. Doktor Demir erwarte sie bereits.

Auf die beiden wartete ein Mann in den Vierzigern mit schwarzen, recht kurzen Haaren und dunklen Augen.

Frau Lund, Frau Müller, ich habe schon auf Sie gewartet." Nach dem üblichen Smalltalk kam Demir schnell zur Sache:

„Frau Lund, Sie haben eine sogenannte temporale Amnesie. Sind Sie sich dessen bewusst?"

„Ja und nein, ich kann mich einfach an einige Sachen nicht erinnern", antwortete Carry leise.

„Das jetzige Gespräch ist nur für ein kurzes erstes Kennenlernen. Sie werden jetzt Schwester Martina kennenlernen, die wird Ihnen Ihr Zimmer zeigen. Und Sie Frau Müller möchte ich dann bitten zu gehen. Es ist eine Ausnahme, dass Sie Frau Lund begleiten durften."

Wie auf Kommando kam eine junge Krankenschwester mit einem schwarzen Pagenkopf und braunen warmen Augen herein und grüßte Carry freundlich.

„Hallo Frau Lund, ich bin Schwester Martina und werde hauptsächlich Sie betreuen." Dann verließ sie mit Carry das Büro.

„Doktor Demir, das wird doch wieder, oder?", fragte Mara leise.

„Wir werden sehen, Wunder kann ich Ihnen nicht versprechen. Mal geht es schneller, bei einigen dauert es Wochen, Monate und manche erlangen ihr Erinnerungsvermögen überhaupt nicht mehr wieder. Ich werde Herrn Neumann über den Stand der Dinge weiter unterrichten. Die Einverständniserklärung der Eltern liegt mir bereits vor."

„Das mit den Heilungschancen werde ich Herrn Bach erstmal nicht erzählen."

„Herr Bach ist Frau Lunds Freund?", fragte Demir interessiert.

„Oh ja, er hat sie aus den Händen ihrer Entführer befreit und ist über ihren Zustand total geschockt. Er liebt sie sehr!"

„Kann ich mir denken. Ich werde jedenfalls alles tun, was in meiner Macht steht, um ihr zu helfen."

„Herr Doktor Demir, ich danke Ihnen."

„Keine Ursache, entschuldigen Sie bitte, dass ich zur Verabschiedung nicht aufstehe, aber ich bin etwas gehandicapt."

Erst jetzt fiel Mara auf, dass Demir im Rollstuhl saß.

„Einsparungen im Gesundheitswesen: Ärzte auf Rädern", sagte er keck.

Mara war um eine Antwort selten verlegen, aber jetzt verließ sie schweigend das Büro.

Als Mara im Büro von MR ankam, wurde sie von Charly und Neumann erwartungsvoll empfangen.

„Nun, ich habe sie gut abgeliefert", sagte sie, „Doktor Demir macht mir einen kompetenten Eindruck. Wir werden von ihm auf dem Laufenden gehalten."

Neumann hatte nach dem Gespräch mit Dubois alle Hebel in Bewegung gesetzt, damit Carry in gute Hände kam. Nachdem sie in El Alamein austherapiert war, wurde sie direkt nach Alexandria gebracht, um sie nach Frankfurt zu fliegen. In Alexandria wurde sie von Mara in Empfang genommen. Auf Mara reagierte sie interessanterweise nicht extrem. Sie blieb bis zu ihrer Ankunft in der „Hohen Mark" ihre Bezugsperson. Da Carrys Eltern schon älter waren, waren diese froh, dass MR alles Organisatorische in die Hand nahm. Zwischenzeitlich war auch Charly wieder nach Frankfurt gekommen. Von seiner einmal ausgesprochenen Kündigung war keine Rede mehr. Da das Büro in Kairo sehr ausgedünnt war, blieb Dimitrie erst mal vor Ort.

„Gut, dann wenden wir uns jetzt wieder unserer Arbeit zu", sagte Neumann. „Neueste Nachforschungen haben Hinweise ergeben, dass DaSilva tatsächlich hinter der gesamten Aktion steckt. Ob er von Anfang an die graue Eminenz im Hintergrund war und mit mir wegen des Lösegeldes gesprochen hat, konnte rechlich bisher nicht erwiesen werden. Die Sprachanalysten vom BKA haben zwar rausbekommen, dass er mit mir telefoniert hat, aber da wir keinen richterlichen Beschluss hatten, können die Aufzeichnungen nicht als Anklage herangezogen werden. Der Mord an Hasim geht aber wahrscheinlich auch auf sein Konto. Da ist die ägyptische Polizei aber noch dran!"

„Dann könnte er also auch schuld am Tod von Benny sein, aber wir können ihm nichts nachweisen", ergänzte Charly, der nach seiner Verletzung den linken Arm immer noch in einer Schlinge trug. Jedenfalls wenn jemand anwesend war.

„Wie bei dem Tod meiner Eltern", fuhr Mara fort. Sie hatte Neumann mittlerweile auch die Geschichte über ihre Eltern erzählt.

„Er ist anscheinend eine Größe im organisierten Verbrechen. Aus irgendwelchen Gründen ist er aber bisher immer davongekommen, Gott weiß warum. Wir haben jedenfalls den Auftrag bekommen, das BKA in der Akte DaSilva zu unterstützen. Allerdings nur im Bereich der Hehlerei von Grabdiebstahl!"

„Lässt sich das denn alles trennen?", fragte Mara.

„Natürlich nicht", antwortete Neumann, „aber wir haben keine freie Hand. Sie beide werden sehr eng mit Hauptkommissar Köster vom BKA zusammenarbeiten. Machen Sie sich mit ihm bekannt und stimmen sich ab. Und bitte: Keine Alleingänge mehr!" Dabei schaute er Charly scharf an.

Charly wusste sofort, an wen diese Warnung gerichtet war. Hatte er doch durch seinen Alleingang in Ägypten die Geiseln befreit, aber gleichzeitig gegen sämtliche Regeln von MR verstoßen. Gleichzeitig hatte er auch in der Zusammenarbeit mit der ägyptischen Polizei nicht nur Freunde gefunden. Aber erst kurz vor der Abreise aus Ägypten hatte Dabir, der stellvertretende Polizeichef von Kairo, seine Anerkennung für Charly ausgesprochen. Davor waren sie wie Hund und Katz.

„Sichten Sie bitte nochmal alles, was Frau Jung in Kairo zusammengetragen hat. Sie hat gute Vorarbeit geleistet. Zur Not rufen Sie sie nochmal an, wenn Ihnen was unklar ist. Grade die wirtschaftlichen Verflechtungen sind nicht grade trivial."

„Wenn das so weitergeht, sehe ich Frau Jung noch in der Wüste gegen Grabräuber kämpfen", musste Charly lachend.

Sie war aber auch in der Aktion gegen Hasim über sich hinausgewachsen.

„Gut, das war es, dann an die Arbeit", beendete Neumann die Besprechung.

„Chef, kann ich Sie noch kurz sprechen?", fragte Mara, als Charly das Büro bereits verlassen hatte. Sie schloss die Tür.

„Natürlich, was gibt es noch?"

„Es geht um Carry. Doktor Demir hat da angedeutet, dass nicht sicher ist, dass sie die Erinnerungen jemals zurückbekommen wird. Ich wollte das aber vorhin vor Charly nicht sagen!"

„Ich weiß, Doktor Demir hat mir das auch gesagt. Wir sollten Charly gegenüber diesen Sachverhalt auch nicht erwähnen. Es würde ihn nur unnötig belasten. Er macht sich so schon genug Gedanken!"

„Das stimmt, wenn man bedenkt, was er für sie schon alles durchgemacht hat, fair ist es nicht!"

Neumann zuckte nur mit den Schultern: „So ist es halt!", war sein einziger Kommentar.

Hauptkommissar Max Köster war ein hagerer Endvierziger, der durch harte Arbeit seinen Posten als Hauptabteilungsleiter OK (Organisierte Kriminalität) erreicht hatte. Er empfing Charly und Mara in seinem Büro in Wiesbaden.

„Ah, da kommt unsere Verstärkung", begrüßte er die beiden. Sein Assistent Oberkommissar Thomas Inheidner war auch anwesend. Nach einem kurzen Smalltalk kam Köster gleich auf den Punkt:

„Ich will ganz ehrlich sein. Sie sollen wissen, dass ich nicht grade begeistert bin, dass Sie mit uns zusammenarbeiten. Sie mögen bisher gute Arbeit geleistet haben, aber was Sie jetzt erwartet, ist eine Nummer größer. Wir sind DaSilva schon seit Jahren auf den Fersen. Bisher hat sich jeder Verdacht in Luft aufgelöst. Wir kommen nicht an ihn heran. Es ist zwar richtig, dass wir ihn bei dem Telefonat mit Neumann erkannt haben, aber da es ein Mitschnitt ohne Genehmigung war, hätte der Mitschnitt vor Gericht keine Chance!"

„Nun, Vorbehalte sind wir gewohnt", antwortete Charly, „bisher konnten wir aber alle Personen, mit denen wir zusammengearbeitet haben, überzeugen!"

„Nun, dann will ich hoffen, dass wir auch überzeugt werden", antwortete Köster knapp.

„Sie werden Zugang zu allen digitalen und analogen Akten bekommen. Sollten Sie neue Erkenntnisse gewinnen, sind diese sofort an uns zu melden", klinkte sich Inheidner in die Besprechung ein.

„Gut, dann wünsche ich uns gute Zusammenarbeit", beendete Köster die kurze Besprechung, „Sie erhalten von uns in den nächsten Tagen Post mit den relevanten Passworten. Ich brauche Ihnen nicht zu sagen, dass dies alles streng vertraulich zu behandeln ist!"

„Wir sind uns der Brisanz der gesamten Angelegenheit voll bewusst", entgegnete Mara.

„Ach, Frau Müller. Wir haben ein paar Nachforschungen angestellt. Wir wissen, dass Ihre Eltern auch für das BKA gearbeitet haben. Ich habe sie leider nicht kennenlernen dürfen. Ich hoffe, die ganzen Vorkommnisse haben keinen Einfluss auf Ihre Arbeit?"

„Nein, keineswegs", antwortete sie knapp.

„Dann ist gut", sagte Inheidner.

Dann war die Besprechung wirklich beendet.

„Wir wurden nicht grade mit offenen Armen empfangen", berichtete Charly Neumann, als sie wieder im Büro in Frankfurt waren.

„Habe ich auch nicht erwartet", entgegnete Neumann. „Das BKA lässt sich nicht gerne in die Karten schauen. Aber ich habe mich beim Innenminister abgesichert. Leisten Sie sich also keine Fehler. Bis ganz oben wird auf uns geschaut!"

Dann begannen die zwei mit ihrer Recherche.

Kapitel 2.7.2
Der Ausbruch

Nach über zwei Wochen intensiver Gespräche erlaubte Doktor Demir Carrys Eltern, sie zu besuchen.

Darf denn Herr Berger mitkommen?", fragte Herr Lund, „das ist Carrys ehemaliger Freund. Er liegt uns seit Tagen in den Ohren, ob er sie besuchen könne!"

„Mmh, das käme auf einen Versuch an. Wie lange kennen die zwei sich schon?"

„Eine halbe Ewigkeit. Er hat es nie überwunden, dass sie sich damals in Charly verliebt hat. Zu uns hat er immer noch Kontakt gepflegt. Hat immer gefragt, wie es ihr geht!"

„Gut", sagte Demir, „kommen Sie gemeinsam, aber nicht lange!"

„Sollen wir noch etwas mitbringen, etwas frische Wäsche vielleicht? Das Mädel ist jetzt schon fast drei Wochen bei Ihnen."

„Das ist eine gute Idee", antwortete Demir, „wir sehen uns dann morgen gegen drei Uhr. Ich muss Ihnen aber sagen, dass Schwester Martina zu Beginn Ihres Besuchs mit anwesend sein wird. Das richtet sich nicht gegen Sie. Es ist eine reine Vorsichtsmaßnahme!"

Frau und Herr Lund fuhren in die Wohnung von Carry und packten dort einige Kleidungsstücke ein. Als sie einen Blick in das Wohnzimmer warfen, entdeckten sie zwei Bilder aus Holz. Eines hatte als Motiv eine Elefantenherde, das andere bildete zwei tobende Katzen ab.

„Komm, die nehmen wir mit. Da wird sich Carry freuen, ein bisschen Heimat kann nicht schaden. Und ihre Katze vermisst sie sicherlich auch", mit diesen Worten steckten sie die beiden Bilder mit in den Koffer.

Am nächsten Mittag gegen drei Uhr erschienen Frau und Herr Lund sowie Stefan Berger im Büro von Doktor Demir. Auch Schwester Martina war bereits anwesend.

„Herr und Frau Lund, gehen Sie zuerst rein. Herr Berger, warten Sie bitte noch ein paar Minuten. Ich möchte Carry nicht über die Maßen belasten!"

Nach einigen weiteren Instruktionen betraten Frau und Herr Lund das Zimmer von Carry.

„Mama, Papa, ich habe mich so auf euch gefreut. Schön, dass ihr da seid!" Carry umarmte beide herzlich.

„Kind, wir haben dir auch was zu essen mitgebracht: Meine Rouladen, die magst du doch so. Doktor Demir hat es auch erlaubt", sagte Frau Lund. Schwester Martina nickte nur zustimmend.

„Frau Lund, da ist noch ein Besucher für Sie", sagte Schwester Martina.

Wie auf Kommando trat Stefan Berger ein.

„Hallo Carry", begrüßte er sie vorsichtig.

„Hallo Stefan, das ist aber eine Überraschung. Schön, dass du da bist", begrüßte sie ihn überschwänglich.

Dies alles wurde von Schwester Martina genau registriert.

Dann sagte Stefan: „Wir haben noch eine kleine Überraschung für dich!"

„Oh Stefan, du weißt doch, ich liebe Überraschungen", sie schaute ihn strahlend an.

Dann griff er in die Tasche und holte die beiden Bilder aus Holz heraus.

Als Carry die beiden Bilder sah, weiteten sich ihre Augen und sie bekam einen Schreikrampf.

„Raus, alle raus", rief Schwester Martina. Sie konnte Carry nicht beruhigen. Zwischenzeitlich war Demir in Carrys Zimmer gerollt gekommen.

„Beruhigungsmittel, eine Dosis Citalopram, schnell", befahl er Martina.

Unter der Wirkung des Beruhigungsmittels schlief Carry schnell ein.

„Es war alles ganz normal", sagte Schwester Martina entschuldigend, „dann sah Carry diese beiden Bilder und dann hat sie angefangen zu toben. Sie war nicht mehr zu beruhigen!"

„Die gleichen Symptome, die sie damals in El Alamein gezeigt hat", stellte Demir fest. „Wir müssen den Zusammenhang herausbekommen. Ich werde mit Neumann sprechen, vielleicht kann er uns helfen. Sie bleiben hier und lassen Carry nicht aus den Augen!"

Demir fuhr zurück in sein Büro und wählte die Nummer von Neumann.

„Neumann!", meldete der sich sofort.

„Guten Tag Herr Neumann, hier ist Demir. Herr Neumann, vielleicht können Sie mir helfen." Demir schilderte die Geschehnisse vom Nachmittag.

„Moment, ich hole Herrn Bach, der kann Ihnen vielleicht weiterhelfen"

Er rief nach Charly. Als der hörte, dass Demir am Apparat war, stürmte er in Neumanns Büro.

„Wie kann ich helfen?", fragte er noch etwas außer Atem.

Auch ihm schilderte Demir die Ereignisse.

„Die beiden Holzbilder sind von mir. In der Reha damals hatte ich ziemlich Langeweile und da habe ich diese beiden Bilder gemacht und ihr geschenkt."

„Gut", sagte Demir. „Das passt zu den Zeiträumen der Amnesie. Alles, was zwischen der damaligen Reha und ihrer Befreiung durch Sie liegt, ist wie ausgelöscht. Dazu kommt noch, dass sie auf alles, was mit diesem Zeitraum zu tun hat, mit Angstzuständen reagiert."

„Dann bin ich für Carry momentan gar nicht existent?", fragte Charly.

„Schlimmer", entgegnete Demir, „sie reagiert wahrscheinlich auf Sie regelrecht allergisch. Tut mir leid, dass ich Ihnen zum gegenwärtigen Zeitpunkt nichts Positiveres sagen kann. Das erklärt auch, warum sie diese Symptome bei Frau Müller nicht hat. Die hat sie erst nach ihrer Rettung kennengelernt!"

Charly musste sich setzen.

„Aber das geht doch wieder weg, oder?", fragte er leise.

„Also bei der Schwere der Symptome wird es ein weiter Weg. Sie werden Geduld brauchen, Herr Bach!"

„Danke für die offenen Worte, Doktor Demir. Sagen Sie mir, wenn ich noch helfen kann!"

„Haben Sie noch mehr Fragen, Doktor Demir?", schaltete sich Neumann ein.

„Nein, das wäre erst mal alles. Ich möchte Sie aber alle bitten, die Kontaktsperre zu ihr weiter aufrechtzuerhalten, auch wenn es Ihnen sehr schwerfällt, Herr Bach. Danke Ihnen!"

Dann legte Demir auf.

Charly atmete nur heftig ein.

„So Charly, und Sie gehen nach Hause, Sie sind kreidebleich. Und Sie haben es gehört, absolute Kontaktsperre!"

„Ja, ich habe verstanden und werde mich daran halten. Und wegen meiner Gesichtsfarbe: Dann bin ich wohl heute der Eiskönig. Erkläre ich Ihnen ein anderes Mal", sagte Charly, nachdem er Neumanns fragenden Gesichtsausdruck registriert hatte.

Auf dem Gang begegnete er Mara und ging wortlos an ihr vorbei. Mara schaute in das Büro von Neumann und blickte ihn fragend an.

„Armer Kerl, kommen Sie rein und machen Sie die Tür zu." Dann erzählte er von dem Gespräch mit Demir.

Kapitel 2.7.3
Ahnungen

Am nächsten Tag erschien Charly wieder im Büro. Er sah noch etwas verschlafen aus.

„Sie hätten heute auch noch frei nehmen können.", empfing ihn Neumann.

„Zu Hause fällt mir die Decke auf den Kopf. Außerdem ist heute Lagebesprechung mit Köster, das wollte ich Mara nicht allein machen lassen!", antwortete er.

„Gut, ich werde auch mit dabei sein. Also um 10:00 Uhr im Besprechungsraum."

Um 10:00 Uhr fanden sich Mara, Charly, Neumann, Köster und Inheidner im Besprechungsraum von MR ein.

„Nach unseren Erkenntnissen befindet sich DaSilva zum gegenwärtigen Zeitpunkt in Deutschland. Der genaue Ort ist uns noch nicht bekannt", referierte Mara.

„Das deckt sich mit unseren Erkenntnissen. Unsere Leute haben ihn vor einer Woche in Hannover observiert", ergänzte Inheidner, „und wir kennen seinen Wohnort: Er hat sich unter falschem Namen im Frankfurter West-End eingemietet."

„Warum haben Sie ihn nicht verhaftet. Wird er observiert?", fragte Charly.

„Aus welchem Grund? Dem kann man nicht mal Falschparken anhängen", erwiderte Köster.

„Wir brauchen irgendeinen Grund, ihn dingfest zu machen!", sagte Neumann.

Charly dachte lange nach, dann sagte er: „Ich spreche jetzt mal ins Unreine. Wir haben bisher immer an Gründe gedacht, die wir dann immer ausschließen konnten. Lassen Sie uns mal alle Gründe zusammenfassen und nacheinander die streichen, die nicht in Frage kommen. Vielleicht finden wir etwas, was nicht gestrichen wird. Carry sagt immer „um die Ecke denken". Sie machte das in Perfektion!"

„Auf die können wir jetzt leider nicht zählen", stellte Mara fest.

„Dann übe du dich mal darin. Vom Aussehen könntest du schon ihre Schwester sein. Vielleicht kannst du auch so gut um die Ecke denken!", sagte Charly.

„Gut, wie lange brauchen Sie für die ersten Ergebnisse?", fragte Köster.

„Geben Sie uns heute und den morgigen Tag. Übermorgen haben Sie erste Ergebnisse!"

Mara bekam große Augen.

„Dann treffen wir uns übermorgen um 10:00 Uhr hier, an die Arbeit", beendete Neumann die Sitzung.

„Ich hoffe, Sie haben sich jetzt nicht von Köster provozieren lassen", sagte Neumann, als sich die Herren vom BKA verabschiedet hatten.

„Ich weiß, was ich tue", entgegnete Charly.

„Na, dann spiele ich mal ein bisschen Carry", sagte Mara resignierend, „Charly, du machst zum Ausgleich Kaffee. Könnten lange Tage werden!"

„Na ja, eine gewisse Ähnlichkeit ist nicht von der Hand zu weisen", sagte Neumann, „jedenfalls freue ich mich, dass Charly wieder zur alten Form zurückgefunden hat."

„Na und ich erst", Mara lächelte Charly an und blinzelte.

Neumann sagte nichts und machte sich nur seine Gedanken. Dann machten sich Mara und Charly an die Arbeit. Jedes Mal, wenn Neumann an dem Besprechungsraum vorbeikam, sah er die beiden heftig diskutieren. Teilweise waren sämtliche Wände des Raums mit Blättern zugehängt. Dann fehlten wieder einige. So ging es den ganzen Tag, die ganze Nacht und den darauffolgenden Tag. Unterbrochen wurde ihre Diskussion nur durch vereinzelte Zigarettenpausen, die die beiden auch noch zur Diskussion nutzten.

Am Abend des zweiten Tages kam Neumann in den Besprechungsraum und sagte in strengem Ton: „Nun ist aber mal genug. Sie haben die ganze Nacht nicht geschlafen und zwei Tage durchgearbeitet. Ich ordne jetzt an, dass Sie schlafen gehen!"

„Chef, noch zwei Stunden, dann haben wir es", sagte Mara, „ich habe gehört, der Rekord von Carry liegt bei drei durchgearbeiteten Nächten. Da sind wir noch weit von entfernt."

„Dann wissen Sie sicherlich auch, dass Carry danach 48 Stunden durchgeschlafen hat. Sie brauchte zwei Infusionen, um wieder einen klaren Gedanken fassen zu können. Ich bin in zwei Stunden wieder hier. Wenn Sie bis dahin nicht aufhören, rufe ich den Werksschutz!" Neumann wurde richtig wütend.

Nach drei Stunden betrat er wieder den Besprechungsraum und sah, wie Charly gerade eine Decke über die jetzt schlafende Mara legte. Sie war auf der Couch, die sich im Raum befand, eingeschlafen.

„Ich war nur eine rauchen, als ich wiederkam, lag sie hier. Aber wir haben es geschafft. Wir sind fertig", flüsterte Charly stolz.

„Dann erzählen Sie mir das morgen. Jetzt kommen Sie nochmal in mein Büro!"

„Ja Chef, was ist denn?" Charly war sich keiner Schuld bewusst.

Neumann zündete sich ausnahmsweise eine Zigarette an, was in seinem Büro äußerst selten vorkam. Dann begann er zu reden:

„Ich kannte mal einen Mann, der war unsterblich in ein Mädchen verliebt, das hier arbeitete. Dummerweise hatte das Mädchen einen Freund, aber ihr zuliebe ging er sogar mit auf eine gefährliche Mission und rettete sie später. Dann wurden sie ein glückliches Paar."

„Sie meinen Carry und mich", erkannte Charly.

„Ja, Sie meine ich. Bis auf Carry erkannten diese Liebe fast alle in ihrem Umfeld. Carry brauchte lange, um es zu erkennen. Sagen Sie mal, Charly, kann es sein, dass Mara grade Ihre Rolle von damals einnimmt?"

„Kann ich mir nicht vorstellen, da hätte ich doch was gemerkt", erwiderte Charly.

„Sie nehmen grade die Rolle von Carry ein", sagte Neumann, „normalerweise gehen mich die Beziehungen meiner Mitarbeiter nichts an. Aber erstens mag ich Sie alle drei und zweitens will ich nicht, dass die Arbeit darunter leidet. Also schauen Sie mal, ob ich recht habe und wenn ja, lassen Sie Gefühle außen vor!"

„Aber ich liebe Carry", sagte Charly.

„Das stimmt, aber Sie sind immer noch in einer emotionalen Ausnahmesituation. Ich will Sie nicht ermahnen, nur aufmerksam machen. Und jetzt gehen Sie heim und schlafen. Es wird morgen ein anstrengender Tag."

Neumann klopfte Charly auf die Schulter und drückte seine Zigarette aus.

Auf dem Weg nach draußen ging Charly noch am Besprechungsraum vorbei und rückte die Decke zurecht, die Mara halb weggeschoben hatte. Sie quittierte seine Bemühungen im Schlaf mit einem leisen Schmatzer und einem zufriedenen Lächeln.

„Und wenn Neumann wirklich Recht hat?", dachte er. Dann ging er nach Hause

Kapitel 2.8

DaSilva

Kapitel 2.8.1
Neumanns Alleingang

Am nächsten Morgen saß die gleiche Gruppe wie zwei Tage zuvor wieder im Besprechungssaal von MR. Als erste ergriff Mara das Wort:

„Wir haben uns intensiv Gedanken über DaSilva gemacht und uns gefragt, wegen welcher Delikte er schon aller im Visier war. Es war die gesamte Palette der OK. Ihm konnte nie etwas nachgewiesen werden. Deshalb kam es auch nie zu einer Gerichtsverhandlung. Manchmal verschwanden wichtige Beweise, manchmal wurden Spuren vertuscht und manchmal, wenn man besonders nahe dran war, tappten Ermittler in die Falle!"

„So wie Ihre Eltern", schaltete sich Köster ein.

„Genau, ich war damals noch recht klein. Aber ich kann mich daran erinnern, dass meine Eltern verbissen an diesem Fall gearbeitet haben. Sie diskutierten sogar, ob es vielleicht eine undichte Stelle im BKA geben könnte, da DaSilva nie etwas nachzuweisen war. Vielleicht haben sie sogar etwas entdeckt, konnten es aber nicht mehr kommunizieren!"

„Das ist unmöglich, jeder, der an Ermittlungen mitgearbeitet hat, ist zig Mal überprüft worden", intervenierte Inheidner.

„Meine Herrschaften, lassen Sie uns zu diesem Zeitpunkt nicht über Mutmaßungen diskutieren. Mara, was haben Sie noch?", beendete Neumann die Diskussion. Dabei schaute er Mara an.

„Wie gesagt, wegen vieler Delikte wurde schon gegen ihn ermittelt. Da haben wir geschaut, was noch übrigbleibt. Und wir sind fündig geworden: DaSilva hat ein riesiges Finanzimperium aufgebaut. Es hat aber noch keiner seine Finanzströme genauer unter die Lupe genommen. Irgendwo muss er doch die Gelder seiner illegalen Geschäfte untergebracht haben?"

„Sie denken an Al Capone, dem die Polizei auch jahrelang hinterher war. Und der erst wegen nicht gezahlter Steuern in den Knast musste", stellte Neumann fest.

„Ja, und ich denke vor allem an die 20 Millionen Dollar, die als Lösegeld für die Geiseln gezahlt wurden. Irgendwo müssen die doch abgeblieben sein!"

„Das Konto war innerhalb weniger Sekunden leergeräumt. Wir hatten keine Chance, den Geldfluss nachzuverfolgen", bemerkte Köster.

„Aber es muss doch Spezialisten geben, die das nachverfolgen können?", warf Charly ein. Er erntete von Neumann einen strengen Blick, dieser schüttelte kurz mit dem Kopf. Außer Charly registrierte dies niemand.

„Wir haben unsere besten Männer darauf angesetzt, nichts", antwortete Inheidner.

„Dann forschen wir weiter", erklärte Mara.

„Gute Arbeit bisher", sagte Neumann in die Runde. „Wir werden Ihre Theorie weiter nachverfolgen", wollte Neumann die Runde beenden.

Da sagte Köster: „Herr Neumann, ich möchte Sie daran erinnern, dass MR nur für den Teil der Grabräuberei zuständig ist. Alles andere fällt in mein Ressort!"

„Herr Köster, bei allem Respekt, da sitzt eine meiner besten Mitarbeiterinnen in der Psychiatrie und geht einen Höllenweg durch. Da kommen Sie mir mit Kompetenzen? Ich sage Ihnen mal was: Ich scheiß drauf. Ich werde den Innenminister persönlich bitten, uns an der gesamten Akte „DaSilva" mitarbeiten zu lassen!"

Mara und Charly hatten Neumann noch nie so wütend gesehen. Damit war die Sitzung beendet. Köster und Inheidner verließen sichtlich indigniert den Raum.

Als die drei im Besprechungsraum allein waren, sagte Neumann zu den beiden: „Bleiben Sie dran. Sie haben jegliche Rückendeckung von mir!"

„Chef, warum haben Sie vorhin mit dem Kopf geschüttelt?" fragte Charly.

„Ich weiß nicht, ob bei der Nachverfolgung des Geldes wirklich alles getan wurde. Lassen Sie mir etwas Zeit, ich kümmere mich darum. Ich habe da so eine Idee!"

„Aber keine Alleingänge, Chef. Sorry, aber das musste jetzt mal raus", erwiderte Charly grinsend.

„Herr Bach, ich freue mich, dass Sie einen Teil Ihres Humors wiedergefunden haben. Auch wenn es auf meine Kosten war!"

Dann verließ auch Neumann den Raum.

Zwei Tage später rief Neumann Charly und Mara in sein Büro. Als die beiden in sein Büro eintraten, sahen sie Neumann mit einem schlanken Mann Ende zwanzig in einer regen Unterhaltung.

Neumann blickte auf und sagte. „Darf ich vorstellen: Alex Neumann, mein Neffe und Spezialist für Kryptografie."

Mara und Charly schauten erstaunt den jungen Mann an und stellten sich ebenfalls vor.

„Alex hat vor drei Jahren seinen Master gemacht und ist momentan wissenschaftliche Hilfskraft an der Uni. Ich dachte, er könnte uns bei unserem 20 Millionen Dollar Problem ohne großes Aufsehen weiterhelfen."

„Mein Onkel hat mich schon am Telefon gebrieft. Es wurden also 20 Millionen Dollar auf ein Konto überwiesen und direkt wieder abgehoben. Dann fehlt jede Spur über den Verlauf des Geldes."

„Genau", sagte Mara, „das BKA hat uns zwar zugesichert, alles Menschenmögliche versucht zu haben, aber ohne jeden Erfolg. Wir glauben aber nicht so recht dran!"

„Nun, diese Methoden werden im Online-Banking öfter angewandt. Grade im Bereich Erpressungen. Aber es gibt Möglichkeiten, diese Methoden zu analysieren und die Spuren wiederherzustellen. Es sind die sogenannten ACOT-Techniken. Das steht für ‚Anti-Cover-One's-Tracks'. Ich würde mir Ihr Material gerne mal anschauen, vielleicht kann ich helfen."

„Sehr schön, auf diesem Gebiet sind wir nämlich Laien", sagte Charly.

„Gut, aber ich muss Sie warnen. Es ist eine langwierige Angelegenheit", sagte Alex Neumann.

„Macht nichts, Sie können zu uns ins Büro kommen. Da ist seit langer Zeit ein Schreibtisch frei", entgegnete Charly. In diesem Moment wurde ihm bewusst, dass es sich bei diesem Platz um Bennys alten Schreibtisch handelte und dass Mara auf dem Platz von Carry saß.

Nein, Mara fängt nicht an, Carrys Platz einzunehmen. Das ist unmöglich, dachte er.

„Irgendwie muss ich das mit der Uni geregelt bekommen, wenn es länger dauert", sagte Alex zu seinem Onkel.

„Das regele ich, mach dir keine Sorgen und ihr zwei weist Alex ein, keine Geheimnisse!", entgegnete Neumann.

Alex folgte Mara und Charly in deren Büro. Und setzte sich gleich an den freien PC.

„Ich organisiere Ihnen gleich Zugangscodes für unser System. Wenn Sie es nicht selbst herauskriegen möchten", sagte Mara.

„Ach ne, wäre kein guter Anfang. Sie können ruhig ‚Du' und ‚Alex' zu mir sagen", meinte Alex.

„Ich bin Mara und ‚Du'", kam als Antwort.

„Und ich bin Charly und ‚Du'. Du kannst vorerst den Account von Carry benutzen, bis deiner da ist. Aber keine Dummheiten machen", ergänzte der.

„Gut, dann lege ich mal los", murmelte Alex, der so gar nicht den Eindruck eines Computerspezialisten machte.

„Alex, willst du nicht mal Schluss machen? Es ist nach acht. Wir sind eh die letzten. Wenn du magst, können wir noch was zusammen essen gehen. Und uns besser kennenlernen", sagte Mara.

„Ja genau, das ist doch eine gute Idee, macht das mal", pflichtete Charly bei.

„Ja, und du gehst auch mit! Vergrab dich nicht wieder in Arbeit, wie jeden Abend", meinte Mara streng zu Charly.

Alex, der die Zusammenhänge noch nicht kannte, schaute beide fragend an.

„Den Grund unseres kleinen Disputes erklären wir dir, wenn wir unterwegs sind. Hängt alles mit den 20 Millionen zusammen", klärte Mara Alex auf.

„Na dann los, ihr habt mich neugierig gemacht!"

So wurde Alex an diesem Abend in die Hintergründe seiner Arbeit eingeweiht.

Zwei Tage später, Alex war schon fester Bestandteil des Teams geworden, blickte er vom Bildschirm auf und sagte: „Ich glaube, ich habe was!"

Charly lief sofort in das Büro von Neumann und berichtete ihm.

„Gut, in einer halben Stunde im Besprechungsraum", sagte der nur.

Eine halbe Stunde später saßen die Vier im Besprechungsraum und Alex erklärte, ohne auf die technischen Einzelheiten einzugehen, den Verlauf der Transaktion:

„Das Geld ging über mehrere Konten und jedes Mal wurde der Algorithmus geändert. Deshalb hat es auch so lange gedauert, den Fluss nachzuvollziehen. Letztendlich landete es aber hier: Ein Konto von einer Firma ‚Burger und Co'."

„Dies ist eine kleinere Firma seines Wirtschaftsimperiums, Umsatz ca. 400 Millionen Euro im Jahr", ergänzte Mara.

„Wurde diese Firma schon in der Vergangenheit für solche Transaktionen genutzt?", fragte Neumann.

„Habe ich auch überprüft, in den letzten fünf Jahren 17 Mal", antwortete Alex.

„Aber diese Firma hat ihren Sitz in Deutschland. Dann muss sie doch auch geprüft worden sein?", fragte Charly.

„Das stimmt, es sei denn, die Wirtschaftsprüfer stecken mit DaSilva unter einer Decke", argumentierte Neumann.

„Prüfer war immer die Kanzlei ‚Samuel und Söhne'. Eine alteingesessene Kanzlei hier in Frankfurt. Die Söhne haben allerdings während der Finanzkrise einen großen Anteil ihrer Beteiligungen verkauft. Ich habe zwischenzeitlich mit Frau Jung gesprochen. Sie prüft grade, ob es einen Zusammenhang mit dem Verkauf der Anteile und den Verflechtungen der Firmen von DaSilva gibt", referierte Mara.

„Die wird noch zum Wirtschafts-Detektiv", warf Charly ein.

„Ich glaube, ich muss Frau Alt auch etwas mehr fordern", bemerkte Neumann leise, „doch nun wieder zum Thema. Ich glaube, wir müssen jetzt das BKA über unsere Aktion unterrichten. Köster wird darüber zwar nicht begeistert sein, aber wir arbeiten ja zusammen. Und ich habe vom Innenministerium ja schließlich freie Hand bekommen!"

Am nächsten Morgen kam Köster, gefolgt von Inheidner, wutschnaubend in das Büro von Neumann gestürmt.

„Was fällt Ihnen ein, solch einen Alleingang zu wagen? Sie hätten sich mit mir abstimmen müssen", polterte er.

„Herr Köster, beruhigen Sie sich erst einmal. Hier rumzupoltern bringt gar nichts. Lassen Sie uns lieber die nächsten Schritte überlegen und überlegen Sie einmal, warum Sie uns dazu brauchen, die ganzen Transaktionen nachzuvollziehen. Sie haben doch nach Ihren Worten die besten Leute", konterte Neumann.

„Sie haben Recht, lassen Sie uns nachdenken", antwortete Köster wieder ruhiger.

„Wir haben mittlerweile herausbekommen, dass die Wirtschaftskanzlei ‚Samuel und Söhne' ebenfalls mit DaSilva verstrickt ist. Lassen Sie uns in den Besprechungsraum gehen, wir haben eine Grafik aufbereitet."

Dort warteten schon Mara, Alex und Charly auf die drei. Zuerst erklärte Alex, wie er die Geldströme nachvollzogen hat, dann erklärte Mara anhand einer zweiten Grafik den Zusammenhang des Wirtschaftsgeflechtes und der Kanzlei „Samuel und Söhne".

„Er hat also totale Kontrolle über die Kanzlei und schustert ihr gleichzeitig Prüfaufträge zu. Das ist ein Ding. Trotz allem, sehr gute Arbeit, Herr Neumann", bemerkte Köster anerkennend. Er hatte sich wieder beruhigt.

„Ich schlage folgende Vorgehensweise vor", sagte Inheidner, der sich bisher auffällig zurückgehalten hatte, „wir untersuchen die Büroräume von ‚Samuel und Söhne' und gleichzeitig die Räume von ‚Burger und Co'."

„Gut, aber wir übernehmen ab jetzt", ergänzte Köster.

Neumann schüttelte mit dem Kopf.

„Kann ich nicht akzeptieren, wir bleiben an dem Fall dran. Hätten wir nicht im Alleingang Nachforschungen angestellt, wären wir nicht so weit!"

„Dann muss ich das mit meinem Chef abstimmen. Das kann ich nicht allein entscheiden", erwiderte Köster kleinlaut.

„Tun Sie das, Herr Köster, der spricht grade mit dem Innenminister", konterte Neumann.

„Sie sind gerne einen Schritt voraus, Sie hören von mir", meinte Köster.

„Das ist mein Job", erwiderte Neumann.

Damit war die Sitzung beendet und Köster sowie Inheidner verließen den Raum.

Zurück blieben Mara, Alex, Charly und Neumann.

„Na Chef, manchmal muss man Alleingänge machen, wenn man von einer Sache überzeugt ist, oder?"

„Charly, nicht frech werden, auch wenn Sie Recht haben. Alex, gewöhne dich an diesen frechen Menschen. Ich hätte da nämlich ein Angebot für dich. Wie wäre es, wenn du dauerhaft bei uns arbeiten würdest?", sagte Neumann.

„Wenn das immer so spannend zugeht, wäre ich dabei", entgegnete Alex.

„Na ja, manchmal sind wir auch gezwungen, im Wüstensand zu buddeln", warf Charly ein.

„Und manchmal spielen wir auch Betrunkene. Du siehst, hier wird es nicht langweilig", ergänzte Mara.

„Ich glaube, ihr habt mir noch viel zu erzählen", erwiderte Alex. „Aber trotzdem: Ich willige ein!"

„Dann willkommen im Team", schloss Neumann die Sitzung.

Kapitel 2.8.2
Spaziergang mit Folgen

Eine Woche später hatte Carry schon mehrere Gespräche mit Doktor Demir über sich ergehen lassen. Es festigte sich immer mehr die Diagnose, die er schon in dem Telefonat mit MR geäußert hatte. Die Zeit von ihrer Reha bis zu ihrer Rettung war wie ausgelöscht.

Inzwischen war es Frühling geworden und auch der Klinikpark stand in voller Blüte.

Ich muss hier mal raus, dachte Carry, *gegen einen kleinen Spaziergang wird wohl niemand etwas einzuwenden haben.*

Sie steckte ein Päckchen Zigaretten ein, schlich sich an der Pforte vorbei und verließ heimlich das Gebäude. Sie schlenderte den Weg zum Verwaltungsgebäude hinunter und überblickte von dort aus das abschüssige Gelände hinunter zur Eingangspforte der Klinik.

Das Stück gehe ich noch, ist so schönes Wetter, sagte sie zu sich selbst. Sie kam an eine Wegkreuzung und schaute nach links. Dort sah sie ein weiteres Gebäude der Klinik, das sie magisch anzog. Sie ging dort hin und setzte sich davor in einen Raucherbereich. Ihr Blick fiel auf ein Halteverbotsschild, das am Ende des Raucherbereichs angebracht war.

Na, das ist ja hirnrissig, wer soll hier denn parken?, überlegte sie kopfschüttelnd und schaute nach rechts, wo sich ein kleiner Pavillon befand. Gleichzeitig beschlich sie ein komisches Gefühl, das sie nicht einordnen konnte.

Wird wohl an der frischen Luft liegen, dachte sie und rauchte ihre Zigarette genüsslich weiter.

„Doktor Demir, Carry ist weg", Schwester Martina kam, ohne anzuklopfen, atemlos in sein Büro gestürmt. „Ihr Zimmer ist leer. Sie muss das Gebäude verlassen haben. Sie ist in keinem der Zimmer. Ich habe den ganzen Flur überprüft!"

„Dann nehmen Sie zwei Pfleger und suchen das Gelände ab. Weit kann sie nicht sein", antwortete er unwirsch. „Ich rufe an der Pforte an, damit sie nicht vom Gelände kommt!"

Schwester Martina schnappte sich zwei Pfleger, die mit ihr das Gelände absuchten. Da es sich um ein weitläufiges Areal handelte, teilten sie sich auf. Schwester Martina ging den Weg zum Haus Taunus. Da sah sie Carry im Raucherbereich sitzen.

„Carry", rief sie, „Sie können doch nicht einfach rausgehen. Das wird ein Nachspiel haben!"

„Sorry Martina, aber ich musste mal raus. Mir fällt die Decke auf den Kopf. Es hat so gut getan, mal an der frischen Luft zu sein", schuldbewusst drückte sie ihre Zigarette aus.

„Kommen Sie, da vorne rechtsrum, der Weg ist kürzer." Sie hakte Carry bei sich ein. Vorher informierte sie noch Demir und die zwei Pfleger, dass die Suche beendet war. Carry schaute noch einmal in Richtung des Pavillon.

„Ja, ich habe sie gefunden. Sie war am Haus Taunus und hat geraucht."

„Hat sie über Erinnerungen gesprochen?", fragte Demir.

„Nein, bisher nicht."

Plötzlich blieb Carry stehen.

„Carry, was ist?", fragte Martina.

„Ich weiß nicht. Ich habe plötzlich das Gefühl, da würde ein Mann mit einer Krücke neben mir laufen. Aber hier sind doch nur Sie. Und er erzählt was ‚von November bis April einsalzen' und dass er ‚nichts dagegen' hätte. Und ich antworte: ‚Aber ich!'" Carry schaute Martina mit großen Augen an und fuhr fort: „Und ich habe plötzlich das Gefühl, ich habe schon Mal in diesem Pavillon da unten gesessen."

„Kommen Sie, das wird die Anstrengung sein. Sie müssen sich ausruhen."

Dann kamen sie an einem kleinen Feldweg vorbei, der eine kleine Anhöhe hinaufging.

„Und jetzt ist mir so, als würde der Mann langsam zurücklaufen. Als wenn er nicht weiterkönnte", sagte Carry verunsichert.

Dann hatten sie das Haus Altkönig erreicht und Carry wurde sofort auf ihr Zimmer gebracht.

„Doktor Demir, ich muss Sie sofort sprechen", sagte Martina zu ihm.

Nachdem Martina von den neuesten Vorkommnissen berichtet hatte, antwortete Doktor Demir: „Ich glaube, Carry beginnt, ihre Erinnerung zurückzugewinnen. Ich muss unbedingt Charly anrufen."

Als Demir Charly von Carrys Wahrnehmungen erzählt hatte, nickte dieser nur und begann zu berichten:

„Den Weg, den sie gegangen ist, kenn ich. Als wir damals in der Reha waren, gab es jeden Morgen vor dem Frühstück einen Spaziergang. Es war für mich anfangs eine Qual, da ich noch mit Krücken unterwegs und das Wetter sehr schlecht war, schließlich war noch Januar. Bei einem der Spaziergänge lief ich neben Carry und sagte: ‚*Scheiß Wetter, man könnte mich von November bis April einsalzen. Ich hätte nichts dagegen*'. Carry hat dann geantwortet: ‚*Aber ich*'. Und in dem Pavillon haben wir beim Rauchen immer gesessen, wenn der Wind zu kalt war. Doktor, was bedeutet das?"

„Das bedeutet, wir, besser Carry, hat heute ihre Tür zu den Gedächtnislücken einen Spalt weit aufgemacht. Das ist ein Anfang, mehr nicht. Wir schauen, wie sich die Sache entwickelt. Aber es ist schon mal gut, dass Carry keinen Anfall bei diesen Erinnerungen bekommen hat."

„Danke Doktor, endlich ein Hoffnungsschimmer", antwortete Charly. Seit langer Zeit sah man Charly mal wieder zufrieden lächeln.

Kapitel 2.8.3
Die Kanzlei

In einer Villa im Frankfurter Stadtteil West-End klingelte das Telefon.

„Ja", sagte derjenige, der den Hörer abnahm.

„Wir haben Informationen, dass es bald eine Razzia bei ‚Samuel und Söhne' geben wird", sagte die Stimme am anderen Ende der Leitung.

„Sorgt dafür, dass sie nichts finden und zeigt ihnen, dass sie sich zu weit vorgewagt haben. Ja, ich reise bald ab, dringende Geschäfte verlangen meine Anwesenheit", antwortete der Mann am Telefon und legte auf.

Nach mehreren Telefonaten zwischen Neumann, Köster und seinem Chef war die Entscheidung gefallen: MR blieb bei den Ermittlungen im Boot.

Mara und Charly wurden den bevorstehenden Razzien der Gruppe „Samuel und Söhne" zugeordnet.

„Wir planen die Razzia für übermorgen 08:00 Uhr. Dann müssten auch die Quartalsberichte der Firmen abgeschlossen sein. Wir haben dann frisches Material. Die Staatsanwaltschaft spielt auch mit. Wir haben für beide Firmen einen Hausdurchsuchungsbefehl erhalten. Der Generalstaatsanwalt war von Ihrer Arbeit echt begeistert, Neumann", berichtete Köster am Telefon.

„Gut, meine Leute werden da sein", antwortete Neumann, ohne auf das Lob einzugehen.

Zwei Tage später standen Mara und Charly pünktlich mit zwei Mitarbeitern der Abteilung Wirtschaftskriminalität vor der Kanzlei. Oberkommissar Inheidner leitete die Aktion. Jeder von ihnen war mit zig Umzugskisten beladen und sie trugen unter ihren Jacken kugelsichere Westen. Inheidner klingelte und bekam sofort aufgemacht. Sie wurden von einer Dame im grauen Kostüm empfangen.

„Polizei", rief Inheidner, „bitte machen Sie keine Schwierigkeiten, wir haben einen Durchsuchungsbefehl!"

„Ja hat man denn hier überhaupt keine Ruhe mehr? Grade gestern kam eine Sicherheitsfirma und hat eine neue Alarmanlage installiert. Und heute kommen Sie!"

„Inheidner reagierte gar nicht auf das Gezeter der Frau. Er rief nur: „Es ist alles beschlagnahmt, bitte bewahren Sie Ruhe!"

Mara und Charly begannen sofort mit der Entkabelung der PCs.

„Das wäre doch ein Job für Alex", witzelte Mara, „voll den Kabelsalat entwirren." Während sie das sagte, fiel ihr Blick auf ein kleines Kästchen, an dem ein Handy angeklebt war. Das Handy war mit einem USB-Kabel mit dem Kästchen verbunden.

„Charly, was ist das? Sieht aus wie ein Zeitzünder oder etwas Ähnliches."

Charly schaute ihr über die Schulter und schrie: „Das ist eine Bombe, alles raus hier!"

Mit diesen Worten löste er eine handfeste Panik aus. Alle stürmten aus den Räumen.

Mara, die die Bombe entdeckt hatte, stand schnell auf und wollte auch zum Ausgang stürmen. Beim Aufstehen hatte sie übersehen, dass sich ein PC-Kabel um ihren Fuß gewickelt hatte. Das Kabel zog sich beim Aufstehen fest um ihren Knöchel und sie stürzte wieder. Sie fiel dabei noch an einen Schreibtisch.

„Verdammter Mist, das gibt einen blauen Fleck", fluchte sie.

Dann versuchte sie schnell, sich von dem Kabel zu befreien. Es dauerte ein paar Sekunden, bevor es ihr gelang.

Jetzt aber raus hier, dachte sie.

Inzwischen waren alle Personen außer Mara aus den Büros geflüchtet.

„Wo ist Mara?", schrie Charly Inheidner an.

„Keine Ahnung, ich habe sie nicht gesehen!"

Charly wollte sich gerade herumdrehen und wieder in die Büros stürmen, da riss ihn eine Druckwelle zu Boden. In jedem der Büros explodierte eine Bombe und zerstörte die gesamte Inneneinrichtung.

Charly war nur kurz benommen und rappelte sich gleich wieder auf.

„Mara, Mara, wo bist du?"

Dann sah er sie im Flur liegen. Sie hatte sich zwar noch von dem Kabel befreien können, aber durch den Zeitverlust fehlten ihr entscheidende Sekunden. Er sah sie auf dem Bauch liegen. In ihrem Rücken steckte, trotz der kugelsicheren Weste, ein Teil einer Schreibtischplatte.

Er legte sie vorsichtig auf die Seite. Da öffnete sie die Augen und erkannte Charly.

„Scheiße, das tut so weh", aus ihrem Mund quoll Blut.

„Mara, ruhig, ganz ruhig. Der Notarzt ist gleich da!" Er hörte in der Ferne schon das Martinshorn näherkommen.

„Charly, bitte versprich mir eins: Räche meine Eltern, ich werde es nicht mehr können. Und räche Benny und sei immer lieb zu Carry, sie ist klasse."

Während sie das sagte, spuckte sie immer mehr Blut, sodass sich eine Lache vor ihrem Gesicht bildete. Sie konnte nur noch tonlos flüstern.

„Und Charly, ich muss dir noch was sagen: Ich, ich liebe dich!"

„Ich weiß", antwortete Charly unter Tränen.

Dann sah sie ihn mit glasigen Augen an. Der heraneilende Notarzt konnte nur noch ihren Tod feststellen.

„Mara!", schrie Charly aus vollem Hals. Er musste von der Leiche mit Gewalt weggezerrt werden.

„Bringen Sie ihn in das Büro von MR. In diesem Zustand darf er nicht allein sein. Wir nehmen hier die Ermittlungen auf", sagte Inheidner zu einem der Notärzte.

Als Charly im Büro von MR ankam, wurde er sofort von Frau Alt und Neumann in Empfang genommen. Neumann war durch Inheidner schon über alles informiert worden. Sie führten ihn in das Besprechungszimmer, nachdem er sich standhaft geweigert hatte, sein Büro zu betreten.

Da saß er jetzt, wie ein Häufchen Elend und trank ein Glas Wasser. Dann kam Neumann wieder herein. Als Charly ihn registrierte, sagte er zu ihm:

„Herr Neumann, diesmal werde ich nicht kündigen. Ich werde das Schwein jagen, bis ich ihn zur Strecke gebracht habe. Der soll für alles büßen, was er Mara, Carry und Benny angetan hat. Und wenn es das Letzte ist, was ich tue. Am liebsten wäre mir, der würde vor mir auf dem Boden krepieren!"

„Charly, Sie sind doch nicht bei Sinnen. Beruhigen Sie sich. Wir sind bei Ihnen. Und denken Sie dran, Carry braucht Sie jetzt mehr denn je. Versprechen Sie mir, dass Sie keine Dummheiten machen, bitte", flehte Neumann ihn an.

„Ich verspreche es Ihnen. Ich tue es für Carry", flüsterte Charly unter Tränen.

Da kam Frau Alt in den Besprechungsraum.

„Herr Neumann", sagte sie, „Sie sollen dringend Doktor Demir zurückrufen!"

Oh Gott, nicht noch eine Katastrophe, es reicht, dachte dieser. Dann verließ er Charly und ging in sein Büro. Charly war zu schwach, ihm zu folgen.

Kapitel 2.8.4
Das Experiment

„Hallo Doktor Demir, wie kann ich Ihnen helfen?", fragte Neumann, nachdem Frau Alt den Anruf durchgestellt hatte.

„Sie hören sich nicht gut an", sagte dieser.

„Kann gut sein", erwiderte Neumann.

Dann berichtete er von den neuesten Ereignissen.

„Das tut mir leid um Mara. Sie war immer eine Bezugsperson für Carry. Ein wunderbarer Mensch", sagte Demir mit Bedauern.

„Aber deshalb haben Sie mich nicht angerufen, Doktor Demir", entgegnete Neumann.

„Nein, ich weiß gar nicht, ob es jetzt der richtige Zeitpunkt ist, Sie damit zu kontaktieren", druckste er entgegen seiner Art herum.

„Ist was mit Carry?", fragte Neumann, „geht es ihr schlecht?"

„Nein, ganz im Gegenteil, es geht ihr gut. So gut, dass ich geneigt bin, die nächste Stufe ihrer Behandlung zu beginnen. Ich möchte sie jetzt mit Gegenständen aus der Zeit konfrontieren, die während der Gedächtnislücke eine Rolle gespielt haben. Doch dazu brauche ich die Hilfe von Charly."

„Ob das zum gegenwärtigen Zeitpunkt geht, weiß ich nicht", sinnierte Neumann. „Andererseits gäbe es ihm wieder Auftrieb. Er ist grade am Boden zerstört."

„Kann ich verstehen, ich schlage Folgendes vor", unterbrach Demir Neumann und erklärte seinen Plan:

„Sie fragen Charly, ob er sich fit genug fühlt, einige Dinge zu suchen und uns in die Klinik zu bringen. Ich könnte verstehen, wenn er noch nicht so weit ist. Aber es wäre für die Heilung von Carry von eminenter Bedeutung!"

„So machen wir es. Sie hören von mir", entschloss sich Neumann. „Ich gehe wieder zu ihm!"

„Professor Neumann, ich danke Ihnen. Wir hören uns", dann legte Demir auf.

Neumann ging wieder zu Charly und bat ihn in sein Büro. Dann erzählte er von den Plänen Demirs.

„Ich könnte verstehen, wenn Ihnen das jetzt zu viel ist", beendete Neumann.

Charly saß immer noch zusammengesunken auf dem Stuhl. Doch dann straffte er sich nach kurzer Überlegung und sagte: „Ja, ich mache es. Ich glaube, auch Mara hätte es so gewollt. Lassen Sie uns mit Demir telefonieren!"

Nach dem Telefonat fuhr Charly in seine Wohnung und schaute sich dort um.

Was nehme ich alles mit?, fragte er sich.

Als erstes kam ihm der Kugelschreiber in den Sinn, den er damals in der Hohen Mark stibitzt hatte. *Die Elefanten- und Katzenbilder sind ja schon in der Klinik. Dann wäre da noch der Schlüsselanhänger, den ich während der Reha von Dimitrie geschenkt bekommen habe. Carry war ein bisschen sauer, dass sie kein ähnliches Geschenk bekam.* Dann griff er in seine Hosentasche und holte den Miniaturelefanten heraus, den Carry ihm vor der Disziplinarverhandlung gegen ihn geschenkt hatte. Er öffnete eine weitere Schublade. Da fiel sein Blick auf die Anerkennungs-Medaille, die er von MR verliehen bekommen hatte. Carry hatte damals die gleiche bekommen. *Die nehme ich auch mit*, dachte er. Den goldenen Elefantenanhänger ließ er allerdings liegen.

Dann rief er Demir an.

„Gut, kommen Sie am besten gleich vorbei und bringen die Sachen mit. Ich werde dafür sorgen, dass Sie hier hochfahren können. Ist doch ein ganz schön langer Weg!"

„Ich komme gleich", sagte Charlie. Dann fuhr er los.

Als er am Tor der Klinik ankam, wurde er ohne Probleme durchgelassen. Er fuhr den Weg zum Haus Altkönig hinauf. Dabei stiegen in ihm Erinnerungen an die damalige Zeit hoch: *Hier hat mich Carry mal abgefangen, weil ich mir ihr Feuerzeug ausgeliehen habe. Sie brauchte es dringend wieder. Lang, lang ist es her*, dachte er. Dann war er am Haus Altkönig angekommen und wurde von Schwester Martina empfangen. Er bemerkte nicht, dass er beobachtet wurde.

Das Auto kommt mir bekannt vor, dachte Carry, die oben am Fenster stand. Charly erkannte sie nicht.

„Warten Sie hier, ich schaue, wo Carry ist. Sie sollten ihr auf keinen Fall begegnen. Wir haben extra einen medizinischen Termin gemacht, damit sie abgelenkt ist", Schwester Martina wirkte angespannt. Sie entdeckte Carry am Fenster stehen und ein kalter Schauer lief ihr über den Rücken. *Wir hätten vorsichtiger sein sollen*, dachte sie.

„Carry, was schauen Sie denn da?", fragte sie bemüht gelassen.

„Da, das Auto, das kenne ich irgendwoher. Und da ist ein Mann ausgestiegen, aber den kenne ich nicht", antwortete Carry.

Schwester Martina schaute aus dem Fenster und blickte genau auf Charlys Auto.

Interessant, an Gegenstände scheint sie eine Erinnerung zu entwickeln, an Personen noch nicht. Aber es fehlt auch die allergische Reaktion, die Angstzustände. Das werde ich Doktor Demir erzählen. Dann führte sie Carry in ihr Zimmer.

Sie winkte jetzt Charly herbei, der sofort in dem Zimmer von Doktor Demir verschwand.

Dieser begrüßte Charly herzlich und Charly zeigte die ganzen Gegenstände, die er gesammelt hatte. Er erklärte ganz genau die Zusammenhänge. Demir nickte sehr interessiert.

„Gut, dann will ich Ihnen noch etwas sagen: Wenn das hier gut gehen sollte, möchte ich mit Carry nächste Woche in das Haus Taunus gehen. Sie wird dort mit einigen Personen konfrontiert werden, die sie aus ihrer Reha her kennen müsste. Wären Sie bereit, dort auf sie zu warten? Das ist ein Tanz auf der Klinge, aber als Therapeut könnte ich den Schritt vertreten."

„Konfrontationstherapie sagt ihr Therapeuten doch dazu. Habe ich Recht?"

„Ja genau, Charly, überlegen Sie gut. Es kann hart für Sie werden!"

„Ich will Carry wiederhaben, da muss ich nicht lange überlegen", sagte er entschlossen.

„Gut, wollen Sie warten? Ich habe mit Carry gleich ein Einzelgespräch. Ich könnte Ihnen danach berichten, wie es gelaufen ist."

„Keine Frage, ich bleibe in der Klinik!"

„Schwester Martina wird Ihnen einen Raum zuweisen."

Dann verließ Charly das Büro. Als er ging, wendete er sich nochmal zu Demir um und sagte: „Viel Glück, Doktor Demir!"

Dieser nickte nur.

Dann positionierte er die Gegenstände so, dass er einen nach dem anderen vor Carry hinlegen konnte.

Dann rief er Schwester Martina: „Sie können sie jetzt holen!"

Schwester Martina nickte.

Carry betrat erwartungsvoll das Büro. Jedes Gespräch mit Doktor Demir war eine Herausforderung. Es entwickelte sich folgender Dialog:

„Carry, ich möchte Ihnen etwas zeigen", empfing Demir Carry freundlich. Er zeigte ihr zuerst den Kugelschreiber.

„Den kenne ich, den gibt es hier auch, aber ich glaube, der ist aus dem Haus Taunus. Aber wie der hierherkommt, weiß ich nicht. Ich glaube aber, Ihnen gehört der nicht!"

„Sehr gut", dann zeigte er ihr den Schlüsselanhänger.

„Der gehört definitiv nicht Ihnen. Der gehört an einen Autoschlüssel. Zu dem Auto, das ich da unten gesehen habe. Die gehören zusammen!"

Demir, der noch nicht informiert war, schaute Carry überrascht an.

„Zeigen Sie mir doch mal das Auto."

Beide gingen an das Fenster und Carry zeigte auf das Auto.

„Wissen Sie denn, wem das gehört?", fragte er sie.

„Nein, da stieg ein fremder Mann aus."

Dann gingen sie wieder in das Büro.

„Was sagt Ihnen das hier?" Demir zeigte ihr den Miniaturelefanten.

„Den habe ich mal verschenkt. Aber fragen Sie mich nicht, an wen."

„Und die hier", Demir legte die Medaille neben die anderen Gegenstände.

„Auch die kenne ich. Ich glaube, die habe ich auch. Aber die da gehört nicht mir. Die gehört jemand anderem."

Dann griff Demir in eine Schublade und holte die beiden Holzbilder heraus. Carry schaute sie genau an und sagte:

„Die habe ich mal geschenkt bekommen. Das weiß ich. Doktor Demir, wo haben Sie die her?"

„Langsam Carry, Sie haben heute viel gearbeitet. Lassen wir es für heute gut sein. Wir machen morgen weiter."

Man merkte, dass es in Carry arbeitete: „Doktor Demir, wann kann ich mich wieder an Personen erinnern? Und noch etwas, der Mann, der aus dem Auto stieg, der kam mir irgendwie doch bekannt vor!"

„Haben Sie auch ein Gefühl gespürt?", fragte er sie.

„Nein!", antwortete sie voller Überzeugung.

Dann entließ Demir Carry und Schwester Martina brachte sie wieder in ihr Zimmer. Dann holte sie Charly.

Dieser schaute Demir erwartungsvoll an.

„Es ist im Rahmen der Möglichkeiten gut gelaufen", sagte Demir. „Es gab keine allergischen Reaktionen und Carry hat alle Gegenstände erkannt und zugeordnet. Nur an Personen kann sie sich noch nicht erinnern."

„Wird das noch?", fragte Charly.

„Das hat Carry auch gefragt. Ich kann es nicht sagen. Ich werde jedenfalls nächste Woche den nächsten Schritt wagen. Bleiben Sie bei Ihrem ,Ja'?"

„Natürlich", antwortete Charly.

„Wir sehen uns dann nächste Woche Mittwoch. Ich habe den Termin auf 14:00 Uhr angesetzt. Seien Sie bitte eine halbe Stunde vorher da."

„Mach ich. Danke Doktor Demir."

Dann verließ er die Klinik.

Schwester Martina betrat das Büro.

„Es ist gut gelaufen", sagte Demir, ohne eine Frage abzuwarten, „nur zwei Dinge sollten Sie wissen: Charly kam Carry bekannt vor. Aber Gefühle haben sich nicht eingestellt. Sagen Sie das aber nicht Charly!"

„Schauen wir, was nächsten Mittwoch herauskommt", sagte sie. „Doktor, Carry ist Ihnen ganz schön ans Herz gewachsen, gell?"

„Nicht nur Carry. Sie haben doch Charly jetzt auch kennengelernt. Ein sympathischer Kerl, der für Carry durchs Feuer geht. Ich wünsche den beiden, dass Carry wieder zu sich und ihm findet. Aber Sie haben Recht: Warten wir es ab!"

Kapitel 2.8.5
Das Haus Taunus

Die Woche drauf war Charly pünktlich um halb zwei am Eingang vom Haus Taunus.

„Eine Zigarette geht noch." Er schaute sich am Rauchplatz um.

Hier hat sich ja gar nichts verändert. Das blöde Halteverbotsschild hängt immer noch, völlig zweckfrei!

Im Haus Taunus war im 1. und 2. Stock auch eine Psychiatrie untergebracht. Auch aus diesem Stockwerk standen einige Personen beim Rauchen. Sofort kam ein Mann auf ihn zu, um eine Zigarette zu schnorren.

„Nein, ich habe keine", war seine Antwort. Er konnte sich noch sehr genau an die mahnenden Worte einer Pflegerin erinnern, keine Zigaretten zu verschenken. Er konnte sich auch noch an eine Situation erinnern, als Carry und er beim Rauchen saßen. Wieder waren Personen aus dem 1. und 2. Stock anwesend. Er hatte schon aufgeraucht und machte Anstalten aufzustehen.

„Charly, lass mich jetzt bitte nicht allein", hatte Carry damals gesagt. Charly blieb gerne sitzen.

Noch ganz in Gedanken, fuhr Charly mit dem Aufzug in den 3. Stock. Hier betrat er die Station, die ihm sehr bekannt vorkam. Auf der linken Seite befand sich ein kleiner Aufenthaltsraum, das sogenannte „Aquarium". Hier hatten Carry, Benny und er viele Stunden verbracht. Auf Höhe des Aquariums schoss Charly noch ein Gedanke durch den Kopf:

Genau hier hat Benny mich darauf aufmerksam gemacht, dass ich meine Krücke am Raucherplatz vergessen hatte. Nie habe ich mich so gefreut, etwas vergessen zu haben.

Dann stand er vor dem Schwesternzimmer.

„Ich möchte gerne zu Frau Doktor Merz", sagte er zu dem diensthabenden Pfleger.

„Herr Bach, ich grüße Sie." Charly erkannte die Stimme sofort. Da stand seine ehemalige behandelnde Ärztin aus der Physiotherapie. Sie war einen Kopf kleiner als Charly und etwas untersetzt. Ihre halblangen und gelockten Haare reichten ihr bis zum Hals. Man konnte bei ihr ihre Beweglichkeit nicht auf Anhieb erkennen. Das Auffälligste an ihr waren allerdings ihre durchdringenden blauen Augen. Charly konnte sich noch gut daran erinnern, wie diese wütend blitzen konnten, wenn man seinen Therapieplan nicht einhielt.

Nachdem sie sich begrüßt hatten, sagte sie: „Nun kommen Sie in das Büro von Frau Doktor Rausch. Die anderen müssen auch gleich kommen. Wir sind übrigens eingeweiht." Im Hintergrund hörte Charly das Brummen des Wasserspenders aus dem Aufenthaltsraum. Dann betraten sie das Büro von Frau Doktor Rausch:

„Herr Bach, lange nicht gesehen. Ich freue mich, Sie zu sehen!"

Sie war das genaue Gegenteil von Frau Doktor Merz. Ihre braunen Augen strömten eine gewisse Wärme aus. Die dunklen langen Haare trug sie offen. Charly hatte während der Reha versucht, ihr Alter zu schätzen. Es war ihm schon damals nicht gelungen.

„Das mit Benny tut uns leid. Er war immer so energiegeladen und guter Laune", sagte Frau Doktor Merz.

Da klopfte es an der Tür. Doktor Demir kam hereingefahren.

„So, Schwester Martina kommt gleich mit Carry hier an. Sie beide werden Carry begrüßen", er schaute die beiden Doktorinnen an, diese nickten.

Dann holte er aus seiner Tasche kleine Knöpfe heraus.

„Die sind für Sie, Charly. Sie werden uns sprechen hören und können sich auch ganz normal mit uns unterhalten. Sie werden auch Carry hören. Sollten sie uns Hinweise geben können, dann tun Sie es hierüber. Sie müssen nur auf den Knopf drücken. Bleiben Sie aber so lange im Büro, bis wir Sie rufen. Ich werde das Codewort ‚Show-Time' verwenden. Haben Sie noch Fragen?"

„Nein", sagte Charly. Man merkte ihm seine Nervosität an.

Da klingelte das Telefon.

„Sie sind da", hörte man Frau Doktor Rausch. „Gut, wir kommen", antwortete sie.

Sie nickte den anderen zu.

„Ich fahre vor. Wenn Sie es hören, dann kommen Sie beide heraus. Charly, Sie bleiben hier, keine Alleingänge!"

„Nein, diesmal halte ich mich sklavisch an Ihren Plan", sagte er nervös.

Demir verließ das Büro.

Nachdem er Carry kurz fixiert hatte, sagt er: „Carry, Sie wissen, weshalb Sie heute hier sind?"

„Ja", sagte sie mit zittriger Stimme.

„Gut, dann möchte ich Ihnen jemanden zeigen!"

In diesem Moment ging die Bürotür auf und die beiden Doktorinnen traten heraus. Frau Doktor Merz hatte vor dem Raustreten noch kurz die Schulter von Charly gestreichelt.

„Frau Lund, wir begrüßen Sie im Haus Taunus. Kennen Sie uns noch?", begrüßte Frau Doktor Rausch Carry.

„Sie sind Frau Doktor Rausch und Sie Frau Doktor Merz, meine Therapieärztinnen in der Reha. Die habe ich hier gemacht", sagte sie zögerlich.

„Das stimmt", sagte Demir strahlend.

„Kommen Sie mit, wir haben im Besprechungszimmer ein bisschen Kuchen vorbereitet", sagte Frau Doktor Rausch sichtlich erleichtert.

Da knackte es im Knopf von Demir. Er blieb ein bisschen zurück und hörte Charly sagen: „Organisieren Sie sich ein Feuerzeug und schauen Sie, ob es noch die Kerze im Schrank gibt. Seien Sie vorsichtig, das ist eine elektrische Kerze. Ich erkläre es Ihnen später!"

Demir handelte, wie Charly es ihm gesagt hatte, und fuhr in den Besprechungsraum.

„Sagen Sie, haben Sie eine Kerze hier? Ist doch gemütlicher", fragte er. Er nahm das Feuerzeug aus der Tasche und legte unauffällig den Finger an die Lippen.

Carry horchte auf. „Na hoffentlich ist das Feuerzeug auch noch gefüllt", sagte sie und wunderte sich über diesen Gedanken.

„Ja, da im Schrank, da müsste eine Kerze sein", beantwortete Frau Doktor Merz Demirs Frage. „Der Docht ist aber etwas kurz. An dem Anzünden hat sich schon mal einer probiert!"

Demir holte die Kerze heraus und versuchte, sie anzuzünden.

Da platzte es aus Carry heraus: „Das können Sie lange versuchen. Das ist eine elektrische Kerze. Da hat sich schon Charly dran probiert. Der hat damals auch den Docht zerstört!"

Die anderen drei schauten Carry an und lächelten.

Carry bekam große Augen. „Was habe ich da grade gesagt?" Sie schaute irritiert von einem zum anderen. „Ich habe mich an Sie beiden erinnert und jetzt an Charly und die damalige Situation mit der Kerze!"

„Show-Time", sagte Demir.

Im nächsten Moment stand Charly mit zittrigen Beinen in der Tür.

„Charly!" Carry war aufgesprungen und stand da wie vom Donner gerührt.

„Carry!", rief Charly.

Demir signalisierte Charly, sich zu mäßigen.

So blieben beide auf Abstand und Charly kämpfte gegen den Drang an, Carry in die Arme zu schließen.

„Ich glaube, das reicht für heute. Verteilen Sie den Kuchen an Ihre Patienten", kommentierte Demir die Situation. Er rief nach Schwester Martina, die eine sichtlich verwirrte Carry wieder in das Haus Altkönig brachte.

„Meine Damen, ich danke für Ihre Zusammenarbeit", fuhr er fort.

„Nichts zu danken, wir haben es gerne getan", verabschiedete sich Frau Doktor Merz. „Ich wünsche Ihnen noch viel Erfolg. Und Ihnen Charly, wünsche ich viel Kraft!"

Charly erwachte langsam aus seiner Starre.

„Was soll ich jetzt davon halten?", fragte er Demir.

„Was haben Sie erwartet? Dass sie Ihnen um den Hals fällt? Sie kann sich wieder an Sie erinnern. Das ist doch mehr, als wir erhofft haben, oder?"

„Vielleicht etwas mehr", sagte Charly ehrlich.

„Fahren Sie heim, das war anstrengend heute. Nicht nur für Carry, auch für Sie. Ich werde Neumann informieren."

Dann fuhr Charly mit gemischten Gefühlen nach Hause.

Kapitel 2.8.6
Verrat

Am nächsten Morgen erschien Charly wieder im Büro, nachdem er ein Angebot von Neumann abgelehnt hatte, noch einen Tag freizumachen. Neumann rief ihn gleich in sein Büro:

„Ich bin auf dem Laufenden, Demir hat mich bereits informiert", eröffnete er die Unterhaltung.

„Vielleicht habe ich zu viel erwartet", sagte Charly, „bitte lassen Sie uns das Thema wechseln. Was gibt es im Fall Da-Silva Neues?"

„Nun erst mal was Neues, was Sie freuen wird. Ich habe Dimitrie wieder ins Hauptquartier versetzt. Er müsste heute Abend in Frankfurt landen!"

„Wann? Ich hole ihn vom Flughafen ab!" In der Tat, Charly freute sich auf seinen alten Freund.

„Frau Alt hat alle Daten", sagte Neumann. „Jetzt zu den unerfreulichen Themen: Der Bombenanschlag auf die Kanzlei war am Tag vorher vorbereitet worden. Die Attentäter haben sich als EDV-Unternehmen getarnt und die Sprengsätze angebracht. Gezündet wurden diese über die Handys, die an den Sprengsätzen angebracht wurden."

„Dann müssen die doch gewusst haben, dass wir kommen. Und die Kanzlei muss beobachtet worden sein!"

„Ja, das BKA hat die Fahndung aufgenommen, bisher aber noch ohne Erfolg. Von unserer Seite wurden durch dem Ausfall von Ihnen und Mara noch keine Aktivitäten gestartet. Ich möchte aber Sie und Dimitrie auf diesen Fall ansetzen. Ich sage Ihnen aber ganz ehrlich, Sie stehen dabei unter Bewährung. Nach Ihrem Auftritt nach dem Tod von Mara habe ich kurzfristig daran gedacht, Sie von diesem Fall abzuziehen. Sie haben es Dubois und Dimitrie zu verdanken, dass Sie noch dran sind. Es war auch Dubois Idee, Dimitrie als Verstärkung an Ihre Seite zu stellen. Sie sollten den Tag nutzen und sich in die Materie wieder einarbeiten. Dann holen Sie Dimitrie ab und wir sehen uns spätesten morgen früh zur Lagebesprechung!"

„Hört sich gut an", sagte Charly. „Übrigens Chef, das zwischen Mara und mir, da hatten Sie recht. Aber nur im Falle von Mara. Sie hat es mir kurz vor ihrem Tod gestanden. Mir ist aber klar: Ich gehöre zu Carry."

„Es ist aber gut, dass Sie es wissen. Ach, noch mal zu gestern. Demir hat mir auch von Ihrem Rekord berichtet!"

Charly schaute ihn fragend an.

„Na ja, vom Code-Wort ‚Show-Time' bis zum Öffnen der Tür in null Komma null Sekunden, reife Leistung. So viel zum Thema ‚Alleingang'", Neumann musste grinsen.

„Hier spricht sich aber auch alles rum", konterte Charly. Dann ging er in sein Büro. Dort schaute er sich versonnen um.

Siehst du, Carry, Mara konnte deinen Platz nicht einnehmen. Der bleibt immer für dich erhalten, hier im Büro und in meinem Herzen. Komme bald wieder, mein Schatz.

Dann bemühte er sich, konzentriert zu arbeiten.

Am späten Nachmittag fuhr er zum Flughafen und holte Dimitrie ab. Die beiden begrüßten sich herzlich.

„Charly, du siehst schlecht aus", sagte Dimitrie.

„Mir fehlt die ägyptische Sonne", erwiderte Charly.

„... und Carry", ergänzte Dimitrie.

Dann fuhren die beiden Freunde nach Frankfurt und gingen essen. Dabei brachte Charly Dimitrie auf den neuesten Stand.

„Ach, das deutsche Essen hat mir gefehlt", sagte Dimitrie, nachdem er seine gegrillten Rippchen mit großem Appetit bis auf den Knochen verspeist hatte. Dann wurde er wieder ernst und sagte:

„Das mit Mara tut mir leid. Wir haben uns nur kurz getroffen in Ägypten. Aber Sie war mir von Anfang an sympathisch. Und sie war gut, das habe ich gleich gesehen. Weißt du, wie man von ihr im Kairoer Büro gesprochen hat? Carry 2!"

„Dimitrie, Mara war Mara und Carry ist Carry. Das waren zwei selbstständige Persönlichkeiten. Wenn auch eine gewisse Ähnlichkeit nicht von der Hand zu weisen war. Und jetzt lass uns bitte das Thema wechseln!"

„Ist ja gut, bin ja schon still!"

Charly ist ja fast so gereizt wie damals, als wir ihn auf Carry angesprochen haben, dachte er, *er macht aber grade auch eine Menge durch.*

Den Rest des Abends sprachen die beiden über die Neuigkeiten aus der Firma und umschifften die Themen Carry und Mara großräumig.

Am nächsten Morgen war Besprechung mit Neumann.

„Ich habe gestern noch mit dem Innenminister gesprochen. MR wird sich vorerst aus den Ermittlungen gegen DaSilva raushalten."

Charly und Dimitrie quittierten diese neue Information mit einem Raunen.

„Moment", fuhr Neumann fort, „wir sollen uns immer noch um die undichte Stelle im BKA kümmern. Damit, glaube ich, haben wir immer noch den Fuß in der Tür. Ich sehe diese Entscheidung als Vorteil an. Gehen Sie also jeder Spur nach. Im Gegenzug habe ich die Unterstützung von Alex für das BKA zugesagt. Mit dem kleinen Hintergedanken, auch auf diesem Weg noch etwas zu erfahren"

„Haben wir denn Zugang zu allen Informationen?", fragte Dimitrie.

„Jeglicher Zugang wird uns ermöglicht. Wir bekommen auch zu geheimen Akten des BKA und des Innenministeriums ein Passwort. Dies ist aber alles streng vertraulich. Der Innenminister will absolute Diskretion. Wir erhalten User und Passwörter in zwei Umschlägen in den nächsten Tagen."

„Oh Mann, wir haben mal Grabräuber gejagt", sagte Dimitrie.

„Beförderung", antwortete Charly grinsend.

Ein paar Tage später erhielt MR die zwei Umschläge. Charly und Dimitrie machten sich sofort an die Arbeit und sichteten das Material. Verstärkt wurden sie durch Alex, der sich in kurzer Zeit gut in die Materie eingearbeitet hatte.

Sie saßen alle in Charlys Büro. Dimitrie auf Carrys und Alex wieder auf dem ehemaligen Platz von Benny.

Charly schaute in einer kurzen Pause in die Runde. Dimitrie schien Charlys Gedanken zu erraten:

„Ich weiß, wo ich hier sitze", sagte er, ohne den Bildschirm aus den Augen zu lassen.

„Ich habe ja schließlich in einer Schublade dieses Bild gefunden." Er legte ein Urlaubsbild von Carry und Charly auf Charlys Schreibtisch. Es zeigte Carry und Charly gemeinsam strahlend in die Kamera schauend.

„Das haben wir letztes Jahr in der Toskana aufgenommen. Es war unser erster und einziger Urlaub, den wir gemeinsam verbracht haben", sagte Charly leise.

„Sie wird wiederkommen, Charly. Das spür ich."

„Fragt sich nur wann und in welchem seelischen Zustand", sinnierte Charly.

„Wie geht es ihr denn?", fragte Dimitrie. Er hatte das Thema „Carry" in den letzten Tagen gemieden.

„Sie will momentan von MR niemanden sehen. Vor allem mich nicht. Nur ihre Eltern und ihr ehemaliger Freund dürfen zu ihr. Demir behauptet, das wäre eine ganz normale Reaktion. Ich will ihm mal glauben."

„Charly, mach dir nicht zu viele Gedanken. Überlege dir, in welchem Zustand Carry war, als du sie befreit hast und schau sie dir jetzt an", versuchte Dimitrie ihn aus seinen trüben Gedanken zu holen.

„Also, ich störe eure Unterhaltung äußerst ungerne, aber mir ist was aufgefallen. Schaut euch das mal an", unterbracht Alex die beiden.

Charly und Dimitrie stellten sich hinter Alex.

„Hier schaut mal. Jedes Mal, wenn es Hinweise auf einen Zusammenhang einer Straftat und DaSilva gab, verschwanden irgendwelche belastenden Akten oder diese wurden zerstört. Es ist, als würde jemand seine schützende Hand über ihn halten. Manche Ermittlungen dauerten Jahre und beschäftigten zig Beamte. Bisher war man zweimal dicht an ihm dran. Einmal in der Wirtschaftsprüfungskanzlei und vor einigen Jahren in Hamburg!"

„Ich weiß", sagte Charly. „Damals sind Maras Eltern ums Leben gekommen. Und jetzt Mara selbst, Ironie des Schicksals", stellte Charly fest.

„Sagt mal, gibt es nicht vom zentralen Server der Kanzlei eine externe Datensicherung?", fragte Dimitrie in die Runde.

„Gab es, aber die ist verschwunden. Zu dem Zeitpunkt, als die Razzia stattfand, hat sich eine fremde Person in der Bank als Mitarbeiter der vermeintlichen EDV-Firma ausgegeben und die externe Festplatte entwendet", sagte Alex.

„Und was sagen die Überwachungskameras in der Bank?", fragte Charly.

„Die Aufnahmen zum Zeitpunkt der Übergabe des externen Laufwerkes sind verschwunden", ergänzte Alex.

„Das kann doch alles nicht wahr sein. Bisher haben wir nichts. Und die Razzia bei ‚Burger und Co'?", fragte Dimitrie.

„Haben am Tag vorher alles zur Prüfung nach Frankfurt geschickt. Aber die Kollegen vom BKA sind da noch dran und checken die Geschäftsvorfälle der letzten Jahre", berichtete Alex, der voll in der Materie drin war.

„Leute, das stinkt gewaltig, die sind uns immer einen Schritt voraus", empörte sich Charly. „Da muss wirklich ein Loch sein. Wir müssen rauskriegen, wer alles von den Razzien wusste. Da muss einer geschwätzt haben, an die Arbeit!"

Die drei waren den gesamten Nachmittag damit beschäftigt, Material zu sichten. Sie suchten nach verdächtigen Personen. Gegen 19:00 Uhr konnten sie ihre Ergebnisse zusammentragen:

„Booh, was für Massen an Material. Wir könnten noch jemanden gebrauchen", stöhnte Alex.

„Ich habe mir darüber auch Gedanken gemacht", sagte Charly, „aber lasst uns erst mal schauen, was wir haben!"

Er stellte sich an die Metaplanwand und begann, bunte Kärtchen zu schreiben. „Da haben wir erst einmal Köster und Inheidner. Des Weiteren die Leute aus den Razzia-Teams. Von hieraus und mit dem vorhandenen Material kann ich an denen nichts Verdächtiges feststellen. Außerdem waren die über die parallele Aktion nicht informiert. Ich glaube, die können wir ausschließen. Ich lass sie trotzdem nochmal hängen. Tja, ich sage es nicht gerne, aber dann haben wir noch den Innenminister. Er war von Anfang an über alle Aktionen informiert!"

„Du meinst, Doktor Martin Huber könnte was damit zu tun haben?", fragte Dimitrie ganz überrascht. „Der ist doch schon Innenminister, seit ich denken kann. Egal, wer grade an der Regierung war."

„Eben", antwortete Charly. „Er war von Anfang an bei den Aktionen gegen DaSilva dabei. Selbst Köster, ein alter Haudegen, kam erst nach dem Tod der Eltern von Mara zum BKA!"

„Dann müssen wir unsere Nachforschungen auf das Bundesinnenministerium ausdehnen. Aber wir dürfen auf der anderen
Seite die Pferde nicht scheu machen. Wie kommen wir auf deren Sever drauf?", fragte Dimitrie.

Charly und Dimitrie schauten gleichzeitig Alex erwartungsvoll an.

„Das müsste ich analysieren", sagte er, „aber da müssen wir
erst mit meinem Onkel sprechen. So ist mir das zu heiß!"

Wie auf Stichwort kam Neumann herein und fragte nach Ergebnissen. Nachdem Charly referiert hatte, was sie herausgefun-
den hatten und was sie vorhatten, sagte Neumann:

„Was, Sie wollen den Server vom Bundesinnenministerium
hacken? Sind Sie noch ganz bei Trost? Wir können alle in Teufels Küche kommen, wenn das rauskommt!"

Charly legte noch mal alle Argumente dar und kam zu
dem Schluss: „Wir müssen jeder Spur nachgehen, das haben
Sie selbst gesagt. Auch Martin Huber gehört meines Erach-
tens zu den Verdächtigen. Und wer weiß, was wir noch alles
herausfinden?"

„Lassen Sie mich eine Nacht darüber schlafen. Sie werden
morgen meine Entscheidung erfahren!"

„Ach ja, Chef, noch etwas: Sie sagten doch, dass Sie Frau Alt
mehr fordern wollen. Sie könnte uns beim Sichten des Materi-
als behilflich sein", kartete Charly grinsend nach.

„Na, Sie sind mir ja alle lustig. Haben Sie sonst noch Wünsche?" Neumann schüttelte nur mit dem Kopf.

„Nö, das ist erst mal alles", entgegnete Dimitrie.

„Na, dann bin ich erst mal froh", sagte Neumann schlecht
gelaunt, „dann bis morgen. Ich komme auf Sie zu!"

Am nächsten Morgen bestellte Neumann Charly, Dimitrie
und Alex in sein Büro.

„Sie haben mir eine schlaflose Nacht bereitet", empfing er die
drei ohne Begrüßung. „Ich habe mir die ganze Nacht den Kopf
über Ihren Vorschlag mit dem Innenministerium zerbrochen.
Sie wissen, dass wir gegen deutsches Recht verstoßen. Andererseits kann ich Ihre Argumente nicht von der Hand weisen. Das

ständige Ausbüchsen von DaSilva legt den Verdacht nahe, dass er immer wieder gewarnt wird. Also legen Sie los. Und was Frau Alt betrifft, sie kann Ihnen unter die Arme greifen. Aber nicht zum Kaffee kochen!"

„Danke Chef", antworteten die drei wie aus einem Munde.

Alex machte sich sofort an die Arbeit, während Dimitrie und Charly weiter Akten wälzten.

„Das ist meine Welt", stöhnte Dimitrie nach weiteren vier Stunden Aktenstudium. „Nichts, aber gar nichts Greifbares. Alex, kommst du wenigstens weiter?"

Charly stöhnte auch. Wie gerne würde er wieder in die freie Wildbahn und Grabräuber jagen. Aber als erstes musste dieser DaSilva festgesetzt werden.

Na immerhin lenkte diese Arbeit von Carry ab, dachte er. Zu gerne würde er ihr zumindest eine Nachricht schicken. Aber Demir hatte ihn nochmal angerufen und ihm ins Gewissen geredet, dass jeder Kontakt kontraproduktiv sei.

Aber ihr alter Freund darf sie kontaktieren und treffen, dachte er weiter, *die Welt ist ungerecht!*

„Ich glaube, ich habe es gleich", murmelte Alex tief versunken über dem Bildschirm.

Seit vor einigen Jahren Hacker den Server des Deutschen Bundestags gehackt hatten, waren die Sicherheitsvorkehrungen deutlich verschärft worden. Alex bekam es jetzt zu spüren.

Eine weitere Stunde verging, als Alex plötzlich sagte: „Ich bin drin. War gar nicht so einfach. Ich schlage vor, ich mache mich erst einmal mit der gesamten Datenstruktur vertraut und präsentiere sie euch dann im Besprechungsraum."

„Mach das, wie lange wirst du brauchen?", fragte Charly.

„Ich denke, morgen früh kann ich euch schon einiges zeigen", antwortete er.

„Morgen früh?, jetzt haben wir schon 15:30 Uhr. Wie lange willst du denn machen?", fragte Dimitrie.

„Bis ich fertig bin", kam es von Alex.

„Ich geh mal zu Neumann und informiere ihn", sagte Charly, der vom vielen Sitzen schon ganz schief lief.

Nachdem Charly Neumann informiert hatte, sagte der: „Dann möchte ich morgen früh gerne dabei sein. Ich will schließlich wissen, wofür ich in den Knast komme."

Charly verließ kommentarlos das Büro.

Am nächsten Morgen fanden sich die vier gegen 09:00 Uhr im Besprechungsraum ein. Anhand der Bekleidung und der nicht vorhandenen Rasur schloss Charly, dass Alex gar nicht im Bett gewesen war.

„Alex, nicht gleich versuchen, Carrys Rekord im Durcharbeiten zu brechen", begrüßte er ihn.

„Wo liegt der denn?", fragte Alex nach.

„Drei Nächte durchgearbeitet, danach 48 Stunden geschlafen", kam Dimitrie Charly zuvor, „Arbeiten wohlgemerkt. Was sie mit Charly schon alles angestellt hat, entzieht sich meiner Kenntnis."

Charly warf ihm einen bösen Blick zu.

„Das war jetzt mehr als geschmacklos, Dimitrie", blaffte er ihn an.

„Stimmt Charly, entschuldige bitte", gab Dimitrie kleinlaut zurück.

„So, jetzt reicht es", schaltete Neumann sich ein, „machen Sie das unter sich aus. Aber eines, Herr Maier, Sie als guter Freund von Charly sollten in dieser Angelegenheit etwas mehr Feingefühl walten lassen. Man sollte nachdenken, bevor man etwas sagt. Thema erledigt. Alex, fang an!"

Alex begann die einzelnen Seiten zu erklären und ersparte den anderen Einzelheiten, wie er auf diese Seiten gekommen war.

„Die Seiten gliedern sich in mehrere Ebenen auf: Der externe Bereich, für jeden zugänglich, quasi die Homepage. Dann der interne Bereich, das ist das Intranet. Dann ein Bereich für einzelne Abteilungen und dann der persönliche Bereich. Jeder Bereich kann jedem Benutzer individuell zugeordnet werden. Von hier kommt man an Dokumente, eingescannte Bilder und Berichte und sogar an die Gehaltszahlungen und Bankkonten der einzelnen Benutzer. Wenn man die Berechtigung dazu hat. Ich könnte sogar Überweisungen tätigen!"

„Uih", Charly pfiff durch die Zähne, „wie bist du denn angemeldet?"

„Als sogenannter Super-User. Ich kann auf allen Ebenen alles!"

„Und kann man nachverfolgen, wenn du etwas tust?", fragte Dimitrie.

„Nein, ich habe den Algorithmus so gestrickt, dass hinter meinen Aktionen alle Spuren gelöscht werden. Stellt euch vor, hinter euch ist ein Feudel, der den Dreck, den ihr macht, sofort aufwischt!"

„Gutes Beispiel, das verstehe sogar ich", bemerkte Neumann, dem man nicht nachsagen konnte, dass er EDV-Fachmann sei.

„Ich habe mir auch schon mal die Seiten von Huber angeschaut. Ich habe nichts Verdächtiges gefunden. Aber da könnt ihr noch mal schauen. Da kennt ihr euch besser aus."

„Kommen wir da auch gleichzeitig drauf und können gemeinsam recherchieren?", fragte Charly.

„Sollte möglich sein", antwortete Alex.

„Super Arbeit, auch wenn ich die Aktion immer noch nicht gutheißen kann. Aber ich ziehe den Hut vor deiner Arbeit. So Jungs, jetzt macht das Beste daraus. Frau Alt soll euch unterstützen. Sie ist schon vorgewarnt und ich denke, sie hat schon genügend Erfahrung, um euch eine Hilfe zu sein!"

Der sonst so formelle Neumann war ungewohnt jovial, Alleingänge schweißen halt zusammen!

Alle vier machten sich unverzüglich an die Arbeit.

„Sagen Sie, Frau Alt, wie heißen Sie eigentlich mit Vornamen?", fragte Charly sie.

„Ich heiße Cornelia, warum?"

„Ich denke, wo Sie jetzt zum Team gehören, möchte ich Sie gerne mit Vornamen ansprechen!"

Frau Alt errötete leicht und antwortete: „Dann nennen Sie mich einfach Conny!"

„Und Sie mich Charly.", erwiderte er.

Den ganzen Tag waren die vier damit beschäftigt, Material zu sichten. Es ergab keine Ergebnisse.

„Der scheint sauber zu sein, nicht ein Hinweis auf DaSilva", sagte Charly am Abend enttäuscht in die Runde.

„Warten Sie mal, Charly", unterbrach Conny ihn, „hier ist etwas, das kapier ich nicht. Ein Artikel über den Mord an einer Prostituierten. Der Artikel ist 20 Jahre alt. Es steht aber kein Name dabei und dummerweise auch kein Datum des Artikels. Aber die Tat wurde in Bochum begangen. Vom Stil her scheint es sich um eine Lokalzeitung zu handeln."

„Zeigen Sie mal", Charly schaute auf ihren Bildschirm. „Wie kommt das in den persönlichen Ordner von Huber? Ist auch ziemlich versteckt in einem nichtssagenden Unterordner."

„Vielleicht Zufall", gab Dimitrie zu bedenken.

„Alex, kannst du was machen?", fragte Charly.

„Mal schauen, ob ich datentechnisch noch was finden kann", sagte dieser.

„Conny, wie kommen Sie eigentlich darauf, dass es sich um eine Lokalzeitung handelt?", fragte Alex.

„Ich bin leidenschaftliche Zeitungsleserin. Glauben Sie mir, den Unterschied lese ich raus!"

Da kam Neumann herein. Er blickte in fragende Gesichter. Charly unterrichtete ihn über den neuesten Fund.

„Huber ist ein absolut integrer Politiker. Seit 35 Jahren in der Politik. Wurde schon vor 15 Jahren Innenminister und hat unter verschiedenen Kanzlern gewirkt. Was soll der damit zu tun haben?", sagte Neumann.

„Ich weiß es nicht", antwortete Dimitrie, „Köster können wir nicht fragen, dann müssten wir gestehen, wo wir das Bild herhaben."

„Alex, was gefunden?", fragte Charly ungeduldig.

„Moment, ich kann nicht hexen", erwiderte dieser.

„Machen Sie mal weiter, ich habe noch zu tun", sagte Neumann.

Nach einer halben Stunde blickte Alex auf: „Ich habe was. Der Artikel ist von 2003 und wurde 2008 von Huber in dem Ordner abgelegt."

„Da ist er grade Innenminister geworden", kombinierte Conny.

„Dimitrie, schau doch mal, ob du in der Datenbank vom BKA was findest", sagte Charly.

„Wird schwierig, wir haben nur die Ordner, die DaSilva betreffen", entgegnete er.

„Trotzdem, schau mal rein. Und krieg raus, was DaSilva im fraglichen Zeitraum gemacht hat."

Dimitrie war sofort wieder hellwach. Jetzt hatte ihn das Jagdfieber gepackt. Er kam sich wieder wie auf der Jagd nach Grabräubern vor.

„Bingo", sagte er nach einer Weile, „DaSilva hatte von 2000 bis 2006 ein Etablissement in Bochum, also einen Puff."

„Dimitrie, es sind Damen anwesend." Alex schaute strafend.

„Ach Alex, ich habe drei Brüder, da bin ich solche Ausdrücke gewohnt", sagte Conny grinsend.

Charly stürmte in das Büro von Neumann und informierte ihn über alles.

„Gut", sagte Neumann, „kriegen Sie heraus, wie viele Tageszeitungen es in Bochum noch gibt. Dann fahren Sie und Dimitrie hin und schauen in deren Archiven nach. Vielleicht werden Sie dort fündig. Alex und Frau Alt bleiben hier und recherchieren weiter!"

„Machen wir", sagte Charly. Auch ihn hatte das Jagdfieber gepackt.

Sie hatten Glück. Es gab noch zwei lokale Zeitungen in Bochum: die Westdeutsche Allgemeine Zeitung und die Ruhr Nachrichten. Am nächsten Morgen saßen beide im Auto und fuhren nach Bochum.

Vom Auto aus machten sie Termine mit den jeweiligen Archivaren. Sie kalkulierten pro Zeitung je einen halben Tag. Sie begannen mit der Westdeutschen Allgemeinen Zeitung. Hier hatten sie keinen Erfolg. Mittags suchten sie sich eine Eckkneipe und aßen zu Mittag.

„Hoffentlich haben wir heute Nachmittag mehr Glück", sagte Dimitrie und kaute gleichzeitig mit vollen Backen.

„Hoffentlich haben wir uns nicht in eine fixe Idee verrannt", antwortete Charly.

Nachmittags waren sie dann im Archiv der Ruhr Nachrichten. Sie hatten schon fast alle Jahrgänge durchforstet, als Dimitrie plötzlich stutzte.

„Hier ist er", sagte er zu Charly, „Ausgabe vom 11.05.2003. Mal schauen, ob es noch eine Fortsetzung gibt." Sie suchten weiter.

„Da", sagte Charly, „Ausgabe vom 07.03.2004: *Die Ermittlungen wegen des Mordes an einer Prostituierten aus dem Jahr 2003 wurden erfolglos eingestellt und zu den Akten gelegt.* Eine kleine Randnotiz im Polizeibericht. Der Fall scheint nicht aufgeklärt worden zu sein. Jetzt brauchen wir nur noch den Zusammenhang zwischen Huber und diesem Fall. Dimitrie, gib mir doch mal die Ausgabe vom 10.05.2003."

Charly schaute auf die erste Seite. Dort stand in großen Lettern: „Doktor Martin Huber heute und morgen auf Wahlkampfreise in Bochum!"

Sie machten Kopien von den entsprechenden Artikeln und begaben sich auf den Weg zurück nach Frankfurt.

„Huber war also in Bochum, als der Mord passierte. Das ist ein Ding", sagte Dimitrie im Auto.

„Können immer noch Zufälle sein", antwortete Charly.

„Hör mal, das Bild war in einem seiner persönlichen Ordner. Ganz versteckt in zig Unterverzeichnissen. Wahrscheinlich hat er es dort abgelegt und über die Jahre vergessen. Vergiss nicht, er ist schon ewig Innenminister, da kann sowas schon mal verschüttet gehen." Dimitrie ließ nicht locker.

Charly nutzte die Heimfahrt, um Neumann zu informieren. Dieser bat die beiden, trotz der späten Stunde noch mal im Büro vorbeizukommen. Zwei Stunden später waren die beiden in Neumanns Büro.

„Ob das ausreicht, kann ich nicht beurteilen", sagte Neumann, „außerdem kann alles immer noch Zufall sein!"

Dimitrie rollte mit den Augen.

„Nein, sehen Sie, dass Sie noch mehr Informationen zusammen bekommen. Damit gehe ich nicht zu Köster. Wir haben uns schon zu viel zu Schulden kommen lassen. Nicht auszudenken, wenn sich das als Luftnummer herausstellt!"

Damit waren Charly und Dimitrie entlassen.

„Ich lasse nicht locker, ich werde einen stichhaltigen Beweis finden", sagte Charly, als die beiden sich in der Tiefgarage verabschiedeten.

„Wir sehen uns morgen", verabschiedete sich Dimitrie enttäuscht.

Am nächsten Morgen saß Charly schon im Büro und wartete auf Alex.

„Alex, ich habe einen Anschlag auf dich vor," empfing er ihn.

Zuerst informierte er ihn über die Ergebnisse vom Tag zuvor.

Dann sagte er: „Meinst du, du kommst an Kontobewegungen von Huber heran, die einige Jahre zurückliegen?"

„Könnte ich bestimmt. Ist doch sicher wieder nicht abgesegnet, oder?", fragte er verschwörerisch lächelnd. „Ich habe während meiner Studienzeit mal bei einer Bankensicherheitsprüfung für meine Masterarbeit teilgenommen, da bekommt man schon eine Menge mit!"

„Zu deiner Frage, sagen wir, ich hole mir die Erlaubnis, wenn wir Ergebnisse haben und zum Thema Sicherheitsprüfung: Kompliment!", lächelte Charly zurück.

In dem Moment kam Dimitrie zur Tür herein.

„Ihr heckt doch wieder was aus", Dimitrie schaute von einem zum anderen.

„Ich habe dir doch gesagt, ich setze alle Hebel in Bewegung, um DaSilva zu überführen. Jetzt lege ich den nächsten Gang ein. Los Alex, an die Arbeit!"

Conny, Dimitrie und Charly sichteten weiter die Daten des BKA und Alex versuchte, etwas über die Kontobewegungen von Huber herauszubekommen. Zuerst untersuchte er Bewegungen auf Hubers Hausbank. Diese bekam er über die Gehaltszahlungen aus dem Ministerium heraus.

„Das Konto wurde erst eröffnet, als er Innenminister wurde, also 2008", murmelte Alex. „Aber es gibt eine größere Einzahlung im gleichen Jahr. Das könnte sein altes Konto sein!"

„Werden die Daten bei Kontoauflösung nicht gelöscht?", fragte Dimitrie.

„Schauen wir mal", erwiderte Alex.

„Wenn du drankommst, vor allem die Zeit von 2003 bis 2008 wäre interessant", ergänzte Charly.

„Ist klar", murmelte Alex wieder tief in seine Arbeit versunken.

Eine halbe Stunde später blickte er auf und sagte triumphierend: „So Leute, jetzt schaut euch das mal an. Wartet, ich mach mal einen Ausdruck!"

Dann beugten sich alle drei über die Kontobewegungen aus den Jahren 2003 bis 2008.

Ihnen fiel auf, dass in diesem Zeitraum immer mal Barabhebungen in Höhe von 5000 Euro getätigt wurden. Als Huber Innenminister wurde, hörten diese Abhebungen auf.

„So oft kauft man sich keinen Gebrauchtwagen. Da muss was anderes dahinterstecken", sagte Charly. „Aber jetzt weiß ich auch nicht mehr weiter. Ich muss mit Neumann sprechen, sonst kommen wir in Teufels Küche."

Neumann schaute ihn an, als hätte er schon auf ihn gewartet.

„Na, was haben Sie zu beichten?", empfing er ihn.

Charly erzählte ihm, was er angeleiert hatte. Neumann schüttelte nur mit dem Kopf.

„Was haben Sie sich nur dabei gedacht. Sie haben auch Alex da mit reingezogen. Ich weiß nicht mehr, was ich mit Ihnen machen soll. Und wissen Sie, was mich am meisten ärgert: Ich hätte in Ihrer Situation genauso gehandelt. Das stinkt mir am meisten!"

Charly lächelte leicht. Ihm fiel ein Stein vom Herzen. Er spürte, dass er Neumann immer noch auf seiner Seite hatte.

„Ich werde Huber aufsuchen und ihn zur Rede stellen. Wir werden ihn mit den Fakten konfrontieren. Wir kennen uns schon seit der Studienzeit: er BWL, ich Archäologie. Wir gingen damals gemeinsam durch dick und dünn. Später haben wir uns dann wieder getroffen. Er wurde Innenminister und ich Leiter von MR. Ich habe ihm auch unheimlich viel zu verdanken. Ich war sogar sein Trauzeuge. Und als seine Frau vor 10 Jahren starb, war ich an seiner Seite. Verstehen Sie, dass ich ein bisschen hoffe, dass Sie unrecht haben und es keine Verbindung zwischen Huber und DaSilva gibt?"

„Kann ich sehr gut verstehen", war das Einzige, was Charly sagte. „Jetzt lassen Sie mich allein, ich habe zu telefonieren!"

Eine halbe Stunde später kam Neumann aus seinem Büro und sagte zu Conny: „Frau Alt, buchen Sie die nächste mögliche Maschine nach Berlin. Ich habe einen Termin mit Herrn Huber, ich fliege allein!"

Die anderen schauten sich nur an.

Kapitel 2.8.7
In Berlin

Als Neumann in Berlin landete, war es bereits dunkel geworden. Er fuhr mit dem Taxi direkt in das Innenministerium. Dort wurde er von Huber bereits erwartet.

„Guten Abend Torsten, was gibt es denn so Dringendes. Du hast ein Geheimnis aus deinem Anruf gemacht!"

Neumann griff kommentarlos in seine Aktentasche und holte erst die Zeitungsartikel und dann die Kontoauszüge heraus.

Huber wurde leichenblass und fragte: „Wo ist das her?"

„Das tut jetzt nichts zur Sache, Martin. Ich habe nur folgende Fragen: Hast du damit was zu tun und warum hast du in der Zeit von 2003 bis 2008 in unregelmäßigen Abständen 5000 Euro abgehoben?"

Huber wurde noch blasser.

„Na gut", sagte er mit leiser Stimme, „irgendwann musste es ja passieren. Ich habe damals einen schweren Fehler gemacht. Ich war 2003 auf Wahlkampftour, darunter auch in Bochum. Ich, der aufstrebende Politiker und glücklicher Familienvater. Maren und ich hatten damals eine Krise. Da habe ich damals einen Puff aufgesucht, er gehörte DaSilva. Der war damals schon eine Größe in der Bochumer Unterwelt. Er erhoffte sich von meinem Besuch schon Vorteile. Er suchte das hübscheste Mädchen für mich aus. Wir gingen auf ein Zimmer. Wir haben SM-Spiele gemacht und da habe ich es übertrieben. Ich bin zu weit gegangen. Jedenfalls habe ich sie erwürgt, es war ein Unfall. Kannst du mir glauben. Jedenfalls kam DaSilva dahinter, da er eine Kamera hat mitlaufen lassen. Von da an hatte er mich in der Hand. Erst hat er es bei Erpressungsgeld belassen. Als ich dann Innenminister geworden bin, verlangte er Informationen. Als Minister hatte ich ja Zugang zu allen Informationen. So wurde DaSilva mächtiger und mächtiger und ich hielt meine schützende Hand über ihn!"

„Du bist also auch verantwortlich für die Falle, in die Maras Eltern getappt sind und für den Bombenanschlag, bei dem Mara umkam", sagte Neumann.

„Jedenfalls hat er jedes Mal die Information über die Aktivitäten vom BKA bekommen. Torsten, du glaubst gar nicht, wie oft ich schon überlegt habe, alles zu gestehen!"

„Aber du hast es nicht getan, das ist mal Fakt!"

„Was hast du jetzt vor, Torsten?"

„Ich weiß es noch nicht. Vorerst brauche ich noch mehr Informationen über DaSilva. Ich will alles wissen, was nicht oder nicht mehr in den Akten steht!"

„Ich werde schauen, wie ich dir helfen kann. Gib mir nur ein bisschen Zeit!"

„Gut Martin, ich höre von dir", mit diesen Worten verließ Neumann das Büro.

Als er das Gebäude verlassen hatte, rief er Charly an.

„Sie hatten Recht, er hat mir alles erzählt!"

„Chef, geht es Ihnen gut?"

„Ich bin morgen wieder im Büro", war seine einzige Antwort.

Danach lief er die ganze Nacht durch Berlin und nahm die erste Maschine zurück nach Frankfurt.

Kapitel 2.8.8
Für Carry, Mara und Benny

Zwei Tage später bekam Neumann ein kleines Päckchen, dieses enthielt einen Brief und eine CD. In dem Brief stand:

Lieber Torsten,

ich habe die ganze Nacht damit zugebracht, Material, das auf keinem Server zu finden ist, zu sammeln. Hier findest du Beweise, dass DaSilva für die Morde an Mara, ihren Eltern und für die beiden Aktionen in Ägypten direkt oder indirekt verantwortlich ist. Ich habe durch die Deckung von DaSilva unheimliche Schuld auf mich geladen. Ich hoffe, ich kann durch die Übermittlung dieser Informationen an dich ein bisschen wieder gut machen. Solltest du noch mehr Hilfe brauchen, lass es mich wissen.

Herzliche Grüße
Dein Freund Martin

Neumann las den Brief zweimal. Dann ging er in das Büro der anderen und legte die CD auf den Tisch.

„Sichten Sie das Material, es ist von Huber", sagte er leise und verließ wieder das Büro.

Zwei Stunden später standen Charly, Alex und Dimitrie bei Neumann im Büro.

„Jetzt haben wir ihn, das Material reicht", sagte Charly.

Die CD enthielt Telefonmitschnitte, Protokolle und Schriftwechsel von DaSilva oder seinen Mittelsmännern, die Jahre zurückreichten.

„Ich werde mit Huber sprechen", sagte Neumann.

Wenige Minuten später telefonierte Neumann mit Huber. Es entwickelte sich folgender Dialog:

„Martin, wir brauchen einen internationalen Haftbefehl. DaSilva könnte sich im Ausland befinden!"

„Wisst ihr denn schon, wo er sich aufhält? In Frankfurt ist er jedenfalls nicht mehr. Das weiß ich genau", sagte Huber.

„Da sind wir dran!"

„Vielleicht hilft euch Folgendes: DaSilva ist ein Kontrollfreak. An jedem seiner Standorte hat er ein Notebook, um jederzeit erreichbar zu sein. Das bleibt immer am gleichen Standort. Ist eine Macke von ihm!"

„Martin, du musst jetzt Köster einweihen und alles gestehen! Wir können das nicht machen, das würde dich und uns noch mehr diskreditieren."

„Ja, das werde ich tun. Ich mache reinen Tisch. Aber erst unterstütze ich euch, damit ihr noch mehr Hinweise über DaSilva bekommt. Ich glaube, Köster wäre momentan nur hinderlich für euch. Torsten, ich will erst so viel gutmachen, wie ich kann!"

„Ich halte dich auf dem Laufenden und danke für den Hinweis, ich gebe es an meine Leute weiter. Mensch Martin, warum hast du nur so einen Blödsinn gemacht!"

Dann legte Neumann auf.

Dann rief er nach Charly, Alex und Dimitrie. Er informierte die drei über sein Telefonat mit Huber. Als er auf die Laptops zu sprechen kam, schaute Alex interessiert auf.

Als Neumann geendet hatte, fragte Charly Alex:

„Na Alex, schon eine Idee?"

„Lasst mir noch etwas Zeit, ich gehe mal an den PC!"

Den Rest des Tages saß er grübelnd an seinem Platz.

Mal murmelte er: „Das könnte funktionieren", dann wieder: „Scheiß Idee!"

Dies ging ein paar Mal hin und her. Charly und Dimitrie wagten nicht, ihn anzusprechen.

Es war schon spät in der Nacht, alle anderen waren längst gegangen, da sagte Alex: „Das funktioniert!"

Dann griff er zum Telefonhörer und wählte Charlys Nummer:

„Ja", sagte der verschlafen. Er schaute auf seinen Wecker, es war schon 01:30 Uhr.

„Entschuldigung für die späte Stunde. Aber ich glaube, ich weiß jetzt, wie wir DaSilva ausfindig machen können!"

Charly war sofort hellwach. „Ich bin in einer halben Stunde da. Ich werde auch Dimitrie noch anrufen", sagte er schon auf dem Weg zu seiner Kleidung.

Nach einer dreiviertel Stunde standen sie alle in ihrem Büro. Alex kam gleich zur Sache:

„Unterbrecht mich, wenn ich einen Denkfehler mache. Aber ich habe mir Folgendes überlegt: DaSilva hat an jedem seiner Standorte einen Laptop stehen, diese sind bestimmt miteinander vernetzt. Wenn es uns gelingt, an einen dieser Laptops heranzukommen und eine spezielle Software zu installieren, könnten wir die Standorte der anderen Laptops herausbekommen. Wir müssen nur vorher die Firewall des Lappys ausschalten, die Konfiguration einiger Dateien herunterladen und die Spionagesoftware, die ich schon beim Innenministerium angewendet habe, anpassen!"

„Alex, langsam fang ich an, dich „Q" zu nennen", sagte Charly voller Hochachtung.

„Und dein Name ist Bond, James Bond", entgegnete Alex.

„Na, solange ich nicht Moneypenny bin", erwiderte Dimitrie, „aber im Ernst, du meinst, wir müssen einmal da rein und die Firewall analysieren. Damit wir sie später ausschalten können. Gleichzeitig müssen wir beim ersten Schritt ein paar Dateien runterladen. Dann passt du die Spionagesoftware an, die wir beim zweiten Mal installieren. Das heißt, wir müssen zweimal da rein!"

„Das ist korrekt", sagte Alex trocken.

„Das muss ich mir nochmal überlegen, bin gespannt, was Neumann dazu sagt.", sagte Charly nachdenklich. Dimitrie war alles andere als begeistert.

Am nächsten Morgen wurde Neumann der Plan vorgestellt.

„Hört sich plausibel an. Aber Sie wissen, dass es höchst riskant ist!"

„Nicht riskanter als damals bei Hasim und nicht riskanter als die Befreiung der Geiseln", warf Charly ein.

„Da möchte ich gar nicht dran erinnert werden", stöhnte Neumann, „ich müsste jetzt eigentlich die Erlaubnis vom Innenminister einholen!"

„Machen Sie das doch. Der frisst Ihnen doch jetzt aus der Hand. Der hat doch jetzt bestimmt auch ein Interesse daran, wenn DaSilva das Handwerk gelegt wird", konterte Charly.

„Ich rufe ihn an", sagte Neumann nur.

Eine halbe Stunde später lag die Erlaubnis für diese Aktion vor. Sie würde am nächsten Abend starten. Köster wurde immer noch nicht eingeweiht.

Am nächsten Tag bereiteten sich Charly und Dimitrie auf die Aktion vor. Sie hatten von Alex zuvor eine genaue Einweisung zum Handling bekommen.

„Es ist ganz einfach, ihr müsst nur den USB-Stick in den Laptop stecken und dann den Laptop starten. Dann werdet ihr gefragt, ob das Programm starten soll. Es dauert dann ungefähr eine Minute, dann ist alles erledigt. Ich warte hier auf euch und beginne mit der Analyse, wenn ihr wieder da seid!"

„Na, ein Kinderspiel", erwiderte Dimitrie.

Als sie ihre Einsatzkleidung anzogen, sagte Charly zu Dimitrie: „Danke, dass du trotz deiner Zweifel mitmachst!"

„Charly, ich will genauso wie du, dass das Schwein überführt wird. Zwei liebe Menschen sind wegen ihm gestorben. Und die dritte, die du unendlich liebst, kämpft um Ihre Erinnerungen. Glaubst du, ich könnte da nur tatenlos zusehen? Komm jetzt, wir haben einen Job zu erledigen!"

Er klopfte ihm auf die Schulter und verließ den Raum.

Die ganze Aktion lief tatsächlich ähnlich wie bei Hasim ab. Die beiden hatten wieder einen Klonschlüssel dabei, der es ihnen ermöglichte, das Gebäude im Frankfurter Westend zu betreten. Hoffmann hatte vorher einen genauen Plan des Gebäudes erhalten, sodass sie genau wussten, wo sich die Alarmanlage befand. Sie wurde ausgeschaltet und eine spezielle Software gaukelte der Wachfirma vor, die Alarmanlage sei immer noch aktiv. Erleichternd kam hinzu, dass DaSilva nicht anwesend war. Dann standen sie im Büro von DaSilva und sahen den Laptop. Charly steckte den USB-Stick in den Laptop und startete ihn. Beide schauten gebannt auf den Bildschirm und sahen, wie ein Zähler sich bewegte. Wie es Alex vorausgesagt hatte, dauerte der gesamte Vorgang knapp eine Minute.

„Jetzt nenn ich ihn wirklich ‚Q‘", flüsterte Charly.

„Raus jetzt", sagte Dimitrie.

Wohlbehalten erreichten die beiden ihr Auto. Die gesamte Aktion hatte 25 Minuten gedauert.

Im Büro angekommen, machte sich Alex sofort an die Arbeit.

„Ihr könnt euch erst mal hinlegen. Ich brauche ein paar Stunden", sagte er zu Charly und Dimitrie.

„'Q‘, denke dran, der Rekord steht bei drei Nächten", sagte Charly zu ihm.

„Bond, ich habe nicht vor, den zu brechen", entgegnete Alex.

Charly und Dimitrie schliefen auf den Sofas im Besprechungssaal.

Am nächsten Morgen saß Alex immer noch am Rechner. Er schaute die anderen beiden mit rotgeränderten Augen an.

„Ich habe es", sagte er voller Stolz.

„Gut, dann können wir heute Abend wieder reingehen und die Software installieren", sagte Dimitrie.

„Nein, da muss ich mit. Es sind ein paar händische Befehle einzugeben. Und wer weiß, ob nicht zwischenzeitlich noch öfter händisch eingegriffen werden muss. 100 Prozent automatisch läuft es diesmal nicht ab!"

„Dann leg du dich jetzt mal hin. Du kannst auch eine Mütze Schlaf gebrauchen", meinte Charly.

„Ja, das mache ich gleich. Ich will nur noch ein paar Verbesserungen einbauen, damit es nachher schneller läuft!"

Die Tuning-Maßnahmen nahmen nochmal ein paar Stunden in Anspruch. Charly und Dimitrie schauten sich nur verständnislos an.

„Lieber liege ich die ganze Nacht in der Wüste und beobachte Grabräuber, als stundenlang auf den Bildschirm zu starren", sagte Dimitrie.

„Jeder nach seiner Facon", entgegnete Charly.

Am Abend war Alex tatsächlich fertig.

„So, mehr kann ich nicht verbessern. Aber händisch muss ich trotzdem eingreifen, führt kein Weg dran vorbei!"

„Kannst du das eigentlich in deinem Zustand?", fragte Charly.

„Ich will mittlerweile auch, dass DaSiva drankommt. Ich kenne weder Carry noch Benny, aber ich weiß mittlerweile, wie sehr sie euch am Herzen liegen oder lagen!"

„Na dann los", sagte Dimitrie.

„Moment noch", stoppte Neumann die drei. In das Gebäude gehen nur Charly und Alex. „Dimitrie, Sie bleiben draußen und halten Wache. Bleiben Sie über Funk immer in Kontakt!"

Als die anderen den Raum verlassen hatten, flüsterte Neumann zu Charly: „Passen Sie auf Alex auf, bitte!"

Charly nickte nur.

Gegen 23:00 Uhr erreichten sie wieder das Gebäude im Westend, das Charly und Dimitrie bereits gut kannten.

„So, rein mit euch", sagte Dimitrie widerwillig. Er hätte die zwei gerne begleitet, aber er hielt sich an Neumanns Anweisung.

Charly und Alex betraten das Gebäude. Es funktionierte genauso reibungslos wie in der Nacht zuvor.

Dann betraten sie wieder das Büro und fanden den Laptop an der gleichen Stelle. Alex steckte den USB-Stick in den Laptop und startete die Installationsroutine.

Nach kurzer Zeit sagte er: „Mist, da stimmt was nicht. Ich komme zwar über die Firewall, aber die Installation stoppt aus irgendeinem Grund. Da muss ich nochmal händisch eingreifen!"

„Dauert es lange?", fragte Charly hektisch.

„Es dauert so lange, wie es dauert", entgegnete Alex ganz ruhig. Er machte sich sofort an die Überprüfung seiner Skripte.

In dem Moment kam ein Polizeiwagen langsam um die Ecke gefahren.

„Mensch, beeilt euch", flüsterte Dimitrie ins Mikro. „Hier um die Ecke ist eine Synagoge. Da fährt die Polizei vermehrt Streife." Mit diesen Worten rutschte er tiefer in den Sitz hinein. „Sorgt dafür, dass kein Licht vom Laptop zu sehen ist. Sonst schöpfen die Polizisten Verdacht!"

Da sah Dimitrie, wie augenblicklich das Fenster des Büros schwarz wurde und kein Lichtschein mehr nach außen drang. Er beobachtete dann einen Streifenwagen, in dem zwei gelangweilte Polizisten saßen, die langsam an ihm vorbeifuhren.

„Die Luft ist rein, ihr könnt weitermachen", gab er den beiden ein Signal. Augenblicklich machte sich Alex wieder an die Arbeit.

Nach einer viertel Stunde sagte dieser: „Ich habe es!"

„Dann raus hier", flüsterte Charly.

Alex entfernte den USB-Stick und die beiden verließen die Wohnung von DaSilva. Sie stürmten zum Auto zurück und fuhren auf direktem Wege wieder zu MR.

Hier wurden sie schon erwartungsvoll von Neumann im Besprechungsraum erwartet.

„Alles gut gegangen", sagte Dimitrie.

„Dann los, schauen wir, wo DaSilva steckt", sagte Neumann, dem eine gewisse Erleichterung anzumerken war.

Alex steckte den USB-Stick wieder in seinen Computer. Nach ein paar Sekunden und der Eingabe einiger Befehle erschien eine Weltkarte auf dem Monitor. Alex schaltete das Bild auf einen großen Bildschirm.

Man sah die Umrisse der Kontinente und mehrere graue Punkte über die Erde verteilt. Diese waren durch Striche miteinander verbunden. Nur einer der Punkte blinkte rot.

„Da muss er sein", rief Alex. „Dieser Punkt ist aktiv. Dort muss er sein!"

„Klasse Arbeit", sagte Neumann zu Alex. „Kann man auch genau sagen, wo auf der Erde dieser Punkt liegt?"

„Das kann man", antwortete Alex. „Dieser Punkt symbolisiert Rio de Janeiro. Wenn ich näher ranzoome, kann ich euch sogar die Straße sagen, in der der Laptop steht."

Neumann stürmte hinaus. Er rief den anderen zu: „Ich telefoniere mit Huber, der soll seine Verbindungen spielen lassen!"

Charly beugte sich zu Alex rüber: „Genial, ,Q', aber jetzt sage mir eines: Woran hat es vorhin gelegen, dass du Korrekturen an dem Programm vornehmen musstest?"

„War ein Zahlendreher im Skript", sagte der verschämt. „Den habe ich korrigiert, dann lief es durch."

„Das wäre ,Q' nicht passiert", grinste Charly.

Eine halbe Stunde später betrat Neumann wieder den Besprechungsraum und schaute die drei an:

„So, Huber wird den Haftbefehl für DaSilva ausstellen lassen. Dann setzt er sich mit seinem brasilianischen Amtskollegen in Verbindung, damit wir Unterstützung bei der Verhaftung erhalten werden. Er wollte erst Köster und Inheidner darauf ansetzen, aber ich konnte ihn überzeugen, dass ihr zwei da hinfliegt." Er schaute Charly und Dimitrie an. „Sein schlechtes Gewissen wirkt immer noch!"

„Wann ist das alles in die Wege geleitet?", fragte Charly.

„So schnell wie möglich. Ich schlage vor, Sie beide nehmen morgen die erste Maschine nach Brasilien. Ich will keine Zeit verlieren. Die Einzelheiten besprechen wir dann, wenn Sie gelandet sind. So Jungs: Schnappt ihn euch!!"

Bevor Charly den Raum verließ, sagte er zu Neumann: „Chef, danke für Ihre Unterstützung!"

„Für Benny, Mara und die alte Carry – und jetzt los, fangt den Hund", sagte er mit Tränen in den Augen.

Kapitel 2.8.9
In Rio de Janeiro

Am nächsten Tag saßen Charly und Dimitrie im Flugzeug nach Rio de Janeiro. In den späten Abendstunden landeten sie und Charly nahm sofort Verbindung mit Neumann auf:

„Charly, nehmen Sie sich einen geländegängigen Leihwagen und suchen Sie das Hotel Apartamentos Urca im Stadtteil Urca.

DaSilva wohnt dort in der Avenida São Sebastiao 123. Sobald wir wissen, wann der Zugriff erfolgt, werde ich Sie informieren!"

Charly pfiff durch die Zähne: „Urca, das Stadtviertel der Schönen und Reichen, na nicht schlecht!"

Sie erreichten das Hotel nach einer halben Stunde. Sofort stellten sie eine Verbindung nach Deutschland her. Neumann war trotz des Zeitunterschiedes von vier Stunden noch im Büro.

„Wollte nur sagen, wir sind im Hotel", sagte Charly knapp.

„Gut, Alex hat mittlerweile eine Satelliten-Schaltung zu Ihrem Headset hergestellt. Sobald wir genau wissen, wann die Aktion startet, wird sich Lucas de Souza mit Ihnen in Verbindung setzen. Er leitet die Aktion. Halten Sie sich bitte im Hintergrund, es ist Sache der brasilianischen Polizei", antwortete Neumann. Wohlwissend, dass Charly auf eigene Faust handeln würde, wenn die Situation es erforderlich machen sollte. Diesmal war Neumann dies allerdings völlig egal.

Zwei Tage mussten Charly und Dimitrie auf den erlösenden Anruf warten. Sie vertrieben sich die Zeit mit Stadtrundfahrten und Besuch von Sehenswürdigkeiten. Doch beide hatten keinen Sinn für die Sehenswürdigkeiten der Stadt, da ihre Anspannung immer mehr stieg.

Wäre Carry hier, könnte es ein Traumurlaub sein, dachte sich Charly. Als sie an der Statue des Christo Redentor standen, sagte er zu Dimitrie: „Hier komme ich mit ihr auch mal her, das schwör ich dir!"

„Ja mein Freund, am besten auf der Hochzeitsreise. Wie sagt unser Freund Abdul immer: Es liegt alles in Allahs Hand!"

Dimitrie nahm seinen Freund in den Arm und herzte ihn.

Als sie wieder ins Hotel kamen, klingelte das Telefon.

„Heute Abend, 23:00 Uhr geht es los. Dann steht die Verhaftung von DaSilva an. Huber hat sämtliches Material nach Brasilien geschickt. Und er hat Köster und Inheidner eingeweiht. Köster schäumt vor Wut, dass er übergangen wurde. Aber mir kann das egal sein. Huber hat auch seine Verfehlungen von damals bereits gestanden und ist von allen Ämtern zurückgetreten!"

„Dann muss das jetzt ein Erfolg werden. Von Huber können wir keine Hilfe mehr erwarten", bemerkte Charly.

„Genau!", antwortete Neumann.

Während sich Charly und Dimitrie auf den Weg zu DaSilvas Anwesen machten, bekam DaSilva einen Anruf:

„Ja", sagte er unfreundlich, „was wollen Sie?"

Er bekam erklärt, dass seine Geschäftspartner in Deutschland Schwierigkeiten machen, da die Ladung aus Ägypten nicht angekommen sei.

„Ihre Anwesenheit ist unbedingt erforderlich", sagte die Stimme am anderen Ende der Leitung.

„Gut, ich komme sofort!"

DaSilva gab Anweisungen, sofort seine Sachen zu packen und im Auto zu verstauen.

„Sir, nehmen Sie am besten den Heli, der bringt Sie zu Ihrem Privatjet am Flughafen. Das ist die schnellste Möglichkeit!", sagte der Butler.

„Ja los, machen Sie schon, ich habe es eilig", reagierte DaSilva unwirsch. Der Anruf hatte ihm gründlich die Laune verdorben.

Charly und Dimitrie hatten mittlerweile das Anwesen von DaSilva erreicht. Es war kurz vor 23:00 Uhr.

„Hoffentlich ist die Polizei auch pünktlich", hoffte Charly.

Da ging das Eingangstor der Villa auf und ein Auto fuhr langsam heraus.

„Wo will der denn so spät noch hin?", fragte Dimitrie.

„Keine Ahnung", sagte Charly.

In diesem Moment knackte sein Headset. Neumann war dran:

„Charly, der rote Punkt auf der Landkarte ist erloschen. Das heißt, das Gerät ist aus und abgeklemmt."

„Es brannte sonst Tag und Nacht, wir haben das verfolgt", ergänzte Alex.

„Das heißt, er türmt. Hat ihn wieder jemand gewarnt? Dimitrie, fahr vorsichtig hinterher", sagte Charly.

„Huber auf gar keinen Fall, ich habe grade mit ihm gesprochen. Und diesmal glaube ich ihm. Die Polizei muss gleich da sein, keine Alleingänge", antwortete Neumann.

„Charly, dein Blick gefällt mir nicht", sagte Dimitrie.

„So schau ich nun mal", sagte Charly und dann: „Ich lasse den jetzt nicht durch die Lappen gehen. Geben Sie der Polizei durch, dass sie uns folgen sollen. Ich gebe die Route durch!"

„Nicht nötig, wir haben die Peilung vom Headset", erinnerte Alex. „Ihr fahrt grade Richtung Heli-Platz. Ich denke, der wird einen Helikopter nehmen. Wer weiß, wohin? Aber die Straße endet dort, es gibt keine Möglichkeit mehr abzuzweigen!"

„Gut, er hat jetzt circa fünf Minuten Vorsprung. Dimitrie gib Gas!"

Inzwischen war DaSilva am Heli-Platz angekommen und sein Gepäck wurde verstaut.

„Wir sind in fünf Minuten startklar", schrie der Pilot. Das Rotorengeräusch war ohrenbetäubend. Dann stieg er ein und machte den letzten Check.

Da kamen Charly und Dimitrie angefahren, sie waren circa 100 Meter entfernt.

„Der hebt gleich ab", sagte Dimitrie.

„Fahr drauf zu!", schrie Charly. Dann öffnete er das Verdeck des Autos, das augenblicklich wegflog. Da erhob sich langsam der Helikopter. Charly stand mittlerweile auf dem Beifahrersitz. Der Fahrtwind und der Wind der Rotoren raubten ihm fast den Atem.

„Charly, was hast du vor?", schrie Dimitrie.

„Ich hänge mich an die Kufen, los fahr unter den Heli", schrie er zurück.

Der Wagen hatte mittlerweile den Heli erreicht. Mit einem Sprung schaffte Charly es grade so, die Kufen zu erreichen. Er zog sich mit einem Klimmzug nach oben. Der Co-Pilot, der die Situation beobachtet hatte, öffnete die Tür und versuchte, Charly mit dem Bein runterzustoßen. Da griff Charly zu und der Co-Pilot fiel aus dem Heli. Charly schoss ein Gedanke durch den Kopf. Er zog seine Pistole, die er bei sich trug und feuerte auf die Rotorenblätter. Ein Querschläger traf dabei den Motor, der sofort Feuer fing. Der Heli begann zu trudeln, wurde aber vom Piloten noch auf Kurs gehalten. Mittlerweile hatten sie die freie See auf dem Weg zum Flughafen erreicht. Da packte Charly der heilige Zorn:

„Für Carry …, für Mara …, für Benny …!" Er nannte bei jedem Schuss, den er abgab, einen Namen. Dann war sein Magazin leer. Der Motor hatte jetzt richtig Feuer gefangen. Da stieß Charly sich ab. Dass er heil im Wasser landete, hatte er nur dem Umstand zu verdanken, dass der Heli aufgrund der Turbulenzen an Höhe verloren hatte.

Als Charly aus dem Meer auftauchte, hörte er eine ohrenbetäubende Explosion. In Richtung des Helis schauend sah er einen riesigen Feuerball. Der Heli war mit DaSilva explodiert. In Charly stieg ein Gefühl der Genugtuung auf. Während er an Land schwamm, musste er an Mara und Benny denken:

Das macht euch auch nicht mehr lebendig. Aber DaSilva hat seine gerechte Strafe erhalten. Und du Carry werde bald wieder ganz gesund. Ich will mit dir nach Rio.

So erreichte er mit letzter Kraft das Ufer. Kurze Zeit später trafen Dimitrie und Lucas de Souza ein.

„Was haben Sie sich dabei gedacht, diese Aktion zu fahren?", fragte de Souza Charly.

„Ich vermute nichts. Das macht der immer so. Wissen Sie, wie viele Menschen er mit solchen Aktionen schon gerettet hat?", entgegnete Dimitrie.

De Souza schaute Dimitrie verdattert an.

Dimitrie ging zurück zum Auto und erstattete Neumann Bericht. Dieser sagte:

„Gut, ich werde dafür sorgen, dass Sie zwei unbehelligt nach Deutschland zurückkehren können. War mal wieder so ein Alleingang von Charly, stimmt es?"

„Ja Chef, ich glaube, er führt jetzt 3:1", erwiderte Dimitrie. Neumann legte kommentarlos auf.

Aber er hielt Wort. Nach drei Tagen intensiven Verhandlungen durften Charly und Dimitrie das Land verlassen. Es wurde im Laufe der Gespräche sogar der deutsche Innenminister eingeschaltet. Dies sollte die letzte Amtshandlung von Huber gewesen sein.

Kapitel 2.8.10
Das Geständnis

Als Charly nach einer Woche wieder in das Büro kam, wurde er von allen herzlich begrüßt.

Neumann empfing ihn mit den Worten: „Huber hat Selbstmord begangen. Er kam einem Verfahren zuvor, das gegen ihn angestrebt wurde. Wie kann man sich nur so in einem Menschen täuschen? Ich hätte meine Hand für ihn ins Feuer gelegt!"

„Herr Neumann, verzeihen Sie mir, dass sich mein Mitleid in Grenzen hält. Ich möchte nicht wissen, wieviel Menschen er durch seinen Verrat noch auf dem Gewissen hat."

„Kann ich mir vorstellen, Charly. Ich hoffe nur, dass auch Sie wieder etwas Frieden finden, wo die Sache jetzt ausgestanden ist. Übrigens, die Bundesregierung wird gegen uns kein Verfahren einleiten. Weder wegen unserer Hackaktion, noch wegen unserer Aktion in Brasilien. Ich glaube, wir können sagen: Alles Gut!"

„Das können wir sagen, wenn Carry wieder die Alte ist", erwiderte Charly.

„Ach ja, da fällt mir ein, Doktor Demir hat angerufen. Sobald Sie wieder da sind, sollen Sie sich unbedingt bei ihm melden!"

„Das mache ich sofort. Ist was mit Carry, hat er was erzählt?"

„Nein, er hielt sich eigenartig bedeckt", sagte Neumann.

„Ich rufe sofort an!"

Da war Charly schon durch die Tür. Conny signalisierte ihm, in ihr Büro zu kommen, um ungestört telefonieren zu können. Er wählte die Durchwahl von Demir.

„Demir", hörte er am anderen Ende der Leitung, „Hallo Charly, schön, Sie zu hören. Alles gut überstanden?"

„Ja, ja, Doktor Demir, ist was mit Carry?"

„Charly, ich würde Sie bitten, möglichst schnell zu kommen. Carry möchte Sie sprechen!"

„Ich komme sofort. Bis gleich!"

„Carry will mich sprechen", sagte er zu Conny.

„Na, das ist doch wunderbar", strahlte sie ihn an.

„Ich weiß nicht, ich habe ein komisches Gefühl", mit diesen Worten war er schon weg.

Neumann hatte alles mit angehört und sagte zu Conny: „Wenn Charly ein komisches Gefühl hat, dann bedeutet das meistens nichts Gutes!"

„Hoffen wir das Beste", sagte sie leise.

Charly fuhr mit Höchstgeschwindigkeit über die A661 und nahm die Abfahrt zur Hohen Mark grade so, dass er keinen Unfall baute. Sein Auto stellte er diesmal im Parkhaus ab.

„Ich möchte gerne zu Frau Lund, Haus Altkönig", sagte er an der Pforte.

„Wenn Sie Herr Bach sind, dann können Sie gerne mit dem Auto hinauffahren. Doktor Demir hat schon angerufen", sagte die Dame an der Pforte.

„Nein, nein, ein bisschen frische Luft wird mir guttun!"

Er ging den Weg zum Haus Altkönig diesmal zu Fuß und rauchte vor Nervosität drei Zigaretten nacheinander. Als er um die Biegung kam, sah er Carry schon am Fenster. Sie drehte sich herum und ging ihm entgegen. Sie trafen sich im Eingangsbereich.

„Hallo Carry!"

„Hallo Charly!"

„Carry, was gibt es denn, dass du mich so dringend sprechen willst? Wirst du entlassen?"

„Nein, das wird noch eine Weile dauern. Aber ich muss dir etwas sagen. Komm, wir gehen ein Stück."

Charlys mulmiges Gefühl wurde nicht besser.

Wie distanziert sie ist, dachte er, *daran hat die Therapie noch nichts geändert.*

An dem Fenster, an dem eben noch Carry gestanden hatte, standen nun Demir und Schwester Martina.

„Wird sie es jetzt erzählen?", fragte Schwester Martina.

„Ja", sagte Demir.

„Armer Charly!"

Beide gingen wortlos in ihre Zimmer.

260

Carry und Charly gingen ein Stück auf dem Weg Richtung Verwaltungsgebäude. Charly traute sich nicht, nach ihrer Hand zu greifen.

„Carry, bitte was ist los? Jetzt spann mich nicht auf die Folter!"

„Charly, ich muss dir was beichten. Ich habe mich wieder in Stefan verliebt. Es sind die gleichen Gefühle, die ich schon mal für ihn empfunden habe!"

„Aber Carry, ich liebe dich doch!"

„Ich mag dich auch Charly, als guten Freund."

„Das muss ich mir nicht geben. Ist das dein letztes Wort?"

„Charly, ja. Doktor Demir hat mir alles erzählt, was du für mich getan hast. An einen Teil kann ich mich auch wieder erinnern. Aber das ändert nichts an den Gefühlen, die ich für Stefan empfinde!"

„Der hat auch noch den gleichen Vornamen wie ich", Charly hatte Tränen in den Augen.

„Du wirst für mich immer Charly bleiben!"

„Das hilft mir auch nicht weiter. Carry, lass mich jetzt bitte allein. Ich kann deine Gegenwart jetzt grade nicht mehr ertragen."

Da drehte Carry sich wieder zum Haus Altkönig um. Charly schaute ihr noch einen Moment nach.

So nah und doch so fern, dachte er und ging Richtung Ausgang.

An der Eingangstür blieb Carry noch mal stehen und schaute ihm nach.

„Tschüss Charly, ich wünschte, es wäre alles anders, aber es ist, wie es ist!"

Auf dem Gang begegnete sie Demir.

„Haben Sie es ihm gesagt?"

„Ja", sagte sie nur.

Demir fuhr in sein Büro und wählte die Nummer von Neumann.

„Hallo Doktor Demir", meldete sich Neumann.

„Professor Neumann, ich möchte Sie nur darüber informieren, dass Carry sich grade von Charly getrennt hat. Ich denke, Sie sollten das wissen."

„Danke für die Information. Ich glaube, der Rest ist erst mal deren Angelegenheit."

„Sehe ich genauso. Wir bleiben in Kontakt, Carry ist schließlich Ihre Mitarbeiterin."

„Unter anderem, Doktor Demir, unter anderem", dann legte Neumann auf.

Als Charly hinter dem Steuer seines Autos saß, überkam ihn ein Weinkrampf und er brüllte seinen Schmerz heraus. Gleichzeitig schlug er mit aller Kraft auf das Lenkrad des Autos, bis er das Gefühl hatte, seine Hände wären gebrochen. Als er sich etwas beruhigt hatte, fuhr er aus dem Parkhaus.

An diesem Nachmittag fuhr Charly noch einmal an das Grab von Benny. Er war kurz zuhause gewesen und hatte den goldenen Elefantenanhänger geholt, den er Carry damals am Flughafen schenken wollte, bevor sie nach Kairo flog. Jetzt stand er an Bennys Grab und sagte: „Tja, Benny, entschuldige bitte, ich habe mich ja immer bemüht, auf Carry aufzupassen, aber heiraten werde ich sie nicht. Liegt aber nicht an mir. Jetzt würde ich gerne in der Zeit zurückgebeamt werden, um manches anders zu machen!"

Dann legte er den goldenen Elefantenanhänger auf den Grabstein und ging davon. Nachdem er ein paar Schritte gegangen war, hielt er inne. Er ging zum Grab zurück und steckte den Anhänger wieder ein.

„Vielleicht wirst du doch noch gebraucht", dachte er. Dann ging er zu seinem Auto und fuhr davon.

Ende des zweiten Teils

3. Teil
Neue Horizonte

Kapitel 3.1
Neuanfang

Kapitel 3.1.1
Die Entscheidung

Charly fuhr die A661 in Richtung Abfahrt Frankfurt-Heddernheim. Dabei dachte er:

Hier bin ich das letzte Mal langgefahren, als ich Benny an seinem Grab besucht habe. Das ist jetzt ein viertel Jahr her. Gott, ist die Zeit schnell vergangen.

Nach dem Tod von Mara und der Trennung von Carry hatte Neumann ihm eine dreimonatige Auszeit förmlich aufgezwungen:

„Ich will nicht, dass einer meiner besten Leute vor die Hunde geht. Charly, machen Sie mal Pause und finden zu sich selbst. Es ist unglaublich, was Sie in den letzten Monaten durchgemacht haben. Manch anderer wäre daran zerbrochen!"

Dann hatte Charly seinen Urlaub angetreten, wovon er allein vier Wochen in Kairo verbrachte. Er war zu Gast bei Abdul, der ihm für die Dauer seines Aufenthaltes ein kleines Apartment zur Verfügung stellte. Dort genoss er die Gastfreundschaft von Abdul und seiner Familie, erkundete die Stadt und machte Ausflüge in die nähere Umgebung. Nur die Pyramiden besuchte er nicht. Mit Abdul saß er so manchen Abend bei Kerzenschein zusammen und weinte sich aus.

Abdul sagte meistens zum Schluss der langen Abende: „Sei nicht zu lange traurig, mein Freund. Allah wird es richten!"

Dann machte Charly einen dreiwöchigen Tauchurlaub in Marsa Alam. Er genoss die Unterwasserwelt des Roten Meeres und ertappte sich dabei, dass er nicht dauernd an Carry dachte.

Wieder in Deutschland zurück, begann er, seine Wohnung zu renovieren und umzugestalten. Nichts sollte ihn hier mehr an Carry erinnern. So vergingen die Tage, bis er zum ersten Mal wieder zu MR fuhr. Auch hier hatte sich einiges getan: Die Organisation war in das Mertonviertel am Rande von Frankfurt umgezogen. Da Neumann schon seit Jahren um Stellenerweiterungen gekämpft und die nun genehmigt bekommen hatte – die allerletzte gute Tat Hubers vor seinem Freitod –, wurden die alten Räumlichkeiten in der Senckenberg-Anlage zu klein.

So kam es, dass Charly nun die Ausfahrt Heddernheim nahm und die Marie-Curie-Straße entlangfuhr. Dann fuhr er rechts in die Straße „Zur Kalbacher Höhe". Hinter einem kleinen Kreisel schaute er nach links:

Hier muss es sein. Er sah einen unscheinbaren zweistöckigen Neubau mit einem dahinterliegenden Parkplatz.

Na, Parkplätze gibt es schon mal genug, dachte er sich.

Dann wollte er einen rechts gelegenen Parkplatz nehmen. Plötzlich tauchte vor ihm ein roter Mini auf und stellte sich auf den von ihm ausgesuchten Parkplatz. Es stieg eine sportliche Frau von Mitte 30 aus, die mit einem roten T-Shirt und einer grauen Jogginghose bekleidet war. Ihre Füße steckten in weißen Sneakers.

„Hey, können Sie nicht aufpassen, Sie haben mich geschnitten und mir den Parkplatz weggenommen", rief Charly ihr böse zu.

„Wieso, ist doch nicht reserviert", antwortete sie. „Sorry, ich habe keine Zeit, muss gleich ein neues Gesicht begrüßen!"

Und schon war sie um die Ecke und im Haus verschwunden.

Freches Gör, wenigstens ist sie mir nicht über die Füße gefahren, dachte sich Charly und ging langsam vom Parkplatz. Hinter dem Haus erstreckte sich ein Sportplatz mit einer 400 Meter langen Bahn, an dessen Ende noch ein Waldpfad abging.

„Sieht hier ja fast aus wie beim DFB", murmelte er.

Dann ging er die Straße entlang zum Eingang. An der Tür hing ein dezentes Schild mit der Aufschrift „Museum Rescue, Zweigstelle der Senckenberg-Gesellschaft für Naturforschung".

Charly betrat die Eingangshalle.

Hier fiel sein Blick zuerst auf eine Ehrentafel, die an der Wand hing. Darauf stand: *Im ewigen Gedenken an Margot von*

Sundheim, Benjamin „Benny" Sauer und Tamara „Mara" Müller, wir werden immer an sie denken. Daneben hing ein Bronzerelief mit der Abbildung einer Elefantenherde vor dem Kilimanjaro. Das Motiv kam Charly seltsam bekannt vor.

Da wurde doch glatt mein altes Holz-Bild als Vorlage genommen, dachte sich Charly lächelnd.

„Charly!", eine ihm wohlbekannte Stimme riss ihn aus seinen Gedanken.

„Conny!", begrüßte Charly die Assistentin von Neumann. Sie hatte bei der Fahndung nach DaSilva unschätzbare Zuarbeit geleistet.

„Wie geht es Ihnen? Sie sehen prächtig aus. Kommen Sie, Professor Neumann wartet schon ganz sehnsüchtig auf Sie. Sie müssen mir später ganz genau erzählen, was Sie alles gemacht haben!"

„Alleingänge, nur Alleingänge", sagte Charly lachend.

Dann fuhren sie in den zweiten Stock und gingen in Neumanns neues Büro.

„Hier ist er, der verlorene Sohn", sagte sie zu Neumann.

„Charly, ich freu, mich Sie wieder zu sehen", begrüßte Neumann Charly überschwänglich.

Nach einem kurzen Gespräch, in dem Charly erzählte, was er die letzten drei Monate gemacht hatte, fragte Neumann ihn ernst:

„Und sonst alles in Ordnung?"

„Würde ich sagen, ich wäre über alles hinweg, müsste ich lügen. Aber sagen wir es so: Ich kann damit leben.", war seine knappe Antwort.

„Nun gut, lassen wir das Thema. Ich würde vorschlagen, ich zeige Ihnen die neuen Räumlichkeiten und stelle Ihnen ein paar der neuen Kollegen vor."

Sie gingen durch den zweiten Stock, in dem noch einige Büros leer standen.

„Ist aber ganz schön auf Zuwachs angemietet worden", stellte Charly fest.

„Ja, wir haben schon vier neue Stellen besetzt und wollen noch 19 Leute im nächsten Schritt einstellen. Der Rest kommt auf eine Warteliste. Da kommen wir dann auch gleich zu Ihrem neuen Betätigungsfeld. Aber dazu später. Jetzt möchte ich Ihnen eine neue Mitarbeiterin vorstellen, hier herein!"

Dann betraten die beiden eines der Büros. Hinter einem der Schreibtische saß eine junge Frau mit einem roten T-Shirt.

„Sie!", kam es wie aus einem Mund.

„Wie, Sie kennen sich?", fragte Neumann überrascht.

„Flüchtig, Parkplatzbekanntschaft", sagte die junge Dame im roten T-Shirt.

„Sie hat mir den Parkplatz vor der Nase weggeschnappt", sagte Charly gespielt verärgert.

„Das Problem wird sich erledigen. Charly, Sie bekommen einen reservierten Parkplatz zugewiesen. Es ist der, wo jetzt grade der rote Mini draufsteht!"

Charly warf der Frau im roten T-Shirt einen triumphierenden Blick zu.

„Also ich bin Christina Kümmel, die neue Sporttrainerin. Sie dürfen auch Tina zu mir sagen", wechselte Tina das Thema.

„Ich bin Charly", er nahm die ausgestreckte Hand von Tina und schüttelte sie, „wird bestimmt im Laufe des Tages noch genügend Gelegenheit geben, sich besser kennenzulernen."

„Das denke ich auch", unterbrach Neumann, „kommen Sie weiter. Ich zeige Ihnen noch die weiteren Räumlichkeiten!"

„Das ist also der berühmte Charly", sagte Tina zu Conny, die zufällig an ihrem Büro vorbeiging.

„Ja, das ist Charly. Tina, wenn ich Ihnen einen guten Rat geben darf: Lassen Sie die Finger davon. Was der beziehungstechnisch durchgemacht hat, hat bestimmt Spuren hinterlassen."

„Conny, ich kenne ihn doch gar nicht. Außerdem ist er nicht mein Typ!"

„Charlys Vorzüge schlummern im Verborgenen, das musste ich auch erst lernen!"

Neumann und Charly gingen in den ersten Stock, der noch ähnlich leer war. Nur vereinzelt saßen hier Personen aus dem Innendienst.

„Im Erdgeschoss ist noch ein bisschen mehr los", bemerkte Neumann lächelnd.

Und in der Tat, hier traf er auf ein paar alte Bekannte: Wegner, Schröder, Gersting, Klein und Beyer begrüßten ihn herzlich. Außerdem befanden sich hier in einem Trakt vier Ausbildungsräume, die durch bewegliche Wände getrennt waren und zusammengelegt fast 100 Personen Platz boten.

„Wo ist denn eigentlich Keller?", fragte Charly.

„Der ist in der Innenstadt, im Haupthaus. Ich habe ihn zu den Budgetverhandlungen geschickt. Ich muss nicht alles selbst machen. Wissen Sie, Ihre Geschichte hat mich auch einiges gelehrt. Ich genieße mein Leben mehr und kann mehr abgeben!"

„Chef, so kenne ich Sie gar nicht", lachte Charly ihn an.

„So, jetzt führe ich Sie in das Allerheiligste", tat Neumann geheimnisvoll.

Sie gingen in die Kellerräume. Charly war überrascht. Die Räume waren in angenehmes Licht getaucht und fast taghell. Da kam Charly eine ihm sehr bekannte Person entgegen:

„Charly, ich freu mich, dich zu sehen", begrüßte Alex ihn.

„Alex, wie geht es dir, alles gut?"

„Jetzt wo du wieder da bist, wird es hoffentlich wieder spannender. Ist langweilig ohne dich geworden. Fast nur Routinearbeit für das BKA. Und nachdem hier EDV-technisch alles steht, könnte ich mal wieder so eine Herausforderung wie Anfang des Jahres gebrauchen."

„Na, mal sehen, was sich machen lässt", antwortete Charly gerührt. „Jetzt zeig mal, ‚Q', was ihr zu bieten habt!"

Alex zeigte ihm die Computerräume, die vollgestopft mit Elektronik waren.

„Ich werde dir das dann mal alles im Einzelnen zeigen. Ich glaube, jetzt will dir mein Onkel sicherlich dein neues Aufgabengebiet erklären!"

„Zuerst gehen wir noch rüber in die Schwimmhalle", forderte Neumann Charly auf.

Sie nahmen den Hinterausgang des Gebäudes und überquerten den Sportplatz. Hier befand sich noch ein Gebäude mit Flachdach, das Charly vorher gar nicht aufgefallen war. Neumann öffnete die Tür.

„Kommen Sie, ich will Ihnen noch etwas zeigen. Es ist unser ganzer Stolz. Aber Vorsicht, stülpen Sie die Gummilatschen über. Es ist glatt!"

Die beiden betraten eine Schwimmhalle mit einer 50-Meter-Bahn.

„Die gehört zum Trainingsgelände. Das Becken darf dann außerhalb der Trainingszeiten auch von allen Mitarbeitern genutzt werden. Als besonderer Clou können wir einen Teil des Beckens noch weiter absenken und sogar Tauchübungen durchführen!"

„Beeindruckend", sagte Charly überrascht, „nicht schlecht!"

Dann gingen sie wieder zum Hauptgebäude, nicht, ohne vorher noch einen Blick in die Sporthalle zu werfen, die sich an die Schwimmhalle anschloss.

Auf dem Weg begann Charly zu fragen: „Alex sprach vorhin von einem neuen Aufgabengebiet für mich. Ich dachte, ich gehe wieder in den Außendienst?" Charly schaute Neumann fragend an.

„Lassen Sie uns wieder in mein Büro gehen", forderte Neumann ihn auf.

Im Büro von Neumann angekommen, fragte Charly: „Was haben Sie jetzt für mich vorgesehen, Herr Neumann? Ich platze vor Neugierde!"

„Jetzt setzen Sie sich erst einmal. Also Charly, Sie wissen ja, dass wir Neueinstellungen vornehmen wollen. Um eine exzellente Ausbildung gewährleisten zu können, haben wir eine Schulungsabteilung bestehend aus einem ehemaligen Archäologen, einer Psychologin, einem Kampfsportlehrer und einer Sporttrainerin zusammengestellt. Frau Kümmel als Sporttrainerin haben Sie schon kennengelernt. Ich möchte, dass Sie das Team leiten. Organisatorisch sind Sie Keller gleichgestellt, um die Brücke zum Tagesgeschäft zu gewährleisten. Charly, was sagen Sie dazu?"

„Ich habe mir meinen Start ehrlich gesagt anders vorgestellt. Das muss ich erst mal sacken lassen."

„Ich habe es Ihnen schon einmal gesagt. Sie gehören zu meinen besten Leuten. Bei der Sache mit DaSilva sind Sie über sich hinausgewachsen. Sie können so viel von Ihrem Wissen an unsere neuen Leute weitergeben. Das ist wertvolle Arbeit!"

„Kann ich mich irgendwo hinsetzen und nachdenken?"

„Ja sicher, bei der Gelegenheit zeige ich Ihnen gleich Ihr Büro. Kommen Sie mit!"

Sie gingen zwei Büros weiter.

„So, hier ist es. Gleich neben dem Büro von Keller, dann hätten Sie gleich den direkten Draht. Wir machen uns auch schon Gedanken über die Zeit nach dem ersten Lehrgang. Möglich, dass wir Sie dann wieder ins operative Geschäft zurückholen. Also denken Sie drüber nach."

Dann ließ Neumann ihn allein.

Charly schaute aus dem Fenster. Er hatte einen wunderschönen Ausblick über das gesamte Sportgelände.

Ach Carry, was würdest du an meiner Stelle machen? grübelte er.

Da fiel ihm auf, dass er mit ihr sprach, als wäre sie noch existent und an seiner Seite. Er konnte sie einfach nicht aus seinen Gedanken verdrängen.

Da kam Tina herein.

„Darf ich stören?", fragte sie artig. „Ich wollte mich nochmal wegen dem Parkplatz entschuldigen!"

„Na klar, kommen Sie rein, Sie stören gar nicht. Und das mit dem Parkplatz, vergessen Sie es!"

„Sie grübeln, ob Sie das Angebot von Neumann annehmen wollen, stimmt es?"

„Ja, ich bin eigentlich mit anderen Voraussetzungen hier wieder angetreten, gebe ich gerne zu."

„Ich bin ja noch neu hier und weiß gar nicht, ob ich das Recht habe, Ihnen einen Rat zu geben. Aber ich habe schon viel von Ihnen erzählt bekommen. Die letzten Monate müssen für Sie echt hart gewesen sein. Sie haben drei Menschen verloren, die Sie sehr gerne hatten oder sogar geliebt haben. Und dann glauben Sie, Sie könnten jetzt weitermachen wie vorher? Wir wollen eine neue Abteilung im Geiste von MR aufbauen. Ich sage Ihnen, es gibt nicht viele Firmen mit diesem Spirit und diesem Zusammenhalt. Und Sie können dazu beitragen, all dies an neue Mitarbeiter weiterzugeben. Denken Sie mal drüber nach. Wenn Sie Ihre ganze Erfahrung und Ihr Können weitergeben, waren die letzten Monate nicht umsonst. So, das war es. Sollte ich Ihnen zu nahegetreten sein, bitte ich um Entschuldigung!"

„Sie entschuldigen sich ja schon wieder. Danke für die Standpauke. So hat das bisher erst ein Mensch gewagt."

„Ich vermute, dieser Mensch heißt Carry. Sie müssen sie sehr geliebt haben!"

„Ja, das ist richtig. Aber Sie haben es grammatikalisch ganz richtig formuliert: Vergangenheitsform. So, und jetzt gehe ich zu Neumann und teile ihm meine Entscheidung mit."

„Und?", fragte Tina.

„Auf gute Zusammenarbeit, Frau Kollegin. Und entschuldigen Sie sich nicht gleich wieder, dass Sie nachgefragt haben."

„Schön", gab sie nur als Antwort.

Charly ging in das Büro von Neumann und sagte: „Ich mache es!"

Kapitel 3.1.2
Das Ausbildungsteam

Für den nächsten Morgen nach Charlys Entscheidung war die erste gemeinsame Besprechung mit dem Schulungsteam anberaumt. Hier lernte Charly endlich alle Mitglieder seines Teams kennen:

Da war Greta Lundgren, die Psychologin. Sie war, wie der Name es andeutete, eine gebürtige Schwedin, die man unschwer am Dialekt erkannte. Sie hatte einen blonden Lockenkopf, den sie versuchte, mit einer Haarspange zu bändigen, was ihr meistens nicht gelang. Dazu hatte sie strahlend blaue Augen, die bei Aufregung auch mal kalt erscheinen konnten, und einen runden Kopf. Sie war vor fünf Jahren nach Deutschland gekommen und hatte sich erst in der Selbstständigkeit versucht. Sie erkannte dann aber recht schnell, dass sie dafür nicht geschaffen war und zog es vor, in ein festes Arbeitsverhältnis zu wechseln.

Gunter Klaus, ein ehemaliger Archäologe und Geschichtslehrer, war für die Vermittlung von geschichtlichem und archäologischem Wissen zuständig. Er war 1,65 Meter groß und hatte einen ordentlichen Bauch. Hinter seiner goldenen Nickelbrille strahlten braune Augen hervor, die von einem runden Kopf mit schütterem Haar umrahmt wurden. Klaus zeichnete sich durch profundes Fachwissen im Bereich Geschichte und vor allem ägyptische Ausgrabungen aus. Seine Gesamtstatur hatte ihm bei MR schon den Spitznamen „Kugelblitz" eingebracht.

Steven McGregor war das genaue Gegenteil von Klaus. Ein drahtiger gebürtiger Ire, der sich auf das Vermitteln der Kunst der Kampfsportarten spezialisiert hatte. Er war 1,90 Meter groß und durchtrainiert. Er hatte einen schwarzen Wuschelkopf und fast schwarze Augen. Trotz seiner Passion für Kampfsportarten hatte er ein sanftes Gemüt und strahlte eine ansteckende Gelassenheit aus, die sich schnell auf sein Umfeld übertrug.

Tina, die Charly ja schon kennengelernt hatte, war Mitte 30 und mit ihren 1,70 Metern eine attraktive Erscheinung. Sie war schlank gebaut und durchtrainiert. Ihr halblanges brünettes Haar trug sie zumeist zu einem Pferdeschwanz zusammengebunden. Sie schaute einen mit neugierigen graugrünen Augen meist aufmerksam an und verstand es, mit ihrem Charme ihren Willen durchzusetzen. Sie konnte aber auch energisch auftreten, was Charly schon am eigenen Leib kennengelernt hatte.

Jeder hatte für seinen Bereich schon Ideen zusammengefasst, die Charly vor ihrer ersten gemeinsamen Sitzung gelesen hatte.

Bei ihrer ersten Zusammenkunft war auch Neumann anwesend. Er machte die Bedeutung der neuen Abteilung deutlich:

„Die Zeiten haben sich für MR geändert. Haben wir es früher mit Beduinenstämmen zu tun gehabt, die auf Kamelen Gräber ausgeraubt haben, geht es heute um den Kampf gegen das organisierte Verbrechen. Der Fall DaSilva hat uns das eindrucksvoll vor Augen geführt. Nur unter Einsatz komplexer Technologie und hohem körperlichem Einsatz haben wir es geschafft, diesen Kerl zur Strecke zu bringen. Einer, der hautnah erlebt hat, was sich damals zugetragen hat, sitzt unter uns. Herr Bach wird die Abteilung und damit Sie leiten. Auch wenn er kein Trainer ist, bitte ich Sie, ihm das Vertrauen zu schenken, das er verdient. Durch seine Erfahrung werden auch Sie etwas von ihm lernen können. Sie werden MR für die Zukunft fit machen, davon bin ich überzeugt!"

„Haben Sie die Rede für ihn geschrieben?", flüsterte Charly, der neben Tina saß. „Kommt mir alles so bekannt vor."

„Ich, ach ne. Aber er spricht mir aus der Seele", sagte sie leise und grinste Charly an.

Dann war Charly an der Reihe, eine kurze Rede zu halten:

„Bei allem Respekt, Chef, ich bin kein Lehrer. Aber ich werde mein Bestes tun. Wir haben jetzt noch bis Ende des Monats Zeit, ein Schulungskonzept zu entwickeln, das alle Bereiche der Ausbildung abdeckt. Ich habe mir Ihre ersten Vorschläge durchgelesen und ich finde sie sehr gut. Lassen Sie uns die Zeit nutzen, noch weiter daran zu feilen. Da warten dann 40 Menschen darauf, von uns geschult zu werden. Machen wir das Beste daraus. Ich freu mich auf unsere Zusammenarbeit. Und nun noch eine persönliche Bitte. Nennen Sie mich alle Charly und sagen Sie ‚Du' zu mir. Dann fühle ich mich entschieden wohler. Und jetzt an die Arbeit!"

„Kurz und knapp, gefällt mir", sagte Tina lächelnd zu Charly, als die erste Sitzung beendet war.

„Wie gesagt, ich werde mein Bestes tun", antwortete Charly zwinkernd.

„Das merkt man", konterte Tina und lächelte ihn freundlich an.

Hübsche Augen, dachte Charly und gleich darauf: *Charly, lass es. Der Stuhl neben dir ist noch lange nicht leer. Da sitzt immer noch Carry drauf. Und das wird sicherlich noch eine Weile so bleiben.*

Mit diesen Gedanken ging er zurück in sein Büro.

Die nächsten Tage und Wochen waren mit der Erarbeitung des Konzeptes ausgefüllt. Charly führte in dieser Zeit sowohl

Einzelgespräche sowie mindestens einmal pro Tag ein Brainstorming mit allen vieren zusammen. Für ihn war wichtig, dass jeder der vier auch Kenntnisse über das Fachgebiet der anderen erfuhr, damit der Lehrstoff des Einzelnen mit denen der anderen abgestimmt war. Grade für Tina und Steven war dies eine Herausforderung. Hatten die beiden doch bisher mit Psychologie und Geschichte kaum etwas am Hut.

Neumann beobachtete das Zusammenwachsen des Ausbilderteams interessiert und mit Wohlwollen. Ganz genau beobachtete er allerdings Charly.

„Charly scheint wieder voll der Alte zu sein", stellte Conny einmal zu Neumann fest.

„Charly wird nie mehr der Alte sein, Conny. Er wird anders sein, aber deshalb nicht weniger liebenswert und ein wichtiges Mitglied von MR!"

Eines Morgens kam Charly in den Besprechungsraum seiner Abteilung und sagte: „Meine Herrschaften, heute und morgen machen wir eine spezielle Übung: Jeder von euch wird die anderen in seinem Fachgebiet unterrichten. Ich möchte, dass ihr euch als Schüler fühlt, wenn ihr unterrichtet werdet. Lasst uns diese Erkenntnisse in das Schulungskonzept mit einfließen!"

Er schaute in erstaunte Gesichter.

„Ich soll in Kampfsport, Psychologie und Sport unterrichtet werden?", fragte Gunter.

„Na, ein wenig Bewegung wird dir nicht schaden", sagte Tina.

„Ich bin mit meinem Körper zufrieden", behauptete er. Er verschwieg, dass er sich insgeheim schon entschlossen hatte, ein paar Kilo abzunehmen.

„Morgen Abend werden wir uns zusammensetzen und über eure Erfahrungen berichten. Ich selbst werde nicht an diesem Unterricht teilnehmen. Mir kommt es auf eure Eindrücke an", fuhr Charly fort. „Wir beginnen heute mit Psychologie und heute Nachmittag ist Kampfsport dran. Morgen folgt am Vormittag Geschichte und nachmittags Fitness."

„Wann ist Ihnen denn das eingefallen?", fragte Neumann, der aus der Ferne alles mitangehört hatte.

„Heute früh unter der Dusche", antwortete Charly.

So kam es, dass die Teammitglieder für zwei Tage wieder die Schulbank drückten. Am Abend des zweiten Tages trafen sie sich wieder im Besprechungsraum.

„Nun, wie war es?", fragte Charly.

„Irrsinnig interessant", antwortete Greta, „ich habe mich ehrlich gesagt noch nie für Kampfsport oder Geschichte interessiert. Aber das kam alles sehr gut rüber. Und die Fitness werde ich weiter vorantreiben. Danke Tina!"

„Mir tun alle Knochen weh. Aber in Summe war es eine gute Mischung aus geistiger und körperlicher Herausforderung. Danke euch allen. Und Tina, magst du nicht mein ‚Personal Trainer‘ werden?", sagte Gunter, der noch völlig außer Atem von Tinas Programm war.

„Wenn die Bezahlung stimmt, immer gerne!", lachte Tina. „Aber im Ernst, es war interessanter, als ich befürchtet habe. Gute Erfahrung!"

Auch Steven kam zu einem ähnlichen Ergebnis. „Ich bin ja grade auf dem Gebiet der Psychologie und der Geschichte ein blutiger Laie. Aber das war so interessant vorgetragen, dass ich Lust auf mehr bekommen habe. Lob an meine Kollegen!"

„Gut, dann werden wir das Schulungskonzept morgen abschließen. Wir haben dann noch drei Tage, uns über die Abschlussübungen den Kopf zu zerbrechen. Bis morgen dann!"

Alle verschwanden nach der Besprechung in die Duschräume.

„Na, wie ist es gelaufen?", fragte Neumann, nachdem bis auf Charly alle den Raum verlassen hatten.

„Gut, ich glaube, es hat jeder von jedem gelernt", antwortete Charly, der seine restlichen Unterlagen zusammenpackte.

„Dann kann man wohl diese zwei Tage auch unter Team-Building verbuchen", fuhr Neumann fort.

„Das war Sinn und Zweck der Veranstaltung, Chef."

„Sie machen das gut. Es gefällt mir, wie Sie die Sache angehen."

„Es macht mir auch richtig Spaß!"

„Das ist schön und das merkt man auch. Und sonst, wie geht es?" Neumann hatte lange überlegt, ob und wann er die Frage stellen sollte.

„Nun, wenn Sie das meinen, was ich glaube, dann kann ich nur sagen: Der Stuhl ist noch nicht leer. Aber ich versuche, in eine andere Richtung zu schauen."

„Charly, bedenken Sie eines, solange der Stuhl nicht leer ist, haben Sie keine Chance, dass sich jemand anderes daraufsetzt!"

„Das weiß ich, aber es ist alles noch relativ frisch. Das dauert noch."

„Ich weiß, aber das Leben ist kurz. Trauern sie der Vergangenheit nicht zu lange nach. Sie ist vorbei!"

Bei diesen Worten kam Tina frisch geduscht in den Besprechungsraum:

„Charly, wir wollen noch zusammen einen trinken gehen. Kommst du mit? Die Einladung gilt natürlich auch für Sie, Professor Neumann!"

„Ach, gehen Sie mal allein", antwortete Neumann, und an Charly gerichtet: „Team-Building, Charly, Team-Building!"

Charly entschloss sich, mit den anderen mitzugehen.

Als er spät am Abend heimfuhr, fiel ihm auf, dass er das erste Mal, seit er wieder in Neu-Isenburg war, wieder mit Leuten weggegangen war.

Hat Spaß gemacht, dachte er bei sich, *schreit nach Wiederholung.*

Am nächsten Tag begann das Team mit der Finalisierung des Schulungskonzeptes. Dies wurde am späten Nachmittag abgeschlossen.

„Nun geht es an die Konzipierung des Abschlusstests. Dafür haben wir jetzt noch bis Dienstag nächster Woche Zeit. Am Mittwoch ist die Präsentation vor Neumann und Keller geplant", sagte Charly in die Runde. „Ich erwarte eure Vorschläge. Ich habe selbst auch noch keine Idee, wie wir den konzipieren, und für die Ausarbeitungen der Fragebögen ist ja jeder selbst zuständig."

„Es sollte eine Mischung aus dem gesamten Lehrstoff der drei Monate sein", eröffnete Greta die Diskussion.

Charly tippte alles in den Laptop und warf es an die Wand.

„Eines sollten wir ausschließen: Keine Prüfung, wie in der Schule. Also vormittags das eine Fach, am Nachmittag das andere. Eine Kombi wäre nicht schlecht. Im richtigen Leben müssen die Prüflinge auch Flexibilität beweisen, warum nicht schon hier in der Prüfung", sagte Gunter, der noch mit dem Muskelkater von den Anstrengungen der letzten Tage zu kämpfen hatte.

Charly schaute aus dem Fenster und genoss für einen Moment die Aussicht über das Trainingsgelände. Da kam ihm eine Idee:

„Lasst es uns doch so machen wie bei einer Schnitzeljagd. Die Prüflinge haben auf dem Sportfeld verschiedene Disziplinen zu durchlaufen. Nach einer gewissen Zeit müssen sie in einen Raum und zu den Fachgebieten einen Fragenkatalog beantworten. Dann kommt eine weitere Fitnessübung, und so weiter und so weiter. Auch die Prüfungen im Schwimmbad lassen sich wunderbar integrieren. Ich habe auch schon einen Namen für die Gesamtübung. Wir nennen es ‚den Parcours'!"

„Ich denke, die Idee sollten wir weiterverfolgen", erwiderte Steven.

„Gut, dann schlage ich vor, wir machen morgen früh weiter. Sagen wir halb neun", schlug Charly vor, „für heute soll es genug sein. Es ist schon wieder halb acht geworden. Schönen Feierabend allerseits!"

Alle verließen den Besprechungsraum bis auf Charly und Tina.

„Du bist Heute so still gewesen", stellte Charly fest, „ist sonst gar nicht deine Art."

„Ach nichts, war nur ein stressiger Tag", antwortete Tina.

„Dann ist ja gut, los, mach dich auf nach Hause!"

„Ja, muss noch meine Katze füttern. Die hat bestimmt schon Kohldampf. Ach Charly, war ein schöner Abend gestern. Sollten wir bei Gelegenheit mal wiederholen."

Sie verkniff es sich, zu ergänzen, dass sie auch mal mit ihm allein weg gehen könnte.

„Das habe ich gestern Abend auch gedacht. Es schreit nach Wiederholung. Jetzt aber ab, Katze wartet!"

„Ja, sonst niemand", murmelte sie traurig.

Charly reagierte auf die Aussage von Tina nicht.

Pünktlich saßen alle fünf am nächsten Morgen wieder im Besprechungsraum. Nun ging die Diskussion über den Ablauf der Prüfung weiter. Pläne wurden gemacht und wieder verworfen. Einzelne Punkte wurden festgehalten und später wieder geändert. An der Diskussion beteiligten sich alle mit so einer Leidenschaft, dass Charly merkte, dass sie mit unheimlich viel Herzblut bei der Sache waren – alle außer Tina. Sie saß meistens mit abwesendem Blick in der Runde und beteiligte sich kaum an den Diskussionen.

Als sie abends mit erhitztem Kopf die Besprechung unterbrachen, waren sie noch längst nicht am Ziel.

„Oh Mann, morgen ist schon Freitag und wir haben noch nicht mal die Hälfte geschafft", stellte Gunter fest.

„Schauen wir mal, wie weit wir morgen kommen", antwortete Steven.

„Für heute ist Schluss", schaltete sich Charly ein, „ihr seid genauso fertig wie ich!"

Alle verließen den Sitzungsraum, ohne noch die Sachen wegzuräumen.

Auf der Treppe holte Charly Tina ein.

„Sag mal, was ist los mit dir? Den ganzen Tag bist du schon wieder so ruhig. Ist was mit deiner Katze?"

„Nein, was soll sein?", sagte sie und schaute ihn fragend an. „Man kann halt nicht jeden Tag ‚Hansdampf in allen Gassen' sein. Jeder hat mal einen schlechten Tag", fuhr sie fort.

„Na gut, ist mir nur aufgefallen!"

„Sowas fällt dir auf, du bist aber schon ganz schön sensibel deiner Umwelt gegenüber", konterte sie.

„So bin ich halt. Tina, wenn du irgendetwas auf der Seele hast, kannst du gerne zu mir kommen", entgegnete Charly und stieg in sein Auto ein.

Da fiel Tina wieder das Gespräch mit Conny ein, dass sie an Charlys erstem Tag geführt hatten: *Charlys Vorzüge schlummern im Verborgenen, das musste ich auch erst lernen.* Das waren Connys Worte.

Charly, du bist immer noch nicht mein Typ, aber irgendwie könntest du mir gefährlich werden. Bei dem Gedanken stieg sie in ihr

Auto ein und beschloss, am folgenden Tag nicht mehr so verschlossen zu sein.

Tags darauf ging die Arbeit weiter. Sie gönnten sich kaum eine Pause. Selbst Charly vergaß, eine Zigarettenpause einzulegen.

Als sie gegen Nachmittag immer noch zig Probleme sahen, sagte Charly ganz vorsichtig: „Leute, wenn das so weitergeht, müssen wir das Wochenende dranhängen!"

„Natürlich", sagte Tina, „kein Problem, jedenfalls von meiner Seite. Wie seht ihr das?"

„Also, wenn das nicht einreißt, kein Thema, ich bin dabei", sagte Greta.

Auch die anderen beiden hatten keine Probleme damit.

„Gut, dann organisiere ich für morgen Mittag Pizza", kündigte Charly an. Er musste an die Wochenenden denken, die Carry, Benny und er bei MR verbracht hatten, wenn es galt, einen schweren Fall aufzuklären. Manchmal kam ihnen die Pizza schon aus den Ohren heraus.

Als sie am Sonntagnachmittag endlich alle ihre Ideen zu Papier gebracht hatten, streckte Charly sich ganz entspannt und sagte erleichtert: „Das wäre geschafft. Morgen und übermorgen noch präsentationsfertig machen und dann sind wir zur Genehmigung bereit!" Er gähnte herzhaft.

„Es ist zwar noch etwas früh, aber wollen wir noch was trinken gehen?", fragte Tina in die Runde.

Bis auf Charly verneinten alle das Angebot. Sie wollten jetzt noch etwas von ihrer Familie haben. Steven hatte vor, nochmal ins Fitnessstudio zu gehen.

„Dann gehen wir halt allein und holen die Gesamtfeier nach, wenn Neumann unseren Plan abgesegnet hat", sagte Charly zu Tina.

„Machen wir so und euch noch einen schönen Sonntag", sagte Tina.

Tina und Charly gingen gemeinsam zu ihren Autos:

„Schön, dass du noch mitkommst. Ich habe noch keine Lust, in meine Wohnung zu gehen. Sonntags ist für mich als Single immer die Hölle."

„Wem sagst du das", antwortete Charly, „ich gehe dann meistens ins Fitnessstudio. Ist dann immer schön leer."

„Du ins Fitnessstudio, hätte ich jetzt nicht gedacht."

„Traust du mir das nicht zu?", fragte Charly überrascht.

„Eigentlich nicht, du bist gar nicht der Typ dafür", antwortete Tina ehrlich.

„Na, wir sollten uns mal länger unterhalten, vielleicht entdeckst du noch andere Seiten an mir, die du mir nicht zutraust!"

„Liebend gerne", sagte Tina vielsagend, „fangen wir nachher gleich damit an. Also los, in das gleiche Lokal, wie beim letzten Mal?"

„Nichts dagegen", antwortete Charly, „los, fahr vor!"

„Bis denne", kam von Tina.

Dann fuhren sie los.

Auch die anderen drei standen auf dem Parkplatz und beobachteten die zwei. Sie grinsten sich an, sagten aber erstmal nichts.

„So, ich fahre jetzt heim, meine Couch wartet", verabschiedete sich Steven.

„Wie, du wolltest doch ins Fitnessstudio?", fragte Greta.

„Och, ich habe es mir anders überlegt", antwortete Steven, „aber euch viel Spaß mit euren Familien."

„Na meine Frau ist heute Nachmittag bei einer Freundin", entgegnete Gunter, „ich ziehe mir einen Film rein!"

„Und mein Mann ist mit den Kindern auf einem Ausflug. Die Ruhe wird mir jetzt guttun", ergänzte Greta.

„Sagt mal, kann es sein, dass wir alle drei irgendwelche Gründe vorgeschoben haben, damit die zwei Mal allein weggehen?", fragte Steven gespielt streng.

„Och, man muss halt manchmal etwas nachhelfen", sagte Greta unschuldig.

Alle drei lachten und stiegen in ihre Autos.

Tina und Charly verbrachten einen schönen Abend in einem Gartenlokal. Das „Wäldches" lag mitten im Frankfurter Niddapark. Hier hatte vor einigen Jahren die Bundesgartenschau stattgefunden. Die Gegend bestand aus zahlreichen Grünanlagen und man glaubte kaum, dass man sich mitten in Frankfurt befand, wenn nicht im Hintergrund die Frankfurter Skyline zu sehen gewesen wäre.

Sie unterhielten sich über Gott und die Welt. Tina erkannte, dass sie sich in manchen Dingen in Charly getäuscht hatte. Er wirkte im Laufe des Abends ganz anders auf sie, als sie ihn bisher wahrgenommen hatte.

Die Zeit verging wie im Fluge und als sie gegen 23:00 Uhr von der Bedienung höflich darauf aufmerksam gemacht wurden, dass das Lokal geschlossen wird, schauten sie sich überrascht an.

Sie schlenderten gemeinsam zu ihren Autos. Als sie sie erreichten, sagte Charly: „Du wirkst wieder deutlich aufgeräumter als unter der Woche, das ist schön."

„Woran es wohl liegt?", antwortete Tina.

„Na an der Katze wohl kaum", konterte Charly.

„Ne, daran nicht!" Dann gab sie ihm einen Kuss auf die Wange und sagte liebevoll: „Danke für den schönen Abend!"

Er schaute sie nur an und sagte nichts, sondern lächelte nur.

„Dann bis morgen."

„Bis morgen."

Mit diesen Worten stiegen beide in ihre Autos.

Auf der Heimfahrt sagte Charly leise zu sich selbst: „Carry, kann es sein, dass du langsam von dem Stuhl aufstehst?"

Zuhause fiel er müde, aber zufrieden in sein Bett. Es war eines der ersten Male, dass seine letzten Gedanken nicht Carry galten.

Kapitel 3.1.3
Der erste Ausbildungsgang

Am darauffolgenden Mittwoch fand die Präsentation des Schulungskonzeptes vor Neumann und Keller statt. Dem Team war es gelungen, aus einem 200-seitigen Gesamtkonzept eine 15-seitige Präsentation zu erstellen. Nachdem Charly geendet hatte und offene Fragen beantwortet waren, sagte Neumann:

„Gefällt mir gut. Was sagen Sie, Keller?"

„Ich halte das Konzept für rund. Man merkt, dass da Experten am Werk waren, die Ahnung von der Materie haben. Und Sie, Charly, haben sich wirklich schnell und gut in die Materie eingearbeitet. Vor allem die Idee mit der Abschlussprüfung finde ich hervorragend. Kompliment an Sie alle. Müssen wir damit noch in den Verwaltungsrat, Professor Neumann?"

„Ja, ich habe heute Nachmittag einen Termin mit den Herrschaften. Aber ich glaube, das ist eine Formsache. Der Verwaltungsrat wird unserer Empfehlung folgen. Also wir sollten es jetzt kurz machen: Wir machen es so, wie Sie uns vorgeschlagen haben!"

„Ich schließe mich an", sagte Keller.

„Gut, dann werde ich Sie nachher telefonisch über das Ergebnis unterrichten", damit beendete Neumann die Sitzung.

Charly schaute von einem der Team-Mitglieder zum anderen und nickte ihnen zu. Als er Tina anschaute, lächelte er noch herzlich und blinzelte ihr zu. Ihm war bewusst, dass er es ihr zu verdanken hatte, dass er sich für die Aufgabe entschieden hatte.

Am Nachmittag kam der heiß erwartete Anruf von Neumann:

„Der Verwaltungsrat hat zugestimmt. Sie können nächste Woche starten, wie Sie es vorhaben. Herzlichen Glückwunsch an Sie und Ihr Team!" Auch Neumann klang trotz seiner optimistischen Ansage am Vormittag erleichtert.

„Da werden sich die anderen aber freuen. Danke für die Information", auch Charly war erleichtert.

„Gehen Sie heute Abend mit den anderen eine Runde feiern. Die Rechnung zahlt MR. Sie haben es sich verdient. Charly, nochmal: Verdammt gute Arbeit, ich habe es nicht bereut, Ihnen diesen Job angeboten zu haben!"

„Noch mal danke, Chef, ich gebe das Lob weiter, es war Teamarbeit!"

„Stimmt, diesmal kein Alleingang", damit beendete Neumann das Gespräch.

An diesem Abend gingen alle fünf in das schon bekannte Gartenlokal. Keiner hatte diesmal was anderes vor!

Am Ende der darauffolgenden Woche war es dann so weit: 40 Kandidaten auf die ersten 19 zu besetzenden Stellen bei MR trafen im großen Schulungsraum ein.

Die Mitglieder des Ausbildungsteams hatten sich dem Anlass entsprechend gekleidet. Charly trug einen dunkelblauen Anzug.

„Oh, heute mit MR-Ehren-Medaille", stellte Tina anerkennend fest. Sie trug ein rotes Etuikleid, das ihr hervorragend stand.

„Hat Neumann mich zu verdonnert", antwortete Charly augenrollend.

„Hast du dir doch damals verdient", gab Tina zurück, die mittlerweile viel von Charly erfahren hatte. Sie hatten sich in der letzten Zeit öfter getroffen und über ihre Vergangenheit erzählt. Sie kannten sich schon recht gut.

„Wenn es Carry damals nicht gelungen wäre, dass ich das Gegenmittel gegen das Gift nehme, hätte ich sie nie befreien können", entgegnete er.

„Ach was, Sie tragen die Medaille zu Recht", schaltete sich Neumann ein. „Wenn es nach mir gegangen wäre, hätten Sie und Dimitrie für die Aktion in Brasilien noch eine verliehen bekommen. Sie sehen übrigens alle großartig aus!"

Dann betraten alle sechs den großen Besprechungsraum, wo schon 40 Kandidaten erwartungsvoll auf sie warteten.

Neumann hielt die Eröffnungsrede. Er begrüßte die Anwesenden sowie das Team und stellte MR kurz vor. Dann sagte er:

„Und jetzt übergebe ich das Wort an unseren Ausbildungsleiter Stefan Bach. Er zeichnet sich hauptverantwortlich für das Ausbildungskonzept. Und obwohl er erst wenige Jahre hier bei uns ist, hat er in der Zeit jede Menge Erfahrung gesammelt. Ich möchte Sie bitten, ihm und seinem Team genau zuzuhören. Ich tue es auch. Sie werden Dinge lernen, die Ihnen in späteren Missionen das Leben retten könnten, Herr Bach, bitte!"

Charly trat an das Pult und hielt seine Begrüßungsrede:

„Auch ich möchte Sie herzlich zu diesem Lehrgang begrüßen. Sie sind die ersten Kandidaten auf die neuen Stellen von MR. Wir haben uns Mühe gegeben, möglichst viel in den Ausbildungsplan zu packen, um Sie auf diese Stellen vorzubereiten. Und wir werden alles

tun, um Sie gut zu schulen. Nicht alle von Ihnen werden es im ersten Anlauf schaffen, aber wir werden dafür sorgen, dass Sie gut vorbereitet in den Abschlusstest gehen werden. Das Einstellungsverfahren wird circa dreieinhalb Monate dauern. Daran schließt sich noch ein 10-tägiger Tauchlehrgang in Ägypten an. Kommen wir jetzt zu der Einteilung der Gruppen. Diese wird über Losverfahren ermittelt. Sie werden den einzelnen Schulungsveranstaltungen nach einem kurzen Gang durch das Haus zugeteilt. Ich wünsche Ihnen und uns gutes Gelingen!"

Nach dieser kurzen Rede führte Charly die Gruppe durch das Gebäude.

„In den oberen Stockwerken und im Erdgeschoss befinden sich die Büro- und Ausbildungsräume, die für Sie frei zugänglich sind. Im Keller befinden sich die Technikräume. Die sind für Sie erst nach erfolgreich erfolgter Prüfung zugänglich. Sie werden verstehen, dass hier nicht nur Server stehen!"

Dann standen sie im Eingangsbereich neben der Gedenktafel.

„Hier lesen Sie drei Namen, die Sie sich gut merken sollten. Es handelt sich um drei Mitarbeiter von MR, die ihr Leben auf Missionen gelassen haben. Diese Namen sollen Sie immer daran erinnern, wie gefährlich dieser Job sein kann!"

Einer der Kandidaten fragte: „Und was ist das für ein Bild? Es sieht schön aus!"

„Das symbolisiert eine Elefantenherde, die vor dem Kilimanjaro steht. Der Elefant ist das Symboltier von MR. Er steht im thailändischen Buddhismus für Glück, Majestät, Stärke, Fleiß und Intelligenz. Wenn Sie die Prüfung bestanden haben, bekommen Sie als Zeichen der Zugehörigkeit auch einen silbernen Elefantenanhänger überreicht. Aber das ist noch Zukunft", antwortete Charly lächelnd.

„Was ich Sie immer mal fragen wollte", sagte Charly nach der Führung zu Neumann, der sich zu der Gruppe hinzugesellt hatte. „Wer hatte die Idee mit den Elefanten in der Eingangshalle?"

„Nun, das war meine Idee. Als ich Carry vor einiger Zeit in der Klinik besucht habe, hatte sie dieses Bild in ihrem Zimmer. Hat mir gut gefallen und da habe ich dieses Relief anfertigen lassen. Und ich weiß auch, von wem es ist", antwortete er vielsagend.

Charly lächelte nur und dachte: *Sie hat es also immer noch!*

Die Gruppen bestanden wie geplant aus jeweils zehn Personen. Diese waren in die Kategorien Fitness, Kampfsport, Geschichte und Psychologie eingeteilt. Da in der Sportgruppe zum einen Leichtathletik und zum anderen Schwimmen stattfand, hatte sich Charly dazu bereit erklärt, die Schwimmgruppe zu leiten.

„Ist kein Problem für mich. Jetzt wo der Lehrgang beginnt, habe ich nicht mehr so viele administrative Aufgaben", sagte er, als Tina ihm den Vorschlag unterbreitete.

Auch Neumann stimmte dem Vorschlag mit den Worten zu: „Sie beide bilden bestimmt ein gutes Team", dabei grinste er.

Charly war sehr erfreut über diese Entscheidung. Brachte es ihn zum einen doch näher an die Kandidaten heran und zum anderen gewährleistete es eine enge Zusammenarbeit mit Tina, deren Nähe er immer mehr genoss.

In dem Sportlehrgang fielen Charly gleich zwei Teilnehmer auf: Da war zum einen Joachim Brugner. Joachim Brugner war ein großgewachsener, athletischer Endzwanziger mit schwarzen Haaren. Sein Vater war Vorsitzender des Aufsichtsrats von MR, Geschichtsprofessor an der Frankfurter Universität und somit auch mit Neumann bekannt. Auch sein Sohn hatte Geschichte studiert, machte aber keinen Hehl daraus, dass seine wirkliche Passion der EDV galt. Er nahm nur auf Drängen seines Vaters an diesem Lehrgang teil und schaute auf die anderen Teilnehmer mit einer gewissen Arroganz herab.

Und dann war da Sebastian Kleinert: Er war ein kleingewachsener, schmächtiger Mann Mitte zwanzig mit rotem gelocktem Haar. Wenn man ihn sah, würde man ihn als alles andere als sportlich bezeichnen. Er hatte in Rekordzeit sein Studium der Geschichte mit Bestnoten bestanden, stand nun aber etwas verloren auf dem Sportplatz herum.

„Auf den müssen wir besonders achten", sagte Tina zu Charly am ersten Vormittag des Lehrganges.

„Ja, und auf diesen Herrn Brugner. Scheint, als hielte er sich für was Besonderes", erwiderte Charly.

Nachdem der erste Lehrgangstag beendet war, trafen sich alle fünf Lehrgangsleiter und Neumann im Besprechungsraum und tauschten sich über die Teilnehmer aus:

„Wir haben bei uns in der Gruppe einen Joachim Brugner und einen Sebastian Kleinert", Tina schilderte den anderen dreien ihre ersten Eindrücke. „Ich bitte euch, ein besonderes Auge auf die beiden zu haben, wenn ihr sie unterrichtet!"

Diese nickten nur und machten sich Notizen.

„Ich habe hier eine Susanne Biel", fuhr Greta fort, „ich glaube, die möchte morgen schon den Abschlusstest machen. Die brennt geradezu auf ihren ersten Einsatz."

„Vorsicht, Greta", mahnte Charly, „Übermotivation können wir nicht gebrauchen!"

„Dem kann ich nur zustimmen", ergänzte Neumann. „Achten Sie vor allem darauf, dass die Teilnehmer auch teamfähig sind und den Lehrgang mit Maß und Ziel absolvieren. Wir hatten schon einmal eine Neuanfängerin, die vor Ehrgeiz brannte. Bis wir die eingefangen hatten, hat es eine Weile gedauert."

Die anderen beiden wollten sich über ihre Kursteilnehmer noch nicht äußern, da sie noch in der Kennenlernphase waren.

Nach der kurzen Besprechung nahm Charly Neumann zur Seite und fragte: „Die ehrgeizige Mitarbeiterin, damit haben Sie doch Carry gemeint, oder?"

„Ja", antwortete der, „fragen Sie mal Dubois, was die im ersten Jahr bei MR alles für Eskapaden angestellt hat. Ich hätte allerdings auch von einem anderen Mitglied erzählen können, der uns mit seinen Alleingängen zur Verzweiflung gebracht hat. Auch davon brauchen wir keinen zweiten!"

„Ach, wer das wohl war?", fragte Charly scheinheilig.

Am nächsten Tag stand Tina am Rande des Sportplatzes und beobachtete die Kandidaten beim 400 -Meter-Lauf.

„Los du Tröte, lauf mal ein bisschen schneller. Dir kann man beim Laufen die Schuhe besohlen", hörte sie Brugner in Richtung Kleinert rufen. Dieser war nach 350 Metern am Ende seiner Kräfte und japste angestrengt nach Luft.

„Herr Brugner, mäßigen Sie sich", rief Tina zu ihm hinüber, „das ist nicht der Ton, den wir hier pflegen!"

Charly, der dies alles vom Eingang der Schwimmhalle aus beobachtet hatte, hielt sich zurück und dachte sich nur seinen Teil. Er entschloss sich, zuerst mit Kleinert zu sprechen.

Nach dem Training wartete Charly vor dem Gebäude auf ihn.

„Na, wie war ihr Tag?", fragte er ihn betont unbefangen.

„Nun, wenn man die dummen Kommentare von Brugner mal weglässt, ganz gut", antwortete dieser. „Aber das macht mir nichts aus!"

„Wirklich?", entgegnete Charly.

„Ihnen kann man nichts vormachen, oder?" Kleinert schaute ihn traurig an.

„Warum sind Sie hier? Sie wissen doch, dass körperliche Fitness zu den Grundvoraussetzungen für die Einstellung bei MR gehört?"

„Nun", sagte Kleinert, „ich habe auch private Gründe!"

„Darf ich die wissen? Als Ihr Ausbilder muss ich schon die Beweggründe kennen, wenn sich jemand hier bewirbt. Charly sah ihn eindringlich an.

„Na gut, es wird ja doch irgendwann rauskommen. Ich bin der Cousin von Benny!"

„Aber ich habe Sie überhaupt nicht auf seiner Beerdigung gesehen?", fragte Charly überrascht.

„Da war ich grade auf Exkursion in Südamerika, im tiefsten Dschungel. Als ich wieder erreichbar war, war er schon beerdigt. Glauben Sie mir, ich wäre gerne gekommen, wenn ich es gewusst hätte. Benny und ich waren wie Brüder, von klein auf."

„Das glaube ich Ihnen", sagte Charly.

„Herr Bach, geben Sie mir eine Chance. Ich bin gerne bereit, Sondertraining zu absolvieren. Über die gesamte Zeit des Lehrganges. Dann müsste ich doch fit werden, oder?"

Charly dachte nach und antwortete: „Nun gut, jeden Abend nach dem regulären Unterricht werden wir zwei Stunden Training einschieben. Laufen, Schwimmen und Krafttraining, das volle Programm. Frau Kümmel und ich werden Sie trainieren. Aber ich warne Sie, einfach wird das nicht."

„Danke, ich bin dabei. Wann fangen wir an?"

„Morgen nach dem Kurs", sagte Charly, „ich tue das für Sie und für Benny. Das sollten Sie wissen."

„Ich glaube, Benny hätte es so gewollt. Wissen Sie, er hat immer in höchsten Tönen von Ihnen gesprochen. Ich glaube, er hatte Recht!"

„Wir sehen uns morgen", antwortete Charly. Er schaute ihm noch lange nach und dachte: *Jetzt, wo ich es weiß, er sieht ihm wirklich ähnlich.*

Tina hatte die gesamte Unterhaltung vom Fenster ihres Büros beobachtet. Jetzt kam sie herunter und fragte Charly: „Hat sich was ergeben?"

„Tina, ab morgen gibt es Sonderschichten. Wir haben jemanden fit zu machen."

„Dachte ich mir, dass es auf so etwas hinausläuft. Ich arbeite gleich einen Trainingsplan aus. Morgen komme ich mit dazu."

„Soll ich dir helfen?", fragte Charly.

„Komm mit, zwei Hirne denken besser als eins", sagte sie grinsend.

Neben dem normalen Sportprogramm begann für Kleinert am nächsten Nachmittag das Extratraining. Tina und Charly lösten sich dabei ab oder trainierten ihn gemeinsam. Das Training zeigte Wirkung. Schon nach einer Woche lief er die 400 Meter ohne Anstrengung und konnte mit den anderen mithalten.

Als er an einem Abend wieder sein Sondertraining absolvierte, wurde er von Brugner beobachtet. Dieser rief über den Platz: „Na Tröte, musste wieder nachsitzen?"

Da kam Susanne Biel um die Ecke und hörte alles mit.

Was für ein arrogantes Arschloch, dachte sie nur und stieg in ihr Auto.

Die Art von Brugner zeigte auf die Gruppe Wirkung: Er wurde außerhalb des Unterrichts gemieden. Jedes Mal, wenn er sich an einen Tisch setzte, standen die anderen auf. Standen sie in einer Pause zusammen und Brugner kam hinzu, löste sich die Gruppe auf.

Als sie eines Mittags in der Kantine standen und auf ihr Essen warteten, sagte Brugner, der hinter Susanne Biel stand: „Oh Schätzchen, du riechst heute aber gut!"

„Für dich immer noch Susanne", fuhr sie ihn an.

„Hey, das sollte ein Kompliment sein", entgegnete er verdattert.

„Hör mal gut zu, du Westentaschen-Casanova. Von dir arrogantem Arschloch brauche ich keine Komplimente. Du rennst hier rum und machst einen auf dicke Hose. Dabei ist da nur heiße Luft drin und die Luft stinkt, stinkt gewaltig. Und was du mit dem armen Basti machst, ist unter aller Sau." Sie, die nur 1,65 Meter groß war, schaute ihn mit ihren braunen Augen zornig an.

Sie redete so laut auf ihn ein, dass es der gesamte Speisesaal hörte. Auch Tina und Charly hörten genau hin.

„Ich werde mich über dich beschweren", sagte Brugner, „das lasse ich nicht auf mir sitzen!"

„Na, dann bin ich aber mal gespannt", konterte Biel.

„Ich auch", sagte Charly leise zu Tina.

So kam es, dass Brugner eine Stunde später bei Charly im Büro stand.

„Herr Bach, darf ich Sie kurz sprechen?", fragte Brugner Charly.

„Worum geht es denn?", tat dieser unwissend.

„Ich möchte mich über Frau Biel beschweren. Sie hat mich beleidigt."

„Soso, erzählen Sie mal. Wie hat sie Sie denn beleidigt?"

„Sie hat mich Arschloch genannt!"

„Arrogantes Arschloch", ergänzte Charly.

„Sie haben alles gehört?", fragte Brugner erstaunt.

„Na, das war ja nicht zu überhören. Sagen Sie mal, Herr Brugner, haben Sie sich schon mal gefragt, warum Sie gemieden und geschnitten werden? Warum keiner etwas mit Ihnen zu tun haben möchte? Warum Frau Biel zugegebenermaßen überreagiert hat?"

„Ich habe halt eine direkte Art!"

„Direkte Art? Ich merke, Sie haben noch keinen Kurs bei Frau Lundgren absolviert. Sie behandeln Leute von oben herab, beleidigen sie und sind übergriffig. Halten mit Ihrer Verhaltensweise in keiner Weise hinter dem Berg. Hören Sie mir jetzt mal genau zu, Sie werden hier im Team geschult, also erwarte ich, dass Sie sich auch so verhalten. Nur wer genügend Teamfähigkeit mitbringt, kann diesen Test bestehen. Herr Brugner, Sie haben so viele Qualitäten, warum sind Sie so?"

Da brach es aus Brugner heraus: „Ach, was wissen Sie schon. Schon als kleines Kind musste ich alles machen, was mein Vater gesagt hat. Dann später musste ich Geschichte studieren, obwohl ich lieber etwas in Richtung EDV gemacht hätte. Ich habe mich durchs Studium gequält und nur mit eisernem Willen bestanden. Dann sollte ich mich bei MR bewerben, war auch Vaters Wunsch. Das alles kann man nur mit einer gehörigen Portion Arroganz schaffen. Der Kurs in Geschichte ödet mich an. Ich weiß eh nicht, wie ich das schaffen soll. So, jetzt ist es raus, jetzt können Sie mich rausschmeißen!"

Charly hatte sich den Vortrag ruhig angehört. Er hatte das Gefühl, Brugner hatte zum ersten Mal sein wahres Gesicht gezeigt. Er sagte still:

„Ich werde einen Teufel tun, Sie zu feuern. Sie werden sich mit Kleinert in Verbindung setzen und gemeinsam den Stoff für Geschichte durcharbeiten. Gleichzeitig werden Sie in den folgenden Wochen jeweils zweimal die Woche das Training von Kleinert übernehmen. Und wehe, es kommen von irgendjemandem Klagen, dann feuere ich Sie wirklich."

Bruckner schaute nach unten und dachte nach. Dann sagte er: „Das ist fair, danke. Ich versichere Ihnen, ich werde mich bemühen!"

„Bemühen Sie sich nicht. Seien Sie gut, zeigen Sie, was in Ihnen steckt."

Damit war das Gespräch beendet.

„Und wie war es?", fragte Tina, als sie Charly das nächste Mal begegnete.

„Ich habe uns zwei freie Abende organisiert. Ab jetzt wird Brugner Kleinert trainieren und Kleinert Brugner in Geschichte nachhelfen."

„Puh", reagierte Tina, „wenn das kein Teambuilding ist. Charly, du steigst in meiner Achtung!"

„Noch mehr, ich hänge doch schon unter der Decke", erwiderte er grinsend.

„Arrogantes Arschloch", sagte sie lachend.

„Vorsicht, gleich gehe ich mich bei Neumann über dich beschweren!"

Seine lustige Art gefiel Tina immer besser.

So vergingen die Wochen des Lehrgangs wie im Fluge. Brugner und Kleinert wuchsen durch die gemeinsamen Stunden immer mehr zusammen. Dann stand der Tauchkurs in Hurghada auf dem Programm. Brugner, der schon einen Schein als "Open Water Diver" absolviert hatte, kam in eine andere Gruppe als Kleinert. Dieser legte nach zehn Tagen seine Prüfung ab, während Brugner seinen "Advanced Open Water Diver" ablegen musste.

Er musste bei seiner Prüfung einen Tieftauchgang von 30 Metern absolvieren und in dieser Tiefe auch einen Reaktionstest bestehen und Rechenaufgaben lösen. Als er nach der Prüfung wieder auftauchte und der Tauchlehrer seine Zeiten auswertete, sagte dieser: „Das habe ich noch nie erlebt. Er hat da unten schneller gerechnet als an Land."

„Der Herr arbeitet unter Druck halt am besten", sagte Susanne Biel, deren Verhältnis zu Brugner sich in den letzten Wochen merklich gebessert hatte.

Dann war Kleinert mit seiner praktischen Prüfung an der Reihe. Er musste in 18 Metern „nur" 20 Meter an einem Riff entlangtauchen. Am Ende des Riffs befand sich ein vor Jahren gesunkenes Wrack. Durch dieses musste er durchtauchen und an dem Riff zum Boot zurückkehren. Voraussetzung war, dies ohne

Begleitung eines Tauchlehrers zu bewältigen. Sein Buddy (Tauch-
partner) war Susanne, die ebenfalls ihre Prüfung absolvierte.

Beide tauchten ab. Tina und Charly schauten sich ernst an.

„Sie müssten das Wrack nach einer viertel Stunde erreicht
haben. In Summe wird der Tauchgang 40 Minuten dauern. Sie
sollten also genügend Luft haben. Außerdem haben sie gelernt,
zwischenzeitlich geordnet aufzutauchen. Also kein Grund zur
Nervosität", beruhigte der Tauchlehrer die beiden.

Es dauerte 30 Minuten, dann sahen sie eine gelbe Not-Bo-
je aufsteigen.

„Los, dorthin fahren", kommandierte der Tauchlehrer dem
Schipper, der sofort das Boot startete. Da sahen sie schon den
Kopf von Susanne:

„Basti hat Probleme. Er hängt im Wrack fest. Ich habe ihn
nicht losbekommen", sagte sie keuchend. Sie war zu schnell aufgetaucht.

„Einer muss runter und ihn befreien", rief Brugner und hatte sich schon die neue Flasche umgeschnallt.

„Jo, das ist Wahnsinn, Sie haben schon einen Tauchgang
hinter sich", schrie Charly ihn an. Ihm fiel gar nicht auf, dass
er Brugner mit seinem Spitznamen ansprach.

„Bis Sie sich umgezogen haben, kann es zu spät sein", entgegnete Brugner.

„Ich komme mit!", sagte der Tauchlehrer.

Beide sprangen gleichzeitig ins Wasser und tauchten ab.

Nach kurzer Zeit erreichten sie das Wrack und tauchten zu
der Stelle, wo sie Basti vermuteten. Da sahen sie ihn: Sein Bein
hatte sich in einem Tau verheddert und da er kein Messer dabei-
hatte, kam er nicht los. Der Tauchlehrer schnitt Basti frei und
kontrollierte Bastis Sauerstoff. Durch die Bemühungen, sich zu
befreien, hatte er sehr viel Sauerstoff verbraucht. Der Tauchlehrer signalisierte, dass ein geordneter Aufstieg nur möglich
war, wenn Brugner und er abwechseln von ihrem Sauerstoff an
Basti abgaben.

Da stiegen plötzlich aus der Sauerstoffflasche des Tauchlehrers Luftblasen auf. Seine Flasche war bei der Befreiung von Bas-

ti an einem spitzen Gegenstand hängengeblieben. Dadurch löste sich der Schlauch der Flasche und gab Unmengen Sauerstoff ab.

Nun war es an Brugner, für einen geordneten Aufstieg zu sorgen. Er signalisierte den beiden anderen per Handzeichen, dass er ihnen abwechseln sein Mundstück geben würde. Der Tauchlehrer signalisierte, er würde Zeit und Tauchtiefe kontrollieren. So tauchten die drei langsam auf.

Von oben sah man nur Unmengen an Luftblasen aufsteigen und befürchtete das Schlimmste. Auch Charly hatte sich mittlerweile einen Tauchanzug angezogen und war bereit abzutauchen.

„Da sind sie", rief Tina plötzlich. Die Tauchgruppe war bei fünf Metern Wassertiefe angelangt und machte ordnungsgemäß einen Stopp, um die Lungen an die Kompression zu gewöhnen.

„Ich tauche auch ab, vielleicht brauchen sie Hilfe!" Mit diesen Worten war Charly im Wasser. Als er die drei auf fünf Metern Tiefe erreichte, sah er sofort, dass sie nur aus einer Flasche atmeten. Sofort teilte er seinen Sauerstoff mit ihnen. Als die vorgeschriebenen fünf Minuten herum waren, tauchten die vier auf und wurden von den anderen auf das Boot gehievt.

„Mensch, habt ihr uns einen Schrecken eingejagt", kommentierte Charly die Aktion, als alle wieder im Boot waren.

„Wieso?", fragte Jo keuchend, „ist doch alles gut gegangen!"

„Mensch, du bist doch nicht so ein Arschloch, wie ich gedacht habe", sagte Susanne grinsend zu Jo.

„Wenn du magst, kann ich das noch weiter bestätigen", erwiderte Jo.

„Mal sehen", antwortete sie kokett.

„Ich glaube, die Tauchscheine habt ihr euch heute redlich verdient", kommentierte Charly das Geschehen. Dabei schaute er erleichtert zu Tina hinüber, die ihn nur anlächelte.

Am nächsten Abend gab es einen doppelten Grund zu feiern. Zum einen wurden die bestandenen Tauchprüfungen begossen und zum anderen galt es, Abschied von Hurghada zu nehmen.

Plötzlich schaute Charly sich um. Er suchte Tina und konnte sie nirgends finden.

„Sie ist in diese Richtung weggegangen", sagte Greta, die Charlys Gedanken zu erraten schien und weitersprach: „Na los, jetzt gehe ihr schon nach!"

Charly ging mit einem Cocktail in der Hand die Strandpromenade entlang und entdeckte sie nach wenigen Minuten. Sie schaute versonnen aufs Meer. Dann bemerkte sie ihn.

„Ich habe dir einen Cocktail mitgebracht", sagte er etwas unbeholfen und setzte sich neben sie auf eine Liege.

„Dank dir", sagte sie schmunzelnd.

„Unser letzter Abend, schade eigentlich", sagte er leise.

„Eigentlich?", fragte sie ihn.

„Na, ich habe mich so an die Nähe zu dir gewöhnt. Könnte so weitergehen. Warum schmunzelst du?", fragte er leise.

„Du wirkst etwas verlegen. Das ist so gar nicht deine Art!"

„Ja, findest Du?"

„Ja", und sie schmunzelte weiter.

„Tina, ich ..."

„Charly, höre einfach mal auf zu reden und tu es, ich will es doch auch!"

„Was?", fragte er schüchtern.

„Ooch, dich küssen", dann streckte sie ihre Arme aus und zog Charly zu sich heran.

Sie schauten sich tief in die Augen, dann küssten sie sich zum ersten Mal. Für beide war es wie eine Erlösung, da sie auf diesen Moment insgeheim schon lange gewartet hatten.

Kapitel 3.1.4
Die Rückkehr

Nachdem der erste Lehrgang erfolgreich beendet war und die ersten 19 Absolventen erfolgreich an die Fachabteilungen übergeben wurden, machten Tina und Charly drei Wochen gemeinsam Urlaub. Da sie in der einen Woche in Hurghada beide trotz aller Arbeit die Freude am Tauchen wiedergefunden hatten, machten sie diesmal einen zweiwöchigen Tauchurlaub in Marsa Alam. Sie genossen die herrliche Unterwasserwelt und kamen nach drei Wochen wieder gut erholt zu MR zurück.

Da sie seit dem Tauchlehrgang in Hurghada keinen Hehl aus ihrer Beziehung machten, betraten sie gemeinsam Hand in Hand das Gebäude. Dort liefen sie direkt Conny in die Arme:

„Na, da sind ja unsere beiden Urlauber. Schön, dass Sie wieder da sind. Und gut sehen Sie aus. Man merkt, dass Ihnen der Urlaub gutgetan hat!"

„Ja Conny, tauchen ist auch zu zweit viel schöner", begrüßte Charly sie freundlich. Dabei strahlte er Tina an.

„Ja und ich hatte nach jedem Tauchgang immer noch mehr Sauerstoff in der Flasche. Das hat ihn vielleicht gefuchst. Aber das Rauchen konnte ich ihm immer noch nicht abgewöhnen", ergänzte Tina.
„Wir haben Bilder dabei. Wenn Sie mögen, wir zeigen sie gerne."

„Bestimmt, aber erst sage ich Professor Neumann Bescheid. Er möchte Sie beide bestimmt bald sehen."

Die beiden gingen direkt in ihre Büros und begrüßten den Rest vom Ausbildungsteam, die längst ihre Freunde geworden waren.

Conny ging in der Zwischenzeit in das Büro von Neumann:
„Tina und Charly sind wieder braungebrannt aus dem Urlaub zurück", informierte sie Neumann.

„Wunderbar, legen Sie sie auf den nächstmöglichen freien Termin. Ich will die beiden dann gleich sprechen."

„Mache ich, Herr Professor. Ach, Herr Professor, ich habe Charly schon lange nicht mehr so glücklich gesehen. Der strahlt über beide Ohren."

„Es sei ihm gegönnt nach der schweren Zeit", erwiderte Neumann. Dann schaute er die Post durch, die Conny ihm hingelegt hatte. Sein Blick fiel auf einen grauen Umschlag von der Deutschen Rentenversicherung, den er sofort öffnete. Nachdem er diesen gelesen hatte, murmelte er: „Jetzt wird es kompliziert!"

Er rief sofort Conny und sagte zu ihr: „Rufen Sie bitte gleich Keller und Charly in mein Büro. Wir haben Gesprächsbedarf: Carry hat einen Antrag auf Wiedereingliederung gestellt!"

„Ach Gott!", entfuhr es Conny.

Keine fünf Minuten später standen beide im Büro von Neumann.

„Charly, den Urlaubsplausch müssen wir leider verschieben. Hier: Lesen Sie!"

Charly überflog das ausgefüllte Formular und schaute Neumann an: „Da hat mich wohl grade die Vergangenheit eingeholt", sagte er leise.

Keller nahm das Formular und überflog es ebenfalls: „Nun, damit war zu rechnen. Der Tag musste irgendwann kommen. Sie hat schließlich ein Recht darauf!"

„Charly, ich wollte Sie nur gleich informieren. Jetzt ist das erst einmal Chefsache, Sie sind im Rahmen Ihrer Tätigkeiten erst mal außen vor."

„Was haben Sie jetzt vor?", fragte der.

„Ich werde erstmal mit Doktor Demir sprechen. Der hat sie schließlich therapiert."

„Chef, wie immer Sie sich entscheiden. Ich trage Ihre Entscheidung mit, das sollten Sie wissen!"

„Da wird Ihnen auch nichts anderes übrigbleiben", antwortete Neumann. Dann griff er zum Telefonhörer und wählte die Nummer von Demir.

Nach kurzer Begrüßung sagte Demir: „Ich dachte mir, dass Sie die Tage anrufen!"

„Ja, es geht um Carrys Antrag. Inwieweit ist es realistisch, dass sie wieder einsteigen kann?"

„Nun, als behandelnder Arzt sage ich, sie ist austherapiert. Nachdem sie bei uns noch zwei Monate geblieben ist, hat sie eine ambulante Reha in Frankfurt gemacht. Aus dem Abschlussbericht kann ich nur so viel sagen: Carry zeigt keine Auffälligkeiten hinsichtlich ihres Verhaltens. Sie ist für das Arbeitsleben wieder vollständig einsatzfähig. So, das war das, was ich Ihnen als Arzt sagen darf. Als hautnaher Beobachter der ganzen Geschehnisse von damals kann ich Ihre schwierige Situation verstehen. Aber die ganze Sache können nur Sie entscheiden. Aber ich wiederhole nochmal: Aus meiner Sicht und der Sicht meiner Kollegen ist Carry wieder voll arbeitsfähig."

„Danke, Doktor Demir. Ich lasse mir die Sache durch den Kopf gehen. Sie werden selbstverständlich informiert. Ich glaube, ich werde Carry mal zu einem Gespräch einladen."

„Wäre wohl am besten. Grüßen Sie bitte Charly von mir!"

„Mach ich, er war grade auf einem sehr guten Weg, die Sache hinter sich zu lassen. Und nun dies!"

„Wir hören uns", sagte Demir und legte auf.

Neumann schaute nachdenklich aus dem Fenster.

Währenddessen war Charly in das Büro von Tina gegangen. Greta war auch anwesend.

„Na Charly, schon wieder mittendrin", fragte Tina ihn lächelnd.

Er sagte nur: „Carry hat einen Antrag auf Wiedereingliederung gestellt."

„Das heißt, sie will wieder bei uns anfangen", sagte sie tonlos.

„Soll ich rausgehen?", fragte Greta.

„Nein, nein, bleib ruhig. Charly, hast du ein Problem damit?", fragte Tina.

Charly zuckte nur mit den Schultern. „Ich dachte, ich hätte es jetzt endlich hinter mir gelassen. Jetzt kommen wieder Gefühle von Verletztheit, Wut und Enttäuschung, ja Unverständnis in mir hoch!"

Er schaute Tina nur an und sagte: „Jetzt schauen wir erst einmal, was das Gespräch mit Neumann ergibt. So, ich muss weiter, meine Post sichten." Dann verließ er das Büro.

„Machst du dir Sorgen?", fragte Greta.

Auch Tina zuckte nur mit den Schultern. „Es ist eine neue Situation. Wir müssen die Neuigkeiten erst mal verkraften."

„Tina, Charly ist eine treue Seele. Wenn er sich einmal entschieden hat, hüpft der nicht mehr von Ast zu Ast!"

„Eben das macht mir am meisten Angst", bemerkte Tina. Dann wandte sie sich wieder ihrer Post zu.

Zwei Tage später hatte Carry bei Neumann besagten Termin. Sie fuhr mit gemischten Gefühlen auf den Parkplatz und schaute zu dem Neubau hoch.

Hat sich ganz schön viel getan, seit ich weg bin, dachte sie. Sie wurde von Conny herzlich empfangen:

„Carry, es ist schön, Sie wiederzusehen. Ich hoffe, es geht Ihnen gut? Sie sehen jedenfalls blendend aus!"

„Danke Frau Alt, ich fühle mich auch gut", antwortete sie betont unbefangen. Insgeheim erwartete und befürchtete sie aber, dass Charly gleich um eine Ecke kommen würde. Dieser hatte sich allerdings in seinem Büro verkrochen und die Jalousien seiner Gangfenster heruntergelassen. Er wollte niemanden sehen oder hören.

Dann betrat Carry das Büro von Neumann. Dieser saß hinter seinem Schreibtisch und schaute Carry freundlich an.

„Carry, schön, dass Sie wieder auf dem Damm sind!" Er trat hinter seinem Schreibtisch hervor und umarmte sie. Sie erwiderte seine Umarmung.

„Professor Neumann, ich bin auch froh, wieder hier zu sein."

Erst erzählten beide die neuesten Neuigkeiten. Nachdem zehn Minuten vergangen waren, kam Neumann zum Punkt:

„So Carry, Sie wollen also wieder bei uns starten!"

„Ja Professor Neumann, ich glaube, die Zeit ist reif!"

„Wichtig ist, dass Sie wieder reif und fit genug sind, Carry."

„Wenn ich nicht das Gefühl hätte, wäre ich nicht hier", sagte sie bestimmt. Es blitzte ein wenig die Carry auf, die Neumann kannte.

„Nun gut Carry, ich will Ihnen allerdings sagen, dass sich während Ihrer Abwesenheit einiges getan hat: Charly ist nicht mehr im Außendienst. Er leitet unser neues Ausbildungszentrum, das hier angesiedelt ist. Dimitrie ist wieder in Kairo und Sie müssten sich an viele neue Gesichter gewöhnen. Außerdem hat sich unser Fokus geändert. Wir jagen heute keine Beduinen mehr, es geht hauptsächlich gegen das organisierte Verbrechen. Dies macht unsere Arbeit nicht einfacher. Deshalb auch das neue Schulungszentrum. Wir müssen uns auf die neue Situation einstellen. Carry, trauen Sie sich zu, dieser Situation gewachsen zu sein? Über die private Situation will ich gar nicht sprechen, das geht mich nichts an!"

Carry antwortete: „Herr Professor Neumann, ich bin mir der Schwierigkeit und Herausforderung voll bewusst. Aber sehen Sie, MR ist meine Familie und ein Teil meines Lebens. Ich will wieder zurück in einen Teil meines alten Lebens!"

„Es wird nicht Ihr altes Leben sein, Carry. Dieses Leben wird ein anderes und neues sein."

„Ich will es trotzdem", gab sie als Antwort. Wieder blitzten ihre Augen auf.

„Nun gut, ich glaube Ihnen. Ich habe mir die letzten zwei Tage Gedanken gemacht, wie wir es angehen. Sie werden keine Extrawürste bekommen. Für Sie gelten die gleichen Bedingungen, wie für die anderen Kandidaten. Sie werden das gleiche Ausbildungspensum absolvieren wie ein Bewerber, nur in strafferer Form. Das bedeutet, Sie haben einen Monat Zeit, sich auf einen Abschlusstest vorzubereiten. Sie werden geschult in Fitness, Kampfsport, Geschichte und Psychologie. Der schon erwähnte Abschlusstest ist der sogenannte Parcours. Sollten Sie den bestehen, sehen wir weiter. Schminken Sie sich also die zwei Stunden pro Tag ab. Das Formular ist eh nur für die Rentenversicherung", schloss Neumann seine Ausführungen.

Carry schaute Neumann an und erwiderte: „Wann kann ich anfangen?"

„Morgen", war die knappe Antwort von Neumann.

„Gut, morgen fange ich an. Wo soll ich mich melden?"

Neumann sah Sie mit gemischten Gefühlen an und sagte: „Bei Charly, gegen 10:00 Uhr."

Nach dem Gespräch mit Carry kam Conny in das Büro von Neumann.

„Darf ich fragen, wie es gelaufen ist?", fragte sie Neumann.

Neumann berichtete ihr von dem Verlauf des Gesprächs und dem Ergebnis.

„Haben Sie ihr von Tina und Charly erzählt?", wollte Conny neugierig wissen.

„Nein, da hänge ich mich nicht rein. Das sollen Carry und Charly mal schön unter sich ausmachen. Ich bin nur für die dienstlichen Belange zuständig."

„Ja Chef, aber wenn zwei Ihrer Kinder miteinander Probleme haben, sind Sie bisher immer eingeschritten!"

„Ja Conny, alles zu seiner Zeit, alles zu seiner Zeit!", erwiderte er.

Nach dem Gespräch mit Neumann verließ Carry wieder das Gebäude und ging zu ihrem Auto. Von Charly sah sie weiterhin nichts. Da fiel ihr Blick auf die Sportanlage und den Waldweg, der sich dahinter anschloss.

Ein bisschen frische Luft wird mir guttun, dachte sie und ging über das Gelände Richtung Waldweg.

Von seinem Büro aus sah Charly sie über die Tartanbahn schlendern und in den Waldweg einbiegen. Dann stand er abrupt auf und verließ sein Büro. Er wusste, wo der Waldweg endete, und fuhr dort hin. Er konnte den gesamten Weg einsehen.

Als er ausgestiegen war und das Ende des Waldweges erreichte, sah er sie. Allein an ihrem Gang erkannte er, dass es sich um Carry handelte. Sie hatte ihn noch nicht entdeckt. Dann kam sie näher.

„Hallo Carry!", rief er ihr zu.

Carry schreckte aus ihren Gedanken auf und erkannte ihn jetzt.

„Hallo Charly", antwortete sie ihm. Beide bekamen weiche Knie.

„Ich habe gehört, du willst wieder bei uns anfangen", begann er das Gespräch.

„Ja gerne, Neumann hat mir einen Vorschlag gemacht. Den habe ich angenommen. Morgen fange ich an. Ich soll mich morgen früh bei dir melden", sagte sie mit fester Stimme.

„Gut zu wissen", antwortete er kalt.

„Charly, wir müssen versuchen, das Beste aus der Situation zu machen", sagte sie fast flehend. Die erste Begegnung mit Charly nach so langer Zeit hatte sie sich anders vorgestellt.

„Du hast Nerven, kommst hier an und bildest dir ein, du wirst mit offenen Armen empfangen. Vor allem von mir!" Charly merkte, wie er langsam wütend wurde.

„Charly, ich habe gar nichts erwartet. Aber ich möchte eine faire Chance!"

„Faire Chance? Warst du denn fair zu mir? Weißt du, ich habe mal einen Menschen gekannt, der hat zu mir gesagt, ich hätte einen besonderen Platz in seinem Herzen. Davon habe ich damals in der Hohen Mark bei unserem letzten Gespräch und danach nichts mehr gemerkt. Ich habe an uns geglaubt und auf eine gemeinsame Zukunft gehofft. Das alles hast du in einem Gespräch kaputt gemacht!"

Charly hatte sich in einen wütenden Ton hineingesteigert, er hatte Tränen in den Augen. Es entlud sich nun all seine Enttäuschung und Wut, die sich seit dem Gespräch in der Hohen Mark angesammelt hatte.

„Charly, sei jetzt nicht ungerecht. Dass meine Gefühle sich geändert haben, dafür kann ich nichts. Es ist, wie es ist. Bitte lasse die Vergangenheit ruhen und gib mir eine Chance!", sie blitzte ihn mit ihren braunen Augen wütend an.

„Na gut", sagte er nun etwas gefasster. „Die Chance sollst du kriegen. Melde dich morgen früh bei mir. Ich werde gleich mit Neumann über das Thema sprechen. Morgen gehen wir die Einzelheiten durch!"

Dann drehte er sich um und ging wieder zu seinem Auto. Nun hatte Carry Tränen in den Augen. Sie wollte nur noch nach Hause.

Als sie den Sportplatz erreichte, sah sie eine Person im Trainingsanzug beim Sortieren von Sportgeräten. Carry ging zu ihr.

„Sind Sie die Sportlehrerin?", fragte sie die Frau im Trainingsanzug.

„Ja, ich bin Christina Kümmel, wie kann ich Ihnen helfen?"

„Machen Sie mich fit!", waren Carrys einzige Worte.

„Dann müssen Sie Carry sein!", erwiderte Tina.

Als Charly nach seinem „Ausflug" zurückkam, wartete Neumann schon auf ihn.

„Haben Sie mit ihr gesprochen?", fragte er ihn.

„Ja", antwortete er kurz.

„Glauben Sie, dass Sie das schaffen? Ich weiß, dass ich Ihnen eine Menge zumute. Sind Sie professionell genug, die Ausbildung von Carry zu leiten?"

„Ich mache das doch sicher nicht allein. Was haben Sie vor? Wenn ich das genau weiß, kann ich Ihnen eine Antwort geben."

„Hier geht es nicht um die Bewältigung von Aufgaben, Charly. Glauben Sie, dass Sie das grundsätzlich schaffen? Rein rechtlich hat Carry Anspruch auf die Wiedereingliederung. Sie hat alle Unterschriften zusammen. Wenn Sie ‚Nein' sagen, muss ich mir was überlegen."

„Chef, ich kann Ihnen versichern, dass ich meinen Job erledigen werde und die persönlichen Befindlichkeiten hintenanstelle. Der Rest wird sich finden, das verspreche ich Ihnen. Das ist mein letztes Wort."

„Gut, dann rufen Sie Ihr Team zusammen. In 10 Minuten möchte ich Ihnen meinen Plan erklären."

„Na, da bin ich aber gespannt!", Charly machte den Ansatz, das Büro zu verlassen.

„Noch eine Frage: Haben Sie schon von Tina erzählt?"

„Nein", sagte Charly, der sofort wusste, was Neumann meinte.

Kurze Zeit später saßen alle fünf im Besprechungsraum. Neumann kam herein und begann sofort, den anderen seinen Plan zu erklären.

Nachdem er fertig war, pfiff Gunter durch die Zähne und meinte: „Ganz schön taffes Programm. Ob das zu schaffen ist, wage ich zu bezweifeln!"

„Wenn es jemand schafft, dann Carry", erwiderte Charly. Im nächsten Moment war er überrascht, dass er ihre Partei ergriff.

„Ich habe sie vorhin kennengelernt", ergänzte Tina, „sie macht einen sympathischen und resoluten Eindruck auf mich!"

„Das hast du mir gar nicht erzählt", sagte Charly mit einem überrumpelten Ton.

„Für so was hast du auch grade keinen Sinn. Du bist, entschuldige, ein wenig neben der Kappe."

„Würden Sie diese Dinge bitte unter sich ausmachen", unterbrach Neumann die beiden streng.

Er merkte die Spannung, die sich zwischen Tina und Charly aufbaute.

„Ich möchte Sie bitten, sich bis morgen früh Gedanken zu machen, wie eine solche abgespeckte Ausbildung aussehen könnte. Frau Lund wird gegen 10:00 Uhr eintreffen, bis dahin steht der Plan!" Dann verließ er den Besprechungsraum.

In seinem Büro angekommen fragte Conny ihn: „Na, wie war es?"

„Spannungsreich, ich hoffe, die junge Dame bringt mir nicht die ganze Abteilung durcheinander", stöhnte er.

„Chef, da kommen wir auch durch. Ich bin fest davon überzeugt!"

„Ihr Wort in Gottes Gehörgang. So, jetzt brauche ich einen Kaffee", dann machte Neumann sich an sein Tagesgeschäft.

An diesem Abend rief Charly Dimitrie an. Er schilderte ihm die Neuigkeiten und fragte:

„Dimitrie, was soll ich nur machen?"

„Charly, mein Freund, du musst die Vergangenheit ruhen lassen. Schau mal, es ist doch schon eine ganze Weile vergangen. Solange du Carry nicht zumindest gefühlsmäßig abhakst, wirst du keine Chance haben, eine neue Frau lieben zu lernen!"

„Das stimmt und ich liebe Tina ja auch. Aber als ich Carry wiedergesehen habe, sind so viele alte Wunden wieder aufgebrochen. Da kam alter Schmerz wieder hoch!"

„Kann ich gut verstehen. Aber es ist ein für alle Mal vorbei. Lass es dir gesagt sein. Geh es professionell an und bilde sie gut aus. Damit tust du dir, Carry und MR einen großen Gefallen!"

Dann wechselten die beiden noch ein paar Worte und verabschiedeten sich.

Am nächsten Morgen kam Carry pünktlich um 10:00 Uhr bei MR an. Sie wurde direkt zu Charly geführt. Der empfing sie mit den Worten: „Du kannst gleich in den Besprechungsraum mitkommen. Ich möchte dir das gesamte Team vorstellen. Ich habe gehört, Tina hast du schon kennengelernt!"

„Tina?", fragte sie neugierig.

„Christina Kümmel, unsere Sporttrainerin. Wir nennen sie nur Tina. Aber so weit scheint ihr noch nicht zu sein", antwortete er spitz.

Dann betraten sie den Besprechungsraum. Hier warteten bereits die restlichen Mitglieder der Ausbildungstruppe. Sie alle bemühten sich um einen normalen Ton. Nachdem Charly alle miteinander bekanntgemacht hatte, sagte Carry: „Bitte nennen Sie mich alle Carry. Ich höre meinen richtigen Namen nicht so gerne."

„Aber Karen ist doch ein schöner Name", bemerkte Tina, „Aber ok, nennen Sie mich dann Tina. Und da wir die nächsten vier Wochen viel miteinander zu tun haben werden, schlage ich ‚Du' vor." Das Eis zwischen den beiden schien gebrochen. Auch die anderen boten das „Du" an. Dann stellte Charly den vor kurzem fertiggestellten Ausbildungsplan vor.

„Wir haben dir ein Stockwerk tiefer ein Büro einrichten lassen. Da liegt auch schon Material zu den einzelnen Themenbereichen für dich bereit. Selbstverständlich hast du auch einen Laptop für weitere Recherche zur Verfügung. Der Drucker ist auf dem Gang. Richte dich erst einmal ein. Der Unterricht beginnt morgen früh. Die einzelnen Termine findest du im Outlook. Komm, ich bringe dich runter."

Nachdem er den Raum mit ihr verlassen hatte, sagte Steven in die Runde: „Er hält sich aber gut!"

„Ich habe ihm ja gestern Abend noch ins Gewissen geredet!", meinte Tina. „Nur das mit dem Büro ein Stockwerk tiefer konnte ich ihm nicht ausreden!"

Als Carry und Charly in ihr neues Büro kamen, saß Alex an ihrem neuen Laptop und richtete die letzten Zugänge ein. Ansonsten war der Schreibtisch mit Büchern zugestellt.

„So, ich bin gleich fertig", sagte Alex zu den beiden.

„Sehr schön, Q. Das ist Carry", Charly stellte die beiden einander vor.

„Q?", fragte Carry.

„Ja, der Kerl hat mich schon des Öfteren mit tollem technischem Gerät ausgestattet. Also habe ich ihn so getauft."

„Und du bist James Bond, wie?" fragte Carry. Sie war froh, dass sich Charly etwas entspannte.

„Ne, davon bin ich meilenweit entfernt."

„Ich könnte da Geschichten erzählen", sagte Alex.

Dann ließen sie Carry allein. Als sie auf dem Gang waren, sagte Alex: „Das ist also Carry. Charly, jetzt kann ich dich gut verstehen!"

Charly machte nur eine wegwerfende Handbewegung.

Die nächsten vier Wochen waren mit Unterricht für Carry angefüllt. Jeden Vormittag gab es zwei Stunden Unterricht mit Greta und Gunter, dann noch Studium der jeweiligen Literatur. Am Nachmittag stand abwechselnd Fitness und Kampfsport auf dem Programm.

An einem Nachmittag stand Charly an seinem Fenster und beobachtete Tina und Carry beim Training. Er konnte kein Wort verstehen, aber Carry schien alles zu geben.

„Carry, mache mal eine Pause. Wir waren schon eine Stunde im Kraftraum und du bist hier auch schon eine Stunde unterwegs. Übertreibe es nicht", rief Tina ihr zu.

Carry war mit ihren Kräften wirklich schon am Ende. Gerade hatte sie einen 1500-Meter-Lauf absolviert. Sie bekam kaum noch Luft. Da schaute sie nach oben und sah, dass Charly sie beobachtete. Da durchzog sie eine Welle der Energie:

„Los, nochmal 400 Meter. Die sind noch drin", rief sie zu Tina rüber.

„Carry!!", rief Tina mahnend über den ganzen Platz.

„400 Meter sind noch drin. Los, stopp die Zeit!" Und schon stand Carry im Startblock.

„Also gut, wenn du willst", Tina hatte resigniert.

Dann erteilte Tina den Startschuss und Carry lief los. Sie zog die 400 Meter in konstantem schnellem Tempo durch. Und als Tina die Zeit stoppte, rief sie: „Bestzeit! Besser als die Absolventen im Abschlusstest. Auf dieser Bahn war noch niemand so schnell!" Dann hob sie den Daumen in Richtung Charly.

Carry hörte dies mit Genugtuung, warf Charly einen triumphierenden Blick zu und reckte die rechte Hand hoch.

„Dir zeig ich es", dachte sie.

Auch Neumann hatte diese Szene verfolgt und dachte nur: „Das junge Fohlen ist wieder da!"

„Sie macht sich ziemlich gut", berichtete Gunter in der allwöchentlichen Sitzung.

„Ihr großer Vorteil ist, dass sie schon Vorkenntnisse hat", ergänzte Greta. „Was ihr noch fehlt, ist die praktische Erfahrung. Sollte aber noch kommen."

Tina und Steven bescheinigten ihr eine sehr gute körperliche Fitness.

„Was sie diese Woche auf der Bahn gemacht hat, ist phänomenal. Ich habe erst gedacht, meine Stoppuhr ist kaputt!", berichtete Tina. „Erst 1500 Meter gelaufen und dann noch mal 400 Meter in MR-Bestzeit!"

„Na, ihr hört euch an, als hätte sie den Parcours schon bestanden", stellte Charly fest.

„Könnte funktionieren", meinten alle übereinstimmend.

„Und das mit der Fitness ist kein Wunder. In ihrer Therapie hat sie im Haus Altkönig täglich Sport gehabt. Und hinterher war sie regelmäßig im Fitnessstudio!"

„Was du so alles weißt", bemerkte Tina spitz.

War Tinas Verhältnis zu Carry recht gut, so war das zu Charly seit der Ankunft von Carry doch merklich angespannt. Das lag zum großen Teil an Charly, der verschlossener wirkte und das Thema „Carry" meistens mied.

Nach vier für Carry anstrengenden Wochen war es so weit. Tina betrat an einem Freitagmittag das Büro von Charly und sagte: „Es ist so weit, Carry ist fit und geschult. Sie kann die Abschlussprüfung machen!"

„Gut", antwortete Charly, „dann treffen wir uns in einer Stunde bei Neumann und gehen den Plan für Dienstag nächste Woche durch. Lassen wir ihr den Montag noch zum Ausspannen."

Darauf schaute Tina Charly einen Moment an und legte dann los: „Charly, wie lange soll das noch so weitergehen? Seit Carry wieder bei MR ist, bist du mürrisch und in dich gekehrt. Das mache ich nicht mehr lange mit. Ich habe Verständnis für deine Situation. Aber ich will den alten Charly wiederhaben, der zugänglich und lebenslustig war, als ich ihn kennenlernte. Wenn das so weitergeht, werde ich mich von dir trennen. Tut mir leid, dass ich dir das hier und jetzt sage. Aber es musste raus, sonst wäre ich geplatzt!"

Charly sah sie lange an und sagte: „Du hast ja Recht. Gib mir noch etwas Zeit. Du sollst aber wissen, dass ich dich liebe. Das kann auch die Anwesenheit von Carry nicht ändern."

„Das glaube ich dir sogar. Aber du musst dir darüber im Klaren sein, wenn Carry am Dienstag den Test besteht, wird sie auf Dauer hier arbeiten. Dann wirst du sie täglich sehen. Ich will nicht, dass sie zwischen uns steht. Was dann passiert, habe ich dir schon gesagt."

Charly trat hinter seinem Schreibtisch hervor und nahm Tina in den Arm: „Jetzt hast du mir aber den Kopf gewaschen. War sogar noch besser, als damals, als du mir ins Gewissen geredet hast, den Ausbildungsjob anzunehmen. Du hättest es früher tun sollen!"

Tina, die anfangs steif in seinen Armen stand, entspannte sich und sagte: „Stefan, ich liebe dich!"

„Ich dich auch", hauchte Charly.

Dann küssten sie sich.

Greta, die ins Büro kam, sagte: „Tschuldigung, wollte nicht stören. Trotzdem: Es wurde aber auch Zeit. Aber bitte die Fortsetzung zu Hause!"

„In einer Stunde bei Neumann, sag den anderen Bescheid", antwortete Charly, der seit langer Zeit wieder mal lachte. Dann wählte er die Nummer von Carry und sagte in förmlichem Ton: „Carry, ich wollte dich nur darüber informieren, am Dienstag ist dein Abschlusstest. Du wirst am Montag früh darüber informiert, wie dieser genau abläuft. Ich wünsche dir ein schönes Wochenende!"

„Danke für die Info, ich werde bereit sein. Euch auch ein schönes Wochenende." Dann legte sie auf.

„Du wolltest ihr doch Montag noch frei geben, jetzt soll sie doch kommen, wieso?", fragte Tina.

„Ich kenne Carry. Die steht eh am Montag auf der Matte. Dann kann sie auch offiziell kommen und ist durch das Briefing gut vorbereitet", sagte Charly grinsend.

Eine Stunde später saßen Neumann und das Team im Besprechungsraum. Charly skizzierte den Ablaufplan für den Dienstag:

„Wir starten also am Dienstag um 09:30 Uhr. Beginnen werden wir im Schwimmbad mit dem 50 Meter Sprint. Nach dem Sprint wird die Zeit angehalten. Dann nach einer kurzen Erholungsphase folgen die 400 Meter Brust. Danach umziehen in die Laufklamotten und Joggen zum ersten Zelt. Die Zeit läuft ab Start des 400-Meter-Schwimmens. Im Zelt folgt die Prüfung in Psychologie, Greta, du übernimmst die Überwachung. Im Zelt hat Carry genau eine Stunde Zeit, den Fragebogen auszufüllen. Sollte sie früher fertig werden, gilt dies als Gutschrift für die Gesamtzeit. Danach Rückkehr zum Sportplatz. Hier folgt sofort der 100-Meter-Sprint. Nach einer kurzen Erholungsphase, in der die Zeit weiterläuft, werden wir den 400-Meter-Lauf starten. Die Länge der Erholungsphase liegt in Carrys Ermessen. Ist dieser Lauf absolviert, geht es sofort wieder zum Zelt, wo der Geschichtstest durchgeführt wird. Diesen werde ich überwachen. Ich möchte wissen, wie Carry unter emotionalem Stress reagiert."

„Wieso sollte sie unter emotionalem Stress leiden, weil du dasitzt? Ich glaube es nicht, ich habe sie gut geschult", unterbrach Greta ihn.

„Warum, weil ich Carry kenne, das lässt sie nicht kalt", erwiderte Charly.

„Wir werden sehen", mischte sich Neumann ein, „Charly, fahren Sie bitte fort!"

„Nach dem Test geht es im Dauerlauf wieder in die Schwimmhalle. Dort wird Carry 10 Gegenstände aus dem nun heruntergelassenen Schwimmbecken holen. Hat Carry die aus dem Wasser geholt, wird die Zeit gestoppt. Das war es. Schätze, gegen 12:30 Uhr ist sie durch. Am Nachmittag erfolgen dann die Kampfsport-Übungen!"

„Wenn sie dann noch kreuchen kann", bemerkte Tina trocken.

„Die anderen Absolventen haben ja zwischen den Übungen Pausen gehabt, die entfallen ja fast völlig", bemerkte Steven. „Und die waren trotzdem alle völlig fertig!"

„Sie soll zeigen, was sie kann. Und wenn eine das durchsteht, dann sie. Bin ich fest von überzeugt", vertrat Charly seinen Plan.

„Ich stimme dem Plan zu", beendete Neumann die Diskussion. „Carry wusste von Anfang an, dass es kein Zuckerschlecken wird. Und Charly hat Recht. Wenn es eine schafft, dann sie!"

„Das, was ich euch vorgetragen habe, bekommt ihr natürlich in graphischer Form zugemailt. Ich wünsche euch allen ein schönes Wochenende", beendete Charly seinen Vortrag.

Als die anderen den Raum verlassen hatten, fragte Charly Tina: „Wollen wir heute Abend mal wieder in unser Gartenlokal gehen?"

„Wie kommt es?", fragte Tina.

„Nun, es wird langsam Herbst und es könnte einer der letzten warmen Abende sein. Das sollten wir ausnutzen", antwortete er grinsend.

„Und hinterher, möchtest du dann die Blätter fallenlassen?", fragte Tina grinsend zurück.

„Ich hätte nichts dagegen", flüsterte Charly.

„Na denn", Tina gab ihm einen dicken Kuss auf die Wange.

Während Tina und Charly den lauen Freitagabend in ihrem Gartenlokal verbrachten, saßen Carry und ihr Freund Stefan in einem Gartenlokal in Bornheim. Auch sie wollten einen der letzten Sommerabende genießen.

„Am Dienstag ist meine Abschlussprüfung, endlich", sagte Carry zu ihm.

„Na Gott sei Dank, dann hast du endlich wieder mehr Zeit. Ich habe dich im letzten Monat weniger gesehen als während der ambulanten Therapie. Frag mich sowieso, warum du dir das wieder antust! Carry, bist du sicher, dass du das durchstehst?

Ich meine nicht nur den Test, sondern den ganzen Job. Du hast so viel mitgemacht. Der emotionale Stress wird doch nicht weniger. Für dich könnte er sogar größer sein. Jeder würde es verstehen, wenn du es lassen würdest. Arbeite doch wieder als Stewardess. Wenn du zum Bodenpersonal gehören würdest, hättest du sogar feste Arbeitszeiten!"

„Ich will aber nicht als Stewardess arbeiten. Kapier das doch endlich, MR bedeutet mir alles. Das ist wie eine Familie. Ich weiß, ich gehöre da hin. Dort habe ich die Herausforderung, die ich brauche", antwortete sie leicht gereizt.

„Oder ist es wegen Charly? Willst du wegen ihm wieder zu MR?"

„Lass Charly aus dem Spiel. Der hat gar nichts damit zu tun. Ich habe mich damals entschieden und dabei bleibe ich auch. Mir geht es nur um MR!"

„Na dann ist ja gut. Ich schlage ein Themenwechsel vor. Ach, komm Schatz, wir sollten uns den schönen Abend nicht durch Streit verderben."

Damit war die Diskussion erstmal beendet.

Nach einem erholsamen Wochenende, an dem das Thema MR nicht mehr angesprochen wurde, saß Carry mit dem gesamten Team im Besprechungsraum und ließ sich den Ablauf des Tests erklären. Nach einer Stunde war die Besprechung beendet. Carry studierte noch den Ablaufplan, während die anderen außer Charly den Raum verlassen hatten.

„Wie lange geht das schon mit dir und Tina?", fragte Carry Charly.

„Seit unserem Tauchtraining in Hurghada", antwortete Charly, „warum fragst du?"

„Nur so", sagte sie betont unbeteiligt. „Und, ist es etwas Ernstes?"

„Carry, du solltest mich gut genug kennen, um zu wissen, dass ich nicht der Typ für Abenteuer bin."

„Stimmt, entschuldige die blöde Frage."

„So, jetzt gehst du nach Hause. Du hast morgen einen harten Tag."

„Ich will aber noch etwas nachlesen", protestierte sie.

„Du gehst jetzt heim. Was jetzt noch nicht in deiner Birne ist, passt da eh nicht mehr rein", sagte Charly entschieden.

„Ja, Mama", reagierte sie gespielt beleidigt. Dann packte sie ihre Sachen zusammen und verließ den Besprechungsraum. Charly schaute ihr noch lange nach.

Wenn es eine schafft, dann du!, dachte er. Dann ging auch er in sein Büro.

Am Abend klingelte bei Carry das Telefon:

„Lund", meldete sie sich.

„Hallo Carry, ich bin es, Charly."

„Charly, wie komme ich zu der Ehre?", fragte sie überrascht. Mit diesem Anruf hatte sie nicht gerechnet.

„Ich habe völlig vergessen, dir für morgen alles Gute zu wünschen."

„Danke dir, wenn ich durchfalle, bist du dran schuld!"

„Du fällst nicht durch, da bin ich von überzeugt", sagte er. „Ich wünsche dir eine geruhsame Nacht. Bis denne."

„Bis denne", sagte sie.

Dann legte sie auf. Irgendwie hatte sie das Gefühl, noch stundenlang mit ihm telefonieren zu wollen.

„Mit wem hast du denn telefoniert?", fragte Stefan.

„Das war Charly, er hat mir für morgen alles Gute gewünscht. Könntest du übrigens auch mal machen!"

„Ach Schatz, lass uns nicht streiten", antwortete er.

Nein, bloß nicht streiten, wie immer, dachte sie nur.

Am nächsten Morgen trafen sich Carry und Tina im Schwimmbad.

„Carry, alles gut?", fragte Tina.

„Ich bin bereit!", sagte sie entschlossen.

„Dann los, kurzes Einschwimmen, dann geht es ab!"

Carry nickte nur.

Nach einer kurzen Einschwimmphase stand Carry auf dem Startblock.

„Du weißt, dass du danach eine kurze Erholungsphase hast", sagte Tina. Carry nickte nur.

Dann startete Tina das Rennen. Als Carry anschlug, leuchtete eine rote Lampe auf.

„Bestzeit im Vergleich zu dem Abschlusstest der Absolventen!", rief Tina.

Nach kurzer Erholungszeit sprang Carry ein zweites Mal ins Wasser: 400 Meter Brust!

Wieder Bestzeit! Nun lief die Zeit weiter. Carry sprang in ihre Laufkleidung und sprintete zum Zelt. Dort wartete schon Greta auf sie und händigte ihr den Testbogen aus.

Carry ging diesen sorgfältig durch und war nach 50 Minuten fertig.

„Carry, willst du ihn nicht nochmal durchgehen, du hast noch Zeit", bemerkte Greta erstaunt.

„Nein!", sagte sie bestimmt und stürmte schon wieder in Richtung Tartanbahn.

„Zehn Minuten Zeitgutschrift, sie ist schon fertig", gab Greta über Mikrofon durch. Alle Zeiten wurden von Steven sorgfältig notiert.

An der Tartanbahn stand Tina bereit.

„Jetzt 100 Meter Sprint, die Zeit läuft weiter", gab Tina durch.

„Ich weiß", keuchte Carry.

Nach einer kurzen Konzentrationsphase fragte Tina: „Fertig?"

Carry nickte. Tina gab den Startschuss: Zweitbeste Zeit!

Dann hatte Carry endlich einen Moment zur Erholung. Nach wenigen Minuten signalisierte sie Tina, dass sie bereit wäre.

„Carry, du musst noch nicht starten, du hast massig Zeitgutschrift. Der Tag ist noch lang!"

„Weiter!", erwiderte Carry trotzig.

Carry lief los. Nach einer Runde rief Tina: „Wieder Bestzeit, nochmal besser als vor zwei Wochen!"

Aber Carry war schon auf dem Weg zum Zelt.

„Na, machts Spaß?", wurde sie von Charly begrüßt.

„Du? Dich hätte ich hier nicht erwartet", erwiderte Carry überrascht.

„Tja, unverhofft kommt oft", sagte er spöttisch und händigte ihr den Bogen aus.

„Deinen Kommentar brauche ich, wie einen Pickel am Hintern", murmelte sie.

„Vorsicht, die anderen hören mit!", ermahnte er sie.

Nach 55 Minuten schaute sie auf und sagte triumphierend: „Fertig!"

„Du hast noch fünf Minuten Zeit", sagte Charly.

„Nicht nötig, du schaffst es nicht, mich zu verwirren." Carry grinste nur und war aus dem Zelt.

„Fünf Minuten Zeitgutschrift, Carry ist schon fertig!", gab Charly durch und musste schmunzeln. *Ich habe es doch gewusst. Sie schafft das!*

„So viel zum Thema Irritation", hörte er Greta über Funk.

Dann ging Charly Richtung Schwimmbad.

Dort war Carry längst angekommen und holte gerade den fünften Reif aus dem Wasser. Das Becken war hier auf fünf Meter heruntergelassen worden.

„Sieht wieder nach Bestzeit aus. Es ist unglaublich, was Carry da leistet", sagte Tina zu Charly. Er nickte nur.

Mittlerweile waren acht Ringe heraufgeholt. Da tauchte Carry wieder auf, den neunten Ring in der Hand.

„Noch einen Ring, auf!", feuerte Tina sie an. Doch die war schon wieder abgetaucht.

Dann verging eine Weile. Beide standen am Beckenrand und schauten gebannt nach unten. Plötzlich tauchten Luftblasen auf. Es waren zu viele für ein einfaches Ausatmen.

„Carry!", rief Charly.

Er hatte schon sein Jackett ausgezogen und wäre fast ins Wasser gesprungen, als sie endlich auftauchte und den zehnten Ring aus dem Wasser schmiss. Dabei erzeugte sie so viele Spritzer, dass Charly eine volle Breitseite Wasser abbekam. Tina stoppte die Zeit und murmelte: „Schon wieder Bestzeit!"

„Sorry, hatte unter Wasser einen Krampf. Und dann kurzfristig die Orientierung verloren!"

„Macht nichts", sagte Charly erleichtert.

„Komm aus dem Wasser raus, du kriegst gleich eine Massage. Heute Nachmittag steht noch Kampfsport auf dem Programm", forderte Tina sie auf.

„Na, hoffentlich wird das nicht Krampfsport", erwiderte Carry.

„Und ich gehe mir mal trockene Klamotten anziehen", sagte Charly. „Ich sehe ja aus, wie ein begossener Pudel!"

„Dazu fehlt dir noch der passende Gesichtsausdruck", meinte Carry.

„Wo sie Recht hat, hat sie Recht", sagte Tina. Sie verspürte plötzlich den Drang, Charly um die Hüfte zu fassen. Sie drückte ihn fest an sich.

Dann ging Charly in das Bürogebäude und zog ein frisches Hemd an, das er immer in Reserve hatte. Da kam Neumann herein, der über Funk alles mitangehört hatte:

„Ich glaube, wir können bald eine Kollegin wiederbegrüßen!"

„Das Gefühl habe ich auch. Ich werde gleich Steven noch etwas instruieren. Carry hatte einen Krampf unter Wasser, er soll sie nicht so hart rannehmen."

„Machen Sie das. Ich will nicht, dass ihr auf der Ziellinie noch etwas passiert. Dann werden sich Ihre Wege nach diesem Tag augenscheinlich wieder trennen. Charly, Chapeau, ich hätte nicht gedacht, dass Sie das so gut durchziehen!"

Charly schaute ihn überrascht an. Erst jetzt wurde ihm klar, dass Carrys Zeit in der Schulungsabteilung nun vorbei war. Es erfüllte ihn überraschend mit Wehmut.

„Ja, warten wir den Nachmittag ab", sagte er nur.

„Charly, auf dem Stuhl neben Ihnen sitzt jetzt Tina und das ist auch gut so, glauben Sie mir", mit diesen Worten verließ Neumann das Büro.

Am Nachmittag fand sich das gesamte Schulungsteam in der Turnhalle ein. Hier sollten nun die letzten Prüfungen von Carry stattfinden. Es war vorgesehen, dass sie einige Figuren der asiatischen Kampfkunst nachstellen sollte. Dann sollte sie mit einem gezielten Schlag eine Anzahl von Backsteinen zertrümmern, hierfür hatte sie zwei Versuche. Zum Schluss stand ein Judokampf mit Steven auf dem Programm.

„Wo ist denn Charly?", fragte Carry Tina. Diese hatte Carry wieder fit massiert.

„Kann ich dir nicht sagen, vorhin war er noch da", Tina zuckte mit den Schultern.

Die erste Übung war ein Leichtes für Carry.

„Übung bestanden", rief Steven für das Protokoll.

Dann folgte der Schlag auf die Backsteine:

„Carry, denk an das, was ich dir beigebracht habe: Konzentration ist alles, konzentriere dich!"

Da kam Charly mit einem Blumenstrauß herein.

„Au", schrie Carry auf.

„Carry, du warst abgelenkt. Du hast noch einen zweiten Versuch."

Sie schaute zu Charly hinüber und konzentrierte sich dann auf den Schlag. Die Steine zerbrachen.

„Bestanden", rief Steven.

Carry verzerrte das Gesicht vor Schmerzen.

„Die Hand scheint zumindest geprellt", sagte Tina, nachdem sie sich die Hand genauer angesehen hatte. „Eigentlich müsstest du jetzt ins Krankenhaus zum Röntgen!"

„Nein, erst der Kampf. Ich will die Sache ordentlich zu Ende bringen. Bandagiere es, dann wird es gehen. Das gleiche könnte mir in Realität auch passieren."

„Lasst sie kämpfen", rief Charly von der Seite rein. „Die übersteht das!"

„Gut, dann los!", Steven war nicht ganz wohl dabei.

Carry wusste, dass sie einen langen Kampf nicht erfolgreich beenden konnte. Es musste eine rasche Entscheidung geben.

Sie konzentrierte sich voll auf den Kampf und rief alles ab, was sie bei Steven gelernt hatte. Sie war im Tunnel. Da hatte sie Steven richtig erwischt. Sie warf ihn auf den Rücken und hielt ihn fest. Damit erreichte sie einen Ippon. Bei dieser Aktion wurde ihre rechte Hand so beansprucht, dass sie vor Schmerzen aufschrie. Aber den Kampf hatte sie gewonnen. Sie streckte wieder triumphierend den rechten Arm in die Luft, wie damals, als Charly sie beim Training beobachtete.

„Du bist schon ein bisschen verrückt", kommentierte Steven die Aktion, er lag rücklings am Boden. „Ach ja, bestanden!"

„Ein bisschen verrückt, die ist völlig palle", sagte Charly, der auf die Matte gestürmt kam. „Jetzt aber ab ins Krankenhaus!"

„Ja, sie ist ein bisschen verrückt, aber jetzt auch eine Kollegin von uns", sagte Tina. „Glückwunsch, Carry. Nach den drei Kampf-Übungen und den Auswertungen von heute früh kann ich sagen: Willkommen zurück im Club. Nebenbei hast du noch einen neuen Abschlussrekord aufgestellt!"

Da brach Carry zusammen. Die Anstrengungen und die Schmerzen forderten ihren Tribut.

„Jetzt hält sie nicht nur den Nachtrekord, sondern auch noch den Abschlussrekord. Und das Ende vom Lied: Wieder Krankenhaus und wahrscheinlich wieder Infusion", stellte Charly kopfschüttelnd fest.

Am nächsten Tag wurde Carry mit einer Schiene am rechten Arm wieder offiziell bei MR aufgenommen, Charly überreichte ihr jetzt den Blumenstrauß, den er schon am Tag vorher gekauft hatte und der ein klein wenig an ihrer Verletzung schuld war.

Kapitel 3.2
Neue Zeiten

Kapitel 3.2.1
Die Einführungsfeier

„Kommt ihr alle zur Einführungsfeier nächsten Samstag?", fragte Greta bei der allwöchentlichen Dienstbesprechung und schaute fragend in die Runde.

„Na klar", antwortete Tina, „Charly muss doch bei der offiziellen Begrüßung der ehemaligen Kandidaten ein paar warme Worte sagen. Da freut er sich schon drauf!"

Sie schaute ihn grinsend an.

„Ich freue mich schon, wie die Wutz am Messer", entgegnete er. Reden halten war nicht sein Ding. „Aber ich freue mich, dass Basti und Jo auch dabei sind. Das waren im Lehrgang ja unsere Sorgenkinder."

„Du hast die beiden aber gut durchbekommen", kommentierte Gunter. „Ich habe anfangs nicht gedacht, dass Jo es in Geschichte schafft."

„Und ich war bei Basti skeptisch", meinte Tina. „Er ist nach wie vor keine Sportskanone, aber für die Abschlussprüfung hat es gereicht!"

„Na, und dann können wir ja eine Mitarbeiterin wieder begrüßen", ergänzte Steven. Er sprach von Carry, die ihren Aufnahmetest mit Bravour bestanden hatte und nun wieder vollwertiges Mitglied im Rechercheteam war.

„Im Anschluss an die Feierlichkeiten wird dann auch getanzt. Da hat sich MR aber ganz schön ins Zeug gelegt!", bemerkte Tina.

„Und besonders schön ist, dass auch die Partner mit eingeladen sind. Da lerne ich mal eure besseren Hälften kennen", warf Charly grinsend in die Runde.

„Und du, kommst du auch mit deiner besseren Hälfte?", fragte Tina ihn lächelnd.

„Nur, wenn sie mir den ersten Tanz verspricht", entgegnete er.

„Ich werde es gleich auf meiner Tanzkarte notieren!", antwortete sie kokett.

Am darauffolgenden Samstag holte Charly Tina pünktlich zur Feier ab. Sie trug ein dunkelblaues Etuikleid mit passenden schwarzen Pumps. Dazu trug auch sie den silbernen Elefantenanhänger, den mittlerweile alle Mitarbeiter von MR bekommen hatten.

Passend dazu hatte Charly einen neuen dunkelblauen Anzug an, der hervorragend zu Tinas Kleid passte.

„Da gehen wir ja heute fast im Partnerlook", bemerkte Tina.

„Ja, ohne uns abzusprechen", bemerkte Charly.

Ihr Verhältnis hatte sich seit Tinas Wutausbruch merklich verbessert. Charly hatte erkannt, dass er nicht ständig Carry nachtrauern konnte und Tina wusste, dass sie ihm Zeit lassen musste. Es schien zwischen beiden wieder alles in Ordnung zu sein. Gut gelaunt fuhren sie auf die Festivität.

Fast gleichzeitig machten sich Carry und Stefan für den Abend bereit. Carry trug ein rotes Cocktailkleid und machte nicht gerade den glücklichsten Eindruck.

„Ay, was ist denn los mit dir? Heute Abend wirst du wieder vollwertiges Mitglied bei MR. Da hast du doch drauf hingearbeitet", sagte Stefan in einem etwas verständnislosem Ton. „Dass du wieder voll einsteigst, passt mir zwar immer noch nicht, aber des Menschen Wille ist sein Himmelreich!"

„Ich bin bereits vollwertiges Mitglied. Das ist heute Abend nur eine Formsache!", entgegnete sie etwas gereizt. „Und über meine Absicht, wieder voll einzusteigen, haben wir schon hinlänglich diskutiert. Und jetzt komm, ich will es hinter mich bringen!"

Stefan schüttelte nur verständnislos mit dem Kopf.

Das Fest für die Absolventen fand im Saalbaugebäude in Frankfurt-Bornheim statt. Tina und Charly ergatterten in der Tiefgarage noch einen der letzten freien Plätze.

Na, da haben wir aber Glück gehabt. Ich beneide diejenigen nicht, die sich draußen einen freien Platz suchen müssen, dachte Charly. Die Parkplatzsituation in Bornheim war nämlich katastrophal. Es gab Einwohner, die sich am Wochenende nicht trauten, wegzufahren, aus Angst, später keinen Parkplatz mehr zu finden.

Tina und Charly betraten den Festsaal. Dieser war der Feier angemessen reichlich geschmückt. Sie wurden von Neumann in der Eingangshalle herzlich begrüßt:

„Ah, da sind ja zwei von unseren Matadoren. Dachte schon, Sie kommen gar nicht mehr!"

„Aber Professor, ich habe doch Charly den ersten Tanz versprochen. Da konnte er nicht kneifen", strahlte Tina ihn an.

„Gut, gehen Sie nach hinten durch. In dem etwas kleineren Saal findet dann die offizielle Begrüßung statt. Charly, Sie sind doch vorbereitet?"

„Natürlich!", sagte der.

Dann mischten sich Tina und Charly unter die Anwesenden. Plötzlich stand ein graumelierter, älterer Herr vor Charly und sprach ihn an:

„Sie müssen Herr Bach sein!"

„Ja, mit wem habe ich die Ehre?"

„Nun, ich bin Professor Brugner, Sie haben meinen Sohn ausgebildet", sagte dieser. „Ich bin Ihnen dankbar, dass Sie ihn unter Ihre Fittiche genommen haben. Er ist seit dem Lehrgang ein anderer Mensch."

„Nun, das hat er ganz allein geschafft. Ich habe ihm, sagen wir, nur ein bisschen Starthilfe gegeben. Ich denke, er wird ein wertvolles Mitglied von MR werden. Wir reden später noch weiter, bitte entschuldigen Sie mich."

Dann zog Tina ihn weiter zu dem Rest des Ausbildungsteams. Alle begrüßten sich herzlich und stellten ihre Lebenspartner vor.

Mittlerweile waren auch Carry und Stefan eingetroffen. Sie hatten mit keinem Parkplatzproblem zu kämpfen, da Carrys Wohnung in unmittelbarer Nähe lag. Sie gingen nach der Begrüßung durch Neumann schnurstracks in den kleineren

Raum. Carry schaute ganz kurz zu Tina und Charly und nickte diesen nur zu.

„Die ist aber nicht so gut drauf", sagte Tina zu Charly.

„Weiß auch nicht, bei MR sind wir uns immer ganz normal begegnet. Komm, lass uns unsere Plätze einnehmen. Gleich geht es los!"

Da kam auch schon Neumann herein und trat an das Rednerpult:

„Meine Damen und Herren, es ist mir eine außerordentliche Freude, Sie alle hier begrüßen zu dürfen. Wir möchten heute unsere frisch gebackenen Absolventen offiziell herzlich willkommen heißen. Sie haben das erste Ausbildungsprogramm von MR bestanden. Der Weg war nicht immer einfach für Sie, aber ich wusste Sie bei unserem Ausbildungsteam immer in guten Händen. Ganz besonders möchte ich allerdings einer Person gratulieren: Ich gratuliere Frau Karen Lund. Sie hat den Lehrgang ebenfalls absolviert und dabei einige Bestzeiten aufgestellt. Ganz besonders freue ich mich, dass Sie nach einer so schweren Zeit wieder zu uns zurückgekommen sind und sage nur: Welcome back, Carry!"

Das gesamte Publikum klatschte und Charly schaute zu Carry, die eine Reihe hinter ihm saß und hielt den Daumen hoch.

„Kommen wir nun zu der Vergabe der Urkunden und der Übergabe unseres Wappentieres. Diese Aufgabe übernimmt Herr Stefan Bach, unser Ausbildungsleiter!"

Dann trat Charly an das Rednerpult und begann seine kurze Ansprache.

„Meine Damen und Herren, ich will mich kurzfassen, sicherlich haben Sie alle Hunger mitgebracht. Ich möchte jetzt den Absolventen als Zeichen ihrer Zugehörigkeit ihre Ernennungsurkunden und einen silbernen Elefantenanhänger überreichen. Wie schon gesagt, es war für Sie alle kein leichter Weg. Aber Sie haben es geschafft. Ich wünsche Ihnen somit viel Freude und Erfolg bei uns, bei MR!"

Dann rief er die Absolventen einzeln auf und überreichte ihnen Urkunde und Anhänger. Zum Schluss war Carry dran. Als sie nach vorne trat und beides in Empfang nahm, raunte sie leise zu Charly:

„Jetzt bekomme ich doch noch einen Elefantenanhänger von dir."

„Ja, aber meiner ist schöner", raunte er zurück.

Dann war der offizielle Teil des Abends vorbei. Alle begaben sich in den großen Festsaal, in dem schon ein Buffet auf sie wartete.

Als Tina und Charly ihre Plätze suchten, kamen Susanne und Jo händchenhaltend auf sie zu:

„Charly, ich möchte Ihnen nochmal für alles danken, ich hatte ja noch keine Gelegenheit dazu. Und ich bin so glücklich, dass ich bei Alex in der Abteilung bin. Das ist die richtige Mischung zwischen MR und IT", sagte Jo.

„Keine Ursache, wie ich schon vorhin Ihrem Vater gesagt habe, es ist ganz allein Ihr Verdienst. Wir haben nur ein wenig nachgeholfen. Ich sehe, bei Ihnen zweien hat sich auch anderweitig etwas getan!", dabei schaute er grinsend auf ihre Hände.

„Hat sich so ergeben", antwortete Susanne und strahlte Jo dabei an.

„Kommt ihr jetzt mal an euren Platz", drängelte Basti, „ich habe Hunger. Und Charly, danke für die Stelle in der Personalabteilung. Ich glaube, da bin ich trotz aller Geschichtskenntnisse doch besser aufgehoben als im Außendienst!"

„Na, dann scheint ja alles gut zu sein", sagte Tina zu Charly und hakte sich bei ihm ein.

„Ja, und jetzt lass uns das Fest genießen, ich habe auch Hunger", antwortete er gut gelaunt.

„Ja, und ich habe Lust, danach zu tanzen!" Sie gingen beide engumschlungen zu ihren Plätzen.

Carry und Stefan hatten mittlerweile auch Platz genommen. Sie saßen an dem Tisch des Research-Teams.

Carry schaute sich in Gedanken versunken ihren Anhänger an.

„Was hat es denn mit diesem Anhänger auf sich?", fragte Stefan sie neugierig.

„Du kennst die Bedeutung von diesem Tier nicht?", fragte sie erstaunt zurück.

„Hat schon eine gewisse Bedeutung in irgendeiner Religion. Aber du weißt ja, ich habe mit dieser ganzen Symbolik nichts am Hut. Jetzt lass uns ans Buffet gehen, ich habe Hunger."

„Geh schon mal vor", sagte sie, „ich komme auch gleich."

Als Stefan zum Buffet ging, schüttelte sie nur mit dem Kopf. Dann schaute sie verstohlen zu Charly hinüber, der sich glänzend mit Tina und den anderen unterhielt. Irgendetwas arbeitete in ihr. Sie konnte es aber nicht einordnen. Nach dem Essen begann eine Kapelle zu spielen. Sie eröffnete den Tanzreigen mit einem Walzer.

„Gnädiges Fräulein, haben Sie Ihre Tanzkarte dabei?", fragte Charly Tina.

„Nein, die habe ich vergessen, aber ich kann mich grade noch daran erinnern, wem der erste Tanz gehört", antwortete Tina, „nämlich dir!"

„Na dann, darf ich bitten", und schon hatte Charly Tina an die Hand genommen und ging mit ihr zur Tanzfläche.

„Ein schönes Paar", stellte Gunter fest, als die beiden außer Hörweite waren.

„Allerdings", pflichtete Greta ihm bei und schnappte sich ihn zum ersten gemeinsamen Tanz, da ihr Mann dankend abwinkte.

„Möchtest du auch tanzen?", fragte Stefan Carry.

Diese entgegnete: „Nein danke, ich habe keine große Lust. Ich möchte auch bald gehen, ich habe entsetzliche Kopfschmerzen. Ich glaube, das ist die ganze Aufregung hier."

„Na gut, aber vorher drehe ich noch mal ein paar Runden auf dem Parkett", mit diesen Worten forderte er die Dame zu seiner Linken auf und verschwand auf der Tanzfläche.

Während Charly mit Tina tanzte, beobachtete er Carry, die verloren auf ihrem Platz saß. Den Blick, den er sah, kannte er schon seit der damaligen Reha. So hatte Carry immer geschaut, wenn sie entweder Sorgen hatte oder völlig in Gedanken versunken war.

Nach dem nächsten Tanz ging er zu ihr und fragte: „Carry, alles in Ordnung?"

„Ja, ja, alles gut, ich bin nur etwas müde. Ich werde auch nicht mehr so lange bleiben. Ich hatte heute einen langen Tag."

„Na denn, viel Spaß noch!"

„Danke Charly, wünsche ich dir auch. Kannst du mich bitte bei Professor Neumann entschuldigen, ich glaube, ich werde jetzt gehen."

„Mach ich", damit ging Charly wieder zurück zu Tina.

Da kam Stefan von der Tanzfläche.

„Gut, dass du kommst. Ich möchte jetzt gehen", sagte Carry zu ihm.

„Carry, sei doch keine Spielverderberin. Der Abend fängt doch erst an. Wir haben doch noch nicht mal zusammen getanzt!"

„Ich möchte jetzt gehen", sagte sie entschieden und stand dabei auf. „Wenn du willst, kannst du ja noch bleiben, ich gehe jetzt!"

„Na gut, ich komme ja schon", entgegnete Stefan. Dann verließen sie das Fest.

„Was ist der denn für eine Laus über die Leber gelaufen", fragte Steven, der gerade an den beiden vorbeigelaufen war.

„Sehr merkwürdig", sagte Gunter und schaute Charly fragend an.

„Ich habe keine Ahnung. Außerdem geht mich das Seelenheil von Carry nichts an. Komm Tina, wir gehen tanzen." Und mit diesen Worten verschwand er mit ihr auf der Tanzfläche. Es wurde noch ein langer Abend für die zwei.

Als Carry und Stefan zu Hause angekommen waren, fragte Stefan:

„Sag mal, was ist denn los mit dir? Auf dem Fest und auf dem Nachhauseweg warst du so schweigsam und schlecht gelaunt. Du hast doch jetzt alles, was du wolltest. Du bist wieder bei MR, hast da deine Vollzeitstelle zurück und könntest glücklich sein. Stattdessen bläst du Trübsal und bist unausstehlich. Also den Abend habe ich mir anders vorgestellt."

„Stefan, bitte lasse mich jetzt allein. Ich kann grade niemanden um mich haben, bitte geh!"

„Na gut, wenn du unbedingt willst. Ich habe auch keine Lust mehr, deine schlechte Laune zu ertragen. Melde dich, wenn du dich eingekriegt hast. Ich sage dir aber: Bevor du wieder bei MR angefangen hast, war das Leben angenehmer mit dir. Ich habe das Gefühl, du bist bald wieder reif für eine Therapie!"

„Raus jetzt", schrie Carry, „was weißt du von meiner Therapie?!" Bei diesen Worten überschlug sich fast ihre Stimme.

Als sie für sich allein war, öffnete sie das Etui mit dem Elefantenanhänger und schaute ihn nachdenklich an. Dann ging sie an ihre Anrichte und suchte nach dem Elefantenbild aus Holz. Als sie es endlich fand, schaute sie dies auch lange an. Dann schossen ihr Charlys Worte durch den Kopf: *„Ja, aber meiner ist schöner!"*

Sie beschloss, ins Bett zu gehen und gewisse Gedanken, die sie nicht einmal einordnen konnte, zu verdrängen. Sie schlief in dieser Nacht schlecht ein und hatte einen unruhigen Schlaf.

Kapitel 3.2.2
Der Anschlag

Zwei Wochen nach der Einführungsfeier fuhr Neumann gegen 24:00 Uhr die Einfahrt seines Bungalows in Königstein hinauf. Es war in Frankfurt wieder spät geworden. Die Budgetverhandlungen für das nächste Jahr waren in vollem Gange und er musste dem Rat jeden Cent aus der Nase ziehen. Voller Wehmut erinnerte er sich an die Zeit, als er mit Dubois noch im Außendienst tätig war und Grabräuber in Ägypten jagte. Er schloss die Tür zu dem Bungalow auf und stellte seine Tasche in die Ecke. Dann goss er sich noch einen Gute-Nacht-Trunk ein und setzte sich in seinen Lieblingssessel. In diesem Moment erschütterte eine gewaltige Explosion den Bungalow. Mehrere Sprengsätze erschütterten das Haus. Die Druckwellen waren so gewaltig, dass sämtliche Fenster barsten und die Eingangstür aus der Verankerung gerissen wurde. Neumann war sofort tot.

Gegen 02:00 Uhr klingelte bei Charly das Telefon.

„Professor Neumann ist tot", hörte Charly Keller ohne Gruß sagen.

„Was?", Charly war sofort hellwach.

„In seinem Bungalow ist eine Bombe detoniert. Er war sofort tot. Experten vom BKA sind vor Ort. Mehr weiß ich noch nicht. Ich möchte Sie bitten, ins Büro zu kommen. Ich werde Wegner und Schröder auch gleich informieren!"

Eine dreiviertel Stunde später war Charly im Büro. Dort saßen schon Keller, Wegner als Chef des Außendienst-Teams und Schröder als Chef des Research-Teams erschüttert im Besprechungsraum.

„Gut, dass Sie da sind. Wir fangen gleich an. Mehr als das, was ich Ihnen schon am Telefon gesagt habe, weiß ich auch noch nicht. Ich wurde durch Köster vom BKA informiert. Der Bundesinnenminister und der Landesinnenminister sind ebenfalls informiert. Mit Professor Brugner habe ich vereinbart, dass wir heute um 10:00 Uhr eine Mitarbeiterversammlung einberufen und dann alle informieren. Bis wir keine näheren Erkenntnisse haben, möchte ich Sie bitten, kein Wort nach außen zu geben, vor allem nichts zur Presse."

In dem Moment kam Conny herein. Sie war leichenblass und hatte rote Augen.

„Ich kann es noch gar nicht glauben", sagte sie mit schwacher Stimme.

Charly nahm sie in den Arm und sagte tröstend: „Wir sind alle noch geschockt und werden einige Tage, nein Wochen, brauchen, um das zu verarbeiten!"

„Conny, ich möchte Sie bitten, das Telefon zu besetzen. Es könnte sein, dass es in wenigen Stunden nicht mehr stillstehen wird. Und bitte kein Wort zur Presse. Charly, Wegner und Schröder, wir fahren jetzt zum Tatort. Ich möchte mir einen ersten Eindruck verschaffen!"

Charly, der Keller als eher zurückhaltenden Kollegen kennen gelernt hatte, merkte, dass dieser in dieser Ausnahmesituation gefasst war und alles versuchte, Neumann zu ersetzen.

Als alle vier im Auto saßen, sagte Keller zu allen dreien: „Es werden schwere Zeiten auf uns zukommen, meine Herren!"

Keiner antwortete.

Eine halbe Stunde später erreichten sie den Bungalow. Als sie das Haus betraten, bot sich ihnen ein Bild der Verwüstung. Teile der Decke waren eingestürzt und mit Balken provisorisch abgestützt worden. Die genauen Umrisse des Erdgeschosses waren kaum mehr zu erkennen. Überall stank es nach Pulver und heißem Stahl.

„Vorsicht, es ist alles noch extrem einsturzgefährdet", hörten sie Köster ihnen zurufen. Er gab gerade einer Gruppe von Sprengstoffexperten neue Anweisungen.

„Gibt es neue Erkenntnisse?", fragte Keller.

„Nur so viel. Da hat jemand ganze Arbeit geleistet. Die Sprengsätze wurden per Handy gezündet. Er hatte keine Chance mehr, hier rauszukommen!"

Charly schaute sich um und fragte in die Runde: „Was ich nicht verstehe, der Bungalow wurde erst vor Kurzem renoviert. Danach haben Ihre und unsere Sprengstoffexperten das Haus genau untersucht. Der Bungalow war mit einer Alarmanlage und Bewegungsmeldern geschützt. Wie kamen die Sprengsätze hier rein?"

„Der Bungalow wurde sogar dreifach überprüft: Einmal durch Leute vom BKA, dann vom LKA und dann von Ihren Leuten. Wie die Sprengsätze hier reingekommen sind, wird zuerst zu klären sein!", antwortete Köster.

„Wir können jetzt erst mal nichts mehr tun. Lassen wir die Experten ihre Arbeit machen. Fahren wir zurück. Die ersten Mitarbeiter sollten auch schon da sein", sagte Keller.

Als sie das Gebäude von MR erreichten, standen schon die ersten Autos auf dem Parkplatz.

Als Charly in sein Büro kam, wurde er bereits von Tina und Carry erwartet. Die beiden hatten seit der Ausbildung von Carry ein besonderes Verhältnis entwickelt. Man konnte sagen, sie waren gute Freundinnen geworden. Das Verhältnis von Tina zu Charly tat dieser Freundschaft keinen Abbruch.

„Stimmt es, was Conny uns erzählt hat?", fragte Tina.

„Ja, Neumann ist tot", antwortete Charly knapp, „wir stehen alle noch unter Schock. Ich fahre jetzt erstmal heim und dusche. Ich stinke nach Rauch!"

„Ich weiß, was er euch bedeutet hat", sagte Tina zu beiden.

„Ihm haben wir zu verdanken, dass wir beide hier sind. Ich will rauskriegen, wer dafür verantwortlich ist", sagte Carry mit Funkeln in den Augen.

„Um 10:00 Uhr ist Betriebsversammlung, dann sehen wir weiter", antwortete Charly, „bis dann!"

Um 10:00 Uhr begann die Betriebsversammlung, Professor Brugner war auch anwesend und Keller hielt die schwerste Rede seines Lebens. Er informierte die gesamte Belegschaft und schloss mit den Worten:

„Und wenn wir doch jetzt alle geschockt sind, ich möchte, dass Sie alle Ihrer Arbeit weiter professionell nachgehen. Eine genaue Aufgabenverteilung der Ermittlung gibt es noch nicht. Ich werde Sie auf dem Laufenden halten. Ich danke Ihnen und möchte, dass Sie im Sinne von Professor Neumann weiter machen!" Bei den letzten Worten hatte er Tränen in den Augen.

Parallel zu der Betriebsversammlung fanden in Berlin und Wiesbaden zwei außerordentliche Sitzungen statt. In beiden Innenministerien wurden Mitglieder beider Gremien auf den neuesten Stand gebracht.

In Berlin sagte der Bundesinnenminister Edmund Gruber, Nachfolger von Martin Huber, zu seinen Mitarbeitern: *„Auch wenn wir jetzt noch alle unter Schock stehen, wir müssen uns sehr schnell über die Aufgabenverteilung der Ermittlungen und die personellen Auswirkungen im Klaren sein. Ich möchte nicht, dass sich unterschiedliche Organisationen ins Gehege kommen. Wir treffen uns morgen früh um 10:00 Uhr wieder hier. Bis dahin hätte ich gerne zu den Personalangelegenheiten von MR Vorschläge. Ich werde diese dann Professor Brugner unterbreiten. Ich möchte die Arbeitsfähigkeit von MR unter allen Umständen aufrechterhalten!"*

Der Rest des Tages war an allen Standorten mit Telefonaten zwischen Frankfurt, Wiesbaden und Berlin angefüllt Auch das Kairoer Büro wurde ständig auf dem Laufenden gehalten.

Auch die Gremien tagten ununterbrochen, um personelle Fragen und die Aufgabenverteilung festzulegen.

Am nächsten Tag rief Keller Charly, Wegner und Schröder gegen 15:00 Uhr in sein Büro.

„Meine Herren, ich habe grade von Professor Brugner einen Anruf erhalten. Der Rat hat in Abstimmung mit Bundesinnenministerium und Landesinnenministerium eine Entscheidung hinsichtlich der Aufgabenverteilung der Ermittlungen und der personellen Angelegenheiten von MR getroffen."

„Das ging aber verdammt schnell", kommentierte Charly, „hoffentlich ist das kein Schnellschuss!"

Keller ließ die Bemerkung unkommentiert und fuhr fort: „Also, die Ermittlungen werden federführend von MR geführt. Berlin ist der Meinung, dass wir die meiste Motivation haben, die Hintermänner und -gründe aufzudecken. Kommen wir jetzt zu den personellen Angelegenheiten: Die neue Leitung von MR wird Frank Dubois übernehmen. Bis er seine Aufgaben übernehmen kann, werde ich kommissarisch die Geschäfte weiterleiten. Nach einer gewissen Einarbeitungszeit werde ich das Kairoer Büro übernehmen. So lange wird Herr Karim das Büro leiten, unterstützt wird er von Herrn Maier. Ich habe schon mit Dubois gesprochen, er ist damit einverstanden."

„Und wer wird Ihr Nachfolger?", unterbrach Charly Keller.

Keller schaute ihn lange an und sagte dann: „Interessant, dass grade Sie das fragen, Charly. Der Rat hat Sie vorgeschlagen. Ich habe dem Vorschlag bereits zugestimmt. Wenn Sie sich bereit erklären, werde ich Professor Brugner informieren."

Charly war wie vom Donner gerührt. Mit dieser Neuigkeit hatte er nicht gerechnet.

„Wie lange habe ich Zeit, mir das zu überlegen?", fragte er.

„Ich hätte gerne heute schon eine Entscheidung von Ihnen. Die Zeit drängt, wir müssen noch nachfolgende Entscheidungen treffen. Charly, ich weiß, das kommt jetzt überraschend für Sie. Aber ich halte es für eine super Idee und stehe voll hinter Ihnen. Dubois habe ich über den Vorschlag auch informiert, er kann sich eine Zusammenarbeit mit Ihnen sehr gut vorstellen!"

„Geben Sie mir einen Moment Zeit, ich möchte darüber nachdenken und es mit Frau Kümmel besprechen."

„Gut, ich erwarte Ihre Antwort in einer Stunde."

„Sagen wir zwei Stunden. Ich will es gut überlegen."

Keller nickte nur.

„Ich hoffe, er macht es", sagte Wegner.

„Ich auch", war die Antwort von Keller.

Charly betrat das Büro von Tina, fand dort aber nur Greta vor.

„Wo ist Tina?", fragte er sie.

„Die ist unten und sortiert Sportgeräte. Sie muss sich ablenken, ist was? Du siehst mitgenommen aus", stellte sie fest.

„Erzähle ich später", antwortete er.

Dann ging er hinunter auf den Sportplatz. Dort sah er sie beim Einräumen von Sportgeräten.

„Tina, ich muss dich sprechen", rief er ihr zu.

„Was gibt es denn, Charly? Du siehst leichenblass aus!"

„Komm, wir gehen ein Stück."

Sie gingen in den Waldweg, wo er damals schon Carry getroffen hatte.

„Ich muss jetzt eine Entscheidung treffen, die uns beide betrifft. Keller hat mir die Stelle des stellvertretenden Leiters angeboten. Was sagst du dazu?"

Tina schaute ihn lange an und sagte dann: „Charly, ich habe dir schon mal einen Tipp gegeben, damals, als es um die Leitung des Ausbildungsteams ging. Meine Antwort ist diesmal genauso. Ich kann mir keinen besseren als dich vorstellen!"

„Aber ich bin doch noch relativ neu hier?", entgegnete er.

„Du und neu? Charly, was du bei MR schon alles erlebt und geleistet hast, reicht für zwei Berufsleben. Mit Deiner Erfahrung steckst du alle hier in die Tasche. Ich kenne nur drei Leute, die dir das Wasser reichen können: Das sind Carry, Dimitrie und Abdul. Charly, nimm das Angebot von Keller an, auch Neumann würde dir dazu raten!", sagte sie bestimmt.

Er schaute sie lächelnd an und sagte: „Na gut, du hast mich mal wieder überzeugt, ich mache es!" Dann küsste er sie.

„Nana, Herr Bach, wir sind im Dienst", sagte sie gespielt streng.

„Ich habe mir grade eine Sondergenehmigung erteilt. Als Stellv. darf ich das", antwortete er lachend.

Dann gingen sie Hand in Hand zurück zum Gebäude. Dort begegneten sie Carry, die gerade nach Hause fahren wollte.

„Na, was wälzt ihr denn für Probleme?", fragte sie neugierig.

„Charly hat grade die Stelle des Stellv. angeboten bekommen. Er nimmt an", sagte Tina.

„Da hast du genau die richtige Entscheidung getroffen. Ich kann mir keinen besseren Stellv. vorstellen. Gratuliere zum Angebot und deiner Entscheidung!"

„Danke", antwortete Charly verlegen.

„Siehst du, auch Carry findet es gut. Wenn wir beide das sagen, dann kann es nur stimmen!"

„Was kann man gegen so viel Frauenpower schon ausrichten", sagte er lachend, „jetzt gehe ich zu Keller und eröffne ihm meine Entscheidung!"

Er ging mit Tina im Arm in das Gebäude. Carry schaute den beiden noch nach und bekam, als sie aus dem Blickfeld waren, einen traurigen Gesichtsausdruck. Dann stieg sie in ihr Auto und fuhr nach Hause.

Charly ging derweil zu Keller in dessen Büro und sagte: „Ich mache es. Aber eine Bedingung habe ich noch: Tina übernimmt die Ausbildungsabteilung!"

„Darüber werde ich zu gegebener Zeit entscheiden. Aber erst einmal freue ich mich, dass Sie sich so entschieden haben!"

„Bedanken Sie sich bei Tina, sie hat mir gut zugeredet", erwiderte Charly.

Kapitel 3.2.3
Die Task Force

Die nächsten Tage waren geprägt mit personellen Veränderungen: Dubois reiste schon Ende der Woche aus Ägypten an. Charly wurde offiziell zum stellvertretenden Leiter von MR ernannt.

Und Tina übernahm die Stelle der Ausbildungsteamleitung. Für ihre alte Stelle der Sporttrainerin wurde eine Stelle ausgeschrieben. Keller entschied sich, die Personen für die „Task Force Neumann" mit Dubois gemeinsam zu benennen.

Als Dubois zum ersten Mal in seinem neuen Büro war, wurde er von Charly herzlich begrüßt:

„Moin Chef, ich darf Sie doch noch so nennen? Es ist schön, Sie wiederzusehen!"

„Ja, die Umstände sind zwar nicht sehr schön, aber ich freue mich auch. Ich werde versuchen, Neumann so gut es geht zu ersetzen. Wird nicht einfach werden, er hat MR geprägt!"

„Das stimmt, aber ich kann mir keinen besseren Nachfolger vorstellen als Sie. Es ist eine gute Wahl. Wie geht es Abdul und Dimitrie?"

„Das wissen Sie doch besser als ich. Ich weiß doch, dass Sie ständig in Kontakt stehen", erwiderte Dubois grinsend.

„Naja, unsere Aufgaben damals in Ägypten haben uns mächtig zusammengeschweißt", erinnerte sich Charly.

„Und Sie sind jetzt mein Stellv., wer hätte das damals gedacht, Gratulation ebenfalls. Apropos, wie geht es Carry?"

„Ich glaube, es geht ihr gut. Sie arbeitet jetzt im Research-Team. Neumann dachte, für den Anfang wäre es am besten, wenn sie erst mal Innendienst macht!"

„Und wie läuft es sonst zwischen Ihnen?", fragte Dubois etwas leiser.

„Wir sehen uns nur ganz selten, da wir ja in unterschiedlichen Bereichen tätig sind. Ich würde sagen, es hat sich eingependelt. Wir begegnen uns professionell", antwortete Charly betont lässig.

„So, so, ich habe gehört, Sie sind auch wieder liiert?"

„Was Sie schon wieder alles wissen. Ja, ich bin mit Frau Kümmel zusammen. Ich denke, Keller wird Sie beide heute noch miteinander bekanntmachen."

„Ich bin schon sehr gespannt", antwortete Dubois schmunzelnd.

Am Nachmittag trafen sich Keller, Dubois, Wegner, Schröder und Charly im Besprechungsraum. Es ging um die Besetzung der Task Force.

„Charly, ich habe Sie mit hinzugebeten, damit auch Sie Ihre Ideen mit einbringen. Und schließlich sind Sie jetzt der Stellv.!", eröffnete Keller die Sitzung. „Schließlich müssen Sie mit den Leuten genauso zusammenarbeiten wie Dubois. Also, das Team soll aus drei Personen bestehen. Idealerweise zwei aus dem Außendienst-Team und eine Person aus dem Research-Team. Von den neuen Mitarbeitern würde ich höchst ungerne schon jemanden dort einsetzen."

Alle nickten zustimmend.

„Ich schlage aus dem Außendienst-Team Matthias Klein und Uwe Beyer vor. Beide haben sich schon in diversen Missionen bewährt. Grade in der Mission in Ägypten waren ihre Leistungen herausragend. Ich glaube, Sie können das bestätigen, Herr Dubois!"

„Das ist korrekt", antwortete der nickend.

„Kommen wir nun zu dem Mitglied aus dem Research-Team. Irgendwelche Vorschläge?", fragte Keller. „Schröder, wen würden Sie vorschlagen?"

Keller schaute Schröder fragend an.

„Nun, für diese Aufgabe gäbe es mehrere Personen", antwortete dieser nachdenklich. „Eine Person wäre besonders geeignet, wenn da nicht ein großes Manko wäre!"

„Sie sprechen von Carry", schaltete Dubois sich ein.

„Ja, aber ich kann beim besten Willen nicht abschätzen, ob sie schon so weit ist. Sie war lange raus und die Aufgabe ist anspruchsvoll!", sagte Schröder und schaute fragend in die Runde. „Charly, Sie waren ihr Ausbilder, was sagen Sie?"

Alle Augen waren auf Charly gerichtet.

Charly, der sich bisher aus der Diskussion herausgehalten hatte, reagierte: „Nun, sie hat den Abschlusstest unter erschwerten Bedingungen als Beste bestanden. Grade im Bereich Stresstest war sie nicht zu überbieten. Ich denke, wir können es ihr zumuten!"

„Aber bedenken Sie die lange Pause und all die Dinge, die sie durchgemacht hat. Ausbildung und reale Ermittlung sind zweierlei", warf Schröder ein.

„Carry gehörte damals zu den Besten und ja, es stimmt, sie hat viel durchgemacht. Aber sie muss auch wieder laufen lernen. Wir hätten sie gar nicht erst wieder einstellen dürfen, wenn wir Zweifel an ihr gehabt hätten. Ich bin überzeugt, sie schafft das", argumentierte Charly heftig.

„Ich stimme Charly zu, Carry wird Mitglied der Task Force", beendete Keller die Diskussion. „Es sei denn, Dubois, Sie hätten noch etwas dagegen."

Dieser schüttelte mit dem Kopf und sagte lächelnd zu Charly: „Ich schließe mich Charlys Meinung voll und ganz an!"

Als die Sitzung beendet war, nahm Dubois Charly beiseite und sagte: „Wissen Sie, woran mich diese Unterredung erinnert hat? Als Carry Sie und Benny damals vorschlug, ihr bei der Suche nach Dimitrie zu helfen, hatten Neumann, Carry und ich eine Unterredung. Neumann und ich waren nicht davon überzeugt, dass Sie dafür geeignet wären. Damals hat Carry Sie genauso mit Vehemenz vertreten, wie Sie heute sie!"

„Tja, manche Dinge wiederholen sich, manche", erwiderte Charly.

„Charly, wissen Sie eigentlich, wie wir Carry genannt haben, als sie bei uns anfing?"

„Nein, Sie haben es mir nie erzählt, Carry auch nicht." Charly schaute gespannt.

„Wir nannten sie unser ‚kleines wildes Fohlen'. Herrgott war sie ungestüm und wild. Neumann hat zig Personalgespräche mit ihr geführt, damit sie etwas ruhiger wurde. Und wissen Sie, was Neumann mir versprechen musste, als sie in die Hohe Mark kam? Die alte Carry wiederzuholen!"

„Aus dieser Zeit stammt sicherlich auch ihr Rekord im Nächte-Durcharbeiten. Und das mit der ‚alten' Carry: Es ist nicht die alte Carry, es ist eine andere. Und ich war der Leidtragende an dieser Entwicklung. Aber das ist jetzt Gott sei Dank vorbei!"

„Das ist gut so, Charly. Ich habe die ganze Sache auch nur deshalb erzählt, damit Sie wissen, wie Recht Sie damit hatten, sich vorhin so für Carry einzusetzen!"

„Hoffen wir, dass wir Recht behalten", ergänzte Charly und ging aus dem Raum.

Als Charly am nächsten Morgen zu seinem Büro kam, standen einige Umzugskisten vor seinem Büro.

„Was ist denn hier los?", fragte er überrascht.

„Das ist unser neues Büro", hörte er Carry sagen, die aus dem Büro gegenüber von seinem kam. „Leider haben wir nur ‚bis-zur-Tür-Service' beim Hausmeister gebucht. Reintragen müssen wir unsere Sachen allein. Matthias und Uwe sind schon fertig."

„Soll ich dir helfen?", fragte er Carry, die gerade Anstalten machte, wieder eine Kiste in ihr neues Büro zu tragen. Sie sah vom Ausräumen der Sachen erhitzt aus.

Von der Eiskönigin zum Rotbäckchen, dachte Charly amüsiert.

„Nene, lass mal, das schaffe ich schon allein", ächzte sie.

„Hör ich", erwiderte er beleidigt.

„Sag mir lieber, ob man hier Bilder aufhängen kann. In meinem alten Büro ging das nicht. Aber ich sehe, du hast ja nur den Jahreswandkalender hängen, der ist mit Tesa festgemacht. Da werde ich wohl mit meinem Bild kein Glück haben."

„Was willst du denn aufhängen? Ich glaube, wir können Haken da oben anbringen und dann mit einem Seil auf der richtigen Höhe Bilder dranhängen."

„Das könnte gehen", sagte Carry, die sich ein wenig zierte, Charly ihr Bild zu zeigen.

„Sieht aus wie aus Holz", stellte Charly fest, der nur die Rückseite des Bildes sah.

„Ist ein Katzenbild, habe ich von einem Bekannten geschenkt bekommen. Soll mich immer daran erinnern, Katzenfutter für meine Milky zu kaufen."

„Ah, Toben macht Spaß", las Charly von dem Bild grinsend ab. „Da hat sich „dein Bekannter" aber viel Mühe mit dem Bild gegeben. Und du hast also Milky immer noch", lächelte Charly. Dann ging er in sein Büro und ließ die Jalousien seiner Bürofenster herunter.

Schon am Nachmittag nahm die Task Force ihre Arbeit auf. Der Raum war geräumig genug, neben drei Schreibtischen auch einige Metaplantafeln und eine Tafel aus Glas darin aufzustellen. Ferner hing ein riesiger Bildschirm an der einen Wand, an den die Notebooks angeschlossen werden konnten. Alex hatte die drei Leute zusätzlich mit Tablets ausgestattet, deren Monitore ebenfalls auf dem Bildschirm visualisiert werden konnten. Außerdem war es ihm gelungen, Carrys Katzenbild an der Wand zu befestigen.

Es war schon nach 20 Uhr, als Charly sich entschloss, Feierabend zu machen. Den ganzen Tag hatte er an einer Image-Präsentation über MR gearbeitet und war jetzt mächtig geschlaucht.

„Kommt mir vor wie eine Marketingabteilung", dacht er, als er sein Büro abschloss.

Da hörte er aus dem Büro gegenüber Geräusche. Carry war auch noch da.

„Kommt ihr voran?", fragte er, ohne Worte über die späte Uhrzeit zu verlieren. Die Fürsorgepflicht hatte er abgegeben.

„Oh Charly, du auch noch da?", fragte sie ihn erstaunt und kam dann gleich auf seine Frage zurück. „Wir haben uns heute mit zwei Fragen beschäftigt: Was gibt es für ein Motiv? Und wie konnte der Sprengstoff unentdeckt in dem Haus angebracht werden? Leider tappen wir noch völlig im Dunkeln. Aber wir fangen ja erst an. Schönen Feierabend, Charly!"

„Schönen Feierabend, Carry", Charly widerstand dem Drang, sich zu Carry zu setzen und an ihrem Fall mitzuarbeiten.

Du hast jetzt andere Aufgaben, dachte er zu sich. *Das ist jetzt nicht mehr dein Thema.*

Als er gegen 21:00 Uhr nach Hause kam, erwartete ihn schon Tina. Sie sah nicht gerade glücklich aus.

„Sag mal, warum kommst du denn ausgerechnet heute so spät?", begrüßte sie ihn unfreundlich. „Ich habe extra für uns gekocht!"

„Das hättest du mir heute Mittag doch sagen können", erwiderte er.

„Ich dachte, dass du grade heute früher nach Hause kommst."

„Wieso, ist heute was Besonderes?", fragte er immer noch ahnungslos. „Geburtstag hat jedenfalls keiner von uns beiden."

„Heute ist unser Kennenlerntag. Wir waren vor einem Jahr in Hurghada. Grade letzte Woche haben wir darüber gesprochen, alles schon wieder vergessen?", Tina war jetzt richtig zornig.

„Mensch Tina, das tut mir jetzt aber leid. Aber mach doch keine Staatsaffäre daraus. Das kann doch mal passieren!"

„Das stimmt, das kann schon mal passieren. Aber was mich richtig sauer macht, ist die Art und Weise, wie du darauf reagierst. Es scheint dir völlig egal zu sein, wie enttäuscht ich bin. Weißt du was, ich gehe nach Hause. Ich habe keine Lust mehr auf dich. Das Essen kannst du dir warm machen." Mit diesen Worten verließ sie Charlys Wohnung.

Charly war über ihren Gefühlsausbruch erstaunt. Tina war eigentlich keine Person, die zu solchen launischen Ausbrüchen neigte.

„Vielleicht hat sie ja einen schlechten Tag", dachte er. Irgendetwas in ihm weigerte sich, weiter über die Gründe ihres Wutanfalles nachzudenken.

Ein paar Tage später, Charly arbeitete immer noch an seiner Präsentation, war es für ihn wieder spät geworden. Gegen 19:00 Uhr beschloss er, Feierabend zu machen. Das Verhältnis zu Tina hatte sich zwischenzeitlich nicht gebessert. Sie ging ihm während der Arbeit weitestgehend aus dem Weg und privat trafen sie sich nicht.

Charly schloss gerade die Tür zu seinem Büro ab, da sah er, dass im Büro gegenüber noch Licht brannte. Er schaute hinein und sah Carry, wie sie ihren Kopf in die Hände gestützt hatte.

„Ist was los?", fragte er sie.

„Wir kommen nicht voran. Weder in Sachen Motiv noch in Richtung des Sprengstoffes. Ich glaube, wir haben uns verrannt!"

„Da seid ihr in guter Gesellschaft. Ich komme mit meiner Präsentation auch nicht weiter. Sie ist nicht schlecht, aber es fehlt noch was."

„Zeig doch mal, ich könnte eine Abwechslung gebrauchen."

„Wirklich?", fragte er sie überrascht. Tina hatte sich noch nie so detailliert für seine Arbeit interessiert.

„Ja los, mach deinen Rechner noch mal an. Ich will die Präsentation sehen!"

Charly ging zurück in sein Büro und warf seinen Rechner wieder an. Carry folgte ihm und setzte sich neben ihn.

Wie früher, dachte er. Dann öffnete er die Präsentation. Carry begann sie zu studieren. Nachdem sie die letzte Seite gelesen hatte, sagte sie:

„Sie ist nicht schlecht. Aber du hast Recht, es fehlt etwas."

„Ja, aber ich kann es nicht greifen!", erwiderte Charly.

Carry dachte kurz nach und schaute ihn dann an:

„Charly, was hat dich damals dazu bewogen, zu MR zu kommen?"

Er vermied es, ihr zu sagen, dass sie der Hauptgrund war.

„Weißt du, es war die Mischung aus Abenteuer und gründlicher Arbeit. Und der spezielle Spirit, den dieser Job mit sich brachte. Jedes Mal, wenn ich entweder in Kairo in die Villa oder in Frankfurt in unser Hauptquartier kam, dann war es wie ein ,nach Hause kommen'. Dann war da die Zusammenarbeit mit dir und Benny, aber auch mit den anderen Kollegen. Ich habe einen Zusammenhalt gespürt, den ich vorher in meinem Berufsleben noch nie gespürt habe!"

„Siehst du, das musst du in deine Präsentation mit einarbeiten. Wenn es dir gelingt, diesen Spirit einzuarbeiten, ist es rund", sagte sie lächelnd.

„Ich glaube, du hast Recht, aber heute nicht mehr. Das gehe ich morgen an."

Carry stand auf und wollte schon das Büro verlassen. Da sagte er:

„Danke, du hast mir sehr geholfen!"

„Keine Ursache", erwiderte sie lachend und ging dann rüber.

Als Charly sein Büro verließ, schaute er nochmal bei Carry hinein:

„Noch einen Tipp für deine Probleme: Mache es wie früher, denke um die Ecke. Ich denke, nicht den direkten Weg, sondern ziehe auch Dinge in Betracht, die im ersten Moment nicht möglich erscheinen."

„Danke", sagte sie und schaute ihm noch lange nach.

Am nächsten Tag beendete Charly seine Präsentation und legte sie Dubois vor. Dieser sagte, nachdem er sie gelesen hatte:

„Sehr gut!" Keller hatte ihm in den letzten Tagen immer mehr die Leitung von MR übergeben und befand sich in den letzten Tagen seines Aufenthaltes in Deutschland.

Da kam Wegner herein.

„Die drei haben eine Theorie entwickelt. Wir sollten uns sofort zusammensetzen und die Sache besprechen. Halten Sie sich fest!"

„Soll ich mitkommen?", fragte Charly.

„Natürlich!", erwiderte Dubois. „Sie sind jetzt stellvertretender Leiter von MR. Gewöhnen Sie sich endlich an den Gedanken!"

Dubois, Keller und Charly gingen in das Büro der Task Force, wo Carry und die anderen schon ungeduldig warteten:

„So, ich habe gehört, Sie haben etwas für uns. Ich bin schon sehr gespannt", eröffnete Dubois die Runde.

„Ja, wir haben eine Theorie entwickelt und ich bitte Sie, uns erst ausreden zu lassen.", erwiderte Carry.

„Dann schießen Sie mal los", antwortete Keller erwartungsvoll.

„Wir haben uns vor allem Gedanken über die Sprengstofffrage gemacht: Wie kam der Sprengstoff in Neumanns Haus?", begann Carry. „Das Haus wurde nach der Renovierung sowohl von Spezialisten des BKA, LVA und unseren Leuten untersucht. Wir sind bisher immer davon ausgegangen, dass es externe Personen waren, die die Sprengsätze installiert haben. Es gibt aber keine Hinweise darauf. Leute vom BKA und LVA fallen auch aus. Die nachfolgenden Untersuchungen hätten die Sprengstoffe entdeckt. Es bleibt also nur das letzte Glied in der Kette: Es müssen Menschen von uns gewesen sein!"

Im Raum herrschte atemlose Stille. Zu ungeheuerlich war die Theorie, die Carry ihnen präsentierte. Dann sagte Dubois:

„Haben Sie für diese Theorie Beweise?", unterbrach Dubois die Stille.

„Noch nicht, aber wir haben eine Idee, wie wir weiterkommen können. Wir brauchen einen externen Sprengstoffexper-

ten, der am Tatort etwas findet, was bisher übersehen wurde",
antwortete Klein.

„Wenn sich das bewahrheiten sollte, haben wir ein gewaltiges Problem", erkannte Keller. „Ich bitte Sie alle, dass diese Theorie im Raum bleibt, bis wir die nächsten Schritte eingeleitet haben. Wer von uns hat damals die Räume überprüft?", fragte er weiter.

„Maik Gründau und Marvin Lieblos", antwortete Carry.

„Wir brauchen einen externen Sprengstoffexperten, dem wir trauen können", sagte Charly.

„Ich werde mit Köster reden und ihn ins Vertrauen ziehen. Charly, kommen Sie mit", forderte Dubois Charly auf. Keller ließ die beiden allein gehen.

„Das ist jetzt euer Fall", dachte er.

Im Büro angekommen, fragte Dubois: „Was halten Sie von der Theorie, Charly?"

„Ich halte sie für realistisch. Wenn sie auch ungeheuerlich klingt. Aber das ist Carry: Es ist ihre Eigenart, auch mal um die Ecke zu denken. Sie war schon früher eine unserer besten Profilerinnen. Ich glaube, es ist was dran!"

„Dann wollen wir mal Köster nach einem Spezialisten fragen", sagte Dubois.

Nach kurzer Begrüßung mit Köster kam Dubois gleich zur Sache:

„Ich benötige einen verlässlichen Sprengstoffexperten."

„Warum nehmen Sie nicht Ihre eigenen Leute?", fragte Köster.
Dubois weihte ihn in den Verdacht der Task Force ein.

„Wenn das stimmt, tickt bei Ihnen eine Bombe!"

„Im wahrsten Sinne des Wortes", erwiderte Dubois, „also, wissen Sie jemanden?"

„Lassen Sie mich nachdenken. Ja, ich wüsste jemanden: Markus Bellmann, er war früher Mitarbeiter im BKA. Dann hat er aus unerfindlichen Gründen den Dienst quittiert. Kann mit dem Tod seines Partners zusammenhängen. Ist ein bisschen eigensinnig, aber ein verlässlicher Mann. Wir haben es alle bedauert, als er ging. Ich gebe Ihnen mal seine Nummer. Halten Sie mich bitte auf dem Laufenden!"

„Mache ich!", antwortete Dubois. Dann legte er auf und rief Bellmann an.

Kapitel 3.2.4
Zwei Trennungen

Schon am nächsten Tag stand Bellmann im Foyer von MR. Er erkundigte sich nach dem Büro von Dubois. Nachdem man ihm den Weg erklärt hatte, drehte er sich herum.

„Hoppla, jetzt hätte ich Sie fast umgerannt", sagte er zu Tina, mit der er fast zusammengestoßen wäre.

„Sie sind aber stürmisch, junger Mann", erwiderte Tina und blickte in stahlblaue Augen. Bellmann war ein durchtrainierter, stämmiger Mann mit dunkelblonden kurzen Haaren, der sich seiner Wirkung auf Frauen bewusst war.

„Bellmann, Markus Bellmann" stellte er sich mit dunklem Ton vor.

„Und welche Lizenz haben Sie?", fragte Tina kokett.

„Die zum Küssen", erwiderte Bellmann.

„Na dann viel Glück", antwortete sie und sah ihm nach.

„Was ist das denn für ein eingebildeter Pinsel?", fragte sie Conny, die gerade mit der Tagespost um die Ecke kam.

„Weiß nicht, aber das könnte Markus Bellmann sein. Dubois hat gestern einen Termin mit ihm ausgemacht. Sieht aber gut aus!"

„Ja", antwortete Tina, „das tut er!" Dann wandte sie sich wieder ihren Aufgaben zu.

Kurze Zeit später saß Bellmann im Büro von Dubois. Charly war auch anwesend.

„Herr Bellmann, ich habe Sie zu diesem Gespräch eingeladen, weil Sie mir von Köster vom BKA empfohlen wurden."

„Ich kenne Köster. Wusste gar nicht, dass er eine so gute Meinung von mir hat", sagte Bellmann mit einem spöttischen Ton.

„Wir möchten, dass Sie für uns einen Tatort inspizieren. Leider können wir unsere eigenen Leute nicht dafür einsetzen. Wären Sie dazu bereit?" Dubois schaute Bellmann tief in die Augen.

„Ich frage jetzt mal nicht nach Ihren Beweggründen. Sie sagen es mir vielleicht später. Ich kann mir die Sache mal anschauen. Ich bin etwas neugierig. Ich muss Sie allerdings warnen, das ist eine einmalige Sache. Mit dem Thema Sprengstoff habe ich abgeschlossen."

„Sehen Sie, und ich frage Sie jetzt auch nicht warum. Vielleicht sagen Sie es mir irgendwann mal", antwortete Dubois im gleichen Tonfall. „Herr Bach wird Sie gleich hinfahren. Und ich bitte Sie, dies alles mit äußerster Diskretion zu behandeln!"

„Na, Sie drücken ja mächtig auf die Tube, gefällt mir", erwiderte Bellmann.

„Ich komme gleich", sagte Charly zu Bellmann.

„Was halten Sie von Ihm?", fragte Dubois, als Bellmann den Raum verlassen hatte.

„Ist ganz schön arrogant, aber wenn Köster ihn empfiehlt, muss er gut sein."

„Passen Sie ein bisschen auf ihn auf, Charly!"

„Mach ich", sagte dieser nur.

Eine Stunde später standen die beiden in der Ruine von Neumanns Haus.

„Mein lieber Mann, das muss einen ordentlichen Rumms gegeben haben", kommentierte Bellmann, nachdem er sich umgesehen hatte.

„Was können Sie sonst noch sagen?", fragte Charly.

„Nun, der oder die Täter wussten, was sie tun. Die haben nichts dem Zufall überlassen. Sehen Sie, wie die Trümmer liegen? Die Sprengsätze waren so angebracht, dass jeder Teil des Untergeschosses von der Druckwelle erfasst wurde. Das Opfer hatte keine Chance, zufällig in einem toten Winkel zu stehen. Gleichzeitig war die Detonation nicht so heftig, dass das Haus einstürzt. Ich vermute, die Täter wollten, dass es stehen bleibt. Da waren Spezialisten am Werk. Ich werde mal ein paar Bilder machen, damit Ihre Leute die auswerten können."

„Ich fürchte, das wird nicht möglich sein. Aber das soll Ihnen Dubois erklären", sagte Charly.

„Na, da bin ich aber gespannt", sagte Bellmann überrascht.

Als sie wieder bei MR eintrafen, wurden sie schon von Dubois erwartet. Bellmann berichtete nochmal seine Erkenntnisse. Dubois bat ihn, noch einen Moment im Vorzimmer Platz zu nehmen. Dort bekam er von Conny erst mal einen Kaffee.

„Was halten Sie jetzt von ihm?", fragte Dubois Charly.

„Ich halte ihn immer noch für arrogant, aber er scheint auf seinem Gebiet nicht schlecht zu sein."

„Sehe ich genauso. Was halten Sie davon, wenn wir ihm eine Stelle als freier Mitarbeiter anbieten? Vielleicht willigt er ein." Die beiden diskutierten noch die Einzelheiten.

In der Zwischenzeit saß Bellmann im Büro von Conny und beobachtete durch das Fenster, wie Tina auf dem Sportplatz die Sportgeräte inspizierte.

„Wer ist denn die hübsche junge Frau da unten?", fragte er Conny neugierig.

„Das ist Christina Kümmel, unsere neue Ausbildungsleiterin", antwortete sie. „Und die Freundin von Stefan Bach", ergänzte sie warnend.

„Aha", war sein einziger Kommentar.

Nach einer viertel Stunde kam Charly aus dem Büro und bat Bellmann wieder herein.

„Wir möchten Ihnen eine Frage stellen", sagte Dubois. „Wären Sie bereit, bei uns auf Honorarbasis zu arbeiten?"

Bellmann schaute ihn überrascht an.

„Ich überlege es mir. Ich rufe Sie im Laufe des Tages an. Kann ich jetzt gehen, ich habe noch einen Termin", sagte er und ging, ohne ein Wort abzuwarten aus dem Büro. Er ließ einen verdutzten Dubois und Charly zurück.

„Chef, wenn das jetzt mal kein Fehler war", sagte Charly, „mit dem werden wir noch viel Spaß haben!"

„Könnte sein!", war Dubois' Antwort.

Bellmann schlenderte über den Parkplatz zum Sportplatz. Hier sah er Tina immer noch emsig sortieren.

„Na, haben Sie Ihre Lizenz eingelöst?", fragte sie ihn, als sie ihn kommen sah.

„Ne, nicht das richtige Opfer gefunden", sagte er grinsend.

„Ich glaube, da sind Sie hier eh am falschen Platz. Alles ehrenhafte Frauen!"

„Wer sagt denn, dass ich verkehrt bin? Ich schaue optimistisch in die Zukunft!"

Dann ging Bellmann zurück zu seinem Auto und wählte die Nummer von Dubois:

„Herr Dubois, ich habe es mir überlegt. Ich nehme Ihr Angebot an. Ich beginne gleich morgen früh. Wo soll ich mich melden?"

„Gehen Sie zu Herrn Bach. Er macht Sie mit den Leuten von der Task Force bekannt", antwortete Dubois.

Am nächsten Morgen erschienen Bellmann und Charly im Büro der Task Force. Sie wurden von Carry, Klein und Beyer schon neugierig erwartet. Nach einer kurzen Vorstellungsrunde ging man sofort in „medias res".

„Was haben Sie bisher herausbekommen?", fragte Bellmann.

„Bis auf unsere recht gewagte Theorie leider noch nicht viel", antwortete Carry.

„Und was haben Sie für eine Theorie?", hakte Bellmann nach.

Carry schaute zu Charly hinüber.

„Carry, sag es ihm. Er gehört jetzt zum Team."

„Es könnten Leute von uns gewesen sein", sagte sie leise.

Bellmann pfiff durch die Zähne und sagte: „Das ist ein Ding! Jetzt verstehe ich auch, warum Sie mich haben wollten. Na gut, dann schauen wir mal, wie ich Ihnen helfen kann. Ich war gestern am Tatort und kann Ihnen zumindest die Stellen sagen, wo die Sprengkörper wahrscheinlich gelegen haben."

Bellmann öffnete die Datei mit dem Grundriss und zeichnete ein paar rote Punkte ein. Dann skizzierte er einige Wellen.

„Das zeigt Ihnen die Druckwellen, die durch die Explosion entstanden sind. Es gab keinerlei toten Winkel. Habe ich gestern schon Herrn Bach gesagt: Werk von Profis!"

„Oder jemandem, der von Profis gelernt hat", ergänzte Carry.

Da kam Charly eine Idee:

„Zeigt doch mal die Skizze von dem Anschlag damals auf die Kanzlei ,Samuel und Söhne'!"

Die Datei war schnell gefunden und auf den großen Bildschirm projiziert.

„Was sagen Sie?", fragte Charly Bellmann.

„Das hat die gleiche Struktur", stellte der fest, „auch da ist kein toter Winkel erkennbar. Als wären es die gleichen Attentäter!"

„Oder, wie Carry schon sagte, jemand, der etwas kopiert hat", stellte Beyer fest.

„Wer hat denn damals die Ermittlungen von unserer Seite geführt?", fragte Charly.

„Es waren Maik Gründau und Marvin Lieblos", antwortete Carry.

„Es wird Zeit, dass Sie sich die beiden mal vorknöpfen", stellte Charly fest. „Ich wünsche Ihnen viel Erfolg. Ach ja, Herr Bellmann, Sie sind hier offiziell als Trainer für Team-Building und beginnen mit der Task Force. Uns ist grade nichts Besseres eingefallen. Aber ich glaube, nach dem Verhör mit Lieblos und Gründau können wir eh die Katze aus dem Sack lassen!"

Charly verließ das Büro der Task Force. Der Rest stimmte sich für das Verhör mit Gründau und Lieblos ab. Dieses sollten Carry und Klein führen.

„Sie sind ja schon wieder da, Ihnen scheint es ja bei uns zu gefallen!", meinte Tina zu Bellmann. Sie kam gerade aus dem Büro von Dubois. Dort hatte sie die Teilnehmerliste für den nächsten Lehrgang abgegeben.

„Ja, mir gefällt es gut hier!", antwortete dieser charmant.

„Und, haben Sie schon jemanden für die Nutzung Ihrer Lizenz gefunden?" Sie wunderte sich selbst über sich, wie sie immer wieder auf diesem Thema herumritt.

„Nein, leider nicht", antwortete er grinsend, „aber, was nicht ist, kann ja noch werden."

„Darf ich fragen, was Sie eigentlich hier machen?", fragte sie interessiert.

Ich helfe der Task Force in Fragen des Teambuildings", log er, wie verabredet.

„Aha, dann builden Sie mal schön", antwortete sie und ging wieder in ihr Büro. Sie merkte in sich ein Gefühl aufsteigen, das sie noch nicht einordnen konnte. Hatte aber auch gerade keine Lust, weiter darüber nachzudenken. „Hat aber schöne blaue Augen", dachte sie noch und warf ihm noch einen verstohlenen Blick nach, bevor sie in ihr Büro ging.

Am Nachmittag trafen sich Carry, Klein, Gründau und Lieblos im Besprechungsraum.

„Schön, dass ihr so schnell Zeit gefunden habt", begann Carry.

„Ja sicher, wir wollen doch auch, dass wir bald die Schweine kriegen, die Neumann ermordet haben", antwortete Lieblos.

„Wir haben jetzt mal alle Fakten, die wir wissen, zusammengetragen und hätten gerne mal eure Meinung als Experten", fuhr Klein fort.

Dann beschrieb er die gewonnenen Erkenntnisse. Auch die vermeintliche Lage der Sprengköpfe und deren Druckwelle beschrieb er genau. Die Ähnlichkeit mit dem Anschlag in Frankfurt verheimlichte er nicht. Den Verdacht der Task Force äußerte er mit keinem Wort.

Gründau und Lieblos hörten sich den Vortrag interessiert an und äußerten zum Schluss die Meinung:

„Na, viel habt ihr ja noch nicht. Aber ihr steht ja erst am Anfang. Es ist aber schon mal ein guter Anfang. Haltet uns einfach auf dem Laufenden, wenn ihr was Neues habt", entgegnete Lieblos. „War es das?"

„Erst mal ja, wir wollten euch einfach auf dem Laufenden halten", sagte Klein.

Dann verließen Lieblos und Gründau das Büro.

„Herrlich unverbindlich", stellte Klein fest.

„Solange wir nur einen Verdacht haben, können wir nicht mit der Tür ins Haus fallen", sagte Carry. Die anderen beiden gaben ihr Recht.

In dem Moment kam Charly vorbei und bekam die letzten Worte mit.

„Was Neues?", fragte er interessiert.

„Nein, wir haben die beiden nur informiert. Über den Verdacht haben wir nätürlich nichts erzählt", sagte Klein.

„Aber solange es nicht mehr ist, kommen wir auch nicht weiter", stellte Carry fest. „Es ist zum Mäusemelken. Es geht nicht voran!"

Charly schaute aus dem Fenster und sah, wie Lieblos in seinen neuen Porsche stieg.

„Nettes Auto", sagte er zu den anderen beiden, „ich könnte mir so einen Schlitten nicht leisten."

„Charly, du hast ja auch so eine Potenz-Prothese nicht nötig", stellte Carry fest.

„Du musst es ja wissen", entgegnete er schnippisch. „Aber Moment mal, ich habe da eine Idee."

In seinem Büro angekommen, telefonierte Charly mit Alex:

„Du willst also, dass ich mal wieder ein Konto ausspioniere? Wie damals bei dem DaSilva-Fall!"

„Du hast dich doch seit geraumer Zeit beschwert, es wäre so langweilig. Ja, wir sind da einem Verdacht auf der Spur", sagte Charly. „Wir haben da einen Mitarbeiter von uns im Visier. Ist dir mal aufgefallen, was für ein Auto Lieblos fährt? Ich könnte es mir nicht leisten!"

„Ich auch nicht", entgegnete Alex. „Moment mal, Lieblos ist Sprengstoffexperte und die Task Force ermittelt im Neumann-Fall. Kann es sein, dass es da einen Zusammenhang gibt?"

„Alex, ich kann dir noch nichts sagen. Kannst du jetzt sein Konto mal überprüfen?"

„Mach ich, ich frage jetzt auch nicht weiter!"

„Gut und wenn du grade dabei bist, kannst du dir das von Gründau auch mal anschauen?"

„Jetzt reicht es aber, ich bin ja schon fast im Knast!"

„Danke Alex", sagte Charly grinsend.

Zwei Stunden später stand Alex mit zwei Kontoauszügen in Charlys Büro und sagte:

„Das ist so heiß, dass ich es dir persönlich vorbeibringen wollte. Sowohl bei Lieblos wie auch bei Gründau habe ich Kontobewegungen festgestellt, die mir recht verdächtig erscheinen. Das sind Gelder in Höhe von jeweils 100.000 Euro, die auf diese beiden Konten überwiesen wurden. Bei Lieblos gab es im Anschluss eine große Überweisung an ein Autohaus!"

„Das dürfte der Porsche sein", unterbrach Charly ihn.

„Ja, bei Gründau waren es dann aber mehrere Überweisungen an Handwerksbetriebe. Bevor die ganzen Überweisungen getätigt wurden, war er ganz schön in den Miesen."

„Konntest du nachvollziehen, wo das Geld herkommt?", fragte Charly.

„Erst mal nicht, dafür bräuchte ich wieder eine Genehmigung von dir oder Dubois. Ich bin ja jetzt schon ein Krimineller!"

„Hiermit hast du die Erlaubnis", erklärte Charly, „wenn das ohne stichhaltige Ergebnisse rauskommt, wandern wir eh zusammen in den Knast!"

„Das wollte ich nur hören", sagte Alex. „Beides stammt von einer Bank auf den Cayman-Inseln. Kommt dir das bekannt vor?"

„Genauso wie damals im DaSilva-Fall. Nur dass die beiden nicht so clever waren, die Zahlungen zu verheimlichen. Jetzt muss ich zu Dubois und ihn informieren!"

„Viel Erfolg", sagte Alex.

Charly ging sofort zu Dubois und informierte ihn über die Aktion. Dieser schaute Charly lange an, schüttelte mit dem Kopf und sagte:

„Sie können es einfach nicht lassen. Schon wieder einer Ihrer Alleingänge. Wer weiß noch davon?"

„Nur Alex", antwortete Charly etwas kleinlaut.

„Aber Sie wissen, dass uns das überhaupt nicht hilft, wenn wir kein Geständnis von den beiden bekommen!"

„Chef, ich würde gerne Carry mit hinzuziehen. Sie ist in Sachen Recherche besser als ich. Wir müssen die beiden gemeinsam knacken", sagte Charly.

„Sie meinen nicht hinzuziehen, sondern mit reinziehen. Aber ich traue Ihrem Instinkt. Wenn Sie den nicht hätten, wären Sie nicht hier. Und Sie haben verdammt viel Vertrauen in die Fähigkeiten von dem Mädel, stimmt es?"

Charly nickte nur.

„Los, tun Sie, was Sie nicht lassen können." Dann dachte Dubois: *Die beiden werden es schon hinkriegen. Dienstlich scheinen die immer noch ein Dreamteam zu sein.*

Charly bat Carry in sein Büro und schilderte ihr seine Aktion mit Alex. Dann zeigte er ihr die Kontoauszüge.

„Mensch Charly, so kenne ich dich ja gar nicht. Du und illegale Aktionen, völlig neu!"

„Wenn du wüsstest, was ich schon alles angestellt habe", gab er als Antwort.

„Musst du mir unbedingt bei Gelegenheit erzählen", meinte sie mit einem seltsamen Unterton. Dann sah sie sich die Auszüge genauer an.

„Also mir scheint, Gründau hatte finanzielle Probleme und Lieblos frönte nur dem Luxus, wollte sich nur was Schönes leisten", sagte sie.

„Hat Gründau nicht mal erzählt, er wäre am Bauen? Kann es sein, dass er sich dabei übernommen hat?", fragte Charly.

„Ich werde den beiden bei Gelegenheit mal auf den Zahn fühlen. Für heute habe ich genug von Neuigkeiten", sagte sie vielsagend. Dann nahm sie ihren ganzen Mut zusammen und sagte:

„Charly, ich muss dich mal was fragen."

„Nur zu, schieß los", ermutigte er sie neugierig.

„Glaubst du, dass ich das alles schaffe? Ich meine nicht nur die Recherche, sondern auch das, was passieren könnte, wenn es richtig ernst wird. Wenn ich wieder in einen Außeneinsatz muss? Glaubst du auch dann an mich?"

Charly schaute sie lange an und dachte nach, was er jetzt sagen sollte.

Man muss schon genau überlegen, was man auf diese Frage antwortet, dachte er. Dann antwortete er:

„Carry, ich will ganz ehrlich sein. Als es hieß, du fängst wieder an, habe ich arge Bedenken gehabt. Das habe ich Neumann damals auch gesagt. Aber schon während deiner Ausbildung und erst recht nach deinem Test war ich vollkommen überzeugt, dass du es schaffst. Den Außeneinsatz sollten wir vielleicht nicht zu schnell ins Auge fassen, aber wenn es so weit ist, kannst du auf meine Unterstützung zählen. Zufrieden mit meiner Antwort?"

„Charly, ja und ich finde es schön, dass wir so gut zusammenarbeiten. Nach all dem, was zwischen uns vorgefallen ist. Und ich finde es auch großartig, wie ich mich mit Tina verstehe. Sie ist eine richtig gute Freundin geworden."

„Geht mir genauso. Und dein Verhältnis zu Tina scheint mir momentan fast besser als meines zu ihr."

„Habt ihr Probleme?"

„Ach, das übliche ‚Auf und Ab'", sagte er, bemüht die ganze Sache möglichst zu bagatellisieren.

Am darauffolgenden Wochenende waren Tina und Charly in der Stadt verabredet. Sie waren schon eine ganze Weile nicht mehr shoppen gegangen und Tina benötigte dringend neue Sportkleidung.

„Wie findest du das?", fragte sie ihn. Sie probierte gerade einen blauen Trainingsanzug mit einem passenden T-Shirt an.

„Sieht ganz gut aus", sagte Charly lustlos.

„Ein bisschen enthusiastischer könntest du schon sein", sagte sie enttäuscht. „Du bist doch früher gerne mit mir einkaufen gegangen, was ist nur los mit dir?"

„Ich habe eben momentan viel im Kopf", antwortete er abwesend. „Komm, nimm das Teil, ich habe Hunger!"

Tina hatte das Gefühl, sie müsse Charly endlich reinen Wein einschenken.

Als sie später bei ihrem Lieblingschinesen saßen, sagte Tina: „Charly, ich muss mit dir reden. So geht es nun nicht mehr weiter. Ich habe dir vor ein paar Wochen schon einmal gesagt, dass ich so nicht weitermachen möchte. Zwischenzeitlich hatte ich den Eindruck, es wäre besser geworden. Aber jetzt sind wir wieder im alten Fahrwasser. Du bist nicht mehr der Charly, in den ich mich verliebt habe. Und weißt du, ich habe das Gefühl, zu mir wirst du es auch nie mehr sein. Charly, ich mache Schluss mit dir. So, jetzt ist es raus. Ich hatte es schon die ganze Zeit auf der Seele und habe gedacht, es wird wieder. Aber jetzt bin ich mir sicher: Ich liebe dich nicht mehr!"

Charly schaute sie nur an und sagte traurig: „Tina, ich habe dich auch noch unheimlich gerne, aber auch ich erkenne, dass es für eine gemeinsame Zukunft nicht ausreicht!"

„Ist es wegen Carry?", fragte sie ihn.

„Nein, damit habe ich abgeschlossen. Und dabei hast du mir wunderbar geholfen. Dafür bin ich dir auch sehr dankbar", sagte er betont entschlossen.

„Charly, wenn du noch mal eine Beziehung eingehen möchtest, dann musst du dir darüber im Klaren sein, dass du mit allem abschließen musst, was bisher war. Sonst hast du keine Chance!"

Charly nickte nur und widersprach nicht. Dann sagte er: „Tina, können wir weiter freundschaftlich zusammenarbeiten wie bisher? So wie es mir mit Carry auch gelungen ist?"

„Ich glaube, wir schaffen das. Aber nimm das Verhältnis zu Carry nicht als Vergleich. Das ist anders und du weißt das auch. So, ich gehe jetzt. Bei Gelegenheit tauschen wir unsere Sachen aus, bis Montag!" Dann ging sie tränenüberströmt aus dem Lokal und ließ einen merklich zerknitterten Charly zurück.

„Scheiße, ich bin ja mit Charly gekommen", dacht sie, als sie aus dem Lokal trat. „Na, dann nehme ich den Bus!"

Da stieß sie mit Bellmann zusammen.

„Sie schon wieder", sagte der lachend. „Oh mein Gott, wie sehen Sie denn aus? Sie sind ja total verheult. Kommen Sie, nehmen Sie erst mal ein Tempo!"

„Ich habe mich grade von Charly getrennt", antwortete sie ihm und war über sich selbst erstaunt, dass sie mit Bellmann so offen redete.

„Kommen Sie, wir trinken was. Ich glaube, Sie können einen Drink vertragen."

Er sprach diesmal nett und einfühlsam zu Tina und war in keiner Weise arrogant.

Als er sie später nach Hause fuhr, dachte Tina: „Der kann ja richtig nett sein!" Sie schaute verstohlen zu ihm rüber.

Auch Carry und Stefan hatten sich für diesen Abend verabredet. Sie wollten endlich mal wieder einen gemeinsamen Abend verbringen. Als Stefan gegen 19:00 Uhr bei Carry eintraf, brütete die noch über ihrem Laptop.

„Wie, du bist immer noch am Arbeiten?", fragte er vorwurfsvoll.

„Ja, ich bin aber gleich fertig", entgegnete sie gedankenverloren.

„Carry, so geht das nicht weiter!", sagte er zornig. „Ständig hängst du nur über deiner Arbeit. Ich habe überhaupt nichts mehr von dir. Nur noch MR, MR, was bin ich überhaupt noch für dich, ein Pausenclown?"

„Stefan, nun werde nicht ungerecht. Du weißt, wieviel mir die Arbeit bedeutet!"

„Ja, und ich habe den Eindruck, sie bedeutet dir mehr als ich. Und noch etwas will ich dir sagen: Ich habe große Bedenken, dass du das auf Dauer alles durchhältst. Ich will nicht, dass du wieder in der ‚Hohen Mark' endest!"

„Was soll das? Ich finde, du übertreibst maßlos. Grade vor Kurzem habe ich gehört, dass alle zufrieden mit mir sind. Kannst du mir mal sagen, was du möchtest?" Carry wurde richtig zornig.

„Ach, wahrscheinlich wieder von Charly. Jetzt will ich dir mal sagen, was ich möchte: Ich will, dass du im Job kürzer trittst und mehr Zeit mit mir verbringst. Am liebsten wäre es mir, wenn du nur noch halbtags arbeitest. Aber das weißt du ja schon!"

„Stefan, was du willst, ist ein Heimchen am Herd. Die dir deine Wäsche macht und dein Heim sauber hält." Carry hatte sich in Rage geredet. „Ein liebes nettes Mädchen, das am liebsten zu allem ja und amen sagt und tut, was du willst. Eine nette Verzierung neben dir. Die um des lieben Friedens willen jeden Streit vermeidet. Tut mir leid, die bin ich nicht, war ich nie und werde ich nie sein. Da musst du dir eine andere suchen. Du hast mir über eine schwere Zeit geholfen. Dafür bin ich dir auch unheimlich dankbar. Aber über meine Zukunft scheinen wir unterschiedliche Meinungen zu haben. Du traust mir doch heute noch nicht zu, dass ich das alles schaffe. Das hast du ja grade eindrucksvoll bewiesen. Ich werde weiter bei MR arbeiten, und zwar mit vollem Einsatz. Notfalls auch mit Überstunden und ohne dich!"

„Ist das dein letztes Wort?", fragte er sie.

„Ja, das ist mein letztes Wort", antwortete sie ihm heftig, ihre braunen Augen blitzten und wurden immer dunkler vor Zorn.

„Dann ist es wahrscheinlich das Beste, wenn ich jetzt gehe!"

„Ja, das wird das Beste sein", erwiderte sie.

Stefan stand auf und ging zur Tür. „Du kannst am Montag deine Sachen bis 19:00 Uhr holen, die paar Sachen von mir kannst du entsorgen, brauche ich nicht doppelt!"

Da fiel Carry zum ersten Mal auf, dass Stefan tatsächlich kaum etwas bei ihr deponiert hatte. Immer war seine Wohnung der Mittelpunkt ihrer Beziehung gewesen. Als die Tür ins Schloss fiel, strömte ein Gefühl der Erleichterung durch ihren Körper. Trotzdem fing sie an zu weinen.

Am darauffolgenden Montag stand Carry gegen 18:00 Uhr bei Charly in der Tür und sagte: „Ich muss jetzt los. Ich hole bei Stefan meine Sachen ab!"

„Du musst dich nicht bei mir rechtfertigen. Du hast genug Überstunden, außerdem bin ich nicht dein Chef!", entgegnete er.

„Ich wollte nur, dass du Bescheid weißt", sagte sie leise.

„Und überhaupt, wieso holst du Sachen? Zieht ihr jetzt zusammen?"

„Ne, ganz im Gegenteil, wir haben uns am Samstag getrennt", sagte sie in einem ironischen Ton.

„Wieso das denn?", fragte er überrascht.

„Sagen wir es so: Seine und meine Vorstellungen über meine Zukunft waren nicht mehr kompatibel!"

„Das tut mir leid", sagte er mit ehrlichem Bedauern. „Aber musst du mir alles nachmachen? Ich habe mich am Samstag von Tina getrennt, oder besser, sie sich von mir!"

„Also nicht nur das übliche Auf und Ab", sagte sie.

„Das hast du dir gemerkt?", fragte er.

„Was dich angeht, merke ich mir so einiges!" Mit diesen Worten drehte sie sich herum und ging. Auch Charly machte für diesen Tag Feierabend. Aus einem unerfindlichen Grund konnte er sich nicht mehr konzentrieren.

Kapitel 3.2.5
Zusammenarbeit wie in alten Zeiten

Am darauffolgenden Tag fand ein weiteres Gespräch mit Lieblos, Gründau, Klein und Carry statt. Da Lieblos und Gründau einen Außeneinsatz hatten, musste der Termin schon zweimal verschoben werden.

Carry und Klein erwarteten die beiden schon im Besprechungszimmer:

„Habt ihr schon was Neues herausbekommen?", fragte Lieblos.

„Allerdings", begann Carry mit dem Verhör und zog die Kontoauszüge heraus, die sie von Charly erhalten hatte. Sie legte sie schweigend in die Mitte des Tisches. Lieblos und Gründau wurden blass.

„Wo habt ihr das her?", fragte Lieblos.

Das tut hier nichts zur Sache", antwortete Klein.

„Ihr habt gegen das Bankgeheimnis verstoßen", sagte Gründau.

„Ich glaube nicht, dass ihr in der Position seid, einen auf dicke Hose zu machen. Wofür habt ihr das Geld bekommen? Beide die gleichen Beträge, das kann doch kein Zufall sein?", fragte Carry bohrender.

„Ich habe das Geld im Lotto gewonnen ...!"

„Und du hast du eine Oma beerbt?", unterbrach Carry Lieblos und wandte sich mit dieser Frage Gründau zu.

„Ne, einen Zuschuss eines Verwandten", sagte dieser.

„Ihr wisst, dass wir das überprüfen können. Ein Anruf bei Köster und er schickt seine Leute zur Ermittlung los!"

„Ja glaubst du uns denn nicht?", fragte Lieblos, jetzt schon nicht mehr so selbstsicher.

„Nein, wir glauben ganz etwas anderes. Wir haben Beweise, dass die Sprengsätze nach der Überprüfung durch BKA und LKA angebracht worden sein müssen. Die Anordnung der Sprengsätze zeigt Parallelen zu dem Anschlag bei der Kanzlei ‚Samuel und Söhne'. Damals habt ihr beide dort ermittelt. Und die Überweisungen liegen alle um den Zeitpunkt des Anschlages auf Neumann. Ich frage euch nochmal, wo kommt das Geld her? Überlegt euch gut, was ihr jetzt sagt. Ein Geständnis kann sich strafmindernd für euch auswirken", schloss Carry eindringlich und beugte sich dabei weit über den Tisch.

Klein warf ihr nur einen kurzen Blick zu und war ansonsten still.

„Das ist ungeheuerlich, was du uns da vorwirfst", schrie Lieblos.

„Marvin, lass gut sein, es ist vorbei", flüsterte Gründau.

Lieblos schaute Gründau hilflos an.

Gründau schaute in die Runde und fing an zu erzählen:

„Es ist ungefähr zwei Monate her, da nahm ein Mann Verbindung mit uns auf. Er war unheimlich gut über unsere finanzielle Situation informiert. Bei mir war es das Haus, das verfluchte Haus. Meine Frau und ich haben uns total übernommen. Die Schulden wurden immer mehr und die Rechnungen hörten nicht auf. Bei Marvin war es der Drang nach Luxus. Immer die besten Klamotten und die Restaurants konnten nicht teuer genug sein. Der Mann, den wir nie gesehen haben, versprach uns, dass er unsere finanziellen Schwierigkeiten lösen könne. Wir müssten nur bei der Überprüfung des Bungalows einige Sprengsätze deponieren. Es sollte nur ein Warnschuss sein. So wurde es uns verkauft. Als wir die Ladungen dann platziert hatten, ist uns natürlich aufgegangen, dass es sich um mehr handelt als einen Warnschuss. Als der Mittelsmann uns nochmal kontaktierte, beschwichtigte der uns: Die Sprengsätze würden hochgehen, wenn Neumann nicht im Haus wäre. Wir haben ihm nur allzu gerne geglaubt. Als wir dann erfahren haben, was wirklich passiert ist, hatten wir keinen Mut, die Sache zu gestehen. Wir würden alles tun, um die Sache ungeschehen zu machen. Das könnt ihr uns glauben", schloss Gründau.

Lieblos sagte nur: „Er hat Recht, ich schließe mich dem Geständnis an!"

Carry und Klein hatten still zugehört und das Geständnis mitgeschnitten. Nun sagte Carry:

„Was ihr gemacht habt, ist ungeheuerlich. Und ich wünsche euch eigentlich die Höchststrafe. Aber wir stehen zu unserem Wort, wir setzen uns dafür ein, dass sich euer Geständnis positiv auf das Strafmaß auswirkt. Aber ich kann nichts versprechen, das liegt im Ermessen der Richter!"

Dann schloss sie die Kladde mit den Unterlagen und sagte zu Klein: „Pass auf die beiden auf, ich informiere Charly und Dubois!" Sie ließ zwei in sich zusammengesunkene Mitarbeiter von MR zurück.

Später trafen sich Carry, Klein, Dubois, Beyer und Charly in Dubois Büro, um die nächsten Schritte zu besprechen. Aber zuerst ließ Klein noch einmal das Verhör Revue passieren:

„Geblufft hat sie", und meinte Carry damit. „Wir hatten nichts anderes als Mutmaßungen und die Kontoauszüge. Also nichts auf der Hand und Carry redete, als wären wir uns in den beiden ganz sicher. Und das mit einem Pokerface, als hätte sie einen Royal Flush!"

„Aber ich habe nie die Unwahrheit gesagt", ging sie dazwischen. „Ich wusste, dass nur ein Geständnis von den beiden uns weiterhelfen würde. Naja, da habe ich halt ein bisschen gepokert", sagte sie grinsend und zufrieden.

Charly stand am Fenster und schaute schweigend in die Runde. Was er heute erlebt hatte, wenn auch nur aus Erzählungen, erinnerte ihn an die „alte" Carry, die zielsicher Personen zu Geständnissen brachte. Es bekräftigte ihn in der Meinung, die er auch vor einigen Tagen Carry gesagt hatte. Tief in ihm stieg der Wunsch auf, dass sich die „alte" Carry auch in anderer Weise wieder hervorarbeiten würde. Aber diese Gedanken verdrängte er schnell wieder.

Lieblos und Gründau waren inzwischen von Beamten des BKA abgeholt worden. Auch die Datei mit dem kompletten Geständnis wurde ihnen übergeben. Köster und Dubois waren übereingekommen, dass es vorerst noch keine Mitteilung an die Presse geben würde. Erst sollten die nächsten Schritte geklärt werden.

„Ich möchte gar nicht wissen, wie Sie es diesmal wieder geschafft haben, Dubois. Aber wir haben die Geständnisse der beiden, das ist das Wichtigste. Ich habe vorhin mit dem Innenminister gesprochen: Sie haben weiter freie Hand. Der Erfolg gibt Ihnen wieder mal Recht. Sie scheinen da sehr gute Mitarbeiter zu haben, Sie sind zu beneiden!"

Mit dieser Mitteilung von Köster saß Dubois jetzt in der Sitzung und berichtete darüber.

„Wir dürften wohl alle darin übereinstimmen, dass Lieblos und Gründau nur Werkzeuge waren und eine größere Organisation dahintersteckt. Jetzt gilt es, die Hintermänner zu finden und zu schnappen", schloss er seinen Bericht.

„Wenn ich es nicht besser wüsste, würde ich sagen, DaSilva steckt dahinter. Aber den habe ich höchstpersönlich ins Jenseits befördert", sagte Charly, der sich jetzt wieder an der Diskussion beteiligte.

„Nehmen Sie sich die Organisation noch mal vor, vielleicht finden Sie ja Anhaltspunkte", sagte Dubois.

„Heißt das, die Task Force bleibt bestehen?", fragte Carry.

„Ich denke schon, die Besetzung bleibt auch. Oder haben Sie was dagegen, Charly?", sagte Dubois an Charly gewandt.

„Ich werde einen Teufel tun", erwiderte der schmunzelnd.

Dann löste sich die Gruppe auf und ging wieder an die Arbeit.

Später kam Dubois in das Büro von Charly und fragte:

„Na, wie zufrieden sind Sie mit unserer Mitarbeiterin?" Charly wusste sofort, wen er meinte.

„Das hat sie wirklich gut gemacht ..."

„Fast wie die ‚alte' Carry", ergänzte Dubois.

Charly grinste nur und sagte: „Übrigens, ich habe Carry gesagt, dass sie mein volles Vertrauen genießt. Ich finde, das sollten Sie wissen. Können Sie eigentlich Gedanken lesen, oder haben wir einfach nur den gleichen Eindruck von ihr?"

„Ich denke, zweiteres", sagte Dubois. „Es tut mir leid, dass das mit Ihnen und Tina auseinandergegangen ist. Sie waren wirklich ein schönes Paar!"

„Ach wissen Sie, im Ändern von Gefühlen mir gegenüber habe ich mittlerweile Übung. Ich bin an der ganzen Situation auch nicht schuldlos."

„Denke ich mir", erwiderte Dubois vielsagend. „Und übrigens, vernachlässigen Sie bei der Unterstützung der Task Force nicht Ihre Pflichten als stellvertretender Leiter. Ich merke doch, dass es Ihnen in den Fingern juckt, vor allem mit Carry wieder zusammenzuarbeiten."

„Ja Chef, denke, Sie können doch Gedanken lesen!"

„Nein, kann ich nicht. Aber ich kenne Sie mittlerweile ein bisschen,"

„Das stimmt", meinte Charly verschmitzt grinsend.

In den nächsten Tagen beschäftigte sich die Task Force mit der ehemaligen Firmenverflechtung von DaSilva. Grundlage war immer noch die Zuarbeit von Frau Jung, die damals die Basis für ihre Recherche erarbeitet hatte. Zur großen Überraschung der Task Force bestanden diese Verflechtungen immer noch.

„Als würde es einen Nachfolger geben", sagte Carry zu Klein.

„Und es macht den Anschein, als würde das Imperium immer noch wachsen", erwiderte der.

„Ja und wir kommen mit den ganzen Akten kaum nach", ächzte Beyer. „Wir könnten noch jemanden gebrauchen."

„Sprich doch mal mit Charly, du hast doch einen guten Draht zu ihm", sagte Klein.

„Ich werde einen Teufel tun, wir schaffen das allein", meinte sie trotzig. Sie wollte sich vor Charly keine Blöße geben. „Außerdem sind alle Leute im Einsatz und haben ihre Arbeit. Und Conny ist gut bei Dubois eingespannt, nein, wir drei machen das!"

Am Abend, es war gegen 20:00 Uhr, brütete Charly immer noch über den neuesten Quartalszahlen. Er musste diese am nächsten Tag mit Dubois durchgehen und danach dem Verwaltungsrat präsentieren.

Wahnsinn, was aus diesem Laden geworden ist. Die erste Quartalsaufstellung von 1976 passte auf eine DIN-A4-Seite. Jetzt haben wir einen ganzen Ordner voll. Auch der Charakter von MR hatte sich geändert. Selbst er, der erst wenige Jahre dabei war, merkte das. Er war froh, dass er in Dubois einen Chef hatte, der genauso unkonventionell dachte wie damals Neumann und er. Dann hörte er auf zu sinnieren und konzentrierte sich wieder auf die Zahlen.

„Ach Scheiße", hörte er plötzlich eine ihm bekannte Stimme auf dem Flur.

„Carry, was machst du denn noch hier?", fragte er sie, nachdem er auf den Flur getreten war.

„Kaffee verschütten", antwortete sie trocken, „ansonsten arbeite ich."

„Um die Uhrzeit, es ist nach 20:00 Uhr!"

„Na und, du bist ja auch noch am Schaffen!", erwiderte sie. „Weißt du, wie viel Material wir sichten müssen? Das Imperium ist förmlich explodiert!"

„Wenn du willst, kann ich dir helfen, ich bin mit meinen Zahlen eh fertig!"

„Nein, das schaffe ich schon allein, danke!" Sie warf ihm noch einen kurzen Blick zu und verschwand in ihrem Büro.

Auch Charly ging zurück in sein Büro und überprüfte noch einmal die Zahlenreihen, die er am nächsten Morgen mit Dubois durchgehen wollte. Als er fertig war, wollte er seinen Rechner schon runterfahren. Dann stockte er kurz, dachte nach und öffnete dann die Akte DaSilva.

Eine halbe Stunde später stand Carry in der Tür und sagte: „Wenn wir schon gemeinsam an der gleichen Akte arbeiten, sollten wir uns abstimmen. Sonst machen wir nachher noch Doppelarbeit!"

„Wie hast du das denn gemerkt?", fragte er.

„Ich wollte eine Datei öffnen und bekam die Meldung, dass sie grade von dir in Benutzung ist."

„Ertappt", sagte er grinsend.

„Es wäre sinnvoller, wenn wir in einem Raum recherchieren, dann können wir uns besser abstimmen", sagte sie in einem betont geschäftsmäßigen Ton.

„Da hast du Recht, ich komme rüber. Ihr habt mehr Platz", erwiderte Charly und fuhr seinen Rechner runter.

„You are welcome", sagte sie grinsend.

So begannen sie gemeinsam zu recherchieren.

Die Recherche bestimmte von diesem Abend an den Tagesablauf von Charly: Tagsüber arbeitete er an seinen Pflichten als stellvertretender Leiter. Ab 18:00 Uhr half er Carry bei der Recherche in der Akte DaSilva.

Eines Abends, es war schon nach 21:00 Uhr, saßen beide wieder in einem Büro und studierten das Material. Frau Jung war damals sehr fleißig gewesen. Da hörte Charly ein lautes Magenknurren.

„Hast Du Hunger?", fragte er sie.

„Ich habe heute außer ein paar Müsliriegeln noch nichts gegessen", kam ihre Antwort. Wieder knurrte ihr Magen.

„Und dann die Masse an Kaffee, das ist nicht gesund", meinte er.

„Na und, ist momentan eh niemand da, der auf mich aufpasst. Da kann ich so ungesund leben, wie ich will!"

„Komm, hier um die Ecke ist ein Hamburgerladen, der hat bestimmt noch auf. Ich bin früher öfter mit Tina dort gewesen, wenn es mal später geworden ist. Wir könnten zwar was bestellen und hier eine ‚Hamburgerparty' feiern, aber ein Tapetenwechsel wird uns guttun. Außerdem muss es nicht jeden Abend nach Mitternacht werden", sagte er.

„Du hast Recht und jetzt, wo du das mit dem Hamburger gesagt hast, merke ich erst, wie hungrig ich bin!"

„Na siehst du", sagte er in einem vertrauten Ton.

„Wie geht es eigentlich Tina?", fragte sie ihn auf dem Weg zum Hamburgerladen.

„Ich denke gut. Wir beschränken den Kontakt auf das Nötigste."

„Als sie letzthin bei mir war, hat sie erzählt, dass sie sich jetzt öfter mit Markus trifft. Da scheint sich was anzubahnen", sie schaute ihn interessiert von der Seite an.

„Ja?", sagte er, „ich würde es ihr gönnen!"

„Nicht eifersüchtig?", fragte sie ihn weiter.

„Carry, warum sollte ich eifersüchtig sein? Die Sache mit Tina ist vorbei. Da läuft gefühlsmäßig nichts mehr", sagte er in einem gleichmütigen Ton.

„Dachte nur", antwortete sie nachdenklich.

Dann hatten sie den Hamburgerladen erreicht. Charly bestellte zwei Hamburgermenüs: „Einmal die Pommes aus Süßkartoffeln, bitte!"

„Ist das Menü für mich?", fragte Carry.

„Na sicher ist das für dich!"

„Da kannst du dich noch dran erinnern?", sagte sie lächelnd.

„Ja klar", sagte er nur.

Dann bekamen sie ihre Portionen und aßen mit viel Appetit ihre Menüs. Charly schaute zu Carry und wischte ein Rinnsal Hamburgersoße aus ihren Mundwinkeln:

„Du kannst immer noch keinen Hamburger essen, ohne zu kleckern", stellte er fest.

„Konnte ich noch nie", antwortete sie mit vollen Backen kauend.

Er lächelte sie nur an und sagte nichts.

Später gingen sie satt und zufrieden zu ihren Autos. Charly schaute Carry noch nach, als sie in ihr Auto einstieg. Sie ließ die Autoscheibe herunter und sagte:

„Charly, schau mich nicht so an!"

„Wie schau ich denn?"

„Na so", antwortete sie.

Tina stand ein paar Tage später nervös vor ihrem Spiegel im Schlafzimmer und probierte mittlerweile das fünfte Kleid an. Neben ihr türmte sich ein Berg aus Kleidern und Wäsche.

Warum kann ich mich heute nicht entscheiden?, fragte sie sich selbst. *Es ist doch nur ein normales Essen mit Markus.*

Sie hatten sich in den letzten Wochen öfter getroffen. Die anfängliche Arroganz, die Tina an ihm so gestört hatte, war völlig verschwunden. Schon an dem Tag, an dem sie sich in der Stadt getroffen hatten und sie ihm gleich erzählte, dass sie sich von Charly getrennt hatte, war er verständnisvoll und emphatisch. In der Folge erzählten sich beide sehr viel über sich und erkannten viele Gemeinsamkeiten. Bis zu diesem Abend war es ein freundschaftliches Verhältnis, das Tina nicht durch eine kurzfristige Affäre zerstören wollte.

Da klingelte es an der Tür:

„Ich komme gleich!", rief sie und warf sich schnell einen Bademantel über.

„Du bist ja noch gar nicht fertig", stellte Markus fest, als sie die Tür öffnete.

„Entschuldige, aber ich kann mich einfach nicht entscheiden, was ich anziehen soll!"

„Komm, wir schauen mal gemeinsam", antwortete er.

Tina schaute verdutzt. Mit der Absicht, etwas zum Anziehen für sie auszusuchen, hatte sich noch kein Mann in ihr Schlafzimmer getraut. Eher für das Gegenteil!

„Hier sieht es aber aus", bemerkte er, als er sich im Schlafzimmer umsah.

„Normalerweise ist das auch nicht so!" Tina merkte, wie sie rot anlief.

„Mmh, zeig doch mal das türkisfarbene Kleid. Das steht dir bestimmt gut", erwiderte er.

„Gut, aber du drehst dich rum. Schlimm genug, dass du in mein Schlafzimmer eindringst", war ihre Antwort.

„Bin ich der erste?", fragte Markus schmunzelt.

„Kein Kommentar, Null-Null-Kiss", und wieder mal dieses alte Thema!

Dann drehte sich Markus rum und sagte baff: „Das ist es, du siehst klasse aus!"

Tatsächlich, das Kleid passte hervorragend zu Tinas leichter Bräune und umschmeichelte ihre sportliche Figur. Sie, die meistens bei der Arbeit T-Shirt und Sporthose trug und bei den Treffen mit Markus bisher immer in einem Hosenanzug erschien, sah einfach hinreißend aus.

„Gut, dann lass uns gehen, ich habe Hunger", sagte sie betont burschikos. Sie hatte entgegen ihrer Gewohnheit noch ein dezentes Make-Up aufgelegt und war ausgehfertig.

Die beiden entschieden sich für ein Lokal in Bornheim:

„Was isst du denn?", fragte Tina, als sie die Karte studiert hatte.

„Ich schwanke zwischen dem Krustenbraten und der Dorade", antwortete Markus.

„Dann nimm doch du den Krustenbraten und ich nehme die Dorade. Dann kann ich mal bei dir kosten", sagte sie frech.

„Normalerweise lasse ich niemanden an mein Essen ran", erwiderte er gespielt abweisend. „Aber bei dir mache ich mal eine Ausnahme." Dann lächelte er sie lieb an.

„Was für eine Ehre", Tina wunderte sich grade über sich selbst.

So saßen sie noch einige Stunden zusammen und waren erstaunt, wie schnell die Zeit verging. Danach fuhr Markus Tina nach Hause. Als sie vor Tinas Haustür standen, unterhielten sie sich noch eine ganze Weile im Auto. Bis Tina sagte:

„Jetzt geh ich aber rein."

„Wann sehen wir uns denn wieder?", fragte er.

„Na morgen früh oder gehst du nicht arbeiten?", antwortete Tina keck. Sie war bester Laune.

„Ich dachte, wann wir uns privat wieder sehen?", meinte Markus gespielt genervt. „Wie wäre es mit morgen Abend?", fragte er mutig.

„So machen wir das!" Mit diesen Worten klopfte Tina Markus auf den Oberschenkel.

„Okay, so machen wir das!" Und mit diesen Worten klopfte Markus Tina auf den Oberschenkel. Dann schauten sie sich tief in die Augen und küssten sich. Beide hatten das Gefühl, dass es nicht bei einer kurzen Affäre bleiben würde.

Während sich Tina und Markus ihr Essen schmecken ließen, saßen Carry und Charly im Büro und brüteten wieder über den Akten von DaSilvas ehemaligem Firmenkonglomerat, das bei MR nur noch das „Imperium" genannt wurde. Sie schauten sich gerade Fotos eines Firmenevents an. Dabei stand Charly hinter Carry. Eine Position, die er mittlerweile gerne einnahm. *Sie riecht immer noch so gut wie früher*, dachte er bei diesen Gelegenheiten immer.

Plötzlich sagte Charly: „Stopp, blättere noch mal zurück." Da sahen sie ein Bild, das im Hintergrund einen Mann zeigte, der Charly bekannt vorkam.

„Zoom doch bitte mal an den Mann im Hintergrund ran", meinte er.

Nachdem Carry ihn herangezoomt hatte und die Auflösung verbesserte, sagte Charly: „Der erinnert mich an Malik Elkadir. Ich habe ihn damals auf dem Empfang von Hasim kennengelernt. Damals hat er aber eine typisch orientalische Kleidung getragen!"

Carry wurde es heiß und kalt, ließ sich aber nichts anmerken. Sie sagte stattdessen:

„Aber Charly, soweit ich weiß, ist der damals ums Leben gekommen, als der Konvoi in Elhana Beach von unseren Leuten abgefangen wurde."

„Nach Aktenlage ja, aber der sieht ihm unheimlich ähnlich. Ich werde morgen früh mal Dimitrie anrufen, der war ja dabei. Mara kann ich leider nicht mehr fragen."

In seiner Stimme klang Wehmut mit.

„Du vermisst sie sehr, stimmt es?"

„Sie hat mir das Leben gerettet und sie war dir unheimlich ähnlich. Hätte deine Schwester sein können!"

„Ich weiß, sie war damals diejenige, die mich zur Hohen Mark fuhr und zu der ich zuallererst Vertrauen gefasst habe. Sie war ein wunderbarer Mensch."

„Ja, das war sie", sagte Charly und schaute traurig aus dem Fenster. Noch immer hatte er das Gefühl, es hätte was aus ihnen werden können, hätte es da nicht eine andere Person in seinem Leben gegeben. Aus unerfindlichem Grund erzählte er Carry nichts von Maras Geständnis kurz vor ihrem Tot.

Am nächsten Morgen rief Charly Dimitrie an und schilderte seinen Verdacht.

„Das Bild habe ich dir vorhin schon rübergeschickt, Dimitrie!"

„Ja ich habe es schon auf dem Schirm. Über die Ähnlichkeit kann ich dir nichts sagen. Ich habe Elkadir nie kennengelernt. Das Einzige, was ich dir sagen kann, ist, dass wir in einem der LKWs eine Leiche in seiner Kleidung gefunden haben. Er wurde durch einen Kopfschuss niedergestreckt. Der halbe Kopf fehlte, das war kein schöner Anblick. Aber wenn ich mir das Bild so anschaue und mit den alten Bildern, die du damals auf dem Empfang gemacht hast, vergleiche, kann ich auch nur sagen: Es handelt sich um die gleiche Person!"

„Was wäre, wenn gar nicht Elkadir damals getötet wurde, sondern nur eine Person, die ihm ähnlich sah? Das wäre der Knaller, wenn Elkadir vielleicht sogar die Person ist, die im Hintergrund die Fäden zieht", zog Charly den Schluss.

„Wäre genauso eine gewagte These, wie die ,zwei Leute von MR sind für den Sprengstoffanschlag auf Neumann verantwortlich'", entgegnete Dimitrie.

„Ja, aber dank Carry wurde diese These belegt", konterte Charly.

„Das stimmt, wie läuft es eigentlich mit euch beiden? Hier in Kairo spricht man schon von der ,Wiedergeburt des Dreamteams'. Ich habe gehört, ihr seid beide wieder solo!"

„Ach Quatsch, es ist nicht wie du denkst", sagte Charly heftig, „ich helfe ihr nur bei der Recherche, mehr ist da nicht!"

„Euch beiden fehlt Benny, der euch Feuer unterm Arsch macht", bemerkte Dimitrie. „Wie die berühmten Königskinder kommt ihr mir vor!"

„Dimitrie, mach es gut. Und wenn ich deine Meinung zu diesem Thema hören möchte, lass ich es dich wissen. Grüße mir Abdul und Keller", dann legte er abrupt auf.

Danach versammelte er die Task Force und Dubois und erzählte ihnen von dem Gespräch mit Dimitrie.

Carry lief bei der Erzählung wieder ein kalter Schauer über den Rücken. Bei dem Gedanken, ihr damaliger Peiniger könnte noch am Leben sein, wurde ihr schlecht.

„Wir müssen versuchen, von dieser Person noch mehr Bilder zu finden. Und schaut euch nochmal die Bilder von dem damaligen Empfang an. Vielleicht gibt es da noch eine Auffälligkeit, an die Arbeit!"

Carry war noch nicht in der Lage aufzustehen. Sie starrte aus dem Fenster und Charly hörte sie sagen: „Charly, wenn er wirklich noch leben sollte, sorge dafür, dass er mir nie wieder so etwas antut, wie damals in Ägypten!" Sie kämpfte mit den Tränen.

„Nein, so etwas wird nie wieder passieren, das verspreche ich dir, Eiskönigin!" Er nahm sie tröstend in die Arme. Es war seit langer Zeit das erste Mal, dass er dieses Wort in ihrer Gegenwart in den Mund nahm.

Dann löste sich Carry aus seinen Armen und sagte: „Es geht schon wieder, keine Sorge Charly!"

Er hätte sie noch länger so halten können.

Dann machte sich die Task Force auf die Suche nach noch mehr Fotos der geheimnisvollen Person, die Elkadir verblüffend ähnlich sah. Es war die Suche nach der berühmten Nadel im Heuhaufen.

„Könnt ihr Hilfe gebrauchen?", fragte Tina Carry an einem Donnerstagnachmittag.

„Es geht schon, ist halt eine Riesenaufgabe. Wir haben noch ungefähr 5000 Bilder zu sichten."

„Komm, ich sehe doch, wie ihr beide am Stock geht. Und Charly hat noch die Doppelbelastung. Der klappt auch bald zusammen. Ich frage mit Absicht dich, von ihm bekäme ich eh einen Korb. Ich könnte meine Leute fragen, ob sie mitmachen. Charly war schließlich mal unser Chef!"

„Vielleicht am Wochenende?", fragte Carry vorsichtig, „wir von der Task Force und Charly sind eh da!"

„Ich frag mal nach. Aber sage Charly nichts, der sture Bock wäre eh dagegen", sagte Tina.

„Du kennst ihn aber gut", meinte Carry schmunzelnd.

„Du kennst ihn besser", entgegnete Tina bestimmt.

Am darauffolgenden Samstag kam Charly gegen 09:00 Uhr bei MR an. Er stutzte, als er einige Autos, darunter ein roter Mini, auf dem Parkplatz sah.

Als er den zweiten Stock erreichte, wurde er bereits von der Task Force, dem gesamten Ausbildungsteam und Markus erwartet.

„Was macht ihr denn alle hier?", fragte er überrascht.

„Überraschung", sagte Tina, „wir dachten, ihr könnt vielleicht ein wenig Unterstützung gebrauchen. Irgendwann braucht ihr auch mal wieder normale Arbeitszeiten!"

„Aber das ist nicht mit mir abgesprochen", entgegnete Charly.

„Aber mit mir", hörte er Dubois sagen. „Tina hat Recht, wir brauchen eine konzertierte Aktion. Da hätten wir beide schon früher draufkommen können. Und wenn es Ihnen nichts ausmacht, würde ich auch gerne behilflich sein!"

„Gegen so viel Power habe ich keine Argumente mehr. Aber ich spendiere das Mittagessen", entgegnete Charly.

„Aber diesmal bitte keinen Hamburger", sagte Carry und verzog das Gesicht, „die kommen mir schon aus den Ohren raus!" Dann begaben sich alle an die Arbeit.

Sonntagnachmittags, Charly hatte schon fast die Hoffnung aufgegeben, kam Markus in das Büro der Task Force hereingestürmt und rief: „Ich glaube, wir sind fündig geworden. Schaut euch mal im Ordner 29.17. die Bilder 4.17. bis 4.25. genauer an!"

Carry öffnete die genannten Dateien und projizierte sie auf den großen Bildschirm.

Alle schauten gebannt darauf und Charly sagte leise: „Er ist es."

„Ja, und schaut mal da auf den Hals. Das sieht aus wie ein Falkenkopf. Zeig nochmal ein Bild vom Empfang. Da ist zwar kein Falkenkopf zu sehen, aber die Bilder zeigen eindeutig, er ist es", deutete Carry die Bilder.

„Doch da", rief Charly, „auf dem einen Bild schaut er zur Seite und gibt damit den Blick auf die Tätowierung frei!"

Dann pfiff er durch die Zähne und schaute Carry an: „Kannst du dich an die Tätowierung erinnern?" Carry dachte kurz nach und sagte dann an Charly gewandt: „Uns hat grade die Vergangenheit eingeholt, Charly. Das ist das Erkennungszeichen der Chi!" Charly nickte nur.

Am Montagmorgen saßen Dubois, Charly und Carry in Dubois Büro und fassten die Erkenntnisse des vergangenen Wochenendes nochmal zusammen. Da kam Alex herein und fragte: „Darf ich kurz stören?"

„Alex, was gibt es denn?", fragte Dubois.

„Ich glaube, Jo und ich haben etwas gefunden, das dürfte euch interessieren. Kommt ihr bitte mal runter in den Keller?"

Alle drei gingen mit Alex in die Räume der IT. Sie blieben an einem großen Monitor stehen.

„Könnt ihr euch noch an die Aktion erinnern, als wir den Standort von DaSilva mittels der Spezialsoftware ermittelt haben?"

„Oh ja, ich habe sie ja selbst mit installiert", sagte Charly.

„Und ich habe sie entwickelt", meinte Alex nicht ohne Stolz.

„Ja ‚Q'", ergänzte Carry, „aber jetzt komme mal zum Punkt!"

Dann fuhr Alex fort: „Wir haben uns die Bilder von damals noch einmal genau angeschaut und da ist uns was aufgefallen. Wir haben damals nämlich was übersehen. Hier, kurz bevor der rote Punkt, der Rio Janeiro symbolisiert, erlosch, flackerte ein zweiter roter Punkt ganz kurz auf!" Alex hielt das Video an.

„Stimmt, das muss in der allgemeinen Hektik untergegangen sein", sagte Dubois.

„Jo hat mich darauf gebracht und hat auch den Standort des zweiten Punktes lokalisiert. Und nun haltet euch fest, es ist die ehemalige Villa von Hasim in Kairo!"

Kapitel 3.3
Das Ende naht

Kapitel 3.3.1
Elkadir

Mit dieser neuen Information ging Dubois in sein Büro und rief Keller an, der sich mittlerweile in Kairo eingearbeitet hatte. Er berichtete ihm die Ergebnisse der Wochenendaktion und was Alex ihm berichtet hatte.

„Wir sind der Meinung, dass es sich bei der Person vom Empfang und der Person auf den Bildern um die gleiche Person handelt", schloss er seinen Bericht.

„Das heißt, wir müssen zuerst die Leiche, die wir bisher für Elkadir gehalten haben, exhumieren, um die DNA zu überprüfen", kombinierte Keller.

„Ob es Elkadir ist, können wir dann immer noch nicht sagen. Aber wir könnten zumindest ein paar Spezifika zum Toten herausfinden!"

„Da muss ich mit Essam Dabir sprechen. Wir brauchen seine Erlaubnis. Der ist jetzt nämlich Chef der Kairoer Polizei."

„Ach, Nafi Assam ist in Rente?", fragte Dubois.

„Ja, nach den Vorfällen damals in Ägypten hat er es nochmal versucht, aber jetzt doch seinen Abschied genommen. Hat ihn doch ziemlich mitgenommen."

Assam war bei der ersten Aktion gegen die Grabräuber schwer verletzt worden und gehörte zu den Geiseln, die Charly in einem Alleingang befreit hatte.

„Keller, dann machen Sie das. Notfalls schalten wir den Innenminister ein", sagte Dubois. „Schöne Grüße an alle!" Damit legte er auf.

Eine Stunde später erhielt er eine Mail von Keller, die ihn darüber unterrichtete, dass die Leiche am nächsten Tag exhumiert werden würde und ein DNA-Test durchgeführt wird.

„Großartig, morgen wissen wir mehr", sagte er zu den anderen.

Es vergingen allerdings doch drei Tage, bis endlich ein Anruf von Dabir bei Dubois ankam:

„Wir haben die Ergebnisse des DNA-Tests jetzt vorliegen", begann er den Anruf. „Es handelt sich um einen Mann um die Sechzig. Das heißt, es kann sich unmöglich um Elkadir handeln. Und ich kann Ihnen noch etwas mitteilen: Unsere Nachforschungen haben ergeben, dass sich Elkadir tatsächlich in der ehemaligen Villa von Hasim aufhält. Ferner habe ich einen Anruf von unserem Innenminister erhalten: MR hat freie Hand bei der Akte Elkadir. Das heißt, Sie dürfen ihn auch treffen, wenn er sich bereit erklärt. Mensch Dubois, wie haben Sie das nur geschafft?", beendete er seine Rede.

„Tja, Beziehungen", antwortete Dubois, „ich werde jetzt meine Leute informieren und halte Sie auf dem Laufenden. Übrigens: Glückwunsch zur Beförderung!"

„Danke! Keller ist auch schon informiert. Er meinte, ich solle Ihnen die Botschaft selbst übermitteln. Und grüßen Sie mal Carry und Charly schön von mir. Ich habe gehört, sie seien wieder ein Team!" Dann verabschiedete er sich.

Dubois versammelte seine Leute und informierte sie. Dann sagte er:

„Nachdem das jetzt alles geklärt ist, kommen wir zu der weiteren Aufgabenverteilung: Sie, Klein und Beyer, fliegen unverzüglich nach Kairo und versuchen mehr über Elkadir herauszubekommen!"

„Aber ..."

„Nichts aber, Carry!", unterbrach Dubois sie. „Sie sind viel zu sehr involviert, als dass ich Sie dort runterfliegen lasse. Bedenken Sie, was Elkadir Ihnen angetan hat. Sie bleiben hier. Verstehen Sie mich nicht falsch. Bei jedem anderen Einsatz würde ich Sie jetzt ohne Zaudern einsetzen, hier nicht!"

„Dubois hat Recht", sagte Charly. „Selbst ich dürfte jetzt nicht nach Kairo, nachdem was alles passiert ist. Trotz aller persönlichen Gefühle dürfen wir die Professionalität nicht aus den Augen verlieren!"

„Carry, ich weiß, dass Sie eine super Verhörspezialistin sind, das haben Sie mehr als einmal bewiesen, aber ich muss Sie auch vor sich selbst schützen", erklärte Dubois weiter. „Also: Klein und Beyer fliegen. Ich werde Keller informieren!"

Damit hatte Dubois das letzte Wort gesprochen. Alle erkannten an seinem Ton, dass seine Entscheidung getroffen und er durch nichts umzustimmen war. Carry verließ wütend den Besprechungsraum. Charly wusste, dass sie in diesem Zustand nicht ansprechbar war. Jedes Argument würde an ihr abprallen.

„Lassen Sie sie, die beruhigt sich schon wieder", sagte Dubois zu ihm und schaute ihn verständnisvoll an. Dann bemerkte er noch: „Und wieder sitzt sie auf dem Stuhl neben Ihnen, habe ich Recht?"

Charly schaute Dubois an und schwieg.

Am nächsten Morgen kam Conny überstürzt in das Büro von Dubois gestürmt: „Klein und Beyer haben auf dem Weg zum Flughafen einen schweren Unfall gehabt. Sie sind schwer verletzt, schwere Knochenbrüche! Beide müssen mindestens 4 Wochen ins Krankenhaus und haben dann Reha. Chef, was machen wir jetzt?"

„Verdammter Mist", sagte Dubois, „holen Sie Charly, sofort!"

Keine fünf Minuten später stand Charly im Büro.

„Was machen wir jetzt?", fragte Dubois. Charly hatte ihn selten so hilflos gesehen.

„Die einzigen beiden, die jetzt noch tief genug in der Materie drin sind, sind Carry und ich!", sagte Charly.

„Sie fallen aus. Als stellvertretender Leiter sind Sie außen vor. Charly, ich verbiete Ihnen, zu fliegen!"

„Dann bleibt nur noch Carry", reagierte Charly.

„Gut, in Gottes Namen, dann soll sie fliegen. Ich bitte Keller, ihr Dimitrie an die Seite zu stellen. Der wird bestimmt am besten auf sie aufpassen!"

„Das ist eine gute Idee, Dimitrie hat schon immer einen positiven Einfluss auf sie gehabt. Da wird sie keine Dummheiten machen. Wenn ich Carry schon in andere Hände geben müsste, dann in Dimitries!"

„Sie reden, als wären Sie verheiratet", bemerkte Dubois trotz allem amüsiert. Charly verließ ohne Kommentar das Büro.

Dann rief Dubois Carry und informierte sie über die neueste Entwicklung.

„Ich fliege sofort. Einen Notfallkoffer mit Reiseutensilien habe ich immer im Büro stehen", antwortete sie nach den Instruktionen und verließ den Raum.

Auf dem Gang kam Charly ihr entgegen.

„Carry, mach keine Dummheiten. Ich kann dich nicht beschützen. Auch wenn ich es liebend gerne tun würde. Mach es gut, bis denne!"

„Ich weiß, aber ich habe ja Dimitrie bei mir. Der passt schon auf mich auf!" Dann ging sie weiter, drehte sich aber noch einmal zu Charly um und sagte: „Ich würde mich liebend gerne von dir beschützen lassen. Bis denne!"

Dann ging Charly in sein Büro und wollte ihr noch nachschauen. Da kam ihm eine Idee und er beschloss, diese in die Tat umzusetzen. Er schaute auf die Uhr und dachte: *Der Flieger geht in drei Stunden, das schaffe ich.*

Dann rannte er zu seinem Auto und fuhr nach Hause. Dort fand er sofort den Gegenstand, den er gesucht hatte. Er eilte zu seinem Auto zurück und fuhr zum Flughafen. Wieder parkte er in der Ein- und Auspackzone des Abfluggebäudes und rannte zum internationalen Bereich. Carry, die direkt von MR zum Flughafen gefahren war, hatte die Passkontrolle bereits durchquert und ging Richtung Abflug.

„Carry!", rief Charly ihr nach. Carry, die fast um die Ecke gebogen war, schaute sich suchend um. Dann erkannte sie ihn.

Er hielt den goldenen Elefantenanhänger hoch und küsste ihn. Dann zeigte er auf ihn und danach auf sie. Sie nickte nur und gab ihm einen Luftkuss zurück.

„Dich werde ich wohl nie los", sagte er zu dem Anhänger. „Oder doch, irgendwie, irgendwo, irgendwann!" Dann ging er zu seinem Auto zurück. Dass er wieder 50 Euro für Falschparken zahlen musste, war ihm auch diesmal egal.

In Kairo angekommen, wurde Carry von Dimitrie herzlich begrüßt.

„Ist lange her", stellte dieser fest, nachdem er sie geherzt hatte.

„Das kann man wohl sagen!", antwortete Carry.

„Wir fahren gleich in die Villa, dort wirst du schon sehnsüchtig erwartet", sagte Dimitrie.

„Hier hat sich überhaupt nichts verändert", Carry hing ihren Erinnerungen nach. Sie dachte an das erste Mal, als Charly, Benny und sie in Kairo landeten und von Abdul begrüßt wurden. Was war seitdem alles passiert!

„Wie geht es Abdul?", fragte sie Dimitrie.

„Wirst du gleich sehen. Er hat extra seinen freien Tag unterbrochen, um dich zu begrüßen", sagte er lächelnd.

In der Villa wurden sie von Frau Jung begrüßt.

„Danke nochmal für das Material, das sie uns zur Verfügung gestellt haben. Es war uns eine große Hilfe!", sagte Carry zu ihr.

„Keine Ursache, habe ich doch damals gerne gemacht", antwortete Frau Jung und führte sie zu Kellers Büro.

„Da hängt ja Charlys Bild", stellte Carry fest.

„Ja, ich finde, das ist eine schöne Brücke von der Heimat zu Afrika. Hat er gut gemacht!"

„Ja, Charly kann ein richtiger Künstler sein", sagte Carry versonnen. Dann konzentrierte sich das Gespräch auf die weitere Vorgehensweise. Und Keller ließ die Bombe platzen:

„Dubois hat mittlerweile ein Interview-Termin mit Elkadir und ihnen für Anfang nächster Woche organisiert. Fragen sie nicht, wie er das wieder geschafft hat!"

Carry und Dimitrie schauten erstaunt.

„So ist unser Chef, immer für eine Überraschung gut. Er ist und bleibt ein alter Fuchs", bemerkte Dimitrie trocken.

„Carry, fallen Sie bei dem Interview nicht mit der Tür ins Haus. Und Sie, Dimitrie, passen Sie auf, dass Carry diplomatisch vorgeht. Elkadir darf keinen Verdacht schöpfen. Wer weiß, wann wir wieder die Gelegenheit haben, mit Elkadir zu sprechen!"

„Was ist, wenn er Carry wiedererkennt?", fragte Dimitrie.

„Wir haben vorgesorgt. Sie erhalten eine Perücke, werden geschminkt und erhalten Haftschalen für eine andere Augenfarbe. Wenn Sie aus der Maske kommen, würde nicht einmal Charly Sie erkennen."

„Na, mittlerweile glaube ich, der würde mich immer und überall erkennen!", murmelte Carry

Dimitrie horchte auf und schaute Abdul an, der mittlerweile den Raum betreten hatte und den Schluss der Unterhaltung mitbekam. Dieser schaute nur grinsend zurück. Carry gab sich schon gar keine Mühe mehr, zu widersprechen.

Am darauf folgenden Montag betraten Carry und Dimitrie die ehemalige Villa von Hasim. Abdul und ein weiterer Mitarbeiter von MR warteten in sicherem Abstand auf die beiden. Der Maskenbildner hatte bei Carry ganze Arbeit geleistet. Sie hatte jetzt plötzlich wasserblaue Augen und trug eine dunkelbraune Perücke. Selbst Dimitrie hatte Schwierigkeiten, sie zu erkennen.

Sie wurden von einem Mitarbeiter Elkadirs in sein Büro geführt. Sie gaben sich als Reporter der Mainzer Rhein-Zeitung aus und nach einem Smalltalk und dem Hinweis von Elkadir, keine Bilder zu machen, kam Carry schnell zur Sache:

„Herr Elkadir, in welchem Verhältnis stehen Sie zur Geschäftsführung von ‚Imperial Global'?"

„Nun, ich pflege freundschaftliche Beziehungen, aber keine Geschäftsbeziehungen."

„Was machen Sie denn für Geschäfte?", fragte sie weiter.

„Ach, dies und das. Wenn es Sie interessiert, hole ich gerne ein paar Broschüren!"

„Das stinkt", sagte Elkadir zu einem seiner Mitarbeiter auf dem Flur.

„Die Tussi habe ich nicht erkannt. Aber die die Stimme kommt mir bekannt vor. Dem Typ bin ich aber schon mal begegnet. Ich glaube, als ich damals vom Strand von Elhana Beach geflohen bin, kam er mir entgegen. Aber die Frau war damals eine andere. Moment!", er dachte kurz nach. „Das Profil des Gesichtes, die Nase und die Stimme gehören alles der kleinen Straßenkatze, die ich damals in den Fingern hatte. Die war vielleicht zäh! Los, trommle die Leute zusammen. Wir werden die Kleine in unser Versteck bringen, schalten den anderen aus und nehmen ihn auch mit. Die wird bis heute Abend keiner vermissen. Und wenn MR dahinterkommt, weiß ich, wen sie schicken werden. Dem bereiten wir dann einen schönen Empfang!"

Elkadir glühte vor Rache. Zu tief hatte ihn das missglückte Geschäft und die Befreiung der Geiseln damals getroffen.

„Aber Chef, denken Sie an unsere Tarnung, das wäre dann alles hin!"

„Ach was, dann nehme ich eine andere Identität an, was soll es. Aber vorher will ich noch diesen Bach kassieren, der hat damals die Geiseln befreit und DaSilva auf dem Gewissen!"

Dann nahm er sich einen Stapel Broschüren unter den Arm und ging wieder in das Büro.

„Entschuldigen Sie, es hat etwas länger gedauert. Aber Sie wissen schon, immer diese Geschäfte!"

„Kein Problem", entgegnete Carry.

„Aber sagen Sie mal, erzählen Sie doch etwas über sich. Wie sind Sie denn zur Zeitung gekommen, Frau Lund?", fragte Elkadir kalt.

Carry wurde es heiß. „Sie müssen mich verwechseln", sagte sie wohlwissend, dass keinerlei Ausflüchte helfen würden.

Dann ging die Tür auf und vier schwerbewaffnete Männer in Kampfanzügen betraten den Raum.

„Los, bringt sie in das Versteck", befahl Elkadir.

Da fiel Dimitrie ein, dass er Elkadir doch schon einmal gesehen hatte. Es war der Abend auf der Insel, als sie alle als Geiseln genommen wurden.

Das war das letzte, an das er sich später erinnern würde. Er bekam ein starkes Betäubungsmittel injiziert und verlor das Bewusstsein. Bei Carry wirkte das Mittel etwas später. Als Dimitrie zu Boden fiel und alle auf ihn schauten, schob sie geistesgegenwärtig einen Peilsender unter ihre Zunge. Zum Auslösen kam sie nicht mehr. Sie verlor das Bewusstsein.

Abdul und der weitere Mitarbeiter saßen im Auto und beobachteten, wie sich das Rollgatter der Einfahrt öffnete und zwei Jeeps aus dem Gelände herauskamen. Es war die gleiche Stelle, an der Mara damals eine Betrunkene spielte, um die Wachleute von Charly abzulenken.

„Da tut sich was", sagte der Mitarbeiter zu Abdul, „sollen wir dem Wagen folgen?"

Da fällte Abdul eine verhängnisvolle Entscheidung: „Wir bleiben hier. Was ist, wenn Carry und Dimitrie noch in dem Haus sind und in Schwierigkeiten geraten?"

Und so warteten sie noch den restlichen Tag. Als Carry und Dimitrie am Abend immer noch nicht aus dem Haus heraus waren, klingelte Abdul und fragte den Butler.

Dieser antwortete: „Aber die beiden Herrschaften sind doch heute Mittag schon gegangen!"

Abdul ging zum Auto zurück und dachte: „Mist, sie müssen in den Jeeps gewesen sein!"

Dann informierte er Keller.

Kurze Zeit später klingelte in Frankfurt das Telefon:

„Wir haben Carry und Dimitrie verloren!", sagte Keller kurz und knapp. Dann erzählte er Dubois, wie sich alles zugetragen haben musste. Dubois hörte sich alles genau an und sagte dann: „Gut, ich werde meine Leute informieren und melde mich." Er war kreidebleich geworden.

Keine zwei Minuten später stand Charly in der Tür und hörte Dubois sagen: „Carry ist von Elkadir entführt worden. Näheres wissen wir noch nicht!"

Charly musste sich setzen. „Wie konnten wir sie nur da runtergehen lassen?" Er hielt sich die Hände vor das Gesicht und stöhnte.

In diesem Moment kam Tina am Büro vorbei und fragte: „Um Gottes willen, was ist passiert?"

„Carry ist von Elkadir entführt worden", stammelte Charly.

Tina nahm ihn in den Arm und sagte zu Dubois: „Holen Sie bitte Markus!"

Als dieser eintraf, sagte Charly gerade: „Ich fliege sofort da runter. Dubois, Sie können mich feuern, aber noch einmal lasse ich Carry nicht in den Fingern von diesem Schwein!"

Dubois sagte kein Wort und schaute nur Markus an. Dieser schaute fragend zu Tina. Als diese nickte, nickte auch Markus und sagte: „Ich fliege mit. Ich lasse Charly nicht allein da runter!"

Dubois sagte nichts.

„Das machst du wirklich?", fragte Charly.

„Los mein Freund, auf geht's. Wir holen dein Mädchen da wieder raus!"

Beide sprangen auf und waren schon durch die Tür.

„Conny, reservieren Sie zwei Flüge für die nächste Maschine nach Kairo. Diese werden am Flughafen abgeholt", sagte Dubois durch die Tür zu Conny.

„Werden Sie die beiden jetzt feuern?", fragte Tina Dubois.

„Bull-Shit, wenn die Sache gut geht, schlage ich Markus, Carry und Charly für ihre zweite Verdienstmedaille vor!"

„Wenn es gut geht", entgegnete sie ihm.

Am gleichen Abend landeten Charly und Markus in Kairo. Hier wurden sie von Abdul empfangen. Nach einer kurzen Begrüßung sagte Abdul: „Es tut mir so leid, ich habe einen Fehler gemacht. Ich hätte den beiden Wagen nachfahren müssen. Ich werde mir das nie verzeihen!"

„Mach dir keine Vorwürfe", antwortete Charly, „ich weiß nicht, wie ich entschieden hätte!"

„Du hättest gefühlt, dass sie in einem der Wagen ist", entgegnete Abdul.

Sie fuhren direkt in die Villa, wo Keller schon auf sie wartete.

„Wir haben keinerlei Peilung, der Sender ist nicht aktiviert", mit diesen Worten empfing er die drei.

„Sowohl Carry wie auch Dimitrie hatten einen dabei. Sie müssen überrascht worden sein und konnten ihn wahrscheinlich nicht mehr aktivieren!", sagte Abdul.

„Dann hoffen wir, dass es ihnen gelingt, diesen später zu aktivieren", sagte Markus, „sonst sehe ich schwarz!"

„Wir sind noch am Auswerten sämtlicher Straßenbeobachtungskameras. Bisher leider ohne jedes Ergebnis. Aber wir suchen weiter", ergänzte Keller.

Er schaute zu Charly hinüber, der mit versteinerter Miene auf den Bildschirm starrte.

„Komm schon Carry, wo bist du?", murmelte dieser.

Abdul berührte tröstend seine Schulter.

„Könnt ihr von Deutschland aus die Sensibilität des Empfängers noch höher einstellen?", fragte Keller Alex, der über Teams mit ihnen verbunden war.

„Negativ", antwortete der, „wir haben schon höchste Empfangsrate eingestellt!"

Carry war währenddessen aus ihrer Narkose erwacht. Sie und Dimitrie saßen jeweils an einen Stuhl gefesselt in einem halbdunklen Raum. Ansonsten war kein Mensch zu sehen. Die Perücke hatte man ihr mittlerweile abgezogen. Sie hatte einen faden Geschmack im Mund und verspürte den unglaublichen Drang, sich übergeben zu müssen. Da spürte sie unter ihrer Zunge den Peilsender.

Vielleicht hat der trockene Mund ja auch was Gutes, dachte sie. *Da lässt sich der Peilsender besser im Mund bewegen.*

Sie bewegte den Sender mit der Zunge gegen ihren Kieferknochen und drückte ihn fest daran. Es gab ein leichtes Knacken.

Hoffentlich funktioniert er noch, dachte sie verzweifelt. *Noch so eine Martertortur wie damals überlebe ich nicht.* Dann wurde ihr wieder schwindelig und sie fiel in einen gnädigen Schlaf. Dimitrie ließ sie keinen Moment aus den Augen. Dann beobachtete er, wie aus ihrem Mund ein kleiner silberner Gegenstand fiel. Es war der Peilsender.

In Kairo und in Frankfurt starrten zig Augen seit einer Stunde auf den schwarzen Bildschirm. Er zeigte keinen Impuls. Die Verzweiflung in Charly stieg ins Unermessliche. Er war noch nie in seiner Zeit bei MR so zur Tatenlosigkeit verdammt gewesen wie in diesen Augenblicken.

„Ich muss mal raus, eine rauchen", sagte er zu Markus.

„Charly, schon wieder?", fragte dieser überrascht.

„Wieso?", fragte Charly Markus.

„Es wäre deine fünfte innerhalb der letzten halben Stunde. Eine hast du im Garten geraucht und drei hier drinnen. Hat sich keiner getraut, dich zu ermahnen!"

Charly steckte die Zigarette kommentarlos wieder in die Verpackung.

„Wir haben Peilung!", hörte er Alex rufen.

In der Tat, auf dem Bildschirm tauchte ein kleiner roter Punkt auf, der von Alex sofort vergrößert wurde. Alex ging sofort auf Kartenmodus und vergrößerte das Bild nochmal um 500 Prozent.

„Wo ist das?", fragte Charly.

„Das ist in der Nähe vom „Katamiya Astronomical Observatory" ungefähr 50 Kilometer von hier", sagte Abdul, „dort müssen sie sein!"

„Alex, wie nahe kannst du noch rangehen?", fragte Charly.

„Ich habe doch gesagt, es geht nicht größer. Aber warte, gib mir ein paar Minuten Ich habe da eine Idee: Ich nehme an der Software noch einige Änderungen vor!"

Abdul schaute verständnislos zu Charly hinüber.

„Alex ist ein Genie, bei uns heißt er nur noch ‚Q'", klärte Charly ihn auf.

Nach wenigen Minuten war es Alex gelungen, einen noch größeren Ausschnitt zu programmieren.

„Hier, seht ihr? Es handelt sich eindeutig um ein Flachdachgebäude. Erreichbar ist es nur über eine kleine Piste. Ich würde mal sagen, das ist ein ideales Versteck!"

„Ich werde sofort Essam Dabir informieren. Er soll uns mit seinen Leuten Unterstützung geben!", sagte Keller.

Charly war längst aufgesprungen, um sich einen Einsatzanzug anzuziehen. Markus und Abdul folgten ihm. Keller schaute ihnen nur nach. Er wusste, keine Macht der Welt könnte Charly davon abhalten, jetzt zu dieser Stelle zu fahren, um Carry zu befreien.

„Und es geht wieder los!", sagte er nur.

Carry war derweil durch einen kalten Eimer Wasser geweckt worden. Sie schaute direkt in die kalten Augen von Elkadir.

„Was haben wir denn da", sagte er und hielt ihr den Peilsender unter die Nase.

„Hast du das Ding initialisiert, damit dein Freund dich findet? Du bist mir eine ganz Freche!" Der zynische und herablassende Tonfall war Carry noch von den damaligen Verhören wohl bekannt. Sie befürchtete das Schlimmste.

„Ich habe keinen Freund, du Drecksack", erwiderte sie.

„Na, da gibt es bestimmt jemanden, der dich retten will. Hat er doch schon mal gemacht und mir die Tour vermasselt. Aber diesmal bin ich vorbereitet. Er bekommt einen großartigen Empfang. Und du bist dafür verantwortlich. Schätze, es dauert nicht lange, dann steht er hier auf der Matte. Schade eigentlich, ich hätte gerne noch etwas Spaß mit dir gehabt. Der Anschlag auf Hoffmann sollte eigentlich eine Warnung sein und ich wollte es erst Mal dabei belassen. Aber jetzt kommt es ja noch viel besser. Jetzt kann ich endlich Rache an diesem Bach nehmen!" Mit diesen Worten zertrümmerte er den Sender mit der Hacke seines Schuhs.

Mittlerweile waren Charly, Markus und Abdul umgezogen. Sie standen wieder im Technikraum der Villa.

„Ich empfange kein Signal mehr", hörten sie Alex sagen.

„Wir müssen los", sagte Charly entschieden. Alle drei hatten neben ihrer Einsatzuniform eine Maschinenpistole und zwei Revolver dabei. Dazu trugen sie einen Einsatzhelm mit Mikro und eine kugelsichere Weste. Sie waren von normalen Soldaten kaum zu unterscheiden.

„Ich habe Dabir informiert. Er kann drei seiner Leute schicken. Er kommt auch mit. Sollten Sie eher als er dort sein, warten Sie auf ihn", sagte Keller zu Charly.

„Ja, ich weiß, keine Alleingänge", erwiderte Charly.

„Dann halten Sie sich diesmal auch dran", sagte Keller streng.

„Ich wünsche Ihnen alles Glück der Welt", sagte er dann in einem verbindlicheren Ton.

„Danke", war das einzige Wort, das Charly sagte.

Dann stürmten die drei zu ihrem Jeep.

„Soll ich fahren?", fragte Abdul.

„Na klar", antwortete Charly.

„Wie in alten Zeiten", erwiderte Abdul.

„Darf ich das Veteranentreffen mal stören, Carry und Dimitrie warten", sagte Markus zu den beiden.

„Also los, it's showtime", Charly war wild entschlossen.

Zurück blieb Keller, der mit Dubois konferierte.

„Sind sie schon weg?", fragte Dubois.

„Sind grade abgefahren", antwortete Keller.

„Sie haben Charly sicherlich gesagt, dass er keinen Alleingang machen soll!"

Keller schnaubte durch die Nase und sagte: „Sicher habe ich das. Aber glauben Sie wirklich, das würde etwas bringen?"

Er sah Dubois nur mit dem Kopf schütteln. „Möge Gott ihnen beistehen", sagte Dubois.

„Chef, wenn es einer schafft ..."

„... dann er", ergänzte Dubois.

Nach fast zwei Stunden Fahrt erreichten die drei das Versteck von Elkadir. Sie gingen hinter einem Sandhügel in Deckung und beobachteten das Gebäude.

„Alles dunkel und von Dabir keine Spur", sagte Abdul und schaute zu Charly hinüber: „Charly, dein Blick gefällt mir nicht!"

„Ich schau immer so und wir gehen jetzt da rein", sagte Charly.

„Aber du hast doch gehört, was Keller gesagt hat: keine Alleingänge", entgegnete Markus.

Abdul sagte zu Markus: „Für alle Hinweise ‚keine Alleingänge' und Charlys Verstöße dagegen einen Euro. Ich lade euch dann zum Essen ein", flüsterte Abdul. „Los jetzt, wir haben einen Job zu erledigen, Carry wartet!"

So entschlossen hatte Charly Abdul noch nie erlebt.

Vorsichtig näherten sie sich dem Haus. Es war ein typisches Sommerhaus reicher Ägypter, die im Sommer der Hitze der Großstadt Kairo entgehen wollten. Zu ihrer Verwunderung war dieses nicht verschlossen. Sie betraten vorsichtig das Gebäude, schalteten die am Helm befestigten Lampen an und suchten eine Alarmanlage. Als sie diese fanden, flüsterte Markus: „Nicht scharf!"

„Seid vorsichtig, das riecht nach einer Falle", sagte Charly.

Sie horchten in das Haus hinein. Es war kein Laut zu hören. So überprüften sie ein Zimmer nach dem anderen. Diese waren alle leer.

Charly zeigte auf die einzige Tür, die geschlossen war.

„Da muss es in den Keller gehen", flüsterte er.

Er öffnete sie langsam mit der Maschinenpistole im Anschlag und ging vorsichtig die Stufen hinunter. Abdul folgte ihm, während Markus die Kellertür sicherte.

Da sahen sie Dimitrie auf einem Stuhl gefesselt und geknebelt sitzen. Als sie ihm den Knebel abnahmen, sagte er: „Carry muss da hinten drin sein", und zeigte mit dem Kopf auf eine Tür in seinem Rücken. Charly war sofort dort und öffnete sie. Da sah er sie ohnmächtig und zusammengesunken auf einem Stuhl sitzen. Sie war ebenfalls fest verschnürt.

Während die beiden im Keller waren, schaute sich Markus im Flur genauer um. Da fiel sein Blick auf einen Kasten, an dem ein Handy mit Klebeband befestigt war. Durch ein mehrdrahtiges Kabel waren beide miteinander verbunden. An dem Kasten blinkte eine rote Lampe.

Sofort schrie er nach unten: „Los sofort raus hier, eine Bombe!" Im Keller war Dimitrie mittlerweile befreit. Er sowie Abdul rannten sofort los. Charly, der im zweiten Raum versuchte, Carry zu befreien, erkannte, dass zum Zerschneiden der Fesseln keine Zeit blieb. Er entschloss sich, Carry komplett auf dem Stuhl sitzend herauszutragen. Er schnappte sich den Stuhl und ächzte die Stufen hinauf. Da der Aufgang sehr eng war, kam er nur langsam voran.

„Charly, beeil dich, die Bombe kann jeden Moment hochgehen!", hörte er Markus schreien, der mittlerweile den Ausgang erreicht hatte. Dimitrie und Abdul folgten Markus auf dem Fuße. Nach wenigen Sekunden erreichte auch Charly mit Carry auf dem Stuhl sitzend die Ausgangstür.

In diesem Moment erschütterte eine markerschütternde Explosion das Haus. Charly, der schon die Veranda erreicht hatte, wurde durch den Druck nach vorne geschleudert und flog mit Carry vor sich einige Meter durch die Luft. Da das Haus zum größten Teil aus Holz gebaut war, flogen eine große Menge Holzteile durch die Gegend. Einige Teile trafen Charly am Rücken. Er blieb ohnmächtig liegen. Zwei Holzsplitter hatten sich trotz Schutzweste in seinen Rücken gebohrt.

Mittlerweile war auch Dabir mit seinen Leuten eingetroffen.

„Wieder mal dieser Bach mit seinen Alleingängen", sagte er, als er das Chaos sah.

Weder Abdul noch Markus gingen auf seinen Kommentar ein.

„Schnell, einen Krankenwagen, Charly ist schwer verletzt." Sie zeigten auf den leblosen Körper, aus dessen Rücken zwei Holzstücke herausragten und der aus mehreren Wunden blutete. Carry lag, immer noch an den Stuhl gefesselt und ohnmächtig, daneben.

Zum Glück hatte Dabir auf dem Weg schon einen Krankenwagen angefordert, ohne dass er wusste, was ihn erwartete.

Dieser traf nach wenigen Minuten ein. Carry, die wie durch ein Wunder keine großen Verletzungen davongetragen hatte, erwachte aus ihrer Ohnmacht.

„Was ist los, wo bin ich?", fragte sie mit dünner Stimme.

„Alles in Ordnung, du bist frei. Wir haben es geschafft", sagte Dimitrie zu ihr. Wie es um Charly stand, verschwieg er ihr.

„Gott sei Dank", murmelte sie, dann fiel sie wieder in Ohnmacht.

Als der Krankenwagen eintraf, wurde Charly sofort vorsichtig eingeladen. Carry, die augenscheinlich keine schweren Verletzungen davongetragen hatte, wurde auf den Rücksitz des Jeeps gelegt.

Auf der Rückfahrt informierte Abdul sofort Keller über die neuesten Ereignisse.

„Gut, fahren Sie mit den beiden direkt in das Deutsche Krankenhaus in Kairo. Ich werde die Ärzte vor Ort informieren. Dann gebe ich Dubois Bescheid. Und Sie lassen sich auch durchchecken, verstanden?"

„Ja Chef, machen wir", antwortete Abdul.

Kapitel 3.3.2
Die Operation

Nach einer mörderischen Fahrt trafen der Krankenwagen und der Jeep fast gleichzeitig am Deutschen Krankenhaus ein. Da Keller hier schon die diensthabende Ärzteschaft informiert hatte, wurde sie bereits erwartet. Charly wurde sofort notoperiert und Carry, die immer noch ohnmächtig war, eingehend untersucht. Die anderen drei konnten nach kurzer Untersuchung die Räume der Unfallchirurgie wieder verlassen. Sie blieben allerdings im Krankenhaus, um den Stand der Untersuchungen von Carry und die Ergebnisse der OP von Charly zu erfahren.

Nach mehreren Stunden trat der diensthabende Arzt zu ihnen: „Ihr Chef hat angerufen und mir die Erlaubnis gegeben, Sie zu informieren. Also Frau Lund wird bald wieder auf dem Damm sein. Ihre Ohnmacht ist nur eine Nachwirkung der starken Betäubungsmittel, die sie bekommen hat. Sie dürfen sie morgen früh besuchen!"

„Und was ist mit Charly?", fragte Markus.

„Da habe ich keine guten Nachrichten", fuhr er fort. „Herr Bach hat einen Milzriss und einen Anbruch des rechten Oberschenkels davongetragen. Ferner hat er ein epidurales Hämatom, das heißt, ein Bluterguss drückt auf sein Gehirn. Wir mussten ihn in ein künstliches Koma versetzen, damit er sich erholen kann."

„Aber das wird doch wieder?", fragte Abdul.

„Das ist leider noch nicht alles", sagte der Arzt, „zwei Holzsplitter haben sich in seinen Rücken gebohrt. Wir konnten beide fast völlig entfernen, aber Teile sitzen immer noch im Rücken. Ich will Ihnen nichts vormachen, aber es besteht die Möglichkeit, dass Herr Bach nie wieder laufen kann!"

„Querschnittsgelähmt?", fragte Dimitrie.

„Schlimmer, vielleicht vom Hals ab. Aber das sind noch Spekulationen. Jedenfalls müssen nachfolgende Operationen von Spezialisten durchgeführt werden. Ich fürchte, unsere Ärzteschaft wird das nicht leisten können!"

Nach dieser erschreckenden Neuigkeit fuhren alle drei in die Villa, um Keller zu berichten.

„Warten Sie, bevor Sie beginnen, möchte ich gerne Dubois mit zuschalten. Er soll es aus erster Hand erfahren!" Er wählte die Nummer von Dubois und sah ihn gleich darauf auf dem Bildschirm.

Dann begann Abdul zu erzählen. Nach 20 Minuten war er fertig und war den Tränen nahe.

„Was machen wir jetzt?", fragte Keller in die Runde.

„Ich werde mich mit Doktor Demir in Verbindung setzen", sagte Dubois, „vielleicht kennt er einen guten Spezialisten für Charlys Verletzungen. Außerdem möchte ich, dass Carry keine Spätschäden zurückbehält. Sie hat das alles schon mal durchgemacht!"

„Gut Chef, dann höre ich von Ihnen, wenn Sie mehr wissen. Bleibt nur noch eine Frage: Wer spricht mit Carry und was können wir ihr alles sagen?", fragte Keller in die Runde.

„Das mache ich", meldete sich Abdul.

„Das ist gut", sagte Dubois. „Und was Sie alles sagen, werde ich mit Doktor Demir vorher abklären. Er war ihr behandelnder Arzt und kann am besten abschätzen, was zu verantworten ist. Meine Herren, Sie hören von mir!" Damit beendete er die Telco.

Er rief sofort bei Demir an und erzählte ihm den gesamten Sachstand. Demir war im ersten Moment geschockt, fasste sich aber schnell wieder.

„Natürlich werde ich Carry unverzüglich untersuchen. Ich komme am besten dafür vor Ort. Sollte sie irgendwelche Schäden davongetragen haben, würde eine Reise alles verschlimmern. Und als ihr Arzt kann ich nur sagen: alles erzählen. Jedes Verschweigen oder Schönreden bringt überhaupt nichts. So hart es klingt, da muss sie durch. Sollte die Wahrheit negative Konsequenzen haben, bin ich ja dann vor Ort und kann entsprechend reagieren. Kommen wir jetzt zu unserem zweiten Patienten: Ich kenne tatsächlich einen ausgezeichneten Chirurgen, der sich Charly mal ansehen kann. Es ist Doktor Roland Heilmann aus Leipzig. Den kann ich mal kontaktieren. Ich kenne ihn schon sehr lange und habe mit ihm zusammengearbeitet, als ich selbst noch Unfallchirurg war. Mir ist klar, dass er dann nach Ägypten fliegen müsste, da Charly in seinem Zustand bestimmt nicht transportfähig ist. Ich werde ihn gleich kontaktieren. Schicken Sie mir schnellstens die Krankenakte von Charly, damit ich sie gegebenenfalls weitergeben kann!" Damit schloss Doktor Demir seine Rede.

„Ich bin Ihnen unendlich dankbar. Endlich mal ein Lichtblick am Horizont", bedankte sich Dubois.

„Eines würde mich noch interessieren, Dubois, wie ist das Verhältnis von Carry und Charly momentan?"

„Oh, das ist ein schwieriges Thema. Ich würde sagen, dienstlich haben wir unser altes Dreamteam wieder. Privat wissen die beiden einfach nicht, wo die Glocken hängen!"

„Danke, das reicht mir an Information. Irgendwie habe ich das so kommen sehen. Ich bin gespannt, wie sich das noch entwickelt. Ich melde mich bei Ihnen, wenn ich näheres weiß!" Dann verabschiedete sich Demir und legte auf.

Er rief sofort Doktor Heilmann in Leipzig an:

„Grüß dich Roland, wie geht es dir?"

„Na gut, viel Arbeit, aber das kennst du ja."

„Ja zur Genüge, Roland, ich habe ein Anliegen!"

Dann erzählte er Heilmann alles über den Fall Charly. Heilmann hörte sich alles genau an und sagte dann:

„Ich bin prinzipiell interessiert. Nur zwei Dinge: Ich brauche auf dem schnellsten Weg die Krankenakte und ich möchte freie Hand bei der Zusammenstellung meines Teams haben."

„Krankenakte ist schon auf dem Weg und bei der Zusammenstellung des Teams dürfte es keine Probleme geben."

„Gut, wenn du was hast, schicke es einfach rüber und wir reden dann noch mal", die beiden verabschiedeten sich und legten auf.

In dem Moment kam Schwester Martina herein und Demir fragte:

„Waren Sie schon mal in Ägypten?"

„Nein, warum?", bekam er als Antwort.

„Sie werden mich begleiten, eine alte Patientin besuchen", sagte er grinsend.

„Doktor, wenn Sie so schauen, kann ich mir denken, um wen es geht!"

„Und wenn ich Sie so sehe, wissen Sie tatsächlich, um wen es sich handelt!" Dann erzählte er ihr die gesamte Geschichte.

„Ich hoffe für Carry, dass wir umsonst dahinfliegen."

„Ich auch", sagte Demir knapp.

Noch am selben Abend erklärte sich Heilmann bereit, Demir zu begleiten.

Am darauffolgenden Nachmittag durfte Abdul Carry besuchen.

„Na meine Kleine, wie geht es dir?"

„Mir geht es schon wieder ganz gut, aber was ist mit Charly? Die Ärzte wollen mir einfach nichts sagen", antwortete sie.

Abdul hatte im Vorfeld ein langes Gespräch mit Dubois geführt. Sie kannten sich noch aus der Kairoer Zeit von Dubois und hatten ein ausgezeichnetes Verhältnis. Dubois hatte Abdul geraten, alles zu erzählen.

Und das tat er nun: Er erzählte Carry alles, vom Eintreffen in dem Haus bis zu den schweren Verletzungen, die Charly davongetragen hatte.

Als Abdul endete, saß Carry bewegungslos in ihrem Bett und starrte Abdul nur an.

„Darf ich ihn sehen?", fragte sie ihn.

„Er liegt noch auf der ITS und wird künstlich beatmet. Ich glaube, es ist keine gute Idee."

„Bitte, ich muss ihn sehen", flehte Carry mit Tränen in den Augen.

„Gut, dann komm. Wenn du so schaust, kann ich dir keinen Wunsch abschlagen!"

Dann fuhr er sie im Rollstuhl zu Charly.

Als sie ihn durch das Fenster des ITS-Krankenzimmers sah, schlug sie die Hände vor das Gesicht. Charly war an zig Apparate angeschlossen und da er künstlich beatmet wurde, steckte ein dicker Schlauch in seinem Mund.

„Es ist alles meine Schuld. Wäre ich nicht so versessen darauf gewesen, mich an Elkadir zu rächen, läge Charly jetzt nicht da!"

„Carry, das darfst du nicht sagen. Keiner hat Charly gezwungen, dich zu retten. Es war allein seine Entscheidung!" Von seinen Schuldgefühlen sagte er nichts.

Zwei Tage später landeten Heilmann, Demir und Schwester Martina in Kairo. Sie fuhren auf dem direkten Weg in das Krankenhaus.

Charly, der zwischenzeitlich am Kopf erfolgreich operiert worden war, wurde von Heilmann gründlich untersucht und Carry von Schwester Martina und Demir eingehend befragt. Charly lag allerdings immer noch im Koma. Beide Untersuchungen dauerten den ganzen Tag. Danach fuhren alle drei in die Villa. Dort saßen sie im Besprechungsraum mit Keller, Dimitrie, Markus und Abdul zusammen. Dubois war per Video zugeschaltet.

Demir begann mit seinen Ergebnissen: „Also, was Carry betrifft, brauchen wir keine Bedenken zu haben. Sie ist psychisch stabil und wird keine Schäden davontragen. Vielmehr machen mir ihre Schuldgefühle gegenüber Charly Sorgen. Aber das ist kein Thema für mich. Das müssen die beiden unter sich ausmachen. Es könnte aber auch noch einen Grund für ihr gegenwärtiges Verhalten geben. Ich glaube, ihre damalige Trennung von Charly spielt eine wesentliche Rolle. Aber auch da können nur die beiden selbst etwas tun. Und in der gegenwärtigen Lage, in

der sich Charly befindet, sollte man diese Probleme hintenan-
stellen!" Damit schloss er seinen Bericht.

Dann berichtete Heilmann von seinen Ergebnissen: „Mein Bericht ist nicht so positiv. Ich kann mich nur den Untersuchungser-
gebnissen meiner Kollegen anschließen. Die Brüche und der Milzriss sind die kleineren Probleme. Der Bluterguss wurde erfolgreich
operiert. Das große Problem sind die beiden Holzsplitter, die sich
in der Nähe des Rückenmarks befinden. Operieren wir, kann dies
zu einer Lähmung vom Hals abwärts führen. Operieren wir nicht,
können die Stücke wandern und wir haben das gleiche Ergebnis!"

„Wir haben also die Wahl zwischen Pest und Cholera?", fragte Dubois über Video.

„Letztendlich kann das nur der Patient selbst entscheiden",
sagte Heilmann.

„Würden Sie es denn machen, wenn der Patient so entschei-
det?", fragte Dubois erneut nach.

„Wenn ich mein Team selbst zusammenstellen kann, ja. Ich
würde dem Patienten sogar dazu raten, wenn ich es dürfte!",
schloss Heilmann seinen Vortrag.

„Dann soll Charly das selbst entscheiden, wenn er aufwacht!"

Heilmann fuhr wieder in die Klinik und ging zu Charly, der
immer noch im künstlichen Koma lag.

„Uns läuft die Zeit davon. Wir können mit einer Entscheidung nicht mehr lange warten. Die Splitter sitzen zu nahe am
Rückenmark. Sie können sich jederzeit verschieben", sagte Heilmann zu seinem Kollegen.

„Ich stimme Ihnen zu, wir müssen den Aufwachvorgang einleiten. Auch wenn es gefährlich ist", antwortete dieser.

„Warten Sie kurz, ich will nochmal mit Demir sprechen.
Vielleicht kann der uns helfen", Heilmann war schon auf dem
Weg zum Telefon.

Heilmann berichtete Demir, dass Charly noch nicht wach
war, und fragte: „Meinen Sie, Carry könnte die Entscheidung,
ihn zu wecken, unterstützen?"

Demir dachte kurz nach. Dann sagte er: „Fragen Sie sie!"

Heilmann eilte sofort zu Carry und schilderte die Situation. „Wir wüssten niemanden, der eine Entscheidung bezüglich des Aufwachens besser treffen könnte als Sie. Er hat zwar noch zwei Brüder, aber ich glaube, Sie stehen ihm näher. Da gehe ich über alle Vorschriften hinweg!", sagte er zum Schluss.

„Herr Doktor Heilmann, Charly ist stark. Ich stimme dem Aufwachprozess zu. Auch wenn ich gar nicht mit ihm verwandt bin. Aber die Entscheidung über die OP muss er selbst treffen", entgegnete Carry, ohne zu zögern. Sie wunderte sich über sich selbst, dass sie bei der Äußerung Heilmanns zur Nähe zu Charly nicht protestierte.

„Gut, ich werde alles weitere veranlassen", sagte Heilmann erleichtert.

Dann wurde die Narkose reduziert und Charly erwachte langsam aus dem künstlichen Koma. Am nächsten Nachmittag konnte er sich mit Heilmann über die nächsten Schritte unterhalten:

„Ich habe also die Wahl zwischen einer riskanten Operation, bei der ich danach gelähmt sein könnte, und einer Zeitbombe im Rücken, die zum gleichen Ergebnis führen kann", entgegnete Charly mit kratziger Stimme. Die künstliche Beatmung hatte ihre Spuren hinterlassen.

„Ich würde es nicht so drastisch formulieren, aber Sie haben schon Recht. Und bedenken Sie: Eine unbedachte Bewegung kann zu dem gleichen Ergebnis führen – Lähmung ab dem Hals", gab Heilmann als Antwort.

„Wann würde die OP stattfinden?"

„Ich denke, das könnten wir in einer Woche in Angriff nehmen. Dann sind die Schwellungen so weit zurückgegangen, dass einem Eingriff nichts mehr im Wege steht", sagte Heilmann ganz ruhig.

„Was würden Sie mir raten?"

„Nun, ich kann Ihnen die Entscheidung nicht abnehmen. Aber nur so viel: Wenn Sie sich bereit erklären, werde ich die OP vornehmen. Ist die Antwort genug?"

„Ich denke schon. Herr Doktor Heilmann, ich wage es. Operieren Sie mich!"

„Gut, dann sehen wir uns in einer Woche wieder. Bis dahin alles Gute!"

Am Abend kam Carry zu ihm ins Zimmer gerollt. Sie war noch immer zu schwach zum Laufen.

„Ich habe gehört, du lässt dich nächste Woche operieren!"

„Ja, mein Bedarf an Zeitbomben ist gedeckt und Heilmann macht auf mich einen sehr guten Eindruck!"

„Dann schon jetzt alles Gute!"

„Aber du wirst doch noch ein paar Tage bleiben, oder?", fragte Charly besorgt.

„Ich bleib dir noch ein paar Tage erhalten. Und wenn ich hier rauskomme, komme ich dich besuchen", beruhigte sie ihn.

„Na das sind doch schöne Aussichten, da geht es mir gleich viel besser", sagte er mit einem leichten Lächeln. „Und ich habe gehört, du hast Doktor Heilmann zugeredet, mich aufwachen zu lassen? Danke!" Für eine lange Konversation war er noch zu schwach.

„Carry, kannst du noch einen Moment hierbleiben. Einfach so, bis ich eingeschlafen bin?"

„Aber natürlich, das mach ich doch glatt", sie versuchte mal wieder, betont lässig zu klingen.

In der nächsten Woche reiste Doktor Heilmann wieder an. Diesmal mit seiner Frau Doktor Kathrin Glowisch, einer erfahrenen Anästhesistin, die er erst vor einem halben Jahr geheiratet hatte, und Doktor Philipp Bentano, einem ebenfalls hervorragenden Chirurgen. Alle drei waren sich des schwierigen Eingriffs bewusst.

Als Charly im Vorbereitungsraum lag, sah er durch das Fenster Carry dort stehen. Sie schaute ihn lange an und gab ihm wieder einen Luftkuss, wie am Flughafen, bevor sie nach Kairo geflogen war.

Charly machte Anstalten, das gleiche zu tun, aber die Beruhigungsspritze zeigte bereits Wirkung. Er konnte nur noch lieb zurück lächeln. Dann schlief er ein.

Als Carry in den Wartebereich kam, waren dort Abdul, Dimitrie und Markus versammelt.

„Wir lassen dich jetzt hier nicht allein", sagte Dimitrie und nahm sie in den Arm.

„Ich danke euch, ihr seid so lieb!" Mehr brachte sie nicht über die Lippen.

Die Operation begann um 10:00 Uhr morgens.

„Es ist schlimmer, als es im CT aussah. Die Splitter sind näher an der Wirbelsäule, als wir gedacht haben", sagte Brentano, als er Charlys Rücken geöffnet hatte.

„Wir hätten nicht länger warten dürfen. Die Splitter sind so nahe, dass sie jederzeit Richtung Wirbelsäule wandern können. Das Ergebnis wäre uns ja wohl bekannt", ergänzte Heilmann.

„Dann los, es wird so noch schwer genug", mahnte Brentano zur Eile.

„Mist, das ist so eng, ich komme da nicht richtig ran. Ich kriege die Splitter nicht richtig zu fassen!" Heilmann wurde etwas nervös. Sie operierten Charly bereits zwei Stunden.

„Ich versuche es von der Seite", sagte Brentano ganz ruhig. Er war die Ruhe selbst und wurde seinem Ruf als guter Chirurg mehr als gerecht.

„Roland, ihr müsst euch beeilen. Sein Kreislauf macht das nicht mehr lange mit", Doktor Glowisch hatte die Werte von Charly ständig im Auge und sah, wie seine Sauerstoffsättigung ständig absank. „Wenn das so weitergeht, setzt sein Herz aus und wir müssen reanimieren, oder er bleibt uns auf dem Tisch!"

In diesem Moment gab es ein lautes Warnpiepen der Instrumente.

„Schnell, den Defibrillator", rief Heilmann.

Er machte sich sofort an die Wiederbelebung und zählte hoch: „160 – weg vom Tisch – nichts, 180 – weg vom Tisch – nichts, 200 – weg vom Tisch!"

Da zeigten die Instrumente wieder einen Herzschlag an.

„Ich spritze ihm zur Stabilisierung noch 1 Milligramm Adrenalin", ergänzte Glowisch erleichtert. „Seht zu, dass ihr fertig werdet. Noch so eine Attacke überlebt er nicht."

„Das war knapp, lassen Sie uns weitermachen", sagte Brentano und begann sofort wieder mit der Entfernung der Splitter. Diese wurden von ihm in mühseliger Kleinarbeit beide entfernt.

Gegen 16:30 Uhr kam Doktor Heilmann erschöpft aus dem OP und ging sofort zu Carry und den anderen dreien, die ebenfalls noch warteten. Er hatte mittlerweile von Demir einiges erzählt bekommen und hatte keine Probleme, Carry über die OP aufzuklären. Carry schaute ihn mit großen fragenden Augen an.

„Wir hatten einige Komplikationen. Er hatte zwischenzeitlich einen Herzstillstand und wir mussten ihn reanimieren. Es war vielleicht noch etwas früh für die OP. Aber jetzt sind die Splitter raus. Da er aber so schwach ist, mussten wir ihn wieder in ein künstliches Koma versetzen. Ich bin ehrlich zu Ihnen, es ist kritisch!"

„Aber er wird doch durchkommen, oder? Bitte sagen Sie mir die Wahrheit!", Carry schrie fast.

„Die nächsten 24 Stunden werden es zeigen. Gehen Sie jetzt besser, Sie können eh nichts machen!"

„Komm, Carry, du kommst mit zu uns, da kannst du dich ausruhen", redete Abdul ihr gut zu.

„Nein, ich bleibe hier. Ich will hier sein, wenn etwas passiert!"

Auch Abdul kannte Carry gut genug, um zu wissen, wann es keinen Zweck hatte, sie zu überreden.

„Na gut, wir kommen morgen wieder", sagte er und ging mit Dimitrie und Markus hinaus.

„Glaubt ihr, was ich glaube?", fragte Markus die beiden, als sie draußen standen.

Beide nickten nur.

„Wird Zeit, dass Charly gesund wird und die beiden endlich zu Potte kommen. Das Drama hält schon wieder viel zu lange an", antwortete Dimitrie.

Die Nacht verlief ohne besondere Vorkommnisse. Am nächsten Tag durfte Carry zu Charly ins Zimmer. Doktor Heilmann und Frau Doktor Glowisch hatten sich bereiterklärt, in Kairo zu bleiben. Doktor Brentano war wieder nach Leipzig abgereist.

Sie setzte sich zu ihm ans Bett und schaute ihn lange an.

Während sie bei ihm saß, kamen Doktor Glowisch und Doktor Heilmann herein: „Die Werte haben sich schon wesentlich verbessert!"

„Dann können Sie ihn bald wieder aufwachen lassen?", fragte sie ihn mit Tränen in den Augen.

„Wir warten jetzt noch die Nacht ab und entscheiden das morgen", war die Antwort.

In der Nacht darauf verschlechterte sich Charlys Zustand dramatisch. Es schien, die Besserung vom Vortag hätte ihn die letzten Kräfte gekostet. Heilmann sah deshalb davon ab, ihn wieder aufzuwecken. An Charlys Gesicht sah man, wie er langsam verfiel.

„Frau Lund, jetzt gehen Sie doch endlich mal nach Hause. Sie müssen auch mal schlafen", sagte Schwester Martina, die extra in Kairo geblieben war, um Carry beizustehen.

„Nein, ich bleibe hier", bekam sie als kurze Antwort. Carry war störrisch wie ein alter Esel. So kam es, dass Carry den ganzen Tag und die dritte Nacht an Charlys Bett saß. Sie hatte völlig das Gefühl für Raum und Zeit verloren. Ihre Gedanken kreisten nur noch um Charly. Sie dachte an die gemeinsame Zeit bei MR. Ihre erste Begegnung in der Reha und ihre erste Begegnung nach langer Trennung, als sie die Wiedereingliederung wollte. Tausend Gedanken schossen ihr durch den Kopf:

„War doch eine schöne Zeit, die wir zusammen verbracht haben. Wie wäre es, wenn es wieder so würde? Komm wieder zu mir, Charly. Werde bitte wieder gesund. Ich brauche dich doch. Ich glaube, ich habe damals einen Fehler gemacht. Aber Fehler kann man doch korrigieren. Komm wieder zu mir!", sagte sie leise flehend zu ihm.

Frau Doktor Glowisch, die Carrys Worte mitbekommen hatte, ging leise wieder aus dem Zimmer.

Auf dem Gang begegnete sie Heilmann und sagte: „Roland, ich glaube, wir haben da drinnen eine wertvolle Assistentin sitzen!"

Er nickte nur.

Dann verbesserten sich plötzlich Charlys Werte wieder.

„Also, wenn das so weiter geht, können wir es morgen wagen, die Narkose zu beenden. Ich frage mich, wie es zu dieser deutlichen Verbesserung kommen konnte. Ich denke, mit Ihrem Zusprechen haben Sie ihm sehr geholfen", sagte Heilmann vorsichtig optimistisch. Er hatte es längst aufgegeben, Carry davon zu überzeugen, endlich mal schlafen zu gehen.

„Hoffentlich können wir ihn morgen aufwecken, sonst haben wir noch eine Patientin. Die klappt uns bald zusammen", sagte er zu Schwester Martina.

Die zuckte nur mit den Schultern.

Am nächsten Vormittag kam Heilmann in das Zimmer von Charly und sagte zu Carry: „Frau Lund, ich muss Sie bitten, das Zimmer zu verlassen."

„Aber warum, oder ist es jetzt soweit?"

Er nickte nur und sagte: „Bitte warten Sie draußen."

Nach einiger Zeit kam er lächelnd heraus und bat Carry, hereinzukommen: „Da hat jemand nach Ihnen gefragt", sagte er mit leiser Stimme.

Als Carry das Zimmer betrat, fragte Charly sie mit einem schwachen Lächeln und immer noch kratziger Stimme: „Na bin ich jetzt im Himmel?"

„Warum?", fragte sie ihn.

„Weil so hübsch, wie du aussiehst, musst du ein Engel sein!"

„Herr Bach, jetzt lassen Sie sich mal ein paar neue Sprüche einfallen. Den hatten wir schon mal!" Dann fiel sie ihm um den Hals.

„Vorsicht, die ganzen Strippen könnten reißen", sagte er schwach.

Da kam Heilmann herein.

„So Herr Bach, dann wollen wir mal schauen."

Er fuhr mit einem Kuli über die Beine. „Spüren Sie was?", fragte er.

„Nein, da ist nichts."

„Das hat noch nichts zu sagen", bemerkte Heilmann konzentriert.

Dann fuhr er über die Fußsohle.

„Das kitzelt", sagte Charly. „Da war ich schon immer sehr empfindlich!"

Carry grinste nur und sagte: „Stimmt, das kann ich bestätigen!"

„So, jetzt versuchen Sie mal, die Zehen zu bewegen."

Charly nahm seine ganze Kraft zusammen. Die Zehen zuckten leicht. Dann sahen Heilmann und Carry, wie sich langsam das linke Bein von dem Bett erhob. Danach hob sich das rechte.

„Bo, das reicht aber für heute", stöhnte Charly.

„Herr Bach, Sie sind weiter, als ich für heute wollte. Bein heben war erst für morgen geplant", sagte Heilmann lachend.

„Und wann kann der Herr wieder Unsinn machen?", fragte Carry Heilmann mit strahlenden Augen.

„Na, ich schätze noch drei bis vier Wochen Krankenhausaufenthalt und hinterher mindestens acht Wochen Reha. Also drei Monate können Sie rechnen. Er muss jetzt erst wieder laufen lernen!"

„Ich glaube, ich weiß schon, wo ich gerne in die Reha möchte: In der Hohe Mark, dort lernt man immer so hübsche Frauen kennen", sagte Charly mit schwacher Stimme.

„Unterstehe dich", war Carrys einziger Kommentar. Dann sank sie ohnmächtig zu Boden. Heilmann konnte sie gerade noch auffangen.

„Was hat sie?", fragte Charly entsetzt.

„Sie hat drei Nächte nicht geschlafen, kaum was gegessen und fast die ganze Zeit an Ihrem Bett gesessen. Keiner konnte sie davon abhalten. Ich denke, wir lassen sie schlafen und geben ihr zur Sicherheit eine Infusion", sagte Heilmann schnell.

Typisch, wenn einer deine Rekorde einstellen kann, dann bist du es selbst, meine Eiskönigin, dachte Charly und schlief selbst erschöpft ein.

Während Charly um sein Leben kämpfte, wurde am Ufer des Nils eine männliche Leiche angeschwemmt. In der dazugehörigen Akte stand später:

Bei der gefundenen Leiche handelt es sich um den polizeilich gesuchten ‚Malik Elkadir'. Dieser wurde durch einen gezielten Schuss in den Nacken getötet. Der Erwähnte war sofort tot. Es ist davon auszugehen, dass es sich um eine Hinrichtung und einen Racheakt handelt. Nähere Hintergründe werden noch ermittelt.

Nach der forensischen Untersuchung kam es zu folgendem Telefongespräch zwischen Dabir und Keller:

„Er ist also tot?", fragte Keller.

„Ja, was wir nicht geschafft haben, haben seine Leute geschafft. Er muss gestellt worden sein und dann hingerichtet, ähnlich wie damals Hasim. Diese Organisation verzeiht keine Fehler. Auch nicht bei hohen Tieren in den eigenen Reihen!"

„Dann können wir die Akte ‚Elkadir' von unserer Seite schließen. Die Ermittlung der Mörder fällt in Ihren Bereich", bemerkte Keller.

„Keller, machen wir uns nichts vor. Die Täter werden wahrscheinlich nie gefunden werden. Außerdem habe ich keine Lust, allzu viel Energie in die Ermittlung zu stecken. Ich habe wichtigere Fälle. Aber Sie haben Recht, die Ära Elkadir ist vorbei!"

„Die Ära ja, aber die Organisation gibt es immer noch. Und wenn wir einen Kopf abschlagen, wachsen zwei neue nach. Wie bei der Hydra. Dabir, es wird nie vorbei sein. Der Kampf geht immer weiter!"

„Sie haben Recht, Keller. Aber solange wir so gute Leute wie Carry und Charly haben, werden wir immer gegenhalten können."

„Oh, welch ein Lob aus Ihrem Mund", antwortete Keller. Sein Grinsen konnte Dabir durch das Telefon sehen.

„Ja, aber verraten Sie mich nicht. Sonst bilden die beiden sich noch was drauf ein. Wünschen Sie ihnen weiter gute Besserung. Bis zum nächsten Mal!" Dann legte Dabir auf.

Ja, wir machen weiter. Jetzt soll Charly aber erst mal gesund werden. Dann sehen wir weiter, dachte Keller und konzentrierte sich wieder auf sein Tagesgeschäft.

Kapitel 3.3.3
Und nochmal Hohe Mark

Charly blieb noch vier Wochen in der Deutschen Klinik in Kairo. Nach einer Woche verabschiedeten sich Frau Doktor Glowisch und Doktor Heilmann von ihm. Markus war schon zwei Tage nach Charlys zweitem Wachwerden abgereist.

„Frau Doktor, Herr Doktor, ich danke Ihnen für alles", sagte Charly zum Abschied. „Und wenn ich mal nach Leipzig komme, besuche ich Sie, versprochen."

„Da freuen wir uns jetzt schon drauf", antwortete Heilmann. „Aber bedanken Sie sich auch bei Frau Lund. Die hat Ihnen in der schweren Zeit zur Seite gestanden. Und ihr Zuspruch hat Ihnen bei der Genesung bestimmt geholfen!"

„Aber ich kann mich an nichts erinnern, was Carry während meines Komas zu mir gesagt hat", entgegnete er.

„Da läuft viel über das Unterbewusstsein ab", ergänzte Doktor Glowisch. „Das kriegen Sie bewusst gar nicht mit. Aber glauben Sie mir, es waren schöne Worte, die sie zu Ihnen gesagt hat."

„Ja, was denn?", fragte er neugierig.

„Das soll sie Ihnen mal schön selbst sagen, ärztliche Schweigepflicht", sagte Glowisch nur. Dann verabschiedeten sie sich voneinander.

Carry blieb noch eine Woche in Kairo. Dann musste auch sie wieder zurück nach Deutschland. An einem Freitagmorgen verabschiedete sie sich von Charly:

„Wird langweilig sein ohne dich", sagte Charly zum Abschied.

„Ach komm, der Arzt sagt, dass du in zwei Wochen hier raus kannst. Dann kommst du direkt in die Klinik Hohe Mark zur Reha. Ist schon alles organisiert!"

„Kommst du mich auch besuchen?" fragte er vorsichtig.

„Ne, zu viel zu tun. Natürlich, du Hirni. Sobald ich es darf. Aber immer schön fleißig trainieren, hier schon", sagte sie streng.

„Ja Mama, mache ich. Carry, ich muss dich nochmal was fragen", entgegnete er.

„Na frag doch, aber schnell, mein Flieger geht bald!"

„Was hast du zu mir gesagt, als ich im Koma lag? Frau Doktor Glowisch hat da letzte Woche so eine Andeutung gemacht, dass das zu meiner Heilung beigetragen hat. Aber ich soll dich selbst fragen, meinte sie."

„Du, nichts Besonderes. Ich sage es dir, wenn du wieder in Deutschland bist. Aber nur, wenn du fleißig trainierst", sagte sie betont lässig.

Da kam Abdul herein, der sie zum Flughafen fahren wollte.

„Carry komm, wir müssen. Dein Flieger geht in drei Stunden."

„Stimmt", sagte Carry. „Also Charly, wir sehen uns in der Hohen Mark im Haus Taunus, wenn du wieder gequält wirst."

Dann gab sie ihm ein Küsschen auf die Wange.

„Tschüss Carry, bis denne", antwortete Charly mit einem leicht enttäuschten Unterton.

Dann war sie durch die Tür verschwunden.

„Das war alles?", fragte Abdul, als sie im Auto saßen. „Da verabschiede ich mich ja von meinem Hund herzlicher. Und wenn es nur bis zum Abend ist!"

Er schaute zu Carry hinüber.

„Ich weiß, aber ich muss mir selbst erst über meine Gefühle im Klaren sein. Es ist so viel in letzter Zeit passiert!"

„Carry, ich kann dir nur einen Rat geben: Sprich mit jemandem darüber und friss nicht alles in dich rein. Du zerfleischst dich innerlich!"

Dann waren sie am Flughafen angekommen.

Zum Abschied sagte Carry zu Abdul: „Bitte kein Wort zu Charly. Er muss jetzt erst wieder gesund werden. Und ich werde deinen Rat befolgen. Mach es gut, mein Freund, es war trotz allem schön, wieder mit dir zusammenzuarbeiten. Grüße mir nochmal ganz herzlich Dimitrie und Keller, ich werde euch vermissen!"

Abdul nahm sie in den Arm und drückte sie: „Ich werde einen Teufel tun und Charly was erzählen, das ist eure Angelegenheit. Und wie immer du dich entscheidest: Allah möge bei dir sein und bei deiner Entscheidung helfen!"

„Danke Abdul, ich muss mich ja irgendwann entscheiden. So geht das nicht weiter, das ist klar. Mach es gut und pass auf dich auf. Und vertreib Charly die Zeit, bis er wieder bei mir ist."

Dann löste sie sich aus der Umarmung und ging in den internationalen Bereich.

Abdul schaute ihr lange nach. Dann ging er langsam zu seinem Auto und dachte: *Königskinder!*

Vier weitere Wochen später wurde Charly aus der Klinik entlassen. Der Heilungsprozess zog sich doch länger hin als erwartet. Er wurde per Krankentransport nach Frankfurt geflogen und von dort direkt in die orthopädische Reha nach Oberursel in die Klinik Hohe Mark gebracht.

Hier wurde er von Frau Doktor Merz bereits erwartet:

„Herr Bach, Sie wurden uns für heute bereits avisiert. Ich freu mich, dass Sie die Reha wieder bei uns machen!"

„Hat doch beim letzten Mal auch ganz gut funktioniert. Frau Doktor Merz, machen Sie mich wieder fit!"

Dann schaute er sich suchend um.

„Also wenn Sie jemand Bestimmten suchen, sie ist nicht da. Konzentrieren Sie sich erst mal auf Ihren Gesundungsprozess. Alles andere ist nachrangig. Hier ist übrigens Ihr Reha-

Plan für diese Woche. Wir fangen langsam an und werden uns dann steigern!"

„Ich sehe schon, das wird kein Zuckerschlecken", sagte Charly, nachdem er über den Plan geschaut hatte. „Aber an dem Morgenspaziergang muss ich doch noch nicht teilnehmen, oder?"

„Diese Woche noch nicht, aber ab nächstem Montag. Schließlich wollen Sie aufrecht und ohne Hilfe hier wieder raus", entgegnete sie.

„Na denn!"

Nachdem Charly seine Sachen eingeräumt hatte, schaute er nervös auf sein Handy. *Wieder keine Nachricht von Carry*, dachte er.

Hatte sie sich in der ersten Woche nach ihrer Abreise noch fast täglich per WhatsApp nach seinem Befinden erkundigt oder hatte ihm einen schönen Tag gewünscht, war es danach weniger geworden. Auch ihre Herzlichkeit, die in der ersten Woche noch spürbar war, ließ nach. Zweimal hatte Charly versucht, sie telefonisch zu erreichen, aber sie ging nicht an ihr Handy. Später entschuldigte sie sich per WhatsApp mit der vielen Arbeit, die sie erledigen musste.

Scheint doch nur die Arbeitskollegin zu sein wie zu Beginn ihrer Wiedereingliederung. Und ich dachte, da sei jetzt mehr, dachte er enttäuscht.

Charly war bereits mehrere Wochen in der Reha und hatte sich damit abgefunden, keine Nachricht von Carry zu erhalten, da trafen sich Tina und Carry in Tinas Wohnung. Carry hatte um das Gespräch gebeten und ausdrücklich gewünscht, nicht in eine Kneipe zu gehen. Tina hatte darauf nur geantwortet:

„OK, dann koch ich uns was." Sie konnte sich schon denken, um was es gehen würde …

Zuerst sprachen sie über Belanglosigkeiten, bis Carry langsam mit der Sprache herausrückte:

„Tina, ich weiß gar nicht, wie ich anfangen soll!"

„Es geht um Charly, um Charly und dich, stimmts? Ich merke doch, dass du, seit du aus Ägypten wieder zurück bist, völlig neben der Spur bist. Ständig abwesend und vergisst die Hälfte von dem, was man dir erzählt. Also an Überarbeitung kann das nicht liegen!"

„Ich denke halt viel über Charly und mich nach. Bis vor ein paar Wochen war alles ganz einfach. Wir waren kollegiale Freunde. Charly war mit dir zusammen und ich mit Stefan. Und dann haben wir uns gleichzeitig getrennt. Dann kam die Zusammenarbeit mit ihm an der Akte DaSilva und die langen Abende mit der Recherche. Ich merkte, dass er sich noch an so viele Sachen erinnern konnte, die uns beide betrafen. Auch Kleinigkeiten, dass ich zu meinem Hamburger immer Pommes aus Süßkartoffeln nehme. Oder dass ich immer kleckere, wenn ich Hamburger esse. Und da war plötzlich wieder so eine Vertrautheit, die ich schon früher gespürt habe!"

„Carry, glaubst du wirklich, bis vor ein paar Wochen war alles in Ordnung?", erwiderte Tina. „Ich habe dich auf dem Fest der Lehrgangsabsolventen gesehen, wie du mich und Charly beobachtet hast. Ich kann mir schon vorstellen, dass es dir an dem Abend nicht gut ging. Aber es lag nicht an dem Stress des Festes oder der Firma. Sondern an dem Stress, den du mit der Situation hattest, uns zu sehen!"

„Du hast Recht, aber das ist mir erst später klar geworden", entgegnete Carry.

„So und jetzt zu Charly: Als ich ihm damals gesagt habe, ich würde mich von ihm trennen, hat er es stillschweigend zur Kenntnis genommen. Er hat nicht mit einem Wort versucht, mich umzustimmen. Er hat nicht um mich gekämpft. Später hatte ich sogar das Gefühl, er war richtig erleichtert. Bei dir hätte er anders reagiert!"

„Aber als ich ihm damals gesagt habe, dass meine Gefühle sich geändert haben, hat er auch nicht gekämpft", konterte Carry.

„Weißt du, in welchem extremen Ausnahmezustand er damals war? Er kam direkt aus Brasilien zurück und hat unter Lebensgefahr DaSilva zur Strecke gebracht. Er war am Ende. Hätte er dann nicht die Auszeit genommen, wäre er kaputtgegangen. Selbst danach hat er noch Wochen gebraucht, wieder der Alte zu werden. Frag mal Abdul zu diesem Thema! Und als wir zusammen waren, hatte ich immer unterschwellig das Gefühl, dass du zwischen uns stehst. Verstehe mich bitte nicht falsch, ich bin jetzt mit Markus froh und glücklich. Er gibt mir das, wovon ich immer geträumt habe. Das gleiche wünsche ich mir aber auch für Charly. Ich weiß, er liebt dich. Er hat dich immer geliebt und er verdient es, wieder geliebt zu werden!"

„Aber wie kann ich ihm gestehen, dass ich ihn liebe, wenn ich mir selbst nicht sicher bin?", fragte Carry.

„Bist du dir wirklich nicht sicher? Oder ist es nicht eher eine Art von Verunsicherung, dass da wieder alte Gefühle hochkommen, die du längst vergessen oder verdrängt hattest? Ich habe mich mal ausführlich mit Doktor Demir über dich unterhalten. Da waren wir zwei schon gute Freundinnen und ich von Charly längst getrennt. Demir sagte mir, dass das Vergessen von Gefühlen in deiner Situation, in der du warst, nicht selten vorkommt. Dass diese Gefühle aber auch wieder kommen und zu einer großen Verunsicherung führen können!"

„Ich glaube, ich sollte Doktor Demir mal aufsuchen und mit ihm sprechen", erkannte Carry.

„Mach das und bei der Gelegenheit kannst du vielleicht mal Charly besuchen. Er hat sich schon bei uns beschwert, dass du dich nicht bei ihm meldest!"

„Wie geht es ihm denn?", fragte Carry interessiert.

„Ihm geht es gut und er macht Fortschritte. Frau Doktor Merz nimmt ihn mächtig ran. Er klagt über Muskelkater, ein gutes Zeichen. Markus hat Charlys Krücke schon ‚Zukünftige Exfreundin' getauft. Wir haben ihn am Wochenende übrigens besucht. Bei der Gelegenheit haben wir ihm ein paar Sachen aus seiner Wohnung mitgebracht."

Carry fragte: „War bei den Sachen, die ihr ihm gebracht habt, vielleicht auch ein goldener Elefantenanhänger dabei?"

„Ach, das kann ich dir gar nicht sagen. Da waren so viele Dinge. Und die meisten Sachen hat Markus eingepackt", log Tina.

„Charly und Markus sind richtig gute Freunde geworden, habe ich Recht?", fragte Carry.

„Ja, seit sie beide in Ägypten waren, sind die ganz dicke. Markus telefoniert fast täglich mit Charly."

Carry dachte lange nach und sagte dann: „So mach ich das, ich gehe zu Doktor Demir!" Carry sah Tina mit festem Blick an.

„Und der weitere Verlauf deines Besuches wird sich dann ergeben. So, und jetzt müsstest du mir eigentlich auf den Oberschenkel klopfen", stellte Tina grinsend fest.

Carry schaute sie nur fragend an. Dann erzählte Tina die Geschichte von ihr und Markus, als sie sich das erste Mal geküsst hatten. Gute Freundinnen haben halt keine Geheimnisse voreinander und sagen sich auch mal unbequeme Wahrheiten.

Schon drei Tage später hatte Carry einen Termin bei Doktor Demir.

Er begrüßte sie mit den Worten: „Ich grüße Sie, Carry. Ich dachte mir schon, dass Sie über kurz oder lang zu mir kommen. Es geht um Ihre Gefühle zu Charly, habe ich Recht?"

„Ja, wenn Sie das so genau wissen, warum haben Sie mich nicht zu einem Gespräch eingeladen?", fragte sie ihn.

„Weil Sie von sich aus kommen mussten, Carry. Nur dann macht ein solches Gespräch Sinn!"

Dann erzählte Carry die gleichen Sachen, die sie schon Tina anvertraut hatte. Sie endete mit den Worten:

„Doktor Demir, können Sie mir helfen, meine Gefühle zu ordnen?".

„Nun, ordnen können Sie ihre Gefühle nur allein. Ich kann Ihnen nur helfen, diese zu benennen. Das, was Sie mir geschildert haben, überrascht mich nicht. Sie müssen sich das so vorstellen: Da ist eine Masse an Lava und darüber ist eine dünne Erdkruste. Jetzt steigt der Druck der Lava immer mehr an. Die Erdkruste bekommt immer mehr Risse und die Lava tritt immer mehr aus. Das ist der Zustand, in dem Sie lange waren. Immer mehr Lava trat aus. Anfangs haben Sie es nicht wahrgenommen. Aber dann wurde es mehr und mehr. Es äußerte sich in einer Unzufriedenheit, die Sie nicht einordnen konnten. Auch die Trennung von Ihrem Freund war eine Folge davon. Jetzt ist die Lava völlig durchgebrochen und Sie müssen mit der Lava, sprich Ihren Gefühlen, fertig werden!"

„Es sind also Gefühle, die nie weg waren. Sondern nur unter einer dünnen Decke schlummerten?", fasste Carry das Gesagte zusammen.

„Genau, es gibt jetzt nur zwei Möglichkeiten: Entweder Sie nehmen diese Gefühle an oder warten, bis sie ganz weg sind. Eine Decke darüber wird es nie wieder geben. Ich möchte Ihnen keinen Rat geben, aber ersteres wäre einfacher. Und ich könnte mir vorstellen, dass die Gefühle erwidert werden", sagte er schmunzelnd. „Ach doch, einen Tipp will ich Ihnen geben. Gehen Sie doch mal ins Haus Taunus und statten einem Herrn einen Besuch ab. Ich glaube, er würde sich freuen!"

Carry wunderte sich, wie gut Demir über ihre ganze Situation informiert war und sagte:

„Ja, Doktor Demir, ich glaube, das mache ich jetzt auch. Und überhaupt, warum soll ich warten, bis die Gefühle wieder weg sind? Sie sind doch wunderschön!"

„Carry, ich glaube, Sie haben grade den großen letzten Schritt in Ihrer Entwicklung gemacht, gratuliere!"

„Und ich danke Ihnen!" Carry sprang auf und umarmte Demir so heftig, dass dieser fast aus seinem Rollstuhl fiel. Dann rannte sie raus.

Schwester Martina, die gerade über den Gang kam, schaute fragend in das Büro von Demir:

„Ist was?"

„Schwester Martina, ich glaube, die Akte Carry können wir endgültig schließen", sagte Demir.

„Na Gott sei Dank", sagte sie erleichtert.

Charly saß, von heftigem Muskelkater geplagt, im Raucherbereich vom Haus Taunus. Er zog seine Winterjacke fester zu. Es war Winter geworden und ein scharfer, kalter Wind zog durch den Raucherbereich. Er hatte während seines Aufenthaltes bisher noch keinen Sonnenstrahl gesehen.

Früher starben Raucher an Lungenkrebs, heute an Lungenentzündung, dachte er. Er wimmelte wieder einige Insassen des ersten und zweiten Stocks ab, die eine Zigarette schnorren wollten.

Hier hat sich aber auch gar nichts geändert, dachte er weiter.

„Herr Bach, rauchen Sie nicht so viel, das schadet Ihrem Gesundungsprozess", hörte er Frau Doktor Merz sagen, die gerade das Haus verließ, um Feierabend zu machen.

„Genau!", hörten beide plötzlich eine Stimme, „Passen Sie mal gut auf meinen Charly auf. Ich brauche ihn nämlich noch!"

„Frau Lund, das ist aber eine Überraschung. Schön, dass Sie uns auch mal besuchen", rief Frau Doktor Merz Carry zu.

„Carry!", sagte Charly. Er war völlig baff. „Was machst du denn hier?"

„Na was wohl, dich besuchen!"

„Du hast dich ewig nicht gemeldet, was war denn los?" Jeglicher Groll, den er die letzten Tage gegen sie hegte, war verflogen.

„Sagen wir, ich war im Prozess. Aber jetzt sehe ich klarer!", erwiderte sie.

„Ich lasse Sie jetzt mal allein", sagte Frau Doktor Merz. Sie hatte das Gefühl, die beiden hätten etwas Wichtiges zu besprechen.

„Magst du drüber sprechen?", fragte Charly.

„Ja, gleich. Aber vorher habe ich eine Frage: Hast du eigentlich den goldenen Elefantenanhänger noch, den du mir schon vor Ewigkeiten schenken wolltest?" Sie klang sehr neutral, innerlich bebte sie allerdings.

Charly grinste verschmitzt und griff in seine Jackentasche.

„Immer am Mann, habe ich mir extra für den Fall der Fälle von Tina und Markus mitbringen lassen!"

„Dann hast du geahnt, dass ich dich besuchen komme?", fragte sie gerührt.

„Sagen wir, ich habe es gehofft. Außerdem hattest du es mir in Kairo ja versprochen!" Dann nahm er den Elefanten aus dem Etui.

„Er ist wunderschön, Charly. Sag mal, wie wäre es, wenn du jetzt nicht den Elefanten küsst, wie damals am Flughafen, sondern mich?" Sie schaute ihn fragend und zärtlich zugleich an.

„Carry!", flüsterte er und küsste sie zärtlich. „Carry, ich liebe dich, ich habe dich immer geliebt!"

„Charly, ich liebe dich auch. Ich habe es nur lange nicht wahrgenommen und mir eingestanden!"

„Ist egal, Hauptsache ist, du tust es jetzt!"

In dem Moment trat Frau Doktor Rausch aus der Tür: „Na, das sind ja schöne Bilder, die ich sehe", sagte sie strahlend. „Aber Herr Bach, vergessen Sie bitte nicht, noch einmal um den Block zu gehen. Der Abendspaziergang steht auf Ihrem Therapieplan", ergänzte sie streng.

„Ja, mach ich gleich", sagte er kleinlaut. „Ich hasse es, jetzt fängt es auch noch an zu nieseln!"

„Na komm, wir gehen ein Stück", sagte Carry aufmunternd.

Als sie ein Stück gegangen waren, sagte Charly: „Also ich bleibe dabei: Von November bis April könnte man mich einsalzen. Ich hätte nichts dagegen!"

Er schaute schelmisch grinsend zu Carry.

„Aber ich, Charly, jetzt erst recht", dann küsste sie ihn zärtlich.

„Und bei noch was bleib ich: Für Deine Augen brauchst du eigentlich einen Waffenschein!", sagte er verliebt.

Zwei Jahre später

Charly stand unschlüssig vor dem Spiegel und musterte sich kritisch.

„Soll ich den Anzug wirklich nehmen?", fragte er Markus.

„Mann, nun entscheide dich mal. Wir suchen schon seit drei Stunden nach dem passenden Outfit für dich. Wärst du bei Carry genauso zaudernd gewesen, würdet ihr heute noch als ‚gute Freunde' durchs Leben laufen!" Markus war am Ende seiner Geduld.

„Gut, den nehme ich jetzt", Charly entschied sich für einen anthrazitfarbenen Anzug, der genau zu dem anstehenden Anlass passte.

„Gott sei Dank", dachte sich Markus. „Jetzt lass uns was essen gehen. Ich habe tierischen Bock auf Krustenbraten!"

„Soll ich das Kleid wirklich nehmen?" Carry stand unschlüssig vor dem Spiegel und musterte sich kritisch.

„Mädchen, wie lange willst du noch suchen? Das Kleid ist perfekt. Charly wird dich noch im Standesamt vernaschen wollen, glaube mir. Außerdem tun mir die Füße weh und ich habe Hunger!" Tina rollte genervt mit den Augen.

„Gut, das ist es", Carry hatte sich entschieden. Ihre Wahl fiel auf ein halblanges, cremefarbenes Kleid, das ihre sportliche Figur perfekt zur Geltung brachte. „Dazu die passenden Schuhe hier. Ich glaube, in dem Outfit kann ich den Schritt wagen!"

„Carry, der würde dich auch im Jogginganzug nehmen", sagte Tina erleichtert. Erleichtert war sie aus mehreren Gründen.

Markus und Charly saßen in einem Restaurant und ließen sich ihr Abendessen schmecken.

„Was macht denn Carry heute so?", fragte Markus, nachdem er seinen letzten Bissen geschluckt hatte.

„Die ist mit Tina ein Kleid für morgen kaufen und übernachtet bei ihr. Sie macht ein Riesengeheimnis aus dem Kleid. Wir heiraten zwar nur standesamtlich, aber sie möchte die gleichen Rituale haben wie bei einer kirchlichen Trauung. Ich darf das Kleid vorher nicht sehen!"

„Ah, jetzt verstehe ich, warum Tina so geheimnisvoll tat. Ich darf heute nämlich auch nicht zu ihr. Gut, dann machen wir es genauso. Wenn du sie jetzt nicht sehen darfst, können wir ja einen spontanen Junggesellenabend machen!"

„Ach lass, wie sollen wir das noch organisiert kriegen? Und trinken tue ich eh nichts, das weißt du!"

Während Charly und Markus noch am Diskutieren waren, klingelte es an Tinas Wohnungstür.

„Wer ist das denn?", fragte Carry überrascht. Sie hatte sich schon auf einen ruhigen und erholsamen Abend vor ihrem großen Ereignis gefreut. Schließlich lief heute Abend ein ‚Tatort' und die Etagere mit Konfekt stand auch schon vor ihr.

„Ja, wer mag das wohl sein?", fragte Tina verschwörerisch.

Als sie die Tür öffnete, standen Greta, Susanne und einige andere Frauen von MR mit Luftballons und etlichen Flaschen sowie Knabberzeug im Hausflur und riefen: „Ladys Night!"

„Mädels, wird aber auch Zeit, ich dachte, ihr kommt gar nicht mehr", sagte Tina zu ihnen.

„Komm, auf das morgige Ereignis haben wir lange genug gewartet, da kommt es heute Abend auf eine Stunde nicht an", entgegnete Greta und ergänzte laut: „Party!!"

Mittlerweile hatte Markus Charly überredet und sagte: „Komm, lass mich mal machen: Lokalwechsel!"

Zehn Minuten später standen die beiden vor einem Café in Bornheim.

„Das kenn ich doch!" Charly konnte sich noch genau an den verregneten Nachmittag erinnern, an dem er sich mit Carry und Benny in diesem Café traf und Carry sie beide überredet hatte, Dimitrie zu suchen.

Sie betraten das Café und wurden von einigen Mitarbeitern von MR empfangen.

„Party!", rief Dimitrie, als er die beiden entdeckte.

„Du Schuft!", sagte Charly zu Markus grinsend, „Überraschung gelungen!"

„Markus und ich haben zwar morgen eine große Aufgabe, aber das hindert uns nicht, heute Abend ein wenig zu feiern", Dimitrie nahm Charly herzlich in den Arm.

„Danke nochmal, dass ihr beiden unsere Trauzeugen macht."

„Na, vergiss mir Tina nicht", ergänzte Markus. „Carry konnte sich ja nicht entscheiden, wen sie nimmt. Da hat sie einfach alle drei eingespannt!"

„Ihr seid halt was Besonderes für uns, da wollten wir keinen ausschließen", sagte Charly und erinnerte sich, dass diese drei Menschen eine ganz besondere Rolle in ihrem Leben gespielt haben.

Es wurde ein langer Abend mit vielen Erinnerungen.

Am nächsten Morgen klingelte Markus pünktlich an der Haustür von Charly.

„Na, bereit für den großen Tag?", fragte er schelmisch grinsend.

„Oh Mann, ich bin so aufgeregt", erwiderte Charly, der schon komplett angezogen die Tür öffnete.

„Junge, du siehst gut aus", entgegnete Markus, „hast du die Ringe?"

„Ja, hier!"

„Na dann, gehen wir es an!"

Zur gleichen Zeit klingelte Dimitrie an der Haustür von Tina.

„Sind fertig", sagte Tina augenzwinkernd, als sie Dimitrie die Tür öffnete.

Im Hintergrund stand Carry und schaute etwas schüchtern. Dimitrie pfiff durch die Zähne und sagte nur: „Du siehst großartig aus. Darf ich mit dir durchbrennen?"

„Untersteh dich", antwortete Tina. „Wir haben doch alle so lange auf diesen Moment gewartet!"

„Das stimmt", entgegnete Dimitrie.

„Danke, dass du mich in das Standesamt führst und mein Trauzeuge bist, Dimitrie", sagte Carry sichtlich gerührt. „Und dir danke ich auch Tina, für alles!"

„Ich habe mich wohl damals zur Expertin für Kopfwaschen bei euch beiden gemacht", sagte Tina, die sich noch gut an die Gespräche mit Carry und Charly erinnern konnte.

„Ja und mir ist es eine Ehre, dich auf diesem Gang zu begleiten." Dimitrie platzte fast vor Stolz.

„Kinder, los, sonst kommt Carry noch zu spät zu ihrer eigenen Hochzeit", mahnte Tina zur Eile. „Außerdem werden die anderen bestimmt auch schon warten. Vor allem der pünktliche Charly!"

Im Auto fragte Dimitrie Carry: „Sag mal, wo verbringt ihr denn eigentlich eure Flitterwochen?"

„Ich kann es dir nicht sagen. Charly macht da ein Riesengeheimnis draus. Er will es mir nach der Trauung sagen."

„Aha", antwortete Dimitrie nur.

„Wieso, weißt du was?", fragte Carry Dimitrie.

„Ich, nene, lass dir das mal von Charly erzählen!"

„Schuft", tat Carry grinsend beleidigt.

Und wirklich, wie Tina vorausgesagt hatte, standen Charly, Markus und sämtliche geladenen Gäste schon vor dem Trauzimmer und warteten auf Carry.

„Da ist sie!" Markus entdeckte sie als erster. Dann sah auch Charly sie neben Dimitrie die Stufen heraufkommen und begann hingerissen zu lächeln.

„Guten Morgen, schöne Frau", empfing er sie.

„Gefall ich dir?", fragte sie schüchtern.

„Mensch, du siehst fantastisch aus. Ich sage nur: Waffenschein. Aber ich würde dich auch im Jogginganzug heiraten!"

„Komisch, das habe ich gestern schon mal gehört. Komm, wir gehen rein, bevor du es dir noch anders überlegst!" Carry hakte sich bei ihm ein.

„Im Leben nicht, ich habe schließlich lange genug darauf gewartet!" Dann gingen beide in den Trausaal.

Nach einer zwanzigminütigen Trauzeremonie kam ein sichtlich lockeres Brautpaar, jetzt verheiratet, aus dem Raum.

„Schön, dass ihr alle gekommen seid. Lasst uns jetzt ins Restaurant gehen, da haben wir etwas vorbereitet", rief Charly in die Gruppe, nachdem sie die Gratulationen entgegengenommen hatten.

„Und Dimitrie und ich haben uns erlaubt, noch ein paar Leute mehr einzuladen", ergänzte Markus.

Carry und Charly schauten ihn fragend an.

„Lasst euch überraschen", kam es von beiden wie aus einem Mund.

Im nahegelegenen Restaurant wurden Carry und Charly tatsächlich von einigen Personen empfangen, die sie nicht erwartet hatten.

„Herr Dubois, jetzt bin ich aber platt", platzte es aus Charly heraus. „Ich dachte, Sie sind auf einem Kongress in Genf und unabkömmlich!"

„Och, Markus und ich haben ein bisschen getrickst. Darf ich vorstellen, meine Frau!"

Aus dem Hintergrund trat eine attraktive dunkelhaarige Frau mit großen braunen Augen hervor und gratulierte herzlich.

„Wusstest du, dass Dubois verheiratet ist?", fragte Markus Dimitrie.

„Klar, schließlich haben Dubois und ich in Kairo lange genug zusammengearbeitet", antwortete der.

„Gratulation zur längst überfälligen Hochzeit", fuhr Dubois fort. „Und zur Entscheidung des Rates. Das war eine richtige Entscheidung. Ihr beide seid die beste Nachfolge für mich!"

„Sie bleiben uns ja als Vorsitzender des Verwaltungsrates erhalten und können uns auf die Finger schauen. Und danke, dass Sie keinen Unterschied zwischen Chef und Stellvertreterin machen", entgegnete Carry.

„Sie sind immer als Team aufgetreten und haben sich wunderbar ergänzt. Ich glaube, das haben andere schon eher gesehen als Sie selbst!"

„Aber besser spät als nie. Ich habe doch schon immer gesagt: Allah wird es richten", hörten die beiden eine Stimme aus dem Hintergrund.

„Abdul!!", riefen beide wie aus einem Mund. „Du bist auch hier. Das ist ja großartig!" Die Begeisterung der beiden fand keine Grenzen.

„Ja, ich muss euch doch mal meine Frau vorstellen!" An seiner Seite stand Amal und lächelte die beiden strahlend an.

„Endlich lerne ich auch mal Carry kennen. Dich, Charly, kenne ich schon. Charly hatte uns während seiner Auszeit lange besucht", sagte sie in fast perfektem Deutsch.

„Auch ich freue mich, Sie endlich mal wiederzusehen", hörten die beiden eine dunkle Stimme, die ihnen sehr bekannt vorkam.

„Professor von Sundheim!", rief Charly.

„Na Junge, ich sehe, Sie haben meinen Rat beherzigt und gut auf die hübsche Lady aufgepasst", sagte von Sundheim an Charly gewandt.

„Und ich habe vor, es weiterhin zu tun", Charly konnte sich an die Unterredung in der Wüste noch sehr gut erinnern.

„Tja und MR hat jetzt sogar wieder ein verheiratetes Dreamteam, nicht wahr, Robert?", sagte Dubois zu von Sundheim.

„Ja, eine würdige Nachfolge", antwortete dieser mit Tränen in den Augen.

„Darf ich jetzt auch mal zur Braut, meiner ehemaligen Lieblingspatientin!"

„Doktor Demir!" Carry kam aus dem Staunen nicht mehr heraus.

„Bei aller Bescheidenheit, jetzt Professor", korrigierte Demir. „Ihre Therapie hat so viele Leute überzeugt, dass sie mich überredet haben, meine Professur darüber abzulegen. Aber eins möchte ich klar und deutlich sagen: Ohne Ihrer beider Mitarbeit wäre es mir damals nicht gelungen. Danke vor allem meinem damaligen Assistenten", fuhr er an Charly gewandt fort. „Und ich erinnere mich noch gut an Ihren einsamen Rekord: Vom Codewort ‚Show-Time' bis zum Öffnen der Tür des Besprechungsraums in 0,0 Sekunden!"

Charly lächelte nur. Zu gut konnte er sich an die damalige Zeit in der Hohen Mark erinnern, als er mit einigen Utensilien dabei half, dass Carry ihre Erinnerung wiedererlangte.

Und an Carry gewandt sagte Demir; „Und ganz besonders freut es mich, dass Sie neben Ihren Erinnerungen auch alle Ihre Gefühle wiedergefunden haben. Und diese auch geblieben sind. Das ist aber nicht mein Verdienst, sondern der des Mannes neben Ihnen, von Herzen alles Gute!"

„Ja und ich denke, ich werde diese Gefühle nicht mehr verlieren", antwortete Carry und schaute dabei Charly strahlend an. Er strahlte zurück und drückte Carry fest an sich.

Dann nahmen Dimitrie und Abdul beide beiseite und führten sie an einen Tisch, auf dem eine Decke irgendetwas verdeckte.

„Ich hoffe, es ist in eurem Sinne, was wir hier vorbereitet haben. Wir dachten, auch diese Menschen sollten in irgendeiner Form an eurem Glück teilhaben", sagte Dimitrie.

Und dann zogen Abdul und Dimitrie gleichzeitig und vorsichtig die Decke herunter. Es kamen drei Bilder zum Vorschein: Es waren die Bilder von Professor Neumann, Tamara „Mara" Müller und Benny.

Carry und Charly schossen die Tränen der Rührung in die Augen.

„Oh, was für eine schöne Idee", sagte Carry, die als erste ihre Stimme wiederfand.

„Ihr habt Recht, die drei gehören auch hierher", ergänzte Charly. Alle vier blieben einen Moment vor den Bildern andächtig stehen.

Dann eröffnete Carry das Buffet und es begann ein rauschendes Fest.

Später am Abend flüsterte Charly zu Carry: „Schöne Frau, hast du nicht noch etwas vergessen?"

„Also, wenn du die Hochzeitsnacht meinst, die habe ich, wie du sicherlich auch, noch immer fest im Visier!"

„Die meine ich jetzt ausnahmsweise nicht", erwiderte er grinsend. „Ich meine eigentlich, dass du noch den Brautstrauß schmeißen musst!"

„Ach so", Carry spielte enttäuscht. „Dann wollen wir der Pflicht mal nachkommen!"

„Keine Angst, das andere habe ich nicht vergessen", zwinkerte Charly ihr zu.

„Dachte ich mir, du bist ja auch mein Elefant."

So kam es, dass Carry alle unverheirateten Frauen aufforderte, einen Halbkreis zu bilden.

„Dann schmeißen wir mal. Ich bin gespannt, wer die nächste wird!" Dann drehte sie sich um und warf den Brautstrauß über ihre Schulter. Und es fing: Tina.

Tina und Markus schauten sich erstaunt an.

„Lasst euch aber nicht so lange Zeit wie wir", rief Charly ihnen zu.

„Im Lebe net", antwortete Markus schon wieder gefasst. Er schaute Tina verliebt an.

„Werde ich auch mal gefragt?", entgegnete sie.

„Alles zu seiner Zeit, mein Schatz, alles zu seiner Zeit", konterte Markus.

Nach weiteren zwei Stunden auf der Tanzfläche beschlossen Carry und Charly, die Feier zu verlassen. Dimitrie erklärte sich bereit, die beiden nach Hause zu fahren.

„Sag mal, mein Schatz, jetzt kannst du es mir doch erzählen", forderte Carry Charly auf, als sie im Auto saßen.

„Was?", fragte er unwissend.

„Ja das mit den Flitterwochen. Bitte Charly, du weißt, ich liebe Überraschungen", sie schaute ihn treuherzig an.

Dimitrie beobachtete die beiden durch den Rückspiegel.

„Ach so, du willst wissen, wo es hingeht. Nun ja, dann will ich dich nicht länger auf die Folter spannen: Es geht nach Rio!"

„Oh Charly, du bist wundervoll. Da wollte ich immer mal hin!"

„Ich auch, mit dir, vor allem zur Jesus-Statue", dabei schaute jetzt er Dimitrie im Rückspiegel an. „Ich erzähle dir die ganze Geschichte zu Hause, Carry."

„Mach das Charly, du kannst so schön erzählen, ich liebe dich!"

„Ich weiß", gab er als Antwort.

Dann schaute Charly versonnen aus dem Fenster.

„Schatz, was denkst du?", fragte Carry ihn zärtlich.

„Ich muss dran denken, was wir alles zusammen und ge-trennt in den letzten Jahren erlebt und durchgemacht haben. Und jetzt sind wir verheiratet und stehen an der Spitze einer Organisation, die für uns das Leben bedeutet!"

„Korrigiere, Herr Bach, du bist mein Leben", entgegnete sie ihm.

„Ja, Frau Bach und du bist meines!" Charly küsste sie zärtlich.

„Was meint ihr?", fragte Charly jetzt an beide gewandt. „Was würde Benny jetzt zu alledem sagen?"

Und alle drei sagten lachend wie aus einem Mund:

**„Ich bin raus, für mich ist das
mindestens eine Nummer zu groß."**

Ende

Personen und ihre Rolle in der Geschichte

Person	Rolle	Teilnahme
Stefan Bach, genannt Charly	Hauptdarsteller Das Verhältnis zu Carry ist kompliziert.	1. bis 3. Teil
Karen Lund, genannt Carry	Hauptdarstellerin Ihr Verhältnis zu Charly ist kompliziert.	1. bis 3. Teil
Benjamin Sauer, genannt Benny	Hauptdarsteller im 1. Teil Guter Freund von Carry und Charly. Wird am Ende des 1. Teils Mitglied von MR.	1. bis 2. Teil
Dimitrie Maier	Guter Freund von Carry, Benny und Charly. Ist zu Beginn des 1. Teils verschollen. Wird von Carry, Benny und Charly gesucht.	1. bis 3. Teil
Abdul Karim	Stellvertretender Leiter des Kairoer Büros. Treuer Weggefährte von Carry, Benny und Charly.	1. bis 3. Teil
Edwin Gruber	Chef des Erkundungsteams in der Eifel.	1. Teil
Martin Schmidt	Mitglied des Erkundungsteams in der Eifel.	1. Teil
Torsten Neumann	Leiter von MR weltweit.	1. bis 3. Teil
Frank Dubois	Leiter des Kairoer Büros. Später Leiter von MR weltweit.	1. bis 3. Teil
Mohamed Mahmoud	Leiter einer Guide-Station, gibt Carry einen entscheidenden Hinweis.	1. Teil
Professor Robert von Sundheim	Archäologe, Experte für die Chi.	1. und 3. Teil

Person	Rolle	Teilnahme
Abdul Hassan, Kirk Kal	Oberster Priester der Chi.	1. Teil
Nafi Assam	Leiter der Kairoer Polizei.	1. und 2. Teil
Essam Dabir	Stellvertretender Leiter der Kairoer Polizei, kein Freund von Charly.	1. bis 3. Teil
Frau Jung	Sekretärin und rechte Hand von Dubois.	1. bis 3. Teil
Chal Al	Oberste Priesterin der Chi.	1. Teil
Karsten Keller	Stellvertretender Leiter des MR-Büros weltweit. Später Leiter des Büros in Kairo.	1. bis 3. Teil
Frau Alt, genannt Conny	Sekretärin und rechte Hand von Torsten Neumann und später von Dubois.	1. bis 3. Teil
Tamara Müller, genannt Mara	Teamkollegin von Charly.	2. Teil
Rab Kadir	Mitglied des Chalim Clans.	2. Teil
Ben Hasim	Anführer des Chalim Clans.	2. Teil
Malik Elkadir	Vertrauter von Hasim und Anführer des Konvois. Spielt im 3. Teil eine tragende Rolle.	2. und 3. Teil
Enrico DaSilva	Großer Chef in der organisierten Kriminalität (OK).	2. Teil
Matthias Wegner	Mitarbeiter von MR, später Abteilungsleiter des Außen-Teams.	2. und 3. Teil
Jürgen Schröder	Mitarbeiter von MR, später Abteilungsleiter des Research-Teams.	2. und 3. Teil
Maik Gründau	Mitarbeiter von MR und Sprengstoffexperte.	3. Teil

Person	Rolle	Teilnahme
Marvin Lieblos	Mitarbeiter von MR und Sprengstoffexperte.	3. Teil
Markus Bellmann	Externer Sprengstoffexperte, später Mitarbeiter von MR.	3. Teil
Matthias Klein	Außendienst-Mitarbeiter von MR, Mitglied der Task Force Neumann.	2. und 3. Teil
Uwe Beyer	Außendienst-Mitarbeiter von MR, Mitglied der Task Force Neumann.	2. und 3. Teil
Ali Khan	Informant für MR.	2. Teil
Aaron Bay	Informant für MR.	2. Teil
Ilay Demir	Trauma-Spezialist und behandelnder Arzt von Carry in der Klinik Hohe Mark.	2. und 3. Teil
Schwester Martina	Pflegerin von Carry.	2. und 3. Teil
Hauptkommissar Max Köster	Leiter der Abteilung OK im BKA.	2. Teil
Oberkommissar Thomas Inheidner	Rechte Hand von Köster.	2. Teil
Herr Lund	Vater von Carry.	2. Teil
Frau Lund	Mutter von Carry.	2. Teil
Stefan Berger	Ehemaliger und zwischenzeitlicher Freund von Carry.	2. und 3. Teil
Alex Neumann	Neffe von Torsten Neumann, Spezialist für Kryptografie.	2. und 3. Teil
Frau Doktor Rausch	Chefärztin in der Reha-Station Haus Taunus im 3. Stock.	2. und 3. Teil
Frau Doktor Merz	Ärztin in der Reha-Station Haus Taunus im 3. Stock.	2. und 3. Teil

Person	Rolle	Teilnahme
Doktor Martin Huber	Bundesinnenminister	2. Teil
Lucas de Souza	Leiter des Zugriffes auf DaSilva in Rio de Janeiro.	2. Teil
Christina Kümmel, genannt Tina	Sporttrainerin, baut ein besonderes Verhältnis zu Carry auf. Mitglied des Schulungsteams und spätere Leiterin.	3. Teil
Greta Lundgren	Psychologin bei MR. Mitglied des Schulungsteams.	3. Teil
Gunter Klaus	Geschichtslehrer und ehemaliger Archäologe. Mitglied des Schulungsteams.	3. Teil
Steven McGregor	Trainer für Kampfsportarten. Mitglied des Schulungsteams.	3. Teil
Joachim Brugner, genannt Jo	Absolvent des ersten Lehrganges und später Assistent von Alex.	3. Teil
Sebastian Kleinert, genannt Basti	Absolvent des ersten Lehrganges.	3. Teil
Susanne Biel	Absolventin des ersten Lehrganges.	3. Teil
Edmund Gruber	Bundesinnenminister, Nachfolger von Martin Huber.	3. Teil
Herr Doktor Roland Heilmann	Spezialist der Unfallchirurgie.	3. Teil
Frau Doktor Kathrin Glowisch	Anästhesistin und Frau von Roland Heilmann.	3. Teil
Doktor Philipp Brentano	Chirurg	3. Teil

Der Autor

Günther Lietz wurde 1962 als ältester von drei
Brüdern geboren. Nach der Schule und dem
Wehrdienst studierte er BWL und war danach in
verschiedenen Firmen im kaufmännischen Bereich
tätig. Mit dem Schreiben hatte er bis vor einem
Jahr nichts am Hut. Er konnte sich allerdings schon
immer für Bücher und Filme über Abenteuer, krimi-
nalistischen Inhalt und Liebesfilme begeistern.
Als er Anfang letzten Jahres eine Reha antrat,
stand er eines Tages auf dem Raucherplatz und
ihm schoss eine Szene durch den Kopf, die ihn
nicht mehr losließ. So begann er, zwischen seinen
Anwendungen eine Geschichte um diese Szene zu
erfinden und niederzuschreiben. Nun ist es ein Roman von über 400 Seiten geworden und Günther
Lietz hofft, der Leser hat genauso viel Freude und
Vergnügen beim Lesen wie er beim Schreiben. Und
selbst jetzt, wo der Roman fertig ist, beschleicht
ihn manchmal das Gefühl, die Geschichte könnte
noch weiter gehen. Wer weiß, was noch passiert?